Nalini Singh adore écrire. Même si elle a voyagé d'un bout à l'autre de la planète – des déserts de Chine aux temples du Japon –, c'est le voyage de l'esprit qui la fascine le plus. Elle est ravie aujourd'hui d'avoir réalisé son rêve de devenir écrivaine.

Du même auteur, chez Milady :

Psi-changeling :
1. *Esclave des sens*
2. *Visions torrides*
3. *Caresses de glace*
4. *Mienne pour toujours*
5. *Otage du plaisir*
6. *Marques de feu*
7. *Souvenirs ardents*
8. *Lié par l'honneur*
9. *Passions exaltées*
10. *Le Baiser du loup*
11. *Labyrinthe de désirs*
12. *Cœur d'obsidienne*
13. *Le Bouclier de givre*
14. *L'Espoir brisé*
15. *Serments d'allégeance*

CE LIVRE EST ÉGALEMENT DISPONIBLE
AU FORMAT NUMÉRIQUE

www.milady.fr

Nalini Singh

Le Baiser du loup

Psi-changeling – 10

Traduit de l'anglais (Nouvelle-Zélande) par Clémentine Curie

Milady

Milady est un label des éditions Bragelonne

Titre original : *Kiss of Snow*
Copyright © 2011 by Nalini Singh

© Bragelonne 2014, pour la présente traduction

ISBN : 978-2-8112-1303-9

Bragelonne – Milady
60-62, rue d'Hauteville – 75010 Paris

E-mail : info@milady.fr
Site Internet : www.milady.fr

À vous, mes lecteurs.

Liste des personnages

Prénoms par ordre alphabétique
Légende :
SD = loups SnowDancer
DR = léopards de DarkRiver

Aden Flèche, Tp-Psi (télépathe)
Alexei lieutenant SD
Amara Aleine Psi membre de DR, ex-scientifique du Conseil, sœur jumelle d'Ashaya, mentalement instable
Andrew (Drew) Kincaid traqueur SD, frère de Riley et Brenna
Anthony Kyriakus Conseiller Psi, père de Faith
Ashaya Aleine Psi membre de DR, ex-scientifique du Conseil, unie à Dorian, sœur jumelle d'Amara
Ava SD, mère de Ben, amie de Lara
Barker soldat de DR
Ben louveteau SD
Brenna Kincaid technicienne SD, unie à Judd, sœur d'Andrew et Riley
Clay Bennett sentinelle de DR, uni à Talin
Cooper lieutenant SD
Conseil (ou **Conseil Psi**) conseil qui gouverne l'espèce Psi
Elias soldat SD, uni à Yuki, père de Sakura
Evangeline (Evie) Riviere SD, sœur d'Indigo
Faith NightStar Psi membre de DR, cardinale C-Psi (clairvoyante), unie à Vaughn, fille d'Anthony
Fantôme Psi rebelle
Hawke chef SD

Henry Scott Conseiller Psi, marié à Shoshanna
Indigo Riviere lieutenante SD, unie à Andrew, fille d'Abel et Tarah, sœur d'Evangeline
Jem (vrai nom : **Garnet**) lieutenante SD
Judd Lauren Psi membre de la meute des SD, lieutenant, uni à Brenna, oncle de Sienna, Toby et Marlee
Kaleb Krychek Conseiller Psi
Kenji lieutenant SD
Kieran humain membre de la meute des SD, soldat
Kit soldat novice de DR, frère de Rina
Lara guérisseuse SD
Lucas Hunter chef de DR, uni à Sascha
Lucy SD, infirmière, assistante de Lara
Maria femme soldat novice SD
Marlee Lauren Psi membre de la meute des SD, fille de Walker, cousine de Sienna et Toby
Matthias lieutenant SD
Max Shannon humain, chef de la sécurité de Nikita, marié à Sophia
Mercy Smith sentinelle de DR, unie à Riley
Ming LeBon Conseiller Psi
Nathan (Nate) Ryder sentinelle de DR, vétéran, uni à Tamsyn, père de Roman et Julian
Nikita Duncan Conseillère Psi, mère de Sascha
Riaz lieutenant SD
Riley Kincaid lieutenant SD, uni à Mercy, frère d'Andrew et Brenna
Rina femme soldat de DR, sœur de Kit
Riordan soldat novice SD
Sascha Duncan Psi membre de DR, cardinale E-Psi (empathe), unie à Lucas, fille de Nikita
Shoshanna Scott Conseillère Psi, mariée à Henry
Sienna Lauren Psi membre de la meute des SD, femme soldat novice, sœur de Toby, nièce de Judd et Walker

Sophia Russo (J) ex-Justice-Psi, travaille pour Nikita, mariée à Max
Tai soldat novice SD
Tamsyn (Tammy) Ryder guérisseuse de DR, unie à Nathan, mère de Roman et Julian
Tarah Riviere SD, mère d'Indigo et Evangeline
Tatiana Rika-Smythe Conseillère Psi
Teijan chef des Rats
Toby Lauren Psi membre de la meute des SD, frère de Sienna, neveu de Judd et Walker
Tomás lieutenant SD
Vasic Flèche, Tk-V Psi (téléporteur)
Vaughn D'Angelo sentinelle de DR, uni à Faith, changeling jaguar
Walker Lauren Psi membre de la meute des SD, père de Marlee, oncle de Sienna et Toby
Xavier Perez prêtre humain
Yuki membre de la meute des SD, avocate, unie à Elias, mère de Sakura, changeling léopard

X

1979.
L'année où l'espèce Psi était devenue Silencieuse.
Froide, sans émotions ni pitié.
Des cœurs furent brisés, des familles déchirées.
Mais bien plus encore furent sauvées.
De la folie.
Du meurtre.
D'une cruauté dépassant tout ce que le monde avait connu jusque-là.

Pour les X-Psis, Silence était une bénédiction d'une valeur inestimable, qui permit à certains d'entre eux au moins de survivre jusqu'à l'âge adulte et d'avoir une vie. Pourtant, plus de cent ans après que la vague glacée du protocole Silence avait balayé la violence et le désespoir, la folie et l'amour, les X-Psis demeuraient des armes vivantes. Silence était leur cran de sûreté. Sans cela…

Il y a des cauchemars que le monde ne sera jamais prêt à affronter.

Chapitre premier

Hawke croisa les bras et s'appuya contre son bureau en bois massif, les yeux rivés sur les deux jeunes femmes devant lui. Mains derrière le dos et jambes légèrement écartées en posture de « repos », Sienna et Maria avaient bien l'allure de femmes soldats SnowDancer… exception faite de leurs cheveux en bataille et plâtrés de boue, de feuilles écrasées et d'autres débris de la forêt. Sans oublier leurs vêtements déchirés et l'odeur âcre du sang.

Le loup de Hawke montra les dents.

—Si je comprends bien, dit-il sur un ton calme qui fit blêmir Maria dont la peau était d'un brun chaud aux endroits où elle n'était pas meurtrie ni ensanglantée, au lieu de monter la garde et de protéger la frontière défensive de la meute, vous avez jugé bon de vous déclarer une petite guerre de domination.

Bien entendu, Sienna soutint son regard, chose qu'aucun loup n'aurait faite dans ces circonstances.

—C'était…

—Silence, assena-t-il. Si tu ouvres de nouveau la bouche sans ma permission, je vous mets toutes les deux dans l'enclos des louveteaux.

Noirs et piquetés d'étoiles blanches, ses yeux saisissants de cardinale virèrent à l'ébène pur – ce qui, comme il le savait très bien, trahissait sa fureur –, mais elle serra les dents. Maria était en revanche devenue encore plus pâle. Bien.

— Maria, dit-il en se focalisant sur la petite changeling dont la taille ne reflétait pas les aptitudes ni la force tant sous sa forme d'humaine que de louve. Quel âge as-tu ?

Maria déglutit.

— Vingt ans.

— Pas une adolescente.

Alourdies par la boue, les épaisses boucles noires de Maria rebondirent mollement sur ses épaules lorsqu'elle secoua la tête.

— Alors explique-moi ça.

— Je ne peux pas, chef.

— Bonne réponse. (Aucune raison n'aurait suffi à excuser cette stupide bagarre.) Qui a frappé la première ?

Silence.

Son loup approuva. Il lui importait peu de savoir qui avait déclenché les hostilités puisque aucune des deux n'y avait mis fin. Elles étaient censées former une équipe et seraient donc punies comme telle, avec un seul et même avertissement.

— Sept jours, dit-il à Maria. Confinée dans tes quartiers sauf une heure par jour. Tu n'auras de contacts avec personne quand tu seras à l'intérieur.

C'était une punition sévère ; les loups étaient des créatures habituées à vivre en meute, en famille, et Maria était l'une des louves les plus enjouées et sociables de la tanière. L'obliger à rester seule tout ce temps en disait long sur la gravité de sa faute.

— La prochaine fois que tu choisiras d'abandonner ton poste, je ne serai pas aussi indulgent.

Maria se hasarda à croiser le regard de Hawke une fraction de seconde avant de détourner ses yeux marron, n'étant pas de taille à lui tenir tête.

— Puis-je me rendre à la fête pour les vingt et un ans de Lake ?

— Si c'est l'usage que tu veux faire de ton heure de liberté par jour.

Oui, c'était cruel de sa part de la contraindre à manquer l'essentiel de la fête d'anniversaire de son petit ami, d'autant que leur relation était toute récente, mais elle savait parfaitement ce dans quoi elle s'embarquait en se lançant dans un combat de coqs avec une autre femme soldat.

La meute des SnowDancer était puissante car ses membres veillaient les uns sur les autres. Hawke ne laisserait ni la stupidité ni l'arrogance ronger les fondations qu'il avait rebâties de zéro après les événements sanglants qui avaient emporté ses parents et ravagé la meute au point qu'il leur avait fallu plus de dix ans d'isolement pour s'en remettre.

Se raccrochant de peu à son sang-froid, il reporta son attention sur Sienna.

— Quant à toi, dit-il avec la voix de son loup, tu avais reçu l'ordre de ne pas t'impliquer dans des altercations physiques.

Sienna ne répondit rien. Ça n'empêcha pas sa fureur de pulser contre la peau de Hawke, brute et tempétueuse comme Sienna l'était elle-même. Dans ces moments où elle contenait à peine son impétuosité, il était difficile de croire qu'elle avait été Silencieuse lorsqu'elle avait intégré la meute, ses émotions obstruées par une couche de glace si épaisse qu'elle avait déclenché la colère du loup de Hawke.

Maria s'agita alors qu'il marquait une pause.

— As-tu quelque chose à dire ? demanda-t-il à la jeune femme, qui était l'un des meilleurs soldats novices de la meute quand elle ne se laissait pas dominer par son sale caractère.

— C'est moi qui ai commencé, dit-elle, le rouge aux joues et les épaules crispées. Elle ne faisait que défendre…

— Non, l'interrompit Sienna sur un ton assuré, sa colère enterrée sous un mur de contrôle glacial. J'assumerai ma part de responsabilité. J'aurais pu m'en aller.

Hawke étrécit les yeux.

— Maria, tu peux disposer.

La femme soldat novice hésita une seconde, mais elle était une louve subordonnée et l'instinct qui la poussait à obéir à son chef était trop fort pour qu'elle y résiste, même s'il était clair qu'elle voulait rester pour soutenir Sienna. Relevant et approuvant cette marque de loyauté, Hawke ne la réprimanda pas pour avoir hésité.

La porte se referma derrière elle dans un cliquetis qui sonna comme un coup de fusil dans le silence pesant de la pièce. Hawke attendit de voir comment allait réagir Sienna seule avec lui. À sa grande surprise, elle ne changea pas de posture.

Il tendit la main pour lui saisir le menton et lui tourna la tête de sorte que la lumière éclaire ses traits réguliers.

— Tu as de la chance de ne pas avoir la pommette cassée. (La peau autour de son œil allait de toute façon virer au violacé.) Où es-tu blessée sinon ?

— Je vais bien.

Il crispa les doigts sur sa mâchoire.

— Où es-tu blessée ?

— Tu n'as pas demandé à Maria.

Son entêtement transpirait dans chaque mot.

— Maria est une louve et peut encaisser cinq fois plus de dégâts qu'une Psi.

Raison pour laquelle Sienna avait reçu l'ordre de ne pas se retrouver dans des affrontements avec les loups. Sans compter qu'elle ne contrôlait pas encore totalement ses aptitudes mortelles.

— Soit tu réponds à ma question, soit je jure devant Dieu que je vais vraiment te mettre dans l'enclos.

L'expérience serait des plus humiliantes et elle le savait, les muscles tendus de colère contenue.

— Des bleus aux côtes, lâcha-t-elle enfin, des bleus à l'abdomen, une épaule déboîtée. Rien de cassé. Tout devrait être guéri avant la fin de la semaine prochaine.

— Tends les bras, dit-il en relâchant son menton.

Elle hésita.

Le loup de Hawke gronda, assez fort pour qu'elle tressaille.

— Sienna, je t'ai accordé beaucoup de liberté depuis ton arrivée au sein de la meute, mais ça se termine aujourd'hui.

On pouvait punir et pardonner l'insubordination chez un jeune. Chez un adulte, a fortiori un soldat, c'était un problème beaucoup plus grave. À presque vingt ans, Sienna était une novice gradée, et il était hors de question de passer l'éponge sur ses actes.

— Tends les bras, tout de suite.

Quelque chose dans le ton de sa voix avait dû l'atteindre car elle obtempéra. Sa peau crémeuse dorée par le soleil présentait quelques petites coupures, mais pas de marques profondes qu'auraient laissées des griffes.

— Je vois que Maria a réussi à maîtriser sa louve.

Dans le cas contraire, il l'aurait aussitôt renvoyée en formation. C'était une chose de perdre son sang-froid, mais c'était autrement plus dangereux de perdre le contrôle de son loup.

Sienna laissa retomber les mains et serra les poings.

Il releva la tête et soutint son regard d'un noir absolu. Il était clair qu'elle luttait contre une envie primaire de se rebiffer, mais elle ne bougea toujours pas.

— Jusqu'où es-tu allée ?

Sa maîtrise d'elle-même était impressionnante, et ça agaçait Hawke plus que ça l'aurait dû. Mais après tout, rien n'avait jamais été simple avec Sienna Lauren.

— Je ne me suis pas servie de mes aptitudes. (Les tendons de son cou saillaient sous sa peau encroûtée de terre.) Elle serait morte sinon.

— C'est pour ça que ton cas est bien pire que celui de Maria.

Lorsqu'il avait donné asile à la famille Lauren après qu'ils avaient déserté le PsiNet froid et stérile, il avait posé un certain nombre de conditions strictes. Notamment l'interdiction de se servir de leurs aptitudes Psis contre des membres de la meute.

Bien des choses avaient changé depuis que les Lauren s'étaient intégrés au sein de la meute. L'oncle de Sienna, Judd, se servait souvent en tant que lieutenant de Hawke de ses aptitudes Tp et Tk pour protéger les SnowDancer. De plus, Hawke n'avait jamais bridé les deux plus jeunes Lauren, conscient que Marlee et Toby auraient besoin de leurs griffes mentales pour se défendre contre leurs compagnons de jeu chahuteurs.

Mais cette liberté ne s'étendait pas à Sienna, car Hawke savait exactement de quoi elle était capable. Dès lors que Judd avait accepté le lien de sang des lieutenants, il n'avait plus eu de secrets pour son chef. C'était devenu une question de loyauté et de confiance.

— Pourquoi ? (Sienna releva le menton.) Je n'ai pas enfreint la règle de ne pas me servir de mes aptitudes.

Il fallait s'attendre à ce qu'elle le défie.

— Mais tu as désobéi à un ordre direct en t'engageant dans cette bagarre, dit-il, réprimant le grondement de son loup. Comme tu l'as dit toi-même, tu aurais pu partir.

Elle serra les lèvres.

— Tu serais parti, toi ?

— Ce n'est pas de moi qu'il est question.

Il avait été une jeune tête brûlée autrefois, et on lui avait botté les fesses pour ça… jusqu'à ce que tout bascule et que son enfance soit balayée par une vague de sang, de douleur et de chagrin déchirants.

— Tu sais aussi bien que moi que ta perte de contrôle aurait pu avoir des conséquences beaucoup plus graves.

Le pire dans tout ça, c'était qu'elle le savait et qu'elle avait malgré tout dépassé les limites. C'était ce qui mettait Hawke le plus en colère.

— Tu pourrais me confiner dans le territoire de DarkRiver si tu ne veux pas de moi à la tanière, dit Sienna alors qu'il réfléchissait au sort qu'il allait lui réserver.

Hawke ricana à cette allusion à la meute de léopards qui était l'allié en qui les SnowDancer avaient le plus confiance.

— Pour que tu puisses traîner avec ton petit copain ? Bien tenté.

La peau de Sienna s'empourpra.

— Kit n'est pas mon petit copain.

Hawke n'avait pas l'intention d'aborder ce sujet. Ni cette fois, ni jamais.

— Tu n'as pas ton mot à dire en ce qui concerne ta punition. (Il l'avait trop ménagée. Il ne pouvait s'en prendre qu'à lui-même si ça se retournait contre lui.) Tu seras confinée une semaine dans des quartiers de la section des soldats et tu disposeras d'une heure de sortie par jour.

Les Psis supportaient bien mieux l'isolement que les changelings, mais il savait que Sienna avait changé depuis qu'elle avait déserté le PsiNet et formé des liens beaucoup plus étroits avec sa famille et la meute.

— Tu passeras la deuxième semaine à t'occuper des bébés de la garderie, puisque tu te comportes comme si tu avais leur âge ces temps-ci. Plus de patrouilles jusqu'à ce que je sois sûr que tu sois capable de t'en tenir à ta tâche.

— Je…

À son haussement de sourcil, elle referma la bouche.

— Trois semaines, dit-il tout bas. Tu passeras la troisième dans les cuisines à récurer la vaisselle.

Les joues de Sienna s'embrasèrent de plus belle, mais elle se garda de l'interrompre de nouveau.

— Tu peux disposer.

Ce ne fut qu'après son départ que Hawke relâcha les rênes de sa moitié plus sauvage, alors que le parfum d'automne et d'épice de Sienna flottait encore dans l'air comme une rébellion silencieuse qui l'aurait sans doute ravie si elle avait su.

Son loup bondit sur l'odeur.

Prenant une brusque inspiration, Hawke refoula la pulsion primaire qui voulait qu'il la rattrape. Il se battait contre cet instinct depuis des mois, depuis que son loup avait décidé qu'elle était adulte et qu'il était donc libre de la prendre en chasse. Sa moitié humaine peinait à faire changer le loup d'avis, car il devait lutter contre l'envie de revendiquer les plus intimes privilèges du contact rapproché chaque fois qu'il se retrouvait en sa présence.

—Bon sang.

Il saisit le nouveau téléphone satellite que les techniciens lui avaient fait parvenir quatre semaines plus tôt et composa le numéro du chef de DarkRiver.

Lucas décrocha à la seconde sonnerie.

—Qu'y a-t-il ?

—Sienna ne viendra pas passer du temps avec vous avant un moment.

Outre le fait que Sienna avait apparemment besoin de prendre de la distance avec la meute – avec lui –, elle travaillait sur ses aptitudes avec la compagne Psi de Lucas, Sascha. Mais…

—Je ne peux pas laisser passer. Pas cette fois.

—Entendu.

C'était la réponse d'un chef à un autre.

Hawke s'assit au bord de son bureau et se passa une main dans les cheveux.

—Est-ce qu'elle tiendra le coup ?

Il savait qu'elle ne craquerait pas – Sienna était trop forte pour ça, et cette force agissait comme une drogue sur son loup –, mais le pouvoir qu'elle concentrait était si vaste qu'il devait être traité comme la plus redoutable des bêtes sauvages.

—La dernière fois qu'elle a eu une baisse de moral, répondit Lucas, Sascha a dit qu'elle avait fait montre d'une stabilité exceptionnelle, sans comparaison possible avec son état au moment où elles ont commencé à travailler ensemble. Vu qu'elles ont cessé de se voir régulièrement, il n'y a pas de problème.

Tranquillisé sur ce point au moins, Hawke dit :

—Je veillerai à ce que Judd garde un œil psychique sur elle au cas où.

Sienna n'allait pas apprécier cette surveillance, mais c'était un fait qu'elle était dangereuse et qu'il devait songer à la sécurité de la meute entière. Quant aux instincts protecteurs féroces qu'il nourrissait vis-à-vis d'elle, il n'avait pas l'intention de se mentir et de prétendre qu'ils n'existaient pas.

— Puis-je savoir ce qui s'est passé ? demanda Lucas sur un ton intrigué.

Hawke résuma brièvement la situation au félin.

— Son attitude s'est dégradée ce mois-ci. (Avant ça, sa stabilité nouvellement acquise avait été remarquée et avait reçu l'approbation de tous les vétérans de la meute.) Si je ne commence pas à lui serrer la vis, ça créera du mécontentement au sein de la tanière.

C'était la hiérarchie qui cimentait une meute de loups. En tant que chef, Hawke siégeait au sommet. Il ne pouvait pas tolérer et ne tolérerait pas la rébellion d'une subordonnée.

— Ouais, je comprends, répondit Lucas. Mais ça me surprend. Ici, elle se comporte en parfait petit soldat et ne me répond jamais. Et elle a un esprit acéré.

Hawke sortit et rentra les griffes.

— Ouais, mais elle n'est pas des tiens.

Il y eut une longue pause.

— J'ai entendu dire que tu voyais quelqu'un, reprit Lucas.

— Tu joues les commères ?

Hawke n'essaya même pas de dissimuler son irritation.

— Kit et les autres novices t'ont vu avec une superbe blonde il y a quelques semaines. Dans un restaurant du côté du Pier 39.

Il réfléchit.

— Elle est consultante en communication pour CTX.

Les SnowDancer et DarkRiver possédaient la majorité des parts de cette société, un investissement qui leur rapportait gros depuis que même les Psis se mettaient à rechercher des bulletins d'informations qui n'étaient pas soumis à la censure de leur Conseil dictatorial.

— Elle voulait me proposer une interview.

— Quand est-ce qu'elle passera à la télé ?

— La prochaine fois que tu verras une poule avec des dents.

Hawke ne faisait pas le beau devant les caméras, et il avait veillé à ce qu'il soit clair dans l'esprit de « madame la Consultante » que les SnowDancer n'étaient pas près d'échanger leur image de méchants carnivores contre celle de mignonnes peluches. Soit elle s'arrangeait avec ça, soit elle se trouvait un autre poste… Une pensée subite interrompit le cours de son souvenir, et il serra la main sur son téléphone.

— Sienna était-elle avec les novices ?

— Ouais.

Ce fut Hawke qui marqua une pause cette fois, tandis que son loup se mettait aux aguets, pris entre deux besoins conflictuels.

— Je ne peux rien y faire, Luc, dit-il enfin, les muscles douloureusement tendus.

— C'était ce que disait Nate.

La sentinelle léopard avait depuis formé une union heureuse et était père de deux petits.

— Ce n'est pas pareil.

Ce n'était pas une simple question d'âge ; la dure vérité, c'était que la compagne de Hawke était morte enfant. Sienna ne comprenait pas ce que ça signifiait et n'avait pas idée du peu qu'il avait à offrir, à elle ou à n'importe quelle autre femme. S'il était égoïste au point de succomber à leur attirance réciproque, innommée mais impétueuse, il savait très bien qu'il la détruirait.

— Ça ne veut pas dire que tu ne peux pas être heureux. Réfléchis-y.

Lucas raccrocha.

« Elle n'a pas couché avec lui, tu sais ? Ne tarde pas trop, Hawke, ou tu risques de la perdre. »

C'était ce qu'avait dit Indigo deux mois plus tôt en parlant de Sienna et de ce jeune léopard que Hawke voyait collé à elle chaque fois qu'il se retournait. En dehors du fait que le garçon était un léopard, il n'y avait rien à reprocher à Kit. Il ferait un parfait compa…

Un craquement.

Hawke venait de fissurer l'écran de son téléphone satellite neuf.

RÉCUPÉRÉ DE L'ORDINATEUR 2(A)
TAGS : CORRESPONDANCE PERSONNELLE, PÈRE, E-PSI, ACTION REQUISE ET COMPLÉTÉE*

De : Alice <alice@scifac.edu>
À : Papa <ellison@archsoc.edu>
Date : 26 septembre 1970 à 23 h 43
Objet : Du nouveau !

Salut papa,

J'ai une grande nouvelle à t'annoncer. Alors que je suis en train d'achever ma thèse sur les E-Psis, je viens d'obtenir une bourse pour mener une seconde étude sur la rare classification X ! D'après le comité d'attribution des subventions qui a recommandé mes deux articles l'année dernière, mon point de vue extérieur sur les aptitudes Psis a généré des conclusions uniques... J'imagine que c'est vrai. Je ne suis pas Psi, après tout. Je n'ai jamais eu le sentiment d'être une étrangère avec mes E, mais c'est leur don qui veut ça, n'est-ce pas ?

George, qui ne sera bientôt plus mon superviseur mais mon collègue, me dit que mon projet est voué à l'échec car il est de plus en plus difficile d'entrer en contact avec le Conseil Psi. Sans compter qu'on en sait très peu sur les X-Psis. Mais je lui ai répondu que c'est justement l'intérêt. Je ne suis peut-être pas archéologue comme toi, papa, mais j'explore mes propres contrées mystérieuses.

En parlant de George, il travaille sur un article sur l'essor d'Internet. Il maintient qu'il ne se serait pas développé aussi vite si nous n'avions pas eu le PsiNet pour nous servir de modèle, et je dois reconnaître qu'il a raison ; dans les premiers temps, les financements pleuvaient de la part des entreprises qui voulaient le partage des informations. Comme il aimerait l'opinion d'un autre anthropologue, j'ai dit que je transmettrais sa demande à maman. Tu lui diras ?

J'espère que les sables d'Égypte vous ménagent tous les deux.

Je vous embrasse,
Alice

---

* Note : Des scans secrets de l'esprit de George Kim révèlent une purge télépathique subtile mais totale en lien avec le projet Eldridge. Compte tenu de la délicatesse de la purge, il est hautement probable qu'elle ait été effectuée par un E-Psi. Aucune information utile ou problématique. Action terminale non requise.

Chapitre 2

Le calme apparent de Sienna vola en éclats dès qu'elle eut refermé la porte derrière elle, et elle donna un coup de pied dans le mur du fond des quartiers qui lui avaient été assignés dans la section de la tanière réservée aux soldats célibataires. Elle se servait rarement de cette chambre, préférant vivre avec son frère Toby, son oncle Walker et sa cousine Marlee. Mais elle était coincée dans ce petit espace impersonnel pour la semaine.

« Sienna, je t'ai accordé beaucoup de liberté depuis ton arrivée au sein de la meute, mais ça se termine aujourd'hui. »

Elle tressaillit à l'écho de ce souvenir. Il n'y avait eu qu'une colère cinglante dans les yeux bleus de Hawke, si clairs qu'ils évoquaient ceux d'un husky. Avec sa chevelure argent et or, et surtout son tempérament de chef, c'était un homme qui attirait sans effort l'attention des femmes.

Elle serra le poing. Car ce jour-là, ce n'était pas une femme qu'il avait vue devant lui, mais une compagne de meute sur laquelle il ne pouvait pas compter et dont les actes avaient mis les SnowDancer en péril. Aucune punition qu'il aurait pu lui donner ne serait arrivée à la cheville des reproches qu'elle s'adressait à elle-même. Le nœud glacé de la honte dans son ventre lui rappelait l'énormité de sa faute. Tout ce temps et tout ce travail, et pour finir elle avait laissé son mauvais caractère prendre le dessus sur son esprit rationnel.

— Bon sang, Sienna.

Elle se passa les mains dans les cheveux, grimaçant lorsque des paillettes de boue séchée tombèrent sur son visage, et commença à se déshabiller. Elle se retrouva nue en moins d'une minute. Après être entrée dans la cabine de douche minuscule, heureuse que les loups aient veillé à ce que tous les membres de la meute disposent de commodités privées, elle lava la terre, l'herbe et le sang sur son corps puis entreprit de démêler les longues mèches raides de boue de ses cheveux.

Ça lui prit un bon moment.

Et pendant ce temps, sa frustration envers elle-même et son incapacité à renoncer à quelque chose qui la déchirait peu à peu se déchaînait comme un tigre en cage. À l'instar des changelings, elle abritait une bête sauvage, et la sienne était bien plus cruelle et insensible dans sa fureur destructrice. À cet instant-là, cette bête se focalisait sur elle et la labourait de ses griffes. Après avoir baissé la température de l'eau, elle se lava les cheveux deux fois, puis les enduisit d'après-shampoing en les ramenant sur son épaule pour être sûre de couvrir les pointes. Ce ne fut que lorsqu'elle eut presque terminé qu'elle prit conscience de ce qu'elle voyait.

Empoignant une portion de cheveux mouillés, elle la rapprocha de ses yeux et jura. La puissante résonance de son aptitude avait neutralisé la coloration. Encore. C'était la troisième fois en un mois, et c'était révélateur d'un manque de contrôle qui l'inquiétait. Elle s'en sortait à merveille depuis qu'elle avait commencé à séjourner longuement sur le territoire de DarkRiver, et ses aptitudes Psis étaient si stables qu'une tempête d'assurance avait consumé la peur qui lui nouait la gorge depuis sa désertion.

Puis, elle avait vu…

Non.

Coupant l'eau d'un geste brusque, elle sortit de la douche et prit une grande serviette moelleuse, un cadeau que lui avait offert Brenna pour son anniversaire. Épaisse et douce contre sa peau, c'était un plaisir sensuel qu'elle ne pouvait s'empêcher de savourer… tout comme elle ne pouvait pas résister à la compulsion qui l'avait mise dans cette situation.

Elle crispa la mâchoire si fort qu'une décharge de douleur parcourut l'os. Mais ce choc sensoriel l'aida à se détacher du désir viscéral qui ne la quittait jamais tout à fait, et elle se concentra sur l'acte de se sécher. Lorsqu'elle jeta un coup d'œil dans le miroir de la salle de bains, il lui montra une femme de taille moyenne aux cheveux rouges si foncés qu'ils paraissaient noirs quand ils étaient mouillés.

« *Comme le cœur d'un rubis* », avait dit Sascha en posant avec douceur les mains sur le cuir chevelu de Sienna la dernière fois qu'elles avaient refait sa coloration. « *Quel dommage qu'on doive les couvrir.* »

Hélas, elles n'avaient pas le choix. Ses cheveux étaient trop distinctifs. Mais après tout, songea Sienna en observant son visage qui s'était affiné et avait perdu ses rondeurs enfantines sans qu'elle s'en aperçoive, ça ne risquait peut-être plus rien.

À vrai dire, ses cheveux avaient foncé au fil des années depuis sa désertion du PsiNet. Outre son visage, son corps aussi avait changé pour devenir visiblement plus musclé et galbé. Même si sa masse musculaire était bien répartie et n'alourdissait pas sa silhouette, aucun de ceux qui la fréquentaient lorsqu'elle était connectée au Net ne l'aurait reconnue. Surtout avec les lentilles marron qu'elle portait toujours à l'extérieur du territoire des SnowDancer.

Elle ne les avait pas mises ce jour-là. Les yeux meurtris que lui renvoyait le miroir étaient ceux d'une cardinale, un marqueur génétique qui la distinguait du reste du monde d'une façon qu'elle ne pouvait pas expliquer, même à un autre cardinal. La seule personne à avoir peut-être compris la violence de ce qu'elle abritait avait été sa mère, une cardinale télépathe aux prises avec ses propres démons. Le frère de Sienna, Toby, était lui aussi un cardinal. Trois dans une même famille… c'était extraordinaire.

Mais pas autant qu'une cardinale X-Psi ayant survécu jusqu'à l'âge adulte.

On frappa un coup sec à la porte.

Sursautant à ce bruit, elle se hâta d'enfiler des sous-vêtements, un tee-shirt propre et le pantalon noir et confortable qu'elle aimait porter à la maison.

— J'arrive! lança-t-elle lorsqu'on recommença à tambouriner à la porte.

Vu qu'elle y avait accroché un mot pour signaler qu'elle était confinée dans ses quartiers, ça ne pouvait être qu'un des vétérans de la meute.

Glissant ses cheveux humides derrière ses oreilles, elle ouvrit la porte et se retrouva nez à nez avec un homme indéniablement redoutable.

— Judd.

Elle était surprise qu'il ne l'ait pas contactée par télépathie au lieu de venir la trouver.

Puis il prit la parole.

— Vas-tu supporter de rester confinée?

Le bord froid de la porte s'enfonça dans la paume de Sienna.

— Il t'a demandé de t'en assurer, n'est-ce pas?

Judd Lauren avait certes été le frère de sa mère, mais il avait également été une Flèche, l'un des assassins les plus meurtriers du Conseil Psi. Il était plus doué que quiconque pour garder un masque, et l'expression de son visage ne lui révéla rien.

— Réponds-moi.

Comprenant au ton de sa voix que ce n'était pas son oncle qui lui posait cette question mais le lieutenant SnowDancer, elle lui accorda son attention.

— Ça va.

Ses boucliers tremblaient sous le coup de ses émotions et de ses pensées qui ricochaient dans des centaines de directions différentes, mais ils tenaient bon. C'était tout ce qui importait, car sans ses boucliers, elle constituerait une menace bien pire que n'importe quelle arme créée par l'homme.

Judd ne la quitta pas des yeux, et elle sut qu'il avait procédé à sa propre évaluation de son état avant même qu'il hoche la tête.

—Tu sais quoi faire en cas de problème.

—Oui.

Elle le contacterait par télépathie, puis il se téléporterait auprès d'elle et lui tirerait dessus pour la mettre hors d'état de nuire. Si la douleur ne suffisait pas à neutraliser son centre psychique, il viserait ensuite la tête. Même si ça paraissait barbare et qu'elle savait que cet acte le déchirerait, quelqu'un devait jouer le rôle de garde-fou au cas où elle serait incapable de s'arrêter. Car la vérité, c'était qu'elle était une cardinale dotée d'une aptitude martiale. Il y avait de fortes chances que ses boucliers se verrouillent dès qu'elle s'activerait. Même une Flèche ne parviendrait pas à les transpercer sur le plan psychique.

Ne restait que la solution d'une attaque physique. Ce n'était que parce qu'elle avait la certitude que Judd n'hésiterait pas à frapper s'il le fallait qu'elle parvenait à vivre sans craindre en permanence pour la sécurité de tous ceux qui l'entouraient. Mais malgré sa situation du moment, elle avait atteint un niveau de discipline psychique presque parfait au cours des mois précédents, une chose à laquelle personne, pas même elle, ne s'était attendu de la part d'une X-Psi coupée de Silence.

À ce rappel, elle raidit la colonne vertébrale.

—Je mettrai à profit le temps dont je dispose pour améliorer et peaufiner les contrôles que toi et Sascha m'avez aidée à développer.

Judd n'était pas un X-Psi, mais en tant que Tk-Psi au pouvoir redoutable, il comprenait la peur viscérale qui la poussait à enfermer ses dangereuses aptitudes dans la cage d'acier de son esprit. C'était aussi pour ça qu'il la tuerait si nécessaire.

—Bien.

Il se pencha et posa la main sur sa joue, un geste qui n'était plus aussi surprenant qu'il avait pu l'être autrefois… avant que Judd s'unisse à une louve qui avait survécu à son propre cauchemar.

—Je me demandais quand est-ce que tu allais pousser Hawke à bout. (Il caressa sa pommette du pouce puis effleura son front des lèvres.) Prends un peu de temps pour réfléchir à ce vers quoi tu te diriges, Sienna.

Le cœur serré, elle referma la porte après son départ et retourna à la salle de bains pour prendre la brosse sur l'étagère à côté du miroir.

—La compagne de Hawke est morte, se força-t-elle à dire à son reflet, les doigts crispés jusqu'à devenir exsangues sur le manche en bois sculpté. Il a enterré son cœur avec elle.

Même face à cette dure réalité, la compulsion qui la violentait de l'intérieur refusait de mourir. À l'image du pouvoir destructeur d'un X-Psi, elle menaçait de réduire Sienna en cendres.

Lara s'acheminait vers la sortie de la tanière quand elle tomba sur Judd Lauren.

—Tiens, dit-il en soulevant la trousse médicale qu'elle était en train de se passer à l'épaule.

—Merci.

Voyant de quelle direction il venait, elle ajouta :

—J'ai entendu dire que Sienna et Maria étaient rentrées blessées de leur tour de garde, mais personne ne m'a appelée. Elles vont bien ?

Le lieutenant Psi la suivit hors de la tanière, attendant de sentir la caresse du soleil brûlant et de l'air vif de la Sierra Nevada pour répondre.

—Quelques bleus et égratignures, rien de grave.

Son cœur de guérisseuse s'apaisa, et elle leva le visage vers le ciel d'un bleu métallique et douloureusement éclatant.

—Ce sont les jours comme celui-ci, que je suis heureuse d'être une SnowDancer.

D'être une louve.

—Brenna et moi sommes allés courir tôt ce matin quand la brume commençait à se dissiper.

Le ton de Judd s'adoucit à la mention de sa compagne, chose dont Lara savait qu'il n'avait pas conscience.

—J'adore ce moment-là de la journée. (Quand le monde n'était que fraîcheur et murmures étouffés.) Dans quelle direction êtes-vous partis ?

—De l'autre côté du lac, répondit-il lorsqu'ils se remirent à marcher. Alors… qui est blessé ?

Elle roula des yeux.

—Deux des jeunes faisaient Dieu sait quoi, et je me retrouve avec un bras cassé et trois côtes fêlées à soigner.

—Tu n'as pas besoin de ça d'habitude, dit-il en tapotant la trousse médicale.

—Les jeunes ont parfois besoin d'apprendre qu'ils devraient éviter de se casser des membres, marmonna Lara. Je les soignerai en partie moi-même pour m'assurer que tout est en place, puis je mettrai le bras dans le plâtre et panserai les côtes.

Les os se ressouderaient moins vite que si elle se servait de son don pour résorber totalement les blessures, mais ça ne ferait pas de mal aux garçons.

—Ça a en plus l'avantage de me permettre de solliciter mes aptitudes médicales et de réserver mon don de guérison pour les cas de blessure critique.

Même si Hawke pouvait lui transmettre sa force par le lien qui l'unissait à la guérisseuse, il y avait des limites à ce que le corps de Lara pouvait encaisser.

—Attention.

Judd repoussa une branche afin qu'elle puisse passer en dessous. Ce fut ainsi qu'elle se retrouva en tête lorsqu'ils débouchèrent dans la clairière, où l'un des garçons blessés était étendu la tête appuyée contre un arbre tandis qu'il se tenait le bras. Assis en tailleur, l'autre se serrait les côtes. Alors que Brace était grand et dégingandé, Joshua avait pris un peu de muscle au cours des mois précédents. Mais à ce moment-là, ils avaient tous les deux l'air d'enfants penauds de six ans.

Le cœur battant, Lara devina que c'était à cause de l'homme campé devant les deux garnements, bras croisés.

— Walker.

Elle avait senti son odeur d'eau sombre et de pin enneigé lorsqu'elle et Judd s'étaient rapprochés, mais elle avait supposé que c'était parce qu'il venait souvent dans ce secteur avec les louveteaux de dix à treize ans dont il avait la charge. Bien que ce fût un âge difficile pour les loups, Walker savait les tenir sans même devoir hausser le ton.

Elle comprenait pourquoi ; calme et sérieux, Walker Lauren dégageait une présence proche de celle d'un loup dominant.

— Je ne m'attendais pas à te trouver ici.

Elle trouva qu'elle avait la voix un peu rauque, mais personne d'autre ne parut s'en apercevoir.

Walker soutint son regard de ses yeux vert pâle pendant une longue seconde de tension.

— Je passais dans le coin quand j'ai repéré ces deux-là. (Il regarda l'épaule de Lara.) Je vais ramener ça.

— Il faut qu'on parle… Viens dîner avec les enfants, dit Judd, qui se fondit dans la forêt si vite que Lara ne réussit même pas à se retourner à temps pour le voir.

— Lara, ça fait mal, dit l'un des jeunes, presque sur un ton d'excuse.

S'arrachant à la toile étouffante de désir, de colère et de douleur qui l'avait enveloppée, elle se mit à genoux.

— Laisse-moi voir, chéri, dit-elle en examinant d'abord Brace, puis Joshua. Une seconde, ne bouge pas.

À l'aide de sa seringue, elle leur administra à chacun un antidouleur.

Elle ne perdit rien des gestes de Walker lorsqu'il s'accroupit à côté d'elle, consciente de son corps imposant et de son odeur aussi froide et distante que l'était l'homme lui-même. Pendant qu'elle s'affairait, il parla à Joshua et Brace. Quoi qu'ils aient fait pour s'attirer des ennuis, les jeunes loups s'apaisèrent aussitôt en l'écoutant. Lara regrettait seulement que sa louve fût aussi sensible à sa présence, à tel point que sa fourrure frottait sous sa peau ; mais l'animal gardait sinon ses distances, méfiant. Ses deux moitiés avaient retenu la leçon au sujet de Walker Lauren.

— Là, dit-elle un peu plus tard alors que les deux garçons examinaient le plâtre sophistiqué en plasti-béton transparent de Brace. À la moindre douleur ou gêne, vous venez directement me voir, c'est compris ?

— Merci, Lara.

Joshua lui décocha un sourire éclatant, puis les adolescents lui donnèrent un baiser sur chaque joue avant de se lever et de détaler comme s'ils n'avaient pas été au bord des larmes quelques minutes plus tôt.

Secouant la tête avec autant d'affection que sa louve, Lara remballa son matériel et regarda Walker soulever la trousse sans effort. La gorge sèche, elle dut s'y reprendre à plusieurs fois avant de réussir à parler, mais elle avait résolu de ne pas se laisser déstabiliser.

— Merci.

Il hocha la tête en silence.

Sur le chemin du retour, l'esprit de Lara se rebella contre sa propre résolution et l'inonda du souvenir du baiser qu'ils avaient échangé la nuit où Riaz était revenu à la tanière. Les vétérans de la meute avaient organisé au pied levé une fête en l'honneur du retour du lieutenant. Le champagne avait coulé à flots, et Lara qui ne buvait pas d'habitude en avait un peu trop ingurgité. Ça lui avait donné le courage de se disputer avec le grand Psi qui la fascinait depuis son arrivée à la tanière, mais aussi de l'attirer dans un coin sombre, de se mettre sur la pointe des pieds et de chercher sa bouche.

Il lui avait rendu son baiser avec langueur, sans rien perdre du contrôle qu'il exerçait sur son corps puissant, et avait refermé les mains sur ses côtes tandis qu'il l'attirait entre ses cuisses. Les muscles fermes de son cou s'étaient tendus sous les doigts de Lara lorsqu'il avait incliné la tête pour lui donner un baiser plus appuyé, et sa barbe de trois jours un peu rêche avait frotté contre sa peau.

Imposant comme il l'était, elle s'était senti enveloppée de la plus sensuelle des façons, isolée du reste du monde lorsqu'il l'avait plaquée contre le mur. Même si elle était éméchée, jamais elle n'oublierait un seul instant de cette expérience. La femme autant que la louve avaient été stupéfaites de son succès… les cinq courtes secondes qu'il dura.

Puis Walker avait relevé la tête et l'avait repoussée vers la fête. Elle avait cru que c'était par égard pour elle dans son état d'ébriété, mais elle s'attendait à ce qu'il se comporte comme l'aurait fait n'importe quel dominant lorsqu'il voulait une femme, et qu'il vienne la trouver lorsqu'elle serait de nouveau sobre. Il ne l'avait pas appelée le matin suivant, ce qui l'avait mise de mauvais poil. Mais il l'avait contactée plus tard dans l'après-midi.

Ils étaient partis se promener, et elle avait eu le cœur au bord des lèvres du début à la fin. Elle avait cru que c'était une première étape. Jusqu'à ce que Walker s'arrête au bord d'un précipice qui s'ouvrait de façon spectaculaire sur une vallée, ses cheveux blond foncé repoussés par la brise.

— Ce qui s'est passé la nuit dernière était une erreur, Lara. (Il avait dit ça avec douceur, ce qui avait rendu la chose d'autant plus terrible.) Je m'excuse.

Le sang de Lara s'était glacé dans ses veines, mais parce qu'elle avait voulu être sûre, elle avait demandé :

— Parce que j'ai bu trop de champagne ?

La réponse de Walker avait été sans appel, son rejet clair comme de l'eau de roche.

—Non.

Il lui semblait lui avoir répondu avec le sourire puis s'être trouvé une excuse pour pouvoir rentrer à la tanière seule, mais elle ne se souvenait que des sombres émotions qui l'avaient assaillie. Seigneur, cet homme l'avait blessée. Si encore il ne s'était agi que d'un cas d'attirance non réciproque, elle lui aurait pardonné ; comme elle ne le savait que trop bien, les sentiments ne se commandaient pas.

Non, ce qui l'avait blessée et mise en colère, c'était que ça n'avait pas été que dans sa tête. Elle savait quand un homme la désirait, et Walker l'avait désirée… assez pour l'embrasser, apparemment, mais pas pour la garder. En ce cas, il aurait largement pu l'empêcher de l'embrasser avant même que ses lèvres touchent les siennes. Il n'en avait rien fait. Il l'avait tenue dans ses bras comme si elle comptait pour lui, puis il lui avait brisé le cœur. Et c'était ça qu'elle ne pouvait pas pardonner, et qu'elle ne pardonnerait pas.

—Lara.

Levant la tête vers son visage aux traits sévères et virils, elle rejeta ses souvenirs là où ils auraient dû rester : dans le passé.

—Désolée, dit-elle avec un sourire qu'elle ne devait qu'à sa fierté. Je sais que la trousse est lourde. Je peux la porter le reste du trajet.

Walker n'entra pas dans le jeu de la discussion anodine.

—Nous ne nous sommes pas parlé depuis plusieurs semaines.

Elle savait qu'il faisait allusion aux conversations qu'ils avaient eues tard le soir avant leur baiser. Walker était un oiseau de nuit, tandis que Lara veillait souvent tard avec ses patients. Ils s'étaient retrouvés autour d'un café vers 23 heures la plupart des nuits, pendant que Walker gardait un œil télépathique sur sa fille et son neveu quand Sienna ne pouvait pas rester avec eux. Ils ne s'étaient rien dit de très mémorable, mais ces nuits-là avaient donné à Lara le courage de faire quelque chose qui n'était pas facile pour une louve non dominante.

Les guérisseurs n'étaient jamais des dominants… sans être soumis pour autant. En temps normal, le statut de ses compagnons de meute n'avait tout simplement pas d'influence sur Lara, alors que sa louve avait le don de tous les mettre à l'aise, jeunes autant que vieux. Il n'en allait pas de même avec Walker, mais malgré cela elle avait fait le premier pas et tenté ce baiser qui avait conduit à son humiliation.

Depuis son rejet, elle s'était arrangée pour être occupée ou ne pas se trouver à l'infirmerie vers cette heure-là. La blessure avait été trop fraîche. Mais le temps avait passé, les choses avaient changé ; elle n'en était plus au stade de la survie, elle avait remonté la pente. Ce qui ne voulait pas dire qu'elle allait laisser Walker revenir dans sa vie alors qu'elle était enfin prête à tourner la page.

— Tu ne te rappelles pas ? On s'est parlé pendant que je mettais un pansement à Marlee la fois où elle s'est éraflé le genou, dit-elle avec un rire qu'elle parvint à rendre naturel. À vrai dire (elle tendit la main pour prendre la trousse), si ça ne te dérange pas, j'aimerais mieux marcher seule le reste du chemin. Ça me donnera du temps pour réfléchir.

Walker resta immobile, ses yeux vert pâle rivés sur elle.

— Et si ça me dérange ?

L'atmosphère devint soudain pesante.

Elle ne comprenait pas pourquoi il insistait, mais elle savait qu'elle n'avait pas l'intention de remettre ce sujet sur la table. Ni ce jour-là, ni un autre.

— Si ça te va de la porter, alors merci, dit-elle, se méprenant sciemment sur le sens de sa question.

Sur ces mots, elle lui adressa un salut joyeux de la main et s'enfonça dans les bois en direction de la cascade.

Voilà, songea-t-elle, c'était fait. Elle avait clos ce chapitre humiliant de sa vie.

Chapitre 3

Le Conseiller Henry Scott avait pris la décision de sacrifier San Francisco deux mois plus tôt, sans tenir compte des bouleversements économiques et financiers qu'allait engendrer la destruction de la ville. Il ne lui restait plus qu'à finaliser les derniers détails.

Cette pensée à l'esprit, il se détourna des rues animées visibles par la fenêtre du bureau qu'il gardait à sa résidence londonienne, pour se placer face à l'homme qu'il avait chargé de coordonner ses ressources militaires, toutes intégrées à la structure simplifiée de Purs Psis. Le personnel civil originel avait été discrètement évincé des postes de commandement.

Henry n'avait pas besoin d'un parti politique. Il avait besoin d'une arme.

C'était pour cette raison qu'il avait placé Vasquez à la tête de toutes les opérations liées à Purs Psis. L'homme n'avait rien de remarquable ; il mesurait à peine un mètre soixante-cinq, avait davantage la carrure d'un gymnaste que d'un soldat, et son visage était si quelconque qu'on l'oubliait quelques minutes après l'avoir rencontré.

— Dans combien de temps pourrons-nous nous attaquer à San Francisco et aux régions voisines régies par les changelings ? demanda Henry.

— Un mois. (Après avoir ouvert les fichiers correspondants sur l'écran de communication principal, Vasquez dressa un récapitulatif de l'état de leurs ressources.) Ce que les loups appellent le « territoire de la tanière » sera le plus difficile à envahir, mais je travaille sur une solution.

Henry hocha la tête sans creuser le sujet. Vasquez ne lui aurait été d'aucune utilité s'il ne pensait pas par lui-même… chose dont la « femme » d'Henry, Shoshanna, avait tout intérêt à tenir compte avec ses propres conseillers. Elle s'entourait de larbins qui n'avaient pas le Q.I. d'une huître. Ce qui expliquait pourquoi c'était Henry qui menait la barque alors que Shoshanna pensait tenir les rênes.

— Y a-t-il des problèmes dont je devrais avoir connaissance ?
— Non.
— En ce cas, nous nous reverrons de nouveau dans une semaine.

Ce ne fut qu'après le départ de Vasquez qu'Henry ouvrit un autre fichier. C'était son portefeuille d'investissements, et il était une fois de plus en pire état qu'il aurait dû l'être. Il n'avait pas besoin d'être un expert pour comprendre qui orchestrait le lent étranglement de ses finances ; Nikita Duncan excellait dans l'art de manipuler l'argent. Cependant, même si les agissements de la Conseillère posaient clairement un problème, les pertes qu'il avait accusées étaient loin de suffire à l'arrêter. Il ne tarderait pas à s'emparer de San Francisco et à éradiquer les fondations de l'empire de Nikita.

Quant aux changelings… il ne pouvait pas les laisser en vie, pas après leur opposition sans cesse renouvelée. Ils se croyaient si bien protégés du Conseil qu'ils avaient encouragé la conception d'un hybride ayant du sang changeling, un fœtus qui, s'il arrivait à terme, conduirait à la dilution des aptitudes psychiques qui faisaient de l'espèce Psi la plus puissante de la planète.

Henry ne le permettrait pas.

Il était temps que le monde redevienne ce qu'il avait été plus d'un siècle durant, et ce qu'il était censé être. Les Psis les plus purs reprendraient le pouvoir, tandis que les deux autres espèces ne seraient tolérées que si elles se pliaient à leurs règles. Henry veillerait à ce que dans l'esprit des gens, les SnowDancer et DarkRiver soient associés au prix sanglant de l'insubordination.

Chapitre 4

Trois jours après l'histoire avec Maria et Sienna, Hawke se retrouva nez à nez avec un petit visage aux yeux écarquillés. S'accroupissant pour soutenir ce regard débordant de curiosité, il dit :

—Tu as l'air sérieux, Ben.

Le louveteau de cinq ans et demi pour lequel Hawke avait une affection particulière hocha la tête.

—T'as vraiment mis Sinna en prison ?

Hawke se mordit l'intérieur de la joue.

—Ouaip.

Les yeux de Ben, marron foncé comme ceux de sa mère, prirent une couleur ambrée de loup sous l'effet du choc.

—Pourquoi ?

—Elle n'a pas respecté les règles.

Ben y réfléchit une seconde en fronçant les sourcils.

—C'est comme quand on doit aller au coin ?

—Ouaip.

—Oh. (Il hocha la tête, l'air résolu.) Je le dirai à Marlee.

—Marlee est triste ?

La fillette était la cousine de Sienna et un membre de sa meute ; Hawke ne tolérerait pas qu'elle souffre.

Ben secoua la tête.

—Son papa a dit que Sinna avait fait une bêtise et que c'est pour ça qu'elle a été mise en prison, mais Marlee a dit que tu n'aurais pas mis Sinna en prison et que Sinna devait bouder et ne voulait parler à personne.

Ayant réussi tant bien que mal à suivre, Hawke se leva et ébouriffa les cheveux bruns de Ben, la tête du petit garçon chaude sous sa main.

— Elle sortira dans quelques jours.

Et irait se rendre utile à la garderie. Il savait que ce travail en lui-même ne serait pas une corvée pour elle. Elle avait un tempérament protecteur, et comme n'importe qui dans ce cas, loup ou non, elle aimait veiller sur les louveteaux. De leur côté, ils se sentaient en parfaite sécurité avec elle.

Ça ne lui pèserait donc pas de travailler à la garderie. C'était le fait d'avoir été démise des fonctions propres à son rang qui constituait la punition; la preuve visible que Hawke ne la jugeait pas apte à faire son boulot. Ça allait porter un coup dur à la fierté qui lui servait d'armure, mais le loup de Hawke ne doutait pas de sa volonté de fer. Sienna ne laisserait rien ni personne l'écraser, surtout pas Hawke. Question de principe.

À cette pensée, son loup découvrit ses canines dans un sourire carnassier.

— Rentre chez toi, Benny.

À la place, le louveteau lui emboîta le pas, courant sur ses petites jambes pour le rattraper.

— Où tu vas?
— Dehors.
— Je peux venir?
— Non.
— Pourquoi?

Hawke se baissa et prit Ben sous un bras comme un ballon de foot.

— Parce que tu es trop petit.

Ben gloussa et fit semblant de nager.

— Je suis plus grand que la semaine dernière.
— Qui t'a dit ça?
— Maman.

Hawke esquissa un sourire à ce simple mot imprégné d'amour.

— J'imagine que ça doit être vrai, alors. Mais tu es quand même trop petit.

Le garçon poussa un énorme soupir.

— Quand est-ce que je serai assez grand ?

— Plus vite que tu le penses. (Hawke déposa Ben devant la sortie et le poussa doucement vers la Zone Blanche, le terrain de jeu sécurisé pour les enfants.) Va taper dans un ballon. Ça t'aidera à grandir.

— C'est vrai ?

— Ouais.

Ben s'élança vers une clairière située du côté gauche de la Zone Blanche pour rejoindre une partie en cours sous la supervision d'un dominant qui était venu passer son temps libre avec les louveteaux. La moitié d'entre eux étaient sous leur forme humaine, les autres sous leur forme de loup. Il s'agissait à l'évidence de football selon les règles des changelings, qui autorisaient les petits coups de dents judicieusement placés pour faire lâcher la balle à ceux sous forme humaine.

En temps normal, la vue d'un loup détalant avec un ballon de foot dans la gueule tandis que ses amis essayaient de lui mordre la queue aurait amusé Hawke et lui aurait donné envie de se joindre à eux. Mais ce jour-là, son loup était trop à cran. Il se détourna et s'enfonça dans la forêt silencieuse afin d'évacuer un peu de sa tension par de l'exercice intensif. Il n'avait pas fait cent mètres hors de la Zone Blanche qu'il se figea.

Ce maudit félin pelote Sienna.

Cette pensée lui avait à peine traversé l'esprit qu'il sortit les griffes.

Sous ses yeux, Kit se positionna de façon à pouvoir attirer Sienna encore plus près. Les mains posées sur son visage, il lui donna un baiser appuyé qui dura assez longtemps pour que Hawke envisage de le démembrer. Mais le jeune léopard mit fin au baiser avant que le loup de Hawke s'empare des commandes, et prit la main de Sienna pour l'entraîner plus loin au milieu des pins vert foncé qui recouvraient la région, là où les ombres s'étiraient entre les grands troncs droits en cette fin d'après-midi.

Hawke n'avait pas besoin d'être un génie pour deviner ce que projetait le jeune homme.

—Hawke !

Rentrant les griffes, il tenta d'afficher une expression neutre lorsqu'il se tourna vers l'amie en qui il avait toute confiance.

Et qui était douée comme personne pour lui taper sur les nerfs.

Indigo fronça les sourcils et combla la distance entre eux.

—Kit était ici ? (Elle marqua une pause, de toute évidence parce qu'elle avait décelé une seconde odeur.) Ah, Sienna profite de son heure de liberté.

—Tu as besoin de moi ? (Il tendit la main vers la tablette électronique qu'elle tenait.) Y a-t-il un problème avec les patrouilles déployées ?

Ils avaient mis en place des patrouilles dans la forêt à l'intérieur des terres et le long des montagnes isolées sur la frontière du territoire de la tanière suite aux petites manigances du Conseiller Henry Scott quelques mois plus tôt ; des manigances qui avaient failli coûter la vie à Drew, le compagnon d'Indigo.

L'agitation était retombée depuis, mais la meute n'avait pas l'intention de baisser sa garde, d'autant que les Conseillers Psis semblaient décidés à s'entre-tuer. Que ça leur plaise ou non, les Psis étaient l'espèce la plus puissante de la planète. S'ils implosaient, tout le monde pâtirait des répercussions.

—Indigo, je n'ai pas toute la journée, dit-il sur un ton tranchant.

En guise de réponse, la lieutenante croisa les bras, une lueur de défi dans ses yeux bleu-violet.

—Les jeunes hommes commencent à montrer des signes d'agressivité. Tu sais à quoi c'est dû.

—Je m'en occuperai.

Une déclaration qui concentrait toute la force de sa domination et qui aurait fait fuir presque n'importe quel autre individu la queue entre les jambes.

Sans se laisser démonter, Indigo lui décocha un sourire carnassier.

—Je sais qu'il te suffit de claquer des doigts pour que les femmes se jettent dans ton lit… (Elle leva une main lorsqu'il se mit à gronder.) Je ne te dis pas d'abuser de ta position, mais ton statut de chef et ce à quoi tu le dois, ta force, ta vitesse, la domination que tu dégages, c'est du lourd. Sans parler de ton joli minois.

Il dut lutter pour rester concentré alors qu'il avait la nuque en feu à la pensée de ce qui se passait non loin de là dans la forêt.

—Merci pour le discours de motivation, dit-il avec la voix bourrue de son loup.

—Ferme-la.

Indigo était l'une des deux seules personnes de la tanière à pouvoir lui dire ça en face sans s'attirer de sérieux ennuis, et elle en profitait sans pitié.

—Je sais très bien que tu pourrais soulager l'envie qui te démange tout de suite si tu le voulais, mais demande-toi si ça aura le moindre effet de la soulager avec n'importe quelle compagne de meute, même une que tu apprécies.

Kit s'arrêta lorsqu'ils furent à l'abri de l'ouïe fine des changelings, y compris de celle d'un loup si proche de son animal que ses sens étaient plus développés que la normale. Car même si Kit aimait chercher Hawke, il avait aussi du respect pour le chef des SnowDancer et ne comptait pas le pousser à bout.

Ça aurait peut-être agacé son léopard s'il s'était agi d'un autre mâle dominant plus proche de l'âge de Kit, mais tout en étant conscient de sa propre force, l'animal savait aussi bien que l'homme que Hawke était un changeling prédateur dans la fleur de l'âge. Le chef des loups pouvait faire mordre la poussière à Kit sans le moindre effort.

Sienna retira sa main de celle du félin.

— Qu'est-ce qui t'a pris ? demanda-t-elle, plus intriguée qu'en colère.

— Tu insinues que mes baisers ne sont pas agréables ? rétorqua-t-il, ne résistant pas à l'envie de la taquiner.

Elle croisa les bras et le cloua du regard à la manière d'Indigo, son mentor.

— C'était bien ça le problème, il me semble.

La fierté de Kit en prit un petit coup, mais l'assurance de son léopard ne tarda pas à revenir en force.

— Tu veux réessayer ? Ce n'était qu'un baiser.

Elle se rembrunit et ses yeux virèrent au noir absolu.

— Kit, je... (Elle étrécit les yeux en surprenant le sourire qui jouait sur ses lèvres, puis fit mine de lui jeter quelque chose à la tête.) Ce n'est pas drôle.

En riant, il passa un bras autour de son cou et l'attira contre lui, conscient qu'elle avait du mal avec les contacts rapprochés aussi spontanés et qu'il était l'une des rares personnes en qui elle avait confiance de cette façon... assez pour l'avoir laissé l'embrasser à l'improviste.

— Comment pouvais-je résister, Sin ? Tu es si adorable et sérieuse.

Elle lui donna un méchant coup de coude. Il tressaillit mais ne la lâcha pas.

— Le courant ne passe toujours pas, n'est-ce pas ? (Il frotta le menton sur sa tête.) Dommage, parce que tu sais que tu es canon.

— Ça non plus, ce n'est pas drôle.

— Ce n'était pas une blague.

Il sut quand elle secoua légèrement la tête qu'elle pensait qu'il la menait en bateau, mais c'était un fait : Sienna était superbe, et ça n'avait échappé à aucun changeling dominant des deux meutes.

Ce n'était pas une beauté délicate et féminine, malgré sa petite taille et son ossature fine. Non, Sienna portait au fond d'elle une force qui s'était inscrite sur son visage. Cette femme ne fléchirait pas, quoi qu'il arrive. Et pour un changeling prédateur, elle incarnait à la fois la tentation pure et le plus irrésistible des défis.

Il eut un nouvel aperçu intrigant de sa force intérieure lorsqu'elle s'écarta pour lui faire de nouveau face.

— Tu n'as pas répondu à ma question.

— J'ai senti Hawke sortir, dit-il.

Comme il ne la quittait pas des yeux, il vit qu'à ses mots elle avait raidi les épaules et serré ses lèvres pleines.

Lorsqu'elle prit la parole, ce fut d'une voix légèrement rauque qui caressa ses sens comme de la soie brute.

— Est-ce qu'il nous a vus ?

— Oui.

Il s'appuya contre un vieux pin dont le tronc était dépourvu de branches jusqu'en haut de la canopée et glissa les pouces dans les poches de son jean, maudissant une fois de plus leur absence d'atomes crochus. Mais même s'il était déçu qu'il n'y ait pas de feu d'artifice entre lui et Sienna – oh, bien sûr, il y avait eu des étincelles, mais pas de quoi les satisfaire l'un et l'autre –, il avait le sentiment inébranlable que leur amitié était là pour durer. Et Kit prenait soin de ses amis.

— Ne me regarde pas comme ça.

Elle avait de nouveau croisé les bras et le fusillait du regard.

— Tu sais que je n'aime pas ce genre de petits jeux.

Oui, il le savait. L'intelligence de Sienna surpassait de loin celle de la majorité des gens, mais elle avait également été réduite à Silence l'essentiel de sa vie. À cause du conditionnement conçu pour étouffer ses sentiments et le cœur de sa personnalité, elle avait d'énormes lacunes dans son éducation émotionnelle… et c'était pour cette raison qu'elle avait plus que jamais besoin d'amis pour veiller sur elle.

— Les jeux c'est une chose, les coups stratégiques, c'en est une autre. (Il secoua la tête lorsqu'elle voulut répondre.) Les changelings prédateurs sont possessifs, c'est dans leur nature. Chez les chefs, ça prend une tout autre ampleur.

— Ça ne s'applique pas dans cette situation.

Elle crispa la mâchoire, sur la défensive. Mais elle ne fit pas semblant de ne pas comprendre de quoi il parlait.

— Il ne me voit pas comme une femme adulte, pas dans ce sens-là.

— C'est pour ça que je suis venu donner un coup de main… ou de lèvres, dans le cas présent. (Il s'avança et tira sur sa tresse, car c'était inconcevable pour son léopard de ne pas toucher une personne à laquelle il tenait.) Crois-moi, chaton, je sais quand un homme a envie de m'arracher la tête.

Ainsi que diverses autres parties de son anatomie.

— Hawke était prêt à faire de moi de la chair à pâté et à me jeter en pâture aux loups sauvages qui le suivent comme s'il était leur chef à eux aussi.

— Même si tu as raison, dit-elle avec raideur, ça ne changera rien. Il a pris sa décision.

Kit reconnut que c'était un problème. Car s'il y avait bien une chose qu'il savait au sujet du chef des loups, c'était que la volonté de Hawke était aussi inébranlable que du granit.

Hawke s'assit après être venu à bout des deux cents abdominaux qu'il s'était imposés. Il était 3 heures et son corps vibrait toujours alors qu'il était dans la petite salle de gym depuis plus d'une heure et avait fait tout son possible pour s'épuiser.

— Bon sang, grommela-t-il.

Il se leva et s'épongea le visage avec une serviette, puis alluma l'écran de divertissement sur le mur en le programmant pour qu'il affiche les rapports financiers. Épaulés par une équipe dévouée, Cooper et Jem s'occupaient de la gestion quotidienne des investissements de la meute des SnowDancer, mais Hawke veillait à se tenir à jour car les deux lieutenants sollicitaient souvent son avis.

Mais cette fois, il ne comprenait rien à ce qu'il avait sous les yeux, le cerveau embrumé par un désir sexuel si violent qu'il savait qu'il allait devoir s'en occuper s'il ne voulait pas que son loup commence à se rebeller et à attiser dangereusement l'agressivité de tous les hommes célibataires de la meute. Pour l'heure, ils étaient nerveux mais encore gérables. Si le loup de Hawke échappait à son contrôle… Il se passa les mains dans les cheveux, et s'apprêtait à tendre la main vers la bouteille d'eau lorsqu'il entendit quelqu'un entrer dans la salle d'entraînement voisine.

Il songea que c'était sans doute l'un des soldats de la patrouille nocturne. Après avoir bu une longue gorgée, il posa la bouteille sur un banc à proximité et poussa la porte qui menait à la pièce attenante dans l'intention de demander à l'autre personne si elle avait envie d'un combat. Riley était le seul de la tanière capable d'affronter le chef des SnowDancer au meilleur de sa forme et de lui infliger des dégâts, mais Hawke s'entraînait souvent avec d'autres compagnons de meute ; il s'assurait simplement de contenir un peu sa force.

Il fit trois pas dans la pièce et s'immobilisa, assailli par une odeur de feu automnal et d'épice exotique tandis que la porte se refermait derrière lui dans un léger cliquetis. Elle ne l'avait pas vu, la femme vêtue d'un pantalon de sport noir et d'un débardeur vert foncé, qui se mouvait avec grâce et fluidité au centre de la pièce. Ses gestes précis et épurés n'étaient pas ceux du combat, mais exprimaient une recherche de paix.

Elle avait soigneusement attaché ses cheveux qui lui arrivaient à la taille en une natte sombre qui jetait des éclats rubis. Ça donnait à Hawke le sentiment d'être un monstre ravisseur d'enfants, mais il ne pouvait pas s'empêcher d'imaginer les mèches soyeuses de Sienna se déroulant sur ses mains… sur son oreiller. *Bordel.* Il aurait dû se détourner et sortir sur-le-champ. Ce n'était pas pour rien qu'il veillait à ne jamais se retrouver seul avec elle quand il était dans cet état d'esprit.

Mais c'était trop tard.

Elle se figea telle une proie décelant l'odeur d'un prédateur, puis se retourna prudemment, méfiante. Elle ne prononça pas un mot, mais il sentit qu'il empiétait sur l'heure de liberté dont elle disposait pour la journée à venir… car quoi qu'elle fasse, jamais Sienna ne mentait ni n'essayait de se soustraire à sa punition lorsqu'elle brisait les règles.

Il aurait dû partir. À la place, il fit taire la voix de la raison et s'avança vers elle, conscient qu'elle raidissait la colonne vertébrale et carrait les épaules. Mais c'était le scintillement de transpiration sur ses clavicules qui le fascinait. Le loup eut envie de la lécher pour voir s'il retrouverait son odeur d'épice piquante et sucrée.

Malgré ce qui avait pu se passer dans la forêt plus tôt, le jeune léopard n'était pas parvenu à imprégner sa peau de son odeur. Il n'y avait que celle de Sienna. Ravalant son grondement de satisfaction, il musela l'instinct primaire qui le poussait à la goûter, à la prendre.

—Ton bras, murmura-t-il en se plaçant derrière elle et en faisant courir une main le long du bras en question pour qu'elle le lève, il devrait rester droit durant cette dernière rotation. Tu le baisses.

Le pouls de Sienna s'emballait sous la peau délicate de son cou, et il eut du mal à se retenir de pencher la tête et de la mordre à cet endroit. Pas pour la blesser, juste pour laisser une marque.

—Comme ça. (Il déplaça la main le long de son bras lisse et chaud jusqu'à ce qu'il soit droit.) Tu vois ?

Sans émettre le moindre son, elle inclina la tête de côté. Il sut que son mouvement n'avait pas été intentionnel, mais son loup y vit une invitation, l'offrande de cette partie vulnérable d'elle-même. Il aurait pu refermer la main sur sa gorge, les mâchoires sur sa jugulaire, tout ce qu'il voulait. Sa force surpassait tellement la sienne qu'il aurait pu le faire aussi dans d'autres circonstances, mais la conquérir ne l'intéressait que si elle s'abandonnait.

— Recommence, chuchota-t-il. Je veux regarder.

Il dut en appeler à toute sa volonté pour lâcher son bras, ne pas accepter son invitation fortuite et ne pas l'entraîner au sol dans une étreinte brûlante. Mais il ne put s'empêcher d'effleurer sa gorge du dos de la main lorsqu'il s'écarta, le ventre noué et le corps rigide comme de l'acier. Il recula jusqu'à être à l'endroit idéal pour la regarder, puis il attendit. Elle resta longtemps immobile, et il crut qu'elle allait lui refuser ce moment.

Mais Sienna commença alors à se mouvoir.

Et le loup de Hawke cessa de faire les cent pas sous sa peau.

Chapitre 5

À des centaines de kilomètres de là, dans une contrée désolée au cœur d'un autre continent, une Flèche du nom d'Aden balaya du regard un désert qui rougeoyait comme de la rouille au soleil mais scintillait à la lueur argentée de la lune.

— Pourquoi viens-tu toujours ici ? demanda-t-il à l'autre Flèche qu'il avait téléportée avec lui à cet endroit.

— On y voit clair, dit Vasic en posant sur le paysage de dunes ses yeux vifs et argentés qui reflétaient la clarté lunaire.

— Il n'y a rien ici.

Vasic se contenta de secouer la tête.

— Purs Psis.

— Un éventuel problème.

Aden se demandait parfois si lui et Vasic n'avaient pas noué par inadvertance un lien télépathique subconscient tant ils se comprenaient bien sans le moindre effort.

— Peut-être est-ce survenu lorsque nous avons été placés en formation enfants, dit Vasic avec un à-propos parfait. Les liens se forment plus facilement avant que l'on soit totalement réduit à Silence.

Aden préférait ne pas songer à cette époque. Un enfant était faible, facile à briser. Il n'était plus cet enfant-là.

— Purs Psis, dit-il, revenant à la raison de leur réunion.

— Gutierrez et Suhana les ont déjà infiltrés et sont revenus faire leur rapport. Nous risquons de perdre Abbot et Sione.

— Ce n'est pas inattendu.

Les aptitudes des deux Flèches étaient instables.

— Non.

Aden regarda un minuscule insecte courir sur le sable à ses pieds.

— Les partisans de Purs Psis disent vouloir préserver l'intégrité de Silence.

L'insecte buta sur quelque chose et se retourna sur le dos.

Vasic remit délicatement la créature sur ses pattes à l'aide de sa télékinésie, et elle se précipita dans son trou.

— Il y a bien souvent un fossé entre les paroles et les actes.

— Oui.

Plus d'un siècle plus tôt, Zaid Adelaja avait créé les Flèches dans le but qu'elles protègent Silence et veillent à ce que jamais il ne s'effondre et anéantisse le PsiNet. Mais désormais…

— Nous devrons bientôt prendre une décision.

Vasic s'accroupit et prit une poignée de sable. La silice accrocha les rayons de la lune lorsqu'elle glissa entre ses doigts.

— Oui.

Aucun d'eux ne précisa que cette décision risquait bien de changer la face du PsiNet pour toujours.

Chapitre 6

Le plaisir coupable que Hawke s'était accordé la nuit précédente revint le tarauder au matin. Son loup avait goûté à Sienna Lauren, et il perdait patience. Il la voulait, tout de suite. Son odeur affolante d'épice et d'acier restait sur sa peau et emplissait ses narines à chaque inspiration.

Il ne pouvait pas se permettre de céder à ses pulsions. Même s'il mettait toutes les autres considérations de côté, elle n'avait que dix-neuf ans et était loin d'être assez mûre pour gérer l'homme et son loup, d'autant plus qu'il marchait à ce moment-là sur le fil du rasoir. Il l'avait très probablement terrifiée.

Il serra les dents.

Sa décision prise, il empaqueta du matériel et se rendit au garage souterrain où les SnowDancer garaient leurs véhicules.

— Je serai de retour dans deux semaines, dit-il à Riley lorsque le lieutenant l'eut rejoint à côté du 4 × 4 vert kaki. Je pars dans les montagnes afin de m'assurer que nous n'avons pas manqué de zones vulnérables le long du périmètre.

C'était un moyen légitime d'évacuer sa frustration, surtout depuis qu'ils avaient renforcé la surveillance de cette région. Il suffirait à Riley de laisser Hawke prendre la place d'un des soldats et de confier à son compagnon de meute une autre charge plus près de la tanière ; personne n'y verrait d'inconvénient, car les patrouilles dans la montagne avaient tendance à être calmes et solitaires.

— Garde la maison.

Ce n'était que parce qu'il avait une confiance indéfectible en ses lieutenants qu'il pouvait envisager de rester à l'écart de la tanière aussi longtemps.

— C'est ce que je fais toujours, non ? (Riley croisa les bras et scruta Hawke de ses yeux marron foncé avec un calme patient qui ne cachait rien de son esprit incisif.) Tu as ton téléphone satellite au cas où on aurait besoin de toi ?

Hawke le lui montra. Rien ne l'empêcherait de retourner à la tanière si on l'appelait, que ce soit par le biais de la technologie ou par le chant d'un loup.

Riley sortit une petite tablette électronique de sa poche.

— Je vais promouvoir Tai du statut de novice expérimenté à celui de soldat complet.

— Je le sentais venir. (Le jeune homme avait gagné en maturité cette année-là, ce qui lui serait utile pour assumer ses nouvelles responsabilités.) Je veillerai à lui parler en rentrant.

Hochement de tête de Riley.

— Quant à Maria... elle assurera ses tours de garde sous surveillance une fois qu'elle sera libre de sortir.

— Bien.

— Sienna va être d'humeur belliqueuse quand sa punition sera levée.

Hawke jeta son matériel à l'intérieur du 4 × 4 plus violemment que nécessaire.

— Finies, les libertés pour elle, Riley. Si elle déroge aux règles, remets-la à sa place.

Le plus âgé de ses lieutenants, qui était aussi son ami, haussa un sourcil.

— Tu te rappelles quand je t'ai dit que je t'abattrais au premier regard que tu poserais sur elle ? (Ça avait été une façon de lui rappeler que Riley et Drew considéraient Sienna comme un membre de leur famille et qu'il leur revenait donc de la protéger.) Eh bien, j'ai toujours l'intention de te réduire en charpie si tu lui fais du mal, mais je ne me mettrai pas en travers de ton chemin si tu veux la courtiser… Elle n'est plus aussi vulnérable qu'elle l'était avant.

Après s'être installé dans le siège conducteur, Hawke activa le volant manuel et se pencha pour refermer la portière avec des gestes brusques qui trahissaient la fureur et la frustration de son loup.

—Ça ne change rien.

Il ne pouvait pas se permettre que ça change quelque chose. Pas s'il voulait pouvoir se regarder dans une glace.

—Vraiment ?

Riley appuya les bras sur le cadre de la fenêtre, l'air aussi détendu que s'ils discutaient d'un sujet anodin… mais ses yeux en disaient plus long. Rien n'échappait à ses yeux.

—Alors pourquoi est-ce que tu t'apprêtes à aller t'enterrer en loup solitaire dans le coin le plus paumé du territoire de la tanière ?

Hawke démarra le moteur.

—Tu sais pourquoi. J'ai besoin de courir pour évacuer.

Hawke se savait pleinement capable de séduire Sienna, et de lui donner du plaisir par la même occasion… ce n'était pas de l'arrogance mais un simple fait. Leur attirance mutuelle était flagrante. La peau de Sienna s'était embrasée la nuit précédente, et il avait brûlé de l'envie de tracer les pulsations érotiques de son pouls sur chaque centimètre intime de son corps. Avec son expérience par-dessus le marché, il ne doutait pas un seul instant qu'il pourrait attirer Sienna Lauren en douceur dans son lit et prendre ce que son loup voulait autant que lui, jusqu'à ce que s'apaise le désir qui lui lacérait le ventre.

À cette pensée, il crispa les mains sur le volant, l'esprit inondé d'images de leurs membres enlacés sur des draps défaits et de la peau crémeuse au hâle doré de Sienna contre la sienne plus sombre. Mais ces images étaient destinées à rester là où elles étaient… enfermées dans son esprit. Car il savait qu'il n'était pas l'amant qu'il fallait à une jeune femme innocente qui ne comprendrait pas ses exigences insatiables… et qu'il ne pourrait jamais lui donner le lien qui compenserait tout ce qu'il lui prendrait.

Exaspérée, Sienna astiquait avec des gestes énergiques la grande casserole de la cuisine commune d'où sortaient les repas de la plupart des loups adultes et célibataires de la tanière.

— Avec nos aptitudes sophistiquées, pourquoi a-t-on besoin de récurer des casseroles ? marmonna-t-elle.

C'était le troisième jour de la troisième semaine de sa punition, et elle commençait sérieusement à prendre du muscle à force de travailler d'arrache-pied.

— Parce que certaines choses n'ont bon goût que quand on les cuit dans une casserole, dit Tai à côté d'elle tandis qu'il empilait des assiettes. C'est ce que dit Aisha, et on ne la contredit pas.

Contrairement à elle, Tai ne s'était pas attiré d'ennuis ; c'était juste son tour d'être de corvée à la cuisine, ce qui expliquait sa bonne humeur irritante.

— Plus que quatre jours et je suis libre, dit-elle dans sa barbe.

Elle se concentra sur sa tâche afin de chasser le souvenir des mains de Hawke sur sa peau et de son souffle chaud contre sa tempe et son cou.

Elle avait eu l'estomac noué d'impatience toute la journée qui avait suivi leur rencontre… pour finir par découvrir qu'il avait quitté la tanière. Elle se mit à frotter la casserole avec une telle vigueur que l'éponge commença à noircir. Elle avait beau ne pas être une louve, elle comprenait exactement ce qu'il était en train de faire. Ce qui s'était passé cette nuit-là dans la salle d'entraînement ne se reproduirait pas ; il devait sans doute estimer que ça avait été une erreur de jugement de sa part, une conduite indigne d'un chef. Sienna Lauren n'était pas une amante convenable pour l'homme qui était le cœur de la meute des SnowDancer.

La poitrine comprimée, elle remarqua à peine qu'elle éraflait ses jointures contre l'intérieur de la casserole. Autrefois, une réaction aussi virulente aurait déclenché une onde de dissonance et des piques de douleur conçues pour lui rappeler qu'elle devait maintenir Silence, mais Judd l'avait aidée à se débarrasser des dernières amorces émotionnelles six mois plus tôt.

Sienna s'était retenue de sauter le pas pendant presque un an après que Judd avait déterminé comment désactiver les protocoles de douleur. Elle n'avait consenti à les éliminer que parce que la dissonance ne cessait de gagner en intensité et avait présenté le risque de causer des dommages irréversibles à son cerveau. Sienna était donc libre de tout ressentir… y compris une profonde terreur à l'idée que le marqueur X pouvait encore faire d'elle une tueuse de masse.

—Hé.

Tai lui donna un coup de coude.

—Quoi? demanda-t-elle en rinçant la casserole.

—Tu ne devrais pas le prendre autant à cœur, tu sais. (Elle sentit son corps chaud et musclé contre le sien lorsqu'il se pencha un instant vers elle.) On m'a éjecté de mon poste de garde une fois quand j'ai agi de façon stupide. Ça arrive.

Touchée par sa tentative de lui remonter le moral, elle ravala le nœud de colère et de frustration qui semblait ne jamais vouloir s'en aller.

—J'ai entendu dire que tu étais ressorti avec Evie.

Après avoir posé la casserole sur l'égouttoir, elle s'attaqua à la suivante.

Tai se hissa sur le plan de travail, ses longues jambes touchant presque le sol. Il avait pris des épaules en l'espace d'une année, et elle se rendit compte qu'il était devenu un homme imposant, presque autant que Hawke…

Non. Elle refusait de penser à lui. Il n'avait pas eu de scrupules à la laisser en plan, lui.

—Alors quoi?

— Si tu racontes que je l'ai admis, dit Taï, je n'hésiterai pas à te traiter de menteuse.

Il jeta le torchon sur son épaule et la fusilla du regard, sans que sa grimace altère les traits exotiques de son visage.

— Je suis douée pour garder des secrets.

Ce talent avait été une question de survie. Elle avait compris très jeune que personne ne voulait fréquenter un monstre.

La voix embarrassée de Taï interrompit le cours de ses pensées.

— Mince, j'ai envie de lui écrire des poèmes, de lui chanter des sérénades et de lui voler un baiser au clair de lune, de remplir sa chambre de bougies rien que pour la voir sourire, de la tenir toute la nuit dans mes bras afin de pouvoir inspirer son odeur au réveil.

Surprise, Sienna avait cessé de frotter dès la première partie de sa déclamation.

— C'est beau.

Son cœur s'emballa sous l'impulsion d'un besoin fragile dont elle n'avait pas eu conscience jusque-là.

Taï posa sur elle ses yeux légèrement bridés, l'air penaud.
— Ah oui ?
— Oui.

Réprimant l'étrange et incompréhensible douceur qu'elle avait sentie naître en elle, elle ajouta :

— Enfin, peut-être pas tout ça en même temps.

— Si je survis à Indigo, marmonna Taï. Elle est tellement protectrice que je m'expose à ses foudres chaque fois que j'ose demander à Evie de sortir avec moi.

— Tu ne peux pas lui en vouloir, si ? Evie est si douce.

Sienna avait été certaine qu'elle allait horrifier Evie quand Indigo avait insisté pour la présenter à sa sœur ; mais en dépit de son cœur trop tendre, Evie cachait un côté espiègle. De ce fait, elles n'avaient pas tardé à se lier d'amitié, et avaient autrefois semé la pagaille ensemble dans la tanière.

Taï hocha la tête.

— Je pense que cette casserole est propre maintenant.

Après la lui avoir tendue pour qu'il l'essuie et la range, elle rinça l'évier et se hâta de partir. Ce ne fut que lorsqu'elle se retrouva dehors, dans l'ombre vert foncé des géants de la forêt, qu'elle se rendit compte à quel point l'air frais de la Sierra Nevada lui avait manqué durant les heures passées à la cuisine. Avant de rejoindre les SnowDancer, elle n'avait rien connu d'autre que les gratte-ciel et la ville. Depuis, elle avait goûté à la beauté sauvage des montagnes, mais également appris ce que c'était que d'avoir des amis, et une famille à laquelle elle était liée par plus que de simples liens du sang.

— J'ai pris ma décision, dit-elle à l'homme venu se placer à côté d'elle avec la grâce silencieuse d'un assassin. Quoi qu'il arrive, je ne retournerai pas sur le PsiNet, je ne m'assujettirai pas de nouveau à Silence.

Elle avait été forcée d'envisager cette éventualité lorsqu'il s'était avéré que ses aptitudes sombraient dans le chaos et la destruction.

— Comment est ton contrôle ? demanda Judd au lieu de commenter sa déclaration.

— En béton.

Grâce au temps qu'elle avait passé à l'écart de la tanière et aux soins d'autres déserteuses, dont une qui excellait dans la construction de boucliers, elle avait obtenu une seconde chance. Jamais elle n'oublierait la mort qu'elle abritait, mais…

— Je vais m'en sortir, Judd. Je cracherai au visage de l'enfoiré qui nous a tous condamnés.

Judd se garda d'entamer l'assurance de Sienna, conscient qu'elle n'en aurait pas de trop pour survivre aux ténèbres à venir ; car il savait une chose qu'elle ignorait. C'était une vérité qu'il portait dans son cœur depuis des années et qu'il ne lui révélerait jamais, de crainte sinon de voir le pire se réaliser.

Il avait piraté les archives secrètes du Conseil quand Sienna avait eu dix ans, aidé par d'autres Flèches qui avaient compris que sa nièce était susceptible de rejoindre un jour leurs rangs. Il avait été le seul à lire les fichiers qui remontaient cent cinquante ans en arrière, et était donc le seul à connaître la cruelle réalité : aucun X-Psi n'avait dépassé l'âge de vingt-cinq ans... même sous Silence.

Le seul X-Psi à avoir survécu jusque-là avait été de rang 3,4. Celui de Sienna était trop élevé pour être mesuré.

Durant sa première semaine dans les montagnes, Hawke avait évité tout contact, même avec les gardes. Il s'était su incapable d'être en compagnie de qui que ce soit. Les loups sauvages s'étaient eux aussi tenus à bonne distance lorsqu'il les avait repoussés par un grondement... même s'ils se rassemblaient malgré tout la nuit pour former un grand amas de fourrure autour de lui. C'était difficile de rester en colère face à tant d'affection, mais Hawke était dominé par son loup.

Les rêves n'aidaient certainement pas.

Du feu rouge comme un rubis et une peau lisse au hâle doré ; une odeur d'automne et d'épice exotique. Les échos de Sienna le hantèrent au point qu'il ne put plus fermer les yeux sans qu'ils effleurent ses sens telle une caresse fugace et soyeuse.

Ses rêves étaient si réalistes qu'il se réveillait dur comme la pierre et furieux de son manque de contrôle. Résultat, il était plus mince et d'une humeur doublement massacrante lorsqu'il rentra à la tanière. Il avait couru jusqu'à épuisement, et même si son loup se tenait tranquille, il savait qu'il basculerait à la moindre provocation, au moindre contact. Et il devait encore lutter contre l'envie irrépressible de la retrouver afin qu'elle sache qu'il était de retour.

—Merde.

Après avoir jeté son équipement sur le sol de sa chambre, il avait retiré son tee-shirt en vue d'aller prendre une douche, lorsqu'il sentit une odeur familière de femme. En grondant, il alla à la porte et l'ouvrit d'un geste brusque.

—Pas un mot, assena-t-il à Indigo.

Douchée de frais, vêtue d'un jean et d'un simple tee-shirt blanc, les cheveux attachés en queue-de-cheval, Indigo le gratifia d'un lent sourire avant de l'examiner de la tête aux pieds.

— Ça a des avantages de ne pas dormir, on dirait.

Hawke montra les dents.

— Va reluquer ton compagnon.

Elle ricana.

— Si Drew était là, tu penses que je t'accorderais un regard?

— Va-t'en.

— Je m'en irai quand j'aurai obtenu ce que je veux.

— Quoi donc?

— Attends. (Indigo se tourna pour jeter un coup d'œil dans le couloir.) La voilà.

— Désolée, dit Yuki, vêtue d'un tailleur impeccable qui indiquait qu'elle se rendait à son travail. Je pensais qu'on se retrouvait dans ton bureau.

Elle sortit de sa sacoche un formulaire imprimé et fixé par une pince à un bloc-notes.

Indigo le prit et le mit dans les mains de Hawke.

— J'ai décidé de coincer le loup enragé dans sa tanière.

Hawke saisit le stylo-bille en grondant.

— Qu'est-ce que c'est? demanda-t-il avant de signer sans lire, un acte de confiance qu'il réservait aux lieutenants.

S'il en venait un jour à ne plus s'en remettre à eux les yeux fermés, les SnowDancer auraient de sérieux ennuis. Ça ne s'était produit qu'une seule fois dans toute l'histoire de la meute, et Hawke avait résolu de ne jamais laisser ces événements douloureux entacher la relation qu'il avait avec les siens.

— On n'a généralement pas besoin qu'un avocat soit témoin.

— Pour ça, si, dit Indigo en griffonnant son nom à côté du sien avant de tendre le stylo-bille à Yuki afin qu'elle puisse l'imiter. Ça transfère à Riley le pouvoir sur tes biens matériels si les circonstances venaient à l'exiger.

Il leva la tête.

— Indigo.

— Je suis sérieuse. Ça lui donne aussi le droit de prendre des décisions critiques en ton nom si nécessaire.

— Depuis quand doit-on en passer par là dans une meute ?

La meute était soudée. La meute était une famille.

— Depuis que Judd a fait remarquer que dans le cas où tu ne serais plus en mesure d'assumer tes fonctions, ça rendrait les choses beaucoup moins compliquées si on avait des documents légaux, dit Yuki en fronçant les sourcils. Sinon, n'importe qui voulant affaiblir la meute pourrait en profiter pour dresser des obstacles en travers de notre chemin. Ça m'énerve de ne pas y avoir pensé moi-même.

Hawke dut convenir que c'était logique. Surtout que... *Oh.*

— C'est parce que je n'ai pas de parents proches.

Pas de père ni de mère. Pas de frères ni de sœurs. Pas de compagne.

Yuki lui jeta un regard pénétrant, rappel abrupt que la fidèle compagne d'Elias, et la mère aimante de Sakura, était aussi un vrai chien de garde quand il s'agissait de son client le plus gros et le plus exigeant... la meute SnowDancer.

— Je préférerais qu'on n'ait jamais à se servir de ces documents, alors ne sois pas blessé. (Après avoir rangé le bloc-notes et les papiers dans son sac, elle regarda sa montre, envoyant ses cheveux noirs lustrés effleurer sa mâchoire.) Il faut que je file, j'ai une réunion à Sacramento, lança-t-elle par-dessus son épaule en partant.

— Je confirme tout ce qu'a dit Yuki.

Indigo se pencha comme si elle voulait l'étreindre. Lorsqu'il eut un mouvement de recul involontaire, elle étrécit les yeux.

— Tu es dans un sale pétrin si tu ne te permets même pas de toucher une compagne de meute pour laquelle tu n'as aucune attirance sexuelle.

— Je t'ai dit que je m'en occuperais.

Comprenant ce qu'il sous-entendait, elle pinça les lèvres.

— Bon sang, Hawke. (Bras croisés, elle secoua la tête.) Je sais ce que tu projettes, et que tu penses la protéger… mais si tu fais ça, Sienna ne te le pardonnera jamais. Tu es sûr de vouloir faire une croix sur tes chances avec elle ?

Il la regarda dans les yeux et laissa s'exprimer la domination de son loup. Elle soutint son regard plus longtemps que n'aurait pu le faire qui que ce soit à l'exception de Riley.

— Et mince. (Elle cligna des yeux et soupira.) Tu sais que tu es une sacrée tête de mule ?

— Je suis celui que je suis.

Un homme qui devait assouvir son désir sexuel avant que son loup prenne la décision à sa place. Car ce dernier ne suivrait la piste que d'une seule odeur.

RÉCUPÉRÉ DE L'ORDINATEUR 2(A)
TAGS : CORRESPONDANCE PRIVÉE, PÈRE, ACTION NON REQUISE

De : Alice <alice@scifac.edu>
À : Papa <ellison@archsoc.edu>
Date : 16 mars 1971 à 10 h 13
Objet : re : Ta mère

Cher papa,

Dis à maman que si je ne lui envoie jamais d'e-mails, c'est parce que c'est elle que j'appelle. Je dois être équitable ou l'un de vous m'accusera de favoritisme.
Avant que j'oublie… merci à vous deux pour le cadeau. La sculpture est extraordinaire et sera parfaite dans mon bureau. Toi et maman me connaissez trop bien.
Tu me demandais des nouvelles de mon nouveau projet. J'ai à peine commencé, et alors que mes collègues Psis ont accepté de diffuser ma demande d'informations sur le PsiNet, je me heurte déjà à la première difficulté : la rareté des X-Psis. Jusqu'ici, ils ne sont que deux à s'être manifestés pour participer, mais je ne me décourage pas. Ce ne serait pas digne d'une Eldridge.
Passe le bonjour aux pharaons de ma part.

Je t'embrasse,
Alice

CHAPITRE 7

—Je sais qu'il ne ferait de moi qu'une bouchée, mais Seigneur, c'est à peine si j'arrive à m'empêcher de me déshabiller et de le supplier de me mordre partout où il veut.

Surprenant ce cri du cœur, Sienna laissa tomber sa quatrième assiette de la journée. La cuisinière en chef, Aisha, leva une main et la renvoya à l'évier d'un doigt. Elle y alla sans discuter ; depuis qu'elle avait appris que Hawke était revenu, elle n'était plus bonne qu'à frotter ces maudites casseroles, le cerveau dans le même état que les œufs brouillés que Marlee et Toby adoraient manger le dimanche matin.

Comme si elle l'avait invoqué en pensant à lui, son frère apparut à côté de son coude.

—Waouh, c'est une grosse casserole, Sienna.

De la chaleur se diffusa dans ses veines. Elle aurait fait n'importe quoi pour Toby. Né avec un léger don empathique, il incarnait la bonté et la gentillesse. Il lui donnait envie d'être quelqu'un de bien, elle aussi… même si elle savait que c'était un objectif impossible à atteindre. Les X-Psis n'étaient nés que pour une chose.

La destruction.

Il posa une main sur son avant-bras.

—Sienna.

Lâchant la casserole, elle se pencha et entoura de ses bras couverts de mousse son corps dégingandé de préadolescent, qui n'était plus celui de l'enfant que l'année passée encore elle chatouillait pour qu'il aille se coucher.

— Comment devines-tu chaque fois ? chuchota-t-elle dans ses cheveux.

Il lui enlaça le cou.

— Je te vois sur notre toile, dit-il, se référant au réseau psychique qui reliait tous les membres de leur famille.

Il fournissait l'énergie nécessaire à leurs esprits de Psis, et c'était ce qui les avait maintenus en vie lorsqu'ils avaient déserté l'immensité du PsiNet.

— Ton esprit devient tout glacé.

Elle entendit la crainte dans le ton de sa voix. Chaque fois qu'elle se « glaçait », comme il disait, Toby prenait peur. Car il comprenait d'instinct ce qu'elle était, ce qui signifiait qu'elle ne pourrait jamais lui épargner la dure vérité ; Toby voyait le monstre qu'elle abritait, et il continuait malgré tout à l'aimer et à avoir besoin d'elle.

— Ne retourne pas sur le Net, Sienna. (C'était une supplique.) S'il te plaît.

— Non, Toby. Non.

La résolution qu'elle avait prise plus tôt se renforça. Si en dépit de tout elle ne parvenait pas à contenir son aptitude, elle veillerait à se « supprimer », ainsi que l'avait formulé autrefois le Conseiller Ming LeBon. Toby souffrirait de sa mort, mais ça ne l'anéantirait pas comme s'il devait la regarder devenir distante, une étrangère Silencieuse qui rejetterait son amour comme un symbole dépourvu de valeur.

— *Je t'aime, Toby.*

Cet échange télépathique entre une sœur et un frère était aussi naturel pour eux que l'acte de respirer.

— *Je suis content que tu sois ma sœur, Sienna.*

Ils restèrent enlacés un long moment. Même si Aisha menait son monde à la baguette, elle ne demanda pas à Sienna de s'activer. Les yeux de la cuisinière se mirent à pétiller lorsqu'elle les aperçut ; les loups comprenaient l'importance du contact physique et de l'affection. Ils n'imaginaient pas ce que ça représentait pour Sienna de pouvoir prendre ouvertement dans ses bras le garçon qui occupait une telle place dans son cœur.

Depuis la naissance de Toby, elle avait dû se cacher et enterrer tout ce qu'elle ressentait pour lui. Si Ming avait pu mesurer l'intensité de cet amour qui avait défié Silence, cet enfoiré n'aurait certes rien fait à Sienna – elle avait eu trop de valeur –, mais il aurait très bien pu mettre fin à la vie de Toby afin de « sauvegarder » le Silence de sa sœur.

Elle l'aurait tué pour ça, bien sûr.

Enfouissant cette sombre pensée dans un recoin secret de son esprit où Toby ne la détecterait jamais, elle s'écarta et repoussa les cheveux qui lui tombaient devant les yeux, comme elle avait l'habitude de le faire.

— Pourquoi n'es-tu pas en cours ?

Toby était inscrit à la petite école interne pour les cinq à treize ans ; les adolescents plus âgés allaient en général à un collège en dehors du territoire de la tanière, à l'exception des quelques-uns qui optaient pour des cours par correspondance.

— On a l'après-midi de libre aujourd'hui. C'est les profs qui ont réunion.

— Toby, ta grammaire est atroce.

Son énonciation et sa grammaire avaient été aussi parfaites que celles de n'importe quel Psi avant qu'ils désertent. Elle le préférait assurément comme il était aujourd'hui.

— Rhooo, Sienna. (Il l'embrassa sur les deux joues.) Tu pourras m'aider avec mes devoirs quand tu sortiras de la cuisine ?

— Bien sûr. (Elle se redressa.) Quelle matière ?

— SVT. Je dois fabriquer un volcan. (Ses yeux de cardinal pétillaient.) Il va entrer en éruption et tout.

Elle crispa la main sur l'éponge qu'elle venait de prendre.

— Waouh. (S'obligeant à desserrer les doigts, elle indiqua la corbeille de fruits d'un signe de la tête.) Mange une pomme. C'est bon pour toi.

Toby grimaça mais obéit.

— Je ne peux pas avoir un cookie plutôt ?
— Non.
— C'est de la maltraitance.

Mais il souriait lorsqu'il mordit dans le fruit rouge et brillant, et son sourire s'agrandit quand Aisha lui glissa un cookie aux flocons d'avoine et raisins secs de la taille d'une paume.

— Finis d'abord la pomme, ordonna la cuisinière en lui ébouriffant les cheveux.

— Merci, Aisha, dit Toby avant de se retourner vers Sienna.

Les yeux du garçon étincelaient d'une façon qui l'aurait inquiétée si elle n'avait pas observé le même phénomène avec ceux de Sascha Duncan. Car les étoiles n'étaient plus blanches. Pas tout à fait. Les yeux de Toby s'étaient parés de couleurs scintillantes, comme s'ils prenaient vie.

Parfois, Sienna songeait que Toby avait été envoyé dans ce monde pour équilibrer la balance, être l'antidote de la sœur qui l'aimait du fond de l'âme mais ne pouvait engendrer que douleur, souffrance et horreur.

Hawke bloqua le coup de pied d'Elias et jeta le soldat vétéran sur le dos.

— Bon sang, Eli. Tu t'exposes trop.

Elias resta étendu au sol, à bout de souffle.

— Non. C'est juste que tu n'y vas pas de main morte. (Il grimaça.) Je vais t'envoyer Yuki... elle n'aime pas quand tu me tabasses.

Son humour ne dérida pas Hawke, qui attendit que l'autre homme se remette debout.

— Tu disais vouloir t'entraîner pour déterminer ce sur quoi tu dois travailler.

— Je retire ce que j'ai dit. (Elias appuya les mains sur les genoux.) La seule personne qui soit de taille à se mesurer à toi quand tu es de mauvais poil, c'est Riley.

Après s'être complètement redressé, il passa une main dans ses cheveux châtain foncé trempés de sueur.

— Je dois te faire mon rapport, de toute façon.

Le loup de Hawke était tendu et prêt à se défouler, mais il prit une profonde inspiration et musela son animal.

— Des problèmes en ville?

DarkRiver et les SnowDancer avaient renforcé leur présence à San Francisco depuis les alertes à la bombe de l'année précédente.

— Sais pas. (Elias se frotta la mâchoire.) Tu devrais contacter les léopards vu qu'ils obtiennent toujours les meilleures informations, mais mon instinct me chatouille. Je n'arrive pas tout à fait à mettre le doigt sur ce qui cloche… Le truc, c'est que comme tu le sais, les Psis sont plus nombreux à venir dans la région que d'habitude.

— Ouais. C'est dû à la décision de Nikita de ne plus soutenir Silence. (Non pas par bonté de cœur, mais simplement parce que c'était logique sur le plan politique. La mère de Sascha était insensible.) Ils créent des ennuis?

— Non, ils sont discrets comme des petites souris.

Elias emboîta le pas à Hawke lorsqu'il commença à se diriger vers le parcours d'entraînement. La course d'obstacles allait permettre au chef des loups d'évacuer son trop-plein d'énergie avant qu'il rentre parler à Tomás des quelques personnes qu'il voulait lui envoyer pour qu'il les forme.

— Mais leur affluence est telle qu'il est difficile de distinguer ceux qui sont amicaux des autres, poursuivit Elias.

Hawke avait émis la même inquiétude avec Lucas un peu plus tôt.

— Les Rats savent qu'ils doivent surveiller toute activité inhabituelle de la part des Psis, dit-il, se référant au petit groupe de changelings qui avaient mis en place un réseau d'espionnage très efficace, mais je demanderai à Lucas de leur parler et de les inciter à redoubler de vigilance.

Il se fiait à l'instinct d'Elias. Le soldat était l'un de ses hommes les plus compétents, pas assez dominant pour être un lieutenant, mais intelligent et expérimenté ; et surtout, il avait comme Riley la tête sur les épaules.

— Merci. (Elias regarda le parcours d'entraînement et relâcha son souffle.) Mince, Riaz est sadique. Qu'est-ce que c'est que ces trucs pointus ? Ils n'étaient pas là la dernière fois.

— Chronomètre-moi.

Le loup de Hawke retroussa les babines, fébrile. Riaz s'était surpassé. Tandis qu'il gravissait la première pente en courant, Hawke pria pour que l'instinct d'Elias se trompe pour une fois ; mais compte tenu des événements des derniers mois – et du fait que tous les C-Psis de la planète semblaient prédire la guerre –, il savait que c'était un bien maigre espoir auquel il s'accrochait.

Walker alla renouer la queue-de-cheval de sa fille tout en jouant à un jeu avec elle sur le LaurenNet. Le tourbillon inhabituel au centre de l'étoile mentale qu'était l'esprit de Walker la fascinait et ne cessait de la déconcentrer.

Pour l'équipe du Psi-Med hôpital aussi, il avait été une sorte d'énigme. Personne n'avait jamais su expliquer d'où venait l'étrange hélice mobile qui était apparue chez lui bien après l'enfance. Il avait été question de l'étudier de plus près, mais lorsqu'il s'était avéré que le tourbillon n'altérait ni en bien ni en mal sa télépathie déjà puissante, le problème avait été mis de côté.

Walker avait en revanche constaté que c'était un excellent outil pour évaluer le développement psychique des enfants… à tel point qu'il avait fini par croire que c'était sa finalité. Comme il était particulièrement doué pour établir des contacts télépathiques avec les jeunes, et que l'hélice était apparue peu après qu'il avait commencé à enseigner, ça paraissait logique.

En l'occurrence, alors que Toby en était arrivé à un stade de maturité suffisant pour ne pas se laisser distraire par son mouvement, ce n'était pas encore le cas de Marlee.

Presque, l'encouragea-t-il sur le plan psychique tandis que le ruban de sa fille lui glissait des mains.

— Tu sais que je ne suis pas doué pour ça, dit-il après l'avoir ramassé. (Il avait des mains trop grandes et malhabiles pour une tâche aussi délicate.) Pourquoi n'as-tu pas demandé à Sienna ?

Attendant qu'il ait terminé et vienne s'accroupir devant elle, elle passa un bras autour de son cou.

— J'aime bien quand tu le fais, dit-elle avec un grand sourire.

Au cours des trois années qui s'étaient écoulées depuis que leur famille avait déserté le PsiNet, Walker avait appris beaucoup de choses : comment vivre dans un monde sans Silence, comment se comporter face aux défis de domination au sein d'une meute de loups, comment s'occuper de Marlee et Toby sans la moindre référence en la matière. Mais il n'avait toujours pas appris à gérer le trop-plein d'émotions que suscitait chez lui le sourire de sa fille.

Lorsqu'elle le serra spontanément dans ses bras, la poitrine de Walker se comprima d'autant plus… et la sensation finit par se diffuser dans son corps entier. L'enlaçant à son tour, il se leva. Elle émit un son de surprise.

— Je suis trop grande !

— Tu seras toujours mon enfant.

Il aurait aimé pouvoir lui dire les mots tendres qu'il entendait les parents changelings répéter sans cesse à leurs enfants, mais il était resté prisonnier de Silence pendant quatre longues décennies. Il avait du mal à former les mots et à les prononcer. C'était en revanche incroyablement facile de tendre la main pour écarter les petites mèches de cheveux qui s'étaient échappées de la queue-de-cheval de Marlee et de déposer un baiser sur sa tempe.

Quand elle lui demanda s'ils pouvaient aller voir si le volcan de Toby était fini, il fut incapable de le lui refuser.

Il eut un nouveau coup au cœur en entrant dans la grande salle de jeux qui se trouvait à côté des quartiers familiaux, et en voyant Toby et Sienna penchés tous les deux au-dessus d'un volcan bancal. Tandis que Marlee se dégageait de son étreinte pour rejoindre ses cousins et déplorer avec eux ce manque de symétrie, il songea que c'était pour ça qu'il avait survécu à la désertion du PsiNet.

Pour veiller sur sa fille et sur le fils d'une sœur qu'il n'avait jamais eu le droit d'aimer. Et aussi sur Sienna, même si elle avait été forcée de devenir une adulte alors qu'elle n'avait jamais été une enfant. Ils étaient sa raison de vivre. Quant au baiser qui avait failli lui faire oublier le reste du monde l'espace d'un instant de pur plaisir... il avait pris la bonne décision.

Même si les sensations de ce contact brûlant continuaient à le hanter deux longs mois plus tard.

Le matin suivant, Hawke dévisageait Matthias sur l'écran de communication.

—Tu en es certain ?

—Oui, répondit le lieutenant. J'ai les preuves qu'ils sont en train d'introduire une quantité massive d'armement dans le pays. Ils procèdent par étapes... Je les soupçonne d'avoir téléporté une partie de leur arsenal. Mais ils font également venir des armes par bateau.

—Tu as une idée de qui ils sont ?

—Non.

—Je consulterai Nikita et Anthony. (C'était étrange de dire ça, et d'autant plus étrange de savoir que les SnowDancer entretenaient une relation opérationnelle avec deux membres du Conseil Psi.) Ai-je des raisons de ne pas transmettre cette information aux félins ?

L'alliance entre les SnowDancer et DarkRiver avait beau être gravée dans le marbre, il s'agissait toujours de deux meutes de changelings prédateurs. Il s'écoulerait des décennies avant qu'une confiance absolue s'instaure.

— Non. Ils ont de bons contacts en ville, meilleurs que les nôtres. (Matthias fronça les sourcils.) Je pense que tu devrais aussi dire aux faucons de rester sur leurs gardes… ils voient des choses d'en haut qui nous échappent peut-être.

Hawke acquiesça. Leur alliance avec WindHaven était récente, mais elle fonctionnait très bien.

— Envoie-moi les détails. J'y jetterai un coup d'œil et transmettrai le nécessaire.

— Tu les auras d'ici deux ou trois heures. (Alors qu'il allait se déconnecter, Matthias marqua une pause.) Comment vont Indigo et le jeune louveteau ?

Le « jeune louveteau », Drew, était les yeux et les oreilles de Hawke au sein de la meute, ainsi que le traqueur des SnowDancer.

— Je les ai surpris dans une de nos réserves récemment. Ils ne cherchaient pas vraiment du matériel.

Amusé, son loup retroussa les babines.

Matthias explosa de rire.

— Tu penses vraiment que je vais gober que tu n'as pas senti ce qui se passait ?

— J'ai été très discret. (Hawke se fendit d'un large sourire.) J'ai juste entrebâillé la porte pour leur demander de ne pas faire trop de bruit.

— Et ils t'ont jeté une serpillère à la tête, je parie.

— Une bobine de fil géante, en fait… c'était une réserve de matériel de couture. (Il secoua la tête, puis répondit avec plus de sérieux.) Ajoutée à celles de Riley et Mercy, de Cooper et Grace et de Judd et Brenna, leur union est une très bonne chose pour la stabilité de la meute.

Voir ses lieutenants former des couples aussi solides apaisait la frustration qu'éprouvait son loup parce qu'il ne pouvait pas offrir aux SnowDancer la sécurité d'un couple dominant.

—Ouais, tout le monde est plus posé. (Matthias se renversa un peu en arrière.) Je vais peut-être venir à la tanière le mois prochain. Ça te va ?

Hawke hocha la tête ; tous ses lieutenants passaient par la tanière au moins une fois tous les deux mois afin d'assurer la cohésion de la meute malgré la taille impressionnante de leur territoire.

—Tu as parlé à Alexei dernièrement ?

—Ça ne t'a pas échappé, n'est-ce pas ? Je lui avais bien dit. (Matthias prit un air narquois.) Il va bien, il est juste énervé par les défis de domination que lui ont lancés des étrangers récemment.

Malheureusement pour Alexei, il avait le visage d'un jeune dieu aux cheveux d'or. Les gens qui ne le connaissaient pas avaient tendance à s'arrêter à son visage et à passer à côté de la puissante domination qui pulsait sans bruit sous sa peau.

—Dois-je aborder le sujet avec les autres chefs ?

Les défis de domination entre meutes survenaient de temps en temps, surtout quand un loup puissant aspirait à fonder une nouvelle meute ou cherchait une compagne, mais le pauvre Alexei avait tendance à les attirer.

—Non. (La chevelure sombre de Matthias accrocha la lumière lorsqu'il secoua la tête.) Notre marié russe fait mordre la poussière aux imbéciles… puis il les enrôle comme soldats vétérans.

—Il sait que tu l'appelles comme ça ?

—Est-ce que j'ai l'air stupide ? Alexei est peut-être mignon, mais il a aussi un caractère de cochon.

Hawke éclata de rire, puis il raccrocha après avoir échangé quelques mots supplémentaires. Son loup n'avait eu de cesse de rôder sous sa peau, insatisfait même s'il n'avait pas montré les dents. Il le pressa de sortir, de se métamorphoser et de courir à travers le territoire sauvage des SnowDancer. Un grondement monta dans la gorge de Hawke tandis qu'il luttait contre son instinct.

Le loup insista. L'humain tint bon. Mais la pulsion était trop forte pour qu'il puisse se permettre de reculer plus longtemps : il devait s'occuper de son désir sexuel avant que la part primaire de lui-même prenne le dessus. Il prit le téléphone et composa un numéro.

—Salut, répondit une voix sensuelle de femme.
—Rosalie, c'est Hawke.

Chapitre 8

Après avoir terminé la dernière heure de sa punition en cuisine, Sienna s'accorda dix minutes pour profiter de l'air nocturne, puis retourna à l'appartement qu'elle partageait avec Walker et les enfants. Comme son oncle venait d'envoyer Toby au lit lorsqu'elle arriva, elle se glissa dans sa chambre pour lui dire « bonne nuit » et jeta au passage un coup d'œil à Marlee qui dormait déjà à poings fermés, la petite fille se couchant plus tôt.

Mais ça ne lui prit que quelques minutes, et elle se retrouva bien trop vite seule dans sa chambre. Aussitôt, les pensées qu'elle avait réprimées toute la journée déferlèrent sur elle avec la violence des tempêtes de la Sierra Nevada.

Elle avait essayé de ne pas écouter, de ne pas entendre, mais elle savait que Hawke avait été vu la veille et ce jour-là en compagnie de Rosalie, une femme pulpeuse, séduisante et expérimentée. Le penchant des loups pour le commérage étant ce qu'il était, elle savait aussi qu'en raison de leurs emplois du temps incompatibles, il n'avait probablement pas encore été au lit avec elle... mais ça ne tarderait pas. C'était peut-être même pour cette nuit-là.

Des ondes obscures de puissance à l'état brut lui parcoururent le corps et se concentrèrent au bout de ses doigts. Si elle perdait le contrôle ne serait-ce qu'une seconde, elle détruirait le mur et ferait s'effondrer le plafond. Les dents serrées, elle lutta contre la fureur qui la marquait en tant que

X-Psi, une fureur qui lui chuchotait que les femmes comme Rosalie étaient insignifiantes et seraient pulvérisées par la force meurtrière qui avait autrefois rendu Sienna si précieuse aux yeux de Ming. Ce fut cette pensée horrible qui la ramena à la raison.

Ainsi que la douleur, brutale et aveuglante.

Elle gardait encore en mémoire le choc qu'elle avait ressenti chez Judd lorsqu'ils avaient découvert le second niveau complexe de la dissonance qui avait été programmée dans son esprit. Mais cette lame de douleur cachée avait semblé parfaitement logique à Sienna ; elle n'était pas liée aux émotions et n'avait aucun rapport avec Silence, si ce n'était que le mécanisme avait été mis au point suite à l'instauration du protocole. Ce niveau de dissonance n'intervenait que lorsque ses aptitudes X se déclenchaient sans qu'elle en ait conscience, et c'était un signal d'alarme qui indiquait qu'elle était sur le point de s'activer.

La douleur fulgurante qui vrilla sa colonne vertébrale faillit lui faire perdre connaissance, et des points blancs se mirent à flotter devant ses yeux. Elle marcha sur le fil du rasoir, laissant les griffes cruelles de la dissonance la lacérer jusqu'à ce qu'elle titube et revienne à sa chambre dans les quartiers familiaux… une chambre aux murs de laquelle elle avait accroché les œuvres graphiques de Toby et les aquarelles de Marlee.

Prise de nausée, elle sentit la bile lui brûler la gorge. Elle commença à jeter des vêtements et des affaires personnelles dans un sac tandis que son corps tremblait toujours suite aux effets de la dissonance. Elle avait confiance en sa capacité à contrôler son «don», mais elle restait une X-Psi. Elle pouvait commettre des erreurs.

Walker était assis à la table de la salle à manger et prenait des notes sur une tablette électronique lorsqu'elle sortit.

— Tu vas quelque part ? s'enquit-il, l'épinglant de son regard vert et calme.

— Je vais m'installer définitivement dans mes quartiers de la section des soldats. (Elle crispa les doigts sur les poignées de son sac en toile.) Je parlerai à Toby et Marlee demain, pour leur expliquer.

La gorge nouée par l'émotion, elle eut du mal à prononcer ces mots.

Walker se leva.

— Ne t'inquiète pas pour eux. Ils comprennent la place que tu occupes au sein de la meute.

Il ne posa pas la question cruciale, mais elle se sentit le devoir d'y répondre quand même. C'était comme ça avec Walker ; il n'était pas son père et n'avait jamais essayé d'endosser ce rôle, mais il était pour ainsi dire le patriarche de la famille Lauren.

— Je suis instable sur le plan émotionnel et ça nuit à mon contrôle psychique, admit-elle alors qu'une sueur froide lui parcourait la colonne vertébrale. Si une brèche venait à s'ouvrir dans mes boucliers, je ne veux être nulle part où je risque de leur faire du mal.

— As-tu besoin de retourner à DarkRiver ?
— Non.

Prendre de la distance ne suffirait plus ; elle aurait de toute façon passé son temps à penser à Hawke. L'avantage de rester à la tanière, c'était qu'elle saurait aussitôt quand il mettrait Rosalie dans son lit, au lieu de se torturer des jours entiers dans l'attente d'en avoir la confirmation.

— Je vais m'en occuper.
— Sienna, dit Walker lorsqu'elle eut presque atteint la porte, tu n'es pas seule. Ne l'oublie jamais.

Elle hocha la tête, mais elle s'engagea dans les couloirs qui menaient à la partie de la tanière réservée aux soldats célibataires en sachant que ces mots étaient un mensonge. Aucun membre de sa famille ne pouvait comprendre à quel point elle était seule.

Sienna Lauren.

Classification : X.

Catégorie : Cardinale.

D'après les registres sur le PsiNet, elle était en fait la seule cardinale X à avoir survécu jusqu'à l'âge adulte. Peut-être même la seule cardinale X à avoir jamais existé. Cette mutation était rare… si rare que Sienna n'avait été correctement classifiée qu'à l'âge de cinq ans.

Elle avait failli tuer sa mère ce jour-là.

Laissant tomber le sac sur son lit lorsqu'elle fut arrivée à ses quartiers, elle repoussa ce souvenir insoutenable au fin fond de son esprit et s'assit par terre en tailleur afin d'effectuer les exercices mentaux conçus pour dompter ses aptitudes. Une heure plus tard, la sueur collait son tee-shirt à son corps et ses cheveux à son visage, mais elle avait réussi à contenir sans dommages la violente tempête de son pouvoir.

Ce fut alors qu'elle sortait de la douche qu'elle reçut le coup de fil et l'invitation.

— Je suis des vôtres, dit-elle, car il était hors de question qu'elle reste là, rongée par ses pensées cruelles.

Après avoir raccroché, elle mit une culotte puis commença à fouiller dans ses vêtements, d'une part ceux qu'elle avait amenés dans le sac, de l'autre les affaires qu'elle gardait dans le placard de cette chambre et qu'elle portait rarement pour la plupart. D'abord, un slim. Il semblait qu'on le lui avait peint à même la peau lorsqu'elle réussit enfin à l'enfiler à force de se tortiller en jurant ; jamais elle ne l'aurait acheté si Nicki, une femelle léopard qui avait à peu près son âge, ne l'avait pas embarquée en virée shopping.

Sienna avait jeté un coup d'œil au jean quelconque et au sweat-shirt gris qu'elle portait à ce moment-là.

« Qu'est-ce qui ne va pas avec ma façon de m'habiller ? » avait-elle demandé.

La petite blonde avait secoué la tête, l'air désespéré.

« On te donnerait au moins deux cents ans. »

C'était parfois vraiment l'âge que Sienna avait l'impression d'avoir, mais elle avait cédé à Nicki ce jour-là et s'était lâchée. Kit avait sifflé la première fois qu'il l'avait vue avec ce jean, tandis que Cory était tombé à genoux, une main sur le cœur. Sienna ne l'avait pas encore porté en présence des loups… en présence de Hawke, mais elle était trop fière pour rester assise dans sa chambre pendant qu'il poserait ses mains puissantes sur le corps d'une autre.

Elle serra les poings. *Non. Non. Non.*

Il ne lui appartenait pas, et il lui avait indiqué de cent façons différentes qu'il ne voulait pas d'elle. *Très bien.*

Après le jean, elle mit un soutien-gorge en satin rouge bordé de dentelle blanche, qui faisait tellement pigeonner sa poitrine qu'elle s'était disputée avec Nicki dans la cabine d'essayage.

« Je ne peux pas porter ça. C'est de l'exhibitionnisme !

— Chérie, si j'avais des nichons comme les tiens, je m'exhiberais aussi. »

Nicki avait regardé ses seins plus petits en poussant un soupir chagrin.

« Jase a l'air de trouver les tiens à son goût », lui avait fait remarquer Sienna.

Son amie avait rougi.

« Les hauts maintenant. Viens. »

Sienna sortit l'un des achats qui en avaient résulté et l'enfila. C'était un haut noir à manches longues près du corps, qui mettait ses courbes en valeur. Il se fermait par des pressions en métal, avec pour seul autre ornement deux minuscules poches noires qui se boutonnaient au-dessus de ses seins. Même si elle n'avait pas l'habitude de porter des choses qui la moulaient à ce point, elle devait admettre qu'elle aimait se sentir séduisante avec ce haut.

Puis il y avait les bottes. Élégantes et noires, elles lui enserraient les jambes jusqu'aux genoux et se terminaient par d'audacieux talons aiguilles.

Son portable bipa alors qu'elle remontait la fermeture Éclair de la seconde botte.

—Allô.

—Sin, c'est Evie. Tu es prête ?

—Presque. (Elle marqua une pause.) On s'habille pour sortir, n'est-ce pas ?

—Bien sûr ! J'ai mis ma robe argentée.

À l'enthousiasme d'Evie, Sienna crispa la mâchoire tandis que sa détermination battait dans ses veines.

—Tu vas finir au poste avec cette robe.

Sa meilleure amie éclata de rire.

—Tu sais que tu paierais ma caution. À dans dix minutes !

Après avoir raccroché, Sienna se hâta de mettre les lentilles destinées à dissimuler le regard de firmament qui trahissait son identité, puis attacha ses cheveux en une queue-de-cheval serrée. Elle avait parlé à sa famille et à Indigo de ses cheveux, et tous avaient convenu que la couleur inhabituelle ne posait plus de problème tant elle avait changé depuis l'arrivée de Sienna à la tanière. Et puis, avec ses lentilles et le fait que ses amis avaient pris l'habitude de l'appeler « Sin », elle était devenue une personne à laquelle Ming LeBon n'accorderait pas la moindre attention.

Ensuite, elle sortit la trousse à maquillage que lui avait donnée Brenna, la compagne de Judd, et se fit un *smoky eyes* comme Indigo le lui avait appris. Le résultat avait tant plu à Nicki qu'elle avait demandé à Sienna de lui montrer la technique. Ça avait été agréable de pouvoir partager une chose aussi anodine avec une amie. Elle s'était sentie jeune pour une fois, au lieu de vieille comme elle l'avait été depuis le jour où elle avait compris pourquoi Ming LeBon la voulait à ses côtés, son monstre personnel qu'il tenait en laisse psychique.

—Ça suffit, ordonna-t-elle à la femme aux yeux marron dans le miroir. Pas de ça ce soir. Sois jeune et insouciante. Danse, bois et ris.

Sur ces mots, elle se mit du rouge vif sur les lèvres, prit un petit sac à main et sortit.

— Oh, doux Jésus, Dieu soit loué.

Surprise par cette exclamation, elle leva la tête et se retrouva nez à nez avec Riordan, un soldat novice qui avait un an de plus qu'elle.

— Tu sors avec nous ? demanda-t-elle en fermant sa porte.

— Si ce n'était pas déjà prévu, ça le serait maintenant, tu peux me croire. (Il lui tendit le bras, vêtu d'un tee-shirt anthracite à manches courtes qui seyait à sa silhouette musclée.) Colle-toi contre moi, Sin. Tout près. J'ai l'impression qu'un vent froid se lève.

Elle secoua la tête et commença à descendre le couloir en faisant claquer ses talons. Quelques secondes plus tard, elle se rendit compte qu'il restait en retrait.

— Qu'est-ce qui te ralentit ? (Jetant un coup d'œil en arrière, elle le prit la main dans le sac.) Tu me reluques les fesses ?

Riordan ne chercha même pas à feindre l'innocence, une lueur d'approbation malicieuse dans ses yeux marron foncé.

— Hé, ce sont de jolies fesses. Et ce jean, *mamma mia*.

C'était exactement ce dont elle avait besoin pour reprendre confiance en elle. Si Hawke refusait de reconnaître le courant qui passait entre eux – alors qu'elle avait attendu des années pour être assez âgée pour lui, des années durant lesquelles elle était restée sourde aux commérages rapportant avec qui il était et quand –, elle n'allait pas s'y résigner passivement.

— Ramasse ta langue et allons-y. Evie, Tai et Cadence sont sûrement déjà dans le garage.

Ses dires se confirmèrent, mais il n'y avait pas qu'eux. Maria était là elle aussi, avec son petit ami Lake.

— Salut, dit l'autre femme avec un sourire hésitant. Je voulais te présenter mes excuses. Ça craint que ta punition ait été plus sévère que la mienne.

Sienna haussa les épaules.

— C'est ma faute. (C'était la dernière fois qu'elle laissait les réactions presque douloureuses que suscitait Hawke chez elle se mettre en travers de la façon dont elle vivait sa vie.) Sans rancune.

— Est-ce qu'on pourrait juste…

Maria inclina la tête.

Acquiesçant, Sienna s'éloigna un peu des autres afin qu'elle et Maria puissent avoir une conversation privée.

— Je comprends, dit-elle lorsqu'elles furent assez loin pour ne pas être entendues. On s'est battues parce que ta louve voulait établir sa domination.

— Ouais, ben ça ne s'est pas franchement passé comme prévu, répondit Maria avec un humour plein d'autodérision. Mais quand j'ai dit que tu étais dépourvue de sentiments…

— Ce n'est rien.

Les nerfs à vif et furieuse d'être incapable d'oublier Hawke, elle avait réagi au quart de tour à la raillerie de Maria, sans prendre le temps de remarquer que le tumulte même de ses émotions démentait totalement l'accusation de l'autre jeune femme.

— Non. (Maria posa une main sur son bras.) Ce n'est pas rien, et on sait toutes les deux que ce n'est pas vrai. J'ai dit toutes les stupidités qui me sont passées par la tête pour te provoquer. Ma seule excuse, c'est que les loups de mon âge ont tendance à se comporter comme des blaireaux.

Un sourire joua sur les lèvres de Sienna.

— Pas évident pour une louve de passer pour un blaireau.

Maria gloussa.

— Je ne sais pas… j'étais crédible dans le rôle. (Elle glissa les mains dans les poches arrière de son jean et bascula sur ses talons.) J'étais censée être ta partenaire et je t'ai cherché des embrouilles.

Elle ne souriait plus, et son regard sombre était devenu solennel.

— Ça n'arrivera plus jamais. Je veux que tu saches que je serais prête à compter sur toi dans n'importe quelle situation.

— Moi aussi, dit Sienna sans hésiter.

Si elle avait été sur le PsiNet, elle aurait cherché la fourberie derrière les repentirs de la jeune femme, mais elle vivait parmi les SnowDancer depuis assez longtemps pour prendre les mots de Maria pour ce qu'ils étaient: une déclaration de loyauté et d'amitié.

— Et tu n'étais pas la seule responsable, tu sais. J'avais envie de me battre.

Maria lui avait simplement fourni une bonne excuse.

— Ce qui est sûr, c'est que tes coups de pied font mal, dit l'autre femme soldat alors qu'elles retournaient vers le groupe.

— Judd tient à ce que je m'entraîne avec lui.

— J'hésite entre être jalouse ou te plaindre.

Elles riaient toutes les deux lorsqu'elles rejoignirent leurs amis.

— Maintenant que cette histoire est réglée (Evie passa les bras autour de leurs tailles avec un sourire radieux qui reflétait son caractère), est-ce que vous êtes prêts à danser?

Oh oui, Sienna était prête à danser, et si un homme l'abordait ce soir-là... elle n'y verrait peut-être pas d'inconvénient. Elle avait assez attendu comme ça.

Seul dans l'appartement avec les enfants endormis, Walker se surprit à regarder le téléphone satellite qu'on lui avait récemment fourni parce qu'il était l'éducateur en chef des dix à treize ans.

Le téléphone contenait par défaut les coordonnées des autres vétérans SnowDancer. Il déroula le répertoire et s'arrêta sur le nom de Lara. La guérisseuse comprendrait ses inquiétudes au sujet de l'état émotionnel de Sienna et saurait le conseiller; Lara était l'une des personnes les plus sensibles de la meute.

Alors qu'il hésitait à composer son numéro, l'écho sensuel du baiser qu'ils avaient échangé la nuit de la fête lui fit bander tous les muscles de son corps. Contrairement aux changelings, il n'était pas mû par un désir de contact physique, mais Lara suscitait chez lui des réactions inattendues qui le mettaient mal à l'aise. Il n'était pas habitué à ce que son corps se montre aussi indiscipliné, et encore moins à ce que son mental lui réclame de lâcher les rênes.

De nombreuses semaines s'étaient écoulées, mais il sentait encore la peau douce de Lara sous ses doigts, la chaleur attirante de son corps sous sa paume, la douceur de ses lèvres entrouvertes pour accueillir les siennes. Petite mais pulpeuse, elle lui donnait envie de la caresser à sa guise, d'explorer les ombres intrigantes et les courbes de son corps. Il avait gardé le contrôle de ses mains cette nuit-là… mais pas de son esprit.

Il jeta de nouveau un coup d'œil au téléphone.

S'il l'appelait, elle viendrait. Il n'avait pas été une Flèche comme Judd, mais il avait eu lui aussi des raisons d'apprendre à lire dans les pensées des gens ; il savait que même si leur amitié semblait irrémédiablement brisée, Lara avait le cœur tendre comme personne. Il aurait son attention dès qu'il mentionnerait ses inquiétudes au sujet de Sienna. Et une fois qu'elle serait dans ses quartiers… Son esprit fut soudain envahi d'images de baisers humides et d'une silhouette chaude et féminine sous ses mains.

Son corps se durcit.

C'était un rappel indésirable de l'effet qu'elle lui faisait, de cette capacité qu'elle avait de tordre les règles sur lesquelles il avait rebâti sa vie. Il retira le doigt de la touche du téléphone… et se leva. Il aurait une chance de tomber sur elle à l'infirmerie.

Lorsque arriva minuit, Hawke était à la limite de perdre son sang-froid à force de lutter contre la pulsion qui le poussait en permanence à se lancer à la recherche de Sienna. Le moment était mal choisi pour recevoir un appel du gérant de *Wild*, le bar-club qui appartenait à des changelings et se trouvait dans un petit quartier réputé pour sa vie nocturne, juste de l'autre côté de la frontière du territoire de la tanière.

— Hawke, j'ai besoin que tu viennes chercher tes louveteaux.

Hawke se frotta le front. José ne l'appelait que lorsque la situation était critique.

— Combien ?

— Je n'ai pas de dégâts à te facturer, dit José à sa grande surprise. Mais si tu ne viens pas rapidement, tu devras sans doute payer la caution pour que plusieurs d'entre eux puissent sortir de prison.

Le changeling cerf – un mâle dominant qui pouvait tenir tête aux plus coriaces bien qu'il fût un non-prédateur – raccrocha.

— Merde.

Déjà vêtu d'un jean et d'un tee-shirt puisqu'il était resté éveillé, il enfila des bottes de travail éculées puis contacta Riley.

Son lieutenant n'apprécia pas.

— Tu sais quelle heure il est ?

— Ouais, ouais. Combien de jeunes sont allés à *Wild* ce soir ?

Riley devait le savoir. Riley savait tout.

— Sept, mais Ebony et Amos étaient en patrouille à San Francisco (il marqua une courte pause), et vu que le système n'indique pas qu'ils sont rentrés à la tanière, ils ont dû faire un crochet par le club.

— Merci.

— Tu vas avoir besoin d'un second conducteur.

— Reste au lit avec Mercy, dit Hawke, déjà à mi-chemin du garage. Je prendrai un des gardes de nuit avec moi.

— Ne sois pas trop dur avec eux.

Hawke s'arrêta.

— Quoi ?

— Tu es de mauvais poil, Hawke. Ne passe pas tes nerfs sur eux.

Hawke raccrocha en grondant. S'il était chef, c'était en partie parce qu'il savait s'y prendre avec les siens. Certes, Riley n'était pas non plus le plus gradé de ses lieutenants pour rien.

— Merde.

Après avoir trottiné jusqu'au garage, il désigna Elias pour l'accompagner.

— Est-ce qu'ils y sont allés en voiture ?

Elias consulta l'historique d'activité computronique.

— Ouais. Ils ont pris deux véhicules. Le GPS indique qu'ils les ont garés à cinq minutes à pied du club.

— Bien. On va y aller avec un véhicule… tu pourras rentrer avec un des leurs. Un des soldats de garde en ville passera récupérer l'autre demain.

Le trajet leur prit plus d'une heure, et Hawke pria pour que le groupe de jeunes ne se soit pas attiré plus d'ennuis entre-temps. Vu comme José avait le nez creux, il avait dû s'y prendre à l'avance pour avertir Hawke.

Après avoir garé le véhicule à un pâté de maisons du club, lui et Elias arrivèrent au *Wild* vers 1 h 30. Le videur, un cousin baraqué de José, les salua d'une main lorsqu'il les vit.

— La jolie petite aux cheveux cerise (il siffla), où est-ce que tu la cachais ?

Hawke se figea.

Chapitre 9

—Quel est le problème? demanda-t-il avec la voix de son loup.

L'autre homme évita son regard, comme s'il sentait que Hawke était trop à cran pour tolérer ne serait-ce que le plus infime des défis.

—Entre et tu verras.

Une fois dans le bar, il resta dans l'ombre pour évaluer la situation. L'endroit était rempli d'humains et de changelings ; des léopards, des loups, des cerfs, des cygnes et même un Rat. Il distinguait nettement chacune de leurs odeurs même si elles se confondaient dans l'espace confiné. La plupart des non-prédateurs restaient d'un côté et les prédateurs de l'autre, mais les loups se mêlaient aux léopards. Et pas qu'un peu.

Ebony était collée à un félin, tandis que Riordan dévorait des yeux une fille léopard avec laquelle il discutait debout non loin de la piste de danse. Quant à Evie – Seigneur, Indigo allait piquer une crise –, elle portait une robe bustier microscopique taillée dans un tissu scintillant qui couvrait à peine ce qui devait être couvert. Elle gloussait, ivre, un cocktail rose et mousseux à la main. Tai était assis et la tenait contre son torse, l'air sobre. Il restait peut-être encore de l'espoir pour eux.

Maria, Cadence et les autres étaient juste en face et acclamaient…

Sienna.

Qui dansait sur le bar.

Avec des bottes de dominatrice et un haut qui contenait à peine ses seins.

Les yeux étincelants, Hawke commença à fendre la foule. Quelques jeunes mâles agressifs se retournèrent pour riposter… et se figèrent, détournant le regard dès qu'ils virent la domination dans le sien. Même les humains comprirent et s'écartèrent en blêmissant de son chemin le plus vite possible.

Il comprit en partie pourquoi José l'avait appelé lorsqu'il vit les humains alignés devant le bar avec une lueur dans les yeux qui disait qu'ils seraient prêts à verser du sang pour posséder cette femme qui dansait avec tant de fougue et de grâce sensuelle. Bien sûr, les SnowDancer l'auraient défendue à coups de poing et de griffe si quelqu'un avait essayé de la toucher, et le bar de José aurait été saccagé en quelques minutes.

Puis il y avait les léopards et les loups qui se jetaient des regards mauvais tandis que des membres des deux meutes flirtaient entre eux. Riordan était surveillé par au moins trois félins qui ne songeaient qu'à l'attaquer, tandis que Lake et Amos ne lâchaient pas le léopard qui dansait avec Ebony.

Tout ça promettait de virer au drame.

Repoussant brutalement les humains assis au bar, il tendit la main et saisit une botte.

Sienna s'immobilisa.

—Descends, gronda-t-il en croisant ses yeux marron, si quelconques comparés à son véritable regard de cardinale. Tout de suite.

La musique vrombissait toujours, mais tout le monde dans le bar s'était tu.

Sienna n'obéit pas aussitôt, ce qui mit le loup de Hawke dans une colère noire.

—Dernier avertissement, bébé.

—Je n'enfreins aucune des règles de la meute, dit Sienna en soutenant son regard.

Chaque personne dans le bar prit une brusque inspiration.

Hawke ne leur accorda aucune attention. Il en avait assez vu. Il tira d'un coup sec et précis et lui fit perdre l'équilibre. Lorsqu'elle tomba, il la rattrapa et la jeta sur son épaule.

— Dehors! ordonna-t-il aux autres loups en repartant.

Ayant apparemment repris son souffle, Sienna commença à gigoter et à se débattre.

— Lâche-moi!

Elle se figea lorsqu'il lui donna une tape sur les fesses.

— Ne m'énerve pas davantage.

— Brute, marmonna-t-elle dans sa barbe, mais il l'entendit. Tu n'as aucun droit de me punir. Aucun.

Il resserra son étreinte alors qu'ils sortaient dans l'air froid de la nuit.

— Tu veux qu'on parle de punition, très bien. Qu'est-ce que tu fabriquais sur ce bar? Tu cherchais à déclencher une émeute?

— Je m'amusais, dit-elle, hors d'haleine. Pose-moi par terre. Je n'arrive pas à respirer avec ton épaule dans le ventre.

— Tant pis pour toi. (Il ne la relâcha que pour la jeter sur le siège passager du véhicule avec lequel il était venu.) Montez, ordonna-t-il aux amis de Sienna, qui avaient tous obéi quand il leur avait demandé de quitter le bar.

Tai leva la main, un bras passé autour de la taille d'Evie qui paraissait soudain sobre, blottie contre le corps chaud de son petit ami.

— Je n'ai pas bu un seul verre. Je peux conduire l'autre 4×4.

L'odorat de Hawke lui confirma que le jeune soldat disait vrai.

— Bien. (Il regarda les autres.) Vous avez de la chance que José m'ait appelé avant que ça dégénère.

Plusieurs jeunes hommes prirent un air coupable, tandis que les femmes grimacèrent. Les hommes avaient eu parfaitement conscience de la tension grandissante dans le bar.

— La prochaine fois que je reçois un appel de ce genre, j'institue un couvre-feu. C'est clair ?

— Oui, chef.

Lorsqu'ils se dispersèrent tous, les uns pour aller dans le 4 × 4 d'Elias et les autres dans celui que Tai allait conduire, Hawke se rendit compte qu'il s'apprêtait à passer plus d'une heure seul dans un espace clos avec une femme qu'il s'était efforcé par tous les moyens d'éviter depuis qu'elle avait eu dix-huit ans. Une femme dont la poitrine débordait presque de son haut, qui laissait entrevoir des bouts de satin rouge sur une peau dorée et crémeuse.

Génial, vraiment génial.

Furieuse, Sienna se tourna vers la vitre alors que ses amis s'éparpillaient.

— Traîtresse, articula-t-elle à l'intention d'Evie quand l'autre femme jeta un coup d'œil dans sa direction.

Evie lui décocha un clin d'œil.

— Fais-lui en baver… « bébé », articula-t-elle à son tour.

Les joues de Sienna s'embrasèrent au souvenir de ce petit nom par lequel Hawke l'avait appelée sur un ton courroucé qui lui avait donné la chair de poule. Ça ne voulait sans doute rien dire, à part que c'était exactement comme ça qu'il la voyait. Comme une enfant. Quoi qu'elle fasse et en dépit de sa maturité, il ne semblait lui prêter attention que dans ses pires moments.

Comme cette nuit-là.

Non, songea-t-elle, ça n'avait pas été un mauvais moment. Elle lui en voulait… et elle s'en voulait à elle-même de lui laisser le pouvoir de l'ébranler ainsi. Elle avait été en train de s'amuser. C'était son plus grand droit de profiter de la soirée. S'il fulminait, c'était sans doute parce qu'il avait été tiré du lit de Rosalie. Elle laboura ses paumes des ongles. Si elle avait eu des griffes, elle les aurait sorties pour lacérer sauvagement les sièges.

— Pas un mot, assena-t-il en s'installant dans le siège conducteur. Est-ce que tu as la moindre idée de ce que tu faisais sur ce bar ?

Sans lui laisser le temps de répondre, il poursuivit :

— La plupart de ces hommes étaient prêts à t'empoigner et à te déshabiller sur place.

Sienna s'enflamma.

— Je sais me défendre grâce à Indigo. Et aux dernières nouvelles, danser n'est pas un crime.

— J'ai dit pas un mot, bon sang.

Il serra le volant tandis qu'il les conduisait hors du quartier animé.

Elle ricana, trop en colère pour songer que c'était de la folie de défier un changeling prédateur en proie à la fureur.

— Et si au lieu de me donner des ordres, monsieur le chef des loups, tu arrêtais de te cacher et venais me parler ?

— Ne me pousse pas à bout, petite fille, dit-il tout bas.

Au ton de Hawke, elle crispa tous les muscles de son corps, mais elle avait été formée par un Conseiller impitoyable. Elle avait une intime connaissance de la peur, et ce n'était pas une émotion chaude ; pas comme celle qui brûlait dans ses veines à ce moment-là.

— Tu penses que je devrais continuer à faire ce qu'on m'ordonne ? demanda-t-elle. C'est ça qui t'excite ?

— Juste cette fois, dit-il avec un tel calme qu'elle sut qu'elle se trouvait dans le véhicule d'un prédateur qui se maîtrisait à peine. Je laisse passer pour cette fois parce que tu es ivre...

— Je n'ai pas bu une seule boisson alcoolisée. (L'alcool avait des effets imprévisibles sur les aptitudes des Psis, et elle ne pouvait pas se permettre la moindre perte de contrôle mental.) Je suis en colère contre toi parce que tu abuses de ton statut de chef pour avoir le dernier mot et me réduire au silence.

Il y eut une pause si lourde de menace que Sienna referma la bouche et ravala les mots qui voulaient s'échapper.

Jusqu'à ce qu'il arrête le 4 × 4 dans une partie du territoire de la tanière qui ne lui était pas familière. La nuit était d'un noir d'encre, sans lune ni étoiles, et on ne voyait des arbres que des ombres lugubres qui semblaient former un rempart infranchissable autour d'eux.

— Pourquoi est-ce qu'on s'arrête ?
— Tu voulais parler. On va parler.

Les paumes de Sienna devinrent moites à son ton mielleux.

— Je mets de côté mon « statut de chef ».

Oh oui, il était furieux.

— Voyons donc si tu peux avoir le dernier mot. (Se retournant dans son siège, il appuya le bras contre le dossier de celui de Sienna.) Explique-moi maintenant comment tu t'y serais prise pour arrêter le gigantesque pugilat qui aurait eu lieu dans le bar ce soir.

— Ça n'aurait pas été à moi de le faire, dit-elle, peinant à respirer avec la puissance qu'il dégageait. Les femmes n'étaient qu'un prétexte… les hommes mouraient d'envie de se sauter à la gorge depuis l'instant où on est entrés. Ils se lancent sans arrêt des défis de domination.

— Et sachant cela, tu as quand même amplifié l'énergie sexuelle de la pièce ?

Elle se sentit soudain trop à l'étroit dans l'habitacle du 4 × 4 tandis que l'odeur chaude et masculine de Hawke s'infiltrait dans les pores de sa peau et touchait des parties de son corps qu'aucun homme n'avait jamais caressées.

— Ce n'était pas ma responsabilité.
— Ah ?
— Non. (Sa colère se déversa soudain.) Je n'ai pas à répondre des actes de tout le monde ! Peut-être que je voulais m'amuser pour changer. Peut-être que je voulais pouvoir me lâcher pendant quelques minutes ! Peut-être que je voulais juste danser.

Hawke baissa les yeux. Lorsqu'il releva la tête, son regard bleu glacier étincelait, strié de lumière. Comprenant que c'était au loup qu'elle avait affaire, Sienna prit une brusque inspiration.

— Tu veux danser ? demanda-t-il d'une voix rauque qui caressa sa peau comme la plus douce des fourrures.

Elle hocha la tête.

— Alors dansons.

Il tendit la main pour allumer la sonorisation du véhicule et programmer une sélection de titres, avant de sortir.

Elle ouvrit la portière au son d'une ballade lente et suave.

— Viens.

C'était une invitation… mais surtout une exigence.

— Mes chaussures, bredouilla-t-elle, sa colère ensevelie sous une vague de nervosité et d'impatience.

— Le sol est sec. Elles ne s'y embourberont pas.

Se demandant si tout ça n'était pas un rêve, elle mit la main dans la sienne. Aux prises avec le déferlement de sensations déclenché par son contact et son odeur, elle le laissa l'entraîner devant le véhicule. Il la lâcha pour poser les mains sur ses hanches et l'attirer vers lui, lui caressant la joue de son souffle chaud lorsqu'il se pencha pour lui parler à l'oreille.

— Tes bras autour de mon cou.

À cet ordre, elle retrouva la voix.

— Je croyais que tu ne te comportais pas en chef ici.

— Ce n'est pas le cas.

Oh.

Alors qu'elle levait les bras, elle se rendit compte qu'elle était assez grande avec ses bottes pour placer une main sur la nuque de Hawke et poser l'autre sur son épaule chaude et musclée. Lorsqu'il changea de position et que sa mâchoire frotta contre sa tempe, le cœur de Sienna se mit à battre la chamade.

Si près de lui, elle ne sentait plus que la chaleur et la fermeté de son corps. Il était tout en muscles et en force brute… la tentation ultime, comme il l'avait toujours été pour elle. C'était à cause de lui que son Silence s'était brisé en d'innombrables éclats à la seconde où elle avait mis le pied sur le territoire des

SnowDancer. Elle aurait dû garder ses distances, mais elle en était incapable. Rien que pour cette fois – ne serait-ce qu'un bref instant –, elle voulait qu'il soit à elle.

Il lui mordilla l'oreille.

Elle sursauta.

— Sois attentive, dit-il tandis qu'un grondement enflait dans sa poitrine.

Elle espéra qu'il ne sentait pas ses tétons pointer. C'était terriblement tentant de glisser la main qu'elle avait posée sur sa nuque dans la masse épaisse et soyeuse de sa chevelure argent et or, mais elle n'osait pas briser la magie de l'instant. Il avait des cheveux magnifiques, de la même couleur que sa fourrure sous sa forme de loup. C'était le signe flagrant que son animal était très près de la surface.

— Sienna, murmura-t-il d'une voix grave en effleurant sa tempe des lèvres. Ce n'est pas possible. Tu le sais.

Le sang battait aux tempes de Sienna et un désir presque douloureux lui tendait la peau et rendait son corps sensible à l'extrême.

— C'est parce que je suis une Psi ? se força-t-elle à demander.

Hawke détestait les Psis… elle le savait, même si elle ignorait la raison de cette profonde animosité. Le fait qu'il ait accepté d'intégrer la famille Lauren à la meute tenait du miracle.

À son grondement sourd, elle s'immobilisa.

— C'est parce que tu es à peine adulte.

Il caressa son dos d'une main, comme pour la réconforter.

Mais elle n'était pas disposée à ce qu'il l'apaise.

— Je n'ai plus été une enfant depuis le jour où ils sont venus me chercher quand j'avais cinq ans. (Il ne pouvait être permis à une cardinale X-Psi de vivre hors du contrôle du Conseil.) Ming LeBon ne m'a certainement pas chanté de berceuses.

Hawke pressa sa grande main chaude au creux de ses reins, un contact d'une intimité choquante, qui traversa le tissu fin de son haut.

— Cinq ans ? (Son loup était si audible dans sa voix qu'elle devait se concentrer pour comprendre ce qu'il disait.) Tu étais un bébé.

Elle éclata d'un rire qu'elle savait être sans gaieté.

— Les cardinaux sont formés avant même de savoir parler.

Durant les années passées avec sa mère, les ordres de la femme qui voulait que son enfant apprenne à se protéger sur le plan psychique avaient été empreints de douceur. Consciente qu'elle aurait sinon été noyée sous le déluge de voix, Sienna ne lui en avait jamais voulu de lui avoir donné ces instructions ; la présence de sa mère continuait à lui manquer.

— La première pensée consciente que je me rappelle avoir eue, c'est qu'il me fallait des défenses.

Mais quand ils avaient découvert qu'elle était une X-Psi, ils avaient dressé autour d'elle des murs de prison agressifs qui ne ressemblaient en rien aux boucliers qu'elle connaissait. Même sa mère courageuse et douce avait disparu, incapable d'atteindre Sienna à travers l'épaisse carapace que Ming avait créée. Ça avait sans doute été pour le mieux. Kristine ne faisait pas le poids face à sa fille, qui l'avait envoyée à l'hôpital suite à une simple colère enfantine.

— Est-ce que tu jouais parfois ? demanda Hawke d'une voix rauque.

Submergée par son corps musclé, elle ne s'était jamais sentie aussi féminine, aussi sensuelle.

— Non.

Une pause.

— Sienna…

— Non, dit-elle. Plus de questions. Pas ce soir.

Elle voulait danser avec lui, être une femme dans les bras de l'homme qui éveillait dans tout son corps un désir qu'elle n'aurait jamais cru ressentir un jour, et qui était à elle le temps de ce moment magique.

La mâchoire rêche de Hawke frotta de nouveau contre la tempe de Sienna lorsqu'il bougea pour l'attirer plus près de lui. Puis, au son de la musique et dans la quiétude de la nuit, ils dansèrent.

RÉCUPÉRÉ DE L'ORDINATEUR 2(A)
TAGS : CORRESPONDANCE PRIVÉE, PÈRE, ACTION NON REQUISE

De : Alice <alice@scifac.edu>
À : Papa <ellison@archsoc.edu>
Date : 5 novembre 1971 à 11 h 14
Objet : re : re : Article JA

Je proteste ! J'ai beaucoup apprécié ton article dans le *Journal de l'archéologie*, et ça n'a aucun rapport avec le fait que je sois ta fille… J'approuve totalement ton interprétation des glyphes qui viennent d'être découverts. Cho a tort. Tu le sais aussi bien que moi.

Papa, je voulais te parler aussi d'une chose qui me préoccupe. Je suis parvenue à recruter quatre X-Psis pour mon étude (de rang 3 à 4,2), et aux dires des universitaires Psis, c'est un excellent résultat. Cette classification est si rare que ça tiendrait du miracle que dix X-Psis vivent au même moment. Ce n'est pas ce qui m'inquiète. Sur les quatre que j'ai localisés, aucun n'a plus de seize ans. L'un des garçons m'a dit qu'il y avait une cinquième X-Psi connue, une fille qu'il a rencontrée sur le PsiNet. J'ai eu l'impression qu'il avait un faible pour elle. Ce qui est terrible, c'est qu'elle est morte juste avant son dix-neuvième anniversaire, consumée par son pouvoir. Je ne veux pas voir mes X-Psis mourir.

Alice

CHAPITRE 10

Le loup de Hawke ne le dominait plus autant qu'il l'avait fait toute la semaine lorsqu'il se rendit en voiture sur le territoire de DarkRiver le lendemain matin, afin de parler à Lucas des armes qu'on introduisait dans la région et de savoir si les léopards avaient relevé la présence d'agents de Purs Psis en ville. Il n'avait pas eu à réfléchir longtemps pour comprendre que le contact qu'il s'était accordé avec Sienna avait momentanément apaisé son déchaînement intérieur.

Elle l'avait mis dans une telle colère… elle n'arrêtait pas de le provoquer, cette fille. Mais lorsqu'il l'avait prise dans ses bras, toute cette colère s'était muée en une sombre ardeur possessive qui l'avait pressé d'incliner la tête et de mordre la peau au-dessus de son pouls pour y laisser une marque.

Seigneur, ce haut. Il lui aurait suffi de tirer un coup sec pour que les pressions cèdent et révèlent le hâle doré de sa peau crémeuse. Il avait eu envie de la goûter, de la caresser, de la cajoler. Le simple fait de la tenir dans ses bras et de danser avec elle avait rendu son loup à moitié fou… mais il aurait réduit en lambeaux quiconque aurait osé interrompre cet instant volé durant lequel ils avaient dansé dans les ombres veloutées de la nuit.

—Ta fourrure ferait un beau manteau pour ma compagne, dit une voix traînante lorsqu'il s'avança dans la clairière qui entourait la maison de Lucas.

Après avoir gratifié Vaughn d'un doigt d'honneur spontané tandis que la sentinelle aux cheveux ambrés restait dans l'ombre d'un grand genévrier au tronc acajou, Hawke dit :

— Je sens Luc… Il est à l'intérieur ?

Il indiqua d'un signe de la tête la cabane située sous un autre grand arbre dont les branches soutenaient une aire inoccupée.

— Ouais. Ne songe même pas à entrer.

— Est-ce que j'ai l'air d'avoir subi une lobotomie ?

La compagne de Lucas, Sascha, était enceinte jusqu'au cou. Résultat, les tendances protectrices du chef des léopards étaient devenues meurtrières.

— Je vais attendre ici. Il me sentira bien assez vite.

À peine eut-il terminé sa phrase que Lucas sortit de la cabane.

— Sascha dort, dit-il en inclinant la tête en direction de la forêt. Vaughn.

— Je ne quitterai pas l'endroit des yeux.

— Comment va-t-elle ? demanda Hawke tandis qu'ils s'éloignaient sous la canopée qui laissait filtrer les rayons du soleil.

— Elle est prête à accoucher. (Lucas eut un petit rire.) Hélas, le bébé se sent bien là où il ou elle est.

— Tu ne connais toujours pas le sexe ?

Hawke n'aurait pas eu la patience d'attendre… Et oui, ça faisait un mal de chien de savoir qu'il n'aurait jamais l'occasion de vérifier cette théorie ; mais ça ne ternissait pas la joie qu'il éprouvait pour le chef des léopards.

— Si je demande à Sascha, elle me le dira ?

— Essaie pour voir. (Lucas se fendit d'un sourire carnassier.) Bon, dis-moi ce qu'il en est de ces cargaisons d'armes que les tiens ont repérées.

Hawke lui fit un bref résumé.

— Mon instinct me dit que les Scott – que tout accuse – vont lancer un assaut général cette fois. À découvert.

— Ça n'a rien de surprenant quand on sait qu'eux et les autres ont tenté de multiples opérations secrètes qui ont toutes échoué. (Lucas s'arrêta sur le bord couvert de mousse d'un petit ruisseau cristallin.) Sascha a parlé à sa mère... Purs Psis est actif en ville, mais ils sont très prudents. Ils sont au courant qu'ils ne sont pas les bienvenus, et que le dernier agent qu'ils ont envoyé a fini avec le cerveau liquéfié quand Nikita l'a démasqué.

Hawke n'aimait pas Nikita Duncan, mais il savait apprécier l'efficacité avec laquelle cette femme se débarrassait des menaces.

— Ça va donc être plus difficile de les localiser.

— Les Rats sont dispersés partout en ville. Dès que Purs Psis montera une base, on le saura. (Le chef des léopards jeta un coup d'œil à Hawke.) Est-ce que tu comptes évacuer les membres les plus vulnérables de ta meute ?

— Pas à ce stade. (Hawke avait déjà abordé la question avec ses lieutenants.) Il n'y a pas encore de menace déclarée, et nous sommes des loups, Luc.

Abandonner son territoire sur une base aussi incertaine démoraliserait n'importe quel changeling prédateur, qu'il soit dominant ou non.

— Quand il y aura une menace crédible, on évacuera les non-combattants.

Les plans de fuite avaient été élaborés bien à l'avance ; ils pouvaient être mis en branle en l'espace d'une heure, et la tanière vidée de tous ses membres vulnérables en l'espace de quatre. N'importe quel envahisseur mettrait beaucoup plus de temps à percer la première ligne de défense des SnowDancer.

Les yeux verts de Lucas étincelaient à la lumière tamisée de la forêt.

— Nous avons pris la même décision. Je veux que Mercy et Riley s'occupent de coordonner nos plans d'évacuation. Ça te convient ?

— Entendu. Je pense aussi qu'on devrait prévenir WindHaven. (Les faucons pouvaient leur venir en aide par la voie des airs si nécessaire.) Je demanderai à Drew de leur parler, dit-il quand Luc hocha la tête.

—J'ai entendu dire que ton petit s'était rendu dans le Canyon.

—Les faucons adorent Drew… je crois même qu'il a eu deux ou trois propositions indécentes.

Lucas tourna la tête en direction de la cabane.

—Indigo est au courant ?

—Je ne voulais pas de carnage. (Hawke suivit l'autre chef lorsqu'il reprit le chemin de sa maison.) Sascha est réveillée ?

—Ouais.

Avec une pointe de jalousie, Hawke se demanda ce que ça ferait d'être lié à quelqu'un de façon aussi intime. Certes, en tant que chef il était rattaché à ses lieutenants et dans une moindre mesure au reste de sa meute. Mais ce n'était pas pareil. Aucun d'eux n'était sien.

Dans un déferlement de souvenirs, il revit le corps élancé et féminin de Sienna pressé contre le sien tandis que son odeur d'épice emplissait ses poumons et que les battements rapides de son pouls enchantaient sa nature dominante. Son loup lui chuchota qu'elle pouvait être à lui, rien qu'à lui, jusqu'à ce que son corps vibre d'un désir possessif et qu'il bande les muscles.

Il prit congé de Lucas à la lisière de la clairière alors qu'il labourait ses paumes des griffes pour couper court à sa pulsion. L'odeur du sang se mit à flotter dans l'air et parvint à étouffer le désir sexuel qui le consumait. Ça ne durerait pas, il en avait bien conscience. S'il écoutait ce qui était bon pour lui et pour sa meute, il finirait ce qu'il avait commencé quelques jours plus tôt et prendrait une amante. Une amante qui saurait à quoi s'attendre et ne poserait pas sur lui un regard meurtri lorsqu'elle comprendrait au réveil qu'il lui avait donné tout ce qu'il pouvait.

Il ne lui restait plus rien d'autre.

Après avoir passé la moitié de la journée à monter la garde sur le périmètre, Sienna rentra assez tôt pour travailler sur un projet universitaire et dîner avec Toby et Marlee.

— Ils sont tous les deux au lit, dit-elle à Walker quand son oncle passa la porte plus tard.

Celui-ci se débarrassa de sa veste, révélant ses épaules solides couvertes par une chemise en jean rêche.

— Je prends le relais.

Au lieu de partir, elle fit réchauffer une assiette de nourriture et la posa sur la table. Après être passé à sa chambre pour retirer ses chaussures et se rafraîchir, Walker revint alors qu'elle plaçait un verre d'eau à côté de son repas. Il posa la main sur l'arrière de sa tête et se pencha pour déposer un baiser sur son front, comme elle-même l'avait fait avec Toby et Marlee.

— Tu es préoccupée.

Il mettait une telle tendresse dans sa façon de la tenir qu'elle faillit craquer.

— Ce n'est rien.

Il lui serait insoutenable de parler de la nuit précédente, de partager le souvenir à la fois magique et douloureux d'une danse et d'une étreinte qu'elle ne revivrait peut-être jamais mais qui l'avaient pourtant marquée. Elle sentait encore la mâchoire de Hawke frotter contre sa tempe, sa grande main chaude au creux de ses reins, son torse ferme et musclé qui se contractait contre ses seins.

Walker s'écarta et posa sur elle ses yeux vert pâle qui en voyaient trop, mais il n'insista pas. Submergée par le soulagement, elle prit rapidement congé et enfila sa veste dans l'intention d'aller marcher sous le ciel étoilé. Ce ciel qui avait été d'un noir absolu quand Hawke l'avait prise dans ses bras, comme si l'univers lui-même avait conspiré pour qu'ils puissent s'offrir cet instant d'intimité volé.

— Sienna !

Surprise, elle se retourna et vit Maria venir vers elle en courant.

—Tu es de garde ? s'enquit Sienna.

Les boucles lâches et soyeuses de l'autre novice rebondirent sur ses épaules quand elle hocha la tête.

—Alors, tu vas me dire ce qui s'est passé entre toi et Hawke la nuit dernière ?

—Rien.

Rien à part un slow qui lui avait fendu le cœur et avait détruit ses illusions de réussir à oublier un homme qui refusait ne serait-ce que d'envisager que leur différence d'âge puisse ne pas être si importante que ça.

—Tu étais de garde tôt ce matin, non ? Ça n'a pas dû être facile de te lever vu l'heure à laquelle on s'est couchés.

—Ça a été. (Elle n'avait pas eu à se lever… elle n'avait pas dormi depuis son retour à la tanière.) À vrai dire, ça t'embête si je cours là-bas avec toi ? Je ne suis pas encore assez fatiguée pour dormir.

Si elle dormait, elle rêverait, et l'odeur de Hawke la hanterait dans la douceur de la nuit.

—Un peu de compagnie est toujours la bienvenue.

C'était la réponse d'une louve.

Elles coururent en silence jusqu'à la section du périmètre où Maria allait relayer Lake. À peine essoufflée, Sienna leur accorda un peu d'intimité le temps qu'ils échangent des marques d'affection à la manière des loups, nez contre nez, corps contre corps, le baiser étant une extension du contact physique total.

Comme Sienna avait monté la garde à un autre endroit du territoire de la tanière, celui-ci lui offrait de nouvelles choses à explorer. Mais elle faillit presque manquer le stylo-bille de couleur sombre qui brillait à ses pieds. Devinant qu'il avait dû tomber de la poche d'un compagnon de meute, elle le ramassa ; la meute mettait un point d'honneur à ce que rien ne pollue leur territoire. Ce ne fut que lorsqu'elle l'eut en main qu'elle se rendit compte que l'élégant cylindre métallique n'était pas du tout un stylo-bille mais une lampe torche puissante, un objet coûteux.

Les SnowDancer en possédaient un petit nombre. Elles servaient surtout aux membres non changelings de la meute – la vision nocturne des loups surpassait de loin l'éclairage fourni par les torches –, et leurs entrées et sorties étaient strictement contrôlées. Quelqu'un devait sans doute avoir des ennuis pour avoir perdu celle-là. La glissant dans une poche, elle alla se joindre à Lake, qui se préparait à rentrer.

Assez épuisée physiquement pour avoir une chance de sombrer dans un sommeil sans rêves, elle le quitta à l'entrée de la tanière et alla remettre la torche à sa place… pour s'apercevoir que toutes celles de la meute se trouvaient dans la boîte où elles étaient censées être rangées. Prise d'un frisson, elle composa le numéro de Maria.

— Tu pourrais me rendre un service ? demanda-t-elle quand l'autre femme décrocha.

— De quoi as-tu besoin ?

— Va à une centaine de mètres à l'est de l'endroit où se tenait Lake quand on est arrivées, et dis-moi ce que tu sens.

Il n'y eut plus que les bruits que fit Maria en se rendant au lieu indiqué. Puis :

— Des Psis. Je sens des Psis.

Hawke acheva d'inspecter la section où Sienna avait trouvé la torche. Comme Maria, il avait aussitôt décelé l'odeur agressive et métallique que dégageaient certains Psis ; à croire qu'ils étaient si bien assujettis à Silence qu'ils en avaient perdu leur humanité. Il ne restait plus rien qu'un froid cassant.

Sienna n'avait pas été froide.

Elle avait été chaude et pulpeuse avec des muscles souples et féminins, et elle l'avait surpris par sa douceur. Ils avaient toujours été en conflit jusque-là. Ça avait été une bénédiction de la sentir si tendre et sensuelle contre lui, et s'en aller, de la pure torture. Son loup ne comprenait pas pourquoi il avait agi de la sorte ; pour l'animal, elle avait l'odeur d'une femelle mature. Il ne voyait pas qu'elle était une jeune fille à peine devenue femme.

« Je n'ai plus été une enfant depuis le jour où ils sont venus me chercher quand j'avais cinq ans. »

Ce souvenir éveilla en lui une fureur meurtrière. Il avait toujours su qu'elle avait été réduite à Silence par le conditionnement, mais il n'avait pas pris toute la mesure du douloureux sacrifice que son don avait exigé d'elle, avant qu'elle lui dise ça.

Elle n'avait jamais joué.

Comment était-ce possible ? Les jeux étaient aussi indispensables à un loup que l'air qu'il respirait.

Elle a joué avec nous.

C'était son loup qui s'exprimait. Hawke fronça les sourcils et voulut rejeter cette affirmation. Sienna le faisait tourner en bourrique depuis son arrivée à la tanière. La fête qu'elle avait organisée pour ses dix-huit ans s'était soldée par une tripotée de loups nus qui se gelaient les fesses dans le lac, leurs vêtements éparpillés si loin dans la forêt qu'il ne voulait même pas savoir ce qu'ils avaient fabriqué.

Si elle avait eu l'intention de l'envoyer à l'asile…

— Tu confirmes ?

Il avait senti Riley se rapprocher et ne sursauta pas.

— Ouais. Des Psis, pas de doute.

— Bon sang. (Il relâcha son souffle.) Ils vont vraiment passer à l'acte.

— Des retours de nos sources ?

— Lucas a parlé à Nikita. Elle dit que les tensions grandissent au sein du Conseil. Henry et Shoshanna Scott disent ouvertement que c'est eux qui devraient gouverner. Ceux qui s'y opposent sont dans leur ligne de mire.

— On n'a pas besoin de se retrouver au milieu d'une guerre Psi.

Son devoir était de protéger les siens; il se moquait que les Psis se détruisent... comme ils avaient déjà failli détruire les SnowDancer.

— Non, dit Riley, mais le ton de sa voix soulevait une autre question.

Hawke regarda le sol jonché d'aiguilles de pin, mais par ailleurs protégé par le feuillage épais au-dessus de leurs têtes.

— Tu penses la même chose que moi... jamais le conflit ne se cantonnera aux Psis.

— Comme Max l'a souligné, dit Riley, se référant à l'humain qui était le chef de la sécurité de Nikita, les Psis considèrent que cette région est déjà impliquée. Quoi qu'il arrive, ils ne nous laisseront pas en paix. (Il haussa les épaules.) Et le fait est qu'on a riposté, et qu'on a frappé fort. Je pense qu'au moins une partie du Conseil nous estime trop puissants pour nous permettre de continuer comme ça.

Hawke le savait. Il comprenait aussi que Nikita et Anthony étaient un moindre mal, mais ça l'énervait malgré tout que la meute ait été contrainte de collaborer avec deux Conseillers.

— Renforçons la sécurité à la frontière. Ne te soucie pas trop de notre frontière avec DarkRiver; mais on doit les avertir que les Psis pourraient rôder de leur côté, même s'ils semblent se focaliser sur nous.

Riley hocha la tête, le regard songeur. Hawke attendit que le lieutenant prenne la parole. Riley et Indigo formaient le socle solide sur lequel il s'appuyait; Riley était là avant que Hawke devienne chef à l'âge de quinze ans. À l'époque, même si Hawke avait pu compter sur la force des lieutenants restants qui l'entouraient, c'était vers l'adolescent raisonnable qui était son meilleur ami qu'il s'était le plus souvent tourné. Un peu plus jeune, Indigo était arrivée quelques années plus tard, mais elle était devenue le «bras gauche» de Hawke au même titre que Riley était son bras droit. Ils avaient empêché Hawke de basculer dans l'abîme plus d'une fois, lui donnaient l'impulsion nécessaire et lui apportaient leur soutien sans poser de questions. C'était une bénédiction qu'il ne tenait jamais pour acquise.

—Je vais demander à Kenji et Alexei de peaufiner notre plan d'action, dit Riley. Vu que les Psis semblent procéder à une reconnaissance physique de notre territoire, la situation risque de dégénérer rapidement. Nous devons nous tenir prêts.

Hawke hocha la tête. Les deux lieutenants étaient les meilleurs stratèges de la meute.

—Sollicite aussi l'aide de Drew. Il saura peut-être mettre le doigt sur des points faibles qui pourraient nous échapper.

En plus d'être à l'écoute des membres les plus vulnérables de la meute, le traqueur des SnowDancer avait collecté toutes sortes d'informations au fil des années.

—Je l'amènerai à la conférence télévisuelle avec Kenji et Alexei demain, dit Riley. (Il jeta un coup d'œil à Hawke.) Il paraît que tu es allé danser la nuit dernière…

À ces mots, Hawke banda tous les muscles de son corps, mais il répondit sur un ton égal.

—J'ai remonté les bretelles aux jeunes mâles, et Lucas aussi. Ce genre d'attitude ne sera pas toléré.

Il fallait s'attendre à ce que les jeunes dominants fanfaronnent un peu, mais il était hors de question qu'ils en viennent aux mains.

—L'alliance?

—D'une solidité à toute épreuve. Ce qui s'est passé n'a pas de rapport avec ça… c'est à cause de toi et Mercy.

Tous tâtonnaient encore pour définir les règles concernant les relations entre membres de meutes différentes, les jeunes autant que les adultes. Si on ajoutait à cela la testostérone, on obtenait ce qui avait eu lieu la nuit précédente.

—Non que je n'apprécie pas que tu aies volé une sentinelle léopard pour nous.

Riley ne sourit pas à cette blague récurrente, son regard pénétrant rivé sur Hawke.

— Pourquoi José t'a-t-il appelé toi et pas Lucas si les deux groupes créaient des ennuis ?

— José alterne entre nous deux. C'est Luc qui recevra le prochain coup de fil nocturne.

Le silence retomba, troublé seulement par le bruissement des arbres tandis que le vent agitait les branchages.

— Tu as besoin d'en parler ? demanda Riley lorsque la forêt se tut de nouveau.

— Il n'y a rien à dire.

On ne surnommait pas Riley « le Mur » pour rien.

— Tu n'as jamais été du genre à enterrer un problème.

— Ce n'est pas un problème.

— Alors pourquoi le registre du gymnase indique-t-il que tu y passes la moitié de la nuit, toutes les nuits ?

Un grondement monta dans la gorge de Hawke.

— Tu m'espionnes ?

— C'est mon boulot, dit Riley sans perdre son sang-froid. Je t'ai laissé errer seul dans les montagnes, mais si tu crois que je vais rester les bras croisés à te regarder te détruire, tu ne me connais pas.

Le loup de Hawke montra les crocs, mais lui et Riley avaient vécu trop de choses ensemble pour qu'il fasse fi de son inquiétude… et de ce sur quoi elle mettait le doigt.

— Peux-tu me couvrir demain après-midi ?

— Tu n'as pas à poser la question.

L'autre homme n'interrogea pas Hawke sur ce qu'il projetait de faire, ce qui lui confirma que son lieutenant le connaissait très bien.

Chapitre 11

Sascha frotta son ventre rebondi et regarda le pot de confiture de griottes.

— Non. Certainement pas, dit-elle à l'enfant dans son ventre.

Le bébé gigota, exprimant sa faim au travers de ses émotions.

Elle prit le pot en grommelant, dévissa le couvercle et plongea une cuillère dans la confiture. Alors qu'elle aurait dû la trouver beaucoup trop sucrée et écœurante, elle eut l'impression d'avoir de l'ambroisie sur la langue. Incapable de réprimer un gémissement de plaisir gourmand, elle s'appuya contre le plan de travail de la cuisine dont se servait le personnel du siège social de DarkRiver, et lécha la cuillère. C'était tentant de prendre une seconde cuillerée, mais sourde aux envies insatiables du bébé, elle remit le couvercle et rangea la confiture.

Ce n'est pas bon pour toi, dit-elle à son enfant. *On a déjà mangé de la glace au chocolat et à la cerise.*

— Il t'en reste sur la bouche.

Depuis l'embrasure de la porte, Lucas l'invita d'un doigt à le rejoindre.

Elle laissa la cuillère dans le lave-vaisselle et s'avança vers lui.

— Ah oui?

—Mmm. (Il se pencha pour lécher la confiture d'un rapide coup de langue, tout en caressant le ventre de Sascha d'un geste doux et possessif.) Mmm, cerise.

Un éclat de rire ravi retentit dans l'esprit de Sascha. Leur bébé reconnaissait son père.

—Tu es de plus en plus belle chaque jour, lui murmura-t-il à l'oreille, et elle savoura son souffle chaud et son corps à la sensualité si familière.

Sascha remonta la main sur son épaule puis la referma sur sa nuque.

—Charme-moi encore.

Il partit d'un petit rire et lui dit des mots coquins qui lui donnèrent des frissons.

—Dorian est prêt à te ramener à la maison, dit-il enfin. Mais je devrais peut-être m'en charger à sa place.

—Jamais je n'avancerais dans mon travail. (Incapable de résister à son regard vert de panthère, elle l'attira vers elle pour lui réclamer un baiser profond.) Sois sage, maintenant.

En riant, il plaça une main au creux de ses reins et l'accompagna jusqu'à l'ascenseur.

—Je veux qu'il y ait une réunion des sentinelles ce soir pour qu'on discute des questions de sécurité. Tu es en forme ?

—Je commanderai des pizzas.

Alors qu'elle enfouissait le visage dans son cou quand il s'arrêta pour appeler l'ascenseur, elle entendit des sifflements de compagnons de meute derrière elle.

Lucas se fendit d'un large sourire.

—Comment va notre petite princesse ?

Il lui avait demandé de ne pas lui révéler le sexe de leur enfant, mais il était convaincu qu'il s'agissait d'une fille.

—Fille ou non, le taquina-t-elle, notre bébé est très actif et s'intéresse beaucoup au monde extérieur ce matin. (Leur enfant avait un esprit curieux.) Son niveau d'activité psychique est élevé.

Lucas attendit qu'ils soient dans l'ascenseur pour poser la question suivante.

— Tu as une idée du type ?

— Télépathie puissante, dit Sascha, mais c'est difficile à dire en dehors de ça. J'irai discuter avec le médecin de Shine pour voir s'il saurait comment mesurer au mieux les aptitudes psychiques de notre bébé.

Obnubilée par les Psis « pur-sang », l'espèce Psi n'avait pas défini de marche à suivre pour un enfant qui allait avoir le sang chaud de son père changeling mêlé à celui de Sascha.

Shine était en revanche constitué des descendants de Psis qui avaient déserté le Net à l'instauration de Silence et s'étaient mariés avec des humains ou unis à des changelings.

— Je devrais veiller à apprendre les bonnes procédures de protection à notre enfant.

Une bouffée d'émotions lui serra soudain le cœur. Elle n'aurait jamais cru qu'elle serait mère un jour, ayant décidé depuis longtemps qu'elle ne condamnerait pas un enfant à l'existence misérable qu'elle avait menée sur le Net. Puis Lucas était arrivé dans sa vie. *Tu es mon amour.*

Même s'il n'était pas télépathe, leur lien s'était renforcé au cours de la grossesse, et elle sut qu'il l'avait entendue. Il lui chuchota des mots crus, les mots d'amour d'un chef à sa compagne. Lucas savait user de son charme, mais c'était ainsi qu'il était au fond et qu'elle l'adorait.

— Rentre tôt ce soir, dit-elle contre sa bouche lorsqu'ils se séparèrent.

Il déposa des baisers sur ses paupières closes, sur son nez et au coin de ses lèvres.

— Tout ce que tu veux.

Le corps et l'âme de Sascha vibraient toujours d'une profonde satisfaction quand on frappa à la porte de la cabane quelques heures plus tard. Reconnaissant la signature mentale de l'homme qui se tenait de l'autre côté, elle s'abstint de donner l'alerte et lui ouvrit, sourire aux lèvres.

— Pourquoi prends-tu un malin plaisir à titiller mes gardes ?

Judd Lauren tourna la tête pour jeter un coup d'œil en direction d'un soldat de DarkRiver qui venait de surgir d'entre les arbres, l'air mauvais.

— C'est bien qu'ils restent vigilants. Es-tu en état de parler ? demanda-t-il lorsqu'elle eut renvoyé le garde d'un signe de la main.

Connaissant la raison de cette visite imprévue, elle lui indiqua la table et les chaises de jardin placées sous la corniche de la cabane.

— Allons nous asseoir dehors.

En cette période, l'odeur d'un autre homme dans la maison aurait rendu furieuse la panthère de Lucas. Même si Sascha n'hésitait pas à tenir tête à son compagnon quand il se montrait trop protecteur, elle comprenait aussi qu'il était un changeling prédateur régi par les instincts les plus primaires ; elle ne pouvait pas attendre de lui qu'il se comporte comme un humain sans nier une part indissociable de lui-même.

— Bon, dit-elle après avoir apporté une théière de thé à la vanille et s'être assise, le livre d'Eldridge.

Il soutint son regard de ses yeux marron inexpressifs, mais Sascha avait sondé le cœur de Judd Lauren et savait que l'ex-Flèche était capable d'éprouver des émotions et d'aimer intensément.

— As-tu avancé dans tes recherches ? demanda-t-il.

— Non.

Fruit supposé d'un projet de recherche sur les X-Psis, le second manuscrit d'Eldridge tenait du mythe et de la légende. DarkRiver et les SnowDancer en avaient appelé à tous leurs contacts Psis pour découvrir la vérité, car si ce livre existait, il contiendrait peut-être de quoi aider Sienna à contrôler ses aptitudes... comme le premier livre d'Alice Eldridge avait aidé Sascha.

Mais même si elle ne l'avait pas su à ce moment-là, songea Sascha en posant les mains sur sa tasse en porcelaine, elle n'avait jamais été aussi seule que Sienna. Leur don avait beau être dormant, il y avait des milliers d'E-Psis sur le Net. Il n'existait aucun autre cardinal X-Psi.

— Comment va-t-elle ?

Judd but une gorgée de thé et fit une grimace typiquement masculine qui la surprit – elle ne s'était pas attendue à ce genre de réaction de la part d'un ancien assassin –, puis il reposa aussitôt sa tasse.

— Elle garde la tête hors de l'eau, dit-il. Le problème à l'heure actuelle n'est pas son contrôle psychique, mais sa stabilité émotionnelle.

Sascha lut entre les lignes.

— Je devrais peut-être lui parler.

Sienna était devenue un membre à part entière de la famille de Sascha lorsqu'elle avait séjourné à DarkRiver, et Sascha voulait voir par elle-même comment l'autre cardinale s'en sortait avec un homme tout aussi dominant et fort que Lucas. Un homme qui portait tant de cicatrices dans le cœur que Sascha aurait dissuadé Sienna de l'approcher… si cette dernière n'en avait pas eu elle aussi.

Judd serra le poing sur la table, et Sascha crut l'espace d'un instant qu'il allait trahir les émotions qui devaient le tourmenter ; mais il se contenta de dire :

— Je l'amènerai ce soir.

Rassurée de savoir qu'il se confierait à Brenna même s'il ne parlait à personne d'autre, elle reposa sa tasse.

— Je suis loin d'être invalide. (Judd ne valait pas mieux qu'un léopard.) Je monterai avec Lucas.

— Il est peu probable qu'il consente à ce que tu t'éloignes autant du cœur de DarkRiver. Laisse-le souffler un peu.

— Judd ! Ce n'est pas étonnant que tu te sois si bien intégré parmi les loups. (En riant, elle décida qu'en fin de compte il valait mieux que Sienna passe un peu de temps à l'écart de la tanière.) Très bien, on fera à ta façon.

Tandis que l'ex-Flèche disparaissait dans la forêt pour aller voir un petit garçon né avec le don qui rendait Judd lui-même si dangereux, Sascha se versa une autre tasse de thé et songea au mystérieux manuscrit d'Eldridge. Elle, Faith et Ashaya avaient sollicité toutes leurs sources, sans résultat. Elle avait même pris le risque d'interroger le directeur de Shine ; mais les Oubliés n'avaient pas eu de X-Psi dans leur premier groupe de déserteurs et ne savaient presque rien à leur sujet.

Et pour le reste du monde, les X-Psis n'existaient pas.

L'après-midi qui suivit la nuit où Sienna avait signalé l'intrusion des Psis, Hawke était accroupi dans un coin ensoleillé d'une petite clairière bordée de vieux séquoias aux racines aussi épaisses que le corps d'un homme adulte, et parsemée d'une myriade de fleurs sauvages acclimatées au froid de la montagne.

— Salut, Rissa.

Seul le silence lui répondit. Mais c'était un silence serein, à l'image de cet endroit qui lui offrait un havre de paix quand il en avait besoin. Et ce jour-là, il en avait désespérément besoin.

— Ils pensent tous que je m'entête sans raison, dit-il en balayant quelques feuilles pour découvrir un parterre de délicates fleurs sauvages de la couleur du ciel de midi. Ils ne comprennent pas que je la protège.

Il éprouvait une attirance féroce pour Sienna. C'était une chose qu'il s'était avouée à lui-même à défaut de l'avouer aux autres. Mais la cruelle vérité, c'était qu'il n'avait guère plus à lui offrir qu'une relation physique.

— Je t'ai donné mon cœur il y a longtemps.

Theresa avait eu cinq ans lorsqu'elle avait trouvé la mort dans une avalanche. Il en avait eu dix et avait été trop jeune pour l'aimer comme un homme aime une femme, ou même comme un garçon aime une fille. Mais son loup avait su dès l'instant de leur rencontre ce qu'elle représentait pour lui, et ce qu'elle allait devenir... Sa compagne.

Ils avaient été inséparables depuis ce moment, unis par un lien lumineux. Leur relation pleine de rires et de ravissement avait été parfaitement innocente, et n'avait rien eu de comparable avec le désir tumultueux qui le lacérait de ses griffes tranchantes chaque fois qu'il se trouvait à proximité de Sienna. Son odeur suffisait à rendre fou son loup, tandis que son goût épicé lui restait sur la langue et ajoutait à sa frustration.

—Les loups ne s'unissent qu'une fois, Rissa, dit-il, employant le petit surnom affectueux qu'il lui avait trouvé enfant. Tout le monde le sait.

Mais nous ne nous sommes jamais unis.

La voix qu'il entendait dans sa tête lorsqu'il pensait à Theresa n'était jamais celle de l'enfant qu'elle avait été, mais celle de la femme qu'elle serait devenue. Une femme chaleureuse et douce qui aurait été une femelle maternelle plutôt qu'un soldat, un élément vital de la meute.

—Peu importe, murmura-t-il, refusant de renoncer à une vérité qui avait façonné une part si importante de sa vie. Tu étais ma compagne. On se serait unis en grandissant.

Le vent murmura dans les arbres et dans ses cheveux. C'était une caresse qu'il avait sentie mille fois au fil des années, et elle lui avait toujours laissé un sentiment de calme et de stabilité. Mais ce jour-là, lorsqu'il se releva et s'éloigna de la dernière demeure de la fille à qui il aurait donné son cœur si elle avait pu devenir femme, il n'en garda qu'une étrange insatisfaction.

Ni l'homme ni le loup n'apprécièrent.

Sienna était prête à se rendre sur le territoire de DarkRiver avec Judd vers 20 heures ce soir-là. Alors qu'elle quittait ses quartiers, elle aperçut Riordan et lui fit signe de la main.

—Salut.

— Salut. (Il s'arrêta à quelques pas d'elle, se dandinant nerveusement d'un pied sur l'autre en évitant son regard.) Ça va ? Hawke était plutôt énervé quand il est venu à *Wild* l'autre nuit.

— Tu sais qu'il ne ferait de mal à aucun de nous.

La question du jeune homme était si incompréhensible que Sienna n'essaya même pas de dissimuler son choc.

Riordan rougit et leva la tête.

— Euh, ouais. Ce n'est pas ce que je voulais dire.

Sienna le dévisagea.

— Mince, Sin, il a clairement indiqué que tu étais à lui.

Elle fut assaillie par le souvenir de son corps ferme d'homme, si proche du sien qu'il aurait pu l'embrasser, de sa voix rauque qui avait caressé ses sens, de ses grandes mains chaudes sur sa peau.

— Non, se força-t-elle à dire, il n'y a rien entre nous.

Hawke ne le permettrait pas.

— Tu es sûre ? (Riordan plissa les yeux.) Le truc, c'est que plus personne d'autre ne va s'approcher de toi maintenant.

— Tu plaisantes ?

Il haussa les épaules et passa une main dans ses cheveux bouclés couleur chocolat noir.

— Il est le chef, chérie. Il faudrait être idiot pour essayer de braconner sur son territoire.

Elle grinça des dents.

— Je. Ne. Suis. Pas. Son. Territoire.

— Hé, regarde, ce ne serait pas Marlee ?

Sienna se retourna par réflexe. Quand elle se rendit compte que Riordan l'avait eue et qu'elle pivota de nouveau sur ses talons, il avait disparu.

— Poule mouillée ! lança-t-elle avant de poursuivre sa route.

Non loin de la sortie, elle tomba sur Evie et lui demanda de but en blanc si l'autre novice lui avait raconté n'importe quoi.

Son amie grimaça.

—Euh, non. Hawke était clairement en mode chef possessif.

—Il ne veut pas de moi.

Pas assez pour dépasser ses préjugés. Elle crispa la mâchoire et banda les muscles, comme si elle s'apprêtait à se battre. *Quel homme buté, arrogant et exaspérant!*

—Hé. (Evie posa la main sur le bras de Sienna.) C'est peut-être une bonne nouvelle… Sans rire, il faudra de sacrées couilles à la femme qui se frottera à lui.

—Tu insinues que les miennes sont trop petites?

C'était plus facile de jouer la carte de l'humour, d'attiser le feu de sa colère et de sa frustration, que d'admettre qu'elle souffrait et que cette blessure ne cessait de prendre de l'ampleur alors qu'elle s'était juré de ne pas laisser son attirance pour Hawke la ronger.

—Petite maligne. (Evie secoua la tête en riant.) Écoute, s'il n'y a vraiment rien entre vous, il doit s'assurer que les hommes de la meute le sachent. Sinon tu peux faire une croix sur tes relations amoureuses ici, sans compter que les garçons chasseront sans distinction tous les autres hommes qui oseront regarder dans ta direction.

—Vraiment?

Sienna n'avait aucune envie de sortir avec un autre, mais elle refusait d'endurer l'humiliation d'avoir été revendiquée par Hawke, et que plus personne ne veuille d'elle.

—Tu côtoies les mâles SnowDancer depuis plusieurs années. (Evie haussa les sourcils.) À ton avis?

—Les hommes de la meute sont solidaires.

Avec cette pensée qui lui trottait dans la tête, elle n'était pas d'humeur à voir Hawke surgir d'entre les arbres près de la Zone Blanche, où elle était allée attendre Judd. Il riva aussitôt sur elle ses yeux pâles de loup, et changea de direction pour venir se placer devant elle et lui barrer la vue.

—Où est-ce que tu vas? demanda-t-il comme si c'était son plus grand droit de le savoir.

—Ça ne te regarde pas. (Sa réponse fut accueillie par un silence lourd de menaces… et elle ne put s'empêcher d'en rajouter.) À moins que tu n'uses de ta supériorité hiérarchique?

Le silence s'étira, et la peau de Sienna se tendit sur ses os tandis que les battements de son cœur tambourinaient à ses oreilles.

—Il fallait que tu me cherches, n'est-ce pas Sienna? (Il se rapprocha si près qu'elle dut relever la tête pour soutenir son regard, puis il prit une profonde inspiration.) Tu as changé de shampoing.

Elle se sentit soudain fondre au son de sa voix; c'était comme s'il savourait son odeur.

—Lara a distribué des échantillons aux femmes dans la salle de pause ce matin. (Voyant que la guérisseuse des SnowDancer semblait à cran, Sienna avait accepté sans discuter l'échantillon qu'elle lui avait fourré dans la main.) C'est à la pomme sauvage.

Elle ignorait totalement pourquoi elle avait dit ça et continuait à lui parler.

—J'aime bien.

Il tendit la main et fit glisser une mèche des cheveux de Sienna entre ses doigts.

Luttant contre toutes les cellules de son corps, elle s'écarta.

—Arrête. Ne me touche pas. Ne sois pas possessif.

Le loup de Hawke remonta à la surface, présence primaire sous sa peau humaine.

—Ah?

—C'est tout ou rien. (Elle ne céda pas, même si elle tremblait de l'intérieur et que son sang passait du chaud au froid.) Si tu me veux, prends-moi. Ou alors laisse-moi partir.

Il cligna lentement des yeux, et elle sentit presque la force de sa personnalité pulser contre sa peau. Le plus intelligent aurait été de battre en retraite, mais c'était sa vie émotionnelle qui se jouait, et elle en avait trop bavé pour ployer devant qui que ce soit. Même un chef qui avait l'habitude de dominer.

— Je viens d'apprendre qu'aucun des garçons ne m'inviterait à sortir après la scène que tu as faite à *Wild*, dit-elle, la gorge soudain sèche. (Le loup se contenta de la regarder sans ciller.) Placarde une annonce sur les murs s'il le faut, mais veille à ce qu'ils sachent que je ne suis pas à toi.

Le besoin qu'elle avait de lui était si violent qu'il lui lacérait les entrailles. Lorsqu'il finirait par coucher avec Rosalie ou une autre compagne de meute, Sienna serait anéantie ; elle ne pouvait rien contre ça, mais elle ferait tout ce qui était en son pouvoir pour ne pas avoir à subir l'humiliation d'être publiquement rejetée.

Le grondement qui monta dans la gorge de Hawke lui hérissa les poils de la nuque. C'était un supplice de rester là sans bouger alors qu'elle ne songeait qu'à s'abandonner et se frotter contre lui. *Non. Assez. Il compte prendre une amante.* Ce rappel mental de ce qu'il projetait pour étancher la soif de contact de son loup fut la goutte d'eau qui fit déborder le vase.

— Je suis sérieuse, Hawke.

On ne l'y reprendrait plus à se jeter dans les bras d'un homme qui ne voulait pas d'elle.

— Si catégorique, murmura-t-il sur ce ton calme qui déclenchait chez elle une montée d'adrénaline. (La part primitive de son esprit savait qu'elle était en présence d'un prédateur.) Tu as quelqu'un en vue ?

Sans bien savoir ce qui lui prenait, elle dit :

— Non. Mais je n'ai aucune intention de mourir vierge.

Chapitre 12

Hawke se figea dans l'immobilité du prédateur.
— Kit s'est tenu tranquille, n'est-ce pas ?
— Là encore, ça ne te regarde pas. (Refusant de se laisser intimider, elle jeta un coup d'œil par-dessus l'épaule de Hawke.) Désolée, la voiture que je dois prendre est là.

Hawke se déporta sur le côté pour lui barrer la route.
— Non.

Il exerçait une telle influence sur elle que le corps de Sienna faillit rester bloqué sur place. Seule sa fureur lui permit d'avancer.
— Bouge.

Sourd à son ordre, il ne lâcha pas son regard de ses yeux sauvages de loup tandis qu'il s'adressait à Judd qui venait de sortir du 4 × 4.
— Où l'emmènes-tu ?
— On avait prévu d'aller voir Sascha, mais j'ai un contact à relancer. (Judd regarda Sienna.) Ça ne t'embête pas si on reporte à demain ?
— Non, du tout.
— Pas la peine. (Hawke sourit et tendit la main pour avoir les clés.) Je peux l'emmener chez les félins.

Sienna dévisagea Judd, lui envoyant des messages télépathiques qu'il semblait ne pas entendre.
— Non, c'est bon, dit-elle à voix haute. Je peux atten...

Mais Judd passait déjà les clés à Hawke.

—Mieux vaut que tu y ailles ce soir, comme les gardes de Sascha ont été avertis de ta venue, dit-il.

—Je sais conduire, fit-elle remarquer entre ses dents au loup qui lui barrait le passage. Judd ne m'accompagnait que parce qu'il voulait prendre part à la discussion. (Elle tendit la main.) Je n'ai pas besoin d'un baby-sitter.

À sa grande surprise, ce fut Judd qui fit avorter sa tentative de fuite.

—Il est tard. Tu n'as jamais pris cette route dans le noir... et il fera encore plus nuit quand tu rentreras.

—*Qu'est-ce qui te prend?* lui demanda-t-elle par télépathie. *Je ne peux pas me retrouver seule dans une voiture avec lui.*

D'autant que les yeux bleu glacier de Hawke s'étaient mis à étinceler.

—*Fais avec*, répondit-il, implacable. *S'il le faut, considère que c'est l'ordre d'un lieutenant.*

Elle serra les dents, mais il était hors de question qu'elle désobéisse à un ordre et que sa maturité soit de nouveau remise en cause. Soit elle laissait Hawke conduire, soit elle restait là. Elle fut tentée de choisir cette seconde option, mais en plus d'avoir envie de voir Sascha, elle refusait de donner à Hawke la satisfaction de savoir qu'il avait perturbé ses projets.

—Je vais attendre dans la voiture.

Quand Hawke eut fini de parler avec Judd et s'installa dans le siège conducteur, il la trouva calée dans le siège passager avec ses écouteurs sans fil dans les oreilles. Il garda le silence jusqu'à ce qu'il ait fait demi-tour et prit la route. Puis il se pencha et tira sur l'écouteur de son côté.

—Hé!

Mais il avait réussi à s'emparer du minuscule lecteur et le jeta par-dessus son épaule sur la banquette arrière.

—Je n'apprécie pas qu'on m'ignore.

Elle crispa la mâchoire et se retourna dans son siège pour tendre la main vers le lecteur. Il la laissa le reprendre... pour le lui confisquer l'instant suivant avec la rapidité d'un changeling. Il atterrit de nouveau sur la banquette arrière, ainsi que l'écouteur qu'il avait toujours à la main.

— La prochaine fois, je le jette par la fenêtre.

— Je pourrais… (Elle poussa un soupir excédé et retira l'autre écouteur pour le poser dans un compartiment sur le tableau de bord.) Qui est immature, cette fois ?

Il haussa les épaules et se détendit dans son siège lorsqu'il vit qu'elle n'essayait plus de récupérer le lecteur.

— De la country et des musiques de western ? dit-il. (Le chemin forestier qu'il avait emprunté était difficilement praticable et maintenu tel quel par les SnowDancer, avec de nombreuses branches basses qui gênaient la lévitation… afin que personne ne puisse rejoindre la tanière en douce par voie terrestre.) J'aurais pensé que tu étais du genre à aimer le rock'n roll.

Elle choisit de ne pas lui prêter attention et de regarder par la vitre.

Sauf qu'il était difficile de ne pas prêter attention à un loup de quatre-vingt-dix kilos de muscles quand il voulait qu'on l'écoute. Il tendit la main et tira sur une mèche de ses cheveux.

— Parle-moi de Kit.

Elle repoussa sa main, consciente de n'y parvenir que parce qu'il y consentait.

— Kit est intelligent, séduisant et superbe. La totale.

Il avait aussi un sens de l'humour ravageur et savait être charmeur comme seul un félin pouvait l'être. Dommage qu'elle ait eu le mauvais goût de désirer un loup à la place.

Hawke serra le volant.

— Un vrai prince.

— Tu pourrais en prendre de la graine.

— Méfie-toi, l'avertit-il à voix basse. L'insolence a des limites.

Elle était trop en colère, triste et blessée pour s'en soucier.

— Waouh, dit-elle en écarquillant les yeux pour feindre l'émerveillement, tu as tenu deux minutes avant d'user de ta supériorité hiérarchique.

À sa grande surprise, il éclata de rire, un son franc et désinhibé qui capta toute l'attention de Sienna. Hawke riait rarement avec une joie aussi manifeste, et jamais avec elle. Son loup transparaissait dans sa voix et dans l'expression de son visage.

— Tu es une vraie peste, des fois.

Elle avait du mal à rester stoïque alors que son rire l'enveloppait comme une caresse et érodait ses défenses, mais elle ne pouvait pas le laisser voir à quel point il la rendait vulnérable.

— Je n'ai pas tort pour autant.

— Très bien, dit-il. Quand il n'y a que nous deux, il n'y a pas de hiérarchie, pas de chef, pas de soldat. Juste Hawke et Sienna.

Jamais de la vie elle ne se serait attendue à ce qu'il accepte de mettre la hiérarchie de côté. Elle en eut le souffle coupé et les mains moites.

— Tu ne sais plus quoi dire?

Il posa brièvement ses yeux bleu glacier sur elle, puis se concentra de nouveau sur le chemin forestier.

Comme les yeux de Hawke ne changeaient jamais de couleur quelle que fût la forme qu'il prenait, la plupart des gens étaient incapables de dire s'ils s'adressaient à l'homme ou au loup. Sienna savait toujours, sans exception. Le pouvoir qu'elle abritait reconnaissait l'énergie sauvage du loup qui était l'autre moitié de Hawke.

— Non, dit-elle enfin, je me demandais juste combien de temps tu allais tenir avant de revenir aux règles de base.

— Continue à me chercher, bébé, murmura-t-il de sa voix grave et profonde qui touchait des parties de son corps qu'elle n'aurait pas dû atteindre. On verra ce que tu y gagnes.

— De la frustration ! dit-elle, renonçant à la prudence dans un brusque élan de courage. C'est tout ce que j'ai gagné jusqu'ici. Si l'attirance sexuelle était logique, je serais au lit avec Kit en ce moment au lieu d'être assise à côté d'un homme qui a trop peur pour tenter quoi que ce soit.

Il y eut un silence pesant.

Sienna n'en revenait pas de ce qu'elle venait de dire. Ça allait trop loin, même pour elle. Hawke était le chef – ça ne changeait rien que les règles ne s'appliquent pas entre eux à ce moment-là –, ce qui signifiait qu'il était plus dominant que n'importe quel Psi ou humain, et que la plupart des changelings. Les hommes comme lui n'appréciaient pas qu'on remette leur force en question.

— Après ton rendez-vous avec Sascha, dit-il sur un ton suave lourd de menaces, on parlera de la peur.

Sienna se rencogna dans son siège et essaya de calmer les battements de son cœur. Il les entendait, pas de doute. Mais elle était Psi et avait été la protégée de Ming LeBon. Ce n'était pas demain la veille qu'elle se laisserait intimider… même par un changeling prédateur loup si dangereux que les loups sauvages le traitaient comme leur meneur.

« *De sacrées couilles.* »

Au souvenir des paroles d'Evie, elle se sentit gagnée par une assurance teintée d'hystérie, mais ça n'en était pas moins de l'assurance. Grâce à la volonté qui lui avait permis de conserver sa personnalité même lorsqu'elle avait été aux bons soins de Ming, elle reprit le contrôle de son rythme cardiaque et de sa respiration. Il n'était pas question de ses sentiments, mais du jeu très dangereux qu'elle jouait avec un prédateur aux dents beaucoup plus grandes que les siennes.

Un grondement emplit l'habitacle et assaillit les sens de Sienna alors qu'ils s'engageaient dans l'allée qui menait à une petite clairière non loin de la maison de Lucas et Sascha.

— Tu as un goût de glace.

—C'est nécessaire, dit-elle avec un calme artificiel. Tu le sais.

Il l'avait surprise à l'état actif peu de temps avant qu'elle quitte la tanière pour passer plusieurs mois avec les félins, et avait vu de ses yeux ce dont elle était capable. Elle avait choisi un secteur isolé pour tenter de harnacher la fureur du marqueur X, mais au bout d'une heure, elle s'était retournée et était tombée sur Hawke sous sa forme animale, un loup gigantesque, fier et superbe.

Il mit le véhicule au point mort sans répondre. Elle sortit et prit une profonde inspiration, comme si elle venait de réussir à s'échapper de l'antre d'un très grand et très méchant loup. Puis elle croisa le regard de Hawke de l'autre côté du capot du 4 × 4. Oh Seigneur. Avec ses yeux bleu glacier et ses cheveux or et argent, il incarnait tous ses fantasmes.

Et il focalisait toute son attention sur elle.

Elle passa sa langue sur ses lèvres sèches et le vit suivre son mouvement des yeux.

—Arrête.

À son léger sourire, sa peau entière se couvrit de chair de poule.

—Tu cours vite ?

Une question de loup.

—Je ne m'enfuirai pas.

Elle resta sur ses positions.

—On verra ça.

Il se détacha du 4 × 4 et partit en tête vers la cabane.

—Il faudra que tu t'en ailles pendant que je parlerai à Sascha, dit-elle une fois certaine que le loup n'allait pas mettre sa menace à exécution.

À sa grande surprise, il ne discuta pas.

—Je vais aller courir. Luc n'aime pas que je m'approche de Sascha en ce moment.

—Vraiment ? (Étonnée, elle regarda en direction de l'endroit où le chef de DarkRiver attendait avec sa compagne, à côté de la table et des chaises de jardin qu'éclairait une petite lumière.) Je pensais que vous étiez en confiance.

— Sa compagne est enceinte. Ça change la donne. (Il leva la main pour saluer le couple dominant, puis lui jeta un coup d'œil.) Je serai de retour dans une heure. Ça te laisse assez de temps ?

Elle se méfiait de sa coopération soudaine, mais s'efforça d'adopter un ton aussi professionnel que le sien.

— Vingt minutes de plus ?

— Très bien.

Puis il disparut, ombre furtive dans l'obscurité.

Le cœur de Sienna échappa à son contrôle mental rigoureux et se mit à cogner dans sa poitrine au spectacle de sa vitesse incroyable. Si Hawke la prenait un jour en chasse, il vaudrait mieux pour elle qu'elle ait une sacrée longueur d'avance. D'un autre côté, il serait peut-être plus amusant de se laisser attraper.

— Sienna.

La voix de Lucas la tira de sa stupéfaction de constater qu'elle n'était pas aussi opposée qu'elle le pensait à l'idée d'être la proie du loup de Hawke.

Elle marcha jusqu'à la cabane et sourit en espérant que son trouble n'était pas visible.

— Salut.

— Assieds-toi. (Le chef des léopards se leva de sa chaise.) Je resterai assez loin pour ne pas vous entendre et veillerai à ce que les sentinelles en fassent autant.

Sienna savait qu'il lui accordait cette faveur car son lien avec Sascha l'avertirait si elle se sentait menacée.

— Merci.

Lucas partit avec une grâce féline silencieuse. Se levant au même instant, Sascha invita Sienna à la suivre à l'intérieur.

— Il fait plus chaud ici. En plus, j'ai une part de ton gâteau au chocolat et au caramel préféré.

— C'est vrai ? s'exclama Sienna dans un sursaut de joie enfantine.

Elle avait du mal à résister aux douceurs; sur le Net, elle avait été privée de tout ce qui flattait les sens, nourriture comprise. Depuis qu'elle s'était échappée, elle avait envie de se gaver. De nourriture, de sensations... mais surtout de Hawke.

De la chaleur se diffusa dans son bas-ventre, et elle dut se concentrer pour saisir ce que Sascha dit ensuite.

—J'ai demandé à Lucas de la cacher dans l'aire avant que les sentinelles viennent ce soir pour une réunion. Sinon tu n'aurais eu que des miettes, ajouta-t-elle avec un rire chaleureux, et encore. Assieds-toi. Je vais chercher le thé.

Sienna retint Sascha.

—Je m'en occupe... je sais où tout se trouve.

Elle apporta la théière et laissa le thé infuser pendant que Sascha coupait la part de gâteau.

—Alors comme ça, dit l'empathe en posant la gourmandise chocolatée sur son assiette, Hawke veut te prendre en chasse.

Sienna se figea.

—Lucas a entendu ça d'ici?

—Ouais. Et Hawke savait que ce serait le cas.

Sienna mit quelques secondes à comprendre ce qu'elle insinuait par cette phrase.

—Il m'a clairement dit qu'il ne pouvait rien y avoir entre nous.

Et pourtant, il n'était pas passé loin de la revendiquer à nouveau.

—Mmm.

—Quoi?

C'était un soulagement de pouvoir discuter de ça avec Sascha. Même si Indigo était devenue son amie et son guide à bien des égards, Sienna hésitait à aborder le sujet de Hawke avec elle de peur de mettre la lieutenante dans une position délicate.

—J'ai appris ce qui s'était passé à *Wild*.

—J'ai encore envie de lui donner des coups de pied. (Après avoir versé le thé, elle poussa l'une des tasses à la forme originale de tulipe vers Sascha.) Il m'a traitée comme si j'avais dix ans.

Sauf quand il lui avait donné une claque sur les fesses et y avait laissé la main. Elle serra les cuisses à ce souvenir.

—C'est un problème, n'est-ce pas ? dit Sascha avec douceur. Votre différence d'âge.

—Je ne peux rien y changer. Je serai toujours plus jeune. (De crainte de briser la tasse qu'elle serrait de toutes ses forces, elle la reposa.) Mais j'ai survécu, et j'ai appris à contrôler mes aptitudes, ajouta-t-elle d'une voix passionnée, et ce en dehors du PsiNet. Ce n'est pas une enfant qui aurait pu faire ça.

Elle avait gagné le droit de mener sa vie comme elle l'entendait.

—Je n'ai pas l'intention de laisser Sa Majesté le loup ne pas en tenir compte parce que ça lui facilite la tâche de nier…

Sienna ravala ses paroles, mais Sascha n'avait pas besoin de les entendre. Depuis l'instant où elle avait vu la jeune X-Psi en compagnie de Hawke, elle avait senti leur attirance réciproque. Ça avait été un sentiment qui ne disait pas son nom au début, indéfinissable. Il restait encore difficile à cerner, mais il était assez fort pour que Hawke renonce à tenir Sienna à distance et sorte des ténèbres.

La première fois que Sascha avait touché Hawke avec ses sens empathiques, elle avait été ébranlée par la rage sanguinaire qu'elle avait perçue. Elle avait songé que cet homme serait incapable d'aimer tant que cette colère l'aveuglerait. Mais elle l'avait ensuite vu avec Sienna. Mois après mois, année après année, l'étrange alchimie de leur relation conflictuelle avait purgé le poison de cette colère jusqu'à ce qu'il n'en reste plus qu'une lame affûtée et étincelante, toujours meurtrière mais beaucoup plus saine.

En revanche, Sascha avait senti autre chose la nuit où Hawke lui avait demandé de prouver qu'elle était de classification E. C'était une vérité qu'elle ne dirait jamais à voix haute, un secret empathique qu'elle ne révélerait à personne, mais le chef des loups cachait une profonde solitude, une part de lui à laquelle même sa meute bien-aimée n'avait pas accès. Si Sienna parvenait à atteindre ce cœur sauvage et brisé…

— Un chef a besoin que sa femme vienne à lui sans faux-semblants, commença Sascha, désireuse d'apporter à l'autre cardinale toute l'aide qu'elle pouvait. Sans barrières ni boucliers émotionnels. Je suis la personne sur laquelle Lucas compte les yeux fermés, celle qui l'épaulera quoi qu'il arrive et lui dira la vérité même si elle est désagréable à entendre.

Sienna eut le mérite de ne pas se dérober à la discussion franche. À la place, ses yeux étoilés virèrent au noir absolu sous l'effet de son intense concentration.

— Et les sentinelles alors ?

— Cette confiance là est rare, elle aussi, mais… (Il était presque impossible d'expliquer le lien d'union à quelqu'un d'autre, mais parce que Sienna avait besoin de comprendre, Sascha trouva les mots.) Avec moi, il n'est jamais mon chef. Il est juste Lucas, l'homme à qui j'ai donné mon cœur.

— Est-ce que ce n'est pas… Est-ce que t'exposer comme ça ne te met pas en position de faiblesse, vu qu'un chef est naturellement dominant ?

— Non, car il me donne la même chose en retour. (Il l'aimait avec toute la force insoumise et la dévotion féroce de son cœur de panthère.) Et plus encore.

— Je ne sais pas si je pourrais avoir ce genre de relation avec Hawke, murmura Sienna, même si j'obtenais de lui qu'il m'écoute, qu'il ouvre les yeux. (Ce n'était pas du découragement, mais plutôt un constat songeur.) Il n'est pas comme Lucas.

Sascha attendit qu'elle poursuive.

— J'ai conscience que Lucas pourrait me tuer d'un coup net, et qu'il le ferait s'il me considérait comme une menace pour toi ou le reste de sa meute, dit Sienna, mais il joue et rit.

— Hawke n'est pas en reste quand il s'agit de taquiner.

Sascha ne comptait plus le nombre de fois où le loup avait flirté avec elle pour agacer Lucas.

Sienna poussa la part de gâteau au chocolat dans son assiette.

— Il ne joue jamais avec moi.

— Les loups ont une conception particulière du jeu, d'après mon compagnon. (Sascha secoua la tête.) Il te laisse le faire tourner en bourrique, n'est-ce pas ?

— Il m'a punie.

Sascha éclata de rire à son ton dépité.

— Tu devais le mériter.

— Oui. (Sascha devina que Sienna destinait sa grimace à elle-même.) Mais il m'a autorisée à passer outre à la hiérarchie quand on est ensemble.

Sascha se redressa, tellement surprise que son bébé lui donna un coup de pied, intrigué. Tout en se caressant le ventre et en apaisant l'esprit actif de son enfant, elle tendit l'autre main pour toucher celle de Sienna.

— En ce cas, dit-elle pleine d'espoir, tends-lui une embuscade s'il le faut, mais arrange-toi pour te retrouver seule avec lui.

Chapitre 13

Presque prête pour son rendez-vous, Lara lissa sa robe jaune vif sur ses hanches. Ça avait été un achat compulsif qui avait eu de fortes chances de finir au fond de son placard puis d'être donné, mais Drew l'avait convaincue d'essayer de la porter. Et en fin de compte, elle contrastait joliment avec sa peau naturellement bronzée.

La coupe en elle-même n'avait rien de spécial. Présentant un simple col carré et des bretelles épaisses, la robe était près du corps jusqu'à la taille puis s'évasait en jupe patineuse. Une robe féminine qui évoquait les années 1950, songea-t-elle en mettant des boucles d'oreilles qu'elle avait achetées à un marchand ambulant lors d'un voyage à New York. Les minuscules grappes de tournesols scintillaient joyeusement à travers les boucles serrées de ses cheveux noirs.

Après avoir passé un mince bracelet d'or à son poignet, elle enfila les sandales à brides qu'elle avait trouvées lors de la virée shopping motivée par sa frustration et sa nervosité, qui s'était soldée par l'achat de la robe jaune. Elle compléta sa tenue par un châle pour parer à la fraîcheur du soir et un mignon petit sac vintage brodé de perles aux couleurs vives. Elle ne gagnerait peut-être jamais de prix de mannequinat, mais elle se trouvait jolie, songea-t-elle avec assurance.

On frappa à la porte la seconde suivante.

—Tu es pile à l'heure, dit-elle à l'homme qu'elle trouva sur le palier.

Fidèle à lui-même, Kieran lui décocha un sourire espiègle qui creusa une fossette dans sa joue.

—Je ne voulais pas être en retard alors que la plus jolie femme de la tanière a enfin accepté de sortir avec moi.

Avec sa peau brune légèrement plus claire que celle de Lara et le regard gris-vert hypnotisant qu'il avait hérité de son père tadjik, Kieran était un dragueur assumé. Il avait aussi plusieurs années de moins qu'elle et avait brisé plus de cœurs dans la tanière que la plupart des autres hommes réunis… mais Kieran savait aussi faire sentir à une femme qu'elle était belle et désirée.

Cette nuit-là, après être restée six mois sans sortir avec un homme – depuis la première nuit où Walker était passé prendre un café tardif –, c'était exactement ce dont Lara avait besoin.

—Où m'emmènes-tu ?

—Je pensais à ce restaurant italien à côté de *Wild*. Je sais que tu adores leurs glaces.

—Tu es bien renseigné, dit-elle en lui prenant le bras.

Elle l'appréciait, même si sa louve n'était pas saisie de panique et d'impatience lorsqu'il se trouvait près d'elle, et même si son cœur ne s'emballait pas à sa vue.

Kieran lui répondit alors qu'ils tournaient à l'angle, mais ses mots furent noyés sous le vacarme soudain dans la tête de Lara. Elle vit Walker descendre le couloir, vêtu d'un jean bleu délavé qui contrastait avec sa chemise bleu marine. Plein de virilité et d'assurance, il marchait du pas d'un homme à l'aise avec son corps… un corps tout en force et en muscles déliés.

Elle ne l'avait pas revu depuis leur conversation dans la forêt, même si elle savait qu'il l'avait cherchée l'autre nuit. Elle ne devait qu'à la chance de ne pas avoir été là ; mais dans le cas contraire, elle aurait géré la situation. Elle n'en était plus au stade où elle évitait Walker, et même si elle ne se voyait pas redevenir son amie, il n'y avait pas de raison qu'ils ne puissent pas entretenir des rapports cordiaux.

—Salut, dit-elle lorsqu'il s'immobilisa.

Il posa rapidement son regard vert pâle sur Lara puis sur Kieran, avant de l'arrêter de nouveau sur elle.

—La température a chuté, dit-il. Tu devrais prendre un manteau.

Kieran se mit à rire et passa un bras autour d'elle.

—Hé, si elle a un manteau, comment me servirai-je du froid comme prétexte pour qu'elle se blottisse contre moi ?

Walker partit sur un bref hochement de tête.

Ce ne fut qu'après son départ que Lara se rendit compte qu'elle avait retenu son souffle.

Hawke avait eu la ferme intention de garder ses distances avec Sienna après la visite qu'il avait rendue à Theresa. Il n'avait donc pas la moindre idée de ce qu'il fabriquait à l'attendre à côté de la voiture quatre-vingt-dix minutes après l'avoir déposée, le corps brûlant d'impatience.

Il ne s'étonna pas de voir Lucas marcher vers lui.

—As-tu eu mon message ? demanda le chef des léopards en se rapprochant.

—Ouais. Le plan d'évacuation revu et corrigé me paraît bien.

Sur un point au moins, lui et Lucas s'accordaient à la perfection : c'était bien pratique d'avoir une union entre une sentinelle et un lieutenant. Même si Riley et Mercy ne partageaient pas franchement leur jubilation.

—Ça permettra de faire sortir tout le monde plus vite.

Lucas passa une main dans ses cheveux qui lui arrivaient aux épaules.

—On ne devrait pas avoir à envisager d'évacuer notre propre territoire, mais ces enfoirés sont plus malins et précis à chacune de leurs tentatives. Ils en savent davantage sur nous.

—Et nous sur eux. Si ça débouche sur une guerre, ce sera à armes égales.

Ce n'était pas de l'assurance feinte ; Hawke avait veillé à ce que les SnowDancer ne soient plus jamais une cible sans défense. Il avait eu quinze ans lorsqu'il avait pris le contrôle de la meute, mais il comprenait mieux que quiconque la sinistre réalité du pouvoir des Psis. Son enfance s'était achevée dans le sang et la trahison de la froide espèce psychique.

Après ça, il les avait tous haïs sans distinction. Il avait compris depuis que seul le Conseil et ses sbires étaient les ennemis.

— Je me disais que je devrais aller dire bonjour à Sascha chérie.

Ses pensées étaient en réalité tournées vers une autre femme, une femme aux cheveux rouge rubis qui avait l'art de dire des choses qui amusaient son loup autant qu'elles l'excédaient.

— Vas-y donc, dit Lucas, imperturbable.

Ses yeux verts de félin étincelaient.

Hawke sourit; taquiner le chef des léopards détournait son loup de l'envie irrépressible de traquer une certaine Psi.

— Et si elle m'invite? Je devrais l'appeler pour qu'elle sache que j'ai envie de la voir.

Lucas répondit par un haussement d'épaules nonchalant.

— Si tu veux que je te fasse avaler tes dents, ne te gêne pas.

— Tu es sûr de vouloir mettre Sascha en colère? (Son loup partit d'un rire grave et rauque en voyant Lucas adopter une posture de combat.) Je suis une de ses personnes préférées, après tout.

Au lieu de s'énerver, l'autre chef lui décocha un sourire très félin.

— Tu sais, je crois que je devrais peut-être inviter Kit. Il adorerait revoir Sienna.

Avant d'avoir pu s'en empêcher, Hawke se mit à gronder. Le sourire du maudit chef des léopards s'agrandit.

— Très drôle, marmonna Hawke.

— De mon point de vue, c'était hilarant.

Lucas décroisa les bras et glissa les mains dans les poches du pantalon de treillis noir qu'il portait avec un tee-shirt assorti à ses yeux. Hawke savait sans avoir besoin de poser la question que c'était Sascha qui avait acheté ce tee-shirt.

— Pour information, dit Lucas alors que Hawke s'apprêtait à railler son élégance vestimentaire pour se venger de la pique de l'autre homme, ils ne sortent pas ensemble, mais il est très protecteur vis-à-vis d'elle.

Hawke ne prit pas la peine de répondre ; il aurait pu ne faire qu'une bouchée du bébé félin dominant.

— Qu'a dit José quand tu lui as parlé ?

— Devine. (Lucas secoua la tête.) Viens prendre une bière demain après-midi. Sascha sera chez Tammy. On discutera.

C'était étrange qu'il soit presque devenu ami avec ce chef qui avait été autrefois un adversaire.

— Je verrai si je peux. J'aurai peut-être une conférence télévisuelle.

Lucas hocha la tête juste avant que Hawke décèle une odeur exquise et familière dans la brise. Un soupçon de feuilles d'automne, d'épice et de force. Son loup s'étira, grisé. Elle n'était pas sa compagne, mais ça ne dérangeait pas l'animal. Il voulait toujours que l'homme la prenne, la revendique. La morde.

Seigneur.

— La visite s'est bien passée ? demanda Lucas en s'avançant pour caresser avec douceur la joue de Sienna du dos de la main.

Le loup de Hawke ne se retint d'éviscérer l'autre homme que parce que la compagne de Lucas marchait à côté de Sienna. Et Sascha aurait pu dompter un démon. Enfin, pour l'essentiel.

— Bonsoir, Sascha chérie, murmura-t-il d'une voix grave et sensuelle. Je t'ai manqué ?

— Tu es incorrigible, dit Sascha en essayant de contourner son compagnon. (Lucas refusait de la laisser passer.) Vous l'êtes tous les deux.

Mais elle laissa Lucas l'étreindre et déposer un baiser sur sa tempe.

— T'ai-je déjà dit que j'avais connu une autre empathe ? demanda Hawke pour gagner du temps et tempérer sa réaction vis-à-vis de Sienna. Elle était membre de la meute des SnowDancer et unie à un loup, quand j'étais enfant, bien avant Silence.

Âgée de près de cent trente ans, Zia avait été une E-Psi de faible rang, mais l'une des premières à remarquer qu'il y avait un problème au sein de la meute. Si seulement les gens l'avaient écoutée.

Sascha écarquilla les yeux.

— Non, tu ne me l'avais pas dit ! Pourquoi est-ce que…

Lucas la serra dans ses bras.

— Il essaie de t'appâter avec ses histoires. Va-t'en, loup.

— Lucas !

Sienna souriait en regardant le couple, mais son sourire s'évanouit lorsqu'elle croisa le regard de Hawke.

Il se demanda ce qu'elle y voyait.

— Allons-y.

Elle monta dans le 4×4 sans dire un mot, et ils partirent après avoir adressé un salut de la main à Lucas et Sascha. Même si sa relation avec Sienna était bancale, Hawke aimait être en sa compagnie, un fait qui l'aurait sans doute surprise. Mais elle était intelligente quand elle ne se disputait pas avec lui, et le loup de Hawke se divertissait sans fin de sa vivacité d'esprit.

— Tu veux aller courir ? demanda-t-il alors qu'ils arrivaient à la limite du territoire de la tanière. Je promets de ne pas te pourchasser.

Prise d'une bouffée soudaine de désir, elle serra les dents pour lutter contre la réaction instinctive de son corps.

— Je suis loin d'être aussi rapide que toi, finit-elle par dire. Pas comme Judd.

— Pas besoin de courir vite. (Il haussa les épaules tandis que son loup se réjouissait qu'elle n'ait pas dit non.) Parfois, ce n'est que pour sentir le vent sur son visage et la terre sous ses pieds.

Elle tira sur les manches de sa chemise à carreaux pour couvrir ses mains.

— D'accord.

— Il fait froid dehors. (La Sierra Nevada s'était drapée dans la beauté silencieuse de la nuit, et la chaleur des rayons du soleil s'était dissipée depuis longtemps.) Il doit y avoir un sweat-shirt à l'arrière que tu peux mettre.

Se retournant dans son siège, elle tendit la main pour prendre le sweat-shirt... et son lecteur. Après lui avoir jeté un regard mauvais, elle plaça le petit appareil dans le compartiment sur le tableau de bord et détacha sa ceinture de sécurité le temps d'enfiler l'ample sweat-shirt gris.

Aussitôt, elle fut couverte de l'odeur de Hawke.

Il la regarda remonter les manches sur ses poignets et dissimula sa satisfaction possessive derrière un commentaire nonchalant.

— Tu es plutôt petite, Sienna.

Il ne la percevait jamais ainsi d'habitude. Elle avait le caractère d'une personne bien plus imposante et forte qu'elle, et il était prêt à parier que s'il demandait aux habitants de la tanière de la décrire, la plupart d'entre eux lui donneraient au moins trente centimètres de plus et davantage de muscles.

— Peut-être que c'est toi qui es trop grand.

Elle continua à rouler méthodiquement les manches.

Souriant d'être insulté si poliment, il garda le silence jusqu'à ce qu'il eût garé le véhicule à une courte distance de la tanière. Sienna était bien assez endurante pour couvrir le reste de la distance à pied.

— Prête ?

Elle ouvrait déjà sa portière.

— Je ne reconnais pas cette zone.

Ça ne le surprenait pas. Le territoire de la tanière formait une vaste étendue sauvage, pour l'essentiel inaccessible en voiture ; et contrairement aux loups, Sienna ne pouvait pas en explorer autant à pied.

— Je veux te montrer quelque chose.

Elle escalada un tronc d'arbre mort qui barrait le sentier, et Hawke dut se retenir de tendre les mains pour la soulever et caresser sa taille avant de la reposer lentement. Ses mouvements étaient fluides et agiles ; Indigo l'avait bien formée, mais Sienna ne devait qu'à sa volonté d'avoir atteint un tel niveau. Hawke connaissait les capacités offensives de chaque soldat de la meute, et outre ses aptitudes psychiques, Sienna était exceptionnelle pour quelqu'un qui n'était pas changeling.

— Un peu plus loin, dit-il lorsqu'ils arrivèrent à un bosquet de conifères où s'enchevêtrait du lierre délicat vert foncé.

Sienna ramassa une petite pomme de pin par terre et frotta du pouce sa surface irrégulière.

— Tu fais quelque chose demain soir ?

Il décela une pointe de nervosité dans son odeur, mais aussi de la détermination. Son estomac se noua.

— Sienna. (Il n'avait aucune envie de la blesser, mais il ne lui donnerait pas de faux espoirs.) J'ai des projets.

Elle braqua ses yeux de cardinale sur les siens.

— Rosalie ? assena-t-elle avec froideur.

Le loup de Hawke retroussa les babines.

— C'est une louve adulte qui se trouve être une amie.

— Contrairement à une fille immature que tu ne supportes pas.

C'était un défi qu'elle lui lançait, une perche qu'elle lui tendait.

Il la saisit.

— J'ai besoin de quelque chose qu'elle peut me donner.

Parce qu'elle était une louve, Rosalie serait à même de recevoir et de lui offrir l'intimité physique dont son loup avait besoin, sans attendre de lui un engagement dont il était tout simplement incapable... Et malgré la valeur qu'il accordait à l'amitié de Rosalie, il n'était pas tenté de la revendiquer ni de la marquer, sachant aussi que ça aurait fini par la détruire.

La pomme de pin labourait la paume de Sienna, mais cette douleur-là n'était rien comparée à celle que venait de lui infliger Hawke. Pourquoi avait-elle posé la question alors qu'elle connaissait la réponse ? Jamais une vraie Psi n'aurait fait ça. Mais quand il s'agissait de cet homme, elle se contrôlait aussi peu que l'enfant qu'il disait qu'elle était.

— Ça te suffit ? demanda-t-elle, saisie d'une furieuse envie de verser du sang. L'acte physique.

— N'essaie pas de réduire notre relation à ça, dit-il avec froideur. Tu vis dans la tanière depuis assez longtemps pour savoir qu'on ne se sert pas les uns des autres.

Non, en effet. Ce qui rendait la situation d'autant plus difficile à supporter. Avec les loups, les rapports sexuels étaient chaleureux, source de joie et précieux. Rosalie partagerait le lit de Hawke avec l'affection sincère d'une compagne de meute, et savourerait le plaisir d'avoir un partenaire aussi apte à combler ses propres besoins physiques ; car tandis que Sienna était inexpérimentée, elle comprenait que Hawke ne laisserait jamais une femme sur sa faim. C'était un mâle dominant qui ne se satisferait que d'un abandon total au lit.

Et lorsque lui et Rosalie se sépareraient, un jour ou un mois plus tard, ce serait dans un bon esprit. Sienna avait été témoin de situations similaires entre d'autres membres de la meute, et savait que plusieurs de ses amis entretenaient des relations affectueuses et sensuelles qui ne dureraient pas… mais seraient respectées et chéries.

— Je suis désolée, se força-t-elle à dire, prise de nausée. Ma remarque était déplacée.

Le cœur douloureusement serré, elle ajouta :

— C'est le chemin de la tanière ?

Elle fut soulagée d'avoir réussi à garder une voix calme et à ne rien trahir de la souffrance qui la poussait à se recroqueviller dans son esprit. Il lui importait peu de pouvoir se retrouver seule avec lui si elle était condamnée à passer ses nuits en sachant qu'il caressait de ses mains puissantes la peau et les seins d'une autre femme.

— Non, dit-il, la narguant sans le vouloir de sa voix suave, c'est un petit détour.

— J'aimerais rentrer.

Elle n'avait pas la moindre envie d'être là avec lui quand elle en arrivait presque à le détester pour ce qu'il était capable de lui faire.

— Un caprice, Sienna ? rétorqua-t-il sur un ton devenu cassant. Je croyais que tu avais renoncé à jouer les pestes.

Comment te sentirais-tu si la femme que tu voulais plus que tout projetait de mettre un autre homme dans son lit ? Elle s'abstint de crier ces mots, se raccrochant aux lambeaux de sa fierté. *Assez.* Elle en avait assez. Il y avait des choses qu'une femme ne devait pas accepter si elle voulait pouvoir continuer à se regarder dans une glace.

— Pourquoi est-on ici ? demanda-t-elle d'une voix glaciale. Pourquoi marche-t-on sous les étoiles en pleine nuit ?

Ses yeux pâles de loup se mirent à luire dans le noir, le regard d'un homme qui avait l'habitude d'obtenir exactement ce qu'il voulait.

— Nous sommes des compagnons de meute. La nuit est belle. C'est aussi simple que ça.

— Foutaises, cracha-t-elle sur un ton brusque, la gorge à vif. Tu me donnes juste assez pour être sûr que je n'arriverai pas à t'oublier, mais jamais tu n'irais à l'encontre de tous tes grands principes. Eh bien, tu peux aller te faire foutre. (Elle avait dit ça tout bas, car elle refusait de perdre son sang-froid devant lui.) Je ne veux pas de tes miettes.

Elle tourna les talons et s'engagea entre les arbres dans la direction qu'elle supposait être celle de la tanière.

— Sienna.

Elle ne pouvait pas s'arrêter et ne s'arrêterait pas. Il verrait sinon les larmes qui lui montaient aux yeux, il comprendrait l'emprise qu'il avait sur elle, et l'humiliation de Sienna serait totale.

—Arrête-toi tout de suite, dit-il à son oreille.

Le loup s'était déplacé à une vitesse surnaturelle. C'en était trop. Elle craqua.

Hawke s'apprêtait à refermer la main sur la nuque de Sienna quand elle se retourna face à lui, les yeux vides d'étoiles. Conscient de ce dont elle était capable, il s'attendit à ce qu'elle l'attaque, mais elle prit une profonde inspiration, baissa la tête… et s'embrasa.

Même si le brasier rouge vif strié de langues de feu ambrées ne dégageait pas de chaleur, Hawke sut sans l'ombre d'un doute qu'il était plus dangereux que n'importe quoi. Luttant contre son loup qui cherchait frénétiquement à s'avancer pour la protéger, il se força à rester où il était et à la regarder vraiment. Elle allait bien à l'intérieur du brasier. Non, pas bien. Tous les muscles de son corps étaient rigides et un violent souffle psychique repoussait ses cheveux en arrière, mais quoi que le feu exigeât d'elle, sa peau restait indemne.

Il avait beau voir qu'elle ne risquait rien, les dix secondes qu'elle passa au cœur des flammes furent les plus longues de sa vie.

—Recommence ça, gronda-t-il dès que le feu s'évanouit, et je jure que je te jette dans le lac.

Elle releva la tête alors que des braises vacillaient encore dans ses yeux.

—J'aimerais bien voir ça.

Le loup n'avait pas l'habitude qu'on le défie de manière aussi directe.

—C'était quoi, bon sang?

Il l'avait déjà vue s'exercer à se servir de son aptitude, mais jamais au point d'être consumée par elle.

—Une simple décharge d'énergie.

Elle recommença à s'éloigner.

Le loup de Hawke vit rouge.

— Bébé, si…

— Ne. M'appelle. Pas. Bébé.

Elle pivota sur ses talons pour le dévisager, le regard chargé d'une telle puissance destructrice que des hommes plus faibles que Hawke auraient peut-être tremblé.

Mais il était le chef des loups, et si Sienna s'imaginait qu'il allait battre en retraite, elle n'était pas au bout de ses surprises.

— Je t'appellerai comme je le veux.

Il empiéta sur son espace personnel, la contraignant à reculer si elle ne voulait pas que ses seins effleurent son torse à chaque inspiration.

Elle resta pourtant sur ses positions, ce qui fit paradoxalement plaisir au loup.

— Le seul homme qui aura le droit d'employer ce petit nom sera mon amant, dit-elle, ses mots drapés dans des ténèbres froides qu'il n'avait plus revues depuis les premiers jours qui avaient suivi sa désertion. Tu n'es plus prétendant au titre.

La colère qui déchirait Hawke était pareille à une bête en furie pleine de griffes et de crocs. Mais il réprima les pulsions primaires qui ne demandaient qu'à s'exprimer, et prononça les mots qui allaient lui permettre de la garder à ses côtés un peu plus longtemps. Oui, il était un sale égoïste, mais il n'avait jamais prétendu le contraire quand il s'agissait de Sienna Lauren.

— Je n'ai jamais montré cet endroit à personne.

Les ténèbres froides se retirèrent pour révéler les étoiles dans les yeux de Sienna.

— Tu joues avec moi, dit-elle, l'air vulnérable et l'âme mise à nu.

Il ne fut pas ébranlé par la force avec laquelle il désirait ce qu'il voyait en elle ; c'était devenu une douleur qu'il ressentait en permanence.

— Ça n'en est pas moins vrai.

Son loup attendit, les muscles crispés.

Lorsqu'elle lui emboîta de nouveau le pas, il serra le poing pour s'empêcher de tendre la main et de la refermer sur ses cheveux soyeux couleur de pierre précieuse, de l'attirer assez près pour pouvoir y enfouir le visage… pour pouvoir la caresser et la cajoler jusqu'à ce qu'elle fonde contre lui.

— Est-ce que tous les X-Psis ont des cheveux comme les tiens ? demanda-t-il.

Il avait besoin d'entendre le son de sa voix à défaut de pouvoir la toucher.

Elle lui jeta un regard sincèrement interloqué.

— Je ne sais pas. Mais c'est drôle comme la couleur est appropriée, non ?

Du feu caché dans les ténèbres. Oui, c'était approprié.

— Parle-moi de tes aptitudes.

— Tu sais déjà ce qu'il y a à savoir.

— Pas par toi.

Judd lui avait fourni les détails nécessaires et lui avait expliqué la marche à suivre si Sienna arrivait à un stade critique et que les autres membres du LaurenNet n'étaient pas en état d'intervenir. Son loup gronda. Hawke avait déjà pris des décisions cruelles par le passé, mais il n'était pas certain d'être capable de lui faire si mal qu'elle sombrerait aussitôt dans l'inconscience.

La femme à côté de lui garda le silence un long moment. Au fil des minutes, il commença à entendre de légers bruissements causés par les créatures nocturnes qui s'affairaient de nouveau dans les taillis après l'explosion de puissance de Sienna.

— Ils appellent ça du feu de glace… le feu des X-Psis, dit-elle enfin. Ça peut carboniser des choses… des corps, en quelques fractions de secondes.

Il entendit la douleur ancienne dans ses mots.

— Tu étais une enfant ?

Elle s'écarta soudain de lui alors qu'elle hochait la tête, refusant qu'il la réconforte. Quand elle reprit la parole, il sut au son de sa voix qu'ils ne parleraient pas de la douleur de son enfance. Mais il perçut un frisson de peur derrière sa froideur.

— Le feu de glace, c'est la première vague. La puissance peut s'accumuler jusqu'à ce que j'atteigne…

Il y eut un autre silence, et le rythme cardiaque de Hawke s'accorda au sien.

— La synergie, c'est comme ça que ça s'appelle. Si j'atteins la synergie… (Elle prit une brusque inspiration.) Ce n'est pas pour rien qu'ils disent que nous sommes des armes vivantes.

Pour la première fois depuis qu'elle avait commencé à parler, elle se tourna vers lui et lui jeta un regard pénétrant.

— Tu n'as pas à craindre que la meute soit en danger. J'ai parfois peur à l'idée de perdre le contrôle, dit-elle avec une franchise abrupte, mais je passe d'autant plus de temps à renforcer mes boucliers. On a aussi prévu un garde-fou au cas où.

Comprenant que le garde-fou en question risquait bien d'être fatal, Hawke dit :

— Tu penses vraiment que je te laisserais partir comme ça ?

Le regard implacable qu'elle lui lança lui donna soudain l'air d'être beaucoup plus âgée que lui.

— La décision ne t'appartient pas.

RÉCUPÉRÉ DE L'ORDINATEUR 2(A)
TAGS : CORRESPONDANCE PRIVÉE, PÈRE, ACTION NON REQUISE

De : Alice <alice@scifac.edu>
À : Papa <ellison@archsoc.edu>
Date : 18 novembre 1971 à 10 h 32
Objet : re: re: re: Article JA

Cher papa,

Merci pour ton dernier e-mail. Oui, tu as raison. Mon travail pourrait un jour aider les X-Psis. C'est à ça que je dois me raccrocher quand des difficultés surviennent.
Je vais faire court, vu que je suis à Paris et que je m'apprête à rencontrer l'un de mes volontaires. C'est un garçon fascinant ; intelligent, plein d'esprit et beaucoup trop calme pour son âge. J'ai remarqué ça chez tous les X-Psis que j'ai rencontrés en personne. Ça ne me plaît pas d'arriver à cette conclusion, mais c'est comme si leur vie défilait en accéléré et qu'ils vieillissaient avant même d'avoir été jeunes.
Je te réécrirai après le rendez-vous.

Je t'embrasse,
Alice

Chapitre 14

En fin d'après-midi, alors que Toby et Marlee se consacraient à leurs activités extrascolaires, Walker coinça Lara dans la salle de pause de l'infirmerie et referma la porte derrière lui.

L'ayant de toute évidence senti venir, elle s'appuya contre le plan de travail, bras croisés.

— Oui ? (Il n'y avait dans ses yeux fauves qui évoquaient à Walker le regard brillant d'un renard qu'un intérêt strictement professionnel.) Quelqu'un est blessé ?

Tandis qu'il adoptait la même posture qu'elle contre la porte, il fit une découverte inattendue : il s'était habitué à la façon dont Lara le regardait jusqu'au jour de leur discussion sur la falaise. Ne plus voir cette lueur indéfinissable dans ses yeux fit naître une sensation étrange et aiguë dans sa poitrine.

— Comment s'est passé ton rendez-vous ? demanda-t-il, sans bien savoir ce qui le poussait à poser cette question.

Lara se fendit d'un sourire sensuel.

— Kieran sait faire du bien à une femme.

Un calme glacial s'abattit sur l'esprit de Walker et une froide détermination se diffusa dans ses veines. Formé pour travailler avec des enfants, son contact télépathique était subtil, mais il était de rang 7,8. Ce qui signifiait qu'il était capable de tuer sans laisser de trace.

— Il est plus jeune que toi.

Trop faible et inexpérimenté pour veiller à ce qu'il n'arrive rien de mal à Lara, où que sa vocation la conduise.

La poitrine généreuse de Lara étira le tissu couleur rouille de son pull en V, qui moulait les courbes de son corps, lorsqu'elle haussa les épaules.

— Pas beaucoup.

— Ce n'est pas ce que je voulais dire.

Elle se retourna et se mit à préparer du café avec des gestes vifs et assurés de ses mains expertes, avec lesquelles il l'avait vue soigner tant de membres de la meute.

— Je ne conteste pas qu'il est un peu immature, mais n'est-ce pas le cas de la plupart des hommes qui ont la vingtaine ?

Walker savait qu'elle lui avait sciemment tourné le dos, et même si c'était en silence qu'elle le repoussait, le message était clair. Mais Walker n'obéissait qu'aux ordres qui assuraient la sécurité de sa famille.

— Il n'a aucune idée de qui tu es.

Même à trente ans, Lara était très jeune pour être la guérisseuse attitrée de la tanière.

Contrairement à la plupart des meutes, celle des SnowDancer comptait plusieurs guérisseurs répartis sur leur vaste territoire, chacun lié par le sang à un lieutenant afin de pouvoir procéder à des transferts de pouvoir spécifiques aux changelings. Bien qu'ils soient un certain nombre à avoir plusieurs dizaines d'années de plus que Lara, qui était directement liée à Hawke par le sang, ils lui vouaient une confiance et un respect inconditionnels. Ses aptitudes de guérison n'avaient pas leur égal, mais elle avait surtout la volonté et le courage nécessaires pour traiter sans broncher avec la plupart des membres dominants de la meute. Cette femme méritait un homme aussi fort qu'elle, pas un blanc-bec.

— Vraiment, Walker, dit Lara en se retournant vers lui, une tasse de café à la main. (Plusieurs boucles s'étaient échappées de son chignon bas et caressaient son visage.) On croirait à t'entendre que je vais m'unir à Kieran.

Elle souffla sur sa boisson chaude et s'avança avec un sourire si vide qu'il coupa Walker comme un scalpel.

—Je dois aller voir comment va un patient.

Il eut le sentiment qu'elle lui mentait, mais comme il ne pouvait pas en être certain, il la laissa passer. Son odeur chaude et élégante l'effleura lorsqu'elle quitta la pièce. Alors qu'elle était à mi-chemin des chambres des patients, elle jeta un coup d'œil par-dessus son épaule et l'épingla de son regard marron de renard.

—Parfois, dit-elle, ce n'est qu'une histoire de sexe.

Sienna avait l'après-midi de libre, mais après avoir terminé ses devoirs pour un cours de physique avancée qu'elle suivait par le biais de la branche Internet d'une université majeure, elle décida de se rendre à la Zone Blanche et de se porter volontaire pour encadrer les activités extrascolaires. En chemin, elle s'efforça de rester concentrée sur des données universitaires pures et dures, mais il lui était impossible de ne pas songer au tumulte émotionnel et à la sombre beauté de la nuit précédente.

La grotte tapissée de mousse où l'avait emmenée Hawke après que son aptitude l'avait enveloppée dans des flammes de glace voraces avait regorgé de fleurs sauvages nocturnes ; et il y avait eu une petite mare au centre aussi paisible et claire qu'un miroir. Son âme avait été transportée d'émerveillement lorsqu'elle avait touché un bourgeon délicat du bout des doigts, et son cœur s'était serré en comprenant que Hawke lui offrait un cadeau, une part de lui-même qu'il n'avait encore jamais montrée à personne.

Ça avait failli l'anéantir. Car malgré la force de son attirance pour elle et de leurs sentiments mutuels, Hawke avait une volonté de fer. Et n'écoutant que cette volonté, il allait la mettre en pièces ce soir-là quand il poserait les mains sur une autre femme. Quand il l'embrasserait. Et plus encore.

— Sinna ! (Ben dérapa sur le sol et s'arrêta à ses pieds alors qu'elle venait d'entrer dans la Zone Blanche, brisant le cercle des pensées qui la tourmentaient.) Salut !

Il ouvrit grand les bras.

Elle s'accroupit et le serra contre elle.

— Tu veux que je refasse tes lacets ? chuchota-t-elle à son oreille.

Il répondit par un hochement de tête furtif.

Sourire aux lèvres en songeant que Ben refusait de demander de l'aide aux autres enfants par fierté masculine, elle remédia au problème. Alors qu'elle se relevait, on la sollicita pour arbitrer une partie de cache-cache. Drew la retrouva dix minutes plus tard.

— Salut, chou à la crème.

Il passa un bras autour de ses épaules et l'attira contre son corps chaud tandis qu'elle grimaçait en réaction au petit nom ridicule qu'il lui donnait depuis qu'il avait découvert – et qu'il entretenait – son addiction aux sucreries.

— Quel sale caractère. (Il lui tapota le nez du doigt.) Sois gentille ou je ne te donnerai pas la barre aux noix de pécan et au nougat dont tu raffoles.

Malgré la douleur qui lui lacérait les entrailles, elle ne put s'empêcher de répondre par un sourire à cet homme qui s'était arrogé le droit de la considérer comme sa sœur et qui s'était fait une place dans sa vie à force d'humour, de ruses et de taquineries.

— Je croyais que tu étais en Arizona avec les faucons…

— Je suis rentré il y a quelques heures.

Il glissa la barre dans sa poche.

Elle s'appuya contre lui et renifla avec insistance.

— Mmm, tu viens de te doucher. Qu'est-ce que tu as fait en rentrant ?

Drew lui décocha un sourire malicieux qui révéla ses petites fossettes.

— Disons que je laisse ça à ton imagination, mademoiselle Sienna Lauren.

Elle éclata d'un rire pétillant, jailli de la plaie béante qu'elle avait à la place du cœur.

— Tu aimes être en couple.

Il avait toujours été l'une des personnes les plus faciles à vivre de la tanière, mais il débordait désormais d'un bonheur féroce et ne cachait rien de l'adoration qu'il vouait à Indigo.

— Ouaip.

Il posa un doigt sur ses lèvres lorsqu'une petite fille sortit la tête de derrière le buisson où elle se cachait. Elle s'éclipsa de nouveau.

— Je suis venu te dispenser des conseils éclairés, vu que je suis bien plus âgé et sage que toi.

— Dit l'homme qui a volé le portable d'Indigo et lui a enregistré une sonnerie en hurlant son nom.

Il lui répondit avec un sérieux inattendu.

— J'ai eu le même problème que toi.

Sienna voulut rétorquer, mais elle se reprit.

— Oui... c'est vrai.

Drew n'avait que quatre ans de moins qu'Indigo, mais il n'occupait pas la même place qu'elle au sein de la hiérarchie. Ça avait mis un obstacle à la cour qu'il faisait à la lieutenante.

— Je n'ai pas renoncé.

Piquée au vif, elle s'écarta.

— Je ne renonce pas.

Elle avait demandé à Hawke d'être avec elle, et il l'avait rejetée de façon si irrévocable qu'elle en saignait encore.

— Je ne sais pas trop, chérie. (Drew se frotta la mâchoire, le regard pénétrant malgré sa voix traînante.) De mon point de vue, on dirait vraiment que tu donnes le feu vert à Rosalie et Hawke.

Des flammes de glace léchèrent le bout des doigts de Sienna. Les étouffant dans sa paume, elle vérifia que les enfants s'amusaient, avant de siffler une réponse dans sa barbe.

— Je te signale que tu avais des appuis puissants.

Drew avait beau ne pas être un lieutenant, Sienna avait vu comment Hawke et les autres l'écoutaient.

— Ouais, pas de bol pour toi.

— Tu me donnes envie de te jeter des choses à la tête.

Il l'enlaça de nouveau avant qu'elle ait pu mettre de la distance entre eux. Puis le loup le plus sournois de la tanière baissa la voix et chuchota :

— Mais tu détiens un avantage sur lui, chérie. Tu occupes déjà ses pensées. Et tu sais comment l'embrouiller.

Après avoir consacré la journée à l'élaboration de stratégies et aux préparatifs d'une guerre qui s'annonçait inévitable, Hawke sortit à la nuit tombée sous un ciel de velours noir. Alors qu'il était au bord du lac le plus proche de la tanière et suivait des yeux les vaguelettes paisibles, Rosalie surgit d'entre les arbres et traversa la plage de galets. Elle avait la démarche d'une femme sûre de sa sensualité, tout l'inverse de la Psi cardinale qui avait posé sur lui un regard de désir si spontané qu'il avait failli revenir sur sa résolution la nuit précédente.

Il lui aurait suffi d'un geste pour qu'elle soit à lui, nue à la douce lueur argentée de la lune, allongée sur le dos dans l'herbe verte et luxuriante, sa chevelure étalée telle une flamme rouge rubis sur les fleurs sauvages. Cette image était si frappante que son loup se mit à gronder, avide de prendre le contrôle et d'aller chasser sa proie favorite.

— Tu n'as pas le regard d'un homme qui a hâte de me mettre dans son lit, dit Rosalie en calant sa grande silhouette voluptueuse contre lui.

Il joua avec ses cheveux épais et ondulés, et même si les mèches acajou étaient belles, son esprit le ramenait sans cesse à la cascade de soie sombre qu'il avait contemplée au clair de lune.

— Tu es trop bonne pour moi, Rosa.

Elle éclata d'un rire rauque.

— Bien sûr que je le suis. (Elle déposa un baiser sur sa joue, et ses seins effleurèrent son torse lorsqu'elle se tourna face à lui.) Je sens ton loup tirer sur les rênes.

Hawke n'aimait pas être poussé par sa nature changeling à assouvir ses besoins physiques. Mais ça n'avait aucun rapport avec Rosalie.

— Je suis un enfoiré.

— C'est vrai, acquiesça-t-elle en passant les bras autour de son cou. (Il haussa un sourcil.) Waouh, quel chef. Ça me donne envie de dire « oui, merci et encore ».

Elle traça ses lèvres du bout du doigt et lui jeta un regard solennel de ses yeux vert foncé bordés de cils épais.

— Tu sais que je ne demande rien en échange ? Pas d'attaches.

Au lieu de se jeter sur l'invitation comme Hawke s'y attendait à moitié, son loup ne bougea pas, même s'il était déchiré par le plus violent des désirs.

— Je sais.

Elle pencha la tête de côté et ses cheveux cascadèrent sur son épaule.

— Pourquoi ne m'arraches-tu pas mes vêtements, alors ?

Elle exprimait juste l'inquiétude d'une amie, sans porter de jugement.

Il tendit la main et effleura sa pommette des doigts. Son loup la trouvait voluptueuse, belle, intelligente. L'homme était du même avis. Il n'y avait qu'un seul petit problème.

— Indigo avait raison, dit-il, et cette prise de conscience le chamboula. Ça ne me comblera pas.

Le désir qui le rongeait était spécifique et ne ciblait qu'une seule femme.

— Tu veux dire que tu vas me laisser sur ma faim après m'avoir émoustillée ?

— Tu es fâchée ?

Il se blottit contre elle, car son loup ne voulait pas la blesser.

Rosalie éclata d'un rire franc et sensuel, celui d'une femme dont la générosité d'esprit ne lui permettait pas d'être rancunière.

— Ce n'est pas franchement une surprise, chéri. (Sourire aux lèvres, elle plaqua un baiser sur sa bouche.) Je suis venue à toi car nous sommes amis… tu avais besoin de contact physique, et j'ai deviné que tu étais trop buté pour aller la trouver. Je n'avais pas conscience que ça en était arrivé à ce stade entre vous.

La conclusion implicite de sa déclaration arracha un grondement à Hawke.

— Ce n'est pas parce que j'ai conscience de ce besoin que je vais m'y soumettre.

— Si j'ai bien compris, dit Rosalie en pointant le doigt sur son torse, tu la désires au point que je sens presque ton excitation, et il faut avouer que c'est sexy… mais tu ne vas pas la rejoindre ?

Hawke songea à la jeunesse et à l'inexpérience de Sienna.

« Je n'ai aucune intention de mourir vierge. »

Il ne ferait pas un bon amant pour une vierge, surtout depuis que son contrôle était en lambeaux. Il l'effraierait sans doute tellement qu'elle ne voudrait plus jamais avoir de relations sexuelles.

— C'est compliqué.

— Je vois.

Rosalie n'avait pas l'air convaincue, mais le téléphone satellite de Hawke sonna avant qu'elle ait pu le cuisiner davantage.

Il fut surpris d'entendre la voix de José au bout du fil.

— C'est au tour de Luc, dit-il sur un ton sec.

Il n'était pas d'humeur à jouer les baby-sitters avec des compagnons de meute qui auraient dû savoir se tenir. S'ils s'attiraient des ennuis ce soir-là, il les laisserait se calmer en prison.

Le propriétaire du bar poussa un soupir.

— Je suppose que tu n'as pas envie qu'un autre homme s'occupe de ta copine.

Hawke sortit les griffes.

— Le premier qui la touche est mort.

— Elle va bien… si on ne tient pas compte de la quantité d'alcool qu'elle ingurgite… ni du félin qui lui tient chaud.

Un grondement monta de la poitrine de Hawke.

— Veille à ce qu'elle ne parte pas avec lui. (Il raccrocha d'un geste brusque, et vit Rosalie se fendre d'un large sourire lorsqu'il leva la tête.) Silence.

— Hé, je ne suis qu'un témoin innocent. (Elle leva les mains.) Mais tu devrais peut-être te départir de ta tête de méchant avant d'aller la chercher.

— Elle fera avec, crois-moi, gronda-t-il.

Sienna passa en douce « son » sixième shot à Kit.

Il grimaça.

— Est-ce qu'il fallait vraiment que tu commandes ce truc de fille ?

— Je suis une fille, au cas où tu n'aurais pas remarqué.

Elle avait eu moins de mal à se débarrasser des vodkas qu'elle avait commandées plus tôt ; le liquide incolore passait inaperçu au milieu des verres vides ou remplis de glaçons, que les serveurs ramassaient régulièrement. En revanche, ils remarqueraient les shots.

Avec un frémissement de dégoût, Kit se hâta d'avaler la liqueur couleur caramel et lui repassa le verre sans que personne n'ait vu qui avait vraiment bu le shot.

— Seigneur, c'était infect. (Il prit une lampée de bière.) C'est le dernier que je bois à ta place.

Sienna décocha un sourire niais au barman, feignant l'ivresse.

L'imposant changeling cerf lui lança un regard aussi impassible que celui d'un loup.

Préférant ne pas abuser de sa chance, elle pencha la tête vers Kit… et lui trouva l'air étrangement sérieux.

—Qu'est-ce qu'il y a?

—Je sais que tu as des sentiments forts pour Hawke, dit-il en se tournant face à elle, mais es-tu préparée à ce à quoi cette nuit pourrait te mener?

Sienna s'était posé la même question, et n'avait trouvé qu'une seule réponse.

—Je ne le saurai jamais s'il ne nous donne pas une chance. (Elle referma la main sur celle de Kit.) Je m'apercevrai peut-être que c'est un trop gros morceau pour moi, admit-elle.

Hawke n'allait jamais être un amant facile, même si elle obtenait de lui qu'il envisage une relation avec elle.

—Mais je sais sans l'ombre d'un doute que je ne peux pas rester les bras croisés et le regarder rejoindre une autre femme.

Il lui jeta un regard pénétrant.

—Tu y as vraiment réfléchi.

—Oui. (Quoi qu'il arrive, il n'était pas envisageable qu'ils continuent comme ils l'avaient fait jusque-là, sans résoudre la tension entre eux.) Ça ne m'empêche pas d'être nerveuse.

Kit retourna la main pour serrer la sienne, les yeux pétillants.

—Je mise sur toi.

Après s'être penchée pour déposer un baiser sur sa joue, elle dit:

—Quand est-ce qu'il faudrait que je remonte sur le bar?

—Compte tenu de l'heure à laquelle José a passé le coup de fil et de la vitesse à laquelle Hawke doit rouler, je dirais d'ici deux minutes.

—Bien. (N'ayant pas pris de sac à main, elle récupéra son portable qu'elle avait posé sur le bar et le glissa dans une des poches arrière de son pantalon.) Ça te laisse deux minutes pour sortir.

—Je n'ai pas l'intention de fuir, dit-il, offensé.

Sienna était membre d'une meute depuis assez longtemps pour comprendre la fierté masculine, même lorsqu'elle était stupide.

— Il ne s'agit pas de fuir. Mon plan tombera à l'eau si Hawke se focalise sur toi plutôt que sur moi.

— Je vois.

Il termina sa bière et se leva de son tabouret.

Puis il fit une chose totalement inattendue. La plaquant contre lui, il s'empara de sa bouche dans un baiser chaud et fougueux qui présageait l'homme qu'il deviendrait un jour. Le cœur de Sienna battait deux fois plus vite lorsqu'il eut terminé.

— Euh, eh bien, c'était…

Pas mal, songea-t-elle. Ça n'accrochait peut-être pas aussi bien entre eux qu'entre elle et Hawke, mais Kit pourrait la mettre dans son lit s'il s'y prenait bien. Et ça avait de quoi la surprendre.

— Pas sympa, parvint-elle enfin à articuler. Un baiser très « pas sympa ».

Un sourire de satisfaction masculine aux lèvres, Kit bascula sur ses talons.

— J'aime autant te prévenir que tu portes maintenant mon odeur de manière intime. Ça ne va pas lui plaire.

Ce félin était malin. Elle avait de la chance de l'avoir de son côté.

— Que le spectacle commence.

Kit se pencha et effleura son oreille des lèvres.

— Je ne serai pas loin. S'il perd trop le contrôle, je te sortirai de là.

— Il ne me fera pas de mal. (Jamais elle n'avait eu une telle certitude de sa vie.) Aide-moi à monter.

Kit la hissa sur le bar à côté d'une autre fille, une femelle léopard svelte qui souffla un baiser à Sienna. Des sifflements s'élevèrent autour du bar tandis que Kit s'éclipsait, laissant les deux filles, dont les silhouettes se détachaient sur les lumières bleu électrique du mur de verre derrière le comptoir, sur lequel les bouteilles d'alcool scintillaient comme des joyaux. Consciente que Nicki ne flirtait avec elle que pour taquiner Jason, Sienna lui souffla un baiser à son tour, et le bar explosa.

La foule scandait « le bisou, le bisou, le bisou », quand Hawke entra.

Ce fut alors que Sienna découvrit le sens du mot « chef ».

Chapitre 15

Il ne dit pas un mot, n'émit pas le moindre son, mais la première personne qui le vit donna aussitôt un coup de coude à une autre. Un silence de mort s'abattit sur le club en moins de trente secondes, au moment même où José coupait la musique.

Nicki se laissa glisser du bar dans les bras de Jason.

— Bonne chance, souffla-t-elle à Sienna avant de se fondre dans le groupe de jeunes de DarkRiver, en retrait dans un coin.

Arrivé au bar, Hawke leva la tête. C'était le loup qui la regardait, et le loup qui dit :

— Épaule ou pieds ?

Elle déglutit.

— Pieds.

— Bon choix.

Il ne s'écarta pas lorsqu'elle s'assit et descendit du bar. La chaleur agressive du corps de Hawke se déversa contre sa peau nue.

Soudain, le haut corseté qu'elle avait acheté seule après la fameuse virée shopping avec Nicki ne lui semblait plus une si bonne idée. Elle avait l'impression de ne rien porter, entre ses épaules nues, ses seins qui pigeonnaient et son ventre exposé du nombril jusqu'à la ceinture de son jean taille basse. Elle avait le souffle court, et c'était comme si elle lui offrait sa poitrine à chaque inspiration.

Sans faire le moindre commentaire sur sa tenue, Hawke plaça la main au creux de ses reins et la conduisit à la porte.

Elle faillit y aller.

Elle freina à mi-chemin, bien décidée à lui faire admettre qu'il n'était pas simplement venu récupérer une compagne de meute qui avait trop bu. Mais il lui suffit d'un regard pour comprendre que ce serait une très mauvaise idée de l'affronter sur place. Par-dessus l'épaule de Hawke, elle vit Nicki et Evie secouer frénétiquement la tête. Jason grimaçait, mais il se rapprochait d'elle, tandis que Kit et Tai avaient commencé à se frayer un chemin dans la foule, comme s'ils se tenaient prêts à la protéger.

Leur loyauté la réchauffa de l'intérieur.

Mais il s'agissait d'une guerre personnelle.

Prenant le bras de Hawke, elle pressa sa poitrine contre la partie que ne couvraient pas les manches courtes de son tee-shirt blanc.

—Où est la voiture?

Elle ne prit pas la peine de manger ses mots. Les sens de Hawke étaient trop aiguisés pour qu'il n'ait pas remarqué qu'elle était parfaitement sobre.

Pour toute réponse, il lâcha le bras de Sienna et replaça la main au creux de ses reins, un contact chaud et brusque qui lui fit contracter les muscles du bas-ventre, puis ils sortirent.

—Bonne chance, marmonna le videur au passage de Sienna, sans même essayer de faire comme s'il allait barrer la route à Hawke.

À sa place, elle s'en serait abstenue elle aussi.

Car contrairement à l'autre nuit, Hawke n'avait pas l'air énervé. Sa colère était plus profonde et beaucoup plus froide. Sienna ne s'expliquait pas cette différence… jusqu'à ce qu'ils aient atteint le 4 × 4 et qu'il se penche au-dessus d'elle.

—Tu portes l'odeur d'un autre homme, gronda-t-il.

Le corps de Sienna s'embrasa à la sensation de sa chaleur toute proche, mais elle n'avait pas l'intention de céder et de perdre le terrain qu'elle avait gagné.

— Ouais, eh bien, je ne suis pas une louve, mais je suppose que tu portes l'odeur d'une autre femme.

Sans le moindre avertissement, il la mordit, plantant les dents là où son cou rejoignait son épaule. Elle sursauta et le sentit lui empoigner les hanches. Elle avait la colonne vertébrale en feu et la peau tendue d'impatience… mais si elle s'abandonnait, c'était terminé. *Réfléchis, Sienna, réfléchis.* C'était presque impossible avec Hawke qui l'enveloppait et prenait possession d'elle. De la chaleur humide s'écoula entre ses cuisses, et il dilata les narines. *Oh, Seigneur.*

Plus par réflexe de défense que sous l'impulsion d'une pensée rationnelle, elle fit jaillir une ligne de feu de glace à l'endroit où il la mordait.

Il s'écarta en grondant.

— Tu m'as brûlé.

C'était son loup qui parlait, sans l'ombre d'un doute.

Elle porta la main à son épaule et toucha la morsure encore chaude.

— Juste un avertissement. (Elle avait pris soin de ne pas le brûler, juste le menacer.) Je n'aime pas avoir tes dents dans la peau.

Les yeux de Hawke se mirent à luire.

— Menteuse.

Elle ne put réprimer un cri étouffé lorsqu'il se colla de nouveau contre elle, mais trouva la volonté de dire :

— As-tu fait savoir que je n'étais pas à toi ?

Il traça la morsure du pouce.

— Pourquoi es-tu à moitié nue ?

Il avait posé cette question de façon presque détachée… sauf qu'il avait reposé sa main libre au creux de ses reins et caressait du bout de ses doigts calleux la peau dénudée de Sienna avec des gestes lents et réguliers.

Elle frissonna.

—Tu as froid.

Il la poussa dans le 4×4 et alla s'installer dans son siège avant qu'elle ait pu réagir. Ils avaient déjà dépassé la moitié du pâté de maisons lorsque les battements de son cœur s'apaisèrent assez pour qu'elle puisse parler.

—Je ne veux pas rentrer à la maison.

Une part d'elle-même était terrifiée car elle ignorait totalement comment se comporter avec lui lorsqu'il était de cette humeur, mais battre en retraite n'était pas une option. Plus depuis qu'elle avait décidé que c'était du sérieux.

—Hawke? Tu m'écoutes?

Prenant une bouteille d'eau du porte-gobelets entre leurs sièges, il dit:

—Lave son odeur.

Elle serra les cuisses à son ton exigeant et possessif, mais croisa les bras.

—Non.

Un grondement sourd emplit l'habitacle, et les tétons de Sienna durcirent à un point douloureux. Déstabilisée par la virulence de sa propre réaction – même si ça ne la surprenait pas –, elle essayait de reprendre pied lorsqu'il arrêta soudain la voiture sur le bas-côté et se tourna vers elle.

—Alors je m'en chargerai.

Ses yeux pâles étincelaient, et sa voix trop calme indiquait que le prédateur avait bel et bien été lâché.

Même s'il lui était difficile de résister à la force de sa domination, elle se rappela qu'il n'était pas le seul détenteur de pouvoir dans le véhicule.

—Si tu me touches, je te crame les sourcils.

Il haussa les épaules.

—Ils repousseront.

Il tira sur le bandana qu'elle avait noué dans ses cheveux et versa de l'eau dessus.

—Hé!

Elle le repoussa lorsqu'il l'accula dans le coin.

— Tu voulais jouer, bébé, dit-il tout bas. (Elle se figea sur place.) Alors jouons.

Elle sentit sa bouche devenir sèche quand il passa le tissu humide sur ses lèvres avec une concentration intense. Elle savait qu'elle aurait dû protester, mais sa voix semblait l'avoir désertée depuis qu'il était si près d'elle. Imposant, superbe et furieux, Hawke occupait chaque centimètre d'espace, chaque souffle d'air.

— Là, murmura-t-il en faisant courir le bandana le long de son cou et sur son épaule avant de se pencher pour presser les lèvres sur la morsure.

L'excitation monta dans le corps de Sienna, au point qu'elle dut se mordre la lèvre inférieure pour s'empêcher de gémir. Ce n'était pas une zone érogène, qu'il touchait, elle le savait. Et pourtant, elle n'osait pas bouger de peur que cesse cette délicieuse torture. Un autre baiser, chaud et humide. Les cheveux de Hawke effleurèrent sa peau tandis qu'il léchait la plaie, chaque mèche la marquant au fer rouge.

— La prochaine fois que ce bébé léopard met les mains sur toi, dit-il en levant la tête après s'être repu de sa peau, je lui déchiquette la gorge et la lui fais manger.

Il avait dit ça sur un ton si raisonnable qu'elle mit une minute à assimiler le sens de ses paroles.

Elle se redressa d'un bond et l'empoigna par son tee-shirt.

— Tu ne toucheras à aucun de mes amis.

Il posa sur elle son regard patient de loup. Son regard meurtrier.

— Hawke.

Il se pencha et se remit à lécher la morsure.

Elle frissonna de la tête aux pieds, les seins à l'étroit dans le corset qui les enserrait.

— Pas touche à Kit, chuchota-t-elle, à peine capable de parler tant la pression qu'exerçait sur elle son désir si longtemps nié était forte.

Il referma la main sur sa gorge. Ce n'était pas une menace, juste la façon la plus possessive dont un changeling prédateur pouvait toucher une femme hors contexte sexuel.

— Ne prononce pas son nom.

Il passa le pouce sur son pouls.

— Tu n'es pas raisonnable, dit-elle en refermant la main sur son poignet.

À peine ces mots eurent-ils quitté sa bouche qu'elle prit conscience qu'elle n'obtiendrait pas de lui qu'il se comporte en « humain » cette nuit-là. Le loup de Hawke avait toujours été proche de la surface, et c'était lui qui avait pris le contrôle cette fois. Ou peut-être était-il plus exact de dire que l'homme, autant que le loup, avait renoncé à se comporter en être civilisé.

— Je n'ai toujours pas envie de rentrer.

Ce n'était pas tout à fait vrai ; elle aurait été ravie de se retrouver seule avec lui. Mais si elle voulait gagner son cœur et le garder, il allait devoir comprendre qu'elle ne le laisserait pas lui marcher dessus. Car il ne s'en priverait pas s'il s'imaginait qu'il pouvait le faire.

Il la surveilla en attendant qu'elle poursuive.

— Je veux encore aller danser. (Elle esquissa un lent sourire.) Dans un club, ajouta-t-elle.

Il ne faisait aucun doute que les pensées rationnelles de Sienna ne seraient plus qu'un lointain souvenir s'il la prenait dans ses bras alors qu'ils étaient seuls, s'il posait les lèvres sur sa peau et les mains sur son corps.

— Là-bas. (Les seins rougissants sous l'effet du désir qui pulsait dans la partie la plus intime de son être, elle indiqua du doigt un club au hasard.) Celui-là a l'air populaire.

Hawke laissa échapper un grondement si bas qu'elle le sentit physiquement avant de l'entendre. Sa peau se mit à scintiller tandis que les pointes durcies de ses tétons frottaient contre son corset. Seule la discipline qu'on lui avait inculquée sur le PsiNet l'empêcha de céder.

— Cesse d'essayer de m'intimider.

Au lieu de répondre, il reprit la route. Elle ne mit pas longtemps à constater qu'ils roulaient clairement en direction du territoire de la tanière. Admettant qu'elle avait perdu cette manche, elle se força à se ressaisir et à se rappeler qu'elle n'avait pas affaire au chef calme et calculateur des SnowDancer mais à la bête sauvage qui vivait dans son cœur.

Ce qui ne voulait pas dire qu'elle comptait abandonner… même si elle n'avait pas la moindre idée de ce qu'elle ferait s'il décidait d'écourter les préliminaires et de lui sauter dessus.

— Tu aimes mon haut ?
— Tu appelles ça un haut ?
— C'est la dernière mode, lui assura-t-elle sans prêter attention à la menace contenue dans sa voix suave. Ça se lace sur le côté pour être plus facile à enlever.

Il crispa les mains sur le volant alors qu'il s'engageait dans les montagnes.

— Et ces bottes. (Elle posa une jambe sur le tableau de bord et se caressa la cuisse.) Avec elles, je…

La voiture pila non loin de la frontière du territoire de la tanière. Alors que Hawke se tournait vers elle, il se figea comme elle l'avait déjà vu le faire. Le prédateur était aux aguets. Aussitôt sur le qui-vive, elle retira la jambe du tableau de bord pour déployer ses sens télépathiques… et trouva plusieurs esprits de Psis dans les parages.

— Des Psis, souffla Hawke au même moment. Reste dans la voiture.

Il disparut avant qu'elle ait pu protester.

Bien qu'elle fût tentée de lui désobéir, ses maudites bottes l'auraient handicapée. Elle lui apporta donc son soutien d'une autre manière. Tout en le gardant à la périphérie de ses sens psychiques, elle déploya de nouveau sa télépathie. Sans surprise, les intrus avaient des boucliers. L'esprit de Hawke était encore plus impénétrable que les leurs ; ses boucliers naturels formaient un mur massif. Elle n'aurait aucun moyen de savoir s'il était blessé ou en mauvaise posture.

Frustrée, elle fit coulisser sa portière avec mille précautions.

L'air nocturne sur sa peau lui donna la chair de poule, mais elle fit abstraction de ce désagrément mineur et monopolisa tous ses sens – psychiques ou non – pour écouter. Au moindre signe de lutte, elle grillerait les esprits de tous les Psis des environs.

Elle était chez elle, et c'était son homme. Personne n'avait le droit de s'en prendre à ça.

Le loup de Hawke ne mit qu'une minute à se rendre compte que Sienna était trop intelligente et dangereuse pour ne pas avoir réfléchi à un plan de secours si les choses dégénéraient. *Merde.* Il sortit le téléphone satellite de sa poche et lui écrivit un bref message.

« N'agis pas sans mon feu vert. » Dans de bonnes conditions, le hurlement d'un loup pouvait s'entendre à des kilomètres. « Ne t'expose pas. » Si des membres du Conseil apprenaient qu'elle était en vie, ils ne s'arrêteraient devant rien pour la récupérer. Et comme Hawke n'avait aucune intention de les laisser la prendre, la situation ne tarderait pas à basculer dans la violence.

« Évite de te faire blesser, alors. »

Sa réponse le fit sourire malgré les circonstances tendues. Après avoir glissé le portable dans sa poche, il s'avança à pas de loup jusqu'à l'endroit où il avait senti les intrus. Son loup était furieux de cette violation de son territoire, mais il restait silencieux et concentré, conscient autant que l'homme qu'il devait découvrir ce que préparait l'ennemi. Les SnowDancer couraient le risque de devenir arrogants depuis qu'ils avaient contrecarré les opérations secrètes des Psis, mais il était indéniable que l'espèce psychique représentait une réelle menace.

Passant d'ombre en ombre sans un bruit, il se retrouva à deux mètres des intrus.

—… trop d'arbres.

— Il a raison. Il nous faut un… (L'homme qui avait pris la parole s'interrompit quelques secondes.) Nous allons devoir remettre ça à plus tard. On a besoin de moi à la base.

Le troisième Psi posa les mains sur les épaules des deux autres hommes et se téléporta avec eux. Hawke aurait pu en éliminer un, voire deux avant qu'ils disparaissent, mais il les laissa partir. La priorité était de déterminer quel était leur plan d'action, chose qui serait beaucoup plus simple si leur meneur ignorait que les SnowDancer étaient au courant qu'ils projetaient de les attaquer.

Après s'être assuré que la zone était sûre, il s'apprêtait à regagner le 4 × 4 quand il marqua une pause. Sienna avait été la protégée de Ming et avait passé l'essentiel de sa vie à étudier les tactiques et stratégies militaires auxquelles recourait le Conseil. Même si son côté protecteur était tenté de la couver, il était également le chef des SnowDancer, calme, calculateur et prêt à se servir de tous les atouts possibles pour protéger sa meute.

Il sortit son téléphone et l'appela.

— Peux-tu me rejoindre ? demanda-t-il.

Il s'éloigna un peu pour éviter d'être repéré par des dispositifs technologiques qu'ils avaient pu dissimuler sur les lieux ; mieux valait être paranoïaque depuis qu'Henry Scott avait failli réussir son coup l'année précédente.

— Oui. Je te vois avec mon œil télépathique.

Il fronça les sourcils mais ne dit rien avant qu'elle apparaisse dans la nuit. Sa peau à peine couverte par la bande de tissu ridicule qu'elle qualifiait de haut semblait argentée à la lumière de la lune.

— Tous les Psis peuvent-ils me retrouver de cette façon ? demanda-t-il, songeant qu'il suffirait d'un seul coup de griffe bien placé pour trancher les liens du corset qui moulait ses formes.

Sienna secoua la tête, son bandana de nouveau noué dans les cheveux.

— Pas toi spécifiquement. Je voulais dire que j'ai effectué un balayage télépathique et n'ai trouvé qu'un seul esprit changeling.

Satisfait de cette explication, il lui indiqua le lieu de la menace et lui rapporta ce qu'il avait surpris.

— Y a-t-il quelque chose qui te saute aux yeux ?

Sienna scanna les quelques arbres de la zone en se frottant les bras d'un air absent.

— Rien que tu n'aies déjà remarqué, j'en suis sûre… S'il leur faut un espace plus ouvert, je suppose que c'est parce qu'ils ont l'intention de s'en servir de relais.

— Ouais. (Il s'avança derrière elle et l'enlaça.) Tu es gelée.

Ça n'avait rien d'étonnant. Mais sa tenue vestimentaire n'agaçait plus son loup depuis qu'il avait revendiqué les privilèges du contact rapproché.

— Viens, dit-il en inspirant son odeur d'épice exotique. Nous n'apprendrons rien de plus ici cette nuit.

Il chargerait les techniciens de venir le lendemain et d'effectuer un balayage de la zone pour vérifier qu'elle était nette.

Sienna retourna à la voiture avec lui et monta à l'intérieur avec une docilité inhabituelle. Même si le froid ne le dérangeait absolument pas, il mit le chauffage à fond lorsqu'il reprit la route.

— Que se passe-t-il dans ta petite tête ?

— Mon espèce s'en prend à nouveau à la tienne, dit-elle tout bas. C'est pour ça que tu détestes les Psis ? Parce qu'ils n'arrêtent jamais ?

Des échos de sang et de souffrance résonnèrent dans l'esprit de Hawke, des visions de personnes chères qui tombaient sous les coups de griffe et les morsures tandis que les membres de la meute se retournaient les uns contre les autres.

— Non.

Les cicatrices qu'il gardait des événements violents qui avaient eu lieu plus de vingt ans auparavant ne disparaîtraient jamais, mais il avait appris à dépasser la colère sauvage qui l'avait animé les premières années.

— Je ne déteste pas tous les Psis. Juste ceux qui suivent le Conseil.

Alors que la voiture s'était réchauffée, Sienna s'enserra de ses bras. C'était le seul problème dont elle n'avait jamais tenu compte. Oui, leur attirance mutuelle était si forte qu'elle avait fini par conduire Hawke jusqu'à elle, mais comment pouvait-elle s'attendre à ce qu'il éprouve des sentiments plus profonds pour elle ? Elle, une femme issue d'une espèce qui avait infligé tant de souffrances à Hawke qu'il prenait encore la voix de son loup pour en parler, le visage assombri par des ombres anciennes.

La tanière était devenue son foyer, les SnowDancer ses amis et sa famille, mais elle n'avait pas oublié comment les choses avaient été lorsqu'elle était arrivée avec les siens. Ayant dû gérer à la fois le choc d'avoir été sectionnée du Net et la réaction d'une violence inexplicable qu'avait déclenchée chez elle le chef des loups au regard de glace, Sienna s'était simplement concentrée sur sa survie les premiers mois. Malgré tout, elle avait été formée par un Conseiller et était la nièce d'une Flèche. Elle avait gardé dans un coin de sa tête les bribes de conversation et les murmures qu'elle avait surpris, tous liés à l'incrédulité des membres de la meute qui n'en revenaient pas que Hawke, « surtout lui », ait donné asile à une famille de Psis « après ce qu'ils avaient fait aux siens ».

Elle eut soudain la gorge à vif.

— Les Psis sont-ils responsables de la mort de tes parents ? demanda-t-elle, se forçant à poser la question la plus difficile de toutes.

Elle savait qu'il les avait perdus enfant, mais personne n'évoquait jamais les circonstances de leur décès.

Hawke mit presque une minute à réagir.

— Il y a des choses que tu n'as pas besoin de savoir, se borna-t-il à dire.

Il la remettait à sa place. Froidement et sans détour.

C'était dans la nature de Sienna de se rebeller contre lui, et elle sentait d'instinct qu'il n'aurait de respect que pour une femme qui aurait le courage de lui tenir tête, mais elle n'avait aucun droit de lui demander de revivre un cauchemar.

— Excuse-moi.

Se focalisant sur les ténèbres de la forêt qu'ils dépassaient, les poings serrés pour cacher ses doigts qui tremblaient, elle regarda la nuit sans la voir.

RÉCUPÉRÉ DE L'ORDINATEUR 2(A)
TAGS : CORRESPONDANCE PRIVÉE, PÈRE, ACTION NON REQUISE

De : Alice <alice@scifac.edu>
À : Papa <ellison@archsoc.edu>
Date : 12 février 1972 à 10 heures
Objet : Enfin publiée !

Cher papa,

Je viens de recevoir les premiers exemplaires de mon livre. Je sais que tu n'aimais pas trop son côté peu académique, mais je trouve que *La Mystérieuse classification E : Merveilles et méandres du don empathique* est un titre qui en jette.
Pour répondre à la question de ton dernier e-mail : oui, je suis toujours célibataire, mais j'ai encore le temps avant que tu sois condamné à prendre ta retraite sans petits-enfants (d'autant que tu comptes ne jamais la prendre). Dis à maman que je suis passée à la maison et que les fleurs sont magnifiques ; l'un de mes amis empathiques m'a aidée à entretenir les jardins. Les E-Psis ont vraiment la main verte. Je devrais peut-être en faire mon prochain sujet d'étude.
Quant au projet X, il s'est écoulé presque un an depuis que je m'y suis attelée et je me suis rendu compte que je ne pouvais pas m'appuyer uniquement sur mon minuscule échantillon de X-Psis encore en vie. J'ai demandé et obtenu l'aide d'un bibliothécaire Psi qui va sonder le PsiNet pour trouver des informations sur les X-Psis ayant vécu avant, tandis que j'effectuerai des recherches dans les bibliothèques auxquelles j'ai accès.
Je pars de l'hypothèse que cette mutation n'existerait pas si elle n'avait pas de fonction, mais George m'a signalé que de nombreuses maladies rares sont dues à des mutations. Si je

suivais ce raisonnement, je serais forcée de conclure que si les X-Psis sont si rares, c'est parce qu'ils n'ont pas de fonction et que leur mort est une tentative de la nature de contrôler une dangereuse maladie. Je ne suis pas à l'aise avec cette idée, mais en tant que scientifique, je sais que c'est une théorie qui en vaut une autre.

J'aimerais tant que tu sois à la maison pour qu'on puisse avoir ces discussions de vive voix.

Je t'embrasse,
Alice

Chapitre 16

De garde à l'infirmerie ce soir-là pour veiller sur un loup âgé qui avait fait une chute, Lara était assise à son bureau mais n'avait pas la tête à se concentrer sur les documents devant elle. Elle avait pris plaisir à tourmenter Walker au sujet de son rendez-vous avec Kieran, mais à peine était-il parti que ce sentiment avait été remplacé par une douleur lancinante qui ridiculisait les efforts qu'elle déployait pour l'oublier.

La vérité, c'était que son attirance pour Walker n'avait rien de simple ; elle n'avait cessé de se renforcer depuis l'arrivée du Psi à la tanière. Plus elle en avait appris sur l'homme derrière le masque de réserve, plus elle s'était éprise de lui. Le rejet de Walker avait porté un sérieux coup à ses émotions, mais ça avait été stupide de sa part de s'imaginer qu'elles allaient disparaître simplement parce qu'elle le voulait.

Ça ne l'étonnait pas qu'elle soit tentée de se raccrocher à l'apparente jalousie qui avait poussé Walker à venir la trouver. Mais en admettant même qu'elle ait bien deviné ses motivations, elle était certaine que cette émotion ne l'amènerait pas à changer d'avis ; Walker n'était pas du genre à tergiverser, et il lui avait fait très clairement comprendre que leur seul et unique baiser avait été une erreur.

Cela dit, Lara n'était pas du genre à prendre des décisions à la légère, et elle avait choisi de tourner la page. Comme son amie Ava l'avait souligné avec sa franchise habituelle plus tôt ce jour-là, même si Kieran ne lui correspondait peut-être pas, c'était le premier homme avec qui Lara sortait depuis six mois.

« Tu n'as laissé à aucun autre homme une chance d'influer sur tes sentiments pour Walker », avait ajouté Ava.

Cette vérité à l'esprit, elle appela un technicien vétéran qui l'avait invitée à sortir trois mois plus tôt et convint d'un déjeuner pour le lendemain. Alors qu'elle raccrochait, enchantée qu'il ait aussitôt accepté son invitation, elle vit Walker dans l'embrasure de la porte. Avant, elle aurait supposé qu'il venait la voir. Cette nuit-là, sa première pensée fut que quelqu'un était blessé.

— Qui ? demanda-t-elle en se levant. Qu'est-ce que...

Il l'arrêta en lui saisissant le poignet. La peau de Walker était rêche contre la sienne, et il la tenait d'une main de fer. Surprise, elle se figea. Seul son choc atténua sa réaction instinctive à son contact, car elle aimait les mains de Walker, la corne due aux activités qui occupaient son temps libre, les belles choses qu'il créait ; entre autres, des meubles miniatures pour la maison de poupée qu'adorait sa fille.

Il la maintint en place de sa main ferme et chaude tandis qu'il se penchait pour poser un plateau de nourriture sur son bureau et l'enveloppait de son odeur d'eau sombre et de pin enneigé, une prison sensuelle de laquelle elle ne pouvait pas s'échapper.

— Tu as encore sauté le dîner.

Sa louve frissonna de tout son corps, sensible à ce qui de la part d'un loup aurait signalé le début d'une cour sérieuse, mais Lara étouffa cette réaction. Elle n'avait pas l'intention de s'exposer de nouveau à la souffrance.

— J'étais occupée, dit-elle d'une voix calme.

Malgré tout, elle s'assit sans discuter quand il la repoussa dans son fauteuil.

Mais quand il appuya de nouveau son grand corps puissant contre le bureau de Lara – si près d'elle qu'elle aurait pu caresser sa cuisse ferme et musclée à travers son jean élimé –, prit l'assiette et lui tendit une fourchetée de nourriture, elle se secoua de sa torpeur.

—Donne, dit-elle en prenant l'assiette. Il ne faut pas que tu fasses ça.

—Pourquoi ?

Reculant son fauteuil un peu plus loin, elle se força à répondre.

—C'est un acte intime… comme les privilèges du contact rapproché.

Walker ne posa pas d'autres questions mais ne partit pas non plus, sourd aux signaux que lui envoyait le corps de Lara. Il savait qu'il s'imposait dans son espace personnel, mais il savait aussi qu'il n'aimait pas quand elle négligeait de prendre soin d'elle, et il en avait eu assez de rester sans rien faire. Et même s'il aurait peut-être été plus intelligent de garder ses distances vu l'effet déconcertant qu'elle avait sur lui… elle lui avait manqué.

—Tu es au courant que Marlee a rejoint la chorale des enfants ? demanda-t-il, car Lara était la seule personne avec qui il trouvait toujours les mots.

C'était la première fois qu'il faisait un effort délibéré pour initier – ou plutôt reconstruire – une relation avec une femme.

Lara se fendit d'un sourire sincère qui chassa les ombres de son visage.

—J'ai entendu Ben et elle répéter. Elle a une belle voix.

Walker songea que Lara aussi.

Sienna se redressa en sursaut dans son lit, son débardeur noir basique collé à la peau. Le cauchemar n'était pas venu la tourmenter depuis des mois, mais il avait rattrapé le temps perdu cette nuit-là. Rejetant ses couvertures, elle pivota les jambes sur le côté du lit et repoussa les mèches de cheveux qui s'étaient échappées de sa tresse pour venir se plaquer contre sa peau trempée de sueur.

« Parfaite. » Ming, qui la regardait comme un humain regarderait un véhicule hautement performant. *« Tu es vraiment le plus parfait des spécimens génétiques. »*

Parfaite... si on voulait une tueuse de masse insensible. Sauf que, bien sûr, elle n'était plus insensible.

— Je reste une tueuse potentielle, chuchota-t-elle, tremblant si fort que sa vue se troubla.

« Nous sommes ce que nous choisissons d'être. » La voix de Judd, si calme qu'elle en était captivante. *« Ne renonce jamais à ton libre arbitre sous prétexte qu'il y a prédestination génétique. »*

Elle se raccrocha à ces paroles. Judd s'en était sorti. Il avait changé son don de mort en don de vie en devenant un guérisseur. Sienna ne pouvait pas suivre la même voie car son aptitude était trop violente, mais elle forgerait sa propre voie ; et elle ne deviendrait pas le boucher que Ming avait prévu qu'elle serait après tant d'années passées à l'entretenir dans l'attente de posséder son corps et son âme. Jusqu'à ce qu'elle se révèle trop dangereuse, même pour lui.

— Tu ne m'as pas brisée, enfoiré.

Et il ne la briserait pas.

Après s'être levée, elle se déshabilla et entra dans la cabine de douche, où elle régla la température de l'eau de sorte qu'elle soit presque bouillante. Elle attendit que la chaleur lui fouette le sang pour sortir et se sécher. Lorsqu'elle jeta un coup d'œil à l'horloge, elle vit qu'il était 5 heures. Tout en s'habillant et en tressant ses cheveux humides, elle se connecta au tableau de service pour vérifier son emploi du temps et constata qu'elle avait une session d'entraînement prévue de midi jusqu'à la fin de la journée.

Elle consulta le reste du tableau de service puis composa le numéro de Riordan. L'écran de communication lui transmit un visuel.

— Je me lève maman, promis, dit un loup à la voix ensommeillée sous une couverture. Laisse-moi juste une minute.

Un sourire joua sur les lèvres de Sienna.

— Ça t'embête si j'assure ton tour de garde ce matin ?

Il était de service de 6 heures à 11 heures.

Riordan leva la tête et croisa son regard. Ses cheveux ébouriffés le rendaient étrangement séduisant.

— Seigneur, tu t'es déjà douchée. Cette femme est folle.

— Vu que je suis prête…

— Tu es sûre ?

— Je ne te demanderais pas sinon.

Si elle trouvait à s'occuper, elle parviendrait peut-être à oublier ce qu'elle avait entrevu dans le 4 × 4 la nuit précédente, et le passé qui dressait une barrière opaque entre elle et le seul homme à avoir jamais réussi à percer ses défenses.

— Tu me revaudras ça plus tard cette semaine.

— Ça marche. Merci, Sienna.

Après s'être déconnectée, elle prit un petit sac à dos et se rendit à l'espace de restauration de la section de la tanière où elle logeait. La cuisine et la salle à manger étaient vides, l'éclairage tamisé. Mais quelqu'un avait allumé la machine à café, et il y avait un plateau de muffins encore chauds sur le plan de travail. Cette vue lui mit du baume au cœur.

Se forçant à attendre, elle mit une bouteille d'eau dans son sac, ainsi qu'un sandwich qu'elle se prépara avec les ingrédients frais stockés dans la glacière. Elle se versa ensuite un verre de lait – une habitude qui lui valait les moqueries impitoyables d'Evie et de Riordan –, choisit le plus gros muffin du plateau et s'assit pour le savourer. La première bouchée faillit lui arracher un gémissement de plaisir.

Fromage frais et pêche… son parfum préféré.

Se léchant les doigts après l'avoir terminé, elle jeta un coup d'œil au plateau et se mordit la lèvre inférieure. La nourriture avait beau être le plus innocent des plaisirs sensuels, elle ne le tenait jamais pour acquis ; elle se souvenait trop bien des barres nutritionnelles qui avaient constitué la base de son régime pendant tant d'années. Avec un pincement au cœur, elle se rappela que c'était Hawke qui lui avait donné sa première bouchée d'un aliment qui avait transporté ses sens.

Elle tremblait à quatre pattes dans l'herbe, les bras passés autour des enfants qui s'étaient évanouis après que Walker avait coupé leur lien au PsiNet. Judd s'était posté devant eux et Walker derrière, pour laisser le temps à Sienna de s'assurer que Toby et Marlee ne se détacheraient pas du nouveau réseau familial dans lequel elle les avait entraînés, qu'ils n'essaieraient pas de rejoindre le Net.

Si bleu, se rappelait-elle avoir pensé lorsqu'elle avait levé la tête et croisé le regard de l'homme qui se tenait face à la silhouette protectrice de Judd, et dont les cheveux brillaient au soleil pourtant morne de cette journée où s'était joué leur destin. *Si dangereux*, avait-elle songé ensuite. Ils s'étaient renseignés, et elle savait qui il était et le sort qu'il était encore susceptible de réserver aux adultes, elle comprise.

Mais Toby et Marlee étaient des enfants, et les loups adoraient les enfants. Sachant cela, Judd, Walker et Sienna avaient parié que les enfants auraient la vie sauve, et espéré malgré tout que les deux plus jeunes membres de la famille trouveraient le moyen de puiser l'énergie dont ils avaient besoin au sein de la meute de loups lorsqu'il n'y aurait plus les adultes. Car même lorsque le chef des loups avait compris qu'ils n'étaient pas là par intérêt, et qu'il leur avait ordonné de trancher leurs liens au PsiNet s'ils voulaient avoir une chance qu'il leur donne asile, aucun des adultes ne s'était attendu à survivre à cette journée.

Ce ne fut que plus tard, une fois que les enfants avaient été en sécurité sur le LaurenNet, que Sienna s'était rendu compte que le chef des loups distribuait des ordres à ses compagnons de meute. Ils avaient déjà amené des couvertures pour les enfants pendant qu'elle avait été sur le plan psychique. Sienna s'était tenue avec Marlee dans les bras, tandis que Walker avait pris Toby et que Judd avait continué à leur servir de bouclier. Elle avait chancelé.

Le chef des loups avait braqué les yeux sur elle.

« Donne-la-moi. »

Elle aurait dû laisser Judd répondre, mais elle était une cardinale livrée à elle-même depuis ses cinq ans ; elle savait reconnaître un défi.

« Non. »

Il avait haussé un sourcil.

« Tu as déserté, chérie. Pas la peine de t'inquiéter au sujet du grand méchant loup maintenant. »

Elle avait eu conscience que Judd avait pris la parole, mais elle n'avait pas détourné un instant son attention de l'homme qui était un prédateur sous sa peau humaine. Lorsqu'il avait déchiré l'emballage d'une sorte de barre et la lui avait tendue, elle l'avait acceptée. Elle savait qu'une baisse d'énergie pouvait nuire au contrôle qu'elle exerçait sur le feu de glace.

« Merci. »

Il avait esquissé un léger sourire, et une étrange lueur amusée avait brillé dans son regard froid.

« De rien. »

Ça avait été l'échange le plus poli qu'ils avaient jamais eu.

Hawke passa la matinée dans des négociations commerciales ; l'autre partie tentait d'obtenir des SnowDancer qu'ils augmentent leur offre, en leur agitant sous le nez celle d'un prétendu concurrent. C'était une tactique sournoise, mais que Hawke comprenait. Ce qui lui posait un problème, c'était que le conglomérat Psi s'imagine que les SnowDancer étaient trop stupides pour faire la différence entre un prix élevé mais justifié et une arnaque.

— Je suis désolée, dit la négociatrice Psi depuis l'écran de communication, l'expression de son visage parfaitement neutre. Je crains que nous ne puissions accepter moins qu'un supplément de quinze pour cent.

— En ce cas, dit Hawke, qui en avait assez entendu, je suppose que les négociations sont closes.

Raccrochant avant qu'elle ait eu le temps de répondre, il jeta un coup d'œil à Jem, qui avait assisté à la conversation depuis Los Angeles.

— Trouve-nous un autre fournisseur.

— J'aurai une liste de candidats d'ici ce soir. (La lieutenante étrécit les yeux.) Est-ce qu'ils croient vraiment qu'on en serait là où on en est si on était des demeurés ? Ils devraient pourtant avoir compris depuis le temps.

Hawke haussa les épaules, sans prêter attention au message qui clignotait à l'écran pour lui signaler que la négociatrice tentait de reprendre contact.

— Ils comprendront quand la valeur de leurs actions s'effondrera.

La meute des SnowDancer était la plus grande du pays et avait un poids économique en conséquence. Même si Hawke préférait traiter avec des compagnies changelings ou humaines – pour la simple raison que les Conseillers détenaient des parts d'un grand nombre d'entreprises Psis –, les Psis étaient la seule option dans certains secteurs. À l'exception de…

— Cette start-up humaine, comment s'appelle-t-elle déjà…

— Aquarius ?

— Oui, celle-là. Est-ce qu'ils peuvent nous approvisionner ?

Jem prit un moment pour parcourir ses fichiers.

— Ils ont le savoir-faire nécessaire, mais leurs capacités de production sont limitées. (Une pause.) Bien entendu, avec un aussi gros contrat, ils auront les moyens de s'agrandir.

— Tu veux leur parler ?

— Je vais planifier une rencontre aujourd'hui.

Laissant Jem aux commandes, Hawke sortit chasser sous sa forme de loup avec quelques-uns de ses soldats vétérans. C'était une chose à laquelle il s'adonnait régulièrement, refusant d'être un chef qui ignorait les désirs et les besoins des siens. Et surtout, son loup éprouvait le besoin de courir en compagnie de ses pairs.

Avec la chasse et la discussion qui s'ensuivit, il ne regagna la tanière qu'à 16 heures passées. Il alla alors se doucher et mettre des vêtements propres, puis prit l'un des 4 × 4 pour se rendre en ville.

Fatiguée de sa journée éprouvante et accablée par la pensée que Hawke n'était pas venu la trouver depuis qu'elle lui avait rappelé ce que les Psis lui avaient pris, et qu'il l'avait raccompagnée à ses quartiers la nuit précédente, Sienna s'assit en tailleur sur son lit dans l'intention de réfléchir à un problème de physique. Ça lui occuperait l'esprit jusqu'à ce qu'elle sombre dans un sommeil sans rêves. C'était du moins ce qu'elle espérait.

Elle avait pris la tablette électronique et s'apprêtait à ouvrir son fichier, quand on frappa à la porte. S'attendant à ce que ce soit Evie ou un autre de ses amis, elle reposa l'appareil et se leva d'un bond pour aller ouvrir, sans se soucier du fait qu'elle portait son pantalon de pyjama noir préféré et un tee-shirt gris délavé.

Mais ce ne fut pas Evie qu'elle trouva sur le palier.

— Qu'est-ce que tu fais là ? demanda-t-elle d'une voix rauque à peine audible.

Il traça les contours de son visage de ses yeux bleu glacier.

— J'avais quelque chose à terminer. (Il sortit une petite boîte emballée de derrière son dos.) Tiens.

Elle prit la boîte sans réfléchir et la regarda fixement.

Hawke appuya le bras contre la porte.

— Tu ne l'ouvres pas ?

Elle avait du mal à former des pensées cohérentes alors qu'il était si près d'elle et que sa voix profonde avait changé son palier en alcôve privée l'espace d'un instant de pure séduction.

— Qu'est-ce qu'il y a dedans ?

Elle crispa les doigts sur la boîte, aussi possessive que n'importe quel changeling prédateur.

— Si je te le disais, ce ne serait plus une surprise.

Elle sentit sa chaleur la caresser tandis qu'il la submergeait. Ses larges épaules et sa présence captivante empêchaient Sienna de voir derrière lui.

— En revanche, dit-il en baissant le ton, ses yeux bleus de loup rivés sur sa bouche, je suis disposé à révéler le secret en échange de baisers.

Ce commentaire languide lui donna des frissons. Bien décidée à ne pas se laisser déstabiliser davantage, elle dénoua délicatement le ruban de gaze blanc et le posa sur la petite étagère appuyée contre le mur près de la porte, puis commença à défaire le papier cadeau argenté.

Hawke partit d'un petit rire.

— Quel soin tu y mets.

— C'est comme ça qu'on nous a appris sur le Net.

De telles habitudes étaient plus nécessaires pour elle que pour la plupart des gens, parce qu'elles la rappelaient à la discipline mentale. Mais c'était la dernière de ses préoccupations à cet instant-là, car elle avait fini de déballer son cadeau.

Après avoir retiré le couvercle de la boîte en carton métallisée, elle le posa à côté du papier cadeau et sortit l'objet enveloppé dans plusieurs épaisseurs de papier de soie. Hawke prit l'autre moitié de la boîte et la plaça sur l'étagère alors qu'elle enlevait le papier et découvrit...

— Oh.

Elle fut saisie d'émerveillement à la vue du minuscule pingouin en métal brillant, vêtu d'un smoking noir et tenant un saxophone doré.

— Attends.

Hawke tendit la main vers l'objet finement ouvragé qu'elle avait placé au creux de sa paume et tourna la clé que la miniature avait dans le dos.

Le pingouin se mit à « jouer » du saxophone avec son aile, baissant et relevant la tête au rythme de la mélodie métallique qui semblait sortir de l'instrument qu'il portait à sa bouche.

Sienna fut troublée de constater que la musique lui était familière. Sourcils froncés, elle remonta le mécanisme une deuxième fois puis écouta de nouveau... et perdit tout espoir de résister au loup sur son palier, même si elle l'avait voulu.

— On a dansé là-dessus.

Au clair de lune, au cœur de la forêt.

— Si tu avais oublié, dit Hawke, la tête près de la sienne alors qu'elle ne se rappelait pas l'avoir vu bouger, j'aurais encore été obligé de te mordre.

Elle porta la main à son épaule.

— La marque est partie.

Il tira sur le tee-shirt de Sienna pour découvrir sa peau vulnérable, puis frotta l'emplacement du pouce. Ses yeux bleus de loup se mirent à luire derrière ses paupières mi-closes.

— Viens là.

Le frisson qui la parcourut lorsqu'il prononça cette exigence à voix basse faillit faire tomber le jouet enchanteur au creux de sa paume. Secouant la tête à l'intention du loup qui avait clairement envie de se servir de ses dents sur elle, elle dit :

— Où as-tu trouvé ça ?

— Dans une petite boutique en ville... je t'y emmènerai un jour. (Il glissa la main sur sa nuque.) J'ai demandé au propriétaire d'utiliser cette musique.

C'était si tentant d'appuyer la tête contre son large torse, de faire durer ce moment parfait et d'oublier les mots échangés dans la voiture la nuit précédente, mais elle n'avait jamais été du genre à se voiler la face ; parce qu'elle n'avait pas eu le choix autrefois. Et c'était devenu depuis une partie intégrante de son caractère.

Elle leva la tête et se plongea dans son regard sauvage, celui d'un homme au cœur de loup.

— Pourquoi me donnes-tu ça ?

Elle comprenait que c'était une excuse muette, mais il ne pouvait pas taire la raison pour laquelle il lui avait répondu si durement la nuit précédente. C'était une ombre qui planait sur leur éventuelle relation future.

Ce fut le loup qui lui répondit.

—Je te le donne, c'est tout.

—En as-tu d'autres ? demanda-t-elle, changeant d'approche.

—Peut-être.

C'était très étrange d'avoir cette conversation avec Hawke sans qu'aucun d'eux ne cherche à étriper l'autre.

—Je peux les voir ?

Il haussa les épaules.

—Si tu es sage.

La peau de ses seins lui parut soudain trop tendue, et même le tissu doux de son tee-shirt l'irritait.

—Combien en as-tu ? demanda-t-elle alors qu'il se rapprochait pour la prendre en étau entre ses cuisses puissantes et musclées.

—Que de questions. (Il serra la main sur sa nuque tandis que son corps ferme et exigeant frottait contre les pointes sensibles de ses seins.) Peut-être que je veux quelque chose en échange.

—Je…, commença-t-elle, se demandant si elle allait céder ou insister pour obtenir les réponses dont elle avait besoin.

Le téléphone de Hawke bipa.

—Une seconde, murmura-t-il sans détacher son regard brûlant du sien ni retirer sa main chaude et calleuse de sa nuque. C'est le numéro de Riley.

Il porta le téléphone à son oreille.

Et tout bascula.

Chapitre 17

— Maîtrise-les. Je te rejoins dès que j'ai mis la main sur Judd. (Hawke vit le regard pénétrant de Sienna et comprit qu'elle avait deviné de quoi il retournait.) Non. Interdiction de communiquer. S'ils enfreignent l'ordre de ne pas parler, tire dans les jambes des hommes.

La femme en face de lui ne parut nullement choquée par ses instructions.

— De nouveaux intrus, dit-il lorsqu'il raccrocha.

Renonçant au lent et profond baiser qu'il avait eu l'intention de lui soutirer à force de cajoleries, il passa le pouce sur les lèvres de Sienna puis laissa retomber la main et dit :

— Peux-tu contacter Judd par télépathie et lui demander de me retrouver au garage ?

— Oui. C'est ce que je fais.

Hawke était déjà en chemin lorsqu'il s'arrêta et songea qu'il aurait peut-être dû lui dire quelques mots gentils au lieu de la quitter aussi abruptement, surtout après la nuit précédente. Ce genre de chose avait tendance à froisser les femmes, même les plus matures. Sortant son téléphone alors qu'il courait en direction du garage, il composa son numéro.

Sienna décrocha aussitôt.

— Il y a un problème ?

Seule une vive intelligence perçait dans sa voix, sans une once de colère.

Il se souvint alors que cette femme avait grandi dans un environnement militaire et qu'elle comprenait la nécessité d'être réactif.

— Judd est-il loin ? demanda-t-il, décidant qu'il préférerait de loin lui chuchoter de jolis mots à l'oreille quand elle serait nue sous lui et comblée.

Plus que comblée, même.

— Il est presque arrivé. (Une pause.) Sois prudent, ajouta-t-elle sur un ton clairement autoritaire.

Surpris mais pas opposé à l'idée d'un tel ordre venant de cette femme, son loup dressa les oreilles.

— Oui m'dame.

Il raccrocha et entra dans le garage juste au moment où Judd surgissait du couloir opposé.

Judd s'arrêta dans les ténèbres épaisses des arbres qui entouraient la clairière où se trouvait l'unité des SnowDancer, leurs armes braquées sur quatre hommes et une femme enceinte.

— Des Psis, je confirme, dit-il dans un murmure inaudible à l'homme qui se tenait à côté de lui.

Il lui avait fallu du temps pour apprendre à parler si bas, au point de ne même pas entendre sa propre voix ; mais les changelings discernaient ce qu'il disait avec une précision infaillible.

— Autre chose ? demanda Hawke, focalisé sur les intrus.

— Pas de symboles sur leurs épaules, dit-il. C'est fait exprès… les tenues qu'ils portent sont des uniformes militaires et devraient présenter des emblèmes.

— La femme ?

— Elle ne se touche pas le ventre.

Une femme enceinte qui se souciait de son enfant à naître aurait eu un geste qui aurait trahi la désagrégation de son conditionnement, au lieu de se tenir avec une raideur militaire. Et pourtant…

— Je ne peux pas certifier qu'elle cherche à manipuler vos émotions. Son Silence est peut-être simplement trop ancré.

Il se fondit plus loin dans l'obscurité tandis que Hawke sortait pour venir se placer à côté de Riley.

— Messieurs… et madame, dit le chef des loups avec un calme trompeur. Auriez-vous l'obligeance de m'expliquer la raison de cette violation de territoire ?

L'homme qui lui répondit était grand, et les traits de son visage révélaient qu'il était originaire du sous-continent indien, sans doute d'un endroit proche de la frontière avec la Chine.

— Nous avons déserté. (Une déclaration dénuée d'émotions, mais ça ne voulait rien dire. Judd s'était autrefois exprimé sur le même ton glacial.) Nous cherchons un asile.

— Qu'est-ce qui vous fait croire que la meute des SnowDancer donnera asile à une poignée de Psis ?

— Le bruit court que vous y avez déjà consenti au moins une fois.

Le sang de Judd se glaça dans ses veines. Sa famille entière était déconnectée du Net, et ils auraient dû être recensés comme morts.

— Il tâtonne, dit-il dans le microphone fixé au col de sa veste en similicuir, même s'il savait que Hawke avait parfaitement conscience de ce fait.

Un sourire carnassier étira les lèvres du chef des SnowDancer.

— Il a pu arriver que nous tombions sur des individus errants, dit-il en tendant la main pour flatter l'échine d'un des loups sauvages qui avaient surgi de la forêt en sentant sa présence.

— Vous leur avez donc bien donné asile ?

Hawke caressa le loup à côté de lui, une superbe créature au pelage d'un noir d'encre… identique à celui du changeling loup beaucoup plus imposant qui sortit de la forêt pour se joindre au cercle des observateurs. *Riaz.* Le lieutenant SnowDancer posa ses yeux à la couleur vieil or surprenante sur les intrus, imperturbable.

—Tout dépend de ce que vous entendez par «asile», dit Hawke sur un ton léger, comme s'il s'agissait d'une discussion anodine. Je suis sûr qu'ils ne ressentent plus de douleur… plus rien du tout.

—Vous voulez dire qu'ils sont morts?

Hawke esquissa un sourire.

—Dire ça reviendrait à avouer un meurtre. (Il inclina la tête en direction de la femme, et Judd sut que son loup cherchait à découvrir la vérité à son sujet.) Notre équipe juridique n'apprécierait pas.

Puis il fit une chose à laquelle Judd ne se serait jamais attendu de sa part.

Il renversa la tête en arrière et hurla. C'était un son d'une beauté inquiétante, qui semblait jaillir de la gorge d'un loup plutôt que de celle d'un humain. Autour de lui, les loups changelings et sauvages réagirent au quart de tour et se jetèrent sur les intrus. Seul un témoin particulièrement vigilant aurait pu remarquer que leur attaque se concentrait sur la femme.

Les Psis n'étaient pas aussi attentifs. Mais la femme ne plaqua pas la main sur son ventre, ni ne tenta de protéger son corps d'une manière ou d'une autre. À la place, elle imita les autres et leva une main pour repousser les loups d'une frappe télépathique… puis ils se téléportèrent.

À une vitesse qui indiquait qu'ils s'étaient tous téléportés eux-mêmes.

Judd siffla entre ses dents. Il n'y avait aucune chance que quatre Tk-Psis capables de se téléporter – qui auraient tous été assimilés aux collaborateurs du Conseil dès l'adolescence – aient décidé de déserter en même temps. Aucune. Ça aurait attiré trop d'attention sur eux et entraîné des recherches massives. Aucun agent du Conseil ne commettrait une telle erreur; et la posture offensive des quatre intrus avait témoigné de la formation qu'ils avaient reçue.

— Rien à signaler ! lança l'un des SnowDancer en brandissant un gadget que Brenna et les autres techniciens avaient conçu pour détecter tous les dispositifs de surveillance sur leur territoire.

Ce ne fut qu'à ce moment-là que Judd sortit de sa cachette.

— Quelqu'un soupçonne que nous sommes toujours en vie.

Alors qu'il s'était accroupi pour caresser, toucher et jouer avec les loups sauvages qui affluaient autour de lui, Hawke se releva.

— Notre démonstration devrait faire taire cette rumeur.

— D'autant que ce que tu as dit était très proche de la vérité.

Hawke se fendit du sourire à la fois espiègle et inquiétant de son loup.

— Tu as de la chance que j'étais d'humeur clémente le jour où vous avez débarqué tous les cinq sur notre territoire.

Judd avait compris depuis que Marlee et Toby n'avaient pas couru le moindre danger. Les loups répugnaient à faire du mal à un enfant, même s'il pouvait constituer une menace. C'était leur talon d'Achille, et jamais les membres du Conseil ne devaient le découvrir, car ils étaient parfaitement capables de former des enfants agents.

— Laisse-moi parler à mes contacts afin que j'essaie de déterminer qui a envoyé ces Psis à la pêche aux informations.

— Avec tous ces Tk, l'un des Conseillers est forcément impliqué.

— Il y a une deuxième possibilité.

Quand Hawke se retourna vers lui pour l'interroger, il dit :

— Je n'ai reconnu aucun d'entre eux, mais il se peut qu'ils aient été recrutés après mon départ. (Les Flèches ne se retournaient pas contre les leurs, mais Judd avait rompu le contrat en désertant.) Ils me traquent peut-être.

Sentant un loup l'effleurer alors qu'il terminait de parler, il jeta un coup d'œil à Riaz, qui s'était avancé depuis l'autre bout de la clairière.

— Oui ?

Mais seul Hawke intéressait le lieutenant, qui se rapprocha pour renifler son chef. Judd aurait pu jurer voir le loup sourire avant que Hawke le mette en garde d'un grondement sourd. Judd n'avait pas des sens de changeling, mais il avait un cerveau. Il s'abstint donc de tout commentaire. Pour le moment.

Il était tard quand Hawke rentra à la tanière. Alors qu'il aurait dû aller se coucher, il suivit une certaine odeur dans les couloirs jusqu'à ce qu'il trouve Sienna dans la salle d'entraînement où il était déjà venu la regarder. Il ignorait où allait le mener cette chose entre lui et Sienna, et la culpabilité continuait bel et bien à le ronger à l'idée qu'il avait revendiqué des droits sur elle malgré le peu qu'il avait à lui offrir ; mais comme le prouvait son incapacité à garder ses distances, il ne pouvait plus feindre l'indifférence.

Quant à sa culpabilité, elle ne faisait en fin de compte pas le poids face au plaisir intense que lui procurait la présence de Sienna. Après avoir verrouillé la porte derrière lui, il s'assit sur un banc pour savourer le spectacle de ses mouvements souples et gracieux.

— Tu n'arrivais pas à dormir ? demanda-t-il lorsqu'elle s'immobilisa en le voyant.

Elle repoussa une mèche qui était tombée devant ses yeux.

— J'étais inquiète. (Une déclaration sans artifices, flagrante de sincérité.) J'ai voulu contacter Judd par télépathie, mais je savais qu'il ne me dirait rien sans ton autorisation.

L'instinct de Hawke le poussait à protéger les siens, mais c'était de la vie de Sienna qu'il était question ; une vie pour laquelle elle s'était battue depuis le début. Il n'avait pas l'intention de la laisser dans le noir en lui cachant une menace potentielle.

Elle prit une brusque inspiration lorsqu'il commença à lui résumer la situation, et son visage devint blême sous les taches de rousseur séduisantes qu'elle avait gardées des mois d'été.

—C'est moi, chuchota-t-elle. Je nous ai trahis.

Il se levait déjà pour poser la main sur sa mâchoire, et fit courir un doigt sur sa peau douce.

—Personne n'a pu te reconnaître, dit-il, s'imaginant que c'était ses sorties à *Wild* et en ville qui l'inquiétaient. C'est à peine si je t'ai reconnue moi-même.

—Non. (Les yeux d'un noir soudain absolu, elle secoua violemment la tête.) Quand « j'enterre » le X-feu, ça crée une onde de choc psychique. Il aurait fallu qu'ils soient à proximité pour la sentir…

—Mais, dit-il, devinant quelle terrible conclusion elle cherchait à tirer, ça fait des mois que les hommes d'Henry Scott rôdent à la frontière, et peut-être même dans certains secteurs du territoire de la tanière.

Elle répondit par un hochement de tête saccadé.

—Je suis désolée. J'aurais dû avoir conscience…

Il l'interrompit en posant un doigt sur ses lèvres.

—En admettant qu'ils aient décelé quelque chose, ça devait être à peine perceptible. Ils auraient sinon été beaucoup plus sûrs d'eux ce soir.

—Ils vont revenir, dit-elle contre son doigt, et l'instinct de Hawke le pressa de tracer ses lèvres pleines, de s'accorder au moins ce plaisir.

Il ne pouvait pas se permettre d'aller plus loin ce soir-là alors qu'elle était sous le choc et vulnérable.

—Si c'est le cas, dit-il en inspirant son odeur, on s'occupera d'eux. (Il frotta son pouce rugueux sur sa lèvre inférieure, et eut la profonde satisfaction de lui couper le souffle.) As-tu un moyen d'étouffer la puissance que tu libères ?

—Oui. (Le souffle de Sienna était chaud contre sa peau et les battements de son pouls raidissaient son corps de désir.) J'irai au cœur du territoire des SnowDancer, à des endroits que je sais être placés sous haute surveillance et qui ont très peu de chances d'avoir été infiltrés.

— Bien.

C'était plus que tentant de mordre sa bouche rose et charnue, mais il résista et dit :

— Que lisais-tu quand je suis passé tout à l'heure ? J'ai vu la liseuse sur ton lit.

Alors que Sienna avait eu l'estomac retourné quand elle s'était rendu compte que ses actes avaient pu mettre sa famille entière en danger, une tout autre sensation la prit au ventre.

— On ne devrait pas plutôt discuter du problème de sécurité ? demanda-t-elle contre le pouce avec lequel il continuait de la titiller, jusqu'à ce qu'elle ait l'impression que ses lèvres étaient directement connectées à la chaleur humide entre ses cuisses.

— Il n'y a rien de plus à en dire pour le moment.

Il la regardait avec les yeux de son loup, le corps si près du sien qu'elle effleurait son torse puissant à chaque inspiration.

Lorsqu'il cessa de caresser ses lèvres et referma la main sur sa gorge sensible, elle frissonna.

— Un texte de physique.

Une part d'elle-même lui soufflait qu'elle lui laissait trop prendre le contrôle de la situation, mais le reste de son être attendait avec impatience de voir ce qu'il allait faire ensuite.

— Mmm. (Il avança la main pour défaire la tresse de Sienna, puis ramena la masse sombre sur son épaule afin qu'elle se déroule sur son sein.) Tu as d'excellentes notes dans toutes les matières.

La surprise de Sienna l'arracha au désir qui battait dans son sang et rendait ses membres lourds.

— Comment le sais-tu ?

Il esquissa un lent sourire.

— Je sais que ton cerveau ne s'arrête jamais.

Elle se demanda comment elle devait prendre cette remarque.

— Tu te moques de moi ?

Il glissa les deux mains jusqu'à sa taille.

— Non, dit-il en la caressant de haut en bas. J'aime ton intelligence.

C'était un compliment inattendu, qui avait beaucoup plus de valeur aux yeux de Sienna que les mots les plus poétiques.

— J'aime ton esprit, moi aussi, chuchota-t-elle tandis que ses bras se levaient de leur propre chef pour lui enlacer le cou.

Comme il était trop grand, elle posa la main sur son cou et sentit le mouvement intime de ses muscles et tendons sous sa paume.

— Tes processus de pensée me fascinent.

Il pouvait être si froidement rationnel, et pourtant le loup veillait toujours, primitif et indompté.

— Nous sommes donc pareils.

Il posa une main sur sa nuque et plaça l'autre au creux de ses reins. Puis ils se mirent à danser, bien qu'il n'y eût pour seule musique que les battements du cœur de Sienna et la caresse du souffle de Hawke.

Judd parvint à entrer en contact avec le Fantôme vers 3 heures ce matin-là, et l'autre homme consentit à le retrouver une heure plus tard à l'intérieur d'un bâtiment en construction abandonné. Les bourrasques nocturnes agitaient les bâches en plastique noir, tandis que le squelette en dur de la maison donnait une illusion de permanence.

— Difficile de te mettre la main dessus ces derniers temps, dit Judd au rebelle qui était si proche du Net que l'ex-Flèche redoutait que sa dégénérescence commence à s'infiltrer dans le cerveau du Fantôme.

Le visage dissimulé dans l'obscurité, ce dernier s'appuya contre l'une des poutres maîtresses.

— Tu m'as un jour demandé pour quelle raison je faisais ça.

« Ça » désignait leurs efforts combinés pour renverser le Conseil… mais plus Silence. La question était devenue plus complexe que ça. Comme le prouvait le second niveau de dissonance dans le cerveau de Sienna, certains Psis avaient fondamentalement besoin de Silence, ou du moins de certains de ses aspects.

— Tu es prêt à en parler ?

Jusque-là, le Fantôme n'avait accepté d'admettre qu'une chose : il y avait au moins un individu sur le Net qui comptait pour lui, une personne qu'il ne voulait pas voir mourir. C'était la seule chose qui le retenait d'anéantir le Conseil entier, un acte qui engendrerait une onde de choc psychique et déstabiliserait le Net, tuant des millions de gens.

— Non, dit le rebelle en réponse à la question de Judd. Mais il faut que tu saches que j'ai une raison.

Judd comprit sans plus d'explications que c'était à cause de cette raison inconnue que le Fantôme n'avait pas pu se rendre disponible plus tôt.

— Je dois savoir si ma couverture a sauté.

— Non. Tous les membres de ta famille sont présumés morts.

— Des rumeurs ?

— Il y en a une qui court au sujet d'une cardinale X-Psi, mais tu sais aussi bien que moi que c'est impossible.

Judd se demanda ce que le Fantôme savait au juste, et jusqu'où allait son allégeance. Mais il savait aussi que même si Sienna avait réussi à dompter son aptitude parce qu'elle refusait de baisser les bras, il viendrait un jour où le marqueur X exigerait d'elle plus qu'elle ne pourrait donner. Il devait miser sur la loyauté du Fantôme, jouer son va-tout. Car s'il ne le faisait pas et que le pouvoir de Sienna échappait à son contrôle…

— As-tu entendu parler du second manuscrit d'Alice Eldridge ?

— La thèse sur la classification X ? (Le Fantôme se redressa.) Oui. C'est l'une des rumeurs les plus enfouies du Net, mais aussi l'une des plus persistantes.

—Y a-t-il quoi que ce soit qui indiquerait que cette rumeur puisse recéler un soupçon de vérité ?

Le rebelle marqua une longue pause.

—Je me renseignerai.

—Je te revaudrai ça.

—Non, Judd. Ne me dis jamais ça… je pourrais bien te prendre au mot.

Une ombre glaciale planait sur cette déclaration, comme si Judd n'allait pas aimer le paiement qui lui serait réclamé.

—En ce cas, je retire ce que j'ai dit.

Alors qu'une bourrasque soudaine souffla dans ses cheveux et fit claquer les bâches en plastique noir, Judd jeta un coup d'œil à l'homme dont il était quasi certain de connaître l'identité.

—As-tu déjà songé à mener la rébellion ouvertement ?

—Ça ne marcherait jamais. Nous devons d'abord poser les fondations. Ce n'est qu'ensuite que la vague prendra de l'ampleur.

Judd repensa à tout ce qu'ils avaient entrepris et accompli ensemble, puis réfléchit à ce que ça leur avait coûté.

—Comment est ton statut mental ?

C'était une question qu'il ne lui avait jamais posée de façon aussi directe, mais les temps avaient changé.

—Sain, répondit-il avec concision. Même si la folie est une question d'interprétation.

Chapitre 18

Partagé entre la satisfaction et la frustration au souvenir des moments passés avec Sienna dans ses bras, Hawke buvait sa première tasse de café le matin suivant quand il reçut un appel de Kenji, le lieutenant SnowDancer basé près des montagnes San Gabriel. Avec ses pommettes hautes, ses incroyables yeux verts et ses cheveux magenta, il semblait s'être échappé d'une rave party dans le désert… ou peut-être d'une sorte de défilé avant-gardiste.

—Qu'est-ce que tu as fabriqué avec tes cheveux ? demanda Hawke, s'étranglant presque sur son café.

Car, en dépit de ses airs de rockstar japonaise, Kenji était en réalité à peu près aussi avant-gardiste que l'instituteur moyen.

—Ça énerve Garnet, c'est une raison suffisante. (Il déroula un diagramme sur l'écran de communication.) J'ai eu un échange intéressant avec la coalition de BlackSea.

Hawke posa son café. BlackSea était une meute changeling… en un sens. C'était une coalition qui réunissait tous les changelings aquatiques. En tant qu'entités isolées, leur nombre était insignifiant, avec seulement une ou deux occurrences recensées pour certains types de changelings. Mais plutôt que de n'avoir aucun poids, ils avaient choisi de se regrouper pour former un réseau soudé qui leur octroyait un territoire et un pouvoir de négociation considérables.

—Pour affaires ?

Kenji secoua la tête.

— Ils veulent conclure une alliance.

— Envoie-moi les détails. (Ça irait en haut de sa liste, car, contrairement à n'importe quelle autre meute sur cette planète, BlackSea comptait des membres partout dans le monde.) Mets Riley en copie.

— Entendu.

Kenji se déconnecta.

Voyant une note griffonnée sur son bureau, Hawke alla trouver Indigo pour lui parler de certains jeunes de la meute, qu'elle supervisait.

— Tu es plus équilibré, dit-elle après leur discussion, ses longues jambes croisées sur son bureau tandis qu'il se tenait adossé à la porte fermée.

— Ouais.

Le moment d'intimité qu'il s'était accordé avec Sienna avait satisfait ses deux moitiés, assez pour que son manque ne se communique plus à tous ceux qu'il côtoyait. Et surtout, son loup était disposé à se montrer patient depuis qu'il avait décidé de la courtiser ; il comprenait la logique de la traque, et savait qu'il fallait parfois attendre avant de bondir sur sa proie.

— Il paraît que Tai sort avec Evie, dit-il pour détourner l'attention d'Indigo, car il n'était pas prêt à parler de sa décision.

L'expression du visage d'Indigo lui fit comprendre qu'elle n'allait pas le lâcher comme ça, mais elle n'insista pas.

— J'ai promis de lui casser les deux bras s'il la rend malheureuse de quelque façon que ce soit. (Elle marqua une pause.) Je devrais promettre d'en faire autant avec toi.

Hawke étrécit les yeux.

— N'aborde pas ce sujet.

— Bien sûr que si, je l'aborderai… c'est pour ça que je suis lieutenante. (Elle retira les jambes du bureau et prit une petite tablette électronique.) Mais pas aujourd'hui. J'ai une session avec les novices, et je suis en retard.

Elle se leva et attendit qu'il ouvre la porte.

— Cela dit… (Elle glissa sa main libre dans les cheveux de Hawke et tira sa tête vers elle.) J'ai failli passer à côté de la meilleure chose qui me soit arrivée parce que je m'accrochais à une idée préétablie de ce que j'étais « censée » vouloir. Parfois, il n'y a pas de règles, et on n'a qu'une seule chance de saisir son bonheur.

Elle plaqua un baiser affectueux sur ses lèvres, puis le lâcha et partit.

Mais sa dernière phrase, elle, ne le quitta pas de sitôt.

Ayant réussi par miracle à ne pas se laisser distraire par les souvenirs de la nuit précédente, Sienna venait de rendre un projet de physique qu'elle avait accompli grâce aux ressources computroniques de la bibliothèque de la tanière, quand elle percuta un changeling âgé.

— Je l'ai, dit-elle en rattrapant le livre qu'elle lui avait éjecté des mains. Je suis vraiment désolée, monsieur.

Dalton gloussa en acceptant le livre. Ses sourcils blancs et broussailleux tranchaient sur sa peau sombre creusée de milliers de rides d'expression.

— Ça me donne l'impression d'avoir cent ans.

Sienna se demanda si ce n'était pas justement l'âge de Dalton. L'homme que les enfants de la tanière qualifiaient affectueusement de « barbe blanche » n'était pas un simple bibliothécaire, c'était *le* bibliothécaire, le dépositaire du savoir de la meute.

— Vous faisiez des recherches ? s'enquit-elle.

— Tout est là-dedans. (Il se tapota la tempe, et ses yeux de la même couleur chaude et fauve que ceux de sa petite-fille se mirent à pétiller.) Je suis venu chercher un peu de lecture.

Avec un grand sourire, il brandit le lourd volume qu'elle avait rattrapé.

— Le texte original français !

Sienna hocha la tête comme si elle savait de quoi il parlait.

— J'espère que ça vous plaira.

— Je n'en doute pas.

Il coinça le livre sous son bras et toucha l'épaule de Sienna en la dépassant.

— Attendez, laissa-t-elle échapper avant que son courage l'abandonne.

— Oui, ma chère ?

— Les archives de la meute... est-ce qu'elles sont accessibles à tout le monde ?

Dalton posa sur elle un regard pénétrant. Barbe blanche ou non, il ne faisait aucun doute que son esprit n'avait rien perdu de sa vivacité.

— Oui. Mais certaines vérités, même si elles sont écrites, sont tenues hors de portée... car il y a des blessures qui n'ont pas à être rouvertes.

Sienna se sentit serrer les poings.

— Je comprends.

— Vraiment, jeune fille ? (Dalton secoua la tête.) Je consigne les faits de notre histoire, mais pour en connaître le cœur, tu dois interroger ceux qui étaient présents.

Sienna resta plusieurs minutes sans bouger après le départ de Dalton, se remémorant la façon dont Hawke l'avait rembarrée la seule fois où elle avait évoqué le passé. Il l'avait tenue dans ses bras la nuit précédente, avait dansé avec elle jusqu'à ce que la tanière entière devienne silencieuse, comme s'ils étaient les deux seuls réveillés à ces heures secrètes entre minuit et l'aube. Elle ne s'était jamais sentie aussi vivante, aussi femme. Mais les paroles de Dalton la confrontaient à la dure réalité : malgré leurs contacts physiques toujours plus intimes, Hawke ne lui avait pas encore confié ses secrets... et ne le ferait peut-être jamais.

— *Sienna.* (La voix télépathique de Judd trancha dans ses sombres pensées.) *Viens au bureau de Hawke. Il faut qu'on parle de ce que tu lui as dit au sujet du feu de glace.*

À ce rappel du danger qui planait sur eux, une sueur froide lui parcourut la colonne vertébrale.

— *J'arrive.*

Remarquant le visage dénué d'expression de Sienna et le vide dans son regard ébène, Hawke fronça les sourcils.

— Si j'ai bien compris, tu évacues le X-feu pour éviter d'atteindre la synergie ? demanda-t-il, décidant qu'il examinerait les raisons de ce changement émotionnel dès qu'il serait seul avec elle.

Elle répondit par un bref hochement de tête, dans la posture d'un soldat SnowDancer en présence de son chef.

— L'acte d'enterrer m'aide à maintenir mon équilibre psychique.

— À quelle fréquence enterres-tu ?

C'était Judd qui lui avait demandé de poser cette question, même si le Psi avait refusé de dire pourquoi « tant qu'il n'en saurait pas davantage ». C'était une preuve de la confiance que Hawke plaçait en son lieutenant qu'il n'ait pas insisté… pas encore.

— Plusieurs fois au cours des derniers mois, admit Sienna. Avant, je ne le faisais qu'une ou deux fois tous les six mois. Ma théorie, c'est que ce changement est lié au fait que je me contrôle de mieux en mieux… Comme j'ai cessé d'évacuer mon pouvoir par mégarde, il s'accumule plus vite.

Judd prit la parole pour la première fois.

— Tu prévois de le refaire bientôt ?

— Non, je ne pense pas. (Mais il y avait une hésitation audible dans sa voix, une fissure dans son assurance.) Le schéma est devenu moins prévisible ces derniers temps, même si ce pourrait être dû à une simple fluctuation de mes aptitudes. Il y en a déjà eu une ou deux fois, et elles se sont toujours résorbées sans effets secondaires discernables.

Hawke l'épingla du regard.

— Tu m'avertiras la prochaine fois que tu devras enterrer.

Il ne la laisserait pas s'éloigner seule alors que les Psis l'avaient peut-être dans leur ligne de mire.

— Oui, chef.

On ne l'avait jamais appelé « chef » de manière aussi polie et insultante à la fois, mais parce qu'il n'aimait pas la voir perdue et déstabilisée, son loup s'accommoda du retour de son ton acerbe. Hawke se tourna vers Judd.

— Y a-t-il autre chose que je dois savoir ?

— Non, je continue à faire marcher mes contacts. (Il se tourna vers la porte.) Sienna ?

Hawke leva une main.

— Il y a un sujet que nous devons aborder.

Judd leva la tête et soutint son regard, mais ce fut à Sienna qu'il s'adressa.

— Attends dehors.

C'était l'ordre d'un lieutenant qui s'adressait à un subalterne.

Hawke avait le sentiment que Sienna aurait peut-être tenu tête à son oncle, mais elle obéissait au lieutenant. En serrant les dents, elle dépassa Judd pour aller dans le couloir. Ce ne fut que lorsqu'elle eut refermé la porte derrière elle que Hawke haussa un sourcil à l'intention du Psi qui était revenu se placer en face de lui.

— Ma loyauté t'est acquise, dit Judd tout bas, mais je porte Sienna dans mon cœur.

Hawke avait senti venir cette discussion et y était préparé.

— Je ne lui ferai pas de mal.

— Elle est forte, poursuivit Judd comme s'il n'avait pas entendu la promesse de Hawke. Plus mature qu'elle devrait l'être à son âge. Mais à bien des égards, elle est beaucoup plus vulnérable que n'importe quelle autre femme de cette tanière. Elle s'est affranchie de Silence à un âge critique, et ça a altéré sa psyché émotionnelle.

Même si le loup de Hawke n'appréciait pas d'être réprimandé, il écouta.

— D'après ce que j'ai constaté, dit-il en repensant à son regard vide quand elle était entrée dans le bureau, elle semble plutôt douée pour museler ses émotions.

Il aurait dû être heureux qu'elle parvienne à garder ses distances ; il choisissait toujours des amantes qui ne lui en voudraient pas d'être incapable de tout leur donner. Mais la nuit précédente, lorsqu'il s'était permis de revendiquer les premiers privilèges du contact rapproché, il avait fait une découverte : avec Sienna, il était plus qu'égoïste et possessif. Elle était sienne. Et il la voulait tout entière.

— Ce n'est pas ce qui m'inquiète. (Judd soutint le regard de Hawke de ses yeux bleu arctique empreints de détermination.) Elle n'a pas de limites quand il s'agit de ceux qu'elle aime. Elle irait jusqu'à tuer pour les protéger. Tu comprends ce que je te dis ?

Hawke esquissa un léger sourire.

— Ça ressemble au portrait d'un changeling prédateur.

— Oui. Sauf que, contrairement à un changeling, elle n'a pas grandi entourée de simple gentillesse, encore moins de contact physique et d'affection. (Un rappel brutal que Sienna n'avait même pas eu l'enfance austère de la plupart des Psis.) À un niveau intellectuel, elle comprendrait peut-être que des rapports intimes n'entraînent pas toujours un engagement, mais s'agissant de toi, ça ne changera rien du tout.

Son ton mesuré n'enlevait rien à la force de ses paroles.

— Sois sûr de toi quand tu tourneras la clé.

Le loup de Hawke entendit clairement son avertissement… mais il entendit aussi ce que Judd ne disait pas.

— Pourquoi ne me demandes-tu pas de ne pas l'approcher ? s'enquit-il, car même s'il était trop tard pour ça, ça le mettait en colère que la famille de Sienna n'ait pas songé à la protéger.

La colère de Judd claqua comme un fouet glacé.

— Tu t'obstines à la considérer comme une enfant, alors que la vérité, c'est qu'elle est forcée de prendre des décisions d'adulte depuis longtemps. Elle a mérité le droit de mener sa vie comme elle l'entend.

— Ça ne te met pas hors de toi qu'on ne lui ait jamais permis d'être une enfant ?

Ça rendait Hawke furieux.

— Si… mais elle a survécu.

Judd ne trahit rien de la violence des émotions qui devaient l'étreindre, mais en l'espace d'une seconde, la chaise à côté de lui se changea en une pile d'échardes.

Le loup de Hawke le vit et comprit.

— Tu les tuerais tous si tu le pouvais.

— Sienna pourrait s'en charger elle-même.

Sienna savait qu'ils parlaient d'elle de l'autre côté de la porte, mais malgré sa frustration d'avoir été mise à l'écart, elle était membre de la meute depuis assez longtemps pour comprendre la hiérarchie. À vrai dire, en dehors de ce genre de situation qui l'agaçait, elle appréciait ce système.

Pour l'essentiel, les SnowDancer avaient un mode de fonctionnement très proche de celui d'une unité militaire – à la différence près que les émotions occupaient une place centrale –, et c'était un modèle comportemental que l'esprit de Sienna comprenait et acceptait. Les règles strictes de la hiérarchie contribuaient à cadrer ses aptitudes. Sienna avait la triste certitude qu'elle n'aurait pas survécu dans un environnement plus laxiste.

Mais elle ne se priverait pas pour autant de dire à Hawke et à Judd ce qu'elle pensait de l'arrogance dont ils avaient fait preuve en l'excluant d'une conversation dont elle était le sujet principal. Alors que cette pensée venait de lui traverser l'esprit, une étincelle de joie percuta ses sens psychiques. *Toby.* Son frère avait des boucliers phénoménaux, mais il avait tendance à diffuser sa bonne humeur.

— *Qu'est-ce qui te rend si heureux ?*

— *Sascha est ici.*

Sienna fronça les sourcils.

— *Vraiment ?*

Ça ne cadrait pas avec ce qu'elle savait de la nature protectrice de Lucas.

— *Lucas est avec elle. Et au moins cent autres soldats.*

Voilà qui était déjà plus plausible.

— *Sois sage.*

— *Drew dit que je ne devrais pas l'être, des fois.*

— *Il a une très mauvaise influence sur toi.* (Mais elle fit sentir à Toby qu'elle plaisantait.) *Évite juste de faire trop de bêtises.*

Son frère lui envoya une explosion d'amour, un aspect de ses aptitudes qui avait été étouffé sur le Net. Puis Toby s'évanouit de son esprit et la porte du bureau de Hawke s'ouvrit.

— Sascha et Lucas sont ici, dit-elle à Hawke lorsqu'il suivit Judd dans le couloir.

— Je sais. (Il brandit un mince téléphone noir.) Riley pourvoira à leurs besoins. Quant à nous, ajouta-t-il en regardant Sienna dans les yeux, on va sortir un moment.

Conformément à ce qu'ils avaient convenu, elle ne discuta pas son ordre avant que Judd les laisse à l'intersection.

— Vous parliez de moi, commença-t-elle. Je…

— Les oncles, les frères et les pères ont toujours eu et auront toujours des « discussions » privées avec les hommes qui veulent toucher à leurs femmes, l'interrompit Hawke. Tu n'auras jamais le dernier mot sur ce sujet (il tira sur sa tresse par jeu), alors abandonne.

Elle le fusilla du regard et lui fit lâcher ses cheveux.

— Je n'ai jamais rien entendu d'aussi sexiste.

— Il n'empêche que c'est vrai. (Il haussa les épaules.) À l'occasion, demande à Riley de te raconter la petite conversation qu'il a eue avec les frères et le père de Mercy.

Son irritation supplantée par sa curiosité, elle demanda :

— Et Indigo ?

La lieutenante occupait la troisième place dans la hiérarchie de la meute et n'avait besoin de la protection de personne.

— Tu connais Abel, dit-il, se référant au père d'Indigo. À ton avis ?

Sienna sut aussitôt que ce loup arrogant avait gagné, car Abel adorait ses filles et avait sans doute menacé d'arracher des parties essentielles de l'anatomie de Drew.

— Où est-ce qu'on va ? demanda-t-elle, sans rien cacher de son humeur massacrante.

— Tu le sauras bientôt. (D'un signe de la tête, il lui indiqua une des salles de conférences.) Toby est à l'intérieur.

C'était une façon de lui poser une question implicite, et de lui donner son accord si elle avait besoin de voir son frère.

— Il va bien, dit-elle en se demandant comment cet homme aux yeux de loup pouvait être si exaspérant et merveilleux à la fois. Il adore ses leçons avec Sascha.

— Elle en retire quelque chose aussi, tu sais.

— C'est une empathe cardinale. Les aptitudes empathiques de Toby sont à peine de rang 3.

Son frère devait son statut de cardinal à sa télépathie.

— Mais il est en partie un E-Psi, souligna Hawke. Il existe.

Oui, songea-t-elle, Hawke avait raison. Ça expliquait l'intensité de la joie qu'éprouvait Sascha en présence de Toby.

— Je n'ai jamais rencontré d'autre X-Psi.

Elle ignorait ce qui l'avait poussée à lui dire ça.

Hawke ne répondit que lorsqu'ils furent sortis de la tanière et qu'ils s'engagèrent sur le chemin qui menait au parcours de course, qui s'était encore corsé depuis que Riaz était revenu d'une mission à l'étranger.

— Pas même un X-Psi faible ? demanda-t-il, le visage levé vers le soleil éclatant de la Sierra Nevada.

Quel homme magnifique.

— Cette classification est si rare, que nous sommes sans doute moins de dix à vivre au même moment, dit-elle quand il lui jeta un coup d'œil interrogateur. (Même ça, c'était une estimation généreuse compte tenu des informations qu'elle avait glanées au sujet de leur espérance de vie.) Comme en théorie l'aptitude d'un X-Psi de rang inférieur à 2 ne se manifeste pas, personne ne s'aperçoit de rien. Quant aux autres... je sais qu'il y en a un qui est mort quand j'étais adolescente, et j'ai entendu parler de deux qui sont morts avant que j'intègre ma formation.

Tant de tristesse, tant de morts.

— Sur les deux autres X-Psis vivants dont je connaissais l'existence sur le Net, poursuivit-elle, l'un était psychotique et l'autre hypersensible.

C'était étrange de pouvoir discuter de la classification X sans que la décharge de douleur qui correspondait au premier niveau de la dissonance lui vrille la colonne vertébrale pour l'avertir de ne pas parler de choses que le Conseil préférait garder secrètes.

— J'aurais risqué de lui faire perdre le contrôle si on était entrés en contact.

— Cette instabilité ne le rendait-elle pas dangereux ?

Hawke repoussa des mèches de cheveux or et argent de son visage, accrochant le regard de Sienna.

— Si, murmura-t-elle, mais il devait avoir des compétences utiles puisqu'ils lui ont permis de vivre. (Elle songea que Hawke avait des cheveux fascinants, aussi beaux et inhabituels que sa fourrure sous sa forme de loup.) Pourquoi ne laisses-tu pas pousser tes cheveux ?

— Comme Luc, tu veux dire ? (Il haussa les épaules.) Ça ne me correspond pas, je suppose.

Elle devait admettre qu'elle aimait la façon dont ses mèches effleuraient sa nuque, juste assez longues pour être rebelles... et pour inviter une femme à y glisser les doigts. Comme elle ne savait pas bien où ils en étaient dans leur relation et ce à quoi il consentirait, elle coinça ses mains sous ses aisselles.

— Pourquoi ressembles-tu tant à ton loup sous ta forme humaine ?

— À une époque, j'ai eu besoin qu'il soit la part dominante de ma nature, même sous ma forme humaine... Le loup était plus mature que le garçon. (Il dépassa le parcours de course et la mena dans la forêt.) Mon loup a toujours été proche de la surface, et il l'est devenu d'autant plus après cette expérience.

Surprise d'avoir obtenu une réponse directe, elle tâcha de remettre de l'ordre dans ses pensées.

—J'ai entendu des changelings dire que ça pouvait être dangereux de céder trop longtemps le contrôle à son animal.

—C'était la seule solution. J'avais quinze ans quand je suis devenu chef.

—Si jeune?

—Notre chef était mort, de même que la plupart des lieutenants et des soldats vétérans.

—C'est pour ça que la population de SnowDancer est si jeune.

La meute comptait bien moins de personnes âgées qu'on aurait pu s'y attendre. Alors qu'elle s'apprêtait à poser une autre question, elle s'aperçut qu'ils s'étaient arrêtés dans l'ombre d'un arbre au tronc mince et aux branches couvertes de feuilles élégantes qui scintillaient au vent.

—Je te laisse vingt minutes d'avance, dit-il.

Un loup aux yeux pâles la regardait derrière un visage humain.

Chapitre 19

Les bras de Sienna se couvrirent de chair de poule.
—Pour quoi ?
—Tu dois atteindre le lac avant que je t'attrape. (Il se fendit d'un lent sourire provocateur qui lui donna des frissons dans le ventre.) Voyons voir si tu es assez maligne pour berner le loup.
—Pour quelle raison je ferais ça ? (Sienna avait prouvé sa valeur et mérité son statut.) C'est un test ?
—Non.

Elle croisa les bras et adopta une posture défensive, jambes écartées.

—En ce cas, rien ne m'y oblige.
—Je te le demande. (Il pencha la tête de côté, un mouvement qui n'avait rien d'humain.) Tu as peur de perdre ?

Elle serra les dents.

—Je peux te battre les yeux fermés.
—J'ai peur.

Le loup se moquait d'elle.

Si elle avait pu gronder, elle ne s'en serait pas privée.

—Tu as le droit de faire le tour et de m'attendre au lac ?

Il était plus rapide qu'elle et gagnerait, même avec l'avance qu'il lui laissait.

Mais il secoua la tête et des mèches de sa superbe chevelure glissèrent sur son front.

—Ce ne serait pas amusant.

Elle savait qu'il l'avait manipulée pour qu'elle relève le défi, mais son esprit de compétition s'était réveillé et ne lui permettrait pas de se défiler.

—Très bien. Lance le chronomètre.

—C'est fait. (Il ferma les yeux.) Avant que tu partes, il faut que je te dise ce que tu auras si tu gagnes.

—Quoi?

—Une surprise.

Oh oui, elle aurait vraiment voulu pouvoir gronder.

—Et si je perds?

—Je te jetterai peut-être dans le lac. C'est à voir.

N'ayant aucune confiance en lui avec ce sourire qui jouait sur ses lèvres, elle s'élança. Il était beaucoup plus rapide qu'elle; elle l'avait déjà vu courir, et ce spectacle lui avait noué la gorge. Bâti comme la plus belle des machines vivantes, tout en tendons souples et en muscles puissants, il la surpassait tellement en matière de vitesse qu'elle n'avait aucune chance de le semer.

Mais il y avait d'autres façons de se mesurer à un loup.

L'homme autant que le loup étaient un peu déçus. Sienna avait filé droit vers le lac, sans même essayer de profiter des cours d'eau environnants pour brouiller sa piste. Son odeur d'épice exotique et de feuilles d'automne se déroulait devant lui, un appât reconnaissable entre mille pour son loup. Il aurait fallu qu'il soit…

—Merde!

La tête en bas et la cheville droite entravée par une corde, il vit le sol jonché d'aiguilles de pin osciller de gauche à droite à plusieurs mètres de lui. Se tordant pour regarder sa cheville, il secoua la tête. Puis il la regarda de nouveau et se mit à rire. *Quelle petite maligne.* Ce n'était pas du tout une corde, mais une de ces lianes épaisses qui proliféraient dans le coin. Sienna avait dû passer l'essentiel de ses vingt minutes d'avance à poser ce piège. Un piège qu'il aurait évité en temps normal… sauf qu'il avait sous-estimé les talents de la jeune femme en la matière. Ça lui apprendrait à être un crétin arrogant.

Il se contorsionna et voulut trancher la liane d'un coup de griffe.

Mais il la manqua d'un millimètre.

Il jura et réessaya une deuxième fois, puis une troisième. Enfin, il parvint à se débarrasser de la maudite liane après avoir déversé un flot d'injures, et pour ne rien arranger, il atterrit sur le coccyx. Son loup ne trouvait pas ça drôle... ou plutôt si, car c'était un jeu. Après avoir retiré la liane qui s'accrochait encore à sa cheville, il s'étira pour délasser ses muscles et se remit à suivre l'odeur de Sienna, plus prudemment cette fois.

Il vit la liane qu'elle avait tendue en travers du sentier et l'enjamba sans déclencher le piège. Mais sa maudite cheville – toujours la même – se retrouva coincée dans un trou. En grondant, il déblaya le sol couvert de feuilles et découvrit que la petite peste avait creusé trois trous de l'autre côté de la liane. Il s'était débrouillé pour mettre le pied dans celui du milieu.

Maligne, songea son loup, enchanté, *très maligne*.

Après avoir extirpé du trou sa cheville malmenée, il consacra plusieurs minutes à la destruction du piège afin que d'autres ne s'y prennent pas par mégarde – et il avait le sentiment qu'elle avait su que ce serait son cas –, puis changea de tactique. Au lieu de se diriger droit vers son odeur, il prit un chemin plus long pour lui couper la route. Il repéra l'endroit où elle s'était reposée, ainsi qu'un autre piège astucieux et sournois. Il perdit de précieuses minutes à le détruire, mais bien moins que s'il avait été pris dedans.

Cinq minutes plus tard, il vit une longue mèche de cheveux rouge rubis dépasser d'un buisson autour duquel flottait l'odeur de Sienna. Certain de l'avoir rattrapée, il voulut écarter les branches du buisson... et retira la main juste à temps. Sa petite perturbatrice pulpeuse avait failli réussir à le mener dans un taillis de sumac vénéneux. Oh oui, il était fâché cette fois.

Sourire aux lèvres, il baissa la tête et aperçut le sweat-shirt de Sienna caché sous le buisson. Elle l'avait sans doute poussé là à l'aide d'un bâton.

—Quelle Psi rusée.

Ayant mesuré le calibre de son adversaire, il commença à la traquer pour de bon et courut ventre à terre, tous les sens en alerte.

Là.

Elle n'était qu'à un kilomètre du lac, les cheveux attachés et les bras nus alors qu'elle s'agenouillait pour lui tendre un autre piège. Au lieu de bondir sur elle, il fit le tour en silence pour l'observer. Quelle vivacité d'esprit, songea-t-il en voyant comment elle se servait de la branche flexible d'un arbre et d'une autre liane pour créer son nouveau guet-apens.

Tous les autres adversaires avec lesquels il avait joué avaient essayé de masquer leur odeur, de l'embrouiller et de le désorienter. Elle était la seule à avoir pensé à mettre son temps à profit pour poser des pièges, et le loup appréciait son intelligence. Ce n'était que parce qu'elle manquait de rapidité qu'il avait réussi à l'attraper. Mais il l'avait bel et bien attrapée… et il avait lui aussi quelques tours dans son sac.

Sienna s'immobilisa lorsque sa nuque se mit à la picoter, l'avertissant d'un danger. Rien. Aucun bruit, encore moins de cri, comme celui qui s'était élevé quand Hawke avait marché sur son premier piège. Elle avait à peine eu le temps de le terminer et de s'éloigner à dix mètres. Oh oui, il avait été sur les nerfs.

Mais il s'était ensuite mis à rire.

Elle ne s'était certainement pas attendue à ça, et ça l'avait aidée à comprendre. Un jeu, c'était un jeu. Sauf avec Toby et Marlee, elle n'avait encore jamais joué dans un autre but que celui d'apprendre des tactiques militaires. Même avec son frère et sa cousine, elle veillait surtout à ce que les enfants s'amusent, prenant davantage la place de coordinatrice que de participante.

Mais là… ils jouaient pour le simple plaisir de jouer.

La X-Psi efficace qu'elle était lui disait qu'elle perdait son temps, mais elle fit taire cette voix. Elle ne s'était jamais sentie aussi légère et jeune qu'à ce moment-là, tandis qu'elle se faufilait à travers cette forêt ancienne en essayant de berner un loup aux yeux bleu pâle et aux cheveux argent et…

Un son inintelligible monta de sa gorge lorsqu'elle se retrouva suspendue par une cheville à deux bons mètres du sol.

— Non, marmonna-t-elle en regardant autour d'elle, incrédule.

Mais bien entendu, sa posture délicate ne laissait aucune place au doute.

— Tu as gagné! lança-t-elle enfin, furieuse.

Il surgit de la forêt et braqua sur elle un regard perplexe.

— Qu'est-ce que tu fais là-haut, bébé?

— Rrrr!

Elle plaqua les mains sur sa bouche pour étouffer ce cri d'animal sauvage.

Un sourire ravi creusa les joues de Hawke.

— Recommence.

Jamais.

— Descends-moi de là.

Il bascula sur ses talons.

— Qu'est-ce que j'ai en échange?

— Je m'abstiendrai de te cramer.

— Tu ne l'aurais pas fait de toute façon, dit-il avec une telle assurance que c'en était de la provocation pure.

Elle lança un éclair de feu qui passa près des cheveux de Hawke, mais il s'était déjà déporté sur le côté.

— Tut tut. C'est de la triche.

— Raaah!

Elle parvint à se contorsionner en contractant les abdominaux et visa la liane, certaine que ses aptitudes lui permettraient de la sectionner.

— Tu vas te faire un mal de chien en tombant.

Elle marqua une pause. Il avait tendu le piège de façon qu'elle se retrouve suspendue plus haut qu'il ne l'avait été. Oui, ça allait faire mal. Elle se détendit de nouveau et relâcha son souffle.

— Qu'est-ce que tu veux ? gronda-t-elle.

Elle n'avait encore jamais grondé.

Se rapprochant assez pour pouvoir poser une main sous sa nuque et l'autre au creux de ses reins, il inclina la tête de Sienna dans une position plus confortable et se pencha si près qu'elle ne vit plus que ses yeux bleu glacier translucides.

— Un baiser pour le grand méchant loup.

La gorge de Sienna se noua et les mots y restèrent coincés. Mais il ne combla pas la distance entre eux.

— Oui ?

Elle déglutit et hocha la tête.

— Il faut que tu le dises.

— Oui, se força-t-elle à dire en agrippant son épaule d'une main.

— Oui quoi ?

Sa frustration se raviva et elle retrouva l'usage de la parole.

— Tu sais quoi ? Je crois que ça m'est égal de tomber d'aussi haut !

En riant, il plaqua les lèvres sur les siennes, sa grande main posée sur sa joue tandis qu'il lui maintenait le cou de l'autre.

C'était...

C'était... Elle n'avait pas de mots pour décrire cette décharge de sensations brutes et primaires qui gonflait ses seins et liquéfiait l'endroit entre ses cuisses. Tout ça parce qu'il la goûtait de ses lèvres fermes en la titillant avec douceur, à grand renfort de morsures et de coups de langue. Elle gémit dans sa bouche, et il lui mordilla la lèvre inférieure en guise de récompense.

Puis il passa la langue sur la sienne.

Oh, Seigneur.

Avide d'en avoir plus, elle osa se servir à son tour de sa langue. Un son grave monta dans la gorge de Hawke. Intrigué, il lui rendit sa caresse tout en lui massant la nuque des doigts. Elle eut à peine le temps de reprendre son souffle qu'il se mit à lui suçoter la lèvre supérieure et à prendre l'autre entre ses dents par jeu.

Quand elle eut l'impression qu'il allait relever la tête, elle s'arc-bouta vers lui. Il ouvrit la bouche et fit danser sa langue contre la sienne avant de mettre fin à leur baiser avec tendresse.

— Je t'aurais bien donné un autre baiser, murmura-t-il en mordillant la peau au-dessus de son pouls, mais tu m'as mis en colère.

Hébétée, elle dit :

— Ah bon ?

— Tu pensais vraiment que je t'aurais laissée tomber ?

Il lui mordit le cou plus bas, et plus fort cette fois.

Elle sursauta et crispa la main sur son épaule musclée.

— Tu ne peux pas me mordre comme ça quand tu en as envie.

C'était un comportement typique de mâle dominant, et il n'avait vraiment pas besoin d'être encouragé dans ce sens.

Il lécha la marque.

— Coupe la liane.

Elle ne douta pas de lui cette fois, et lança un rayon de feu de glace pour sectionner le piège. Il la rattrapa si vite qu'elle ne se sentit pas tomber une seule seconde. Après l'avoir reposée, il la tint contre lui le temps qu'elle retrouve l'équilibre, une main placée au creux de ses reins tandis qu'il tripotait de l'autre des mèches de ses cheveux.

Quand elle leva la tête, elle s'aperçut qu'il l'observait avec une attention totale qui lui coupa le souffle.

— Tu es une bonne compagne de jeu, dit-il, la tête inclinée pour parler contre ses lèvres. Tu as le droit de choisir le prochain.

Pressée contre son torse, elle en profita pour le couvrir de minuscules baisers. Le grondement de Hawke vibra dans chaque parcelle de son être.

— Quand ? parvint-elle à articuler.

Ses tétons formaient deux petites pointes durcies, et ses seins étaient si sensibles qu'elle n'était pas certaine qu'elle supporterait qu'il la touche.

—Demain. (Il se pencha pour enfouir le visage dans son cou, la mordillant à peine avant de frotter les lèvres au même endroit.) Il est temps de rentrer.

—Encore une minute.

Craignant que ce ne soit qu'un rêve, elle osa passer les bras autour de son cou et caresser sa nuque des doigts. Il était beaucoup plus grand qu'elle, mais il resta dans une position qui permit à Sienna de l'enlacer et de sentir son souffle chaud contre sa peau. *Juste une minute.*

Lara ne fut pas surprise de trouver Walker dans son bureau cette nuit-là. Il était déjà venu la voir le soir précédent. La part d'elle qui était toujours blessée l'avait poussée à garder ses distances par précaution, mais cette même part continuait à nourrir des sentiments douloureux et complexes pour le Psi réservé, et elle avait été incapable de lui demander de partir ; d'autant qu'elle sentait une différence subtile chez lui, comme si le mur de sa réserve se réduisait.

Mais ne voulant pas accuser une nouvelle déception, elle avait abordé un sujet qui aurait d'après elle dû le faire fuir.

—Tu ne parles jamais de la mère de Marlee.

À sa grande surprise, elle avait obtenu une réponse.

—Elle s'appelait Yelene, dit-il. (L'expression du visage de Walker ne lui révéla rien de ce qu'il éprouvait pour la femme qui avait porté son enfant.) Nous formions une unité familiale, étant tous les deux d'avis que d'un point de vue psychologique, c'était la meilleure façon d'élever Marlee et plus tard Toby.

C'était une explication froidement rationnelle, et pourtant elle cachait un amour qui avait conduit Walker à risquer une mort presque certaine dans le faible espoir que les enfants trouveraient un asile.

—Je suis désolée pour ta sœur.

Elle savait que Walker était l'aîné de la famille et Judd le plus jeune. La mère de Sienna et Toby était née entre les deux… et sa mort avait été bien trop prématurée.

— Kristine était douée mais perturbée.

— Je suis contente que Toby ait pu se tourner vers toi.

Car même sous l'emprise de Silence, Walker avait dû comprendre la douleur de cette perte pour un enfant.

— Je ne pouvais pas protéger Sienna, dit-il sur un ton sombre, mais je n'aurais laissé personne nous prendre Toby.

Ne comprenant que trop bien ce que ça avait dû lui coûter de regarder Ming emmener Sienna, elle n'avait pas posé la question qui lui avait brûlé les lèvres la veille. Mais cette nuit-là, alors qu'ils étaient assis à la petite table de la salle de pause et que les longues jambes de Walker empiétaient sur son espace personnel, elle fut incapable de se contenir davantage.

— Yelene, dit-elle. Comment était-elle ?

— Nos gènes se complétaient bien. (Son corps imposant ne trahit rien de ses pensées profondes lorsqu'il lui donna cette réponse qui n'en était pas une.) Les généticiens avaient annoncé que nous produirions des enfants de haut rang, et Marlee est la preuve vivante de l'exactitude de ces prédictions.

Même si Walker ne l'exprimait pas ouvertement, Lara savait qu'il voulait qu'elle change de sujet. Mais elle n'avait aucune intention de revenir en arrière et de reprendre leur relation au point où elle en était avant leur baiser, lorsqu'elle consentait à ce qu'il pose les limites à sa manière subtile.

— Tu avais des sentiments pour elle, n'est-ce pas ?

Tous les instincts de Lara la pressaient de le toucher, d'établir une connexion avec lui au niveau le plus basique, mais Walker ne lui avait pas accordé ces privilèges du contact rapproché. Et même s'il y avait eu entre eux plus que cette étrange amitié, il n'était pas le genre d'homme à laisser une femme exiger quoi que ce soit de lui.

— J'étais Silencieux. (Son jean effleura la jambe de Lara, une caresse rêche qui lui coupa le souffle alors qu'elle s'était répété qu'elle ne devait pas interpréter ses visites et ses dires.) Je ne ressentais rien.

— Walker.

Il posa la tasse de café qu'elle lui avait préparée.

— Il n'y avait ni amour ni affection… pas dans le sens où tu l'entends. Mais j'ai cru qu'il y avait un engagement réel et de la loyauté vis-à-vis de l'unité familiale. Je me suis trompé.

Il avait dit ça sur un ton si froid et irrévocable qu'elle sut que c'était un sujet à ne plus aborder.

Ce ne fut pas la détermination de Lara qui s'opposa à l'autorité de Walker, mais les instincts ancrés dans son cœur de guérisseuse.

— Elle t'a fait du mal.

Il crispa la mâchoire.

— Elle a opté pour le choix le plus logique quand ma famille entière a été condamnée à la rééducation.

Walker n'oublierait jamais la minute fatidique où le décret était tombé et où on lui avait annoncé qu'il disposait de trois jours pour mettre de l'ordre dans ses affaires et dans celles des mineurs à sa charge ; trois jours pour préparer sa fille et le garçon qu'il considérait comme son fils à subir un lavage de cerveau qui allait les changer en légumes tout juste bons à exécuter les plus basses besognes.

— D'après l'ordre de rééducation, la lignée des Lauren avait été jugée « instable » et « indésirable ». (Le suicide de Kristine avait été cité comme preuve, mais Judd et Walker avaient toujours su que ce n'était qu'un prétexte arrangeant.) Le nom de Yelene ne figurait pas sur l'avis.

Il était rentré chez eux afin de discuter de la situation avec elle et de lui exposer les plans que Judd et lui avaient élaborés. Les deux frères avaient pressenti ce qui allait arriver lorsqu'ils avaient pris la pleine mesure des pouvoirs de Sienna. Combinés à la puissance télékinétique de Judd et à la télépathie de Walker, ainsi qu'aux aptitudes naissantes de Marlee et de

Toby, ils avaient attiré l'attention sur la famille Lauren, qui était devenue une menace à éradiquer.

— Elle faisait ses valises quand je suis arrivé.

Au départ, il avait cru qu'elle se préparait pour une tentative de désertion. Il ignorait encore ce qui l'avait retenu de lui révéler leurs plans ce jour-là ; peut-être une part de lui qui avait toujours su que même si Yelene avait porté Marlee dans son ventre, leur enfant n'était qu'un amas de cellules à ses yeux… une entité remplaçable.

— Quand elle m'a vu, elle m'a dit de but en blanc qu'il n'était pas question que ses gènes meurent avec les miens.

Les pupilles de Lara se dilatèrent, absorbant ses iris fauves.

— C'est incompréhensible pour moi. (Elle n'arrivait pas à y croire.) Ça le sera toujours. Tout ce que je peux faire, c'est…

Elle posa la main sur la table, paume vers le haut.

Une offre muette de réconfort.

Depuis sa désertion, Walker s'était familiarisé avec les contacts physiques. Il avait appris à prendre les gens dans ses bras, à leur donner des tapes dans le dos ou à leur serrer l'épaule. Mais jamais il n'avait touché une femme pour la simple raison que ça apaiserait ses tourments. Voyant qu'il ne bougeait pas, Lara commença à replier les doigts et à reculer la main.

Il saisit son poignet sans même se rendre compte qu'il avait bougé la main, le pouce posé sur son pouls qui s'emballait. La peau de Lara était d'une telle douceur qu'elle éveilla en lui le fantasme d'explorer celle de ses seins et de ses cuisses. Il songea qu'elle devait être encore plus douce à ces endroits-là.

— Je ne suis pas Yelene, dit-elle avec cette force tranquille qui avait happé Walker dès le début. Je n'abandonnerai jamais les miens.

Non, elle n'était pas ainsi faite. Mais…

— Yelene n'a rien à voir là-dedans.

— Menteur, murmura-t-elle, l'avertissant qu'elle n'avait aucune intention d'en rester là. Tu refuses d'accepter que ce qu'elle a fait t'a blessé, et cette blessure continue de dicter les décisions que tu prends au sujet de tes relations avec les femmes.

— Mes vieux liens et mon amour pour les enfants ont survécu à Yelene et à la désertion, répondit-il, soutenant son regard fauve pour qu'elle sache que c'était la pure vérité. Mais le reste de moi est endommagé.

Bien qu'il eût besoin d'elle, il refusait de mentir… même s'il savait que ce qu'il dirait la pousserait dans les bras d'un des autres hommes attirés par son esprit chaleureux.

Son esprit se glaça de colère mais il le ramena à la raison, conscient qu'il n'avait aucun droit de ressentir cette émotion.

— Je suis resté assujetti à Silence trop longtemps.

Lara secoua la tête, et il y avait quelque chose dans l'expression de son visage qu'il ne parvenait pas à décrypter, de petites rides aux commissures de ses lèvres et aux coins de ses yeux.

— Tu as tissé de nouveaux liens avec les membres de la meute, fondés sur la loyauté et la confiance. On est… amis.

— Oui.

Il frotta le pouce sur son pouls, tenté d'y porter les lèvres. Ce n'était pas le désir physique qui posait un problème, mais le fait que Lara ne s'en contenterait pas. Elle était une guérisseuse à qui il fallait une vie de famille avec des enfants enjoués et un compagnon qui savait aimer aussi intensément qu'elle.

— Il semblerait que je sois incapable d'éprouver des sentiments plus profonds.

La cicatrice était peut-être indélébile, à moins qu'un aspect crucial de sa psyché émotionnelle ait été irrémédiablement détruit, mais il y avait en tout cas un mur à l'intérieur que rien ni personne ne pouvait franchir.

Pas même Lara.

RÉCUPÉRÉ DE L'ORDINATEUR 2(A)
TAGS : CORRESPONDANCE PRIVÉE,
PÈRE, ACTION REQUISE*

De : Alice <alice@scifac.edu>
À : Papa <ellison@archsoc.edu>
Date : 10 avril 1973 à 23 h 44
Objet : re : Salut

Papa,

Je suis surexcitée ! Je ne devrais peut-être pas l'être, mais il se peut que j'aie mis le doigt sur la plus extraordinaire des corrélations. Tout a commencé quand j'ai réussi à retrouver la trace des descendants d'une femme nommée Jena Akim, une X-Psi qui vivait au XVIe siècle et appartenait à une famille de haut rang. Les informations sur elle et sa famille tiennent plus de la légende que des faits, mais si ce que j'ai découvert est vrai, ça pourrait être la réponse que je cherche.

Le point crucial, c'est que contrairement à la plupart des X-Psis qui sont intégrés à des formations spéciales dès que leur aptitude commence à se manifester, Jena n'a jamais été séparée de son unité familiale. Il est évident qu'il y a là un élément clé qui explique pourquoi son cas n'a pas été relevé jusqu'ici. Il se peut même qu'il soit caché ou moins visible chez les esprits de rang plus faible... mais je ne peux pas tirer de conclusions tant que je n'aurai pas validé ma théorie.

Si j'y parviens, ça ne peut pas être une coïncidence... mes études ont démontré que le plan psychique est soumis à des règles multiples, nuancées et si complexes que même les Psis ne les comprennent pas, mais ce qui importe, c'est qu'il y a des règles.

Je t'embrasse,
Alice

---

* Note : Impossible de compléter l'action de manière satisfaisante. Les esprits des parents révèlent une purge télépathique subtile en lien avec le projet X ; aucun ne détient d'information problématique ou utile. Les descendants des Kim n'ont pas connaissance de découvertes liées à leurs ancêtres.

Chapitre 20

La nuit après leur baiser, Sienna ouvrit sa porte et tomba nez à nez avec Hawke, qui attendait sur le palier.

—Prête à jouer ? demanda le loup.

Le cœur de Sienna se mit à cogner contre sa cage thoracique au souvenir de la morsure sauvage de Hawke et de son goût qui se mêlait à son odeur indéniablement masculine ; mais comme lors de sa précédente visite, son téléphone bipa avant qu'elle ait pu répondre à son invitation.

—Il vaudrait mieux que ce soit important, aboya-t-il dans le combiné, à l'évidence aussi frustré qu'elle.

Il marqua une pause puis se redressa d'un coup sec. Décryptant l'expression de son visage, elle alla chercher ses bottes de travail et se hâta de les enfiler. Il lui jeta un regard mais ne dit rien.

—Où ? demanda-t-il sur un ton si calme et maîtrisé qu'elle sut qu'il était arrivé un malheur. Non, tu as raison. Fais ce que tu peux. J'arrive avec Lara.

Sienna releva vivement la tête au nom de la guérisseuse des SnowDancer. Après avoir attaché ses cheveux en une queue-de-cheval brouillonne, elle dépassa Hawke pour sortir dans le couloir.

—Je vais prévenir Lara, articula-t-elle tandis qu'il réclamait des détails supplémentaires à la personne au bout du fil.

Il avait troqué le regard sensuel du changeling prédateur qui était venu frapper à la porte de Sienna pour celui du chef lorsqu'il interrompit la conversation téléphonique pour dire :

— Amène-la au dernier sous-sol. Elle va avoir besoin de matériel supplémentaire… il y a plus d'un blessé. Ne dérange pas Judd. Il s'est téléporté un peu plus tôt et a besoin de se régénérer.

Elle partit dès qu'il lui eut adressé un second hochement de tête, et courut à l'appartement de la guérisseuse, qui se trouvait juste à côté de l'infirmerie. Pas de réponse. Mais lorsqu'elle chercha dans l'infirmerie, elle trouva Lara à son bureau en train de lire une sorte de revue médicale. Après avoir fourni à la guérisseuse un bref résumé de tout ce qu'elle savait, elle l'aida à rassembler le matériel.

— Tu as suivi les cours de formation médicale de niveau deux, n'est-ce pas ? demanda Lara tandis qu'elle s'affairait, rapide et efficace.

Sienna la laissa charger le matériel sur son dos.

— J'ai validé le niveau trois quand j'étais chez les léopards.

Tous les soldats étaient tenus de développer une deuxième compétence. Compte tenu de la façon dont fonctionnait l'esprit de Sienna, un cours de technique en aurait exigé beaucoup moins d'elle ; mais pouvoir venir en aide aux gens n'avait pas de prix à ses yeux, et c'était une façon de compenser ne serait-ce qu'un peu la violence du marqueur X.

— Exact. J'ai reçu le certificat de compétence. (La guérisseuse hocha la tête comme si elle venait de prendre une décision.) Vu que Lucy a doublé ses heures de travail aujourd'hui, je ne vais pas la réveiller, dit-elle, se référant à la jeune SnowDancer qui occupait à temps plein le poste d'assistante de Lara depuis qu'elle était sortie de l'école d'infirmière. Tu es mobilisée.

Son téléphone bipa à ce moment-là. Après un bref échange avec son interlocuteur, elle dit :

— C'était Hawke. Il va nous falloir plus d'aide.

— Judd n'est pas à plat. (Sienna ignorait où son oncle s'était téléporté, mais elle l'avait vu au dîner avec les enfants et avait pu évaluer son niveau d'énergie.) Je ne pense pas qu'il sera capable de nous téléporter depuis le sous-sol, mais il pourra aider les blessés, dit-elle, sachant que Lara était au courant pour la télékinésie de Judd et son aptitude à soigner les blessures en intervenant au niveau cellulaire.

— Va le chercher, dit Lara. (Elle se frotta le front.) Je vais quand même devoir réveiller la pauvre Lucy.

Cinq minutes de frénésie plus tard, Lara et Sienna arrivèrent au garage avec quelques compagnons de meute qui s'étaient dévoués pour porter le matériel, et s'aperçurent que Judd les avait pris de vitesse.

— Hawke est déjà parti, leur dit-il en fixant le matériel au plateau de la camionnette. Vous deux, je vais vous emmener. Une autre équipe nous suivra dans un fourgon plus grand avec des brancards pour rapatrier les blessés à la tanière.

— Lucy vient aussi. (Lara regarda par-dessus son épaule en direction de l'entrée du garage.) Elle devrait être… La voilà.

Échevelée et les yeux rougis, Lucy se hâta de grimper sur la banquette arrière à côté de Sienna.

— De quoi s'agit-il ?

— Ils ont accusé de multiples blessures par balle, dit Lara, et des brûlures de laser.

— Leur état est-il critique ? (Judd sortit le véhicule du garage et s'engagea sur un sentier étroit.) J'arriverai peut-être à vous amener là-bas plus vite, mais ça me videra de mes forces.

— Il vaut mieux que tu sois en état de donner des soins. Hawke les aidera à tenir le coup en attendant qu'on arrive.

Judd jeta un coup d'œil à la guérisseuse et formula la question que Sienna avait été sur le point de poser.

— J'ai conscience que Hawke peut transmettre sa force à ceux avec qui il a un lien de sang, mais peut-il également atteindre d'autres membres de la meute ?

— Oui, dit Lara tout en consultant les nouvelles que la personne qui avait lancé le premier appel au secours lui envoyait sur son téléphone. Ce n'est pas aussi simple et efficace que le lien de sang avec les lieutenants ou le lien qu'il a avec moi, mais il peut les retenir par le pouvoir de sa présence.

—La hiérarchie, dit Sienna, comprenant pour la première fois la force réelle de la fondation qui soutenait la meute. Les loups obéiront à leur chef, même dans ce cas extrême.

—Exactement.

Sienna se tourna vers Lucy quand l'infirmière commença à tresser ses cheveux ébouriffés.

—Je peux le faire si tu veux.

—Merci.

—Ça va aller malgré le peu que tu as dormi ?

Sienna songea que Lucy lui faisait penser à Riley, même s'ils n'avaient aucune similitude physique. Ce devait être leur nature calme et stable. D'après ce qu'elle savait de la situation, ils allaient en avoir grand besoin cette nuit-là.

Lucy hocha la tête.

—J'ai pris le pli quand je travaillais pour CTX pendant les vacances... les informations ne dorment pour personne. (Sur ces mots, son ventre gargouilla.) Mince, j'ai oublié de prendre un truc à manger. Je me suis endormie sans dîner.

—Tiens. (Judd lui jeta une barre de céréales par-dessus le siège.) J'avais ça dans la poche de ma veste.

—Je te professe mon amour ici et maintenant, dit Lucy en déchirant l'emballage.

Sienna se demanda si Judd avait vraiment eu la barre sur lui ou s'il l'avait « subtilisée » par télékinésie. Ayant été témoin de ce que ça lui coûtait, elle savait que la télékinésie n'avait rien d'une aptitude facile à vivre, mais elle n'aurait pas vu d'inconvénient à ce qu'elle remplace le feu et la douleur de la classification X.

C'était une violence similaire qui les attendait à la frontière du territoire de la tanière, un secteur jouxtant les terres de DarkRiver et recouvert de pins qui dressaient leurs cimes vers le ciel scintillant. Deux des félins étaient là, dont l'un qui procédait aux premiers secours. Lorsque les yeux de Sienna se furent habitués à la lueur des lanternes fixées dans le sol, elle se rendit compte que le deuxième léopard avait reçu une balle dans le bras mais essayait pourtant de venir en aide aux autres, tous plus grièvement blessés que lui.

— Oh Seigneur, chuchota Lucy en sortant une trousse médicale de la camionnette. Riordan a dû venir prendre son poste en avance.

Sienna suivit le regard de l'infirmière et vit le grand loup espiègle assis contre un tronc d'arbre. Il saignait abondamment d'une plaie à l'abdomen.

— Il est grièvement blessé.

Elias l'était aussi. Le soldat vétéran semblait avoir été touché au côté par un rayon laser ; sa chair brûlée devait lui infliger une douleur atroce, même s'il serrait les dents pour se retenir de crier.

— Où est Hawke ?

Elles eurent la réponse au même instant. Simran, la femme qui montait la garde avec Elias, et qui aurait été remplacée à la frontière par Riordan, était à terre et perdait du sang d'une plaie à la nuque. Sienna savait que c'était une blessure mortelle… ou qui aurait dû l'être. Agenouillé à côté de Simran, Hawke avait la main plaquée sur l'entaille sanguinolente, une telle concentration dans ses yeux pâles de loup qu'elle comprit qu'il retenait la garde à la vie par la seule force de sa volonté.

Ce ne fut que lorsqu'elle vit la peau de son dos briller à la lumière des lanternes qu'elle comprit qu'il avait couru jusque-là, à une vitesse qui surpassait celle de n'importe quel véhicule dans cette région de montagnes et de forêts, de rivières et de lacs. Mais pour qu'il ait atteint Simran avant que cette dernière rende l'âme… Sa rapidité était inimaginable.

— Judd s'occupe de Riordan, dit-elle à Lucy. (Il fallait qu'elle compartimente ses pensées, car si elle se focalisait sur celles des gens qui se vidaient de leur sang sur le sol froid, ça la paralyserait.) Charge-toi d'Eli, je vais examiner les léopards.

Barker ne protesta pas lorsqu'elle le fit s'asseoir contre le tronc rugueux d'un vieux pin. Il avait perdu une telle quantité de sang qu'il commençait à chanceler.

— La balle est ressortie, dit-elle après avoir inspecté la plaie. Je ne pense pas qu'elle ait causé de dégâts majeurs, mais il faut que quelqu'un de plus qualifié y jette un coup d'œil.

Elle inséra une dose d'antibiotique dans une seringue et appuya l'aiguille contre la peau de Barker.

La drogue se diffusa dans son organisme l'instant suivant. Elle enchaîna sur un antidouleur avant qu'il ait pu lui dire qu'il n'en avait pas besoin.

— J'imagine que tu veux que Tamsyn regarde ? dit-elle, se référant à la guérisseuse de DarkRiver.

Ce fut Rina, la partenaire de Barker, qui répondit après l'avoir rejoint.

— Est-ce que tu penses qu'il peut attendre encore à peu près une heure ? Tammy est en route.

Sienna vérifia les signes vitaux de Barker à l'aide d'un scanner.

— Son état est stable pour le moment.

Décelant un léger bruit, elle leva la tête et aperçut des ombres élancées dans le noir, celles des loups sauvages qui encerclaient la clairière.

— Ils sont arrivés avec Hawke, dit Rina en secouant la tête, incrédule. Je crois qu'ils montent la garde.

— Oui. (Sienna commença à désinfecter la peau mutilée de Barker, qui se retint de siffler entre ses dents.) Comment vous êtes-vous retrouvés pris là-dedans ?

Quant à ce que « là-dedans » avait été au juste, c'était une question qui attendrait que les blessés soient hors de danger.

— Notre tour de garde chevauche celui d'Elias et Simran, dit Rina tandis que Sienna chargeait la blonde plantureuse d'appuyer des compresses stériles sur les deux côtés de la plaie afin qu'elle puisse la bander provisoirement. On fait parfois des pauses de quelques minutes pour discuter. On venait à peine d'arriver ici cette nuit quand ces enfoirés de Psis ont surgi de nulle part.

Elle marqua une pause et grimaça.

— Sans vouloir t'offenser.

— Je ne le suis pas. (Sienna savait qui elle était, et elle savait aussi que si les choses avaient été différentes, elle se serait peut-être retrouvée au nombre des assassins à la solde du Conseil.) Ils se sont téléportés ici ?

Rina écarta les cheveux châtains de Barker de son front trempé de sueur et rapprocha son corps du sien à la manière des changelings.

— Ils sont descendus d'un avion espion.

C'était logique, car les Tk-Psis capables de se téléporter étaient une denrée rare ; même si on ne l'aurait pas cru au nombre de ces gens qu'Henry Scott avait sacrifiés au cours des derniers mois.

— Comment vous ont-ils tous eus si vite ?

— On a été dépassés par leur force. Il est clair qu'ils avaient l'intention de ne laisser aucun survivant.

— L'avion était pratiquement silencieux, dit Barker en s'appuyant contre Rina, mais on l'a détecté une seconde avant qu'ils commencent à en descendre.

Il serrait les dents tandis que Sienna lui mettait le bandage. De toute évidence, l'antidouleur ne suffisait pas à dissiper la souffrance intense qu'engendrait sa plaie.

Après avoir calculé sa masse corporelle et conclu que c'était sans danger, Sienna augmenta la dose.

Il ne protesta pas, ce qui donnait une idée du supplice qu'il endurait.

— Et comme Reen, Riordan et moi étions là, ça a fait pencher la balance, poursuivit-il lorsqu'elle eut reposé la seringue. Ils ne s'attendaient pas à nous trouver tous les trois.

Un frisson glacé prit Sienna au ventre lorsqu'elle commença à comprendre que cette tentative de meurtre de cinq personnes n'était que la pointe de l'iceberg.

— Si ton état empire, dit-elle à Barker en terminant le bandage, je veux le savoir tout de suite.

— Ça va, dit-il, lèvres pincées.

— Ça serait bête d'avoir « crétin mort d'une commotion » comme épitaphe sur ta pierre tombale, non ? dit-elle.

Il leva ses yeux noisette au ciel.

— Ça se voit que tu as été formée par Indigo, marmonna-t-il, la peau luisante de sueur. Si je ne dis rien, Rina me dénoncera.

— C'est mon boulot, idiot.

Rina fit mine de lui donner un coup de poing sur le front. Satisfaite, Sienna se leva et se rendit auprès de Lucy, qui était assise à côté d'Eli et se démenait pour aider le soldat qui avait sombré dans l'inconscience. Tout le côté gauche de son corps était carbonisé, exposant des parcelles de chair rose à vif.

— Tu lui as donné un calmant ?

Sienna pensa à la petite Sakura et à ce que ça lui ferait de voir son père blessé à ce point. Et la compagne d'Eli, Yuki...

— Il souffrait beaucoup, dit-elle d'une voix tendue, contenant sa colère. Il a besoin de Lara, mais l'état de Simran et Riordan était plus critique.

— Lara va-t-elle réussir à le soigner ?

Elle fut prise de nausée lorsqu'elle s'agenouilla à côté du soldat, impuissante... Car elle aussi pouvait infliger des brûlures à un être vivant. Pires que n'importe quel laser.

— Oui, mais ça va lui prendre du temps.

Dieu merci.

— Je peux te donner un coup de main ?

— Aide-moi à planter ces bâtons dans le sol afin que la couverture thermique ne touche pas sa peau quand je la déplierai au-dessus de lui.

Cette tâche accomplie, Sienna se releva et vit que Lara avait laissé Simran pour rejoindre Judd auprès de Riordan ; inconscient lui aussi, le jeune homme avait le visage exsangue. Non loin de là, Hawke avait pris Simran sur ses genoux et calé sa tête sous son menton tandis que sa chevelure noire et lustrée cascadait sur son bras. Remarquant que la femme frissonnait, Sienna courut à la camionnette et en sortit deux autres couvertures thermiques argentées.

— Tiens, dit-elle en en donnant une à Rina pour Barker avant d'apporter l'autre à Simran.

Hawke en enveloppa la garde blessée en veillant à ne pas la secouer.

— Ils vont bien, dit-il avec la voix et les yeux de son loup.

Elle n'avait jamais ressenti à ce point la force de son amour pour sa meute.

— Oui, répondit-elle, même si ça n'avait pas été une question. Je pense que c'est Elias qui sera le plus amoché… du moins jusqu'à ce que Lara puisse s'occuper de lui.

Sienna n'était pas certaine que les aptitudes Tk-Cell de Judd lui permettraient de soigner des brûlures, en admettant qu'il lui reste de l'énergie après avoir aidé Riordan.

— On peut continuer à lui administrer des calmants en attendant.

Après avoir replié le bord de la couverture sous les pieds de Simran, elle regarda autour d'elle et repensa au matériel qu'elle avait porté pour Lara.

— Je crois qu'il y a des boissons énergétiques dans l'une des boîtes. Je vais en donner à tous ceux qui sont conscients.

Les guérisseurs devaient prendre des forces autant que les blessés, surtout par cette nuit froide.

Si calme et efficace, songea Hawke en regardant Sienna aller et venir avec grâce et rapidité dans la clairière tandis qu'elle faisait boire les uns et les autres de gré ou de force. Son loup en conçut une nette fierté, mais son esprit était accaparé par des questions bien plus douloureuses.

— Lara ? demanda-t-il à la guérisseuse quand elle s'écarta de Riordan.

— Oui, encore, répondit-elle aussitôt.

Il suffit à Hawke d'une pensée instinctive pour que la force de ses hommes et de ses femmes déferle à travers les liens de sang qui connectaient le chef à ses lieutenants. L'incroyable courage d'Indigo, l'indéfectible loyauté de Riley, la calme détermination de Matthias, le sérieux de Riaz, la puissance à peine tempérée d'Alexei, la persévérance de Cooper, le tempérament de feu de Jem, la volonté tranquille de Kenji, la fougue de Tomás. Il ne manquait ce soir-là que le sang-froid de Judd ; le Psi se concentrait sur ce qui restait de la blessure de Riordan tandis que Lara rejoignait Elias en chancelant.

Lorsqu'il transmit cette force à Lara par le biais du lien qui unissait tout chef à son guérisseur, Hawke la vit prendre des couleurs... puis les perdre quand elle fit courir les mains sur la chair ravagée d'Eli. Elle ne versa pas de larmes. Lara ne pleurait jamais tant que les siens n'étaient pas hors de danger. Ce ne serait qu'ensuite qu'elle s'effondrerait.

Les cheveux de Sienna jetèrent des éclats rubis à la lumière des lanternes alors qu'elle courait à la rencontre du fourgon qui venait d'arriver, pour aider à déplier les brancards. Il songea qu'elle non plus ne s'effondrerait pas là, sur cette étendue de terre maculée de sang. Pas Sienna, la femme qui avait survécu à un Conseiller et aux exigences cruelles de son don violent... et qui avait presque réussi à battre un chef des loups à son propre jeu.

Ayant pris quelques minutes pour laver le sang de Simran après que Lara avait déclaré qu'il ne restait plus personne à soigner, Hawke retourna à l'infirmerie.

— Dis-moi, dit-il à Lara.

Il sentait Sienna passer d'une chambre à l'autre pour garder un œil sur les patients ; la guérisseuse avait ordonné à Lucy et à Judd d'aller se coucher dès que l'état de tout le monde avait été stabilisé.

— Riordan et Simran devraient bien s'en sortir, dit Lara en touchant d'une main la masse bouclée de ses cheveux. (Ses doigts tremblèrent une seconde avant qu'elle serre le poing et le laisse retomber.) J'ai eu des nouvelles de Tammy... ça ira aussi pour Barker.

— Eli ? demanda-t-il, constatant qu'elle n'avait pas mentionné le soldat vétéran. Je sais que tu vas devoir procéder par étapes pour soigner ses brûlures. Elles sont graves ?

Lara dirigea le regard vers la chambre où Elias reposait sous un panneau incurvé qui couvrait son corps du cou aux orteils.

— J'ai remédié aux dégâts qui menaçaient sa vie, mais il a dû attendre si longtemps qu'il est tombé en état de choc. Je ne serai sûre de rien tant qu'il ne se sera pas réveillé.

— Tu as fait de ton mieux, dit Hawke, conscient que ses mots ne suffiraient pas pour une guérisseuse.

Alors qu'il s'apprêtait à lui demander de le suivre dans le bureau afin qu'ils puissent discuter en privé – et qu'elle puisse se départir une minute de sa façade stoïque et souffler –, quelqu'un qu'il ne s'attendait pas à voir sortit de la chambre d'Elias.

Yuki se rua dans l'infirmerie au même moment, prenant juste le temps de chuchoter un remerciement à Walker et d'effleurer la main du Psi avant d'entrer dans la chambre où Elias reposait, inconscient.

Hawke savait que Yuki était partie s'assurer que Sakura allait bien avec ses grands-parents, mais il ne s'était pas aperçu que Walker l'avait remplacée entre-temps au chevet du soldat blessé. Même si en y réfléchissant, ça n'avait pas de quoi le surprendre. Il avait vu Elias et Walker discuter et leurs filles jouer ensemble plus d'une fois, et en avait déduit que les deux hommes avaient dû se lier d'amitié.

— Eli a Yuki pour veiller sur lui, dit Walker à Lara, scrutant de son regard pénétrant les cernes sous ses yeux et les marques aux commissures de sa bouche. Les autres blessés ont été plongés dans le sommeil. Tu ne peux rien faire avant qu'ils se réveillent. Repose-toi.

Lara serra les lèvres.

— Je vais bien. (Elle croisa les bras et se retourna vers Hawke.) Je vais les surveiller le reste de la nuit… Je dois m'assurer qu'aucune blessure interne ne nous a échappé.

Hawke attendit de voir quelle serait la réaction de Walker. L'autre homme croisa les bras à son tour.

— Hawke, tu vois comme elle tient mal sur ses jambes? dit-il sur un ton parfaitement raisonnable.

Les yeux de Lara lancèrent des éclairs, mais Hawke ne put que donner raison à Walker.

— Accorde-toi une heure de répit… je garderai un œil sur tout le monde, lui ordonna-t-il en la serrant dans ses bras et en déposant un baiser dans ses cheveux. Ne sois pas butée juste pour énerver Walker.

Son loup ignorait ce qui se passait, mais la tension entre eux était indéniable.

Une grimace déforma le joli visage de Lara.

— Butée? (Mais elle se détendit dans ses bras.) Un peu de repos ne serait pas de refus. Réveille-moi au moindre changement.

Le regard que Walker braqua sur eux n'échappa pas à Hawke, ni le fait que le grand Psi suivit Lara dans son bureau où elle gardait un canapé. S'éloignant pour ne pas surprendre leur conversation, il alla vérifier l'état des blessés et trouva Sienna au chevet de Riordan, la main posée sur la sienne.

— Sa maman s'est mise à pleurer et son papa l'a emmenée dehors quelques minutes, dit-elle dans un murmure à peine audible, les yeux vides d'étoiles. Ils ne voulaient pas qu'il l'entende dans son sommeil.

Il attendit avec elle le retour des parents de Riordan. Le couple consentit à ce que le loup de Hawke réconforte les leurs, mais il savait qu'ils ne s'apaiseraient réellement que lorsque leur enfant s'éveillerait. Après les avoir laissés avec Riordan, les mains posées sur la peau de leur fils en signe de soutien muet, il entremêla ses doigts avec ceux de Sienna.

Chapitre 21

Lara sentit sa nuque la picoter quand la porte se referma dans un léger cliquetis. Consciente que sa fatigue pouvait ébranler ses résolutions concernant Walker, elle chercha à gagner du temps en se débarrassant de son sweat-shirt, qu'elle avait enfilé par-dessus un jean délavé après avoir pris une douche de deux minutes pour laver le sang. Sa louve avait rechigné à abandonner les blessés pendant ce temps-là, mais le médecin qu'elle était n'ignorait pas l'importance de l'hygiène dans un environnement médical.

— Écoute, dit-elle enfin. Je sais qu'on est amis (ça lui faisait mal de dire ça, bien qu'elle eût décidé d'accepter cette amitié et de reprendre le cours normal de sa vie), mais j'aimerais vraiment mieux être seule.

Un mensonge douloureux. Lara était une guérisseuse, une louve. Elle adorait être entourée de sa meute. Et surtout, elle avait besoin d'être avec son homme. Hélas, l'homme que la femme et la louve avaient choisi était incapable de lui donner ce dont elle avait besoin ; Silence et une étrangère nommée Yelene avaient saccagé le meilleur homme que Lara ait jamais connu… et les dégâts étaient apparemment irréversibles.

Se laissant tomber sur le canapé alors que cette vérité plombait son cœur déjà lourd, elle se baissa dans l'intention de délacer ses bottes.

Des cheveux blond foncé aux reflets argentés à peine perceptibles envahirent son champ de vision lorsque Walker s'agenouilla pour s'en occuper à sa place.

— Non, chuchota-t-elle.

Mais ses défenses avaient été anéanties par les événements de la nuit, au point qu'elle n'arrivait plus à cacher la souffrance de son âme, le vide que Walker aurait dû occuper.

Sans l'écouter, il défit ses lacets et retira ses bottes avec des gestes rapides et assurés avant de lui enlever ses chaussettes. Renonçant à essayer de l'en empêcher et de lutter contre son besoin déchirant, elle se contenta de savourer le spectacle de ses épaules puissantes aux muscles fermes qui tendaient le tissu de sa chemise.

Tout le monde disait qu'il avait été un professeur sur le Net. Mais Lara s'était toujours demandé si ça ne cachait pas autre chose ; elle devinait chez lui des zones d'ombre, des vérités cachées. Des choses dont elle savait qu'il ne parlerait jamais. Pas Walker.

— Dors, dit-il, se limitant à ce seul et unique mot lorsqu'il se releva et ramassa la couverture tombée du canapé.

Cédant à l'épuisement et à l'implacable volonté de Walker, elle s'étendit et ferma les yeux. Elle le sentit dérouler la couverture sur elle et écarter les boucles rebelles de son visage avec une tendresse qui lui noua la gorge, mais elle n'ouvrit pas les yeux. L'espace de cet instant merveilleux, elle se laissa aller à rêver que Walker n'était pas brisé. Le jour viendrait bien assez tôt.

Une fois dans la salle de pause, Hawke prit place à la petite table et attira Sienna sur ses genoux. Elle se raidit.

— Qu'est-ce que tu fais ? N'importe qui pourrait rentrer.

Son loup retroussa les babines et un grondement sourd vibra dans sa poitrine.

— Tu crois que je compte tenir notre relation secrète ?
— Non.

Mais elle garda ses distances, nerveuse.

Aucune des deux moitiés de Hawke n'apprécia.

—Tu m'as déjà vu prendre des membres de la meute dans mes bras.

—Jamais moi.

L'absence totale d'émotion dans cette simple déclaration porta un coup au cœur de Hawke.

—Non, convint-il en caressant d'une main sa belle chevelure sombre. Laisse-moi te prendre dans mes bras ce soir.

Elle mit du temps avant de se détendre, de refermer la main sur son épaule et de poser la tête contre lui. Et parce qu'il la connaissait bien, il sut que c'était tout ce qu'il obtiendrait d'elle à moins d'insister. Sienna avait l'habitude de garder des secrets, mais aussi de se défendre seule. C'en était fini de ça.

Un bras passé autour de ses épaules et l'autre main posée sur le muscle délié de sa cuisse, il dit :

—Les blessures d'Eli t'ont ébranlée.

Il avait été focalisé sur Simran à ce moment-là, mais son loup avait senti venir Sienna. En relevant la tête, il avait vu ses yeux virer au noir absolu quand elle les avait posés sur le soldat blessé.

Elle resta un long moment sans répondre. Lorsqu'elle trouva les mots, ils étaient cassants comme des échardes de verre.

—Je pourrais faire la même chose. Je l'ai déjà fait… en pire, dit Sienna, sans savoir pourquoi elle lui révélait l'effroyable vérité de sa nature. Personne ne le sait.

Hawke immobilisa sa main sur sa cuisse une fraction de seconde, avant de se remettre à la caresser avec de petits gestes lents.

—Raconte-moi.

Elle gardait ce secret depuis un temps infini pour ne pas qu'on la considère comme un monstre, mais elle savait cette nuit-là que cet espoir était vain. Elle était un monstre. Personne ne pouvait rien y changer.

—Quand j'avais cinq ans, dit-elle, j'ai mis le feu à ma mère.

D'amers souvenirs assaillirent son esprit : la déferlante de feu de glace, le cri de douleur déchirant, l'odeur écœurante de chair brûlée et de plasti fondu alors que la tablette électronique fusionnait avec la chair délicate d'une main qui ne lui avait jamais prodigué que de la douceur.

—Oh, bébé.

La tendresse dans la voix de Hawke faillit la faire craquer.

—C'est comme ça que ça se passe pour ceux qui ont de la chance, dit-elle. (Jamais elle n'oublierait l'écho des cris perçants de sa mère.) Les moins chanceux s'immolent la première fois que le marqueur X se manifeste.

À la différence de la majorité des autres classifications, il était presque impossible d'identifier un X-Psi tant que son aptitude était dormante.

—Je sais que ta mère a survécu.

—Oui, c'était une puissante télépathe.

Sienna n'avait eu que des boucliers basiques à ce stade, et c'était sa mère qui avait pourvu aux défenses psychiques qui lui étaient indispensables. De ce fait, Kristine avait eu libre accès à l'esprit de sa fille.

—Le premier choc passé, elle a pris la seule décision possible et m'a assommée.

Les médecins étaient parvenus à réparer tous les dégâts à l'exception de ceux causés par la tablette électronique. Kristine avait conservé un bout de plastique incrusté dans la paume jusqu'au jour de sa mort, et pas une fois elle n'en avait fait le reproche à Sienna.

Hawke l'attira plus près de lui et retira la main de sa cuisse pour la poser sur son visage. Le sentiment de culpabilité de Sienna l'incitait à détourner les yeux et baisser la tête, mais elle ne s'était jamais comportée de la sorte avec lui, comprenant d'instinct qu'elle enverrait un mauvais message à son loup.

—C'est à ce moment-là que Ming est arrivé, dit-elle en soutenant son regard bleu de loup malgré la honte qui lui nouait le ventre. Il voulait me retirer de ma famille sur-le-champ, mais ma mère réprimait inconsciemment mes pulsions depuis ma naissance.

Le visage de Hawke n'exprimait aucun jugement, juste une intense concentration.

—C'est normal ?

—Oui, en un sens. Comme il est fréquent que les enfants Psis ne maîtrisent pas leurs aptitudes, la plupart des parents gardent un œil psychique sur eux.

—De même que les changelings adultes veillent à ce que leurs petits ne se griffent pas les uns les autres par accident.

En cherchant ainsi à leur trouver des points communs, il dégela un petit morceau du cœur de Sienna.

—Oui. Mais ma mère était une télépathe cardinale extrêmement puissante… Elle ne s'est pas rendu compte de la quantité de pouvoir qu'elle déployait pour me bloquer. Si elle avait été plus faible… (Elle secoua la tête, et le froid s'infiltra de nouveau dans la moelle de ses os.) Soit je me serais tuée, soit j'aurais tué un autre enfant.

Hawke perçut la douleur viscérale derrière ses mots calmes, presque monocordes. *Cinq ans.* Elle avait été un bébé quand Ming l'avait emmenée.

—Ta mère est venue avec toi ?

Elle hocha la tête.

—Je n'avais pas conscience à ce moment-là que ma mère était différente. La plupart des femmes m'auraient livrée à Ming et se seraient dégagées de toute responsabilité, mais même lorsqu'il a été en mesure de prendre le relais pour m'aider sur le plan psychique, elle a refusé de renoncer à ses droits de mère.

À la fierté de Sienna se mêlait une profonde tendresse.

—En revanche, poursuivit-elle, elle ne pouvait pas m'apprendre à me contrôler. C'était une experte en communication, et elle n'avait pas le don de Ming pour le combat mental. Il a mis quatre mois avant de réussir à m'isoler et à me contenir derrière ses propres boucliers télépathiques. Puis il m'a formée. C'était dur.

Une déclaration si simple et si terrible à la fois.

— Je hais Ming pour ce qu'il a fait, dit Hawke, comprenant que ce confinement avait dû être une prison pour l'esprit d'une enfant effrayée. Mais il t'a aidée à rester en vie.

— Non, rectifia Sienna, il m'a aidée à devenir Silencieuse. La plupart des Psis intègrent le protocole à seize ans. J'étais Silencieuse à neuf. Je me dis parfois que c'est pour ça que ma mère a décidé d'avoir Toby… Elle a su que je n'existais plus à la seconde où Ming est entré chez nous.

Et pourtant, songea Hawke, Sienna n'avait jamais perdu son âme. Elle aimait Toby d'un amour si fort qu'il s'apparentait à celui des loups, et elle était restée loyale envers sa famille au point de déserter pour sauver la vie des enfants. Il n'en revenait pas de la volonté incroyable qu'elle avait déjà dû avoir enfant pour réussir à dissimuler cette partie de sa psyché et à la protéger d'un Conseiller.

Alors qu'il s'apprêtait à lui exprimer sa fierté et à lui dire qu'elle n'avait aucune raison d'avoir honte, il entendit un léger bruit.

— Je crois que Simran est réveillée.

Sienna se laissa glisser de ses genoux et son inquiétude chassa les ténèbres qui avaient obscurci son visage à l'évocation de son simulacre d'enfance.

— Est-ce qu'il faut que j'aille chercher Lara?

— Non, laisse-moi vérifier d'abord. Mais si tu allais voir comment vont les autres?

Lorsqu'il entra dans la chambre de Simran, il découvrit la garde blessée en compagnie d'une femme à qui elle souriait faiblement, une femme soldat longiligne et si rapide que Hawke l'envoyait souvent porter des messages à l'autre bout du territoire de la tanière.

— Inès, dit-il en caressant sa joue du dos de la main. Quand es-tu revenue?

—Il y a dix minutes. (Son corps tremblait lorsqu'elle se pencha pour appuyer la tête contre lui.) Simran refuse de me dire si ses blessures sont graves.

—Inutile, dit celle-ci d'une voix éraillée.

Inès lui intima le silence et tendit la main pour prendre la bouteille d'eau sur la table de chevet.

—Je parle à mon chef, si ça ne te dérange pas, dit-elle sur un ton affectueux tandis qu'elle mettait une paille dans la bouteille afin que la garde blessée puisse boire une gorgée.

Hawke déposa un baiser sur la tempe d'Inès lorsqu'elle reposa la bouteille.

—Elles l'étaient, dit-il sans prêter attention à la grimace de Simran, mais je la tenais, et je n'avais pas l'intention de la lâcher.

—Je suis contente que tu sois aussi obstiné.

Inès le serra dans ses bras fins avant de se pencher au-dessus de Simran pour écarter les cheveux de son visage avec une tendresse exquise.

Riordan était toujours sous sédatif quand Hawke jeta un coup d'œil dans la chambre du soldat novice, mais Elias avait repris connaissance, la main sur la tête de sa compagne qui s'appuyait contre son côté indemne. *Dieu soit loué.* Estimant que Lara lui pardonnerait de ne pas l'avoir réveillée puisque les nouvelles étaient bonnes, il s'apprêtait à laisser le couple seul quand Sienna l'effleura et entra dans la chambre.

—Tiens, dit-elle en mettant une tasse de soupe chaude dans la main de Yuki. Bois ça, ou tu sais qu'il continuera à faire des histoires.

—Je ne fais pas d'histoires, dit Elias d'une voix rauque. Bois, maintenant.

De profonds cernes marquaient les yeux d'un noir d'encre expressifs de Yuki, et ses paupières étaient aussi rouges et gonflées que le bout de son nez, mais elle ne manquait pas d'énergie pour adresser une grimace à son compagnon.

—Petit chef.

— Tu es coincée avec moi.

— Ouais. (Elle se fendit d'un sourire si intime que ceux qui en furent témoins se sentirent de trop.) Pendant au moins un siècle.

Lara apparut au même instant dans l'embrasure de la porte à côté de Hawke, la joue marquée d'avoir dormi dessus.

— Qu'est-ce que c'est que ce remue-ménage? demanda-t-elle avec un sourire radieux avant de chasser Hawke et Sienna. Allez vous reposer au cas où j'aurais besoin de vous demain.

Voyant que Walker était revenu à l'infirmerie, Hawke acquiesça.

— Je prendrais bien un bol d'air, dit-il à Sienna.

— Bonne idée.

Ce ne fut qu'une fois dehors et adossée à une petite butte dans la Zone Blanche qu'elle dit :

— Ça doit être sympa, non ?

Il appuya un bras sur la surface herbeuse à côté de la tête de Sienna. Malgré l'envie de la toucher qui le taraudait toujours, son loup était curieusement satisfait.

— Quoi donc ?

Il enroula une mèche de ses cheveux autour de son doigt et la frotta entre le pouce et l'index.

— D'avoir cent ans à passer avec quelqu'un. (Le besoin audible dans sa voix le troubla.) Je n'aurais jamais cru ça possible avant de venir ici.

— Vu que la plupart des gens vivent au moins trois décennies de plus que ça, dit Hawke, s'avançant assez près pour qu'une de ses cuisses effleure la sienne, ce n'est pas si rare.

Sienna ne s'écarta pas, flattant sans le vouloir les sens de Hawke avec son odeur.

— Mais deux personnes ensemble… Imagine la connaissance intime qu'elles auraient l'une de l'autre après tout ce temps, la complexité de leur amour.

Il songea qu'il était temps de jouer franc-jeu.

—Pas de «si» ni de «mais», Sienna. Toi et moi. C'est ce que tu veux?

—J'ai été plutôt claire à ce sujet, répondit-elle sur un ton acerbe en croisant les bras.

Le loup de Hawke appréciait son mordant, mais il devait s'assurer qu'elle comprenait bien tout ce que cela impliquait d'être avec lui. Serrant ses cheveux dans son poing, il se rapprocha si près qu'elle dut décroiser les bras. Ses mains atterrirent sur sa taille.

—As-tu conscience de ce que ça signifierait pour toi de devenir mienne?

Malgré les battements frénétiques de son pouls qu'il avait envie de lécher, elle ne céda pas de terrain.

—Quoi qu'il arrive, je ne peux pas te donner le lien d'u…, commença-t-il, refusant de lui mentir.

—Je sais, l'interrompit-elle. J'ai entendu certaines choses… J'ai fait le lien.

Bien sûr, sa Psi était intelligente. Mais il n'avait pas dit tout ce qu'il avait à dire.

—Fini de flirter avec les garçons de ton âge, dit-il en agrippant sa mâchoire crispée. Fini de danser avec d'autres hommes que moi. Tu n'auras plus le loisir de découvrir qui tu es avant de devoir mesurer ta personnalité à la mienne, ni la liberté d'explorer ta sensualité avant que j'en prenne possession.

À cet instant précis, confrontée à la force dominante de son caractère, Sienna prit la pleine mesure de ce que Hawke avait contenu jusque-là, et une part d'elle hésita. La vérité, c'était que même si elle était intelligente et d'une force psychique hors norme, elle ne savait pas réellement comment se comporter avec les hommes… ou plutôt, avec cet homme-là. Il était le seul à avoir réussi à percer tous ses boucliers et à atteindre le cœur de son être, cette partie qu'elle n'avait jamais renoncé à protéger même lorsqu'elle était devenue Silencieuse.

—Tu as peur? demanda Hawke avec un sourire sans gaieté. Tu devrais, bébé.

Puis il l'embrassa, et ça n'avait rien d'une tendre exploration ni d'un jeu espiègle. C'était le baiser d'un homme qui savait très exactement ce qu'il voulait et n'avait aucun scrupule à s'en emparer. Serrant toujours sa mâchoire, il lui inclina la tête selon son bon vouloir puis lui mordilla la lèvre inférieure, assez fort pour qu'elle pousse un cri étouffé.

Hawke émit un grondement sourd et inséra la langue dans sa bouche, la goûtant avec une minutie de propriétaire qui la fit trembler de tout son corps. Au lieu d'enchaîner sur un baiser plus doux, il se pressa contre elle de façon qu'elle sente chaque centimètre de son corps ferme tandis qu'il la dévorait avec exigence. Elle ne s'était encore jamais rendu compte à quel point son corps était doux comparé au sien, ni à quel point Hawke était brûlant.

C'était une leçon qu'il lui donnait, et lorsqu'il eut terminé, elle avait les lèvres gonflées et le corps si sensible qu'il se consumait de désir… et elle prit soudain conscience qu'elle n'avait peut-être pas si bien réfléchi que ça à ce dans quoi elle s'engageait.

Chapitre 22

Le Fantôme songea aux multiples usages qu'il pourrait faire d'une cardinale X-Psi, sachant qu'il était parfaitement capable de tendre un piège à Judd. Sauf que la raison pour laquelle il attisait le feu de la rébellion et n'avait pas détruit le Conseil entier dans un accès de violence sanglante l'en empêchait, lui tenant lieu de conscience.

Par conséquent, au lieu de passer son temps à ourdir des stratégies pour prendre le contrôle de la X-Psi renégate, il plongea dans le flux du Net, le réseau psychique créé par les esprits de millions de Psis à travers le monde, tous représentés par une étoile d'un blanc glacial. Vaste étendue noire en perpétuelle expansion, le Net existait partout sur terre.

Ce système infini était parcouru par des flots de données, des milliards de bribes d'informations téléchargées chaque jour par les esprits connectés au réseau. C'était la plus grande archive de données de la planète, l'entrepôt du savoir de l'espèce entière. Les imprudents pouvaient se retrouver ensevelis, mais tel un requin, le Fantôme glissait à travers le flux dans un silence menaçant et filtrait les données avec une rapidité et une précision presque surnaturelles.

Des rumeurs, des murmures, des théories du complot concernant l'heure et la cause du décès d'Alice Eldridge, tout cela remontait jusqu'à sa conscience au fur et à mesure que le Net lui livrait ses secrets. Il n'apprit rien de substantiel. Soit les Flèches avaient fait un travail impeccable en effaçant Eldridge du Net, soit les données s'étaient dégradées au fil des années suivant sa mort.

Ne restait donc que l'archive Obsidienne. Créée par le Gardien du Net – l'entité intelligente qui était aussi le bibliothécaire du réseau –, l'archive Obsidienne tenait lieu de sauvegarde en cas d'un effondrement catastrophique du PsiNet. Le Fantôme l'avait surnommée « Obsidienne » car les données qu'elle renfermait étaient si intriquées qu'elles formaient presque un mur d'obscurité. Seuls quelques rares individus connaissaient l'existence de l'archive Obsidienne.

Plus rares encore étaient ceux qui savaient y accéder.

S'il y avait quoi que ce soit à trouver au sujet du second manuscrit d'Alice Eldridge, ce serait enterré dans cette immense réserve d'informations. Dans le cas contraire, Sienna Lauren ne pourrait plus compter que sur elle-même.

Chapitre 23

Sienna intercepta Hawke alors qu'il quittait la tanière tôt l'après-midi suivant.

—Attends.

Il sut à la tension de sa colonne vertébrale qu'elle n'avait rien oublié de la nuit précédente.

Lui non plus.

—Fais vite, bébé, dit-il sur un ton sec. (Oui, il avait cherché à l'effrayer, mais il ne s'était honnêtement pas attendu à ce que ça marche. Son loup était irrité que ça ait été le cas.) J'ai une réunion.

—Si c'est en rapport avec l'attaque, il faut que tu entendes ça.

Elle se mit à marcher d'un pas rapide à côté de lui tandis qu'il se dirigeait vers l'endroit où il avait laissé un véhicule.

—Je t'écoute.

—Ils ont recouru à une tactique dont Ming parlait souvent.

—Une frappe éclair destinée à saper le moral de la meute. (La mort des cinq changelings aurait été considérée comme un bonus.) J'avais deviné.

Sa fureur glaciale n'empêchait pas son loup de garder les idées claires.

—Non, ça va plus loin. (Elle courut presque lorsqu'il allongea le pas.) C'est le début d'une guerre d'usure. Ils ne vous prendront d'assaut que lorsqu'ils auront réduit vos effectifs au moyen de frappes chirurgicales. Vu que vous n'avez pas de cible définie contre laquelle riposter, vous diviserez vos forces pour tenter de suivre, ce qui vous affaiblira d'autant plus.

Percevant l'assurance dans le ton de sa voix, il s'arrêta.

— Tu sembles bien sûre de toi.

— Je le suis. (Elle s'était départie de sa réserve, une intime conviction dans le regard.) Celui qui est derrière tout ça a préféré recourir à un avion espion plutôt qu'à la télékinésie alors que les Psis savent que les changelings ont des sens plus développés et sont susceptibles de détecter une intrusion physique, ce qui me laisse penser que leurs Tk-Psis étaient occupés ailleurs.

— Tu présumes qu'ils ont des Tk-Psis.

— Quand on a le pouvoir de monter une opération de ce genre, on a assez d'influence pour avoir une unité de Tk à ses ordres. (Elle mit les mains sur les hanches.) J'ai besoin de Brenna pendant quelques heures pour qu'elle me sorte les images satellites de certaines zones.

En tant que femme soldat novice, elle n'était pas assez gradée pour formuler une telle exigence ; mais elle avait également été la protégée d'un Psi que la plupart des gens considéraient comme le cerveau militaire du Conseil.

— Comment comptes-tu déterminer où regarder ? demanda-t-il au lieu de rejeter sa requête d'emblée.

Elle se tapota la tempe.

— Ming était et reste sans doute le meilleur en matière de stratégie militaire. Peu importe qui dirige les opérations, je peux déjouer ses plans si je pense comme Ming.

Il s'accorda un instant pour peser le pour et le contre, voyant presque l'impatience briller dans ses yeux. Réprimant un sourire, il songea qu'il était fier d'elle.

— Je te laisse Brenna... une demi-heure, dit-il. Elle a déjà trop de pain sur la planche.

Elle fronça les sourcils mais hocha la tête.

— Je réduirai le champ des recherches au maximum avant d'aller la voir... ça nous permettra d'être plus efficaces.

Une heure et demie plus tard, il voyait encore ses cheveux rouges, qui avaient accroché les rayons brûlants du soleil de la Sierra Nevada lorsqu'elle s'était détournée pour regagner la tanière en trottinant. La femme en face de lui était une tout autre créature, sans la moindre passion dans son âme. Nikita Duncan avait donné naissance à une empathe, puis elle l'avait rejetée. Elle était aussi froide que sa fille était chaleureuse. Même physiquement, tout les séparait.

Nikita avait la peau blanche, des yeux de Japonaise et des pommettes saillantes qui s'accordaient à ses cheveux d'un noir de jais et raides comme des baguettes. La peau de Sascha était brune, ses cheveux une masse de boucles douces et noires, son visage plus doux et plus rond. Toutes deux étaient indéniablement de belles femmes. Sauf que l'une d'elles avait le sang d'un reptile, tandis que l'autre aurait été prête à verser le sien pour sauver un inconnu.

— Comment vas-tu, Sascha chérie? murmura-t-il tout bas quand Nikita se détourna pour dire quelque chose à l'autre Conseiller assis à la table, l'énigmatique Anthony Kyriakus – grand, aristocratique, les cheveux noirs et les tempes argentées.

À sa gauche, Sascha grimaça.

— Comme quelqu'un qui est sur le point d'accoucher, marmonna-t-elle. C'est comme ça que je me sens, en tout cas.

Ces mots le firent sourire, mais il voyait que ça n'amusait pas Lucas. Il se demanda à quel point ils s'étaient disputés ce jour-là au sujet de la présence de Sascha à cette réunion ; même si Lucas n'aurait pas pris le risque de l'énerver pour de bon alors qu'elle était si près du terme. Hawke devinait que le chef des léopards s'était dominé, et que son animal devenait fou à la pensée que sa compagne enceinte se retrouvait si près de ceux qui pouvaient lui faire du mal. Et pour une fois, l'empathe qu'était Sascha semblait ne pas avoir remarqué.

Il approcha les lèvres de son oreille et murmura :

— Chérie, tu sais que je t'aime, mais il faut que tu sortes Luc d'ici avant qu'il perde la tête.

Sascha se figea et le dévisagea. En un éclair, ses yeux virèrent au noir absolu.

— Mince, chuchota-t-elle. Comment est-ce que ça a pu m'échapper?

— Sans doute parce que tu en es à ton neuvième mois et demi de grossesse.

Levant les yeux au ciel, elle se pencha et déposa un baiser sur sa joue.

Lucas émit un grondement audible.

— Lucas, dit Sascha au même moment. Je ne me sens pas vraiment bien.

Le chef de DarkRiver recula sa chaise et sortit Sascha de la pièce si vite qu'Anthony et Nikita en restèrent pantois. Vaughn, qui s'était tenu jusque-là contre le mur derrière eux, s'installa à la place de Lucas avec une grâce toute féline, tandis que Nathan prenait celle que Sascha avait laissée vacante. En face d'eux, Nikita regardait toujours la porte.

— Elle n'est pas sur le point d'accoucher, dit la Conseillère, brisant le silence une seconde plus tard, et Hawke comprit qu'elle avait communiqué par télépathie avec sa fille.

Intéressant.

— C'est pour bientôt? demanda Max Shannon en entrant. Désolé, je suis en retard… j'ai été pris dans les embouteillages.

— Où est ta J, flic? demanda Vaughn au lieu de répondre à la question.

— En chemin, dit Max. (Sa femme était une ex-Justice-Psi, toujours connectée au Net bien qu'elle se fût affranchie de Silence.) Elle aura peut-être des informations pour nous.

Sachant jusqu'où s'étendaient les tentacules du Conseil Psi sur le plan psychique, Hawke ne se fiait à personne qui soit raccordé au PsiNet, mais il n'avait rien contre la J de Max. Pour tout dire, elle lui plaisait bien; Sophia avait des ombres dans le regard. Les ombres témoignaient d'un vécu, d'une personnalité au-delà de la glace.

Riley s'agita à côté de lui.

—Avez-vous tous les deux lu le rapport que nous vous avons envoyé?

—Oui, répondirent Nikita et Anthony en même temps.

Là encore, intéressant. Hawke se demanda ce que ces deux-là machinaient encore derrière le dos de tout le monde.

—Aucun de nous n'a orchestré l'attaque lancée sur les vôtres, dit Nikita. Que vous le croyiez ou non ne dépend que de vous, mais ça n'a pas de sens pour nous d'affaiblir cette région à l'heure actuelle.

Ce qui sous-entendait que si les autres Conseillers n'avaient pas constitué une menace, Nikita aurait très bien pu verser du sang de changeling. D'un autre côté, songea Hawke en réfléchissant à tout ce qu'il savait à son sujet, c'était l'argent qui motivait Nikita; une guerre nuirait à ses intérêts. Sans oublier que son chef de la sécurité était un homme au code de l'honneur irréprochable, un homme qui avait risqué sa vie pour protéger des innocents.

Quant à Anthony, en dehors du fait que les félins s'étaient portés garants de ses actes à plusieurs reprises, cet homme contrôlait un empire de C-Psis qui valait des milliards. Rien ni personne ne pouvait le renverser de cette position. Et surtout, le groupe NightStar avait toujours été disposé à traiter avec tous ceux qui pouvaient payer le prix d'une prédiction, humains, Psis ou changelings.

Max tapota du doigt sur la table.

—De plus, ni Nikita ni Anthony n'ont les effectifs pour. C'est aussi simple que ça.

C'était un aveu de faiblesse, une façon d'entamer la discussion.

—Qui d'autre pouvez-vous écarter?

La plus âgée des sentinelles de Lucas, et un homme qui avait la tête aussi froide que Riley, Nathan, se pencha en avant.

— Ce n'est pas Kaleb, dit aussitôt Nikita. Une autre affaire l'occupe en ce moment.

— D'après les informations dont nous disposons, intervint Riley, Kaleb a pris ou est en passe de prendre le contrôle des Flèches.

Il y eut une longue pause.

— Vous avez d'excellentes sources, répondit enfin Anthony. Oui, il semblerait que les Flèches aient retiré leur allégeance à Ming pour la donner à Kaleb… et leur priorité a toujours été Silence et l'intégrité du Net. Elles se sont dissociées de Ming car il a perdu de vue cette priorité. Il est peu probable que Kaleb commette la même erreur.

Ça concordait avec les informations que Judd avait tirées de ses contacts.

— Il se peut que Tatiana soutienne les Scott, ajouta Nikita, mais elle aura veillé à garder ses distances pour que rien ne rejaillisse sur elle. Quant à Ming, il s'est opposé aux Scott lors d'une séance du Conseil et semble plutôt focalisé sur des problèmes internes.

Hawke se joignit à la conversation.

— Vous semblez certains que les Scott sont derrière tout ça.

Les changelings tendaient vers la même conclusion, mais il voulait entendre les raisons de Nikita et d'Anthony.

— Il est évident qu'ils veulent prendre le contrôle total du Net, dit Anthony. (Son visage aux traits nobles était inexpressif, mais empreint d'un charisme qui aurait fait de cet homme une force même sans les clairvoyants sous ses ordres.) En dehors de Kaleb, un adversaire qu'ils ne sont pas de taille à défier à ce stade, Nikita et moi sommes les seuls à nous dresser en travers de leur chemin… car nous agissons ensemble, dans une région capable de se défendre.

— Nous n'arriverons pas à prouver leur implication, dit Nikita avec une froideur abrupte que Hawke commençait à lui connaître. Ils y auront veillé.

Soixante-dix minutes plus tard, Hawke était engagé dans une autre discussion avec un groupe beaucoup plus restreint. Lui, Riley, Judd, les deux sentinelles de DarkRiver qui avaient assisté à la réunion, ainsi que Lucas et Sascha. Ils se retrouvèrent devant la cabane du couple dominant. Hawke ne taquina pas le chef des léopards ce jour-là, conscient qu'il devait être à cran de savoir sa compagne si près de personnes étrangères à la meute. Que les loups soient des alliés n'y changeait rien ; son animal avait besoin de la protéger.

En toute honnêteté, Hawke était surpris que Lucas ait consenti à ce qu'elle assiste à la réunion… ou peut-être pas tant que ça. Tous les chefs aspiraient à une relation comme celle de Sascha et Lucas, Hawke inclus. Sascha n'était pas qu'une amante et une compagne de jeu dans le meilleur sens du terme ; elle était une partenaire, la première personne vers qui Lucas se tournait quand il avait besoin de conseils.

D'instinct, il pensa à Sienna. Si jeune… trop jeune.

« *Ming était et reste sans doute le meilleur en matière de stratégie militaire. Peu importe qui dirige les opérations, je peux déjouer ses plans si je pense comme Ming.* »

Fronçant les sourcils au souvenir de la façon dont elle avait acquis un tel savoir, il se tourna vers Lucas.

—Que te dit ton intuition ?

Il savait que le chef avait suivi la réunion grâce à l'appareil de communication discret que Vaughn avait eu sur lui.

—Nikita a raison… rien ne nous permet de prouver que les Scott sont responsables, même si tout indique qu'ils le sont. (Lucas frotta sa barbe de trois jours.) Mais qui dit que c'est nécessaire ?

—Si nous ripostons et frappons la mauvaise cible, répondit Hawke, nous perdrons l'élément de surprise.

—Je sais que ce n'est pas ma mère, dit Sascha depuis son fauteuil en osier rembourré placé contre le mur de la cabane. Pas parce qu'elle est ma mère, mais parce que je sais comment elle fonctionne. Si quelqu'un cherchait à faire main basse sur les capitaux des SnowDancer, à vous couper l'herbe sous le pied sur le plan financier, je serais la première à la pointer du doigt.

— Ce n'est pas Anthony, dit Vaughn sans développer.

Mais le fait qu'il était uni à la fille d'Anthony donnait de la crédibilité au changeling jaguar. Une fois de plus, Hawke se demanda à qui allait la loyauté d'Anthony Kyriakus.

— Je rejoins Nikita au sujet de Ming et de Kaleb Krychek, dit Judd. La perte des Flèches a affaibli Ming, et il doit encore être occupé à consolider les troupes qui lui restent. Et je peux affirmer avec une certitude absolue que les Flèches ne se mobiliseraient pas si vite pour Kaleb dans le cadre d'une opération d'une telle envergure.

Terre à terre comme à son habitude, Riley posa la question cruciale.

— Krychek a-t-il d'autres agents sous ses ordres ?

— Oui. Mais il faut savoir que c'est un Tk-Psi assez puissant pour pouvoir se passer d'assistance. Cet homme pourrait causer un tremblement de terre et faire s'effondrer la ville entière.

— Bon sang, dit Vaughn tandis que Lucas sifflait. Tu es sérieux ?

— Ses aptitudes surpassent de loin le rang le plus élevé, dit Judd sur un ton pragmatique. Vu qu'il excelle dans l'art de la manipulation, je n'exclurais pas totalement la possibilité qu'il soit impliqué, mais deux meutes puissantes cohabitent dans la région de Kaleb et il ne s'est montré agressif envers aucune d'elles.

— BlackEdge et StoneWater. (Riley hocha la tête.) On a établi une ligne de communication avec eux, et d'après ce qu'ils disent, il semblerait que Krychek les laisse tranquilles du moment qu'ils font de même. Ça ne tiendrait pas debout qu'il soit venu ici nous chercher des noises.

— Si on disculpe Krychek, dit Hawke, restent les trois qu'Anthony et Nikita ont désignés.

— Attaquons-nous aux trois, dit Lucas d'une voix dure. Des frappes chirurgicales, comme la leur.

L'esprit submergé par l'odeur du sang et la douleur des siens, Hawke gronda son approbation.

— On doit frapper vite et fort.

Il fallait que l'ennemi comprenne que les changelings avaient des crocs et n'hésitaient pas à s'en servir.

— Les défenses des Scott et de Tatiana sont pratiquement inviolables, dit Judd. Ça va être difficile de les approcher.

— Pas eux, dit Sascha, puis elle bâilla. Pardon.

Tout le monde éclata de rire, et ce moment d'hilarité bienvenu allégea l'atmosphère.

— Bon, ce que je disais avant de m'endormir (elle s'appuya contre la cuisse de son compagnon, qui était adossé au mur à côté d'elle), c'est que ce n'est pas à eux qu'il faut s'en prendre, mais à quelque chose qui les représente. Quelque chose de gros et de brillant.

Judd posa les yeux sur Sascha.

— Tu es sûre d'être une empathe ?

— J'ai grandi avec Nikita pour mère.

Pour Henry Scott, la cible s'imposait d'elle-même ; sa résidence londonienne était située dans un quartier prestigieux et valait des millions. De plus, Judd avait fréquenté l'endroit à l'époque où il était une Flèche, et savait comment ils pourraient s'y prendre pour contourner la sécurité. Shoshanna Scott ne posait guère de problème non plus. Elle avait acheté des bureaux gigantesques à Dubaï un mois plus tôt. Encore vacants, ils n'étaient protégés que par un système de sécurité rudimentaire.

— Je ne veux pas de blessés… les gardes de la sécurité devront être évacués avant que nous attaquions, dit Hawke. (Tuer des innocents les rabaisserait au niveau des Conseillers.) Pas de compromis là-dessus.

— Entendu. (Lucas serra l'épaule de Sascha.) Tu as quelqu'un à Londres ? Je sais que Jamie erre dans ce coin-là. On pourra faire appel à lui.

Hawke répondit par un bref hochement de tête. Les loups ne partaient pas errer aussi souvent que les félins, mais en raison de l'agressivité croissante du Conseil, les SnowDancer avaient décidé de poster des gens dans et autour des métropoles majeures. Riley s'occupait du roulement de leurs loups solitaires, jusqu'à ce qu'ils expriment le besoin de rentrer. Riaz avait été le dernier en date à revenir.

Ils consacraient l'essentiel de leur temps à gérer les intérêts commerciaux de la meute à l'étranger, tout en gardant un œil sur des affaires plus secrètes et en rapportant des informations à la tanière. Mais tous ces loups solitaires étaient des soldats de haut niveau, amplement capables de mener à bien une mission de ce genre.

— Ce sera aussi simple pour Dubaï.

Un SnowDancer était posté assez près pour pouvoir s'y rendre facilement par avion.

Lucas hocha la tête.

— Reste Tatiana.

— C'est un problème, dit Judd. Elle a investi dans des entreprises humaines… Si on s'attaque à elles, ça nuira à un grand nombre de gens innocents.

Le portable de Hawke sonna à ce moment-là, et le numéro qui s'afficha retint aussitôt l'attention de son loup.

— Une minute, dit-il aux autres avant de s'éloigner un peu. Dis-moi tout, bébé.

Oui, il avait du mal à ne pas dépasser les limites avec Sienna, même quand c'était lui qui les avait fixées.

Ce fut la voix de Brenna qui lui parvint.

— Quel beau parleur, dit-elle sur un ton acerbe.

Le loup de Hawke sourit.

— Passe-la-moi.

— Tiens… Elle vérifiait juste un truc.

— Brenna et moi avons relevé trois intrusions de la part de l'équipe des Tk-Psis, dit Sienna d'entrée de jeu. D'après nos déductions, ils posaient des explosifs. Indigo est partie avec des gens sur place, et les informations qu'elle nous a renvoyées indiquent qu'ils sont devenus plus malins. Les dispositifs n'ont pas de composants métalliques, ils sont enfouis plus profondément pour échapper à vos sens et être plus difficiles à détecter à moins d'être juste au-dessus.

Le loup de Hawke retroussa les babines, mais ses pensées restèrent froidement rationnelles.

— Bon travail, toutes les deux. (Ne doutant pas qu'Indigo contrôlait la situation, il passa à un autre sujet.) Sienna, quand tu étais avec Ming, est-ce que tu as eu vent d'une propriété ou d'un bien qui aurait une importance particulière pour Tatiana Rika-Smythe ?

— Elle a plutôt tendance à acheter des parts d'autres entreprises qu'à en monter elle-même, dit Sienna. Mais… attends une minute.

Brenna prit le relais.

— Ton bébé effectue une recherche.

— Petite maligne.

— Je m'éloigne l'air de rien pour qu'elle ne puisse pas nous entendre.

— Pourquoi ?

— Pour te demander si tu la courtises comme il faut. Vraiment, Hawke, une fille mérite au moins des fleurs.

— Les fleurs, ce n'est pas mon truc.

Et toute son entreprise de séduction était en suspens. Comme la nuit précédente l'avait prouvé de manière flagrante, elle était loin d'être prête à affronter ce qu'il était. À cette pensée, il crispa la main sur le téléphone.

— Ce n'est pas compliqué, marmonna Brenna. Appelle un fleuriste, achète un bouquet.

Le loup de Hawke l'aimait trop pour s'énerver.

—Laisse-moi lui parler, peste. Je dois retourner à ma réunion.

—Dans une seconde. D'abord… comment va mon bébé à moi ?

Hawke jeta un coup d'œil à Judd et constata qu'il écoutait Vaughn, la tête penchée de côté et les sourcils froncés. C'était inhabituel de la part de l'ancien assassin.

—Il flirte avec un jaguar.

—Tu n'es pas drôle, chef, dit Brenna avant de repasser le téléphone à Sienna.

—Il faudra que tu confirmes cette information, dit-elle, mais il semblerait que Tatiana soit toujours l'unique propriétaire d'une sculpture située au milieu d'un petit parc de Cambridge, en Angleterre.

—Une sculpture ?

—Oui, Ming aussi avait trouvé ça étrange et m'avait demandé de me renseigner là-dessus dans le cadre de ma formation. C'est une commande qu'a passée un Smythe il y a des centaines d'années, après avoir décroché le contrat qui a fait leur fortune. Je ne sais pas si ça correspond à ce que tu cherches…

—Ça mérite peut-être même que je t'embrasse. Partout. (Lui ayant coupé le souffle, il raccrocha et rejoignit les autres.) J'ai une cible pour Tatiana.

Quant à Sienna, il lui accorderait un peu plus de temps, mais… il était un loup. Au nom de quoi était-il tenu de se comporter en homme civilisé ? Elle était sienne. Elle allait apprendre à faire avec lui.

RÉCUPÉRÉ DE L'ORDINATEUR 2(A)
TAGS: CORRESPONDANCE PRIVÉE, PÈRE,
ACTION REQUISE ET COMPLÉTÉE*

De: Alice <alice@scifac.edu>
À: Papa <ellison@archsoc.edu>
Date: 14 avril 1973 à 10h32
Objet: re: re: re: Salut

Salut papa,

Oui, mon dernier e-mail n'avait ni queue ni tête. Je crains de m'être laissé emporter par la perspective d'une découverte. Mais comme tu l'as su suite au coup de téléphone que j'ai passé à maman, ma théorie sera difficile à prouver sans en appeler à d'autres personnes, qui ne nourrissent peut-être pas les meilleures intentions vis-à-vis des X-Psis. Si seulement j'étais sur le PsiNet, je pourrais voir par moi-même.

Je t'embrasse,
Alice

* Note: Voir la note sur l'e-mail daté du 10 avril 1973. Les parents ne détiennent pas d'informations utiles ou problématiques. Action terminale non requise.

Chapitre 24

Walker se rendit à l'infirmerie la nuit après l'attaque et tomba sur Lara alors qu'elle sortait de la chambre d'Elias.

— Comment va-t-il ?

Les cernes violacés qu'il vit sous ses yeux lorsqu'elle croisa son regard trahirent le peu de repos qu'elle avait pris depuis qu'elle s'était réveillée de sa sieste la nuit précédente.

— Bien. Il guérit. Je dois attendre que son corps se remette de cette séance avant de pouvoir continuer. Il va rester ici encore un moment.

Voyant que Lucy examinait ce qui était affiché sur le tableau dans la chambre de Riordan, Walker tendit la main.

— Viens avec moi, Lara. Tu as besoin de souffler.

— Non, je ne peux pas…

Elle s'interrompit net lorsqu'il lui prit la main.

— Soit tu sors avec moi, dit-il sur un ton calme même si ses paroles n'avaient rien de raisonnable, soit je prends exemple sur Hawke et je te porte dehors.

Il gardait un œil sur cette histoire-là aussi, mais l'heure n'était pas venue pour lui d'intervenir. Pas encore.

Lara en resta bouche bée.

— Tu n'oserais pas.

Il la laissa scruter son visage et voir la vérité.

La peau bronzée des joues de Lara s'empourpra.

— Si, tu oserais. (Elle tira pour qu'il lui lâche la main, sans succès.) Je dois prévenir Lucy.

— Elle a vu.

Puis il commença à marcher, entraînant Lara avec lui.

Elle émit un petit grondement qu'il ne lui connaissait pas.

— Je suis une louve, pas un chien.

— Tu traiterais mieux un animal domestique que tu ne te traites toi-même.

Ils n'ajoutèrent rien ni l'un ni l'autre avant de se retrouver à bonne distance de la tanière, près d'une cascade qui déferlait dans un rugissement depuis le dégel.

Il la relâcha et lui indiqua une plate-forme rocheuse.

— Assieds-toi avant de tomber.

— Rhaaa! (Elle abattit les poings sur son torse.) Tu ne veux pas que je me transforme et remue la queue, pendant que j'y suis?

Sous l'effet de sa colère, ses yeux fauves s'assombrirent et elle serra ses lèvres douces et tentantes.

— Non, dit-il, saisissant ses poignets délicats. J'aimerais que tu me permettes de prendre soin de toi.

Il éprouvait le besoin dévorant et incompréhensible de veiller à ce qu'elle ne se fasse pas de mal. Il n'avait jamais rien ressenti de tel.

Lara secoua la tête.

— Ce n'est pas possible. (Le souffle court, elle le repoussa.) Tu peux être mon ami, Walker. Mais tu n'as aucun autre droit… tu n'en as pas voulu.

— Lara, commença-t-il sans desserrer son étreinte.

Elle secoua de nouveau la tête.

— Tu as été honnête avec moi, je le serai avec toi. Les droits que tu me réclames sont des droits intimes. (Des larmes brillèrent au fond de ses yeux expressifs.) Je ne peux pas te les accorder. Ils appartiennent à l'homme avec qui je ferai ma vie et aurai des enfants.

Lorsqu'elle tira cette fois, il lâcha ses poignets et la regarda partir.

Les gouttelettes d'eau de la cascade étaient froides sur sa peau.

Le lendemain de ses recherches, Sienna se retrouva avec du temps à tuer. Elle savait que Hawke était occupé à organiser quelque chose avec DarkRiver, et plutôt que de céder à la frustration d'avoir été exclue du fait de son rang, elle décida d'en profiter pour aller parler à Sascha.

Quand elle sortit du bois près de la cabane, elle vit que l'empathe marchait de long en large devant la maison qu'elle partageait avec Lucas.

— Merci d'avoir accepté de discuter avec moi.

— Ne me remercie pas, dit-elle chaleureusement en lui touchant la joue. Tu sais que tu es toujours la bienvenue.

— Où est Lucas ?

Ça allait de soi qu'il ne devait pas être loin de Sascha vu qu'il était prévu qu'elle accouche dans quelques jours.

Sascha posa un doigt sur ses lèvres avant de le pointer en l'air. Suivant le regard de la cardinale, Sienna découvrit une panthère noire endormie dans une posture gracieuse sur l'une des branches épaisses qui soutenaient l'aire dans laquelle le couple comptait se réinstaller une fois que Sascha serait remise de son accouchement.

— Waouh, chuchota Sienna, qui n'avait encore jamais vu Lucas sous sa forme animale. Il est beau.

Le félin agita paresseusement la queue.

Sascha éclata de rire.

— Il t'a entendue… il ne fait que somnoler. Il est resté éveillé pour me masser le dos l'essentiel de la nuit.

— Tu ne devrais pas t'asseoir ?

Sascha lui lança un regard noir.

— Sienna, ne m'oblige pas à te taper.

— Je ne connais pas grand-chose à la grossesse en dehors de la théorie et de ce que j'ai appris à ton contact, admit-elle. Je n'étais pas là quand ma mère était enceinte de Toby.

Non, elle avait été piégée dans une prison télépathique créée par un maître du combat mental. Même si ça avait été atroce, elle ne regrettait rien. En la formant à son image, Ming lui avait enseigné les talents pour lutter contre ceux qui s'en prendraient à son frère, à sa famille, à sa meute… à son homme.

— On est donc dans la même galère. (Une main appuyée sur le dos, Sascha se pencha pour glisser les cheveux de Sienna derrière son oreille.) Tu voulais qu'on discute, chaton ?

Sienna leva la tête vers Lucas et baissa la voix.

— Est-ce qu'il nous entendra si on ne parle pas fort ?

— J'en ai bien peur. Il a une ouïe de chauve-souris ces temps-ci.

La panthère grogna mais ne quitta pas sa branche.

Malgré le respect qu'elle portait au chef des léopards, Sienna n'était pas sûre d'être à l'aise pour aborder ce sujet en particulier s'il pouvait entendre.

— Ce n'est pas grave. Il faut que tu te détendes de toute façon.

— Ce n'est pas discuter avec toi qui va me stresser. (Elle jeta un regard de reproche à son compagnon.) Luc sera muet comme une tombe, n'est-ce pas minou ?

Le grondement qu'il lui adressa en guise de réponse fit sourire Sascha.

— Il est de très mauvais poil cet après-midi.

Comme il lui fallait des réponses, Sienna décida de poser ses questions et de s'en remettre à la discrétion de Lucas.

— Avec Hawke, dit-elle, suivant Sascha tandis que l'empathe continuait à aller et venir d'un pas tranquille, je… il s'est passé quelque chose. (Bien qu'elle fût réservée de nature, elle lui résuma ce qui s'était passé entre eux la nuit de l'attaque.) Il a été occupé depuis, mais même quand on s'est croisés, il n'a rien tenté… C'est comme si son loup guettait quelque chose, je ne sais pas quoi au juste.

— Mmm. (Sascha se frotta le ventre, la tête penchée comme si elle écoutait.) Oh, eh bien, oui.

Sienna regarda tour à tour l'empathe et son compagnon.

—Vous avez un lien télépathique ?

Extraordinaire.

—Il s'est renforcé de manière exponentielle au cours de la grossesse. (La paume d'une main pressée contre son dos tandis qu'elle soutenait son ventre de l'autre, elle relâcha son souffle.) Je pense que Lucas a raison… Il dit que Hawke attend que tu viennes à lui.

—Il n'est pas du genre à attendre. (S'il y avait bien une chose que Sienna savait, c'était ce fait immuable, et c'était pour cette raison que sa soudaine prise de distances la déstabilisait.) Sascha, dit-elle en voyant l'empathe grimacer, tu as mal au dos.

—Ce sera pire si je m'assois. (Refusant d'un geste d'aller vers les fauteuils en osier comme Sienna le lui suggérait, Sascha se remit à marcher.) Le truc, c'est que Hawke a besoin de savoir que tu choisis d'être avec lui en toute connaissance de cause, et que tu comprends que ce ne sera pas une relation facile… bien que je ne doute pas que son arrogance ne tardera pas à avoir raison de sa patience et qu'il te prendra en chasse.

La panthère noire sauta de sa branche pour soutenir Sascha alors qu'elle finissait sa phrase. Sourire aux lèvres, l'empathe caressa sa tête fièrement dressée.

—Il y a aussi…

Elle poussa un cri de surprise et du liquide s'écoula le long de ses jambes.

Lucas se métamorphosa dans une explosion d'étincelles colorées.

—Sascha, tu viens de perdre les eaux ?

La stupéfaction se lisait dans ses yeux verts de félin.

—J'ai de petites contractions depuis le milieu de la nuit dernière, admit Sascha, haletante. Je ne voulais pas appeler Tamsyn trop tôt.

Se redressant en silence, Lucas prit sa compagne dans ses bras sans que ça paraisse lui coûter le moindre effort.

—Sienna.

— Je m'en occupe.

Soulagée d'avoir le numéro de la guérisseuse de DarkRiver enregistré sur son portable, elle dut s'y reprendre à deux fois avant de réussir à le retrouver dans le répertoire grâce au pavé tactile.

La réponse calme de Tamsyn apaisa les battements frénétiques de son cœur.

— Je veux que tu ailles à l'intérieur, dit la guérisseuse, que tu notes la durée de ses contractions et que tu me tiennes informée. Est-ce que tu peux faire ça ?

Sienna hocha la tête, puis se souvint que Tamsyn ne pouvait pas la voir.

— Oui, oui, bien sûr.

Elle était une X-Psi cardinale et une femme soldat SnowDancer. Elle pouvait chronométrer des contractions. *Sascha va avoir son bébé !*

— Je serai là dans moins de dix minutes.

Sienna alla à l'intérieur et frappa à la porte de la chambre avant d'entrer. Lucas avait enfilé un pantalon de survêtement et était assis derrière Sascha sur le lit, une main serrée sur la sienne tandis qu'il caressait son ventre de l'autre avec des gestes apaisants.

— Dans combien de temps Tammy sera-t-elle là ?

— Moins de dix minutes.

Sascha cligna des yeux.

— Si vite ?

— Tu m'as pris pour un idiot ? gronda Lucas tout en lui témoignant une incroyable tendresse. Je savais que tu avais des contractions, tête de mule.

Sascha éclata de rire, puis grimaça.

— Voilà que ça recommence.

Sienna se mit à chronométrer.

Alors que Sascha sentait venir une nouvelle contraction, Tammy passa la porte, compétente et imperturbable.

— Je suis tellement contente de te voir.

Sascha avait été certaine d'avoir bien calculé le moment de la naissance, mais c'était sans compter sur les caprices de son corps.

— Je n'ai jamais été très loin, dit la guérisseuse en suivant la progression du travail de ses mains douces et expertes. Sienna est dans la cuisine avec Nate. Elle prépare à manger pour les gens qu'elle sait susceptibles de passer à tout moment... cette fille est terriblement efficace.

— J'ai cru qu'elle allait s'évanouir quand j'ai perdu les eaux, dit Sascha, se raccrochant à ce sujet pour ne pas penser à la douleur qui l'assaillait par vagues.

— Non, ça c'était moi, gronda Lucas près de son oreille. N'oublie pas, plus de bêtises maintenant... Suis notre entraînement. Transmets-moi ta douleur par le biais du lien d'union.

Ça allait à l'encontre de la nature de Sascha de lui infliger des souffrances, mais il ne le lui pardonnerait jamais si elle ne lui permettait pas de l'aider dans cette épreuve.

— Tu as de très mauvaises manières pour un garde-malade.

Il lui mordilla l'oreille.

— C'est une première pour moi.

Le cœur de Sascha gonfla dans sa poitrine.

— Pour moi aussi.

Lui agrippant la main lorsque des spasmes lui secouèrent le ventre, elle dévia la douleur vers le changeling qui la serrait contre lui.

Il sursauta, puis siffla entre ses dents.

— Bon sang. Mon respect pour les femelles de toutes les espèces vient d'être renouvelé.

Tamsyn ricana.

— Tu n'as encore rien vu, cow-boy.

Après avoir jeté un coup d'œil à Sascha, elle ajouta :

— Je pense que ça t'aidera de marcher un petit moment. Nate veillera à ce que personne n'aille derrière la maison si tu veux sortir.

— Oui, d'accord.

Les heures qui suivirent furent les plus effrayantes – et les plus merveilleuses – de la vie de Sascha. Épuisée, les cheveux collés au visage, elle serra la main de Lucas et endura des contractions de plus en plus longues et rapprochées, jusqu'à ne plus pouvoir tenir sur ses jambes. Son compagnon prit sur lui l'essentiel de la douleur, mais elle avait les muscles endoloris et en compote.

— Oh, mince, dit-elle vers la fin de la troisième heure.

— Quoi ? s'exclamèrent aussitôt Tammy et Lucas, leurs voix chargées d'inquiétude.

— Le bébé a décidé qu'il voulait rester là où il est. (Sascha sentait clairement sa colère.) Il n'apprécie pas toute cette agitation et veut qu'on arrête.

Tamsyn écarquilla les yeux.

— Waouh, tout le monde suppose que c'est ce que doivent ressentir les bébés, mais toi tu le sais vraiment. Dans ce cas… tu vas devoir convaincre ta petite puce de sortir. Ton corps est prêt.

Sascha toucha l'esprit de son bébé.

Mes bras sont chauds aussi, dit-elle pour l'amadouer. *Ton papa a hâte de t'embrasser et de te cajoler. Ça ne te plairait pas ?*

Bien qu'il ne sût pas encore parler, leur enfant exprima bruyamment son désaccord.

— Allez, princesse, chuchota Lucas de sa voix grave en caressant de ses mains puissantes et aimantes le ventre de Sascha qui avait appuyé le dos contre son torse, tu sais que je t'attends depuis longtemps. Comment vais-je te prendre dans mes bras si tu restes là-dedans ?

Le bébé n'était pas convaincu, mais Sascha sentit une légère hésitation de sa part.

— Continue à lui parler, dit-elle tout en rassurant leur enfant avec ses propres murmures d'amour, jusqu'à ce qu'une nouvelle contraction la plie en deux.

Le bébé était choqué, effrayé.

Tu es en sécurité. Tu es en sécurité. Elle l'enveloppa de tendresse. *Je te tiens, mon bébé.*

— Cette fois, ordonna Tamsyn, pousse.

— Tu entends ça, princesse ? souffla Lucas en pressant les lèvres contre la tempe de Sascha. Aide ta maman.

Leur enfant n'était toujours pas convaincu qu'ils savaient de quoi ils parlaient, mais il était prêt.

Juste à temps.

La contraction suivante faillit soulever Sascha du lit. Oubliant tout du transfert de la douleur, elle ne songea plus qu'à pousser tandis qu'elle s'accrochait à la main de Lucas d'une poigne de fer.

— Encore une fois, l'encouragea Tammy. Allez, chérie.

Alors que Sascha tremblait et essayait de reprendre sa respiration, Lucas entremêla leurs doigts et se pencha pour coller les lèvres à son oreille.

— Je te tiens, Sascha chérie.

Ce fut les derniers mots qu'elle entendit avant de pousser une dernière fois. Soudain, son bébé cessa d'être en elle et ses cris furieux résonnèrent dans l'air. *Notre bébé.* Son cœur se serra, et elle sentit Lucas retenir son souffle.

— Coupe le cordon, le pressa-t-elle, consciente qu'il était tiraillé entre le besoin de la tenir et celui de prendre leur bébé dans ses bras. Vas-y.

Se glissant de derrière elle avec précaution, il suivit les instructions de Tammy pour couper le cordon. L'émerveillement qu'elle lut sur son visage lorsqu'il prit leur bébé qui hurlait dans ses bras fut une bénédiction pour le cœur de Sascha. Jamais elle n'oublierait ce moment.

— Chut, ma douce petite, dit-il dans un murmure grave qui caressa à la fois la mère et l'enfant. Papa te tient.

Quand il leva la tête, ses yeux verts et sauvages brillaient d'un tel amour protecteur qu'elle sut que leur enfant ne se sentirait pas un seul instant indésirable ou mal aimé.

Les doigts tremblants, elle défit les premiers boutons de sa blouse de maternité. Lucas s'avança sans mot dire pour déposer leur bébé contre la peau de sa mère. Les joues baignées de larmes, Sascha serra le corps fragile de leur enfant tandis que son compagnon posait la main sur sa joue et le front contre le sien.

— Seigneur, je t'aime.

Elle se mit à rire, des larmes dans la voix.

— Même maintenant que tu as ta petite princesse ?

Le sourire de Lucas creusa ses joues et fit sortir le félin dans ses yeux.

— Je t'avais dit que c'était une fille.

Chapitre 25

Sienna eut le sentiment qu'elle allait exploser quand elle entendit le premier cri du bébé.

Il lui parut s'écouler des années avant que la porte de la chambre s'ouvre sur Lucas, qui tenait dans ses bras un minuscule paquet emmailloté dans une couverture blanche et douce. Les sentinelles et leurs compagnes et compagnons, tous arrivés au cours des deux heures précédentes, affluèrent dans la cabane.

— J'aimerais vous présenter mademoiselle Nadiya Shayla Hunter, dit Lucas avec un sourire empreint d'une féroce tendresse.

Dorian se pencha au-dessus du bébé.

— Je peux la tenir ?

— Ne flirte pas, dit Lucas en tendant le bébé à la sentinelle blonde, qui se retrouva aussitôt entourée de sa compagne et de celles des autres hommes.

Après lui avoir volé le nouveau-né pour le cajoler, les femmes le rendirent enfin à Dorian, qui fronçait les sourcils, puis se glissèrent dans la chambre de Sascha. Des rires ne tardèrent pas à s'en échapper.

Décidant de profiter du nombre réduit de personnes qui la séparaient du bébé, Sienna se fraya stratégiquement un chemin à travers la pièce jusqu'à se retrouver près de Mercy… qui avait pris Nadiya à Nate, qui l'avait prise à Clay, qui l'avait prise à Dorian.

— Tiens, dit Mercy, tu veux la tenir ?

— Je suis terrifiée.

C'était la première fois de sa vie qu'elle disait ça à voix haute.

En riant, Mercy montra à Sienna comment soutenir la tête du bébé, puis la jeune fille se retrouva avec Nadiya dans les bras.

— Comme elle est petite.

Elle écarta la couverture et regarda son visage miniature, ses poings serrés aux doigts et aux ongles minuscules. Alors que le bébé de Lucas et de Sascha avait dormi tout le temps où les gens s'étaient penchés béatement sur lui, il agita soudain les poings avant de s'apaiser de nouveau. Fascinée, Sienna aurait pu l'observer pendant des heures.

Mais consciente que tout le monde dans la pièce avait envie de tenir le nouveau-né, elle le rendit à contrecœur à Vaughn. Du bout du doigt, la sentinelle jaguar toucha avec douceur le nez de l'enfant assoupie.

— Coucou, petite Naya, dit-il. Quelle jolie puce tu es.

Lucas sourit.

— C'est le surnom que Sascha pensait lui donner, elle aussi. (Il tendit les bras et prit le bébé des mains prudentes de Vaughn.) Allez, princesse. Tu manques déjà à ta maman… tu pourras briser des cœurs plus tard.

Tout le monde éclata de rire, et ce fut ce son que Sienna garda le plus en tête lorsqu'elle décrivit les événements à des membres de sa meute tard cette nuit-là.

— On a reçu un message nous informant que la mère et l'enfant se portaient bien, dit Hawke, appuyé contre le plan de travail de la salle commune où ils s'étaient rassemblés, mais je me suis dit qu'il ne valait mieux pas que je descende tout de suite.

Assise à une table en face de lui, Sienna dut lutter contre l'envie de se lever, de combler la distance entre eux et de renouer le contact rompu depuis plus de vingt-quatre heures.

À présent qu'elle l'avait touché et embrassé, elle se demandait comment elle avait survécu sans jusque-là.

— Je pense que c'est une bonne idée, dit-elle. Lucas est très proche de son félin en ce moment.

Le chef avait eu les yeux de sa panthère ; une panthère heureuse, mais qui restait une créature sauvage.

— À quoi ressemble le bébé ? demanda Brenna à côté d'elle, si excitée qu'elle ne tenait pas en place.

— Elle est minuscule et a les yeux plissés.

— Marlee ressemblait à ça, elle aussi, dit Walker lorsque les rires furent retombés. Elle pleurait comme si on lui avait volé son jouet préféré... à la fois sur le plan physique et psychique.

Judd jeta un coup d'œil à son frère.

— C'est vrai qu'elle avait du coffre.

Sienna ne savait pas que ses oncles avaient tous les deux été présents vers le moment de la naissance de Marlee. Avant qu'elle ait pu les interroger à ce sujet, Brenna toucha la cuisse de Judd, qui était assis à côté d'elle.

— Comment les naissances sont-elles gérées sur le Net, chérichou ?

Ce dernier mot était clairement une blague entre eux, car Judd s'avança pour tapoter du doigt les lèvres de sa compagne.

— Souviens-toi des règles, dit-il.

Ce fut Walker qui répondit à la question de Brenna.

— Un puissant télépathe plonge la mère dans un état de semi-inconscience pendant qu'il ou elle prend le contrôle de l'esprit du fœtus pour la durée de l'accouchement, dit-il de là où il était assis, à la gauche de Sienna.

Il y eut un long silence.

Sienna avait ignoré cela.

— Ça ne fait pas de mal au bébé ? demanda-t-elle.

Walker secoua la tête.

— C'est une pratique qui date d'avant Silence... Les télépathes sont formés à manipuler les esprits en développement. Nous devions trouver une solution à la douleur que ressentent les femmes au moment de l'accouchement, et qu'elles n'ont aucun moyen de neutraliser.

Sienna voulait bien croire que le procédé ne nuisait pas au fœtus ; les Psis accordaient trop d'importance à l'esprit pour courir le risque d'en endommager un.

—Je crois avoir entendu Tammy dire que Sascha parlait à son bébé pour le convaincre de sortir. Un lien de ce genre ne vaut-il pas la peine de souffrir ?

Elle croisa à ce moment-là le regard de Hawke et entrevit une émotion sombre et innommable dans ses yeux bleus de loup.

Elle sut sans avoir à poser la question qu'il pensait à sa compagne et aux enfants qu'il n'aurait jamais avec elle. Mais pour la première fois, Sienna ne céda pas sa place à un fantôme ; parce qu'elle avait écouté et appris, elle savait que même si c'était plus difficile que dans le cadre d'une union, les changelings pouvaient avoir et avaient des enfants issus de relations sérieuses et durables.

Hawke étrécit les yeux au défi qu'il lut dans les siens. Plus tard, lorsque tout le monde eut quitté la pièce, il referma les mains sur sa taille, l'attira près de lui et chuchota :

—Tu es sûre de vouloir jouer avec le loup, bébé ?

Des frissons la prirent au ventre, mais elle ne reculerait pas.

—Tu es sûr d'être prêt à te frotter à une X-Psi, loup ?

Chapitre 26

Quatre heures plus tard, dans un complexe fortifié au sud de l'Australie, Tatiana Rika-Smythe regardait les photographies des décombres de ce qui avait été une sculpture de marbre. La valeur de la pièce était négligeable, et ce n'était pas ce qui importait. Sa destruction avait eu pour but de lui envoyer un message, et ce but avait été atteint. La Conseillère se servit du tableau de communication pour appeler Henry.

Ne parvenant pas à le joindre à sa résidence londonienne, elle le retrouva par le biais du PsiNet.

— *Tu...*, commença-t-elle lorsqu'il répondit à sa sollicitation psychique.

— *Je ne peux pas avoir cette conversation maintenant, Tatiana*, l'interrompit-il sans le moindre effort de courtoisie avant de se replier de nouveau dans son esprit.

Tatiana n'avait pas l'habitude qu'on l'envoie promener, mais elle n'était pas non plus stupide. Elle se retira du PsiNet et afficha les données du satellite espion dont elle s'était servie pour obtenir des informations sur Henry, ayant renforcé la surveillance qu'elle plaçait sur lui, lorsqu'il avait commencé à adopter un comportement qui suggérait qu'il était devenu la force motrice du partenariat Scott.

Au bout d'un délai de deux secondes, les images se précisèrent. La résidence londonienne d'Henry s'effondrait, assez lentement pour permettre à Tatiana de constater qu'elle avait été évacuée, mais il n'y avait rien à en sauver. Les explosifs avaient été posés avec soin... ce qui soulevait la question de savoir comment les responsables avaient réussi à passer entre les mailles de la sécurité d'Henry et à s'approcher aussi près du bâtiment.

Ayant acquis la certitude qu'il y aurait une troisième cible, elle passa en revue d'autres chaînes. Il ne lui fallut que quelques secondes pour trouver. Le nouvel immeuble de Shoshanna offrait un spectacle saisissant avec le verre de ses fenêtres qui tombait en vagues bleues. En moins d'une minute, il n'en resta plus qu'un squelette aux os de métal qui étincelaient au soleil impitoyable du désert.

La conclusion était claire ; les Scott avaient sous-estimé les changelings. Une fois de plus.

Prenant son téléphone portable, elle envoya un texto à Henry, ce qui était une façon de lui signaler le peu de valeur qu'elle accordait à son esprit à cet instant-là. *Laisse-moi en dehors de ça.*

Henry reçut un appel trois minutes après le message concis de Tatiana.

— Une erreur de calcul, dit la voix d'homme. Mais mieux vaut maintenant que plus tard.

— Vous ne comptez donc pas vous retirer ?

— Non.

Chapitre 27

—On leur a peut-être donné matière à réfléchir, mais ils ont atteint leur objectif sur un point, dit Hawke à Riley, Riaz et Indigo alors qu'ils se tenaient sur une falaise qui surplombait le territoire des SnowDancer, quatre jours après leurs représailles. On est en alerte maximale… Combien de temps peut-on continuer comme ça avant que les nôtres s'épuisent ?

—J'ai ma petite idée sur le sujet. (Riley balaya du regard la clairière en contrebas, et Hawke sut qu'il cherchait le garde de service.) Un soldat est capable de tenir ce rythme une semaine sans faiblir… On peut effectuer des roulements entre soldats des différents secteurs tous les cinq jours.

À cet instant précis, un loup traversa en courant la bande de terrain verdoyante à leurs pieds et s'enfonça dans la forêt de pins qui semblait s'étendre jusqu'à l'horizon. Tai, songea Hawke en identifiant le grand loup couleur sable.

—Est-ce faisable sans alerter l'ennemi ?

Ils ne pouvaient pas se permettre de trahir le moindre signe de faiblesse.

—On procédera par étapes, dit Indigo. (Ses yeux bleu-violet étaient encore plus vifs à la lumière du soleil de la montagne.) On enverra ceux qui sont postés le plus près du territoire de la tanière en premier, et ceux qui sont plus loin les remplaceront à tour de rôle. Si on s'y prend bien, personne ne s'apercevra de rien… Les Psis ne sont assurément pas capables de distinguer un loup d'un autre quand nous sommes sous notre forme animale.

—À l'exception de toi, marmonna Riaz à Hawke. Tu as le mauvais goût d'être d'une couleur qui crie «Me voilà, tirez-moi dessus.»

—On verra qui sera la cible quand la neige tombera.

Hawke se détourna légèrement pour accueillir les loups sauvages qui gravissaient la pente. Ils se faufilèrent entre Indigo et Riley, qui l'encadraient, et se pressèrent contre ses jambes.

—Ils te gâtent, dit Indigo en secouant la tête. Ils pensent que tu es des leurs.

Hawke laissa un sourire jouer sur ses lèvres.

—Va pour le roulement. Mais réduisez la durée à quatre jours répartis sur une semaine… Je veux que tout le monde soit frais et dispos si on est amenés à passer en mode offensif. Est-ce que ça fonctionnerait comme ça?

Riley et Indigo hochèrent la tête, mais ce fut la lieutenante qui prit la parole.

—Je pense que ça fonctionnera peut-être même mieux.

Elle se mit à gronder lorsqu'un des loups sauvages la poussa trop fort.

Le loup battit en retraite.

—Et les félins? demanda Riaz en s'accroupissant pour chahuter avec un autre loup. Vont-ils avoir besoin de renforts en ville?

—J'en ai parlé à Mercy, dit Riley. On va se répartir les tâches, sauf si l'un de vous y voit un inconvénient. Les léopards vont se concentrer sur San Francisco pendant qu'on s'occupera du reste. On va également coordonner nos gardes afin d'éviter les doublons à certains endroits, et on va commencer à gérer les terres de DarkRiver et des SnowDancer comme un seul et même grand territoire.

Personne n'exprima de désaccord, et ils restèrent là un moment à contempler la vallée verte et luxuriante, les cimes minces des pins, les pics déchiquetés et enneigés des montagnes. C'était une belle région, mais c'était surtout la terre qu'ils portaient dans leur cœur et qui accueillait tous les loups perdus ou blessés.

—On va se battre, dit Hawke tout bas. Jusqu'au bout.

« Tu es sûr d'être prêt à te frotter à une X-Psi, loup ? »
À cause de l'opération menée à l'encontre des Conseillers, du temps qu'il avait consacré ensuite aux questions de sécurité, et de ses autres responsabilités de chef – sans oublier les tâches que Sienna avait eu elle-même à accomplir –, Hawke n'avait pas pu relever le défi impudent de la jeune femme, mais il était prêt à partir en chasse ce jour-là. Hélas, Judd avait d'autres projets pour lui.

Le Psi entra dans son bureau juste au moment où il allait sortir.

—Il faut que nous parlions du campement de Purs Psis en Amérique du Sud.

Se servant du tableau de communication fixé au mur, il ouvrit les enregistrements des caméras de surveillance d'un côté et afficha une carte de l'autre.

—De quand est-ce que ça date ? demanda Hawke à côté de lui.

—Tôt ce matin. Je garde en permanence l'œil sur tous leurs mouvements depuis que j'ai découvert la fonction de ce campement.

Hawke savait que le petit «village» dissimulé au cœur des montagnes servait à Henry Scott de centre de formation pour son armée grandissante de fanatiques.

—Comme nous l'avions conclu quand je l'ai repéré, poursuivit Judd, ça n'avait pas de sens de les éliminer ou de les handicaper à ce moment-là.

—Mieux vaut savoir où se cachent ces enfoirés, marmonna Hawke en agrandissant une photographie aérienne.

Judd se demanda si Hawke avait anticipé ce genre de chose quand il avait négocié l'alliance avec WindHaven. Sachant comment fonctionnait l'esprit du chef des loups, le lieutenant n'aurait pas été étonné que ce soit le cas.

— Cependant, ajouta le Psi en affichant un calque qui montrait la population au sein du campement, leurs effectifs ont notablement augmenté ces trois dernières semaines. Ils ont aussi commencé à introduire un grand nombre d'armes. Leurs cibles restent inchangées.

La ville et le territoire de la tanière.

— Seront-ils capables de téléporter tous ces gens et ces armes assez vite pour menacer nos défenses ?

Judd s'accorda un moment pour effectuer les calculs mentaux.

— S'ils avaient une Flèche du nom de Vasic, ce serait un problème.

Vasic était un Tk-V, le seul véritable téléporteur du Net. Il était également l'un de ces Tk-Psis extrêmement rares qui pouvaient se rendre à des endroits précis mais aussi auprès de gens. De ce fait, il aurait retrouvé les Lauren deux secondes après leur désertion si Walker ne s'était pas servi de son puissant don télépathique pour élaborer un bouclier déflecteur puis enseigner à Sienna et Judd le moyen de le recréer autour de leurs propres esprits alors qu'ils étaient encore connectés au Net.

Le frère de Judd s'était occupé des enfants, même si Toby, Marlee et selon toute probabilité Sienna n'avaient plus besoin de ce bouclier, ayant suffisamment changé d'apparence pour que Vasic ne puisse pas se « verrouiller » sur eux.

— Mais je n'ai vu aucun signe de lui sur les enregistrements des caméras de surveillance, poursuivit-il, et rien n'indique qu'Henry bénéficie du soutien des Flèches.

Même si l'intuition de Judd lui soufflait qu'une partie d'entre elles au moins seraient séduites par le concept de Pureté, la perspective d'un Silence parfait et la promesse d'être délivrées de la violence de leurs aptitudes.

Hawke afficha un rapport plus ancien.

— Henry a perdu plusieurs Tk lors de son dernier accrochage avec nous.

— Oui. Même en faisant une estimation généreuse du nombre qui lui reste, il est loin d'être en mesure de déplacer le campement à l'aide de la télékinésie. Ce serait logique de sa part de vouloir qu'ils gardent leur énergie pour l'assaut, et on peut donc supposer que le campement se mobilisera par des moyens plus classiques. (Après avoir agrandi l'image, il indiqua la piste de décollage à moitié achevée.) On doit commencer à réfléchir à la manière dont on va les handicaper le moment venu.

— Des idées?

— Ce n'est pas subtil, mais je pensais poser des bombes dans tout le campement, en particulier aux endroits où ils ont entreposé des armes. (Il pouvait se téléporter à la faveur de la nuit, placer les explosifs et repartir sans que la sécurité s'aperçoive de l'intrusion.) Si je relie les explosifs à une balise à distance, on pourra les faire sauter quand ce sera nécessaire.

Hawke déplaça les images, affichant des cartes terrestres et aériennes plus détaillées et le calque de la population.

— La zone est trop étendue pour que tu la couvres seul… la téléportation t'épuiserait, dit enfin le chef.

Fut un temps où Judd aurait été surpris qu'il comprenne aussi bien ses aptitudes. C'était avant qu'il découvre que Hawke connaissait dans leurs moindres détails les capacités de chacun de ses lieutenants.

— Et si tu y retournais, outre le fait que tu aurais d'abord besoin de temps pour récupérer, une seconde intrusion augmenterait les chances que notre plan soit découvert.

Judd dut reconnaître qu'il avait raison.

— Alexei et Drew conviendraient tous les deux pour une opération de ce genre, mais ce serait risqué d'y aller avec des personnes qui ne sont pas capables de se téléporter, même si je pourrais en prendre une avec moi si les circonstances exigeaient une évacuation rapide des lieux. (C'était surtout l'autre problème qui l'inquiétait.) Les gardes seront à l'affût d'esprits non Psis. Au moindre signe d'intrusion, des projecteurs s'allumeront dans tout le complexe.

Sans parler du nombre d'unités de Purs Psis qui réagiraient en lançant des recherches.

Hawke fit disparaître les cartes de l'écran et afficha une liste de noms.

—Parmi les Psis de nos meutes, lesquels ont la formation requise?

À l'époque où la famille Lauren avait rejoint les SnowDancer, jamais Hawke n'aurait confié une opération aussi cruciale à deux Psis. Les changelings avaient su accepter les siens avec une profonde sincérité, et c'était pour Judd une leçon d'humilité. Une fois membre de la meute, il fallait trahir leur confiance de la plus abjecte des façons pour être éjecté. Il songea que ça ressemblait étrangement à la loyauté de sang qui liait les Flèches les unes aux autres. Une surprenante corrélation.

—Walker est un télépathe d'une puissance exceptionnelle, dit-il, mais il n'a pas été formé au maniement des explosifs. (Non, les compétences de son frère étaient beaucoup plus subtiles.) Ashaya n'a pas de formation militaire. Faith et Sascha non plus... sans parler de la condition physique de Sascha en ce moment.

Sur un écran séparé, il fit apparaître une femme qui n'était pas un membre de leurs meutes, mais était rattachée à un groupe qui s'était révélé amical.

—D'après ce que j'ai pu découvrir, Katya Haas a reçu un enseignement militaire, mais insuffisant pour qu'elle convienne.

—Je doute que Santos approuve, de toute façon. (Hawke se frotta la mâchoire lorsqu'il nomma le mari de Katya et directeur de la fondation Shine.) Y a-t-il d'autres contacts en qui tu aies confiance?

Judd songea au Fantôme et à ses priorités énigmatiques.

— Non. (Il ajouta alors un autre nom à la liste des Psis membres de leurs meutes.) Elle possède à la fois la formation requise et le talent psychique nécessaire pour échapper à la détection.

— Non, répondit Hawke, catégorique. (Il n'y aurait pas de compromis possible.) Je n'en reviens même pas que tu le suggères.

— Il est plus dangereux de ne pas tenir compte de ce qu'elle est que de l'envoyer en mission, dit Judd, luttant contre son propre besoin instinctif de protéger la fille qui ressemblait tant à la sœur qu'il avait perdue. (En plus d'être puissante, Sienna était disciplinée et savait obéir aux ordres en situation militaire.) Ce n'est pas pour rien que Maria n'a pas pu s'empêcher de la défier. Tu le sais aussi bien que moi.

Hawke avait été traité plus d'une fois d'enfoiré sans cœur, mais jamais lorsqu'il était question des siens. Il accordait de la valeur à la vie de chaque membre de sa meute et sacrifierait la sienne pour eux sans ciller.

— Je n'envoie pas des novices risquer leur vie.

— Ce n'est pas de ça qu'il s'agit.

Sa façon tranquille de le défier hérissa le loup de Hawke.

— Je n'enverrais ni Maria, ni Riordan, ni même Tai dans cette situation.

— Aucun d'eux n'a vécu dix ans avec Ming LeBon. (Judd poursuivit alors que les yeux de Hawke se mettaient à étinceler.) On lui a appris à manipuler des explosifs à l'âge de neuf ans.

Hawke tourna vivement la tête vers l'ex-Flèche.

— Même sur le Net, ils ne feraient pas ça à une enfant.

— Si, ils le feraient. (Judd garda les yeux rivés sur le mur de pierre.) Quel meilleur moyen d'inculquer le contrôle à une enfant que de la mettre dans une pièce conçue pour exploser avec elle à la première erreur qu'elle commettrait ?

Le loup de Hawke eut envie de tailler en pièces les enfoirés qui avaient torturé Sienna.

— Bon sang, Judd, gronda-t-il. (Sa rage rendait sa voix presque inintelligible.) Tu étais une Flèche !

Judd tressaillit, une réaction si infime que Hawke ne la décela que parce que son loup observait l'autre homme avec le regard du prédateur.

— On ne pouvait pas prendre le risque de déserter quand Marlee et Toby étaient bébés, dit-il sur un ton glacial. Il y avait de fortes probabilités qu'en sectionnant leur lien au PsiNet – et nous avions toujours su que nous allions devoir le faire pour réellement nous échapper –, ils meurent sur le coup.

Un coupe-papier en métal vola du bureau de Hawke et alla se planter dans le mur de pierre. Le manche vibra sous la violence de l'impact. Judd ferma les yeux et serra les poings. Il garda le silence plus de deux minutes avant de reprendre la parole.

— On a dû attendre.

Le désespoir contenu dans ces mots révélait ce que cette attente lui avait coûté.

S'il s'était agi d'un loup, Hawke aurait refermé la main sur son épaule et l'aurait serré dans ses bras. Mais Judd n'était pas un loup. Saisissant le manche du coupe-papier, il le délogea avec effort et le tendit au Psi.

— Défoule-toi.

Le coupe-papier se tordit méthodiquement, prenant une forme complexe avant d'être compressé en une boule de métal méconnaissable que Judd se mit à lancer sans interruption contre le mur au moyen de sa télékinésie. Des éclats de pierre volèrent au sol.

— Sienna savait qu'elle allait sortir ? demanda Hawke lorsqu'il estima le Psi de nouveau capable de parler. Qu'elle n'avait pas été abandonnée ?

— Non. Pas pendant un long moment. (Judd attrapa la boule distordue et la garda à la main.) Elle était trop jeune, et elle passait l'essentiel de son temps avec Ming. Nous n'avons pu lui confier notre plan que lorsque ses boucliers sont devenus assez solides pour cacher ses pensées.

Hawke imagina la petite fille qu'avait été Sienna, avec ses yeux étoilés de cardinale et ses cheveux rouge foncé ; il songea aussi à la peur qui avait dû lui couper le souffle et lui comprimer la poitrine quand on l'avait enfermée dans des pièces remplies d'explosifs.

—Au moindre faux pas…

—C'était un mensonge au début, dit Judd. Ming n'aurait pas pris le risque de perdre une X-Psi cardinale dans un accident de ce genre. Lorsqu'elle commettait une erreur, ils déclenchaient des explosions calibrées pour l'assommer et la blesser suffisamment pour qu'elle se souvienne d'être plus prudente la fois suivante.

Hawke sortit les griffes.

—Et plus tard ?

—Elle demandait à être mise dans ces pièces. (La boule de métal tourbillonna à vive allure dans les airs.) Elle devait s'assurer qu'elle pourrait déserter avec nous sans constituer un danger.

Hawke était partagé entre l'envie d'étrangler Sienna pour avoir joué ainsi avec sa vie, et celle de la serrer dans ses bras et de la protéger du monde. Sauf que bien sûr, c'était impossible ; elle était une X-Psi à l'esprit conçu pour être une arme.

—Obéira-t-elle à tes ordres ?

Son loup le laboura de ses griffes, mais il savait lui aussi que cette décision était la bonne.

—Oui. (Judd marqua une pause tandis que la boule de métal s'immobilisait doucement sur le bureau de Hawke.) Il n'y a qu'avec les tiens qu'elle a du mal.

Elle était sans peur, songea Hawke. Même après tout ce qu'elle avait traversé, Sienna n'avait jamais hésité à lui tenir tête. *Bien.*

—Je veux que tout soit planifié dans les moindres détails… que vous y alliez et en repartiez le plus vite possible.

Judd répondit par un rapide hochement de tête, le regard chargé d'une détermination glaciale qui faisait écho à ses souvenirs.

— Je m'occuperai des préparatifs aujourd'hui. Comme je préfère économiser mon énergie psychique, nous prendrons un vol demain matin pour une des villes plus grandes à proximité. Je nous téléporterai au campement à la nuit tombée. Veux-tu définir l'organisation avec moi ?

— Non. (S'agissant de Sienna, Hawke savait que ses instincts leur mettraient des bâtons dans les roues.) Tiens-moi à jour.

— Je vais chercher Sienna, maintenant.

— Judd. (Lorsque le lieutenant s'arrêta, Hawke s'avança et l'étreignit avec rudesse. Psi ou non, il était un SnowDancer.) Merci de l'avoir sortie de là.

De l'avoir protégée alors que Hawke n'avait pas su qu'elle existait et qu'elle souffrait.

Les yeux de Judd avaient viré au noir absolu quand il s'écarta.

— Elle est plus forte que nous tous.

Ces mots continuèrent à tourner dans la tête de Hawke longtemps après le départ de Judd, mais la décision qu'il avait prise n'en devint pas plus facile à avaler pour autant. Il était sur le point d'envoyer une jeune femme – sa femme – dans la gueule du loup.

Le besoin que Judd avait de sa compagne était si violent qu'il frisait la folie. La traînant hors de son espace de travail situé dans le technocentre de la tanière, il l'attira dans leur chambre à coucher et la plaqua contre le mur. Elle étouffa un cri lorsqu'il l'embrassa, mais elle coopéra quand il lui arracha ses vêtements, déboutonna son propre jean et la souleva par les cuisses.

Trop vite, trop vite, l'avertit son esprit. Les dents serrées, il essaya de ralentir.

—Ça va, ça va, chuchota-t-elle doucement, son souffle chaud contre son oreille. Viens en moi.

—Brenna.

D'un seul coup de reins, il pénétra son intimité étroite, chaude et humide, en frissonnant.

Elle enfonça les ongles dans son dos, passa les jambes autour de sa taille et s'empara de sa bouche, le tenant en sécurité contre elle tandis qu'il s'abandonnait à son besoin brûlant.

Ensuite, alors qu'ils étaient étendus sur le futon, il lui raconta tout.

—J'aimerais pouvoir la protéger de ça, mais si on ne lui donne pas d'exutoire, sa frustration atteindra un seuil dangereux.

Du bout du doigt, Brenna traça des motifs sur son torse.

—Vous les hommes, vous ne vous rendez pas compte de la force des femmes. (Elle se redressa sur un coude à côté de lui et appuya la joue sur sa main.) Elle se passe de ce genre de protection désormais… tu lui donnes ce dont elle a besoin en l'encourageant à vivre sa vie.

—Je n'ai pas interféré, mais cette histoire avec Hawke… je ne sais pas si elle est prête.

—Chéri, aucune femme ne sera jamais prête pour Hawke, déclara-t-elle, pince-sans-rire. (Elle se pencha pour déposer un baiser affectueux sur sa joue.) Mais d'après ce que je constate, elle en a dans le ventre.

Les mots et le contact de Brenna l'ancraient, l'apaisaient.

—J'ai besoin que tu me fabriques des détonateurs télécommandés, dit-il à la femme qui s'était elle-même battue pour le droit de mener sa vie comme elle l'entendait.

Elle riva ses incroyables yeux marron striés de bleu sur ceux de Judd tout en pressant le nez contre le sien.

—Tu dis toujours des choses tellement romantiques.

Le rire de Judd jaillit du plus profond de son être et se mêla à celui de sa compagne, qui posa la main sur sa joue et lui donna un baiser si tendre qu'il s'abandonna corps et âme.

RÉCUPÉRÉ DE L'ORDINATEUR 2(A)
TAGS: CORRESPONDANCE PRIVÉE, PÈRE, E-PSI, ACTION REQUISE MAIS NON COMPLÉTÉE*

De: Alice <alice@scifac.edu>
À: Papa <ellison@archsoc.edu>
Date: 11 décembre 1973 à 11 h 23
Objet: re: Silence

Cher papa,

Oui, cette idée de Silence me dérange, moi aussi. C'est pour cette raison que j'hésite tant à confier mes conclusions à l'archiviste des Psis; il y a certains courants inquiétants au sein de la population Psi en ce moment. Mais la bonne nouvelle, c'est que l'un de mes E-Psis a accepté de faire du repérage «secret» pour moi, et tu sais que je confierais n'importe quoi à un empathe. Il dit que ce que j'avance devrait être facile à voir. S'il trouve ce que je m'attends à ce qu'il trouve, je devrai alors déterminer le moyen de mettre cette théorie à l'épreuve. Pour en revenir à Silence... George est un télépathe, comme tu le sais, et je n'ai encore jamais rencontré d'homme plus émotif que lui. Mais lui-même dit qu'il souhaite parfois que les voix se taisent. Mes X-Psis y sont tous favorables, et je ne peux pas dire que ça me surprenne.
En as-tu parlé avec tes collègues Psis?

Je t'embrasse,
Alice

P.-S. Ne t'imagine pas que j'ai oublié ton anniversaire. Je te réserve une surprise.

---

* Note: L'E-Psi en question a disparu du Net; toutes les tentatives de le retrouver vivant ou de localiser son corps ont échoué. Une alerte active a été placée auprès de la Sécurité et dans tous les centres hospitaliers.

Chapitre 28

Plusieurs heures après la tombée de la nuit, Sienna était assise dans un coin tranquille qui surplombait le lac. Elle avait été choquée quand Judd lui avait parlé de l'opération à venir… mais pas parce que ça dépassait ses capacités. L'exercice allait être relativement sans danger compte tenu de la résistance de ses boucliers et du fait qu'elle pouvait mettre hors d'état de nuire tous ceux qui la menaceraient. Bien entendu, tout contact devrait être évité puisque leur objectif était d'y aller et de repartir sans être repérés.

Elle sentit un poids doux et chaud sur ses épaules.

Surprise, elle se retourna et vit Hawke. C'était sa veste qu'il avait posée sur elle.

—On n'a pas pu jouer à notre jeu.

La part d'elle qui n'avait jamais eu la possibilité d'être une enfant était amèrement déçue.

Il s'assit en appuyant une main par terre derrière elle. Ils étaient si proches l'un de l'autre que leurs hanches et leurs cuisses se touchaient… ainsi que d'autres parties de leurs corps.

—Ce sera pour la prochaine fois.

Refusant de se contenter de cette réponse, elle tendit le poing.

—Prêt ?

—Tu comptes essayer de me tabasser avec cette petite main frêle ? (Son incrédulité était totale.) D'accord, je ferai semblant d'avoir mal.

Non, elle ne rirait pas. Ça renforcerait l'arrogance de Hawke.

—Essaie encore.

Fronçant les sourcils, il tendit son poing plus grand que le sien puis sourit.

—Un, deux, trois !

—Le rocher bat les ciseaux.

Elle fut incapable de réprimer son rictus.

Il lui jeta un regard de loup.

—Le meilleur des trois.

Elle tendit une main et compta jusqu'à trois. Son papier se retrouva découpé par les ciseaux de Hawke. Riant lorsqu'il fit mine de la cisailler, elle serra de nouveau le poing.

—Une dernière fois.

Ils bougèrent les mains en même temps.

Hawke sourit au résultat.

—Ma foi, vu que certaines personnes disent qu'on a tous les deux des cailloux à la place du cerveau, j'imagine que c'est approprié.

—Parle pour toi. (Mais elle rentra la main dans sa veste, savourant son odeur sombre et masculine.) Judd m'a dit pour l'Amérique du Sud.

Sa phrase cachait une question muette.

—Il faut qu'on en discute. (Le ton de sa voix n'avait plus rien de léger.) Je dois être sûr qu'en plus d'être partante, tu sois capable de remplir cette mission.

Ces mots piquèrent la fierté de Sienna. Elle aurait peut-être rétorqué sèchement autrefois, mais elle n'était plus cette fille impulsive qui cachait sa fragmentation mentale derrière un masque de rébellion. À la place, elle envisageait les choses du point de vue de Hawke : une jeune femme soldat inexpérimentée, embarquée dans une opération qui exigeait la plus haute discrétion. Si elle avait été chef, elle aurait posé les mêmes questions.

— Oui aux deux, dit-elle. Judd l'ignorait avant que je le lui dise cet après-midi, mais j'ai mené une opération très similaire à celle-ci en situation d'entraînement.

Il remonta sa main chaude et puissante le long de son dos pour la refermer sur sa nuque, envoyant une décharge électrique dans le corps de Sienna.

— Quel âge avais-tu ?

— Quinze ans, dit-elle, luttant contre les sensations qui l'assaillaient. Ming m'avait fixé un objectif très simple : entrer et ressortir d'une de ses installations. Pour réussir, je devais poser un certain nombre d'explosifs à différents endroits et m'échapper sans me faire repérer.

Voyant que Hawke gardait le silence, elle ajouta :

— Tu ne veux pas savoir si j'y suis arrivée ?

Il caressa sa peau du pouce.

— Tu ne serais pas restée la protégée de Ming si ça n'avait pas été le cas.

— Oui. (Sa peau se couvrit de chair de poule, et c'était sans rapport avec la température.) Mais j'ai malgré tout commis une erreur... Je suis allée jusqu'à échapper à la détection de Ming lui-même.

Se levant sans crier gare, Hawke s'installa derrière elle pour l'attirer dans ses bras et l'enserrer de ses cuisses.

— Ça va ?

Une question intime posée contre la courbe sensible de son oreille.

— Oui.

Si ce n'était que son cœur était sur le point de crever sa poitrine.

— L'élève a humilié le maître, dit-il, revenant à leur discussion au sujet de Ming. C'est à ce moment-là que tu as su qu'il ne te restait plus beaucoup de temps.

Elle ne résista pas à l'envie de passer une main autour de son avant-bras musclé et de faire courir ses doigts sur la veine qui saillait sous la peau chaude de Hawke.

— L'ordre de rééducation est arrivé quelques mois plus tard. Officiellement, les ordres sont tous émis par le Conseil en son entier, mais les Conseillers agissent de leur propre chef la plupart du temps. La signature de Ming était sur le nôtre. Si jamais il découvre que je suis vivante, il ne ménagera pas ses efforts pour se débarrasser de moi.

— Je ne sais pas. (Ses muscles et ses tendons se tendirent sous les doigts de Sienna lorsqu'il l'attira plus près de lui.) D'après nos informations, Ming a accusé plusieurs coups durs ces derniers mois. Il pourrait décider qu'il lui serait plus profitable de t'avoir à ses côtés.

— Je le tuerais, dit Sienna avec une froideur rigoureuse. À la seconde où je l'aurais dans mon champ de vision, je l'embraserais et le regarderais mourir. Et je veillerais à ce qu'il souffre longtemps.

Plutôt que de lui dire que ce n'était pas une bonne pensée, que le désir de vengeance la dévorerait, Hawke enfouit le visage dans son cou.

— J'aimerais mieux que tu gardes ton énergie pour aider la meute.

Elle inclina la tête sur le côté, l'invitant sans honte à continuer, et avança la main pour la refermer sur son biceps.

— Je serais prête à tout pour les SnowDancer.

Pour toi.

— Parle-moi de ta classification.

Il déposa des baisers le long de son cou.

Elle frissonna.

— Que veux-tu savoir ?

— Pourquoi X ?

Elle sentit ses dents sur sa peau.

Au lieu de s'écarter, elle serra son bras.

— Certains disent que ça vient du latin « *exardescere* », qui signifie « s'embraser », dit-elle d'une voix rauque. Je pense que le mot « enrager » aussi est une bonne définition.

Il releva la tête, et elle se rendit compte alors de ce qu'elle était en train de dire, de ce qu'elle trahissait. Pas étonnant qu'il ne veuille pas la toucher. Alors que son sang se glaçait dans ses veines, elle se redressa et alla au bout de son récit, car c'était la seule chose à faire.

— Il est dit qu'on nous appelait autrefois «ceux qui se consument», ce qui irait dans le sens de la racine latine. Mais j'ai toujours pensé que ça venait de ce que nous laissons derrière nous lorsque nous explosons: rien.

Hawke gronda à la condamnation contenue dans ce dernier mot.

— Me considères-tu comme un monstre, Sienna?

Elle essaya de se dégager de son étreinte.

— Bien sûr que non.

Il refusait de la relâcher.

— J'ai pourtant déjà tué.

— Pour défendre ta meute, dit-elle. (Elle agrippa de nouveau son avant-bras, satisfaisant par ce contact un besoin profondément ancré.) C'est différent.

Il ne regrettait pas le sang qu'il avait versé pour protéger les siens, mais...

— L'âme en garde néanmoins la marque.

— Quand j'étais plus jeune et que je contrôlais mal le feu de glace, dit-elle d'une voix si basse qu'elle était presque inaudible, Ming mettait ceux qu'il voulait exécuter dans une pièce avec moi, puis il recourait à toutes les méthodes psychiques imaginables pour me pousser à bout. C'était sa façon de m'enseigner le contrôle. (Elle prit une inspiration mal assurée.) Il veillait à ce qu'ils restent conscients. Leurs cris... je les entends résonner dans mon sommeil, indéfiniment.

Hawke serra les dents pour se retenir de sortir les griffes, sachant qu'elle n'avait pas besoin de ça.

— C'est sa responsabilité, bébé. Pas la tienne. Jamais.

Sienna courba la nuque et ses cheveux glissèrent sur son visage.

—Les gens pensent que ça devient plus facile quand on a tué une fois. Ça ne le devient jamais.

—Non.

Il se rendit soudain compte qu'il n'aurait pas dû pouvoir avoir une telle conversation avec une femme de dix-neuf ans. Mais elle n'en était pas moins réelle, ni les cicatrices de Sienna moins profondes.

Il baissa la tête pour repousser ses cheveux et déposer un baiser sur le pouls qui battait dans son cou.

—Tourne-toi, dit-il d'une voix dans laquelle transpirait la fureur de ses émotions.

Elle frissonna lorsqu'elle se plaça à genoux face à lui. La veste de Hawke lui glissa des épaules mais il la réajusta, éprouvant une satisfaction primaire à la garder au chaud et la couvrir de son odeur.

—Assez parlé de mort, murmura-t-il en glissant la main sous ses cheveux frais et soyeux pour la poser sur sa nuque, mû par le besoin impérieux de faire tout ce qui était en son pouvoir pour chasser sa tristesse. Vivons.

Il posa les yeux sur sa bouche.

Les lèvres de Sienna rougirent sous son regard et son pouls s'emballa, rendant fou son loup.

—Tu as peur ?

Du bout du doigt, il traça les courbes pleines de sa bouche.

—Il faut dire que tu mords.

Avec un sourire qui creusa ses joues, il lui saisit le menton en appuyant du pouce pour qu'elle entrouvre les lèvres, puis il l'embrassa. Loin d'être doux ou taquin, son baiser était chaud, humide et exigeant, et il arracha un gémissement à Sienna tandis qu'elle s'arc-boutait contre son torse ferme.

Il s'attendait à moitié à ce qu'elle se dérobe comme elle l'avait fait l'autre nuit à l'extérieur de la tanière, mais elle crispa les doigts sur ses épaules, ses lèvres douces et généreuses sous sa bouche vorace.

—Tu ne devrais pas me donner tout ce que je veux, la réprimanda-t-il.

—Pourquoi ?

—Ça me rend gourmand.

Caressant sa gorge puis sa poitrine tandis qu'il s'emparait de nouveau de ses lèvres, il referma la main sur un sein voluptueux.

Elle se figea.

Tout en lui mordillant les lèvres, il titilla du pouce la pointe tendue qu'il sentait à travers son petit pull noir et eut le plaisir de lui tirer un cri étouffé.

—Et maintenant, lui murmura-t-il à l'oreille avant de se remettre à embrasser sa belle gorge, s'abreuvant de l'excitation grisante qui la faisait vibrer, imagine ce que tu ressentiras quand je frotterai tes tétons après t'avoir entièrement dévêtue.

Sienna frissonna.

—Ne t'arrête pas.

L'apaisant par des caresses, il retira les mains de son corps et les lèvres de sa peau puis la repoussa jusqu'à ce qu'elle soit étendue au sol, protégée du froid par son blouson.

—Ça te fait mal ?

Rien ne lui avait indiqué que c'était le cas, mais il devait s'en assurer.

Elle secoua vivement la tête.

—On a désactivé ce niveau de dissonance.

« Ce » niveau.

Ce qui sous-entendait qu'il y en avait d'autres, mais c'était un sujet qu'ils n'aborderaient pas cette nuit-là, car il voulait la titiller et l'inonder de plaisir.

—Jolie Sienna perturbatrice, chuchota-t-il en s'appuyant sur un coude à côté d'elle et en glissant la main sous son pull en V pour la poser sur son ventre lisse et tendu.

Elle contracta les muscles à son contact, les yeux aussi noirs que la nuit.

— Ça me… (Elle prit une inspiration tremblante.) Je peux te toucher ?

À cette question polie, son sexe déjà dur comme la pierre se raidit à un point douloureux. Ce fut alors qu'il prit conscience qu'il n'aurait pas la patience de jouer avec elle, de la laisser se familiariser petit à petit avec sa sexualité tempétueuse. Pas ce jour-là. Ce dont elle lui avait fait part et la décision qu'il avait prise avaient poussé son loup à bout.

Et surtout, Sienna avait besoin de se reposer et de garder ses forces pour l'opération.

En grondant, il l'embrassa avec fougue puis se leva d'un bond, entraînant avec lui une Sienna abasourdie. Il ne put s'empêcher de poser les mains sur son visage et de s'emparer de nouveau de sa bouche avec une ardeur possessive.

— On terminera ça (nouveau baiser) plus tard.

Il lui mordilla la lèvre inférieure.

— À ton retour.

Sur ces mots, il se baissa, ramassa son blouson et le mit sur les épaules de Sienna.

Il ne s'attendait pas au baiser qu'elle plaqua sur ses lèvres.

Nom de…

Il referma les mains sur ses hanches, à deux doigts de la soulever et de la caler contre son sexe durci. Après ça, il ne s'écoulerait pas deux secondes avant qu'il remonte le pull de Sienna jusqu'à son cou et arrache son soutien-gorge afin de pouvoir se repaître de ses seins. Cinq de plus – voire dix, car il soupçonnait qu'il serait gourmand avec sa poitrine –, et il la plaquerait nue contre l'arbre le plus proche.

Il marcha jusqu'au bord de la butte pour se soustraire à la tentation, mais il était encore trop près d'elle. Son odeur d'automne et d'épice restait dans sa bouche, dans l'air, sur sa peau. Les dents serrées, il dévala la pente qui menait au lac et s'avança jusqu'à la berge pour s'asperger le visage d'eau glacée.

Bon sang !

Même si le froid ne le dérangeait d'ordinaire pas, son loup n'apprécia pas le choc thermique, mais il avait repris le contrôle de lui-même lorsque Sienna le rejoignit. Il pointa un doigt sur elle.

— Tiens-toi tranquille… si tu ne veux pas te retrouver nue sous moi dans cinq secondes chrono.

Il ne contrôlait peut-être pas si bien son loup que ça.

Elle cligna des yeux, déglutit et secoua la tête.

— Je ne pense pas être tout à fait prête.

Lui non plus. Pour preuve les traînées d'eau glacée dans son cou lorsqu'il se redressa.

— Tu aimes le lac ?

Ce n'était pas très subtil comme changement de sujet, mais la subtilité n'était pas vraiment son fort à ce moment-là.

— Oui. (Elle lui emboîta le pas.) Il est paisible.

— Je venais tout le temps jouer ici avec mes amis quand j'étais enfant.

Rissa avait adoré sauter dans l'eau sous sa forme de louve.

— Est-ce que tu l'aimais vraiment beaucoup ? demanda-t-elle tout bas.

Bien qu'elle eût posé la question, il voyait à son maintien et à son visage inexpressif qu'elle s'attendait à ce qu'il lui dise que ça ne la regardait pas. C'était ce qu'il aurait répondu s'il s'était agi de n'importe quelle autre personne du rang de Sienna. Mais elle n'était pas n'importe qui. Elle était la femme qu'il avait embrassée à lui faire perdre haleine une minute plus tôt, la femme qu'il envoyait dans une situation potentiellement dangereuse le lendemain, la femme qui le tenait sous son emprise depuis l'instant où leurs regards s'étaient croisés dans cette clairière verdoyante le jour de sa désertion.

— Nous étions des enfants, commença-t-il, la voix rauque à l'évocation de ce souvenir. Je ne l'ai connue que trois ans. (Ils avaient été inséparables ces trois années.) Nous faisions partie des chanceux… nous nous étions trouvés tôt.

— Comment as-tu su ? (Son visage et ses mots étaient empreints d'une profonde et troublante curiosité.) Qu'elle était ta compagne ?

— Je l'ai su. (C'était une résonance de l'âme, un désir du cœur, un foyer empli de douceur qui lui avait manqué chaque jour depuis sa mort.) J'avais cinq ans quand elle est née et sept quand on s'est rencontrés. Je me souviens que je marchais dans un couloir avec ma mère la première fois que je l'ai vue. Plus tard, ma mère m'a dit que j'avais tout à coup tourné à l'angle et que je m'étais mis à courir.

Elle riait toujours lorsqu'elle racontait cette histoire, sa mère talentueuse et un peu fée avec ses yeux verts comme la mer et sa chevelure sauvage.

— Ça l'a tellement surprise qu'elle a décidé de me laisser faire pour voir ce qu'il y avait de si intéressant. Jusqu'à ce que je me précipite dans la garderie.

— C'était Tarah qui supervisait la garderie à l'époque ? demanda-t-elle, se référant à la mère d'Indigo.

— Non, et Evie n'était même pas née. (Il n'en revenait pas du nombre d'années écoulées... que Rissa n'était plus là depuis tout ce temps.) Ma mère était certaine que j'allais avoir de gros ennuis pour avoir interrompu l'heure de la sieste, surtout quand elle m'a trouvé en train de rire avec une bambine aux cheveux noirs épais et bouclés et aux yeux marron.

Il n'oublierait jamais l'émerveillement qui lui avait gonflé le cœur quand Rissa lui avait souri. *À moi.* Ça avait été une pensée limpide. Enfant, il n'avait eu aucune idée de l'ampleur que prendrait un jour ce sentiment ; à ce moment-là, ça n'avait été qu'une simple pulsion possessive.

— La guérisseuse de l'époque m'a dit qu'à sa connaissance, aucun autre changeling n'avait trouvé sa compagne aussi tôt.

Certains mettaient des années à se reconnaître ; Drew et Indigo en étaient le parfait exemple.

— Comme c'est beau. (Les mots de Sienna trahissaient son ébahissement.) Elle a vécu la majeure partie de sa vie en sachant qu'elle ne serait jamais seule, qu'il y aurait toujours quelqu'un pour la rattraper quand elle tomberait.

Hawke n'avait jamais envisagé les choses sous cet angle, qui imprégnait de joie plutôt que de chagrin la courte vie de Rissa.

— Merci.

Pris d'une furieuse tendresse pour cette femme à l'âme couturée, il caressa d'une main sa lourde chevelure soyeuse.

— Fais attention à toi. On a quelque chose d'important à terminer à ton retour.

Lara partit à la recherche de Walker le matin suivant, après que Sienna et Judd avaient quitté la tanière avec une telle discrétion qu'elle ne se serait jamais aperçue de leur départ si elle ne s'était pas réveillée avant l'aube pour vérifier l'état d'Elias, et ne les avait pas entrevus alors qu'ils se glissaient dehors. Lorsqu'elle était allée demander des explications à Hawke, lui rappelant qu'elle était aussi gradée qu'un lieutenant, il lui avait dit ce qui se passait.

Elle poussa la porte d'un petit espace de travail qu'elle savait que Walker avait réservé dans une section isolée de la tanière. Ses outils étaient soigneusement alignés sur un établi qu'il avait construit de ses mains, tandis que l'homme lui-même se tenait devant une autre table, occupé à poncer les bords d'une chaise à bascule si délicate et gracieuse, que Lara sut qu'elle était destinée à une petite fille.

— Tu as fabriqué ça pour Marlee ?

Il leva la tête, retira ses lunettes de protection et les posa.

— Non. C'est un cadeau pour Sakura.

C'était une gentille attention pour la petite fille dont le père n'était pas encore totalement rétabli, le genre de chose que Walker faisait si souvent sans fanfare, ni rien attendre en retour.

— Je t'ai apporté quelque chose.

Raidissant les épaules, elle combla la distance qui les séparait et plaça une tasse de café et une assiette de pain beurré sur l'établi. C'était ce qu'il préférait manger au petit déjeuner. Elle le savait car elle remarquait tout au sujet de Walker Lauren.

Après avoir reposé la ponceuse, il s'époussetа les mains et prit une tranche de pain. Ni l'un ni l'autre ne dirent un mot avant qu'il ait fini de manger.

— Ce sont tous les deux des individus qualifiés, dit-il enfin. Il n'y a aucune raison que ça se passe mal.

Le nœud dans le ventre de Lara se desserra lorsqu'elle prit conscience qu'il n'allait pas rendre les choses difficiles. C'était elle qui s'était éloignée… mais elle n'avait cessé de regretter cette décision depuis. Il lui avait manqué. Aucun homme ne suscitait chez elle le dixième des sentiments que Walker éveillait d'un simple regard, d'un simple mot.

Confrontée à cette irréfutable conclusion, elle avait annulé tous ses rendez-vous galants. Ça n'aurait pas été juste. Ni vis-à-vis d'elle, ni vis-à-vis des hommes concernés.

À la place, elle s'était sérieusement penchée sur sa relation avec Walker ; pas juste sur ce qu'il lui avait dit, mais sur ce qu'il avait fait. Walker Lauren, l'homme calme et réservé qui adressait rarement la parole à quiconque, était venu la trouver chaque nuit et lui avait confié des choses que, ainsi qu'elle en avait acquis la certitude, personne d'autre ne savait. Sans oublier qu'il avait pris soin d'elle avec la même discrétion. Peut-être ses paroles étaient-elles la vérité et ses actes un mensonge involontaire, mais Lara avait décidé d'aller jusqu'au bout.

Jamais elle ne voudrait regarder en arrière et se demander ce qui aurait pu se passer. Car il comptait pour elle. *Énormément.* Assez pour qu'elle soit prête à prendre le plus grand risque de sa vie et poursuivre cette amitié qui n'avait rien de simple.

— Mais tu t'inquiéteras quand même, dit-elle. Il est ton petit frère, et elle pourrait aussi bien être ta fille.

Il écarquilla légèrement ses yeux vert pâle.

— Judd serait choqué de s'entendre décrire ainsi.

Riant à cette manifestation d'émotion inhabituelle, elle lui vola une gorgée de café avant de lui passer la tasse.

— Je ne dirai rien si tu ne dis rien.

— Entendu. (Il but une longue gorgée avant de placer la tasse à côté de l'assiette et de tendre la main pour la poser sur sa mâchoire.) Tu es plus reposée.

La peau de Lara la brûla là où il l'avait touchée.

— Oui.

— J'en suis heureux. (Il fit courir le pouce sur son menton, puis laissa retomber la main.) Parle-moi.

Elle s'exécuta tandis qu'il poursuivait son travail, l'empêchant de ressasser le fait que deux des personnes qu'il aimait étaient en danger. Lorsqu'il la toucha de temps à autre, soit par mégarde soit volontairement quand il l'aida à s'asseoir sur l'établi, elle étouffa l'envie d'en réclamer davantage.

Cet homme valait la peine qu'elle attende.

RÉCUPÉRÉ DE L'ORDINATEUR 2(A)
TAGS : CORRESPONDANCE PRIVÉE, PÈRE, ACTION NON REQUISE*

De : Alice <alice@scifac.edu>
À : Papa <ellison@archsoc.edu>
Date : 2 mars 1974 à 22 h 18
Objet : <aucun objet>

Cher papa,

J'ai eu des retours positifs de mon contact empathe. Il confirme mon hypothèse, même s'il me dit que dans les quatre cas, c'était presque impossible à repérer et qu'il n'y est parvenu que parce qu'il savait quoi chercher ; et malgré cela, il a dû passer un temps considérable à étudier les esprits ciblés sur le PsiNet.
La conclusion que je me hasarde à en tirer, c'est que ça doit avoir un rapport avec le rang des X-Psis. Hélas, comme aucun de ceux qui participent à mon projet ne dépasse le rang 4,2, je n'ai aucun moyen de le prouver.
J'ai cependant décidé de poursuivre mes efforts et de voir si je pouvais élaborer un test qui confirmerait ou réfuterait la deuxième partie de ma théorie. Bien entendu, le comité d'éthique mettra une éternité à me donner son accord vu que ça impliquera des volontaires vivants. En attendant, j'ai l'intention de continuer mes recherches historiques.
J'ai adoré visiter le site des fouilles. Vous me manquez déjà tous les deux.

Je t'embrasse,
Alice

* Note : Pas de requête adressée au comité d'éthique. Rien n'indique qu'il y ait eu des expérimentations non autorisées.

Chapitre 29

« *On a quelque chose d'important à terminer à ton retour.* »
Allongée par terre sous le ciel d'une nuit sans lune ni étoiles, loin de chez elle dans ces montagnes inconnues où l'air était raréfié, Sienna se remémora les dernières paroles de Hawke, qu'elle avait gardées dans son cœur. Il l'avait embrassée, serrée contre lui. Il lui avait révélé une part importante de son passé. Sans oublier qu'il lui avait confié cette mission, reconnaissant par là qu'elle n'était pas une jeune femme soldat comme les autres mais une X-Psi forgée par un feu glacial.

Enfin, il la voyait telle qu'elle était.

« *Nous faisions partie des chanceux… nous nous étions trouvés tôt.* »

Les loups qui perdaient leur compagne ne s'unissaient plus jamais. Ça n'arrivait qu'une fois, et c'était pour la vie. Est-ce que ça lui importait ? *Oui.* Peut-être était-ce égoïste de sa part, mais elle voulait que Hawke soit sien, qu'il se sente chez lui dans son regard comme elle se sentait chez elle dans le sien.

Top départ.

À cette alerte psychique, son esprit passa en mode militaire. Elle se leva après s'être assurée que la voie était libre et se rapprocha sans bruit de la première cible. Elle avait été douée pour ça quand elle avait été l'élève de Ming, mais elle s'était encore améliorée au fil des années. Avec Ming, elle s'était reposée autant qu'elle l'avait pu sur ses aptitudes psychiques, tandis qu'au sein de la meute SnowDancer il lui avait fallu exercer un contrôle strict sur ces mêmes aptitudes.

Cette discipline s'avéra utile cette nuit-là.

Elle était invisible aux sens psychiques des gardes. Elle le savait car Judd avait éprouvé ses boucliers… et il avait été tellement surpris par leur efficacité qu'il lui avait demandé comment elle s'y était prise. Lorsqu'elle lui avait montré, il avait modifié ses propres boucliers en prenant modèle sur les siens.

« Ce n'était pas simplement en raison de ton statut de X-Psi que Ming a fait de toi sa protégée. »

Canalisant l'écho de ce souvenir, elle termina sa tâche et alla se tapir dans l'ombre du deuxième entrepôt. La seconde suivante, elle se figea lorsque le garde tourna à l'angle et se dirigea vers elle, pile à l'heure prévue. Là au moins, elle n'avait pas à craindre que son odeur la trahisse ; les changelings détenaient un réel avantage sur ce point.

Il lui vint soudain à l'esprit que c'était peut-être pour ça que Ming essayait de la retrouver. Car même si elle ne l'avait encore dit à personne, son instinct ne cessait de la ramener au soupçon que c'était Ming qui avait envoyé les quatre Tk-Psis sur le territoire des SnowDancer, pas Henry. Il n'y avait aucune raison pour qu'Henry reconnaisse la signature psychique distinctive d'une X-Psi. Il aurait en revanche suffi à Ming d'un seul coup d'œil à n'importe quel rapport pour savoir. Il aurait vu en elle une mine d'informations sur les SnowDancer. Chose qu'elle était.

Vas-y.

Obéissant à cet ordre interne, elle se glissa hors de sa cachette alors que le garde disparaissait de nouveau de son champ de vision, posa la deuxième charge d'explosif et s'éclipsa derrière un autre bâtiment avant qu'il revienne. Elle aurait voulu entrer en contact télépathique avec Judd afin de s'assurer qu'il était en sécurité, mais ils avaient convenu de ne communiquer qu'en cas d'urgence.

L'aptitude à détecter les communications télépathiques était considérée impossible par la plupart des gens. Mais il existait quelques rares Psis capables de déceler la faible énergie psychique libérée durant cet acte. Chose étrange, c'était avec un non-Psi que Sienna en avait fait l'expérience pour la première fois. Les ancêtres de Lucas avaient apparemment eu de l'ADN Psi ; le chef des léopards repérait toujours les activités psychiques qui survenaient près de lui, qu'elles soient télépathiques ou non.

Secteur 7 terminé.

Sur cette note mentale, elle passa au secteur 8. Judd s'occupait des secteurs 1 à 6, tous plus fréquentés que ceux qu'il lui avait assignés. C'était logique puisqu'il pouvait se téléporter, sans compter qu'il avait été une Flèche. Sienna connaissait ses propres forces, mais elle savait aussi que Judd pourrait lui briser la nuque sans même qu'elle le voie venir.

Top départ.

Hawke décida de décamper de la salle de surveillance quand Brenna, d'humeur habituellement égale, lui répondit en grondant presque :

— Ils gardent le silence radio. On n'entendra rien tant qu'ils ne seront pas en danger.

Se rendant compte qu'il agitait sa louve, il toucha sa joue du dos de la main et la laissa en paix, conscient qu'elle le contacterait dès qu'elle aurait des nouvelles à lui communiquer. Mais il était hors de question qu'il reste assis à attendre ; après s'être transformé en loup, il sortit dans la nuit froide et claire. Tout en courant et en saluant les compagnons de meute qu'il croisait, il réfléchit aux informations que Cooper lui avait transmises plus tôt ce jour-là.

« *Le bruit court que des armes sont introduites dans la zone étendue de la baie de San Francisco* », avait dit le lieutenant, la mâchoire crispée. « *Ils ont appris de leurs erreurs, Hawke. Ils évitent nos pièges habituels... Ça me frustre à mort que nous n'ayons pas réussi à trouver ou intercepter le moindre chargement.* »

Hawke partageait cette frustration, mais une part de lui avait toujours su que ce jour viendrait. Pas seulement à cause des gens qui avaient échappé à l'emprise du Conseil en rejoignant les rangs des changelings, mais à cause de la façon dont ces désertions avaient modifié la perception que les gens avaient du pouvoir du Conseil et de celui des meutes. Les SnowDancer et les membres de DarkRiver n'étaient plus considérés comme des animaux stupides mais comme de sérieuses menaces.

Changeant de cap après avoir traversé la zone de patrouille de Sing-Liu et reçu un salut de la femme soldat humaine, Hawke passa la frontière et entra sur les terres de DarkRiver. Les membres des deux meutes pouvaient circuler librement d'un territoire à l'autre, mais ça lui faisait malgré tout une impression étrange de ne plus être parmi les siens. N'ayant pas cherché à dissimuler sa présence, il fut aussitôt repéré.

À sa grande surprise, le léopard qui le vit lui fit signe de s'arrêter. Essoufflé par sa course même s'il aurait encore pu continuer pendant des kilomètres sans interruption, Hawke s'avança pour se poster à quelques pas de l'homme. Le loup reconnut l'odeur de ce mâle, identifiant la sentinelle Clay Bennett.

— J'ai essayé de te joindre un peu plus tôt, dit Clay en guise de bienvenue. Les Rats ont trouvé quelque chose.

Hawke pencha la tête de côté.

— Des pièces détachées d'armes dans le réseau des eaux de pluie de la ville, et on n'a aucun moyen de connaître leur origine exacte. Mais, ajouta-t-il, grâce à une carte du réseau, les Rats sont parvenus à déterminer que ces pièces doivent venir du quartier de SoMa. Peut-être d'un des vieux entrepôts reconvertis qui ont été fermés pour maintenance.

Le loup de Hawke réfléchit, laissant sa part humaine venir sur le devant de la scène. Contrairement aux autres changelings qui avaient cédé le contrôle à leur loup durant de longues périodes, Hawke n'avait jamais couru le risque de perdre son humanité. Son loup avait pris les rênes lorsqu'il en avait eu besoin plus jeune, assistant le garçon dans les décisions qu'il avait été trop inexpérimenté pour prendre, mais il s'était retiré dès que Hawke avait trouvé ses repères.

L'animal avait une vision très manichéenne de la vie et ne comprenait pas les manigances qui se jouaient dans le monde des humains. Il comprenait les combats en face à face, l'instinct de tuer pour se défendre ou protéger, mais pas le besoin de tuer par intérêt politique. L'humain en revanche avait survécu à un massacre, et il ne saisissait que trop bien les motivations les plus sombres.

— J'ai chargé les Rats de fureter encore un peu cette nuit, poursuivit Clay. On ne les remarque jamais. Je me disais qu'il faudrait qu'on se réunisse demain et qu'on mette au point un plan pour la suite des opérations. Je pense qu'on devrait faire appel aux jeunes… aux novices qui ont l'air d'adolescents.

Malin, songea Hawke. Personne ne prêtait la moindre attention aux adolescents, tant on les voyait partout dans leurs bandes bruyantes. Acquiesçant par un bref hochement de tête, il laissa la sentinelle à son poste et permit à son loup de remonter à la surface. Il croisa plusieurs autres léopards en s'enfonçant au cœur du territoire de DarkRiver. Quelques jeunes vinrent même courir avec lui dans l'espoir de prendre un chef de vitesse. Son loup partit d'un rire rauque et grave tandis qu'il les laissait jouer avant de poursuivre sa route et de les abandonner à bout de souffle et de forces.

Il couvrit des kilomètres entiers.

Mais il n'oublia pas un seul instant que Sienna se trouvait sur le plus dangereux des terrains de jeu.

Sienna trébucha. *Non, non, non!*

Se contorsionnant avec une maladresse qui allait à l'encontre des enseignements d'Indigo, elle se réceptionna violemment par terre. Elle entendit quelque chose craquer et fut presque certaine qu'il s'agissait d'une côte. La douleur était saisissante, mais elle évita la lumière du projecteur qui balayait la zone.

Sans bruit, elle prit une inspiration laborieuse, se leva et procéda à un rapide examen physique pour s'assurer que rien de vital n'avait souffert de sa chute. Tout était fonctionnel, si ce n'était qu'elle avait du mal à respirer. Après s'être accordé un répit d'une minute supplémentaire et avoir reprogrammé son compte à rebours mental pour compenser, elle dissocia la douleur de son esprit conscient.

C'était une tactique militaire qui pouvait s'avérer dangereuse si l'on s'en servait pour une blessure grave, car l'esprit cessait de prêter attention aux signaux envoyés par le corps ; en revanche, c'était la solution idéale pour une côte cassée. Lorsque ce fut fait, elle inspecta les explosifs dans son sac à dos pour vérifier qu'ils n'étaient pas endommagés puis poursuivit sa route, aussi silencieuse qu'un loup dans la forêt. Alors qu'elle n'était plus qu'à deux pas d'un bâtiment qui avait été déclaré vide suite à une mission de reconnaissance, tout dérailla.

La porte s'ouvrit brusquement.

Elle se figea derrière, incapable de voir l'individu à travers le métal. Mais elle pouvait l'entendre… *les* entendre.

— Combien ce soir ?

— Quinze.

— Ça avance plus lentement que je le voudrais.

— Nous ne pouvons pas aller plus vite, ou ils nous repéreront.

— Oui. (Une pause.) Si nous en sommes arrivés à ce point, c'est à cause des éléments faibles au sein du Conseil.

— Nous n'aurons plus à nous inquiéter d'eux très longtemps.

L'une des deux personnes – une grande femme noire – sortit et commença à fermer la porte. Sienna retint son souffle, aussi immobile qu'une statue tandis que l'autre individu tirait la porte de l'intérieur. La femme consulta un petit agenda électronique, puis alla pour se retourner.

Une seconde de plus et elle la verrait.

La gorge sèche, Sienna replia ses doigts télépathiques, prête à frapper.

Hawke regarda par-dessus l'épaule de Brenna, le matin suivant.

—Parle-moi, chérie.

Il avait gardé ses distances après être allé courir, s'était occupé en dressant la liste des novices habilités à couvrir le secteur de l'entrepôt, et en leur exposant leur mission, mais Judd et Sienna auraient dû être rentrés depuis longtemps.

Walker avait déjà confirmé une absence de communication télépathique.

« Ils sont vivants, avait-il dit dix minutes plus tôt, des ridules au coin des yeux. Je les sens sur le LaurenNet.

— Peux-tu tenter de les contacter par le biais de votre réseau ? »

Il ne voulait pas déconcentrer Judd et Sienna, mais il devait savoir s'il y avait eu un problème, afin que la meute puisse organiser un sauvetage.

Walker avait secoué la tête.

« Le LaurenNet est limité par sa taille. Il peut compenser l'éloignement d'un des adultes, mais comme ils sont deux à être partis, le réseau est étiré. Il tiendra le coup, mais je ne peux pas prendre le risque de me déconcentrer. »

Hawke savait qu'une brèche aurait des conséquences catastrophiques.

« Prends soin de Toby et de Marlee. »

Ça devait être la priorité. Ni Sienna ni Judd n'auraient voulu qu'il en aille autrement.

« Je t'avertirai dès que j'aurai du nouveau. Au fait, Hawke, avait-il ajouté en soutenant son regard de ses yeux vert pâle, il va falloir qu'on parle à leur retour. »

Dans le centre des communications de la tanière, Brenna répondit à son tour au chef des loups par la négative.

— Je leur ai donné des portables indétectables, mais ils ont peut-être décidé malgré tout de ne pas se hasarder à appeler.

Hawke crispa la main sur le dossier de sa chaise.

— Peux-tu les retrouver à bord du jet ?

Ils étaient censés prendre un vol pour rentrer quelques heures plus tard.

— Non. (Brenna repoussa la frange qui lui tombait devant les yeux.) On a infecté les ordinateurs de l'aéroport avec un virus subtil qui a effacé Judd et Sienna du système. Ça ne servirait à rien de pirater les fichiers des visuels.

Relâchant son souffle, elle tendit la main pour la poser sur la sienne.

— Ça ira pour eux.

Surpris par l'assurance dans sa voix, il la dévisagea lorsqu'elle leva la tête.

— Qu'est-ce que te rend si sûre ?

— Je suis inquiète. Bien sûr que je le suis, admit-elle. (Les ténèbres dans son regard faisaient écho à ses paroles.) Mais Judd m'envoie des ondes rassurantes par notre lien.

Le loup de Hawke grimaça, car il ne pouvait pas garder un œil sur Sienna de cette façon.

— Et puis, poursuivit Brenna, mon compagnon est un dur à cuire. Sans rire, ta chérie ne pourrait pas être entre de meilleures mains.

Malgré le loup qui marchait de long en large dans son esprit, il se sentit esquisser un sourire.

— Sache que Sienna est une dure à cuire en herbe.

Se résignant à attendre même si une telle inaction le hérissait, il dit :

— Je vais aller voir les félins pour discuter d'un autre problème avec eux... Appelle-moi dès que tu auras des nouvelles. Compris ?

— Absolument. (Elle se leva.) Un câlin ne serait pas de refus.

Il l'enlaça sans mot dire. Elle était une compagne de meute. Ça l'apaisait lui aussi de la serrer contre lui. Mais il savait que son loup continuerait à déambuler à moitié fou dans son esprit jusqu'à ce que Sienna soit de nouveau en sécurité sur son territoire.

— Ça va mieux ?

— Oui.

Il partit après lui avoir caressé la joue. Il passa chercher Riley à la cabane que le lieutenant partageait avec Mercy, puis se rendit avec lui au lieu de la réunion, qui se trouvait être la maison de la guérisseuse de DarkRiver.

— C'est une énorme marque de confiance, non ? dit Riley alors qu'ils s'arrêtaient devant l'élégant duplex. Nous laisser venir si près de leur guérisseuse… On en a fait du chemin.

Hawke ne pouvait qu'acquiescer.

— Pour être honnête, je n'aurais jamais cru qu'on formerait une alliance avec les félins, à l'époque où ils ont commencé à se manifester.

À ce moment-là, il lui importait seulement qu'ils restent hors de son chemin pendant qu'il reconstruisait sa meute anéantie.

— En effet.

Ni l'un ni l'autre ne fit le geste de sortir de la voiture.

— Hawke, dit Riley, brisant le silence tendu, je peux gérer ça. Tu n'as pas envie d'être ici.

— Il faut que je m'occupe. Autant que ce soit comme ça.

Il sortit et claqua la portière.

Riley lui jeta un coup d'œil lorsqu'ils se rejoignirent devant le véhicule.

— Si je peux me permettre un conseil, les femmes fortes n'apprécient pas qu'on les houspille.

— C'est bête.

Elle aurait de la chance s'il se contentait de la houspiller, songea-t-il alors qu'il se rendait à la réunion, ses pensées tournées vers le téléphone dans sa poche.

Quand il reçut enfin un message, ce fut simplement : « Toujours aucun contact. »

Chapitre 30

Aden regarda la Flèche qui se tenait à côté de lui sur la plage de sable qui bordait la côte amalfitaine. Abbot était un Tk-Psi de rang 9,1, incroyablement puissant, doué et maudit. Ça n'avait pas été une surprise de découvrir que l'homme de vingt-six ans était attiré par le concept de Pureté.

— Es-tu venu m'arrêter, Aden ? s'enquit l'autre Flèche. Me demander de ne pas rejoindre Purs Psis ?

Aden secoua la tête.

— Contrairement à Ming, je ne te forcerai pas à te soumettre à mes visées politiques. Mais tu dois savoir que tu ne peux pas être à la fois une Flèche et un membre de Purs Psis.

— Tu me bannirais donc.

— Non, Abbot. Nous ne sommes pas comme ça.

L'eau était légèrement luminescente dans la nuit noire qui était tombée de ce côté du monde, et il prit note de chercher quel organisme marin en était la cause.

— Mais notre unité repose sur la confiance inconditionnelle. (Sur l'assurance que la Flèche derrière lui ne profiterait jamais de cette position pour le poignarder dans le dos.) Une fois que tu auras juré allégeance à Purs Psis, tu devras te conformer à leurs objectifs.

Abbot prit son temps pour répondre tandis que le vent chargé de sel qui soufflait du golfe de Salerne repoussait en arrière ses cheveux d'un noir d'encre.

— Tu n'es pas un Tk-Psi.

— Non.

— Qu'en dit Vasic ?

Aden songea au Tk-V capable de faire sortir du sang des murs et de relever les morts.

— Tu devrais lui demander.

— Pas de petits jeux, Aden. Tu sais ce qu'il pense… Il te parle.

Aden regarda l'écume scintiller avant que la mer l'avale de nouveau.

— Vasic pense qu'il importe peu de savoir quel Conseiller mène la danse, ou si la machine s'appelle Conseil ou Pureté… Au bout du compte, nous ne sommes que des corps chauds à leur disposition.

Tant de Flèches avaient donné leur vie pour préserver Silence. Elles n'avaient été récompensées que par des morts supplémentaires.

— Et pourtant, nous prêtons allégeance à Kaleb Krychek.

— Il y a des raisons à cela.

Abbot regarda en direction des lumières dorées qui brillaient encore aux fenêtres de quelques maisons accrochées aux falaises, et Aden lut un désir morne dans ses yeux aussi bleus que les eaux les plus profondes de la mer Égée. C'était une infraction à Silence, mais une Flèche ne trahissait jamais l'un des siens.

— Nous ne sommes pas des Flèches pour rien, dit enfin l'autre homme. Nous ne pouvons pas survivre sans Silence.

— Possible. (Aden songea de nouveau à Vasic, à ce qu'avait payé le Tk-V pour rester sain d'esprit.) Mais le prix de la survie est peut-être devenu trop élevé.

Chapitre 31

Dix heures après la réunion sur le territoire de DarkRiver, Hawke dut lutter contre la furieuse envie d'attirer Sienna contre lui et d'étrangler Judd en même temps. Le chef des loups ne fit ni l'un ni l'autre. Ils arrivèrent tous les deux à la tanière après avoir enfin pris contact par téléphone en atterrissant à San Francisco… six heures plus tard que prévu.

— Bon sang, dit-il à peine eurent-ils refermé la porte de son bureau, pourquoi n'as-tu pas transmis de rapport télépathique à Walker ?

— On a eu un problème, dit Judd. (À ces mots, le sang de Hawke se glaça dans ses veines.) J'ai dû me téléporter en vitesse pour tirer Sienna d'un mauvais pas. Ajouté à cela la téléportation pour entrer et ressortir du village avec elle, et tout ce qu'il a été nécessaire de faire pour mener à bien l'opération, j'ai frisé la combustion.

Hawke riva les yeux sur Sienna.

— Explique-moi, dit-il.

Elle raidit la colonne vertébrale.

— Comme Judd était vidé de ses forces, nous avons décidé d'économiser mon énergie psychique. Envoyer un rapport télépathique longue distance ne m'aurait coûté qu'une faible quantité de puissance, mais elle aurait pu me servir en cas de confrontation.

Le cœur de Hawke se changea en bloc de glace dans sa poitrine lorsqu'il lut entre les lignes, et il fit signe à Judd de poursuivre.

— Nous avons manqué le vol prévu car il me fallait du temps pour récupérer et éviter tout risque d'effondrement. (Voyant que Hawke ne l'interrompait pas, Judd enchaîna.) Les explosifs ont été posés. Brenna peut tous les déclencher d'ici.

— Demande-lui de fabriquer deux télécommandes supplémentaires… j'en garderai une sur moi, tu prendras l'autre, ordonna Hawke. Nous devons nous tenir prêts au cas où il nous faudrait abandonner la tanière.

Judd haussa les sourcils.

— C'est déjà arrivé ?

Hawke répondit par un bref hochement de tête.

— Une fois. Son emplacement avait été révélé.

Parce qu'il avait été lieutenant, le père de Hawke en avait trop su lorsqu'on l'avait capturé.

Si les SnowDancer étaient parvenus à récupérer la tanière, c'était uniquement grâce aux hommes et aux femmes qui avaient survécu au carnage et étaient allés éliminer discrètement le petit groupe qui avait perpétré les viols psychiques. Personne ne fit jamais le rapprochement avec les SnowDancer, un choix délibéré de la part de la meute. Ils avaient été trop faibles pour risquer les représailles des Psis. Mais ils n'étaient plus faibles ni brisés.

— Dis à Brenna que les télécommandes sont une priorité.

Judd hocha la tête.

— On a également capturé des images détaillées du campement avec les caméras fixées à nos cols.

— Mariska pourra les nettoyer et les synthétiser.

La technicienne vétérane de vingt-huit ans était si timide qu'elle paraissait froide, mais elle avait l'esprit acéré.

— Je les lui déposerai. Si tu n'as pas d'autres questions, on devrait se changer et essayer de se reposer.

— Vu comme Brenna t'a embrassé à ton arrivée, je doute que tu te reposes beaucoup, dit Hawke, et il vit un minuscule sourire étirer les lèvres de Sienna.

Judd en revanche n'eut aucune réaction physique.

— Bonne nuit, Hawke, répondit-il avec le calme d'un Psi, du Judd tout craché. Sienna, tu devrais aller te coucher toi aussi.

Sienna leva la tête, s'attendant à ce que Hawke la retienne, mais il s'était déjà détourné pour regarder autre chose sur son bureau. Déçue, elle sortit avec Judd.

— Sienna, dit-il, l'arrêtant alors qu'ils allaient se séparer deux couloirs plus loin, tu t'en es très bien sortie.

Elle raidit les épaules au souvenir de l'instant avant que la garde soit distraite par un coup de téléphone. Ça avait donné à Judd le temps de répondre à son appel télépathique et de venir la téléporter.

— On a failli être pris tous les deux à cause de moi.

— Il y a des imprévus sur le terrain… On reconnaît un bon agent à sa façon de répondre aux défis. Tu es restée calme et silencieuse, ce qui était la réaction appropriée dans cette situation.

C'était rassurant à entendre.

— Merci.

— Comment va ta côte ?

— Bien.

Judd n'en avait pas parlé à Hawke, mais c'était en réalité le fait de ressouder l'os qui l'avait autant épuisé. La blessure de Sienna avait été plus grave qu'elle ne l'avait pensé.

— Je ne sens même pas d'hématome.

— Bien. (Il se pencha et déposa un baiser sur sa tempe.) Va te doucher. Je suis sûr que tu auras un visiteur d'ici dix minutes, grand maximum.

Il avait dit ça sur un ton si égal qu'elle mit une seconde à intégrer ses paroles.

— J'essaierai de ne pas me téléporter dans ta chambre, pour ne pas lui casser les jambes pour avoir l'audace de s'y trouver, lança Judd.

Elle le regarda s'éloigner, stupéfaite.

« Dix minutes, grand maximum. »

Électrisée par cet écho mental, elle courut à sa chambre, évitant tous les compagnons de meute qui voulurent l'arrêter. À peine eut-elle refermé la porte derrière elle qu'elle se déshabilla et sauta dans la douche.

Elle frottait son corps mouillé avec la serviette quand on frappa un coup sec à la porte.

Ça ne faisait certainement pas dix minutes.

Plutôt quatre et demie.

— Une seconde!

Elle ramassa ses vêtements sales éparpillés par terre, les jeta dans la salle de bains et s'empressa d'enfiler une culotte.

On frappa à nouveau, avec plus d'impatience cette fois.

— J'arrive!

Son jean resta coincé au niveau des chevilles. Jurant, elle parvint à le remonter puis lutta pour enfiler un tee-shirt vert forêt. Tout en dégageant ses cheveux humides, elle alla ouvrir la porte à bout de souffle alors qu'on frappait un troisième coup.

— Que… (La porte se referma et elle se retrouva plaquée contre avant d'avoir eu le temps de comprendre ce qui lui arrivait.) Hawke, je…

Il prit son visage entre ses mains et la regarda avec les yeux de son loup. Elle laissa sa phrase en suspens tandis que son rythme cardiaque s'accélérait, et il continua à l'observer avec une concentration totale et inébranlable. Quand il passa le pouce sur sa pommette, elle sursauta.

— Je ne t'enverrai plus dans une zone à risque, dit-il tout bas.

Ça aurait été si facile de se laisser submerger par sa force.

— Il le faut, dit-elle d'une voix rauque. Je suis née pour la guerre.

Il fit courir une main sur sa mâchoire puis enserra sa gorge.

— Non.

Elle sentit son souffle chaud contre sa peau, son corps aligné avec le sien.

— Je suis ce que je suis. (C'était difficile de continuer à parler alors qu'il était si beau et chaud contre elle, une caresse de virilité.) Quand on enferme du feu dans une petite boîte, il finit par mou...

Hawke lui coupa la parole d'un baiser, son goût une explosion pour ses sens. Ce baiser-là n'avait rien de comparable aux autres. Avançant la main sur sa gorge pour la poser sur sa mâchoire, il lui inclina la tête à sa guise, plaqua sa main libre sur la porte à côté de sa tête, lui écarta un peu plus les jambes... puis il l'assaillit.

Chaud, humide et profond, c'était un baiser dévorant qui disait clairement qu'il la considérait comme sienne.

Sienna frissonna. Il était si imposant et superbe, si près d'elle qu'elle ne savait pas où poser les mains. Agrippant le dos de son tee-shirt noir, elle essaya de se grandir, de lui offrir davantage de sa bouche et d'en savourer plus de la sienne.

Un grondement monta de la poitrine de Hawke alors qu'elle se mouvait, et elle s'aperçut qu'elle chevauchait sa cuisse. Ça aurait pu l'embarrasser ou la choquer, mais cette nuit-là...

Encore, songea-t-elle, *donne-moi tout.* Elle ne l'aurait peut-être jamais tout entier, mais elle revendiquerait le droit d'avoir ça. La compagne qu'il avait perdue n'avait jamais touché cette part sauvage et affamée de lui-même, n'avait jamais caressé le corps puissant qui la clouait à la porte, n'avait jamais goûté la chaleur sombre de sa bouche exigeante. Ce feu qui les consumait était pour elle seule.

— Pourquoi ne portes-tu pas de soutien-gorge ?

Surprise par cette question abrupte qu'il avait posée contre ses lèvres, elle prit une brusque inspiration.

— Tu ne m'as pas laissé le temps d'en mettre un.

Il lui décocha un sourire de loup, puis déposa des baisers sur sa mâchoire et le long de son cou. Elle s'attendait à ce qu'il la morde, mais il n'arriva rien de tel. À la place, il glissa la main au creux de ses reins et la pressa plus fermement contre sa cuisse. Elle ne put réprimer un gémissement.

Oui, elle savait ce qu'était le sexe ; mis à part ses cours théoriques de SVT, les magazines féminins de la salle commune des novices s'étaient révélés extrêmement instructifs. Mais toutes les recherches du monde n'auraient pu la préparer à ça. Jamais elle n'avait anticipé ce que ça ferait d'être aussi près de lui, alors que son corps musclé frottait contre la partie la plus intime de son anatomie.

— Quels grands yeux tu as.

Ce fut alors qu'elle sentit ses dents.

Sur sa lèvre inférieure, une morsure lente et séduisante qui la mettait au défi de riposter. Déplaçant la main sur son cou, elle replia les doigts dans sa chevelure épaisse et soyeuse et s'arc-bouta pour réclamer sa bouche. Elle était Psi et son esprit était son meilleur atout ; sans s'en rendre compte, elle avait pris note de ce qui plaisait à Hawke. Se servant du savoir acquis, elle fut récompensée par le grondement qui se déversa dans sa bouche… et qui vibra contre les pointes durcies de ses tétons.

Reculant d'un bond, elle baissa la tête pour regarder son tee-shirt en coton. Et se demanda ce qu'elle ressentirait s'ils étaient peau contre peau.

Mais leur baiser n'avait pas suffi à Hawke. L'attirant de nouveau dans ses bras en lui empoignant les cheveux, il s'empara de sa bouche. C'était une marque au fer rouge, sombre et passionnée. De sa main libre, il lui saisit la cuisse et l'incita à bouger sur lui.

— C'est ça, ma belle, dit-il d'une voix rauque contre ses lèvres tandis qu'elle commençait à se frotter contre lui sans en avoir conscience et que le désir se déroulait dans son ventre.

Il l'embrassa encore, lui caressa la cuisse.

— Ouvre la bouche.

Elle obéit car elle ne voulait pas qu'il s'écarte, qu'il la laisse démunie alors qu'elle avait presque le goût de…

La couture du jean de Sienna pressa contre son clitoris et tout se fractura. Même la douleur atroce du second niveau de dissonance ne suffit pas à atténuer le choc.

Du coin de l'œil, Hawke vit les dangereuses étincelles rouges et jaunes et colla son corps contre le sien.

—Bébé, tu es blessée ?

—Que… quoi ? demanda-t-elle, hébétée. Blessée ?

—Est-ce que le feu t'a touchée ?

Il tendit la main et repoussa les cheveux de son visage.

Elle le regarda avec d'immenses yeux d'obsidienne, vides des étoiles qui étaient la marque d'une cardinale.

—Juste à l'intérieur.

—Hein ?

—Le feu ne m'a touchée qu'à l'intérieur.

Comprenant de quoi elle parlait, il sourit puis examina mentalement son propre corps. Pas de brûlures.

—Intéressant, murmura-t-il.

Quelque chose dans le ton de sa voix – son arrogance suffisante, sans doute – lui fit cligner des yeux, et elle tenta de reprendre ses esprits. Il n'avait pas envie qu'elle ait déjà des pensées cohérentes. Elle était détendue et comblée, et il ne songeait qu'à la tenir dans ses bras et la cajoler à sa guise. Agissant avant qu'elle ait pu l'en empêcher, il s'assit sur son lit avec elle blottie contre lui.

—On peut dire que tu es rapide à la détente, Sienna, la taquina-t-il, maître de lui-même pour la simple raison qu'elle était dans ses bras et de nouveau sous sa protection.

Elle lui jeta un regard solennel.

—C'est mal ?

Il ne résista pas à l'envie de l'embrasser, savourant sa vitalité éclatante. Elle n'avait pas trouvé la mort dans un camp de Purs Psis, n'était pas revenue en morceaux sanguinolents.

—Non, répondit-il. J'aime te faire jouir. J'ai l'intention de le faire souvent et bien.

Le visage de Sienna s'empourpra brusquement, et elle l'enfouit contre son torse. *Si jeune*, songea-t-il, aux prises avec sa conscience. Mais il n'était pas hypocrite. Il l'avait envoyée dans un campement ennemi, l'avait mise dans une situation qui aurait pu conduire à sa mort. Si elle était en âge de mourir pour la meute, elle était en âge de choisir qui elle voulait prendre pour amant.

—Raconte-moi l'opération, dit-il en glissant les doigts dans ses cheveux humides.

Au lieu de lui signaler que Judd s'en était déjà chargé, elle lui fit un compte-rendu étape par étape.

—Je sais que je ne devrais pas te le dire car ça me met en mauvaise posture pour marchander, dit-elle, mais j'avais peur.

Il lui serra la cuisse.

—Je m'inquiéterais davantage si ça n'avait pas été le cas… la peur nous maintient en vie, en état d'alerte.

Ne lui restait plus qu'à s'écouter au lieu de ressentir une colère féroce en imaginant Sienna seule et effrayée dans le noir.

Elle se redressa, une main appuyée sur son torse.

—Ce n'est pas vrai. Les Flèches n'éprouvent pas de peur, et ça les rend fortes.

—Oui, admit-il. Mais une Flèche n'a pas la perspective d'un baiser à la fin d'une traque ni d'un corps chaud à côté du sien quand surgit un cauchemar.

Elle le dévisagea sans ciller ; ce n'était plus le regard de la jeune fille rougissante, mais celui de la femme qui l'avait défié plus d'une fois.

—Hawke ?

—Oui ?

—Qu'est-ce que ça signifie ?

Il enroula une mèche de ses cheveux rouge rubis autour de son doigt.

—Ça signifie que tu vas devoir apprendre à faire avec moi.

Il n'y avait plus de retour en arrière possible. Pas pour ça.

Elle fronça les sourcils.

—C'est peut-être plutôt toi qui devrais apprendre à faire avec moi.

Son loup retroussa les babines pour se fendre d'un sourire sauvage.

— Bébé, j'essaie de maîtriser cet art depuis le jour où je t'ai rencontrée.
— Menteur, dit-elle. Ton loup pense pouvoir me contrôler.

Plus à son aise, elle bougea la partie inférieure de son corps.

Il siffla entre ses dents.
— Doucement.
— Tu es excité.

Une remarque parfaitement détachée, mais il sentait l'odeur chaude et sensuelle de l'humidité entre ses jambes et entendait son cœur s'emballer.

Il se pencha et enfouit le visage dans son cou, léchant sa peau au goût de sel et d'épice.
— C'est gérable.

Son loup l'avait goûtée et mourait d'envie d'en avoir plus, mais il comprenait que pour la revendiquer au niveau le plus intime, l'homme autant que le loup allaient devoir y aller petit à petit. Aucune de ses deux moitiés n'avait envie de voir de la peur dans ses yeux quand elle le regarderait, surtout au lit.

Frissonnant sous l'effet de ses petits coups de langue bestiaux, Sienna referma la main sur les cheveux de Hawke.
— Tes cheveux sont beaux. Tu le sais, n'est-ce pas ?

Elle le sentit esquisser un sourire contre la peau sensible de son cou avant qu'il la mordille. Elle sursauta et resserra l'autre bras autour de lui, la joue appuyée contre les poils rêches de sa barbe naissante. Puis elle fit ce dont elle avait envie depuis très longtemps. Elle le cajola, glissant les doigts entre ses lourdes mèches argent et or jusqu'à ce qu'il se détende… puis il changea de position et elle se retrouva à plat dos tandis qu'il la surplombait, en appui sur ses avant-bras.

L'espace d'une seconde, elle cessa ses caresses, submergée par la virilité pure et débridée du loup dans son lit. Un grondement monta dans sa gorge… et la peau de Sienna se tendit sur tout son corps. Prenant une brusque inspiration, elle se remit à cajoler cet homme puissant et superbe qui gardait son loup si près de la surface. Il posa une main sur sa hanche, lourde, chaude et possessive.

— C'était comment ? osa-t-elle demander. Quand tu as cédé le contrôle au loup alors que tu étais dans ta peau humaine d'adolescent ?

Il lui écarta les jambes et pesa plus lourdement contre elle.

— C'était, tout simplement. (Une réponse typique de loup.) Le loup voit tout en noir et blanc, sans nuances. À l'époque, c'était ce qu'il me fallait. Et puis, j'étais toujours présent, poursuivit-il.

Elle était surprise de le voir aussi disposé à parler.

— Le loup n'a jamais réellement pris le dessus, mais il a permis au garçon que j'étais de puiser dans sa force pendant un moment.

Sienna entrouvrit la bouche pour l'interroger au sujet des Psis et de ce qu'ils avaient fait aux SnowDancer, mais elle la referma avant que les mots aient pu lui échapper. Ces ténèbres-là n'avaient pas leur place dans cette pièce, dans ce lit. Elle choisit plutôt de continuer à le caresser, ne s'apercevant que plusieurs minutes plus tard que son propre corps s'était relâché sous le sien et qu'elle avait replié une jambe pour l'appuyer contre lui.

Loup malin.

Il se remit à couvrir de baisers lents, humides et un peu brusques la courbe sensible de son cou.

Loup séduisant.

Chapitre 32

Le loup de Hawke s'enivrait du goût et de l'odeur de Sienna, mais il s'interrompit et griffa sa moitié humaine jusqu'à ce qu'elle lui prête attention. Il éloigna sa tête du cou de la jeune femme et la secoua, s'efforçant de retrouver un semblant de pensée rationnelle.

— Hawke ? (Sienna caressa sa nuque puis glissa les mains dans ses cheveux, une zone si sensible qu'il aurait ronronné s'il avait été un félin.) Pourquoi est-ce que tu t'arrêtes ?

C'était la réponse au trouble de Hawke, et il mit en mots l'hésitation du loup.

— Parce que tu es fatiguée, tant sur le plan physique que psychique, murmura-t-il en déposant un baiser appuyé au creux de sa gorge.

Son désir pour elle était impérieux, mais pour sa première fois, elle méritait mieux qu'un accouplement frénétique.

Elle grimaça et lui tira les cheveux.

— Je n'ai pas besoin que tu prennes cette décision à ma place.

Il pressa la partie inférieure de son corps contre elle et émit un grondement de satisfaction lorsqu'un petit son sensuel monta de sa gorge.

— J'ai besoin de prendre cette décision pour moi.

Pas de regrets, voilà ce qu'il voulait lire sur son visage embrasé par la passion après leur première fois ensemble.

Elle cessa de bouger les doigts et sonda son regard.

—D'accord. (Un murmure solennel, comme si elle avait lu dans ses pensées.) Embrasse-moi avant de partir.

—Bébé, dit-il en mordillant sa lèvre inférieure pleine, j'ai l'intention d'aller beaucoup plus loin que ça.

Il ne la prendrait pas, pas ce soir-là, mais il n'était pas non plus assez noble pour la laisser sans s'être accordé un avant-goût digne de ce nom.

Elle laboura sa nuque des ongles.

—Jusqu'où ?

Le sérieux de Sienna mit son loup d'humeur joueuse.

—Je compte franchir le deuxième palier.

Lorsque sa poitrine se souleva brusquement, il sut sans l'ombre d'un doute qu'elle avait saisi l'allusion sexuelle.

—Quel est le deuxième palier chez un homme ?

Il cligna des yeux et releva la tête, n'ayant jamais eu de raison de réfléchir à cette question.

—Le même que chez une femme, je suppose.

—Alors enlève ta chemise.

Elle défit le premier bouton, puis tendit la main vers le suivant.

Des centaines d'images traversèrent l'esprit de Hawke, toutes en rapport avec ses seins chauds et doux frottant contre son torse nu. Les dents serrées, il saisit ses mains d'une seule des siennes et les immobilisa au-dessus de sa tête.

—Pas touche.

—Hawke…

Coupant court à ses protestations d'un baiser, il glissa la main sous son tee-shirt et l'ouvrit sur son ventre tendu et soyeux. Un frisson la parcourut quand il avança la main pour la poser sur ses côtes, sentant les battements désordonnés de son cœur sous ses doigts.

—Oui ? chuchota-t-il en déposant un baiser sur la zone délicate en dessous de son oreille. Ça va être si bon.

Pour eux deux.

Elle fléchit les poignets mais ne tenta pas de se libérer de son étreinte.

— Oui, acquiesça-t-elle d'une voix rauque.

Levant la tête de sa peau grisante, il soutint son regard tandis qu'il remontait la main juste assez haut pour effleurer du pouce le renflement de son sein.

Elle décolla du lit, pressant sa chair tendre contre lui. En frissonnant, il referma la main sur son sein, le serra et fit rouler son téton entre ses doigts pendant qu'elle s'agitait et poussait des cris érotiques. Il avait l'eau à la bouche à l'idée de remonter son tee-shirt et de goûter le petit bourgeon durci.

Il dut faire appel à toute sa volonté pour ne pas baisser la braguette de son jean et mettre les doigts de Sienna sur lui. *Patience. Patience.* Il scanda ce mot dans un coin de son esprit alors qu'il avançait la main vers le sein qu'il avait négligé. Il la caressa jusqu'à ce que son désir devienne insoutenable… et s'aperçut qu'il frottait son sexe contre son intimité, dont il avait déjà le goût intense sur la langue.

Merde.

Surprise, Sienna le regarda se jeter hors du lit. Les tétons qui pointaient sous son tee-shirt en coton l'aguichaient.

— Tu ne peux pas…

— Te délaisser après t'avoir émoustillée ?

Il plaqua les mains de chaque côté de son corps, se pencha et prit entre ses dents un bourgeon de chair provocant, mouillant le tissu avec sa langue. Elle poussa un cri aigu, et son excitation flagella les sens de Hawke.

— Un peu que je le peux, dit-il en relevant la tête, vu que ma queue est sur le point de se casser en deux.

Elle secoua la tête alors que sa poitrine se soulevait au rythme de ses inspirations saccadées.

— Ce n'est pas ma faute.

— C'est entièrement ta faute. (N'osant pas se risquer à lui donner un autre baiser, il posa la main sur sa mâchoire et caressa sa lèvre inférieure du pouce.) Mais qu'est-ce que j'aime te peloter, Sienna. Il faut qu'on remette ça demain.

Il partit alors qu'elle émettait un son de frustration qui lui fit esquisser un sourire féroce.

Sascha était assise dans le grand fauteuil confortable du salon avec Nadiya dans les bras quand Lucas sortit une seconde. Il revint avec une enveloppe à la main.

—Kit dit que c'est arrivé au bureau avec le courrier tout à l'heure. C'est adressé à nous deux.

Elle sourit à la pensée du jeune léopard qui devenait un homme fort et merveilleux sous ses yeux.

—Il est parti?

Lucas hocha la tête.

—Il est de garde sur le périmètre, mais il va passer demain matin avant de rentrer. Pas pour nous voir toi et moi, bien entendu.

En riant, elle regarda Lucas décacheter l'enveloppe et lire la lettre. Le sourire de son compagnon s'évanouit.

—Si j'en crois cette lettre, dit-il, un bienfaiteur anonyme a ouvert un compte en fiducie de cinq millions de dollars au nom de Naya pour son éducation. Le solde devra être reversé quand elle aura vingt-cinq ans.

Sascha laissa Naya lui serrer le doigt tandis que leur petite féline bâillait puis se réinstallait pour poursuivre sa sieste.

—Ma mère.

Lucas posa la lettre sur la table basse.

—Que veux-tu faire?

Elle aimait énormément son compagnon, mais c'était dans les moments comme celui-là qu'elle mesurait la chance qu'elle avait. Tant d'hommes auraient rejeté ce compte d'entrée de jeu, sans même s'interroger sur le pourquoi du comment.

—Je me suis aperçue que je ne connaissais pas ma mère aussi bien que je le pensais. (Ça avait changé sa perception de son enfance et l'avait obligée à tout regarder sous un jour différent.) Laisse-moi lui parler.

— Tu veux poser Naya ?

— Tu as juste envie de lui faire des câlins.

Il ne nia pas cette accusation alors qu'il prenait le nouveau-né assoupi des bras de Sascha, esquissant le plus tendre des sourires. La paternité seyait à sa panthère, même si elle savait qu'elle allait devoir surveiller sa tendance à surprotéger Naya, ou la pauvre ne sortirait jamais avec personne. Elle laissa échapper un petit rire. Ça la ravissait de songer au futur, aux expériences qu'ils vivraient en famille.

Elle suivit son compagnon dans la chambre et le regarda s'installer sur le lit avec Naya contre son torse nu. La main de Lucas couvrait presque entièrement son corps minuscule tandis qu'il la caressait à la manière des changelings, renforçant le lien élémentaire qui les unissait. Lorsqu'il ronronna, Naya émit un petit son joyeux, très féline dans son amour du contact physique.

Sascha se mit à rire en les voyant si béats et décontractés.

— Il y a de la place pour trois ?

Lucas l'invita à les rejoindre, les yeux verts comme ceux de sa panthère.

— Toujours et à jamais.

Parfois, cet homme la chamboulait.

— Ne me fais pas pleurer. Je suis encore régie par mes hormones.

Se blottissant contre lui lorsqu'il sourit, elle tendit la main pour prendre le portable sur la table de chevet. En quelques secondes, elle envoya le texto. Nikita répondit par télépathie l'instant suivant, sa portée suffisante pour entendre la voix beaucoup plus faible de Sascha.

— *Sascha.*

— *Mère, nous avons reçu la lettre nous informant de l'ouverture du compte en fiducie.*

— *Quel rapport avec moi ?*

Sascha songea que sa mère mentait avec une incroyable aisance. Au lieu d'insister, elle dit :

— *Tu sais que j'ai accouché ?*

— *Ton enfant porte un prénom russe. Je m'attendais à ce que tu coupes tous les liens avec ton passé.*

Sascha l'avait envisagé, mais son passé vivait en elle. Son écho se répercuterait sur son enfant, ne serait-ce qu'à travers l'amour féroce que Sascha lui vouait.

— *Lucas et moi avons décidé que c'était important que Nadiya connaisse les deux parties de son héritage.*

La tradition des noms slaves remontait au grand-père de Sascha, tandis que le second prénom de Naya avait été celui de la mère guérisseuse de Lucas.

— *Veux-tu que je t'envoie une photo d'elle par e-mail ?*

— *Nous avons rompu nos liens familiaux, Sascha.* (Une déclaration d'une froideur qui allait au-delà de la cruauté.) *Elle ne représente rien pour moi.*

Autrefois, ces mots l'auraient profondément blessée. Mais Sascha voyait désormais la vérité enfouie sous le mensonge.

— *Non, bien sûr que non.* (Car si Nikita reconnaissait Nadiya comme sa petite-fille, le bébé deviendrait une cible.) *Mère, le compte…*

— *Il s'agit d'une affaire privée à laquelle je ne porte aucun intérêt.*

Une larme unique roula sur la joue de Sascha.

— *D'accord.*

La connexion télépathique se termina en silence.

— Sascha.

Lucas passa un bras autour de sa poitrine pour la tenir contre lui, la laissant lui communiquer sa tension par le biais du lien d'union.

— Qu'a-t-elle dit ?

— Rien de blessant. (Elle se retourna et frotta le visage contre son torse, regardant le corps frêle et innocent de Naya se soulever au rythme de sa respiration.) Je suis une mère à présent, Lucas. Je ferais n'importe quoi pour protéger Naya, même si elle devait me détester le reste de sa vie pour ça.

Elle déglutit et toucha du doigt le visage joufflu de leur bébé.

—Et je me demande si ce n'est pas précisément ce qu'a fait Nikita.

L'après-midi suivant, alors qu'il sentait encore les courbes de Sienna contre son corps et se demandait pourquoi diable il avait écouté son bon côté et s'était arrêté, Hawke finissait de régler les affaires de la meute. Lui et Kenji avaient eu une discussion intéressante avec la coalition de BlackSea ce matin-là, et il avait chargé le lieutenant de s'occuper de la suite.

À Los Angeles, Jem faisait de même avec Aquarius. Après avoir répondu à l'e-mail qu'elle lui avait envoyé, il passa en revue les autres tâches sur sa liste mentale. Les équipes des novices menaient l'enquête dans le quartier de l'entrepôt, Brenna fabriquait les télécommandes tandis que Mariska et Judd examinaient les enregistrements vidéo. Riley gérait le roulement des soldats, Indigo et Riaz le programme d'entraînement qui venait d'être modifié.

Il alla trouver Lara, qui l'informa de l'état de santé de tous ceux qui avaient été blessés lors de l'attaque. Simran était presque remise et se reposait chez elle, de même que Riordan. En revanche, Elias demeurait encore à l'infirmerie.

—J'ai failli lui fracasser un scanner sur la tête aujourd'hui, marmonna Lara. Jamais je n'aurais cru que ce serait à cause d'Eli que je me mettrais à boire.

Hawke sourit.

—Il est donc sur la voie de la guérison ?

—Oui, dit-elle avec un faible sourire. Je dois le garder ici car sa nouvelle peau est trop fragile, mais il sortira sans cicatrices dans moins d'une semaine.

—Bon travail, Lara.

Il l'embrassa sur la joue, puis passa voir Riley.

— Personne n'a besoin de toi aujourd'hui, dit le lieutenant avant de lui indiquer la porte. Profites-en tant que tu le peux.

Sans se faire prier, Hawke alla traquer sa proie préférée.

— Toby, dit-il en interceptant le jeune garçon alors qu'il s'élançait dehors avec un ballon de foot dans les bras. (Ses cours s'étaient terminés une demi-heure plus tôt.) Est-ce que tu as vu Sienna ?

Lorsque Toby secoua la tête, ses cheveux – qui n'étaient pas encore aussi foncés que ceux de Sienna – lui tombèrent devant les yeux. Hawke étrécit les siens.

— À quand remonte la dernière fois qu'on t'a coupé les cheveux ?

Repoussant les mèches, Toby se dandina d'un pied sur l'autre et son visage prit une nuance dangereusement proche de celle de ses cheveux.

— Euh…

— Toby.

Hawke n'avait encore jamais eu à employer ce ton avec ce préadolescent qui avait de si bonnes manières qu'il déconcertait un peu son loup.

— Je n'aime pas les ciseaux, lâcha Toby. Près de ma tête, je veux dire.

— Walker n'a rien dit ?

Le Psi n'était pas du genre à laisser passer ça.

— Sienna m'a un peu tiré d'affaire.

Ça, Hawke le concevait. Sienna couvait Toby. Peut-être trop. Hawke comprenait qu'on prenne soin des siens, mais il savait aussi qu'un garçon avait besoin d'explorer sa force et d'en être fier.

— Viens, on va te couper les cheveux aujourd'hui, dit-il, changeant ses priorités. (Même s'il brûlait de voir Sienna, ce jeune compagnon de meute avait besoin de lui.) Comment veux-tu pouvoir faire quoi que ce soit si tu ne vois rien ?

Toby traîna les pieds, mais il obéit. Hawke lui demanda de laisser le ballon de foot sur la banquette arrière du van tandis qu'il mettait le contact.

—Où est-ce qu'on va ?

—Voir Sascha.

La curiosité de son loup au sujet du bébé était trop forte pour qu'il patiente plus longtemps, et il savait que l'empathe s'occuperait des cheveux de Toby avec plaisir.

Sauf que ce dernier se raidit à cette idée, et l'odeur de son angoisse heurta les sens of Hawke. Arrêtant aussitôt le van, il tendit la main pour frotter la tête baissée du gamin.

—Qu'est-ce qui se passe ?

—J'aime bien Sascha. Beaucoup même.

—Je sais.

C'était pour cette raison qu'il s'était dit que cette affaire de coupe de cheveux passerait mieux avec l'aide de l'empathe.

Toby serra les poings sur ses cuisses tendues.

—Je ne veux pas qu'elle pense que je suis un bébé.

Oh.

—Pareil pour Riley ?

L'enfant idolâtrait le lieutenant, qui le traitait comme un frère beaucoup plus jeune.

Toby hocha vivement la tête.

—Mmm. Dans ce cas, je vais devoir m'en charger.

Après être allé garer la voiture plus loin sur leur territoire – et conscient que Toby le dévisageait, bouche bée –, il fit descendre le garçon puis fouilla dans le puits de stockage jusqu'à trouver une paire de ciseaux dans la trousse de premiers secours. Quand Toby déglutit, il lui indiqua l'arrière du van et dit :

—Assieds-toi.

Le garçon se hissa sur le hayon, les jambes dans le vide tandis qu'il déversait un flot de paroles à toute vitesse.

—Ma maman se servait de sa télépathie pour m'endormir quand on me coupait les cheveux. Je n'ai jamais aimé ça.

Heureux d'apprendre que cette peur n'était qu'un résidu inoffensif de son enfance et ne reposait pas sur un traumatisme caché, Hawke dit :

— On ne va pas se servir des sédatifs dans la trousse de premiers secours, alors oublie ça.

Toby se rembrunit.

— Ils ont l'air vraiment coupants.

Hawke brandit les ciseaux et coupa un peu de ses propres cheveux pour éprouver les lames.

— Ouais, ça devrait marcher.

— Oh là là. (Toby écarquilla ses yeux de cardinal.) Tu n'aurais pas dû faire ça.

— Pourquoi ?

— Parce que Sienna se fâche chaque fois que tu te coupes les cheveux.

Son loup dressa les oreilles.

— Ah oui ?

Il se rapprocha.

Toby se figea.

— Bon, dit Hawke, qui avait assez d'expérience avec les louveteaux pour savoir que la logique n'aiderait pas, ferme les yeux et crie de toutes tes forces.

— Hein ?

— Fais-le, c'est tout.

Toby prit une profonde inspiration, ferma les yeux… et cria.

Grimaçant à ce son strident, Hawke coupa d'un coup la frange beaucoup trop longue du garçon, veillant à ce que les lames métalliques ne touchent pas sa peau.

— Pas mal.

En tout cas, il ne l'avait pas coupée de travers.

Toby ouvrit les yeux.

— Ça y est ?

Hawke lui tendit ses cheveux.

— Qu'en penses-tu ?

— J'en pense que personne d'autre ne me laissera crier, déclara-t-il, songeur.

— Eh bien, tant que ça ne te dérange pas de ressembler à un évadé de prison, je peux m'en occuper.

— D'accord.

Toby rayonnait.

— Et le reste ?

— Les tiens sont plus longs que les miens, lui fit remarquer le louveteau.

— Tu peux les garder de cette longueur à condition que ça ne te gêne pas.

Toby fronça les sourcils et réfléchit. Il était si sérieux pour son âge, songea Hawke, se rendant compte qu'il n'avait pas passé tant de temps que ça avec le garçon. Mais l'homme l'appréciait autant que le loup ; Toby possédait une bonté simple et profonde qui, Hawke le savait, ne disparaîtrait jamais. Au-delà des derniers vestiges de ses peurs enfantines, il y avait aussi de la force chez lui. Elle était balbutiante et devait encore grandir, mais quand Toby aurait mûri, Hawke ne doutait pas qu'il ferait la fierté de la meute.

— Coupe-les, déclara-t-il sur un ton résolu. Je pourrai les laisser pousser si j'ai de bons résultats en cours d'activités extérieures.

Hawke était impressionné.

— Tu es sûr ?

Toby hocha la tête avec assurance. Puis il ferma les yeux et prit son inspiration. Il cria trois fois, et riait à la troisième. Hawke aussi. Ensuite, assis sur le hayon, ils mangèrent des cacahouètes d'un sachet que Toby avait eu dans sa poche. Elles étaient écrasées, mais ça n'avait pas d'importance.

Hawke en vint à réévaluer son opinion du garçon tandis qu'ils discutaient. Toby avait la douceur d'un empathe, mais il voyait tout ; et il comprenait que le monde n'était pas que gentillesse. Après tout, qui était mieux placé pour connaître la part obscure du cœur humain que quelqu'un doué de l'aptitude à percevoir les émotions ?

Mais il était aussi un enfant.

— J'ai soif, dit-il après avoir croqué la dernière cacahouète.

— Moi aussi. (Se retournant, Hawke fouilla dans la trousse de premiers secours et trouva une bouteille d'eau.) Ah, voilà.

— Tu vas devoir la remplacer, ou Lara te grondera.

— J'en sais quelque chose.

Après avoir bu une gorgée d'eau, il passa la bouteille à Toby.

Qui calqua ses gestes.

Cachant son sourire, Hawke saisit le ballon de foot.

— Allez viens, petit gars.

Toby rayonna.

— C'est vrai ? Toi et moi ?

Du pied, Hawke joua avec la balle.

— Et que ça saute.

— J'arrive !

Ils passèrent plus d'une demi-heure ensemble, durant laquelle Toby se révéla un adversaire à la fois agile et intelligent. Ensuite, ils vidèrent la bouteille d'eau avant de retourner dans le van.

Toby attacha sa ceinture.

— Pourquoi est-ce que tu ne m'as pas demandé des trucs sur Sienna ?

Hawke lui jeta un regard intrigué alors qu'il démarrait le véhicule.

Toby haussa les épaules.

— Je me suis dit que tu passais du temps avec moi pour en apprendre plus sur ma sœur.

Oui, ce gamin voyait vraiment tout.

— J'y ai peut-être songé, dit Hawke, parce qu'il n'envisageait pas de mentir aux membres de sa meute. Mais il se trouve que j'aime bien traîner avec toi.

Le visage de Toby s'illumina.

— Tu le penses vraiment. Je le sais.

Hawke ébouriffa les cheveux de l'enfant puis le ramena chez eux. Il accompagna Toby au terrain d'entraînement afin de veiller à ce que le coach du garçon sache que Toby n'avait pas fait l'école buissonnière, et les gamins le supplièrent de rester. En tant que chef, son instinct le poussait à prendre soin des louveteaux. Résultat, la nuit était tombée lorsqu'il put repartir à la recherche de Sienna.

Et cette fois, rien ne le tiendrait éloigné de sa proie.

RÉCUPÉRÉ DE L'ORDINATEUR 2(A)
TAGS : CORRESPONDANCE PRIVÉE, PÈRE, ACTION NON REQUISE

De : Alice <alice@scifac.edu>
À : Papa <ellison@archsoc.edu>
Date : 12 novembre 1974 à 23 h 04
Objet : <aucun objet>

Cher papa,

On m'a notifié aujourd'hui que je n'aurais plus accès à mes volontaires de classification X, et on m'a « demandé » de cesser mes recherches. Je suis une scientifique. Je ne peux pas faire ça, d'autant que je suis sur le point de découvrir la réponse.
Ce qui m'inquiète, c'est que si j'ai vu juste, je risque bien de donner à ceux qui cherchent à contrôler les X-Psis un moyen de les retenir en otage. On pourrait se servir de la promesse de sécurité comme d'une « motivation » pour les forcer à jouer le rôle d'armes psychiques... Je n'aurais pas redouté une chose pareille il y a quelques années, mais le Conseil Psi n'est plus ce qu'il était autrefois.
Appelle-moi quand tu recevras cet e-mail. Je n'arrive pas à joindre le site des fouilles.

Je t'embrasse,
Alice

Chapitre 33

Hawke ne trouva pas Sienna dans sa chambre, ni dans les quartiers de sa famille ; mais Walker y était. Le télépathe lui indiqua le couloir d'un signe de la tête. Comprenant que l'aîné des Lauren souhaitait avoir cette discussion à l'écart des enfants, Hawke le conduisit à une petite alcôve privée avant de dire :

— Je suis surpris que tu aies attendu aussi longtemps.

— Il y a un temps et un endroit pour tout. Nous y voilà.

Soutenant le regard de Hawke comme peu d'hommes en étaient capables, Walker ajouta :

— Tu la traiteras bien.

Ce n'était pas une affirmation mais un ordre.

Le loup de Hawke s'agita.

— Penses-tu que je la traiterais autrement ?

— Si c'était le cas, tu serais mort.

C'était Judd qui avait été un assassin, mais Hawke eut soudain le sentiment très net que lorsqu'il s'agissait de Sienna, Toby et Marlee, c'était Walker le plus dangereux.

— Compris.

S'il avait eu une fille, il aurait tué l'homme qui aurait osé lui faire du mal. Et indépendamment de leur lien de parenté réel, Walker était la personne qui se rapprochait le plus d'un père pour Sienna.

C'était ce qu'elle lui avait dit lorsqu'il l'avait questionnée au sujet de son père la nuit où ils avaient dansé dans la salle d'entraînement.

« Je connais son identité, mais conformément au contrat de reproduction, il ne s'est impliqué dans ma vie et dans celle de Toby que sur le plan biologique.

— T'arrive-t-il d'éprouver le besoin de le retrouver et d'en réclamer davantage ? » avait-il demandé, incapable de concevoir qu'un homme puisse abandonner ses enfants.

« Non. Je ne pense pas que ce soit le cas de Toby non plus. » Il n'y avait pas eu de détresse émotionnelle dans le ton de sa voix, et ce qu'elle avait dit ensuite avait expliqué pourquoi. « Nous avons toujours eu Walker, tu comprends. »

Walker adressa à Hawke un bref hochement de tête.

— En ce cas, il n'y a pas de problème.

Il tourna les talons et regagna ses quartiers.

Le loup de Hawke secoua la tête, suivant du regard le Psi aux yeux vert pâle.

— Tu m'as dit que tu étais un professeur sur le Net.

L'homme regarda par-dessus son épaule.

— Je l'étais. Tu ne m'as jamais demandé à qui j'enseignais.

Il ferma la porte derrière lui.

Jugeant que cette conversation-là pouvait attendre – car qui qu'ait été Walker, sa loyauté était acquise à la meute –, Hawke poursuivit ses recherches. Sienna ne traînait pas dans les salles communes. Il inspecta ensuite le domaine de Lara, et découvrit que la jeune femme y était passée une heure plus tôt. Alors qu'il commençait à perdre son sang-froid, il poussa la porte de ses propres appartements afin de manger un morceau avant de reprendre la traque.

Une odeur d'automne et d'épice flottait dans l'air et emplit ses poumons.

— Tu me dois un jeu, dit Sienna en prenant une carte de la pile qu'elle avait posée sur la moquette de la pièce principale des quartiers de Hawke.

Vêtue d'un jean et de son haut noir à damner un saint avec ses pressions aguicheuses, elle était assise en tailleur sur la moquette et ses cheveux formaient un rideau de feu sombre qui lui caressait le dos.

Le loup de Hawke gronda, agacé qu'elle ait été plus maligne que lui.

—Comment es-tu entrée?

—Ce n'est pas comme si tu verrouillais ta porte.

—Non, parce que les gens ne s'invitent pas dans les quartiers d'un chef.

—Punis-moi, alors.

Bien qu'il se soit attendu à ce qu'elle le défie, sa réponse malicieuse le prit de court. Son loup se dressa, aux aguets.

—Je suis bien tenté de le faire, dit-il en s'avançant pour s'accroupir devant elle et lui mordiller la lèvre inférieure.

La peau de Sienna fut parcourue d'un frisson.

—C'est tout?

Malgré le plaisir qu'il aurait eu à se jeter sur elle, il décida qu'il allait la savourer par petites bouchées cette nuit-là.

—Pour l'instant. (Il se leva, alla dans le coin cuisine et prépara une assiette de nourriture.) Tu as dîné?

—Oui.

Il vint s'asseoir en face d'elle et lui donna tout de même un grain de raisin charnu à manger. Son loup la regarda refermer les lèvres sur le fruit mûr, fasciné.

—Une partie de poker? murmura-t-il.

—Évidemment, répondit-elle d'une voix rauque.

Il mangea la moitié d'un sandwich avant de reprendre la parole.

—Il faut qu'il y ait des enjeux.

Elle fronça les sourcils.

—Financiers, tu veux dire?

Pauvre petite innocente, sur le point d'être plumée.

—Tut tut, ma belle. Tu sais que quand on joue au poker avec un homme derrière une porte close, il n'y a qu'une seule monnaie acceptable.

Elle en resta bouche bée.

— Tu jouerais pour ça ?

Ravi d'avoir choqué Sienna, d'ordinaire si calme et posée, il prit son temps pour manger l'autre moitié du sandwich.

— Des vêtements, miss Lauren. De quoi pensais-tu que je parlais ?

Elle siffla entre ses dents.

— Des fois, j'ai vraiment envie de… (elle émit un son de frustration) te mordre !

Il se figea.

— Je te laisserai peut-être faire.

— Je m'en abstiendrai si ça te plaît.

Quel sale caractère. C'était une chose chez elle qui plaisait à son loup.

— Jouons.

— J'ai beau ne plus être Silencieuse, je suis encore capable de prendre un air parfaitement impassible, dit-elle avec un sourire suffisant.

Elle souriait toujours lorsqu'elle le délesta de ses chaussettes – il s'était débarrassé de ses chaussures plus tôt –, de sa chemise et de sa ceinture. Ce fut à ce moment-là que la concentration de Sienna commença à faiblir, tandis que son regard ne cessait de revenir se poser sur son torse.

Le loup se cambra, paradant pour elle.

Et Hawke cessa de jouer les gentils.

Sienna avait déjà vu Hawke dévêtu ; il ne pouvait pas en être autrement puisque les changelings ressortaient nus de leur métamorphose, mais en vertu du protocole de la meute, elle s'était toujours efforcée de détourner le regard. Même si elle ne l'avait pas fait, elle n'avait jamais été aussi près de lui ces fois-là.

Il avait un torse ferme, un ventre plat et musclé, une peau couleur de miel et couverte d'une fine toison argent et or qui invitait aux caresses. Elle avait envie de le plaquer contre la moquette et de le lécher de la tête aux pieds.

— Tu comptes te coucher ?

Elle releva brusquement la tête et faillit lâcher ses cartes.

—Quoi?

—C'est le moment de montrer tes cartes.

Certaine de l'avoir battu, elle étala son jeu.

—Full, annonça-t-elle alors qu'elle braquait les yeux sur son jean.

Elle était si occupée à l'imaginer nu qu'elle manqua presque le sourire qui joua sur ses lèvres lorsqu'il dit:

—Pas mal, mais pas suffisant.

Il déploya un flush royal.

Elle regarda les cartes, stupéfaite.

—Déshabille-toi, ma belle.

Elle commença à retirer ses chaussettes, la peau scintillante sous l'effet de cette caresse verbale.

—Non, non. (Il secoua la tête.) Ton haut.

Son ordre dissipa la brume de sensualité.

—Mais je t'ai laissé enlever tes chaussettes en premier!

—Ouais, je ne savais pas que tu étais fétichiste des pieds. Ton haut.

Elle le fusilla du regard.

—Tu renonces à la mise?

Fulminante, elle commença à défaire les pressions du haut noir.

Hawke suivit ses gestes avec l'attention du prédateur.

—Tu seras mignonne juste en chaussettes.

Cette image à l'esprit, elle immobilisa les doigts sur les dernières pressions, mais lorsqu'il haussa les sourcils, elle se secoua et se débarrassa de son haut avant qu'elle se dégonfle.

Au grondement de Hawke, elle serra les cuisses.

—Je rêve, tu portes un débardeur en dessous!

—La frustration n'est plus si amusante maintenant, n'est-ce pas? dit-elle avec un rictus.

Il se fendit d'un lent sourire qui lui noua l'estomac.

—C'est donc ta vengeance?

—Peut-être.

Sa satisfaction ne dura que jusqu'à ce qu'elle découvre que Hawke était un tricheur professionnel. Alors qu'elle retenait son souffle, certaine que le débardeur honni serait la prochaine chose qu'il lui demanderait d'enlever, il se frotta la mâchoire et dit :

—En débardeur et en chaussettes… ça pourrait être mignon.

Malgré sa nervosité, elle ne pouvait pas s'empêcher de caresser son torse du regard en attendant que le verdict tombe. Elle imagina l'effet que ça lui ferait de le toucher, de frotter ses…

—Tes chaussettes.

—Hein ?

—Tu veux que je change d'avis ?

—Non !

Après s'être débarrassée de ses chaussettes, elle distribua les cartes de la partie suivante puisqu'il semblait ne pas voir d'inconvénient à ce qu'elle tienne le rôle de donneuse. Sauf qu'il était impossible de se concentrer avec lui allongé sur le dos à deux pas d'elle, une jambe étendue sur la moquette et l'autre repliée tandis qu'il tenait ses cartes au-dessus de lui. C'était comme si on lui montrait la plus belle statue classique du monde en lui interdisant d'y toucher.

Elle laboura ses paumes des ongles.

—Bébé ?

S'attendant à de nouvelles taquineries sensuelles qui la faisaient fondre de l'intérieur, elle fut étonnée par la tendresse qu'elle surprit dans ses yeux pâles de loup.

—Oui ?

—Est-ce que tu as envie d'être nue ?

—J'ai accepté de jouer à ce jeu.

Sienna tenait toujours parole. C'était un choix qu'elle avait fait après avoir quitté le Net, une prise de position qui la définissait.

—Ce n'est pas ce que j'ai demandé.

Elle aurait pu mentir pour préserver sa fierté, mais elle ne voulait pas de ça entre eux.

— Je ne me sens pas aussi à l'aise nue qu'un changeling.

Elle ne s'était jamais retrouvée nue devant qui que ce soit après l'âge de cinq ans, sauf dans un contexte médical. Et elle n'en gardait pas de bons souvenirs.

Hawke posa ses cartes.

— Tu veux me toucher ?

Cette invitation sensuelle trancha dans l'écho glacial de l'humiliation qu'elle avait endurée chaque année quand on inspectait son corps de la tête aux pieds afin de s'assurer qu'elle n'avait pas d'imperfections susceptibles de faire d'elle une arme moins performante.

— Oui, dit-elle, la gorge nouée par un besoin à l'état brut.

— Alors je suis tout à toi.

Elle repoussa les cartes et se rapprocha à quatre pattes pour s'agenouiller à côté de lui.

— Partout ?

— Tant que tu ne t'adonnes pas à ton bizarre fétichisme des pieds.

D'un sourire nonchalant, il l'invita à jouer.

Incapable de résister à la tentation, elle se pencha et embrassa sa bouche provocante. Il serra aussitôt le poing dans ses cheveux et la tint contre lui tandis qu'il la goûtait avec une minutie à couper le souffle.

— Me céderas-tu un jour le contrôle dans ce genre de situation ? demanda-t-elle alors qu'elle essayait de reprendre sa respiration. Dans un contexte sexuel ?

— Non. (C'était le loup qui la regardait.) Ça t'embête ?

Elle posa la main sur son torse, soudain dépendante de sa peau chaude et élastique.

— Je dois garder le contrôle sur mon pouvoir à chaque instant.

Il était impossible de ne pas le caresser, de ne pas lisser de la main la fine toison sur son torse, qui était encore plus douce qu'elle en avait l'air. Elle se demanda quel effet ça ferait de la sentir contre ses tétons.

Il crispa la main dans ses cheveux.

— Qu'est-ce qui vient de te passer par la tête?

— Devine, murmura-t-elle, car même si elle découvrait qu'elle n'était pas opposée à l'idée de lui laisser les rênes au lit, elle n'allait pas s'écraser non plus. Je veux te toucher maintenant.

Le torse de Hawke vibra sous sa paume, et elle se rendit compte qu'il avait grondé. Mais il n'y avait pas de colère contenue dans ce son. C'était plus sensuel, plus profond… intime. Repensant à ce qu'elle avait été en train de faire, elle s'aperçut qu'elle avait éraflé de l'ongle l'un de ses tétons plats.

Elle recommença donc.

Il réitéra son grondement, puis l'attira vers lui sans lâcher ses cheveux et s'empara de nouveau de sa bouche, la marquant de ses lèvres possessives. Elle se retrouva sur le dos la seconde suivante, le poids lourd de Hawke entre les cuisses. Lorsqu'elle repoussa ses épaules, il dit:

— Tu peux toujours me toucher.

Il déposa un petit baiser au coin de ses lèvres, égratignant de sa barbe naissante sa peau douloureusement sensible.

— Pas si tu continues comme ça. (Il était plus qu'impossible de se concentrer avec lui au-dessus d'elle, si imposant, chaud et excité.) Hawke.

Au son de la voix de Sienna, le loup de Hawke s'immobilisa. S'appuyant sur les avant-bras de chaque côté de sa tête, il sonda ses yeux d'un noir d'encre.

— Tu as besoin d'une pause?

Il n'avait pas oublié ce qu'elle était, ni ce que son don exigeait d'elle.

Elle fit courir les mains sur son torse.

Il dut serrer les dents pour se retenir de lui ordonner de caresser la bosse dure de son érection.

— Bébé, ce n'est pas comme ça que je vais me tenir tranquille.

— Il le faut, dit-elle, parce que c'est mon tour. J'ai besoin de te toucher.

Bien qu'elle eût déclaré ça sur un ton détaché, il entendit la frustration bien réelle qui se cachait derrière. Comme il l'avait remarqué la dernière fois qu'ils avaient été ensemble, la frustration au lit pouvait être amusante… mais ce n'était pas le cas de celle qui perçait dans la voix de Sienna. Elle trahissait un besoin profond, une faim de contact similaire à celle qui avait tenu Hawke dans ses griffes avant qu'il s'accorde le droit de la savourer. Elle avait raison. C'était son tour.

Il banda donc les muscles et courba la nuque, la laissant le caresser tandis que ses cheveux retombaient autour de son visage. Ce fut de la torture de ne pas broncher pendant qu'elle l'explorait, avide comme il l'était de la posséder. Le loup serra pourtant les dents au même titre que l'humain, comme s'il était conscient que cette femme, bien qu'assez forte pour survivre à une enfance qui aurait détruit la plupart des gens, était aussi terriblement vulnérable sur certains points.

— Tu es si beau, murmura-t-elle d'une voix rauque qui flatta sa peau tendue. Les poils de ton torse sont si doux, si fins. Comme le plus léger des pelages.

Ils étaient aussi hautement sensibles.

— Sers-toi de ta bouche, exigea-t-il, incapable de se maîtriser plus longtemps.

Mais ça n'intimida pas Sienna.

— Oh, oui. J'en ai envie.

Alors qu'il s'efforçait de taire la réaction primaire suscitée par le ravissement manifeste dans sa voix, elle descendit un peu plus bas et déposa un baiser chaud et désinhibé juste au-dessus de son téton gauche. Il ravala un juron tandis que son corps entier se couvrait d'un voile de transpiration. Comme il le savait, Sienna apprenait vite. Lorsqu'elle l'embrassa à nouveau, elle se servit de ses dents.

Le grondement de Hawke lui donna la chair de poule. Frémissante, elle lécha et absorba le sel et la chaleur de sa peau. Une part d'elle n'en revenait pas de pouvoir enfin le toucher, d'être libre de le caresser et de le goûter à sa guise. L'autre part avait envie de le dévorer, et elle resserra les jambes autour de son grand corps sensuellement immiscé entre ses cuisses.

Elle aurait pu mieux profiter de lui en le repoussant sur le dos, mais en plus de ne pas être certaine qu'il se laisserait faire, être enveloppée par lui lui procurait un plaisir indescriptible. Les cuisses de Hawke poussaient contre l'intérieur des siennes et elle sentait l'effleurement de son érection à travers son jean. Ses bras musclés étaient tendus de chaque côté d'elle, tandis que son torse la surplombait et que ses cheveux retombaient de façon séduisante autour de son visage. Il l'observait avec la concentration d'un prédateur. Un prédateur qui avait envie de mordre.

Elle essaya d'atteindre ses lèvres mais n'y parvint pas.

— Embrasse-moi.

Sans un mot, il se pencha et passa les lèvres sur les siennes. Par cette provocation, il l'incita à essayer de se dresser de nouveau vers lui.

— Non, non. (Il secoua la tête.) Sois sage.

Tremblante, elle se rallongea sur le dos.

Ce qui lui valut d'être récompensée par un suçon. Il prit sa lèvre inférieure entre ses dents, puis la relâcha avec une langueur qui tendit le bas-ventre de Sienna.

— J'espère que tu aimes les dents, dit-il de sa voix bourrue et grave qui lui donnait envie de choses infiniment coquines.

— J'aime les tiennes.

Il pesa un peu plus sur elle. Elle avait à la fois l'impression d'être en cage et d'être prête à voler en mille morceaux au moindre contact. La panique la prit à la gorge, le choc d'une femme qui avait grandi dans une prison de discipline et de ténèbres.

— Hawke.

— Chut.

Il déposa des baisers sur sa pommette, entourant sa tête de son avant-bras tandis que de sa main libre il jouait avec des mèches de ses cheveux. Il l'embrassa de nouveau, cette fois sur son nez.

— On a toute la nuit. (Il effleura le coin de sa bouche d'un baiser. Puis d'un autre.) Inutile de se presser.

Elle songea qu'il cherchait à l'apaiser.

Cette tendresse inattendue de sa part la surprit… et la toucha au cœur. Pourtant, même à cet instant-là, la puissance du loup qui allait et venait derrière ses yeux était flagrante.

— As-tu toujours su que tu serais chef ? s'entendit-elle chuchoter dans le silence intime.

L'expression du visage de Hawke changea, s'assombrit.

— Je l'ai su quand j'ai eu besoin de le savoir, dit-il enfin, et même s'il ne l'exprima pas, elle comprit qu'il voulait qu'elle change de sujet.

C'était la seule chose qu'elle n'était pas en mesure de faire, même si elle savait que son insistance risquait de briser la magie de ce moment sensuel. Pouvoir le toucher et être avec lui n'était qu'une partie de ce dont elle avait besoin de la part de cet homme. Elle ne pouvait avoir ni son âme ni le lien d'union, mais elle se battrait pour le reste quitte à payer le prix fort.

— Qu'ont fait les Psis ?

— Ils ont brisé mon père, répondit-il sur un ton sec. Ça leur a pris une semaine.

Elle sentit la bile lui brûler la gorge. Il était pratiquement impossible de détériorer les boucliers d'un changeling sans tuer ou blesser celui-ci, mais s'ils avaient eu une semaine pour s'occuper d'un loup qui avait selon toute probabilité été drogué…

— Je suis désolée.

— Tu n'as pas à être désolée. (Il crispa les doigts sur sa hanche.) Tu n'avais rien à voir avec cette expérience.

Un frisson courut sur la peau de Sienna lorsqu'elle commença à entrevoir l'horreur.

—Expérience?

Elle tendit la main pour caresser sa mâchoire et la trouva dure comme la pierre.

—Assez. Il n'y a rien que du sang et des morts dans cette histoire. (Il passa la main dans ses cheveux.) C'est ce que nous sommes maintenant qui compte.

Comment pouvait-il dire ça? Le passé l'avait ravagé; il en portait encore les cicatrices au cœur.

—Non, chuchota-t-elle. Ne me repousse pas comme ça.

Ne me donne pas encore moins de toi.

Secouant la tête, il s'avança comme pour l'embrasser, pour mettre fin à la conversation… et se figea.

—Sienna, tes yeux brûlent.

Brusquement ramenée à la froide réalité de son existence, elle se replia dans son esprit et vit la tempête de feu. Ce n'était pas normal qu'elle ait déjà atteint de nouveau un seuil critique, qu'elle ait réduit les boucliers de Sienna en cendres et se soit déversée dans ses yeux, cette chose violente et vorace qui allait tout consumer sur son passage et en réclamer davantage. La peur lui étreignit la gorge, mais elle n'avait pas le temps de se laisser envahir par cette émotion glaciale.

—Il faut que je sorte de la tanière. Tout de suite.

Chapitre 34

Ils prirent l'un des 4 × 4 et partirent le plus loin possible. Ce ne fut que lorsqu'ils eurent atteint le cœur isolé du territoire de la tanière que Sienna dit :

—Arrête-toi.

Elle se jeta hors du véhicule à la seconde où Hawke pila et courut jusqu'à une petite clairière entourée de grands pins vert foncé, foulant un tapis de millions d'aiguilles.

—Recule, ordonna-t-elle quand Hawke la rattrapa.

—Tu ne calcines pas le sol quand tu libères ton pouvoir, dit-il, son implacable volonté inscrite dans les traits de son visage. Tu ne m'as pas brûlé quand tu as perdu le contrôle en jouissant.

Il la serra dans ses bras.

—Lâche-moi ! (Elle était terrifiée à l'idée de le blesser.) S'il te plaît !

Il ne la libéra pas de son étreinte d'acier.

—J'ai confiance en toi. Fais-toi confiance aussi.

—Hawke !

Un flot d'énergie se déversa violemment de son corps. Mue par un instinct primaire, elle dressa un bouclier de feu de glace entre elle et Hawke aux endroits où il la touchait, une fraction de seconde avant de décharger une onde massive de ce même feu dans la terre. Elle se propagea à la surface en une vague inquiétante d'écarlate et d'or avant d'être absorbée par le sol de la forêt. *Magnifique.*

Puis il n'y eut plus de pensées. Juste le froid cruel d'une X-Psi.

Elle n'aurait su dire combien de temps le feu brûla en elle, mais elle se serait écroulée ensuite si Hawke ne l'avait pas retenue. Frissonnante, elle ne s'appuya contre lui que quelques secondes, le temps de réussir à tenir de nouveau sur ses jambes. Puis elle le repoussa, le surprenant à tel point qu'il la relâcha.

— Enfoiré! J'aurais pu te tuer!

Elle était partagée entre le choc qui continuait à faire bouillir son sang et la colère née de sa terreur.

— Tu laisses la peur te dominer, répondit-il, le regard chargé d'une sinistre détermination. Ming est toujours dans ta tête, il te garde en cage. Libère-t'en et contrôle ton aptitude.

— C'est un tas de foutaises! (Jamais encore elle n'avait crié sur quelqu'un de cette façon. Jamais encore elle n'avait ressenti une peur aussi glaçante.) Tu ignores tout de ce que c'est que d'être une X-Psi! As-tu oublié que j'ai failli tuer ma propre mère?

— Tu étais une enfant.

Le rire de Sienna était teinté d'amertume.

— Tu n'as aucune idée de ce dont je suis capable.

Tout ce temps, elle avait nourri l'illusion qu'il voulait d'elle même en sachant qu'elle était un monstre. S'il avait vraiment compris…

— Tu as senti la puissance de ce que j'ai enterré. Mais je peux encore faire ça.

Il lui suffit d'agiter la main pour que le X-feu embrase un arbre géant qui se dressait là depuis des siècles.

En un clin d'œil, des cendres aussi fines que de la poussière s'élevèrent dans les airs.

— Maintenant, tu sais.

Hawke serra les dents lorsque Sienna chancela.

— Ce que tu viens de faire était particulièrement stupide.

Il la prit à bras-le-corps et la jeta sur son épaule.

— Pose-moi, protesta-t-elle faiblement avant que son corps se relâche.

L'inquiétude pulsa dans les veines de Hawke, mais il sentait encore son souffle contre sa peau et les battements de son cœur. Se focalisant là-dessus, il l'attacha dans le siège passager du véhicule, avant de sortir son téléphone.

— Sienna est inconsciente, dit-il quand Judd décrocha.

L'autre homme mit une seconde à répondre.

— Elle va bien. Son esprit est intact.

Le soulagement frappa Hawke au ventre.

— Je vais la dépecer quand elle se réveillera.

Claquant la portière passager, il rejoignit le côté conducteur en trottinant et activa le mode mains libres du téléphone avant de prendre le chemin du retour.

— Il semblerait qu'elle ait surchargé ses canaux psychiques, dit Judd quand Hawke lui eut expliqué ce qui avait conduit à l'effondrement de Sienna.

Hawke fronça les sourcils.

— Elle a donc un interrupteur de sécurité.

Il avait cru qu'il était indispensable à Sienna de se contrôler car elle n'avait pas d'interrupteur intégré.

Judd garda le silence, assez longtemps pour que le sang de Hawke se glace dans ses veines.

— Que ne me dis-tu pas ?

— Je pense qu'il vaut mieux que nous ayons cette discussion à ton retour.

Hawke n'avait aucune patience lorsqu'il s'agissait du bien-être de Sienna, mais il comprenait la logique du lieutenant.

— On ne va plus tarder.

Judd les retrouva à l'infirmerie, où Lara passa Sienna sous un scanner médical de pointe et la déclara en parfaite santé. Ce ne fut qu'alors que Hawke fit signe au lieutenant de le suivre dans le couloir.

— Dis-moi.

— Elle enterre son pouvoir à une fréquence de plus en plus élevée, dit Judd en affichant un diagramme sur la minuscule tablette électronique qu'il gardait dans sa poche. Après qu'elle a confirmé qu'elle purgeait son pouvoir plus souvent ces derniers temps, j'ai parlé à Walker afin de voir si on pouvait mettre le doigt sur des heures ou des dates spécifiques. Ce n'est que juste avant l'opération en Amérique du Sud que j'ai pris conscience que c'était à Toby qu'il fallait qu'on s'adresse… Personne n'est aussi proche d'elle que lui.

L'ex-Flèche serra les lèvres.

— Il savait avant nous tous. Il note dans son journal toutes les fois où il la sent atteindre un seuil critique. Vu qu'elle n'a pas eu d'accidents, on peut logiquement conclure qu'elle a procédé à une purge chaque fois.

Judd tourna la tablette électronique vers Hawke afin qu'il puisse voir l'écran.

Le schéma était impossible à manquer. Il y avait presque un an d'intervalle entre l'arrivée de Sienna et la première fois qu'elle avait enterré son pouvoir. La suivante avait eu lieu huit mois plus tard. Puis six. Les dernières n'étaient survenues qu'à quelques semaines d'écart. Le loup de Hawke remonta à la surface pour aider l'homme à réfléchir avec lucidité.

— Peut-on arrêter le processus ?

— Non. (Une déclaration sans appel.) C'est ce qui fait d'elle une X-Psi.

— Silence l'aidait à se contenir, se força-t-il à dire, à envisager cette option.

— Jusqu'à un certain point. D'après nos registres, il n'a jamais existé d'autre cardinal X. Même Ming jouait à la roulette russe avec elle. Personne n'avait la moindre idée de ce qui se passerait lorsque son pouvoir serait arrivé à maturité.

— Le sait-elle ?

— Je pense qu'elle n'a pas envie de savoir. (Un voile noir engloutit les yeux marron pailletés d'or de Judd, signe rare d'une forte émotion.) Ce n'est qu'en croyant pouvoir changer l'inévitable qu'elle peut survivre.

— Que ça reste comme ça, en ce cas. (Il voyait Sienna gagner un peu plus en assurance chaque jour. Il n'avait aucune intention de la couper dans son élan.) Tu sembles certain qu'on ne peut pas l'arrêter, mais n'y a-t-il aucun moyen de ralentir la progression ?

Judd se passa une main dans les cheveux.

— Je cherche le manuscrit dont je t'ai parlé une fois.

— La thèse sur les X-Psis ?

L'autre homme hocha la tête.

— Je n'ai trouvé aucune preuve qui confirmerait son existence, mais j'attends le retour d'un dernier contact.

Le loup de Hawke repéra le changement infime dans l'expression du visage de Judd.

— Le Fantôme. Tu ne lui fais pas confiance.

— Pas là-dessus. Elle est une arme au potentiel infini.

Et comme le savait Hawke, le programme du Fantôme n'avait nullement la paix pour objectif.

Huit heures plus tard, alors que le soleil matinal teintait les montagnes d'or blanc, Hawke se tenait devant la porte qu'on venait de lui claquer au nez.

— Sienna, gronda-t-il.

Silence de l'autre côté.

Il abattit les paumes sur la surface plane, assez fort pour être sûr qu'elle l'entende. Puis il attendit. Toujours rien. La part de lui qui faisait de lui un chef avait envie d'arracher la porte de ses gonds, de jeter Sienna sur le lit et de lui apprendre ce qui arrivait à une femme qui osait le défier. Il ne lui ferait pas de mal, mais il la mordrait. *Fort.*

Étouffant cette pulsion primitive, il décida d'aller marcher pour évacuer mais changea d'avis en cours de route et se dirigea à la place vers le garage. Conduire lui laissa le temps de se calmer, assez pour ne pas se sentir d'humeur totalement massacrante quand il arriva à sa destination après avoir fait un petit détour pour prendre quelque chose.

Sascha éclata de rire quand il lui tendit le loup en peluche.

— Comment as-tu obtenu des gardes qu'ils te laissent passer ?

— Mon charme naturel.

Il songea à l'embrasser sur la joue, mais décida de laisser Lucas en paix.

— Que fabriques-tu ici ? exigea de savoir le chef des léopards, les mains sur les hanches de Sascha alors qu'ils se tenaient dans l'embrasure de la porte de la cabane.

— Je suis venu rencontrer la nouvelle petite, dit Hawke, s'efforçant de paraître inoffensif. Où est-elle ?

Lucas fronça les sourcils, mais il s'écarta du passage quand Sascha se retourna pour déposer un baiser sur sa mâchoire.

— Entre, dit l'empathe en disparaissant à l'intérieur de la cabane.

Hawke s'attarda dehors le temps de tendre la main à Lucas.

— Félicitations.

Lucas la secoua.

— Merci.

Il indiqua la chambre à coucher d'un signe de la tête et ajouta :

— Sascha refuse de déplacer le couffin dans la garderie pour l'instant.

— Seulement Sascha ?

Hawke haussa un sourcil.

Lucas répondit par un grondement sourd mais puissant.

— Tu veux la voir, oui ou non ?

À peine eut-il franchi le palier que Hawke décela une nouvelle odeur délicate, dissimulée sous celles de la panthère et de l'empathe. Du talc pour bébé et des sourires. Elle était si innocente que son loup cessa de tourner en rond, sa colère et son irritation momentanément enterrées.

Conscient des instincts qui devaient tirailler Lucas, il garda les mains derrière le dos lorsqu'il se pencha au-dessus de la minuscule créature dans les bras de Sascha. Ses yeux curieux étaient déjà vert vif comme ceux de son père.

— Coucou, jolie puce.

Il était impossible de ne pas sourire, de ne pas tomber un peu amoureux.

Sascha donna un tendre baiser maternel au bébé.

— Veux-tu la tenir ?

Hawke jeta d'abord un coup d'œil à Lucas. Le chef des léopards hocha la tête.

— Au moindre souffle de travers, je t'égorge.

— C'est honnête.

Il prit le précieux paquet des bras de Sascha et serra le bébé contre la chaleur de son corps. Lorsqu'elle grimaça, il éclata de rire.

— Oui, je suis un loup, petite féline. (Il toucha doucement son nez du doigt et fut surpris de sentir de petites mains l'agripper.) Regardez-moi ça.

Fascinés, songea Sascha en regardant tour à tour les deux hommes. Ils étaient fascinés. Ça ne l'avait pas du tout étonnée que Naya fasse fondre Lucas, mais elle s'était attendue à ce que Hawke résiste plus longtemps. Mais était-ce vraiment si surprenant ? Il était chef lui aussi, et avait dans le sang les mêmes pulsions protectrices.

Le bébé se mit à geindre.

La prenant des bras de Hawke, Lucas la tint contre son torse et émit un ronronnement sourd et régulier jusqu'à ce que leur princesse s'apaise, satisfaite. Sascha ignorait comment son corps parvenait à contenir tout l'amour qu'elle ressentait pour son compagnon et son enfant. Il était viscéral, intrinsèquement lié à chacune de ses cellules. Une chose impossible et gigantesque qui éclipsait tout ce qu'il y avait eu avant.

Cet amour faillit la rendre aveugle au reste, mais elle était une E-Psi. Elle décela donc le murmure de ténèbres chez l'homme qui était un chef sans compagne. Jetant un coup d'œil à Lucas, elle pencha la tête de côté. Il fronça les sourcils. Elle pinça les lèvres. Il soupira et dit :

— Je crois que la petite veut aller se promener.

Hawke sortit le premier, puis Sascha suivit Lucas dehors. Son compagnon partit à l'autre bout de la clairière, assez loin pour ne plus les entendre s'ils ne parlaient pas fort.

— Quelque chose te tracasse, dit-elle à Hawke sans détour.

Des nuages noirs assombrirent son visage aux traits durs mais beaux.

— Arrête ça.

— Je n'y peux rien.

Elle ne s'immisçait jamais dans les émotions des gens, mais elle ne pouvait pas davantage s'empêcher de les percevoir que Hawke ne pouvait désactiver son odorat.

Il croisa les bras et s'appuya contre le mur de la cabane tandis qu'elle se perchait sur le rebord de la fenêtre à côté.

— Que s'est-il passé ? (Elle le poussait à se confier, car c'était ainsi qu'il fallait procéder avec les hommes qui avaient l'habitude de tout garder pour eux.) Est-ce que ça a un rapport avec Sienna ?

— Qu'est-ce qui te fait dire ça ?

— Elle est la seule qui provoque cette réaction chez toi.

Hawke regarda en direction de l'endroit où Lucas marchait avec le bébé.

— Elle refuse de me parler.

— Ça te choque. (Non, songea Sascha, ce n'était pas exactement ça.) Tu es stupéfait qu'elle soit capable de te tenir tête.

Hawke grimaça.

— Tu me fais passer pour un crétin.

— Pas un crétin... juste un homme à qui il est rare qu'on tienne tête. (Elle sentit l'esprit de sa fille chercher le sien, et la rassura comme elle le faisait des milliers de fois par jour.) Dis-moi pourquoi elle ne veut pas te parler.

Lorsque Hawke eut fini de lui expliquer, elle dit :

—Je vois.

Il l'épingla de son regard pâle, l'inondant d'une vague de domination déstabilisante. Si elle n'avait pas eu l'habitude de vivre avec Lucas, elle aurait peut-être flanché. En l'état des choses, elle posa les doigts sur sa mâchoire et le poussa un peu.

—Arrête ça.

Le loup allait et venait toujours derrière son regard glacial, mais il détourna les yeux.

—Laisse-moi te poser une question, dit-elle, se demandant si elle réussirait à atteindre cet homme qui, d'après ce qu'elle savait, était devenu chef encore plus jeune que Lucas. Si Judd te disait de garder tes distances avec lui, tu l'écouterais ?

Il croisa les bras, et ses biceps saillirent sous les manches de son tee-shirt blanc.

—Les deux situations ne sont pas les mêmes.

—C'est une cardinale, Hawke. (Des paroles empreintes de douceur, mais Sascha était une cardinale elle aussi, et la force qui transparaissait dans sa déclaration marqua la peau de Hawke.) Si tu veux établir une relation de quelque nature que ce soit avec elle, tu dois accepter ce qu'elle est... Et ne pas l'écouter quand elle prend une décision au sujet de son pouvoir, c'est tout sauf l'accepter.

Le loup de Hawke tournait en rond dans son esprit, avide de mettre ces paroles en pièces.

—Il faut que je rentre.

Il y avait des centaines de choses dont il devait s'occuper ce jour-là, mais alors qu'il prenait congé du couple dominant de DarkRiver, il songea que la plus importante allait exiger des calculs prudents. On ne lui claquerait plus de portes au nez... l'homme et le loup s'accordaient sur ce point.

RÉPONSE DE LA POLICE DÉPARTEMENTALE D'ESTES PARK À LA REQUÊTE DE GEORGE KIM AU NOM DES PROFESSEURS MAE ET ELLISON ELDRIDGE : 8 JANVIER 1975

Nous sommes au regret de vous informer qu'il semblerait qu'Alice Eldridge ait eu un accident mortel lors de sa dernière excursion en montagne. Une unité de recherche et de sauvetage tente de récupérer le corps, mais il est coincé si loin dans une crevasse qu'il n'est peut-être pas prudent de continuer. Il ne leur a pas été accordé d'assistance télépathique.

Chapitre 35

Aux dires d'un compagnon de meute, Lara s'était rendue à la cascade, mais Walker ne vit aucun signe d'elle quand il arriva. Pour finir, ce fut son manteau en laine écarlate qui la trahit; elle était assise entre les arbres, le visage tourné vers les remous furieux de l'eau.

Conscient qu'elle avait dû déceler son odeur, il vint s'asseoir à côté d'elle, son épaule contre la sienne.

— Tu as des ombres sous les yeux.

Même s'il savait que c'était impossible, il avait envie de tendre la main et de les effacer. Comme elle ne réagissait pas, il dit :

— Parle-moi, Lara.

Il n'était pas habitué au silence de la part de la femme qui était devenue sa plus proche amie.

— J'ai reçu un appel d'urgence d'une des femmes ce matin. Elle était enceinte de trois mois.

Tout chez Walker se tut.

— Il y a eu un problème ?

— Elle a fait une fausse couche. (Elle prit une inspiration saccadée.) Il n'y a pas eu de signe avant-coureur, rien qui ait annoncé le problème. Je garde un œil sur les femmes enceintes, mais ça m'avait échappé…

Elle avait des larmes dans la voix.

— Je n'ai pas pu y remédier.

Il toucha ses boucles folles.

— Certaines grossesses avortent sans raison apparente, tu le sais.

— Sur un plan intellectuel, oui. Mais… sa souffrance émotionnelle est si grande en ce moment.

Il caressa d'une main sa colonne vertébrale raide, puis la posa sur sa hanche.

— J'ai vu Hawke à l'infirmerie avec un jeune couple quand je suis parti à ta recherche.

Lara hocha la tête.

— Je lui ai demandé de venir. Il pourra aider la louve concernée jusqu'à un certain point, ainsi que son compagnon. (Elle passa les bras autour de ses genoux.) Elle est forte et en bonne santé, elle s'en remettra. Mais je déteste la voir endurer cette souffrance. Je déteste ça.

Walker n'était pas une femme et ne porterait jamais d'enfant, mais il était père.

— Yelene était enceinte de notre second enfant lorsque nous avons reçu l'ordre de rééducation, se surprit-il à dire, révélant un secret qu'il n'avait jamais partagé avec personne.

Lara prit une brusque inspiration.

— Elle a perdu le bébé.

C'était prévisible qu'elle pense ça, cette guérisseuse qui se préoccupait tant de sa meute.

— L'ordre concernait tous ceux qui avaient du sang de Lauren. Quand je suis arrivé à la maison, elle avait déjà avorté.

Alors qu'il aurait accepté et survécu à tout le reste, cet acte avait détruit quelque chose en lui. Car déjà sur le PsiNet, il avait travaillé avec des enfants. Des enfants dangereux et doués, mais des enfants malgré tout, et il avait fait tout ce qui était en son pouvoir pour les protéger. Et pourtant…

— Je n'ai pas pu protéger mon enfant.

Entendant les sanglots muets de Lara, il se tourna vers elle et la prit dans ses bras, glissant les doigts dans ses cheveux. Elle enfouit le visage contre son torse et pleura comme si son cœur venait de voler en éclats. Il songea qu'elle comprenait, qu'elle savait que ce n'était pas seulement son enfant à naître qui était mort ce jour-là. Mais... tandis que Lara pleurait pour l'enfant qu'il avait perdu, tandis qu'elle donnait voix au chagrin qu'il ne pouvait pas exprimer, le nœud de sa tristesse commença peu à peu à se desserrer.

— Je me demande parfois à quoi aurait ressemblé mon fils, chuchota-t-il, la peau douce de sa nuque délicate sous sa paume.

Lara posa la main à plat sur son tee-shirt.

— Dis-moi ce que tu as imaginé.

Malgré sa voix enrouée, la flamme de sa force brûlait toujours.

Il lui fallut un long moment, mais tandis que l'eau continuait de se déverser dans le bassin en dessous, Walker serra le corps chaud de Lara contre lui et parla du fils qui vivait et vivrait toujours au plus profond de son cœur.

Hawke adressa un signe de tête à Lake, qui trottinait le long du périmètre à l'heure silencieuse qui précédait minuit.

— Des problèmes ?

Le soldat secoua la tête.

— J'ai repéré quelques faucons au loin quand il faisait encore jour, mais ils ne se sont pas approchés du territoire de la tanière.

— Bien.

Hawke parla encore quelques minutes avec Lake, ayant eu une notification de Riley à son sujet. Hawke songea qu'en plus d'être intelligent, le jeune homme était capable de sortir des sentiers battus.

— Tes responsabilités actuelles te conviennent-elles ?

Lake prit une profonde inspiration.

— À choisir, je préférerais des tâches plus complexes.

— Touches-en un mot à Riley demain, dit Hawke, parce qu'il ne voulait pas que le talentueux jeune homme s'ennuie. Il t'attribuera de nouvelles fonctions.

— J'ai conscience que nous sommes en état d'alerte depuis les récents événements, dit-il, l'air résolu. Je peux attendre que nous soyons en meilleure posture pour procéder à des changements.

— Non. On ne laissera personne étouffer la croissance de notre meute.

— Oui, chef. (Lake baissa les yeux, puis releva la tête.) J'avais quelque chose à dire… au sujet de Maria.

— Je t'écoute.

— Elle s'en veut toujours d'avoir abandonné son poste de garde l'autre fois. Si tu pouvais…

Le loup de Hawke apprécia d'autant plus le jeune homme pour cette requête.

— Je m'en occuperai.

— Merci. (Il esquissa un léger sourire.) Sienna devrait être à environ cinq cents mètres au nord.

Hawke lui indiqua le sud.

— File.

Lake se mit au garde-à-vous et partit… avec un grand sourire.

Après avoir couru le long du périmètre jusqu'à déceler l'odeur intense et vibrante d'une femme qu'il avait bel et bien dans la peau, il inspira profondément l'air frais de la montagne et harnacha son loup. Ce n'était pas avec des exigences que l'homme ou le loup obtiendraient quoi que ce soit de Sienna. Ni avec des ordres. Ça se passait entre un homme et une femme. Entre Hawke et Sienna.

Il la trouva postée au bord d'une falaise, attentive à tout ce qui se passait. Il régnait un tel silence qu'elle mit à peine une seconde à le détecter.

— Veux-tu un rapport, chef ?

Il étrécit les yeux au ton de sa voix, mais alors que le chef qu'il était aurait asséné une repartie cinglante s'il s'était agi de n'importe qui d'autre, ce n'était pas le genre de relation à laquelle il aspirait avec Sienna.

—Non, j'aimerais mieux un baiser.

Le dos raide comme l'acier, elle dit :

—Je travaille. (Puis, à sa grande surprise, elle lui jeta un coup d'œil.) J'ai entendu pour la fausse couche d'Ameline.

L'expression de son visage était solennelle.

Au souvenir des pleurs silencieux de sa compagne de meute, son loup eut envie de dresser la tête et de pousser un hurlement de deuil.

—Elle souffre beaucoup, mais elle est forte. Comme son compagnon. Ils surmonteront cette épreuve.

—Tu as passé du temps avec elle ?

—Oui.

Réprimant l'envie de serrer le poing dans ses cheveux, de l'attirer près de lui afin de pouvoir inspirer l'odeur chaude et épicée de sa peau jusqu'à trouver la sérénité, il se focalisa sur le territoire qui était son chez-lui. La nuit était sublime, le ciel velouté et parsemé de diamants.

—T'arrive-t-il de te demander si le Conseil comprend pourquoi nous nous battrions jusqu'à notre dernier souffle pour garder tout ceci ?

—Oui. (Elle leva le visage vers le ciel.) Les psychologues ont dû émettre un diagnostique complet. Mais ils ne croiront pas que vous refuseriez de vous rendre même sous la menace de pertes massives.

—Certaines choses échappent à toute logique. (Perdre leur terre déchirerait le cœur de la meute ; il leur serait égal de survivre.) Tu le sais aussi bien que moi.

Il caressa d'une main sa tresse épaisse.

Elle s'écarta d'un bond, mettant fin à cette trêve.

—Tu as refusé de m'écouter, lui lança-t-elle.

—Ouais. Et je ne le regrette pas.

Il s'était peut-être comporté comme un crétin, mais il avait eu raison ; elle s'était sous-estimée, et savait désormais qu'elle pouvait manipuler et diriger le feu de glace, choisir ses cibles même quand elle était sous pression.

— Surprenant.

Ce simple mot suintait le sarcasme.

— Mais je tiendrai compte de ton avis au sujet de tes aptitudes la prochaine fois, ajouta-t-il avec un grondement.

Sienna se figea à cette déclaration inattendue.

— C'est un peu léger, comme excuse, dit-elle, s'empressant de remettre de l'ordre dans ses pensées.

— C'est parce que je ne m'excusais pas.

Bien entendu.

— Va-t'en.

À la place, il tira sur sa tresse soignée et la défit avant qu'elle ait eu le temps de comprendre ce qu'il faisait. Serrant les dents pour s'empêcher de réagir, elle garda les yeux rivés sur la forêt silencieuse tandis qu'il lissait les mèches de ses cheveux.

— Tu as des boucles, murmura-t-il derrière elle. Tu les as tressés quand ils étaient humides ?

Elle ne laisserait pas son charme sournois de loup affaiblir ses défenses cette fois.

— Je travaille, au cas où tu ne m'aurais pas entendue la première fois.

Il glissa les bras autour de sa taille et la serra contre son torse chaud.

— Je suis venu te tenir compagnie.

Elle tendit la main et dégagea ses cheveux coincés entre eux.

— J'aime être seule.

Il lui mordilla vivement l'oreille.

— Quelle menteuse.

Elle croisa les bras et résista à l'envie de lui donner un coup de botte.

— Ce carré est tranquille, dit-elle. Comme Lake avait envie de courir cette nuit, je monte la garde.

Hawke croisa les bras sur la poitrine de Sienna et l'attira encore plus près, l'encadrant de ses cuisses.

— C'est l'une des premières tâches qu'on m'a confiées... garde, dit-il d'une voix calme, chargée de souvenirs. Notre chef a commencé à me faire monter la garde quand j'avais neuf ans.

— Neuf ?

D'après les propres règles des SnowDancer, c'était beaucoup trop jeune.

Hawke gloussa.

— Je causais des ennuis... Je débordais d'énergie et n'avais aucun moyen de l'évacuer. Ils ont essayé de me faire courir jusqu'à épuisement, mais j'étais plus endurant que tout le monde sauf Garrick, et notre chef ne pouvait pas me consacrer toutes ses journées.

Sienna se rendit compte qu'elle s'était détendue contre lui, mais elle était trop fascinée par ce minuscule aperçu de son passé pour s'en soucier.

— Étais-tu un bon garde ?

— Non, dit-il à sa grande surprise. Je n'arrivais pas à rester en place assez longtemps pour monter la garde. (Nouveau rire.) Garrick m'a donc nommé messager. Je passais mon temps à courir le long du périmètre pour porter des messages d'un garde à l'autre. Je me suis formé au contact des soldats.

Avec le recul, il savait que la moitié des messages avaient été créés dans l'unique but de l'occuper.

— C'était la meilleure chose que Garrick aurait pu faire.

En plus de lui permettre d'évacuer son énergie, ce travail avait posé les bases des aptitudes dont il allait avoir besoin plus tard, et l'avait également aidé à tisser des liens avec les hommes et les femmes qu'il allait être appelé à diriger un jour.

— Ce Garrick, c'était un bon chef ?

Hawke songea à l'homme noir et svelte qui avait eu l'air à peu près aussi solide qu'une branche de saule... et qui s'était battu comme un gladiateur pour sa meute.

— Oui.

— Oh. (Sienna marqua une pause.) J'avais supposé que… Comme personne ne parle jamais de lui, je me suis dit que c'était peut-être une mauvaise personne.

— Non. (Hawke se força à poursuivre.) Ils ne disent rien parce qu'ils ne veulent pas me blesser.

Mais ce n'était pas juste vis-à-vis de l'homme et du chef que Garrick avait été.

— Garrick est mort en se battant contre l'un de ses lieutenants. (Les mots qu'il prononça ensuite lui étreignirent le cœur comme des poings de granit.) Mon père.

Sienna posa les mains sur la sienne.

— Tu as dit qu'il avait été enlevé, qu'on lui avait fait du mal. Ce n'était plus l'homme que tu connaissais.

L'esprit de Hawke s'emplit du souvenir de la souffrance atroce inscrite sur le visage de son père alors que le sang se déversait de sa poitrine. Il avait rendu son dernier soupir dans les bras de sa compagne, tandis que son chef mortellement blessé lui tenait la main et que leur guérisseuse déjà affaiblie essayait de les sauver tous les deux.

— Ton père a-t-il été le seul ?

— Non.

— Ta mère… elle a perdu son compagnon.

Il ne parlait jamais à quiconque de sa mère talentueuse et pleine de joie de vivre, ni de ce qu'elle avait enduré en perdant son compagnon.

— Voilà Lake qui arrive, dit-il au lieu de répondre à sa question. Je crois qu'on devrait aller courir.

Il émit un sifflement aigu, et Lake leva la main pour signaler qu'il avait compris le message.

Quand Hawke se tourna vers Sienna, il vit que ses yeux avaient viré au noir absolu.

— Tu es doué pour garder tes distances avec tes amantes, n'est-ce pas Hawke ?

Il referma la main sur sa gorge et la caressa.

— On ne peut pas franchement dire que je garde mes distances avec toi.

— Il y a différentes façons de garder ses distances.

Sans en ajouter davantage, elle sortit un élastique noir de sa poche et attacha ses cheveux en queue-de-cheval.

Ses mots troublèrent l'homme autant que le loup, mais ce n'était pas son passé qui l'avait motivé à venir la trouver.

— Viens, Lake nous a presque rejoints.

Il descendit la pente en allongeant le pas et attendit qu'elle le rattrape. Ils traversèrent la zone de patrouille à une vitesse modérée, ce qui leur permit d'observer les environs et de s'assurer que tout était normal.

— C'est parce que je t'ai touchée que tu as eu besoin de purger le feu de glace ? demanda-t-il pour se débarrasser de cette question.

— Non, dit-elle aussitôt. J'avais conscience qu'il s'accumulait… je n'avais juste pas calculé que j'en étais à un seuil aussi critique.

Hawke songea à la révélation de Judd et la confronta à la volonté de Sienna. Il savait sur quoi miser.

— Tu es totalement remise ?

— Oui.

— Bien.

Décidant de laisser ce sujet de côté pour la nuit, il demanda :

— Qui est ton partenaire préféré pour monter la garde ?

Ce n'était pas une question de chef à soldat, mais d'homme à femme. Il voulait simplement passer cette belle nuit avec elle, savourer sa voix caressante tandis qu'ils passaient dans l'ombre des géants de la forêt.

— Tu ne vas pas me croire, mais c'est Maria.

Sienna se baissa sous une branche, laissant derrière elle un cheveu rouge rubis.

Cela plut à Hawke qu'elle marque leur territoire par inadvertance.

— Tu as raison, je ne te crois pas.

Elle plissa le nez.

—On travaillait bien ensemble avant notre dispute. On est même en quelque sorte devenues amies depuis.

—Ouais, je me souviens de tes potes de *Wild*.

Sans prêter attention à son grondement, elle lui montra un lapin qui s'enfuyait.

—Lake est très sérieux…, reprit-elle, il me ressemble trop. Je crois qu'on garde trop le silence ensemble.

Hawke voyait comment ça pouvait arriver. Sienna avait besoin d'un loup disposé à jouer. Même si, bien sûr, les loups n'étaient pas les seuls prédateurs de la région.

—Tu as vu le bébé léopard dernièrement ?

—Si c'est de Kit que tu parles, oui. J'ai déjeuné avec lui aujourd'hui.

Il sentit la pointe de ses griffes sous sa peau alors qu'ils s'arrêtaient au sommet d'une autre butte qui leur offrit une vue panoramique du territoire.

—Déjeuné.

La plupart des femmes se seraient hérissées ou figées à cette tentative peu subtile d'intimidation. Sienna lui montra à quel point elle le connaissait bien en lui mordillant la lèvre inférieure à l'improviste lorsqu'il se pencha pour réclamer des détails. Elle disparut avant qu'il ait pu riposter.

Son loup se cambra de plaisir, heureux de jouer avec elle à tout instant et ravi qu'elle ait pris l'initiative. Après l'avoir rattrapée, il lui promit d'un regard qu'il se vengerait. Elle le dévisagea avec la froideur d'une Psi… sauf qu'il vit ses yeux de cardinale pétiller. Alors qu'il s'apprêtait à l'attirer contre lui et à goûter son rire d'un baiser, il entendit un bruit qui fit s'immobiliser net son loup.

S'arrêtant dès que Hawke se figea, Sienna repoussa sa gaieté dans un coin de sa conscience.

—Qu'est-ce que tu as senti ? demanda-t-elle d'une voix à peine audible pour elle.

Sans répondre, Hawke inclina la tête sur la gauche, étrécit les yeux puis étira le cou.

L'inquiétante beauté de son hurlement électrisa le corps entier de Sienna. Il semblait impossible qu'il provienne d'une gorge humaine, et pourtant les tendons puissants de son cou l'attestaient. D'autres hurlements leur parvinrent, portés par les courants d'air tandis que mouraient les derniers échos de l'avertissement de Hawke… et elle en avait assez appris sur les harmoniques des loups pour comprendre que c'était bien de ça qu'il s'agissait.

—Allons-y.

Hawke s'éloigna du périmètre à une allure difficile à suivre pour elle.

Alors qu'ils couraient depuis peut-être trente secondes, il lança un nouveau hurlement, n'attendant que le temps de recevoir une réponse de chacun des gardes. Mais une minute à peine après qu'ils s'étaient remis à courir, il la plaqua dans la cavité formée par les racines d'un arbre centenaire, la couvrit de son corps et dit :

—Mains sur tes oreilles.

Une pétarade retentit l'instant suivant. Elle essaya de se retourner pour voir ce que touchaient les balles, mais le corps de Hawke était trop lourd et la maintenait clouée au sol. Mains sur les oreilles comme il l'avait ordonné, elle resta en place et espéra de tout son cœur que Lake et ceux qui se trouvaient dans la zone de frappe avaient pu se mettre à couvert avant l'attaque.

La rafale de violence s'éternisa. Le volume sonore croissant indiquait que l'avion ennemi se rapprochait ; alors que Sienna s'apprêtait à essayer de dire à Hawke qu'il fallait qu'ils bougent, le bang supersonique d'une gigantesque explosion fit siffler ses oreilles.

Chapitre 36

Une seconde explosion suivit la première.
Peu après, Hawke roula sur le côté.

— Bébé, ça va ?

— Oui, dit-elle malgré ses oreilles qui bourdonnaient, consciente de la douleur aiguë qu'il devait endurer vu comme l'ouïe des changelings était sensible.

— Et toi ?

— Ça fait un mal de chien, mais ça ne m'a pas crevé les tympans.

Il se mit debout et l'aida à se relever.

— Que… (Son cerveau sonné lutta pour identifier les débris qui tombaient du ciel à seulement quelques mètres de là.) Il faut qu'on fouille l'avion dès que possible, au cas où ils auraient une équipe de nettoyeurs Tk-Psis prête à intervenir.

L'avion détruit leur livrerait peut-être des informations dont la meute pourrait se servir à son avantage pendant les hostilités.

— Vas-y, dit Hawke à sa grande surprise. Fais le nécessaire si des Tk-Psis débarquent. Je dois aller voir comment vont les autres.

— Sois prudent.

Elle partit sur son hochement de tête. Au premier coup d'œil, elle vit que les débris ne se réduisaient qu'à des bouts de métal noircis et tordus, rien d'utile. Les sens physiques et psychiques en alerte maximale, elle quadrilla à toute vitesse la zone de recherches en priant que les systèmes de défense aériens de la meute lui aient laissé quelque chose à trouver.

En l'occurrence, elle faillit le manquer.

Du coin de l'œil, elle aperçut un minuscule carré cabossé qui avait dû être une pièce de la carlingue. Elle revint sur ses pas en courant, puis s'enveloppa la main dans un gant de feu de glace avant de ramasser l'objet. Son aptitude la protégea de la chaleur que dégageaient les débris, mais elle n'altéra pas sa vue.

L'unique étoile argentée sur le fragment de métal avait l'éclat du platine.

Alors qu'il courait, Hawke contacta Brenna sur son téléphone satellite qui captait parfaitement.

— Le ciel est dégagé ?

— Oui... et les systèmes de défense aériens sont réarmés et parés à tirer.

— Lara a été prévenue ?

— Elle est en chemin. Riley s'occupe de tout coordonner. Je te le passe.

— Des pertes ? demanda-t-il dès qu'il eut Riley en ligne.

— On ne nous en a pas rapporté jusqu'ici, dit-il d'une voix nette et posée. Mais on a de sérieuses blessures.

— Pourquoi a-t-il fallu autant de temps pour torpiller ces maudits engins ? (Les SnowDancer connaissaient leurs propres faiblesses et avaient prévu des défenses.) Ils auraient dû être repérés bien avant d'être assez près pour toucher qui que ce soit.

— C'est la même technologie discrète que celle dont ils se sont servis la dernière fois. J'ai demandé aux félins d'envoyer des équipes pour sécuriser l'épave en attendant qu'on puisse mobiliser des gens... ce qu'on trouvera pourrait être déterminant dans les modifications à apporter à nos systèmes de détection.

— Ont-ils été touchés ?

— Non. L'attaque ciblait les SnowDancer.

— Je te rappelle, dit Hawke avant de raccrocher, voyant Lake à terre.

Le jeune soldat avait reçu une balle dans le dos, mais il respirait.

— Vas-y, chuchota-t-il. Je ne leur ferai pas le plaisir de crever.

Brave petit.

— Lara est en chemin, dit-il, prenant la décision difficile de croire Lake sur parole et d'aller voir les autres.

La nuit fut longue.

Bien que Lake eût perdu beaucoup de sang, la balle n'avait rien endommagé de vital. Sam avait été touché par une balle qui avait laissé un sillon sur le côté de son crâne et l'avait assommé, mais Lara assura à Hawke que les dégâts étaient moins graves qu'il n'y paraissait. Inès avait pris une balle dans la jambe, Riaz avait été touché à l'épaule et Tai, fraîchement promu, s'était fracturé le bras gauche en plongeant pour éviter les balles, tandis que Sing-Liu en avait reçu deux qui s'étaient logées dans son dos et avaient traversé ses organes.

La petite humaine était la plus grièvement blessée de tous, et elle ne devait la vie qu'à son compagnon D'Arn qui lui avait transféré son énergie lorsqu'il avait senti sa douleur parcourir leur lien. Il s'était effondré là où il se trouvait dans la tanière, mais il l'avait maintenue en vie. Elle était désormais entre les mains de Lara et de son équipe.

La guérisseuse de DarkRiver, Tamsyn, épaulait Lara. Elle ne pouvait pas guérir les loups, mais en tant que médecin qualifié, elle pouvait porter une partie du fardeau en s'occupant des blessures les moins graves. Riley et Indigo avaient la sécurité sous contrôle après s'être assurés que l'attaque n'avait pas ouvert de brèches dans leur périmètre défensif, tandis que les techniciens passaient l'épave au peigne fin. Ce qui laissait Hawke libre de rester à l'infirmerie.

L'aube était presque levée quand il mit les mains sur les épaules de Lara et dit :

—Va te coucher.

Tous les blessés avaient reçu des soins et se reposaient.

—Je vais bien, marmonna-t-elle, joue contre son torse, encore un expresso et ce sera bon. Où est Tammy ?

—Son compagnon l'a « emportée » il y a une heure. (Littéralement.) Maintenant va au lit ou je t'y emmène avec les menottes.

—Coquin.

Mais elle ne résista pas lorsqu'il la conduisit à sa chambre et la poussa vers son lit.

Ne se détournant qu'une fois certain qu'elle ne comptait pas ressortir en douce, il s'achemina vers ses quartiers et entra dans la cabine de douche. Il passa ensuite un pantalon de survêtement et un tee-shirt propres, mais au lieu de se jeter sur son lit, il se rendit à la chambre de Sienna. Il savait qu'elle n'était rentrée à la tanière que trente minutes plus tôt ; elle avait veillé sur les techniciens depuis l'attaque. Le loup de Hawke dressa la tête, fier de sa force.

Elle ouvrit la porte au premier coup qu'il frappa et le regarda enlever son tee-shirt sans mot dire. Quand il la poussa dans son lit, elle y alla sans protester. Il se blottit derrière elle, enfouit le visage dans son cou et s'endormit comme une masse.

À peine Lara se fut-elle effondrée à plat ventre sur le lit sans prendre la peine de se déshabiller qu'elle sombra, mais sa louve l'arracha à son sommeil quelques instants plus tard.

—Quoi ? marmonna-t-elle en sentant quelqu'un tirer sur ses chaussures. Une minu…

—Chut. (Une main puissante et chaude se posa sur ses cheveux.) Je ne fais que te les enlever.

Il tira à nouveau et elle fut débarrassée de sa blouse de médecin.

—Les enfants, marmonna-t-elle, ne trouvant pas la volonté de bouger.

La grande main calleuse s'immobilisa sur son corps.

—Ils sont avec Drew et Indigo.

Elle essaya de dire que c'était bien, mais l'épuisement s'abattit sur elle. Juste avant que tout devienne noir, elle sentit les lèvres de Walker sur sa tempe, chaudes et fermes. Elle prenait ses désirs pour des réalités. Mais c'était une façon agréable de s'endormir.

Non, non, non, non, non, non, non, non…
—Parfait. (Ming entra dans la pièce pour examiner le tas de cendres fines qui se trouvait là où il y avait eu une personne qui criait.) Bien que ton manque de contrôle soit problématique, je ne peux qu'être satisfait de la puissance de ton aptitude.

Elle était un monstre, piégée dans une pièce avec un autre comme elle. Peut-être devrait-elle les embraser tous les deux et en finir une fois pour toutes.

Un étau noir et cruel se resserra sur son esprit, lui rappelant que ses pensées ne lui appartenaient pas.

—Arrêtez, dit-elle alors que du sang s'écoulait de son nez.
—Souviens-toi, Sienna, dit-il. (La tache de naissance du côté droit de son visage était de la même couleur que le sang de la jeune fille.) Je te possède. Tu es ma créature.

Un grondement brisa le silence maléfique de la pièce et fit trembler les murs.

Sous ses yeux, Ming commença à se désintégrer jusqu'à n'être moins que rien. Ce spectacle lui procura un plaisir si violent que lorsque le grondement se changea en une voix qui lui ordonna « Repose-toi. Je te tiens », elle se blottit contre le grand corps musclé de Hawke et se laissa de nouveau porter par les ailes du sommeil.

Sienna se réveilla environ trois heures après que Hawke était arrivé dans sa chambre. Les mots avaient été inutiles à ce moment-là, même si elle avait le vague souvenir d'avoir entendu sa voix entre-temps. Fronçant les sourcils, elle revint en arrière et saisit les fragments de ce qui avait pu être un cauchemar, mais il ne subsistait rien de sa terreur.

Ce n'était guère étonnant avec la chaleur protectrice de l'homme qui dormait enroulé autour d'elle. Hawke pressait fermement la cuisse contre la partie la plus douce de son corps, la main posée à plat sur son ventre couvert par son vieux débardeur préféré, le bras sous sa tête, le visage enfoui au creux de son cou ; sa présence déclenchait une pulsation sensuelle sous sa peau.

Une part d'elle avait envie de se retourner, de frotter le visage contre les poils fins et soyeux de son torse, mais une part plus grande redoutait de briser le charme de cet instant, qu'il se réveille et parte. Elle savait qu'il allait devoir s'en aller. Il était chef et la meute avait essuyé une attaque la nuit précédente. Il avait accordé, à lui et aux siens, un peu de temps pour se reposer et se regrouper, mais le matin était venu. Tout passerait à la vitesse supérieure dès qu'il se lèverait.

Elle sentit une vibration contre son dos tandis qu'il décrivait d'une main des cercles lents sur son ventre et collait sa cuisse plus près d'elle.

—'jour.

À cette voix rauque d'homme, la peau de Sienna se tendit et la chaleur lui monta au visage, non pas par embarras mais sous l'effet d'un désir qui lui nouait la gorge. Elle ne s'était jamais réveillée dans les bras d'un homme et n'aurait jamais imaginé que quand ça arriverait, ce serait avec lui.

—'jour, parvint-elle à dire, se préparant à perdre sa présence. Je peux te faire du café avant que tu partes.

Oui, elle voulait qu'il reste, mais il était le cœur de la meute des SnowDancer et son statut de chef était aussi indissociable de sa personne que les aptitudes de Sienna l'étaient de la sienne. Elle ne songerait jamais à se mettre en travers de sa loyauté envers la meute, et même l'adolescente à peine sortie du Net qu'elle avait été avait compris que beaucoup de gens l'aimaient et avaient besoin de lui.

— Je n'ai que de l'instantané, mais il n'est pas mauvais.

— Pas de café, dit-il en déposant un baiser sur son cou. Donne-moi un peu de douceur pour cette journée.

Le corps tendu et chaud, elle serra la cuisse qu'il frottait lentement contre elle.

— Qu'est-ce que tu veux ?

Il avança la main et fit courir ses doigts sur l'élastique de son pantalon de pyjama.

— Te donner du plaisir.

— Je…

Elle n'avait jamais bredouillé de sa vie, mais cela semblait bien parti pour se produire. Elle déglutit et tenta de remettre de l'ordre dans ses pensées dispersées.

— Je ne sais pas si j'arriverai à le gérer.

— On a déjà joué ensemble. (Nouveau baiser.) Tu as dit que ce n'était pas à cause de ça que le feu de glace avait débordé.

— Non, en effet.

— Alors ?

— Je ne suis pas sûre que mon contrôle soit suffisant, admit-elle.

Même si le X-feu n'était pas activé par les émotions, elles avaient malgré tout un impact sur la capacité de Sienna à le contenir. C'était ce que Silence avait offert à ceux de sa classification : un endroit froid et calme où demeurer.

— J'ai l'impression que mes émotions sont instables depuis la nuit dernière. Je risque de perdre prise sur mes aptitudes si j'ai…

— Si tu as ?

— Tu sais bien.

Il lui mordilla l'épaule, une taquinerie de loup.

— Un orgasme. Je crois que c'est le mot que tu cherches.

Il passa les doigts sous l'élastique de son pantalon de pyjama, et le pouls de Sienna s'emballa. Il lui lécha alors le cou.

Elle se crispa autour de sa cuisse.

— Hawke !

—Dis-moi si tu veux qu'on arrête, dit-il contre sa peau rougie, mais elle perçut le sérieux dans le ton de sa voix.

Elle eut un déclic et comprit qu'il faisait exactement ce qu'il avait dit qu'il ferait : il respectait les décisions de Sienna concernant ses aptitudes.

—Pas encore, chuchota-t-elle tout en serrant les rênes psychiques du feu de glace.

Avec un murmure d'approbation, il retira les doigts et changea de position afin d'être appuyé sur le côté près d'elle tandis qu'elle était allongée sur le dos. Il plaça une jambe sur la sienne.

—Je ne voudrais pas que tu t'échappes, dit-il, puis il se pencha pour l'embrasser.

Ce fut un baiser lent et paresseux, comme s'il n'était attendu nulle part, même si elle savait qu'il y avait mille problèmes qui requéraient son assistance. Passant les bras autour de son cou, elle savoura sa chaude virilité pendant qu'il continuait à faire courir les doigts sur sa peau.

—Oui ? demanda-t-il dans sa bouche lorsqu'elle s'écarta pour reprendre son souffle.

Des milliers de papillons piégés dans son ventre voletaient frénétiquement. Elle avait peur de l'intensité de ses sentiments pour lui… et ça la mettait en colère. La cardinale X-Psi Sienna Lauren n'avait jamais peur. Ça ne lui ressemblait pas.

—Oui, dit-elle.

Avec un petit rire, il déposa des baisers affectueux aux coins de ses lèvres.

—Que tu es têtue. (Il l'embrassa de nouveau, puis lui mordilla doucement la lèvre inférieure tout en glissant la main un peu plus bas.) Juste comme j'aime.

Elle sentit un frémissement dans son ventre qu'elle était incapable d'arrêter. Agrippant son bras d'une main et son épaule de l'autre, elle se délecta de la sensation de ses muscles et ses tendons qui bougeaient sous ses doigts tandis qu'il traçait des cercles languides en dessous de son nombril.

Puis plus bas.

Elle laissa échapper un cri étouffé contre son cou. Il avait une odeur chaude et masculine, l'odeur de Hawke. Juste Hawke. Toujours Hawke. Lorsqu'il passa la main sous l'élastique de sa culotte pour descendre jusqu'à son intimité, elle s'arc-bouta d'instinct vers lui.

Il apprécia. Elle le sut quand il embrassa sa mâchoire et murmura :

—Tu es humide. Je te sens, tout affriolante et prête. Ça me met l'eau à la bouche.

Il remonta le doigt, puis lui écarta les lèvres avec un deuxième et piégea son clitoris entre les deux.

Quelle réactivité, songea Hawke alors qu'elle se cambrait de nouveau, et c'était si doux. Il s'en fallut de peu qu'il baisse le pantalon de pyjama et la culotte qu'elle portait pour dormir avec un débardeur rouge délavé, et la lèche comme si elle était son banquet de desserts personnel. La seule chose qui le retenait, c'était de savoir qu'il devrait se presser.

—C'est ça, murmura-t-il contre ses lèvres pulpeuses qu'il adorait embrasser, mordre et sucer, laisse-moi te cajoler. Laisse-moi te donner du plaisir.

Du doigt, il décrivit un cercle à l'entrée fondante de son intimité et commença à la pénétrer avec douceur.

Elle crispa de nouveau les mains sur lui, mais il ne décela pas de peur dans son odeur ; seulement le parfum sensuel, enivrant et musqué de son excitation. Il continua à l'embrasser et à la caresser jusqu'à ce qu'elle se détende et le laisse entrer. Seigneur, qu'elle était serrée. Haletante, elle laissa échapper un cri qui titilla les sens de Hawke, puis garda les hanches immobiles deux longues secondes avant de se mettre à tenter de petites ondulations contre le doigt qu'il avait introduit en elle.

Il frissonna, couvrit sa gorge de baisers et s'empara de sa bouche.

— Bon sang, tu es belle, dit-il lorsqu'elle fut à bout de souffle.

Du pouce, il frotta le bourgeon de nerfs à la jointure de ses cuisses sans cesser d'aller et venir en elle avec son doigt, puis il pencha la tête et mordit très doucement son téton à travers le tissu doux de son débardeur.

— Hawke !

Le corps de Sienna se fractura autour de sa main. Sa chair chaude et fondante était si délicieuse qu'il continua à bouger le doigt en elle alors qu'elle arrivait au bout de l'orgasme, lui envoyant de minuscules électrochocs de plaisir tout en savourant son vagin étroit et soyeux.

Ne retirant le doigt que lorsqu'elle gémit et que son corps se relâcha, il referma la main sur son intimité d'un geste possessif et se jeta de nouveau sur sa bouche pour la mordiller, la lécher, la goûter.

— Bonjour.

Son regard noir de cardinale était voilé et empreint de douceur quand elle leva les yeux.

— Bonjour, articula-t-elle, les lèvres gonflées de baisers et la peau du visage couverte de marques rouges laissées par les poils rêches de sa barbe naissante.

Il songea qu'il aurait dû s'en vouloir, mais ce n'était pas le cas. Il aimait voir ses marques sur elle. Jouant avec les boucles humides entre ses jambes tout en prenant garde à ne pas toucher son clitoris rendu hypersensible, il se contenta de la regarder un long moment. Le sexe raide dans son pantalon de survêtement, il était en proie à un désir douloureux, mais il était hors de question qu'il bâcle leur première fois ensemble.

Puis elle tendit la main et la referma sur sa verge.

Chapitre 37

Bon sang. Après avoir retiré la main d'entre ses cuisses pour la poser à plat sur le lit, il se permit d'aller et venir dans son poing. Une fois, puis deux.

— Ça suffit.

Il lui saisit le poignet et le plaqua à côté de sa tête.

Le regard nonchalant et satisfait de Sienna se mit à pétiller.

— Tu étais si dur, chaud et…

— Si tu remets la main sur moi, l'avertit-il, je ne me contenterai pas de quelques coups de reins.

Non, ça n'épancherait qu'à peine sa soif… et libérerait le loup.

Repliant la jambe sur sa hanche, Sienna s'avança pour embrasser sa gorge.

— Merci pour l'orgasme.

Les joues de Hawke se creusèrent.

— De rien.

Il lui donna un autre baiser avant qu'elle s'étende de nouveau sur le lit. Elle l'observa d'un air qui disait qu'elle avait entrevu la dure réalité qui commençait à s'imposer de nouveau à l'esprit de Hawke.

— On va entrer en guerre, dit-il en desserrant son étreinte sur son poignet. Il n'y a plus aucun doute là-dessus.

Elle posa sur lui un regard résolu tandis qu'elle caressait sa nuque avec tendresse.

—Je pense que le conflit est devenu inévitable dès lors que les meutes ont décidé de s'opposer au Conseil, d'une façon ou d'une autre.

Il lui déroba un nouveau baiser avant de changer de position de sorte qu'elle se retrouve allongée sur lui, la main de Hawke au creux de ses reins. Son loup insista pour qu'il touche sa peau. Il repoussa donc l'élastique de son pantalon de pyjama et de sa culotte pour poser la main sur la courbe douce de ses fesses. Elle sursauta mais se détendit presque aussitôt. *Bien.* Il voulait qu'elle s'habitue à lui et au contact de son corps, puisqu'il avait l'intention de lui donner du plaisir et d'en prendre avec elle régulièrement.

—On ne cherchait pas la guerre, dit-il en la caressant par petits mouvements lents, s'accordant quelques minutes de répit supplémentaires. Si le Conseil nous avait laissés en paix, nous en aurions fait autant.

Quelques mois plus tôt, jamais il n'aurait envisagé d'aborder ce sujet crucial avec Sienna, mais c'était devenu naturel.

—Ils refusent d'accepter que vous soyez une puissance dans ce monde, dit-elle en traçant sa clavicule du doigt.

—Ça a toujours été ça le problème, n'est-ce pas?

Il passa son bras libre sous sa tête.

—Silence prend tout le reste, déclara-t-elle, mais le pouvoir… il n'y a rien dans le protocole qui empêche d'en amasser toujours plus. En vérité, Silence récompense ceux qui sont assez insensibles pour se focaliser totalement sur la quête du pouvoir.

Hawke essaya d'imaginer à quoi ressemblait la vie sur le Net, sans succès.

—J'ai entendu des gens dire que le Net était beau.

—Oui… comme l'est un joyau taillé à la perfection. Immaculé et froid. (Sa main s'immobilisa sur sa peau.) Je n'avais pas compris ça quand j'y étais, mais déjà à ce moment-là, je savais que ce n'était pas normal de séparer une mère de son enfant.

Percevant sa douleur, il remonta la main pour l'appuyer en bas de son dos.

— Tu l'aimais.

— Elle a essayé de me sauver, mais c'était une télépathe cardinale avec une aptitude Tk secondaire (sa voix se brisa), et en fin de compte, elle n'a pas réussi à se sauver elle-même.

Hawke savait que la mère de Sienna avait sauté du Golden Gate Bridge, et il pouvait deviner les cicatrices que cette tragédie avait laissées.

— Ses boucliers se sont effondrés ?

Elle secoua la tête, la joue appuyée contre son épaule.

— Elle est devenue folle. Ça arrive à certains télépathes puissants, même sous Silence. C'est comme si aucun bouclier ne pouvait suffire à les protéger, comme si les pensées des autres gens profitaient du couvert de la nuit pour s'immiscer dans leur esprit et s'y installer.

De l'humidité sur son torse, un goût de sel dans l'air.

— Libre, dit-elle. C'est ce que ma mère a crié en sautant… qu'elle était libre. Tout le monde croit qu'elle parlait de Silence, mais je sais que ma mère aurait fait n'importe quoi pour avoir le silence. Elle voulait juste être libérée des voix.

Tant de douleur dissimulée derrière ce ton si pragmatique. Tant de puissance contenue dans ce corps si frêle. Tout chez Sienna n'était que contradiction. Mais sur un point au moins, aucun doute ne devait subsister.

— Tu es à moi, dit-il. Comprends ça.

Il avait voulu la rassurer, qu'elle sache qu'elle n'avait pas à craindre qu'il l'abandonne, mais son corps se raidit soudain contre lui.

— Je ne serai jamais à toi tant que tu ne seras pas à moi.

Il serra le poing dans ses cheveux et s'efforça de lui répondre avec douceur.

— Je ne peux pas te donner le lien d'union, Sienna.

Il avait été honnête avec elle dès le début, avait espéré qu'elle ne le contraindrait pas à la blesser de cette manière.

— Je sais.

Il y eut un silence tendu… qu'y avait-il d'autre à dire ?

Mais Sienna reprit la parole.

— Je ne pense pas que cette attaque signifie que les Scott veulent que ça s'envenime rapidement.

Hawke n'essaya pas de revenir de force au sujet initial, même si son cœur possessif n'aimait pas la réponse qu'elle lui avait donnée, et ne voulait pas entendre que c'était injuste de sa part d'exiger d'elle plus qu'il n'avait à offrir.

— Explique.

— Ça fait partie de la stratégie de dispersion dont on a parlé plus tôt, dit-elle sur un ton maîtrisé. (Les larmes qui séchaient sur le torse de Hawke étaient déjà loin.) Les Conseillers ont bien compris maintenant comment fonctionne une meute de changelings. Ils s'attendent à ce que cette attaque vous encourage à évacuer vos membres les plus jeunes et les plus vulnérables… et ils se tiendront prêts à leur tendre une embuscade.

Le cœur de Hawke se glaça à l'idée qu'il puisse arriver du mal aux louveteaux.

— Les frappes ciblées, les avions conçus pour échapper à vos défenses… tout indique que ceux qui tirent les ficelles sont bien renseignés, poursuivit Sienna. À mon avis, ils ont déterminé que la meilleure façon de porter un coup fatal à la meute est d'éliminer les jeunes.

Ses mots étaient froids et précis, mais Hawke ne commit pas l'erreur de penser que ça ne la touchait pas. Il savait le nombre d'heures qu'elle avait passées dans la Zone Blanche, le nombre de louveteaux qui l'appelaient « Sinna » et tendaient les bras vers elle pour l'enlacer.

Mais qu'elle ait entrevu cette perspective qui donnait la nausée, qu'elle ait ne serait-ce que l'expérience suffisante pour l'envisager, c'était la preuve flagrante des ténèbres au milieu desquelles elle avait grandi. Elle avait passé son enfance avec un monstre. Et malgré cela, elle avait réussi à préserver sa personnalité et son âme. Il était sacrément fier d'elle.

Juste à ce moment-là, le portable de Sienna bipa. Même si elle ne fit pas un geste pour décrocher, ils devaient se rendre à l'évidence que leur temps ensemble était écoulé.

—Je ferais mieux d'y aller, dit-il.

—Oui, bien sûr.

Elle se hâta de s'asseoir sur le lit, à côté de lui, quand il se redressa.

—Dans une heure, dit-il en se levant et en jetant un coup d'œil à l'horloge murale ancienne qu'elle avait dû trouver dans une brocante, j'ai une réunion des lieutenants. Je veux que tu y sois.

Elle marqua une pause, surprise, puis hocha vivement la tête.

—J'y serai.

Il referma la main sur sa nuque et lui donna un baiser appuyé.

—La prochaine fois, promit-il, je ne me contenterai pas de caresser ton joli corps.

Une odeur d'épice dans l'air, le goût de Sienna sur sa langue.

—Ça suppose qu'il y aura une prochaine fois.

—Tu devrais savoir que ce n'est pas une bonne idée de défier un loup, bébé. (Il mordilla sa lèvre inférieure pleine qu'il adorait et pointa un doigt sur elle.) Une heure.

Vint à 9 heures le moment de prendre des décisions. Judd, Riley, Indigo et Riaz avec ses bandages, ainsi qu'Andrew, Sienna et Hawke étaient physiquement présents dans la salle de conférences conçue pour connecter les lieutenants à Hawke où qu'ils se trouvent. Raccorder tous les autres prit quelques minutes. Tomás fut le premier à repérer Sienna, assise discrètement sur le côté.

— Ma parole, c'est Sienna Lauren, dit-il avec un sourire de séducteur assumé. Tu es bien jolie ces jours-ci.

Sienna eut le mérite de ne pas perdre contenance.

— Je t'ai vu faire la danse du poulet une fois, Tomás. Ce n'était pas sexy.

Cette remarque suscita l'hilarité de Kenji, tandis qu'Alexei lui décocha un sourire éclatant. Le loup de Hawke apprécia de voir que Sienna n'en resta pas bouche bée ; la plupart des femmes avaient du mal à résister à Alexei, même quand il ne cherchait pas à les charmer.

— Pas le temps de jouer, dit-il, et tous lui accordèrent aussitôt leur attention. Nous sommes confrontés au même choix que plus tôt cette année. Frapper les premiers, ou attendre qu'ils viennent à nous.

— Frapper les premiers nous donnerait peut-être un petit avantage sur eux, dit Tomás, le regard pénétrant, mais en envoyant nos équipes, nous laisserions notre territoire exposé. Ce pourrait être exactement ce qu'ils veulent.

— Je pense aussi. (La voix pragmatique de Judd.) Par ailleurs, même si la base en Amérique du Sud ne posera pas de problème, on ignore combien d'autres agents les Scott ont à leurs ordres.

— Et on sait qu'ils vont venir, ajouta Riaz. Avec cette attaque, ils espéraient qu'on riposterait, qu'on disperserait nos ressources. Ils veulent nous affaiblir avant d'attaquer.

Sur l'un des écrans de communication, Matthias hocha la tête, le beau relief accidenté de la chaîne des Cascades visible par la fenêtre derrière lui.

— Nos frappes précédentes étaient justifiées sur le moment, mais les choses ont changé. Je suis d'avis qu'on attende et qu'on se prépare.

— Il faut aussi qu'on vérifie autre chose, dit Riley à côté de Hawke. Tout indique qu'ils concentrent les hostilités sur les SnowDancer et DarkRiver, mais on doit s'assurer qu'ils n'ont pas également des vues sur la ville.

— Vous avez réussi à retrouver les armes ? demanda Matthias.

Riley secoua la tête, la mine sombre.

— Non.

— Leurs actions passées semblent suggérer qu'ils ne détruiront pas San Francisco, dit Judd, mais compte tenu du comportement d'Henry ces derniers temps, il se peut que lui et Shoshanna soient prêts à sacrifier la ville si ça leur permet de gagner la guerre.

Cooper acquiesça à l'écran, le visage sévère.

— Le fait est que s'ils nous éliminent ainsi que les félins, il ne restera plus que Nikita et Anthony pour leur barrer la route. Et ni l'un ni l'autre ne disposent d'une force militaire significative.

— Ce ne serait tout de même pas une mauvaise idée de se renseigner auprès de ces deux-là pour savoir combien de Psis offensifs ils seraient en mesure de nous fournir, fit remarquer Drew. Même si ce n'est que quelques télépathes puissants, ils nous aideraient à repousser les frappes mentales de l'autre camp. Les C-Psis d'Anthony pourraient peut-être même prédire certaines de leurs manœuvres.

— J'ai déjà demandé, dit Hawke. Apparemment, la guerre perturbe les prédictions car trop de choses se déroulent dans le feu de l'action. Mais il dit que tous ses clairvoyants, Faith comprise, sont certains que le conflit ne va pas tarder à éclater. Ce n'est peut-être qu'une question de jours.

— En ce cas, dit Indigo en se penchant en avant, on reste sur nos positions ?

Hawke hocha la tête.

— Plus on s'éparpillera, moins ils auront de mal à percer nos défenses.

— Il vaut largement mieux se terrer et les forcer à venir nous chercher, acquiesça Jem, dont les cheveux blonds étaient ternes à la lumière du soleil obscurci par les nuages dans sa partie de l'État.

— Ce qui soulève une autre question. (Riley tapota du doigt le bout de métal tordu qu'il avait posé sur la table au début de la réunion.) D'après nos registres, l'étoile unique est l'emblème personnel de Kaleb Krychek. Nous avions décidé qu'il n'était pas impliqué, mais s'il menait tout le monde en bateau ?

Tous regardèrent Judd, qui ramassa le fragment de carlingue et le retourna dans ses mains.

— Kaleb est assez imprévisible, mais mon instinct me dit que c'est une tentative délibérée de le mêler à ça, de brouiller les pistes.

Indigo prit le morceau de débris des mains de l'autre lieutenant.

— Y a-t-il un moyen de le confirmer ?

— J'ai demandé à Luc d'appeler Nikita, dit Hawke, toujours nerveux à l'idée d'entretenir une relation quelle qu'elle soit avec une Conseillère Psi.

Mais s'il mettait sa méfiance de côté, ils se rejoignaient sur un point : cette région leur appartenait, et ils ne la lâcheraient pas.

Il jeta un coup d'œil à Sienna et lui adressa un hochement de tête.

— Il y a autre chose que vous devez entendre.

Sienna s'était adressée à des Conseillers sans broncher, avait grandi avec une Flèche pour oncle et venait de passer la nuit avec un chef loup. Pourtant, elle avait la gorge sèche et sa langue menaçait de former des milliers de nœuds. À cause de Hawke. Parce que en la mêlant à ça, il liait son honneur au sien.

Avec cette pensée lui vint le sentiment d'équilibre dont elle avait besoin. Quoi qu'elle ait pu dire ce matin-là, elle l'aimait d'un amour qui ne tolérerait pas la distance, même si cette distance lui aurait évité de souffrir. Il ne voulait pas… ne pouvait pas la prendre pour compagne, mais elle lui donnerait tout. Elle était incapable d'autre chose.

— Sienna, dit-il alors qu'elle se levait pour que tout le monde puisse la voir, répète aux autres ce que tu m'as dit.

Elle exposa sa théorie sur la probabilité d'une embuscade ciblant les membres les plus vulnérables de leur meute.

— Tu sembles très sûre de toi, dit Cooper.

C'était la première fois qu'ils se parlaient, même si elle l'avait aperçu lors de ses passages à la tanière. La cicatrice irrégulière qui barrait sa joue gauche ressortait distinctement sur sa peau bronzée, mais c'était ses yeux presque noirs qui retenaient son attention.

— Je respecte ton intelligence, mais tu es jeune et tu n'es plus rattachée au Net.

Elle ne se laissa pas intimider, car s'il y avait bien une chose qu'elle comprenait, c'était la guerre. Et surtout, elle avait vécu dans le noir assez longtemps pour n'écarter aucune possibilité, même les plus répugnantes. Les loups n'en avaient pas conscience, mais ils étaient régis par un profond sens de l'honneur, et ne s'attendaient tout simplement pas à certains actes.

— Je sais que vous partez de la supposition que c'est Henry et Shoshanna Scott qui sont derrière tout ça, dit-elle, et il semble en effet qu'ils soient les attaquants principaux d'après ce que j'ai relevé. Mais pour ce qui est de la stratégie... c'est du Ming LeBon tout craché.

Judd secoua la tête.

— Rien n'indique que Ming soit impliqué. D'après Nikita et Anthony, il s'est opposé aux Scott lors de séances du Conseil.

En des circonstances normales, Sienna se serait inclinée devant l'expérience de Judd, mais son oncle n'avait pas passé dix ans avec Ming, n'avait pas été abreuvé de la conception qu'avait le Conseiller de la stratégie militaire, n'avait pas vu les nombreux visages qu'il était aisément capable de prendre.

— Henry Scott s'est montré agressif à plusieurs reprises cette année, dit-elle, se focalisant sur les faits, mais aucun de ses actes n'a été d'une telle magnitude. Quelles qu'aient été ses motivations, il n'a ni la formation ni le talent nécessaires pour monter une opération militaire de cette envergure sans un sérieux coup de pouce.

Même si elle n'en parla pas sur le moment, elle commençait à avoir le sentiment dérangeant que Ming avait également été impliqué dans les précédentes violations du territoire des SnowDancer ; en vérité, il guidait peut-être bien la main d'Henry depuis longtemps à l'insu de tout le monde.

Jem prit la parole, sourcils froncés.

— Elle a raison. C'est devenu une sorte de hobby pour moi de surveiller les agissements du Conseil…

— Tu parles d'un hobby, marmonna Riaz en grattant le pansement dissimulé sous son tee-shirt chocolat… jusqu'à ce qu'Indigo se penche et lui donne un coup de stylo-bille sur le dos de la main.

— Ouais, une vraie partie de plaisir. (Jem leva les yeux au ciel et poursuivit.) Il y a quelques années, Henry était rattaché dans la plupart des cas aux opérations que Shoshanna commanditait. Il est évident que ça a changé, mais je rejoins Sienna. Il est impossible qu'il soit subitement devenu un fin stratège.

Hawke posa ses yeux pâles de loup sur Judd.

— Il nous faut plus d'informations du PsiNet.

— Entendu… mais je ne peux pas aborder ce sujet avec mon contact.

Ayant eu une conversation très intéressante avec Judd quelques mois plus tôt, au cours de laquelle la Flèche lui avait confié l'identité du Fantôme, Hawke ne fut pas surpris. Le lieutenant lui avait révélé le nom de son contact car il voulait que Hawke soit à même de comprendre certaines de ses décisions sans explications supplémentaires et de réagir en connaissance de cause.

« Tu n'as pas peur qu'on essaie de me faire parler ? » avait demandé Hawke, conscient que le Conseil ne reculerait devant rien pour obtenir l'identité du rebelle.

« Non. S'ils te capturent, ils te tueront. Même les Psis savent qu'il ne faut pas chercher certains prédateurs. »

— Fais de ton mieux, dit alors Hawke.

Jetant un coup d'œil à Sienna, il la vit raidir les épaules et se lever. Le brouhaha retomba.

— Il existe un moyen infaillible de déterminer si ma théorie concernant leurs plans est valide, dit-elle.

Hawke se tourna vers Riley.

— A-t-on assez d'hommes pour défendre le périmètre pendant ce temps ?

— Je peux demander à quelques félins de nous remplacer. Riaz peut prendre mon poste à la tanière, vu que Lara lui a ordonné de ne pas déchirer ses points de suture sous peine de subir son courroux de guérisseuse.

— En ce cas, dit Hawke en soutenant le regard de Sienna, allons-y.

Chapitre 38

Ce n'était pas totalement inattendu de la part de Kaleb qu'il réponde au message de Nikita en se téléportant dans son bureau à peine quelques minutes plus tard. Quand on était le Tk-Psi le plus puissant du Net, ce genre de chose ne requérait qu'une quantité négligeable de pouvoir. Il riva les yeux sur le bout de métal tordu sur son bureau avant qu'elle ait pu dire un mot.

—Je vois, dit-il en prenant place de l'autre côté de la table de verre.

La chaise sur laquelle il était assis était placée un centimètre plus bas que celle de Nikita, afin de mettre les visiteurs de la Conseillère en position de désavantage psychologique. Bien sûr, aucun d'eux n'était Kaleb Krychek.

Elle le regarda examiner le morceau de métal, consciente qu'il savait mentir avec une telle aisance qu'elle n'y verrait que du feu. Même s'il avait été l'équivalent d'un allié, elle n'oubliait jamais que l'homme en face d'elle avait été mis très jeune sous la tutelle d'un véritable psychopathe ; il n'y avait aucun moyen de savoir quels échos Santano Enrique avait laissés dans sa psyché.

—Alors, dit-il enfin, qu'en penses-tu ?

Il la surveillait sans ciller de ses yeux de cardinal.

—J'en pense que tu es trop intelligent pour marquer ton avion d'assaut de ton emblème, dit-elle. Mais aussi que tu l'es assez pour le faire sciemment dans le but de nous mener sur une mauvaise piste.

Il sourit. Elle savait que ça ne voulait rien dire, que ce n'était qu'un acte physique qu'il avait appris à imiter pour manipuler les masses humaines et changelings.

— C'est vrai, dit-il. Tout cela est vrai. (Il reposa le morceau de carlingue sur son bureau et regarda la ville par la vitre en plasti-verre derrière Nikita.) Cependant, même si j'ai rallié les Flèches, je ne les possède pas encore.

— Tu n'as pas besoin des Flèches.

Sans parler de ses aptitudes Tk, Kaleb avait des centaines d'hommes exclusivement à ses ordres.

— Ça n'a tout de même aucun sens de frapper maintenant alors que je pourrais attaquer plus tard avec une force qui serait presque assurée de prendre le contrôle en occasionnant un minimum de dégâts. (Il se leva et commença à boutonner sa veste, bleu marine avec des rayures fines comme des lames de rasoir et impeccablement coupée.) Le fait est que je ne veux pas de cette ville. Elle n'a jamais été ma cible.

Nikita songea que c'était la chose la plus honnête qu'il aurait pu dire. Kaleb était autrement plus ambitieux ; c'était le Net lui-même qu'il voulait contrôler. Sans le quitter des yeux tandis qu'il lui adressait un bref hochement de tête avant de se téléporter, elle tendit la main vers le téléphone.

— Ce n'est pas Kaleb, dit-elle à Max Shannon, sachant que les changelings aimaient mieux traiter avec son chef de la sécurité.

Mais lorsqu'elle eut raccroché, elle ne se remit pas au travail. À la place, elle déploya ses sens psychiques le long d'un canal télépathique ancien et familier.

— *Ton enfant. Elle est en bonne santé.*

— *Oui*, répondit Sascha, même si ça n'avait pas été une question. *Elle est extraordinaire.*

Mi-Psi, mi-changeling, ce qui suffisait à confirmer les paroles de Sascha, mais Nikita savait que ce n'était pas ce que sa fille voulait dire.

— *Tu n'es pas en sécurité en ville.*

Pas avec la guerre qui planait à l'horizon.

— *Je suis ici chez moi, Mère.* (Elle marqua une longue pause.) *Prévois-tu de quitter la région ?*

— *Non.*

Nikita sentit une poussée le long du canal télépathique et comprit que Sascha essayait de lui envoyer quelque chose de plus grand qu'une pensée directe. Consciente que la télépathie de sa fille était faible, elle déploya la sienne, « saisit » le message par voie psychique... et vit l'image d'un nourrisson aux yeux verts de félin et à la peau lisse et dorée, un peu plus pâle que celle de sa mère.

L'enfant de Sascha. La petite-fille de Nikita.

Chapitre 39

Hawke repéra l'embuscade depuis une crête qui se dressait loin au-dessus de la route isolée qui courait en parallèle d'un des chemins qu'ils auraient empruntés pour évacuer les membres vulnérables de la meute. La colère de son loup devint froide, primaire. Il y avait des choses qui ne se faisaient pas, même en temps de guerre.

— Le sentiront-ils si des esprits non Psis se rapprochent ? demanda-t-il à l'homme allongé à plat ventre à côté de lui.

Judd lui répondit par un hochement de tête.

— Tu arriveras peut-être à détourner leur attention par la ruse… Envoie un véhicule rempli de soldats.

— Ils ne sont pas capables de distinguer les esprits immatures des esprits matures ?

— Pas s'ils procèdent à un balayage télépathique général. (Il porta de nouveau les jumelles à ses yeux.) Je discerne les armes. Elles sont à munitions à haute vélocité…

Il marqua une pause lourde de menace, puis lui passa les jumelles.

— Vingt degrés à gauche de l'homme au centre.

Hawke scanna la zone et s'immobilisa. Ces enfoirés insensibles avaient un lance-grenades.

— Pas de quartier. Qu'ils meurent. Tous. (Ils ne sacrifieraient pas les vies de leurs membres les plus jeunes et les plus âgés dans cette guerre.) Qu'il s'agisse des Scott ou de Ming, l'enflure qui tire les ficelles va devoir comprendre qu'on ne rigole pas.

— Si on contre leur embuscade, on leur révèle qu'en plus d'avoir découvert leur stratagème, on a été capables de l'anticiper.

Le loup de Hawke avait soif de sang, mais l'homme autant que sa bête avaient depuis longtemps appris à dépasser le voile rouge de la colère.

— Ça nous débarrasserait des dix hommes qu'ils ont postés ici, indépendamment du nombre qu'ont trouvé les autres.

— L'équipe d'Indigo surveille un autre groupe, lui rapporta alors Judd, de même que celle de Drew. Le secteur de Riley est net, semble-t-il.

Hawke devait admettre que c'était sacrément pratique d'avoir des télépathes au sein de leurs meutes. Sienna travaillait avec Indigo, Walker avec Drew et Riley avec Faith NightStar. Même si la C-Psi de DarkRiver ne savait pas se battre, la portée de sa télépathie était suffisante pour les aider. Son compagnon lui tenait lieu de bouclier.

Grâce à ce réseau télépathique, il ne leur fallut que quelques minutes pour coordonner les leurres, puis une heure pour positionner les véhicules. Ces derniers ne devaient pas entrer dans le champ de tir des lance-grenades; leur fonction se bornait à faire diversion. Pendant ce temps, les équipes des changelings descendirent se placer à la limite du rayon des balayages télépathiques de l'ennemi.

— Reste hors de vue, dit Hawke à Judd. Tant qu'on peut l'éviter, il ne faut pas qu'ils sachent qu'on a un Tk-Psi dans notre camp.

Sur le hochement de tête du lieutenant, il ajouta:

— Tout le monde est prêt?

— Oui.

— C'est parti.

— Véhicules en vue dans cinquante secondes, mobilisation dans cinquante-deux.

La bataille fut agressive et rapide. C'était la seule façon de gagner avec les Psis, compte tenu de leur aptitude à éradiquer les esprits avec leurs frappes psychiques. Leur groupe ne comptait pas de Tk-Psis capables de se téléporter, ce qui signa leur arrêt de mort.

Ensuite, Hawke regarda les corps et n'éprouva qu'une satisfaction féroce. Il n'était pas un homme qui prenait plaisir à tuer, mais ces gens avaient projeté de massacrer des enfants SnowDancer. Pour ce crime, la mort était la seule sentence acceptable.

Sienna n'avait jamais vu les loups attaquer avec une violence aussi froide et fluide. Les unités des Psis n'avaient eu aucune chance d'en réchapper. Une part d'elle était choquée par ces représailles sanglantes, mais ce n'était rien à côté de la fureur qui l'avait envahie quand elle avait vu le lance-grenades et compris à quel point leurs intentions étaient malveillantes. L'espace d'un instant, le X-feu avait menacé d'échapper à son contrôle, mais paradoxalement, c'était son instinct protecteur vis-à-vis des louveteaux qui l'avait aidée à se ressaisir.

Tout fut terminé en quelques minutes, et alors que le jour faisait place à la nuit, elle se retrouva à traverser la tanière avec un homme aux yeux de loup en chasse et à la chevelure argent et or. Ce jour-là, en plus d'avoir abordé avec elle des questions qui concernaient la meute, il l'avait traitée comme un élément à part entière des défenses des SnowDancer. Une part d'elle attendait toujours qu'il aille plus loin, mais à cet instant-là, elle avait pour la première fois l'impression d'être en quelque sorte une partenaire plutôt qu'une simple jeune fille au cœur tendre.

— Comme nous, les félins reportent l'évacuation à plus tard, lui dit-il en marchant. Pour l'heure, il est plus sûr d'attendre pour mettre tout le monde à l'abri.

— Ça va être calme, dit-elle. Quand on aura déplacé les enfants.

Le loup de Hawke ne supportait pas l'idée d'une tanière silencieuse.

—Ça ne durera pas éternellement.

Sienna voulut prendre à gauche lorsqu'ils arrivèrent à un embranchement dans le couloir.

—Non. (Il lui saisit la main.) Par ici.

Elle ne dit pas un mot, pas plus que ceux qui les croisèrent en chemin. Quelques jours plus tôt, leurs compagnons de meute les auraient taquinés, sifflés et embêtés pour rire. Mais parce qu'ils savaient tous ce qui se préparait, l'humeur générale était à la morosité. Les couloirs étaient moins fréquentés qu'à l'ordinaire, beaucoup de membres s'étant regroupés dans les salles communes pour discuter et se communiquer leur force. Il n'y avait pas âme qui vive dans la galerie pavée de galets et décorée d'images de loups qui jouaient, dormaient, chassaient.

Hawke savait pourquoi Sienna évitait cette sortie-là. Elle avait endommagé la fresque une fois par accident ; tel un laser, son X-feu avait fissuré une petite portion du mur et détruit la peinture.

—Je ne t'en ai jamais voulu pour ça, dit-il alors qu'ils arrivaient dans le couloir enchanteur.

—Cet endroit... il est important pour toi.

Elle referma la main sur la sienne.

—Regarde, dit-il après l'avoir entraînée dans une section particulière.

Sienna se pencha.

—C'est un louveteau endormi... Oh !

Il la regarda tracer du doigt les contours du second louveteau dissimulé derrière les grandes feuilles vertes, prêt à bondir.

—Je ne l'avais jamais remarqué.

—Elle a caché beaucoup de choses dans cette fresque, dit-il, en proie à une douleur ancienne. Elle voulait que ce soit une œuvre d'art qui donnerait envie aux membres de la meute de rire, de s'y attarder et de s'amuser.

—Qui parlerait au cœur de leur loup. (Sienna retira la main du mur et leva la tête.) C'était ta mère, n'est-ce pas ?

—Oui. (Sa mère talentueuse et gaie.) C'était une louve soumise.

Sienna écarquilla les yeux.

—J'avais supposé que…

—Je crois que mon père aussi a été surpris. (Ces souvenirs doux-amers arrachèrent un hurlement à son loup.) C'est ici qu'il l'a vue la première fois. Elle venait d'arriver en avion d'un autre secteur et n'avait commencé cette fresque que quelques heures plus tôt.

Hawke la voyait presque, elle et ses cheveux blond platine noués avec l'un de ces bandanas colorés qu'elle aimait, une tache de peinture sur le nez ou en travers de la joue.

—Il est entré dans la tanière en courant sous sa forme de loup, porteur d'un message urgent pour Garrick. Et il s'est arrêté net.

—Il a su tout de suite ? demanda Sienna sur un ton émerveillé.

Hawke serra les doigts de la jeune femme.

—Il disait qu'il avait eu l'impression de s'être pris une planche de bois sur la tête. (Son père secouait toujours la tête à l'évocation de ce souvenir, avec aux lèvres un sourire qui creusait ses joues et illuminait ses yeux plus foncés que ceux de son fils.) Il était couvert de boue et on l'attendait, mais il est resté planté là à la dévisager.

—Comment a réagi ta mère ?

Hawke rit en songeant à la façon dont sa mère faisait toujours semblant de montrer les dents à son père quand elle racontait l'histoire de son point de vue.

—Elle s'est vidé la moitié d'un tube de peinture verte dessus quand il a déboulé dans le couloir. Alors qu'elle s'était retournée pour lui dire sa façon de penser, elle a eu le souffle coupé. Elle était soumise et aurait dû baisser le regard, mais elle n'a pas réussi à briser leur connexion.

» Garrick les a découverts une heure plus tard, elle maculée de peinture, lui avec sa fourrure raide de boue. Ils étaient simplement assis là à se regarder dans les yeux. Ils avaient formé leur union, et elle a tenu bon jusqu'à la fin.

Jusqu'à la mort de son père, qui brisa le cœur de sa mère.

Incapable d'en parler davantage, il attira Sienna hors de la tanière et la conduisit au bassin sous la cascade, où le tumulte de l'eau rendait la surface blanche et mousseuse. Située dans l'ombre de la falaise qui la surplombait, la plage de sable était un havre d'intimité.

— C'est un endroit où viennent les couples, dit Sienna en arrivant au bas de la pente. Evie me l'a dit. Je crois que Tai l'amène ici en douce.

Un sourire joua sur les lèvres de Hawke.

— Pourquoi crois-tu que j'ai placé ce rocher là-haut ? C'est le signal consacré que le bassin est occupé. (Sentant le stress de la journée se dissiper avec le sourire caressant de Sienna, il s'assit par terre.) As-tu eu un moment pour voir ta famille aujourd'hui ?

Il l'attira dans ses bras lorsqu'elle s'installa à côté de lui.

— Oui, j'ai passé du temps avec Marlee et Toby après notre retour, mais Walker était occupé.

— En parlant de Walker, lui murmura-t-il à l'oreille, je l'ai vu fusiller Lara du regard il y a quelques minutes.

Hawke s'était éclipsé avant qu'ils le voient, certain que le Psi prendrait soin de la guérisseuse. Il y avait eu quelques blessés ce jour-là, et elle était déjà épuisée par les événements de la nuit précédente.

— Walker ne fusille pas les gens du regard, dit Sienna en se plaçant à genoux face à lui. Il se contente de les dévisager jusqu'à ce qu'ils lui obéissent.

En riant, Hawke s'avança pour l'enserrer entre ses cuisses et appuyer le front contre le sien, étrangement satisfait. Ils parlèrent d'autres sujets, de Toby et de Marlee, de Cooper et de sa nouvelle compagne, jusqu'à ce que Hawke finisse allongé à côté d'elle, les bras croisés sous la tête tandis qu'elle restait assise.

—C'est une bonne chose que quatre de mes lieutenants aient formé une union, dit-il, les yeux rivés sur la corniche au-dessus de sa tête, mais focalisé sur l'odeur captivante et complexe de la femme à côté de lui. On va avoir d'autant plus besoin de cette stabilité au sommet de la hiérarchie quand toute cette histoire sera terminée.

—Veux-tu me parler d'elle? demanda-t-elle tout bas, le surprenant par cette question inattendue.

Hawke jeta un coup d'œil à Sienna, son loup dans le regard.

—Son nom était Theresa, mais je l'appelais Rissa.

Rissa. C'était étrange de connaître enfin le nom du fantôme à qui Hawke avait donné son âme.

—Comment était-elle?

—Douce… de nature et d'esprit. (Les cheveux de Hawke retombèrent sur son front quand il se redressa en position assise et passa les bras autour de ses genoux.) Déjà bébé, elle donnait ses jouets aux autres enfants quand ils pleuraient. Je ne l'ai jamais vue piquer une colère ou ne pas sourire.

Sienna crispa les mains dans le sable. À l'évidence, la Rissa de Hawke n'avait rien eu en commun avec elle.

—C'est pour ça que tu apprécies Sascha, dit-elle, dissimulant sa douleur et tout le reste. Elle doit te rappeler Theresa, d'une certaine manière.

—J'imagine. (Il fronça les sourcils et repoussa ses cheveux.) Le truc, c'est que j'ignore à quoi Rissa aurait ressemblé en grandissant… elle n'a pas eu le temps d'étendre ses ailes.

—Et pourtant, tu es sûr qu'elle aurait été ta compagne? laissa-t-elle échapper, une supplique déguisée en question.

Il marqua une pause.

—On ne peut pas revenir là-dessus, Sienna, dit-il d'une voix douce mais implacable. C'est une chose qu'on sait et que rien ne peut effacer.

Elle serra le poing sur son ventre, s'efforçant vainement de contenir sa douleur.

—Je ne peux pas contester ça, dit-elle. Mais le fait est que vous ne vous êtes jamais unis.

Ils avaient été trop jeunes pour s'aimer de cette manière.

—Le loup ne choisit qu'une fois. (Il posa la main sur sa nuque et l'attira près de lui, effleurant presque ses lèvres des siennes.) Je ne peux rien y changer, bébé.

—C'est une jolie excuse, tu ne crois pas? rétorqua-t-elle, poussée par un besoin viscéral.

Les yeux de Hawke étincelèrent, menaçants et impitoyables.

—Ça suffit, Sienna.

Il lui serra la nuque puis la relâcha.

Elle se demanda s'il pensait que la discussion était close.

—Ça t'a déchiré le cœur de la perdre, insista-t-elle, parce qu'il le fallait, que c'était assez important pour la briser définitivement. Ça t'a anéanti quand tu étais enfant… Est-ce vraiment étonnant que tu refuses de te rendre de nouveau aussi vulnérable?

Il se mit debout et s'avança jusqu'au bord du bassin, puis lui jeta un coup d'œil.

—Tu peux dire tout ce que tu veux, la vérité reste la même.

Elle se leva à son tour, se préparant à affronter la force dominante de sa personnalité.

—J'ai été témoin des effets du lien d'union, dit-elle en regardant son visage modelé par les épreuves et sa détermination, le visage d'un homme que peu de gens osaient défier. Je peux comprendre pourquoi un changeling qui a déjà eu une compagne ne chercherait plus jamais la même chose avec une autre.

—Pourquoi en discuter alors, bon sang?

—Parce que vous ne vous êtes pas unis! rétorqua-t-elle, haussant le ton alors qu'elle s'était promis que la conversation resterait posée et rationnelle. T'es-tu seulement demandé si ce n'était pas ta moitié humaine qui t'empêchait de t'unir plutôt que ton loup?

Cette moitié qui comprenait que s'ouvrir à la possibilité d'une compagne reviendrait à s'ouvrir à la possibilité d'endurer la même souffrance atroce.

— Ce n'est pas un choix.

Il avait l'air de vouloir la secouer.

Sienna avait envie d'abattre les poings sur son torse, de le forcer à l'écouter et à voir la réalité.

— Foutaises! Drew a persévéré jusqu'à ce qu'Indigo le reconnaisse, Brenna s'est battue pour Judd, la relation de Mercy et Riley a mis des années à grandir, alors ne t'avise pas de choisir la voie de la facilité en prétendant que tout est prédestiné! Ne sois pas lâche!

Chapitre 40

Alors qu'il éteignait le tableau de communication après une conversation tendue avec Henry Scott, Ming se fit la réflexion que quelqu'un avait été plus malin que lui. Peu de gens sur cette planète en étaient capables, surtout en matière de stratégie militaire.

Sienna Lauren figurait sur la liste.

Il soupçonnait qu'elle était vivante depuis qu'il avait lu le rapport d'un des hommes d'Henry, qui signalait une étrange pulsation d'énergie psychique sur le territoire des SnowDancer. La description de cette pulsation n'avait pas dérouté Ming ; c'était la description du pouvoir d'un X-Psi. Même si son équipe n'avait pas réussi à faire admettre aux SnowDancer qu'ils abritaient des déserteurs Psis, les événements de la journée renforçaient ses soupçons.

Si Sienna avait bel et bien survécu aussi longtemps, elle devait soit avoir trouvé le moyen de contourner les conséquences supposées inévitables du marqueur X, soit être sur le point de devenir pleinement active. La première option étant de l'ordre du jamais vu, Ming pariait sur la seconde. Ce qui signifiait que si Sienna Lauren était vivante, le monde entier ne tarderait pas à le savoir. Et Henry obtiendrait ce qu'il voulait, en fin de compte : un carnage d'une telle ampleur qu'il éclipserait tout ce que le Conseil avait fait jusque-là.

Chapitre 41

Seigneur, elle l'avait mis hors de lui. Deux heures après leur confrontation près du bassin, Hawke était encore en colère contre Sienna. Il aurait peut-être dû ressentir une émotion moins dure – peut-être même de la pitié –, car il ne pourrait jamais lui donner ce qu'elle lui demandait. Mais il n'en demeurait pas moins qu'elle l'avait rendu fou furieux, et il le resta. Le seul point positif, c'était que cette colère lui avait donné l'énergie de voir où en étaient presque tous ceux chargés de veiller à ce que la meute soit prête à affronter de futures attaques.

Riley devait vérifier quelques détails, mais il avait déjà modifié le programme des roulements en tenant compte des blessés ; quant à Matthias, il s'était mis en route pour la tanière avec une unité de combattants aguerris, ainsi qu'une équipe de snipers formés par Alexei. Le groupe passa inaperçu en prenant un avion privé qui appartenait à Nikita Duncan. Même si l'ennemi se rendait compte que Nikita aidait les changelings, l'identité de la véritable propriétaire de l'avion était dissimulée derrière tant de sous-corporations que personne n'y regarderait à deux fois. Pour ce qui était du territoire, les autres lieutenants couvriraient le secteur de Matthias.

Les novices d'Indigo étaient bien entraînés et amplement capables de venir en renfort si nécessaire, tandis que Riaz avait dressé l'inventaire de leurs armes et déclaré que toutes étaient en parfait état. Meilleure nouvelle de la journée, les techniciens avaient trouvé dans l'épave de l'avion Psi de quoi finaliser le soir même les modifications apportées aux systèmes de détection aérienne de la meute, colmatant cette brèche dans la sécurité.

DarkRiver aussi avait verrouillé ses défenses. Grâce au travail que Mercy et Riley avaient effectué ensemble, les deux meutes allaient fonctionner comme une unité cohérente plutôt que de faire doublon en cas d'attaque. Aux dires de Lucas, Nikita et Anthony leur avaient fourni des listes de ceux à leur service qui pourraient s'avérer utiles lors d'un conflit. Les deux Conseillers mettraient également à contribution leurs propres aptitudes psychiques.

— Si les Scott donnent des signes qu'ils vont frapper San Francisco, dit Hawke au chef des léopards qu'il avait au téléphone, on postera les Psis là-bas.

Il n'y avait aucun moyen d'évacuer la population entière de la ville, ce qui augmentait le risque qu'il y ait des victimes.

— Tu es sûr ? (Lucas ne semblait pas convaincu.) Henry va lancer ses meilleurs éléments sur les SnowDancer.

— On a des armes et un nombre conséquent de personnes compétentes. (Les léopards étaient en charge de la sécurité de la ville, mais ils ne pouvaient pas protéger à eux seuls tous les individus vulnérables.) Ça pourrait aussi rendre disponibles certains des miens.

— Je vais charger Vaughn d'intégrer les hommes d'Anthony et de Nikita aux défenses de la ville, et je te recontacte.

Tout était prêt ou le serait d'ici le lendemain, songea Hawke alors qu'il raccrochait. Ne restait plus qu'à garder un œil sur l'ennemi et être réactifs quand ils attaqueraient.

Ce n'était plus hypothétique.

— Je pense qu'on ne devrait pas tarder à faire sauter le complexe en Amérique du Sud, lui dit Judd à la nuit tombée, une demi-heure plus tard, alors qu'ils regardaient un groupe de novices et de jeunes soldats terminer le parcours de course.

Hawke suivait les mouvements de Sienna avec une concentration glaciale ; elle ne voyait pas aussi bien dans le noir qu'un loup, mais elle s'en sortait plus qu'honorablement avec les lunettes de vision nocturne attachées à sa tête.

—Ils s'agitent ?

—Ils auront terminé la piste de décollage d'ici un jour, deux maximum. Ils déplacent leurs armes dans le hangar en vue d'embarquer.

Hawke savait que Judd avait placé des explosifs dans le hangar et que ça ne poserait donc pas de problème.

—Jem a envoyé un rapport de Los Angeles il y a une heure, dit-il, fronçant les sourcils quand Tai percuta Sienna par accident et qu'ils atterrirent tous les deux dans la boue.

Lara avait soigné le bras fracturé du jeune homme, une blessure mineure qui n'avait pas vidé la guérisseuse des forces dont elle avait besoin pour se focaliser sur les membres plus grièvement blessés.

—Il semblerait que les Scott aient réussi à faire entrer plus d'armes et de troupes par voie maritime que nous le pensions.

—Ce qui signifie qu'ils ne seront pas entravés par la perte de leur campement.

—Non, mais ça aura un impact, et surtout, il y a de fortes chances que ça les incite à attaquer. Si on parvient à les y contraindre avant qu'ils soient prêts, ça jouera en notre faveur. (Il observa Tai et Sienna alors qu'ils s'alliaient pour franchir un obstacle difficile.) Appuie sur le détonateur quand tu le jugeras bon. Préviens-nous juste suffisamment en avance, qu'on puisse se préparer à encaisser une offensive.

Judd indiqua le parcours de course d'un signe de la tête.

—Tu as tenu compte de Sienna ?

Des griffes raclèrent la peau de Hawke et firent couler son sang.

—Je ne veux pas qu'elle s'expose plus que nécessaire.

—Mais tu ne la laisses pas de côté ?

—Je ne suis pas idiot.

Judd haussa une épaule.

— Ça arrive avec les changelings prédateurs… il faut dire que vous avez tendance à être protecteurs.

— C'est toi qui dis ça.

— Pourquoi crois-tu que je m'intègre si bien ?

Hawke demanda à Sienna de venir dans son bureau quarante minutes plus tard, après lui avoir laissé le temps de se débarbouiller.

— Là, dit-il en tapotant du doigt un emplacement sur la carte, réprimant son envie de gronder au souvenir des mots qu'elle lui avait jetés au visage près du bassin. Si on nous attaque, tu te posteras là, mais tu n'engageras pas le combat tant que je ne t'en aurai pas donné l'ordre.

Elle répondit par un bref hochement de tête, sans une once de défi.

— Tu veux garder l'élément de surprise le plus longtemps possible. Je comprends.

Ses mots étaient calmes, pragmatiques… comme s'ils ne s'étaient jamais disputés.

Son loup retroussa les babines, découvrant des crocs aiguisés de prédateur.

— Tu joues les Silencieuses, bébé ? Il est trop tard pour ça.

Des flammes dangereuses et hypnotiques pourléchèrent les yeux noirs de Sienna.

— Tu préférerais que je joue les femmes hystériques pour te donner une raison de m'exclure ?

Il agrippa le bord de son bureau.

— Prends garde à ce que tu dis.

— Pourquoi ? (Le regard qu'elle lui jeta aurait tout aussi bien pu être celui d'une louve en rogne.) Ce n'est pas moi qui semble incapable de dissocier le travail du plaisir.

— Tu as décidé d'être une peste ce soir, c'est ça ?

Au fond, il était satisfait d'avoir réussi à l'échauffer si vite ; il ne tolérerait jamais que sa femme mette de la distance entre eux.

— Arrête ça, répondit-elle avec un sérieux inattendu. Ne dévalorise pas mes opinions en me traitant de peste. Et tant que tu y es, ne m'appelle pas non plus «bébé».

— Si tu penses pouvoir me «maîtriser», Sienna, dit-il tandis que son animal remontait à la surface de son esprit, tu te trompes de loup.

— Est-ce qu'on peut se remettre au travail? répliqua-t-elle avec une froideur qui le caressa dans le mauvais sens du poil.

Sienna ne comprit pas ce qui lui arrivait. Alors qu'elle luttait contre la lame de la dissonance en regardant la grande carte du territoire sur le bureau de Hawke, qui se tenait de l'autre côté, il lui saisit la taille l'instant suivant et l'attira sur le bureau en bois massif, si vite et si violemment qu'elle en eut le souffle coupé. Une fraction de seconde plus tard, elle se retrouva à genoux sur la surface sombre, les mains sur les épaules de Hawke.

— Tu ne peux pas…

Mais il avait déjà posé la main derrière sa tête, et l'embrassa jusqu'à ce qu'elle ne puisse plus respirer. Prenant une bouffée d'air quand il s'écarta un bref instant, elle essaya de se préparer au baiser suivant… mais bien sûr, il n'y avait aucun moyen d'être préparée pour Hawke.

Il l'avait touchée avec une tendresse exquise en lui donnant du plaisir ce matin-là, mais cette fois, son loup exigeant avait pris le dessus. Il lui mordilla la lèvre inférieure, suçota sa lèvre supérieure et fourra la langue dans sa bouche jusqu'à ce qu'elle sache qu'elle garderait son goût même dans ses rêves. Quant à ses mains, il avait empoigné ses cheveux de l'une et agrippait sa hanche de l'autre… «Possessif», le mot était faible.

La tentation de se soumettre était écrasante. Elle le voulait depuis si longtemps, et depuis qu'il lui avait donné le droit de le toucher et de le tenir dans ses bras, elle devait se battre contre son propre désir pour ne pas se jeter sur les miettes qu'il lui offrait. Peut-être avait-il raison, peut-être ne s'uniraient-ils jamais… mais elle savait sans l'ombre d'un doute que cet homme au cœur magnifique et sauvage était capable de donner bien plus que ce qu'il était prêt à risquer.

Détournant la tête, elle se dégagea de son étreinte en recourant à une astuce qu'Indigo lui avait apprise, et se retrouva debout de l'autre côté du bureau.

— Hawke, il y a…

L'avertissement muet qui venait de la partie primitive de son cerveau la percuta une fraction de seconde trop tard ; il se jetait déjà sur elle après avoir sauté par-dessus le bureau.

Son instinct refit brusquement surface, et elle s'aperçut qu'elle avait dressé un mur de feu de glace entre eux. Il s'arrêta net de l'autre côté, puis inclina la tête d'une façon qui n'avait rien d'humain et toucha le feu du doigt. Il siffla entre ses dents et soutint le regard de Sienna de ses yeux pâles de loup à travers le voile ondoyant de flammes écarlates teintées de jaune.

— Tu m'as brûlé.

— Eh bien, dit-elle en repoussant des mèches de cheveux emmêlées de son visage tandis que son cœur battait deux fois plus vite que la normale, tu n'avais pas l'air de vouloir entendre raison.

Sans crier gare, il passa le bras dans le feu de glace. Mais elle l'avait déjà éteint et se précipita dehors… pour foncer droit dans un torse d'homme particulièrement large et ferme.

— Hé, chérie. Doucement.

Des mains puissantes et inconnues se posèrent sur ses épaules.

Sentant Hawke sortir du bureau, elle saisit sa chance et se cacha derrière la masse solide de l'homme qu'elle identifia enfin : Matthias, avec ses yeux si sombres, sa belle peau brune et son visage qui portait les marques de tant de cultures différentes qu'il était impossible de le définir autrement que comme superbe. L'imposant lieutenant lui jeta un regard intrigué, mais il s'avança pour intercepter Hawke quand ce dernier voulut le contourner.

Remerciant Matthias en silence, Sienna détala. C'était son instinct de survie qui parlait. Vu l'humeur dans laquelle il était, Hawke réussirait peut-être à lui faire accepter tout ce qu'il voudrait... y compris une existence où elle passerait éternellement en second.

Walker sortait de l'infirmerie après avoir partagé un dîner tardif avec Lara, quand il vit Kieran sur le point d'entrer. Le beau et jeune soldat avait un bouquet de fleurs colorées à la main.

—Elles sont pour Lara?

Walker ne s'écarta pas de l'embrasure de la porte.

—Ouais. Je me disais que comme elle travaille dur, ce serait bien pour elle de les avoir dans son bureau. (Il se fendit d'un sourire éclatant.) Tu penses qu'elles lui plairont?

Walker n'eut pas besoin de réfléchir à sa réponse.

—Elle n'aura pas l'occasion de les voir.

Kieran avait beau être humain, il avait grandi dans une meute de loups. Il lui lança un regard de défi.

—Je suggère qu'on laisse Lara en décider.

—Non.

Walker soutint le regard gris-vert distinctif de l'autre homme, jusqu'à ce que Kieran détourne la tête.

—Merde. (Écrasant dans son poing les tiges délicates, il plaqua le bouquet contre le torse de Walker.) Tu es peut-être plus dominant que moi, mais je te dépècerai si tu ne la traites pas comme elle le mérite.

Alors que Kieran s'éloignait, Walker regarda les fleurs flétries qu'il tenait et réfléchit à ce qui l'avait poussé à empêcher l'autre homme de s'approcher de Lara. Kieran essayait simplement de prendre soin d'elle à sa façon. Sauf que Walker se rendit compte qu'il ne voulait pas que d'autres prennent soin de la guérisseuse des SnowDancer. Lui apporter à dîner quand elle travaillait tard, veiller à ce qu'elle dorme assez, l'enlacer quand elle pleurait, ces responsabilités incombaient à Walker.

« ... tu n'as aucun autre droit... tu n'en as pas voulu. Ils appartiennent à l'homme avec qui je ferai ma vie et aurai des enfants. »

Elle avait été furieuse la nuit où elle lui avait jeté ces mots à la figure, mais ils n'en étaient pas moins vrais pour autant. Donc... soit il se retirait tout de suite, soit il réclamait ces droits qu'il avait rejetés. Il n'était pas garanti qu'elle dise « oui ». À vrai dire, il y avait de fortes chances qu'elle refuse, ayant tourné la page dans sa vie privée.

Il serra dans ses poings les tiges déjà abîmées.

Hawke gronda à l'intention de Matthias quand il sentit Sienna disparaître dans le couloir.

— Fiche le camp de mon chemin, dit-il à l'imposant lieutenant.

Matthias croisa ses bras de la taille de petits troncs d'arbres et soupira.

— Je préserve simplement ta dignité. Ce n'est pas correct de pourchasser des femmes dans des couloirs.

— Je pourchasserai qui je veux.

Mais la colère du loup se dissipait.

Matthias se fendit d'un large sourire.

— Elle est mignonne, ta Psi. Et rapide. Qu'est-ce qu'elle a fait pour te donner envie de la prendre en chasse ?

— Ça ne te regarde pas. (Il grimaça et indiqua son bureau d'un signe de la tête.) Vu que tu refuses de partir.

Matthias entra d'un pas tranquille.

— C'est sympa d'être ici, même dans ces circonstances.

— Ton équipe ?

— Armée et prête à partir. (Matthias haussa un sourcil à la vue du désordre sur le bureau de Hawke, mais s'abstint de commenter.) Ils connaissent le territoire de la tanière, mais je leur ai demandé de faire un tour pour se rafraîchir la mémoire.

—Bien. Veille à ce qu'ils ne se fatiguent pas trop... j'ai le sentiment que les ennuis ne vont pas tarder à nous tomber sur le coin du nez, et je veux qu'ils soient frais et dispos.

—Je leur ai dit une heure, pas plus. (Lissant une carte froissée après l'avoir ramassée par terre, Matthias la posa sur le bureau de Hawke avec un soin marqué.) Alexei dit que ses snipers sont prêts, si on veut les poster en avance. Ils n'ont pas encore été formés à traverser une zone de tir ennemie.

Hawke hocha la tête.

—Riaz peut s'en occuper.

Le lieutenant était un tireur d'élite.

—As-tu pris une décision au sujet de la tanière ? demanda Matthias, qui avait retrouvé tout son sérieux.

—Il ne faut pas qu'elle tombe aux mains de l'ennemi. (Même si les SnowDancer survivaient, voir l'ennemi chez eux les anéantirait.) On la fera sauter si nécessaire.

—Je ne discuterai pas là-dessus. Ni moi, ni personne d'autre.

—Ouais, mais veillons à leur botter les fesses pour ne pas être réduits à cette extrémité.

En l'occurrence, les choses ne se déroulèrent pas tout à fait comme prévu.

—Une sorte de virus infectieux, lui dit Judd le jour suivant. Quatre-vingts pour cent des troupes du complexe Purs Psis sont malades. D'après les échanges médicaux que les techniciens ont réussi à surprendre, le virus va apparemment les immobiliser pendant trois jours, voire quatre.

—C'est confirmé ?

—Oui. Ce n'est pas un piège d'Henry.

—On pourrait attaquer le complexe maintenant, dit Indigo lorsque Hawke rassembla ses lieutenants et Drew pour une réunion. Ça forcerait Henry à s'en aller.

—Ouais, mais on n'a toujours pas repéré où ils cachent leurs armes en ville, fit remarquer Riaz. Ça pourrait être notre chance. Les hommes d'Henry seront peut-être moins vigilants avec ce contretemps.

— Si on ne trouve pas cette cache et qu'ils attaquent, dit Judd, ce qu'ils ont là-dedans pourrait leur donner un avantage décisif.

Au final, puisque éliminer le complexe sur-le-champ n'avait d'intérêt tactique pour aucune des deux meutes, ils décidèrent d'attendre et de profiter du sursis pour intensifier la recherche des armes.

— Si on localise la cache, dit Riaz, on devra intimer la discrétion à nos équipes.

Alexei comprit le premier ce que Riaz voulait dire.

— Si Henry ne sait pas que l'entrepôt a été découvert, il n'hésitera pas à lancer l'offensive même s'il perd le complexe de Purs Psis.

— Oui, dit Judd. Riaz a raison. Henry et ses partisans ne se mobiliseront pas s'il sent qu'ils sont trop désavantagés.

Ils ne voulaient pas qu'Henry envisage cette option, car les meutes ne pouvaient pas rester indéfiniment en état d'alerte rouge. Ça allait finir par épuiser les leurs, et ils seraient vulnérables quand viendrait l'attaque.

— Je brieferai nos équipes, ainsi que les Rats, dit Indigo avant de jeter un coup d'œil à Judd. Je voulais te demander… les Tk-Psis peuvent-ils se téléporter avec des bombes ?

— En pièces détachées, oui. Des bombes fonctionnelles, non. Elles sont trop instables et ont tendance à sauter au cours de la téléportation.

— Les membres vulnérables, dit Jem à Hawke quand Judd eut fini de parler. Tu comptes toujours attendre pour les évacuer ?

Hawke hocha la tête.

— Ça réduit les risques qu'Henry découvre où on les cache et change de cible.

— J'ai parlé à Mercy, dit Riley alors que Jem hochait la tête, et on s'est tous les deux rendu compte qu'il y avait une solution de dernier recours si on rencontre un problème et qu'on ne parvient pas à éloigner suffisamment les enfants et les membres âgés. (Il afficha une carte holographique qui représentait les couloirs de métro abandonnés de San Francisco.) On peut les emmener en ville… les Rats s'assureront que l'ennemi ne les trouve jamais.

Indigo frissonna.

— Des loups dans ces tunnels étroits ? Dans le noir ?

— On peut leur dire que c'est une aventure, dit Riley sur un ton pragmatique. Les aînés veilleront au bien-être des plus jeunes. Et il ne fait pas noir. Les Rats ont bien aménagé les souterrains… mieux que vous ne le croiriez.

— Ça n'emballe pas mon loup, mais c'est un bon plan de secours, dit Hawke avant de regarder tour à tour ses hommes et femmes. Non seulement nous allons survivre, mais nous allons ressortir plus forts de cette épreuve, car nous avons une chose que l'ennemi est incapable de concevoir : du cœur.

Riley attendit que Hawke soit sorti de la pièce avec Andrew – qui avait reçu l'instruction de s'assurer que le chef parte le premier – avant de prendre la parole.

— J'ai conscience que ce n'est pas le moment idéal, dit-il, mais on doit faire quelque chose pour Hawke. (Il leur exposa son idée.) Ça doit être terminé avant que les choses dégénèrent. Il le mérite après tout ce qu'il a donné à la meute.

Ils n'avaient pas eu le temps jusque-là, mais le virus venait de leur accorder un répit d'au moins trois jours.

— Il mérite sacrément plus que ça, dit Indigo, qui recueillit l'approbation des autres lieutenants. (Elle se fendit d'un large sourire.) Il se battra mieux s'il n'est pas d'une humeur aussi massacrante, de toute façon.

Matthias secoua la tête.

— Je ne sais pas, je l'aime bien quand il est féroce et méchant. (Mais il était clair qu'il plaisantait.) Sur le plan stratégique, on est prêts… alors oui, on peut prendre quelques heures pour mener ce projet à terme.

—La meute aurait bien besoin d'un remontant, elle aussi, souligna Riaz. Quand la nouvelle se répandra…

Il souriait de toutes ses dents.

Judd se leva.

—Comprenez bien que rien n'est encore fait, dit-il sur un ton calme et solennel.

—On le sait. (Riaz fit basculer sa chaise en arrière et regarda les autres lieutenants dans les yeux.) Mais on doit garder espoir. L'autre solution ne plaît à aucun de nous.

La solitude, songea Riley, une solitude absolue et infinie, voilà quelle était l'autre solution. Ce n'était pas une vie pour un loup, encore moins pour un chef qui avait donné son sang, sa sueur et son âme à la meute alors qu'il n'avait été guère plus qu'un enfant.

—On s'y met donc dans une heure. J'ai commandé le matériel il y a deux semaines.

Au cas où.

Chapitre 42

Le Fantôme regarda ce qu'il venait de mettre au jour. C'était peu dire que les choses avaient pris un tournant inattendu. La question qui se posait désormais, bien sûr, était de savoir ce qu'il comptait faire de cette découverte.

Il pouvait la laisser reposer en paix. Personne n'en saurait jamais rien. Rien ne changerait, ce qui pourrait jouer en sa faveur. Après tout, ce n'était pas pour rien que ce secret existait, que le Conseil ne voulait pas révéler certaines vérités au monde… sans vouloir les perdre pour autant. Le Fantôme pouvait prendre ce savoir et en tirer profit lui-même.

Accroupi à côté de la longue boîte en verre rectangulaire couverte de plus d'un siècle de crasse, il se demanda ce que Judd dirait quand il lui apprendrait qu'il n'y avait pas de second manuscrit d'Eldridge.

Chapitre 43

Hawke ne put s'empêcher de partir à la recherche de Sienna après la réunion. Il la trouva assise en tailleur dans la Zone Blanche, avec un louveteau qui reniflait dans ses bras.

— Chut, dit-elle. Il n'était pas sérieux. Tu le sais.

Le louveteau renifla encore.

Elle glissa les doigts dans sa fourrure douce qui tirait sur le brun.

— Tu veux rester avec moi ?

Il hocha vivement la tête.

Sourire aux lèvres, Sienna se pencha pour déposer un baiser sur sa tête poilue.

— Eh bien, tu peux, mais tu sais que je ne suis pas aussi douée pour me cacher que tes amis. Et je ne sais pas hurler non plus. (Elle releva la tête.) Regarde qui vient te demander de jouer.

Le louveteau dressa les oreilles et leva la tête. Un autre louveteau se rapprocha d'un pas traînant, encouragea son ami d'un petit jappement et enfouit le museau dans sa fourrure. Sous les yeux de Hawke, Sienna leur murmura quelque chose et les deux louveteaux se frottèrent la truffe ; puis celui sur ses genoux se mit sur ses pattes en se tortillant et s'élança avec son compagnon de jeu.

— Tu ne me parles jamais avec tant de douceur, murmura Hawke en venant s'accroupir derrière elle.

Elle sursauta, et il sut qu'elle se serait levée s'il ne l'avait pas entourée de ses jambes et serrée dans ses bras.

— Tiens.

Sienna regarda la boîte au creux de la paume de Hawke et sentit sa colère et sa frustration tomber en poussière. La boîte était ouverte et contenait un petit jouet mécanique ; un carrousel animé, avec de minuscules lumières qui clignotaient sur le chapiteau strié et les poteaux. Il y avait cinq chevaux, tous uniques et peints de couleurs vives.

— Celui-ci est à toi, dit-elle, consciente qu'il n'aurait pas eu le temps d'aller au magasin de jouets.

— Il est à toi maintenant. (Il déposa un baiser sur son cou tandis que le jouet cessait de fonctionner.) Prends-le.

Les tétons de Sienna pointèrent sous son soutien-gorge en coton.

— Je ne peux pas.

Il recommençait à raser ses défenses pour dérober son cœur.

Elle sentit ses dents sur le lobe sensible de son oreille et tressaillit.

— Il ne te plaît pas ?

— Tu sais bien que si. (Elle toucha délicatement du doigt la tête détaillée d'un cheval noir à la selle bleue et dorée.) Mais il est à toi.

Il le posa sur l'herbe entre eux.

— Je vais le laisser ici, alors.

Quel homme entêté... Et elle savait qu'il irait jusqu'au bout.

— Pourquoi ? chuchota-t-elle. Pourquoi me donnes-tu ça ? Pourquoi es-tu ici alors que tu es fâché contre moi ?

Il prit une longue inspiration silencieuse et la serra contre son torse musclé qui lui avait tant manqué la nuit précédente.

— Je ne veux pas te faire de mal, bébé. Jamais je ne te ferais de mal... mais je ne peux pas te donner ce que je n'ai pas.

Une larme roula sur la joue de Sienna à cette déclaration solennelle et débordante de tendresse. Son cœur, ce maudit cœur vulnérable, était à lui depuis le jour où elle avait compris ce qu'était cette émotion qu'il éveillait en elle. Aucune de ses défenses ne lui résistait. Il en irait toujours ainsi.

— Alors, donne-moi tout le reste, chuchota-t-elle, car si elle pouvait lutter contre un fantôme, elle était impuissante face à la sincérité audible dans sa voix. Donne-moi tes joies, mais aussi tes peines, tes blessures. Traite-moi comme…

Elle hésita, car le mot « compagne » était une plaie douloureuse entre eux.

— … comme ma partenaire, comme mienne.
— Oui.

Peut-être occuperait-elle toujours la seconde place, mais sa fierté ne pouvait rien contre le besoin profond qu'elle avait de le revendiquer et d'être revendiquée par lui. Et même si se résigner à ce statut lui brisait le cœur, elle était en âge de mettre ce sentiment de côté et de ne pas le laisser empoisonner la vie qu'elle pouvait avoir avec cet homme qui était et serait toujours le seul pour elle.

— Mon père s'appelait Tristan, dit Hawke, des mots rouillés qui avaient subi l'usure du temps.

Il se leva et entraîna Sienna dans un coin plus tranquille de la forêt. Elle avait raison. Ils n'auraient jamais le lien d'union, mais ils pouvaient en forger un qui leur serait propre, aussi solide que de l'acier.

— Il a été enlevé alors qu'il patrouillait seul dans les montagnes.

Tristan avait été un loup solitaire avant de s'unir, mais il avait ensuite préféré rester auprès de sa compagne et était parti à contrecœur. Au-delà de l'attraction primaire qu'exerçait le lien d'union, ses parents s'étaient aimés et avaient aimé leur fils. Hawke avait grandi entouré de tendresse et sûr de sa place dans le monde, mais il n'avait pas été gâté, pas avec un lieutenant pour père. Il se rappelait s'être dit à l'âge de quatre ans : « *Voilà qui je veux être en grandissant.* »

— Ma mère a senti quelque chose parcourir le lien d'union le deuxième jour, poursuivit-il malgré le poids des souvenirs qui lui comprimait la poitrine, et Garrick a envoyé une équipe de recherche. Quand ils l'ont retrouvé (son père fort et fier), il avait disparu depuis une semaine et avait apparemment fait une mauvaise chute. Il s'est remis assez vite de ses blessures, mais il est revenu… endommagé.

Après son retour des montagnes, Tristan n'avait plus touché son fils que lorsqu'il s'était vidé de son sang sur la neige.

— Il a attaqué Garrick deux semaines plus tard.

Sienna ouvrit la main sur son cœur, comme pour le protéger.

— Ils l'avaient programmé pour assassiner ton chef.

— Oui. Il a été le dernier qu'ils ont enlevé.

Enfant, savoir ça l'avait mis en colère… jusqu'à ce qu'il comprenne que son père avait été un dominant, un protecteur, et qu'il n'aurait jamais voulu qu'un autre souffre à sa place.

— Il y a eu des troubles sporadiques au sein de la meute pendant plus de deux ans. Des membres qui se comportaient de façon imprévisible, des luttes constantes qui causaient des morts, des hommes qui devenaient violents avec leurs femmes. (Cette pensée continuait à perturber son loup.) Nous ne sommes pas comme ça, nous ne l'avons jamais été.

— Non. (Sienna leva la tête, le visage empreint d'une telle empathie qu'il paraissait impossible qu'elle ait un jour été Silencieuse.) C'était à cause des expérimentations, n'est-ce pas ?

Il resserra les bras autour d'elle.

— Ils voulaient voir s'ils pouvaient éroder les liens qui soudaient une meute de changelings en jouant sur des « facteurs clés », jusqu'à ce que la meute implose. (Ces enfoirés avaient brisé des jeunes aussi bien que des adultes, empoisonné tant d'hommes et de femmes de valeur.) L'initiative venait d'un petit groupe marginal de scientifiques.

Au bout du compte, c'était ce qui avait sauvé les SnowDancer. Les survivants avaient réussi à neutraliser le cerveau de cette entreprise maléfique avant que les informations soient transmises à des échelons plus élevés.

— Ils n'étaient pas des collaborateurs du Conseil, mais ils se sont permis de nous traiter comme des animaux de laboratoire, car à cette époque, c'était clairement comme ça que le Conseil nous considérait.

Sienna l'étreignit de toutes ses forces.

Il écarta les bras et l'attira encore plus près.

— Mon père a rendu l'âme en envoyant ces enfoirés au diable, dit-il avec un sourire sinistre. Au cours de la lutte, quand un autre membre corrompu a essayé de tirer sur Garrick, il s'est avancé dans la trajectoire de la balle.

Mais ça avait été trop tard ; les blessures du chef étaient si graves que leur guérisseuse déjà affaiblie avait été incapable de le sauver.

Sienna secoua la tête contre lui.

— Il devait être incroyablement fort pour réussir à résister autant à la compulsion.

— Oui.

Son père avait récupéré son honneur à la fin, et avait ainsi appris à Hawke à ne jamais se rendre.

Je suis si fier de toi. Les dernières paroles de Tristan à son fils lorsque Hawke s'était agenouillé à côté de lui dans la neige tachée de sang et avait serré la main de son père de colère et de désespoir.

Puis, tandis que le sang avait continué à se déverser de sa poitrine, Tristan avait rendu à sa compagne son tendre baiser et chuchoté : *« À la prochaine vie, mon amour. »*

— Ma mère, Aren, n'a tout simplement plus réussi à fonctionner après sa mort. Elle a essayé tant qu'elle a pu, mais un jour elle s'est endormie et ne s'est plus réveillée.

Pour Hawke, la joie qu'il avait ressentie dans les bras de ses parents serait toujours liée à des échos de douleur et de chagrin.

Sienna, cette Psi qui avait perdu sa propre mère, se dressa sur la pointe des pieds et passa les bras autour de son cou pour le réconforter en silence. Quand il se pencha vers elle, il sentit ses joues mouillées de larmes contre les siennes. Hawke n'avait jamais pleuré la perte de ses parents. Ni enfant, ni adulte. Mais lorsqu'il enfouit le visage dans sa chevelure de soie sombre comme des rubis de minuit, son loup leva la tête et poussa un hurlement muet de deuil.

Walker referma la porte de la réserve médicale derrière lui et balaya du regard les rangées surchargées de matériel. D'après Lucy, Lara était là quelque part.

— Walker ? (Il vit apparaître une masse de boucles serrées quand elle se pencha de l'endroit où elle était apparemment assise par terre.) C'est du café que je sens ?

Pris de l'envie de sourire à la gourmandise qui perçait dans sa voix, même si cela restait un acte qui n'était pas naturel pour lui, il s'appuya sur un genou à côté d'elle.

— Qu'est-ce que tu fais ?

— L'inventaire, grommela-t-elle en posant la tête contre son torse. Vu qu'on a un peu plus de temps pour souffler, je veux vérifier de nouveau qu'on a bien toutes les ressources essentielles.

Il lui passa le café et la regarda boire. Comme toujours, savoir qu'il prenait soin d'elle déclenchait une sensation inexplicable dans sa poitrine.

— Tu en as eu assez ?

Elle hocha la tête.

— Merci.

Reposant la tasse sur une étagère au-dessus d'elle, il lutta contre l'impulsion de passer les mains dans ses boucles chaudes et soyeuses et de l'attirer contre lui. Lara était changeling, et les changelings avaient besoin de rapports physiques, de contacts sensuels. L'incident avec Kieran lui avait permis de comprendre qu'il ne voulait pas non plus qu'un autre homme prenne soin de Lara dans ce domaine.

— Walker ?

Lara haussa un sourcil, interloquée.

— Sors-tu avec quelqu'un en ce moment ?

Elle s'immobilisa.

—Non.

Sa réponse resta suspendue dans l'air.

—Je veux ces droits, Lara.

Walker se rendit soudain compte que si elle disait « non », il ne se retirerait pas comme un homme civilisé.

À la brusque inspiration qu'elle prit, il vit qu'elle avait saisi l'allusion.

—Tu as déjà l'essentiel de ces droits en tant qu'ami. Qu'est-ce que ça changerait ?

Il n'était pas loup, mais il n'avait pas besoin de l'être pour percevoir le défi que lui lançait son cœur de changeling. D'instinct, il inclina la tête, lui tira les cheveux pour qu'elle ploie le cou et s'empara de ses lèvres. Il n'avait jamais embrassé de femme avant Lara ; ça ne se faisait tout simplement pas sur le PsiNet. Il s'aperçut cependant qu'il comprenait parfaitement le mécanisme, même si ce n'était que sa deuxième expérience.

Les lèvres de Lara étaient douces sous les siennes, et elle les entrouvrit dans un cri étouffé quand il passa la langue dessus. Elle avait un goût sucré et féminin qu'il lui associait déjà quand il pensait à elle, mais il découvrit un soupçon de quelque chose de plus sombre en dessous, une veine de sensualité profonde. Ça attisa son désir. Il songea que s'il comptait se montrer égoïste et la garder pour lui seul en dépit du fait qu'il était loin d'être assez bien pour elle, autant qu'il en profite.

L'étreignant avec plus de force, il frotta la langue contre la sienne et sentit les mains de Lara se crisper sur son torse, son corps se tendre. Il réitéra son acte, avide d'obtenir d'autres caresses. Cette fois, Lara gémit, un son grave et empreint de plaisir qui raidit son érection à un point presque douloureux.

Lorsqu'elle le repoussa, il fronça les sourcils mais la relâcha. Voyant qu'elle était à bout de souffle, il lui accorda un moment de répit puis s'empara de nouveau de sa bouche. Pas étonnant que les changelings et les humains fussent si gourmands de cet acte. Il suscitait les sensations les plus exquises, surtout avec la mâchoire délicate de Lara sous ses doigts et les petits bruits de gorge qu'elle faisait et qui vibraient contre sa peau.

Elle le repoussa de nouveau, et il ne se serait interrompu que le temps de lui laisser reprendre sa respiration si elle n'avait pas posé les doigts sur sa bouche.

— Walker, arrête.

Il s'immobilisa.

— Non ?

— Non, enfin si. Attends. (Lara se passa les mains dans les cheveux et prit plusieurs inspirations laborieuses afin de remettre son cerveau en marche.) J'ai besoin de savoir ce que tu me demandes et ce que tu m'offres exactement, dit-elle. Pas de flou.

— Une relation permanente et exclusive, dit-il sans hésiter une seconde, les yeux rivés sur elle. Toi et moi.

— Il faut que tu sois sûr. (Elle était si vulnérable vis-à-vis de lui qu'il pouvait la détruire.) Ce n'est pas une chose sur laquelle on peut revenir.

— Sûr et certain, dit-il, le regard implacable. As-tu besoin de temps pour prendre une décision ?

Ça aurait été plus intelligent de répondre « oui », de les laisser tous deux se calmer. Mais elle était une changeling prédatrice louve avec un homme qu'elle voulait depuis un temps infini, un homme qui s'offrait à elle comme peu d'hommes dominants le faisaient. Elle serra son tee-shirt et l'attira vers elle.

La bouche de Walker prit le contrôle en quelques secondes.

Personne n'aurait pu dire pendant combien de temps encore il aurait continué à la goûter si quelqu'un n'avait pas frappé à la porte et réclamé de l'aide en criant. Lorsqu'ils mirent fin au baiser, elle avait les lèvres mouillées et le souffle court, tandis que les yeux verts de Walker étaient translucides dans la semi-pénombre de la réserve.

— Quelles fleurs aimes-tu ?

— Les amaryllis, avait répondu Lara à cette question sortie de nulle part.

À peine quelques heures plus tard, elle découvrait sur son bureau un vase de fleurs superbes, pareilles à du velours rouge.

Alors qu'elle passait devant le bureau, Lucy revint sur ses pas et siffla.

— Les hommes les plus discrets réservent toujours les meilleures surprises.

« Discrets ». Oui, Walker était discret. Il apprenait aussi très vite. Elle porta les doigts à ses lèvres, puis les laissa retomber avec un sentiment de culpabilité quand elle vit l'heure et s'aperçut qu'elle rêvassait devant les fleurs depuis dix minutes. Mais elle ne put résister à l'envie de les toucher une dernière fois.

Walker l'avait embrassée.

Walker lui avait envoyé des fleurs.

Walker la courtisait.

— Lara.

Au son de sa voix, elle sursauta et renversa par terre un presse-papiers en cristal. La spirale verte et bleue qu'Ava lui avait rapportée de Nouvelle-Zélande se brisa en pas moins de cinq morceaux.

— Mince.

— Je t'ai surprise. Je m'excuse.

Il s'accroupit et commença à ramasser les fragments.

Sans réfléchir, elle posa la main sur son épaule et le sentit bander les muscles.

— J'aurais dû détecter ton odeur, mais… (il releva la tête, et son regard lui coupa le souffle) les fleurs sont si belles. J'étais distraite.

Tous les morceaux à la main, il se mit debout.

— Je peux te le réparer.

— Ne t'inquiète pas pour ça, dit-elle. (Sa louve frémissait, impatiente de connaître la raison de sa venue.) Une fois brisées, certaines choses ne peuvent pas être réparées. J'aimerais mieux que tu passes ce temps-là avec moi.

Ce ne fut qu'après qu'il l'eut quittée sur un baiser lent et délibéré qui avait donné des frissons à Lara qu'elle se demanda si elle n'avait pas prophétisé sa propre peine de cœur. Car même si Walker Lauren l'avait embrassée, lui avait donné des fleurs et allait jusqu'à la courtiser, il restait profondément réservé. Cette distance était un rappel solennel que malgré la force et la stabilité de Walker, sa capacité à accorder sa confiance avait été réduite en bien plus de morceaux que ce presse-papiers en cristal.

Hawke demanda à Sienna de s'installer dans ses quartiers la nuit même, mais elle avait besoin d'un peu plus de temps pour s'accoutumer… à tout. À ce qu'elle avait gagné, à ce qu'elle n'aurait jamais, à ce que le futur lui réservait. Elle lui demanda donc de venir dormir dans son lit.

En proie à des émotions chaotiques, elle raidit les muscles quand il vint se blottir contre elle. Mais il déposa un baiser sur son pouls et dit :

— Dors. Je veux simplement te tenir dans mes bras.

Elle mit une heure avant d'obéir, mais lorsqu'elle le fit, elle sombra dans un sommeil profond et sans rêves. Il était parti à son réveil, lui laissant un mot pour exiger qu'elle se joigne à lui à 19 heures pour dîner. Vraiment, songea-t-elle avec un sourire, il ne pouvait pas s'empêcher de donner des ordres.

Ce fut ce sourire qui l'accompagna ce jour-là plutôt qu'un cœur lourd de chagrin. La décision avait été prise, et elle l'acceptait. Pester contre elle ne ferait qu'empoisonner la beauté de ce qui existait entre elle et son loup. Après s'être douchée, elle s'habilla et alla prendre son petit déjeuner, puis partit assurer son tour de garde. La meute était en état d'alerte rouge et la vigilance de Sienna ne faiblit pas une minute, mais à l'exception de la courte pause durant laquelle Evie se joignit à elle pour déjeuner, la journée passa à une vitesse équivalente à celle d'une tortue.

Enfin de retour à la tanière, elle aida Toby et Marlee avec leurs devoirs, puis alla à sa chambre se rafraîchir et se préparer pour le dîner. Drapée dans un peignoir, elle regardait le contenu de sa garde-robe quand on frappa à la porte.

— Indigo, dit-elle en laissant entrer la lieutenante. As-tu besoin de moi ?

— Evie a dit que tu sortais avec Hawke. (Quand Sienna hocha la tête, Indigo lui tendit une boîte plate qu'elle avait apportée avec elle.) Une femme doit sortir l'artillerie lourde quand elle a affaire à un homme comme lui.

Indigo partit après l'avoir serrée dans ses bras, sourire aux lèvres. Sienna ouvrit la boîte et découvrit une simple robe noire à bretelles fines qui arrivait quelques centimètres au-dessus des genoux. Elle l'enfila. Délicieusement doux et soyeux, le tissu suivait les contours de son corps avec une telle fidélité qu'elle semblait avoir été versée dedans. En plus de mouler ses fesses, la robe avait un bustier qui enserrait et faisait pigeonner ses seins comme la plus sensuelle des offrandes. Tout ça avec une élégance parfaite.

— Je t'aime, Indigo, dit Sienna, qui se sentait séduisante, audacieuse et sûre d'elle.

Après avoir assorti la robe à de délicates sandales de soirée à talons, elle sécha ses cheveux et les laissa détachés. Hawke aimait y glisser les doigts, et puisqu'il la laissait jouer avec son épaisse chevelure argent et or qui la fascinait tant, ce n'était que justice qu'elle lui concède ce plaisir.

On frappa à la porte juste au moment où elle terminait de se mettre du brillant à lèvres.

— Tu as dix minutes d'avance.

Avec une infinie lenteur, le loup sur le palier caressa son corps des yeux.

— Tu es à croquer.

Elle crispa la main sur la porte, car elle savait parfaitement qu'il ne plaisantait pas quand il disait ce genre de choses.

— Tu t'es mis sur ton trente et un.

Elle ne l'avait jamais vu autrement qu'en jean.

Ce soir-là, il portait un costume entièrement noir qui mettait en valeur les couleurs vives de ses yeux et de ses cheveux, et le col de sa chemise était ouvert. Mais même s'il avait l'air de sortir tout droit des pages d'un magazine chic pour hommes, ça ne suffisait pas à dissimuler l'éclat prédateur de son regard.

Se penchant vers elle sans crier gare, il serra les poings dans ses cheveux pour lui donner un baiser qui exprimait clairement qu'il considérait qu'elle était à lui. Toute à lui, chaque centimètre de son corps. Les tétons de Sienna pointèrent et elle serra les cuisses, tentant vainement de calmer son ardeur. Au sourire satisfait qu'il avait aux lèvres quand il s'écarta, elle sut que son excitation ne lui avait pas échappé. Elle aurait pu se sentir désavantagée, sauf qu'il ne fit rien pour masquer sa propre réaction.

—Allons-y, dit-il en la mordillant une dernière fois, ou on ne dînera jamais.

—Attends, dit-elle alors qu'il l'entraînait dehors et refermait la porte, je n'ai pas pris mon sac à main.

—Pas la peine.

Il commença à la guider dans le couloir, les doigts entrelacés avec les siens.

—Est-ce que c'est raisonnable de sortir alors que la situation est aussi critique? (Ça dérangeait suffisamment la stratège qu'elle était pour qu'elle lutte contre l'envie d'avoir Hawke pour elle seule.) Si les Scott parvenaient à te blesser...

Il posa un doigt sur ses lèvres.

—On ne va pas loin.

Sachant cela, elle ne fut pas étonnée qu'il la mène à ses quartiers, mais elle eut le souffle coupé à la vue de la table et de sa nappe blanche immaculée, des couverts en argent brillant et des longues bougies que Hawke alluma avant de tirer une chaise.

—Viens là.

Il était impossible de ne pas lui obéir, d'autant qu'il la récompensa par un baiser qui fit gonfler sa poitrine comme une invitation frémissante. Après avoir déposé une deuxième caresse chaude et humide au creux de son épaule, il alla s'asseoir non pas de l'autre côté de la table, mais à sa droite. Elle sut pourquoi lorsqu'il révéla le premier plat – une salade verte et croquante agrémentée de tranches de poivrons rouges et jaunes, un fruit dont elle raffolait – et porta une fourchette à ses lèvres.

Chapitre 44

Hawke aimait l'avoir sur son territoire, avec sa peau éclatante et sa chevelure sombre aux accents de feu. Son loup se roula dans son odeur, aussi joueur qu'un louveteau ; mais Hawke avait une conscience aiguë du parfum épicé de son excitation, qui n'avait cessé de s'intensifier au fil des minutes. Elle ne s'était pas rebellée quand il s'était mis à la nourrir, et avait même insisté pour lui rendre la faveur. Mais il n'y avait qu'une cuillère pour le dessert, et c'était lui qui l'avait.

Après réflexion…

Jetant la cuillère par-dessus son épaule, il plongea le doigt dans l'onctueuse glace au caramel et le porta aux lèvres de Sienna. Elle prit son doigt en étau dans sa bouche chaude et douce pour le sucer… puis laissa s'exprimer sa langue.

Il fut pris d'une folle envie de se jeter sur elle, mais il résista à cette pulsion primitive. Cette nuit était pour elle. Elle s'était donnée à lui, et il voulait qu'elle sache qu'il mesurait la valeur de ce cadeau et qu'il veillerait à ce qu'elle ne se sente jamais moins que chérie.

Retirant le doigt d'entre ses lèvres pulpeuses qui le titillaient, il le plongea de nouveau dans la glace et barbouilla sa bouche de crème sucrée avant de pencher la tête pour l'embrasser. La douceur glacée avait rafraîchi ses lèvres, mais elles se réchauffèrent vite tandis qu'il savourait son goût de caramel et d'épice.

— Je crois que j'ai eu assez de dessert, dit-elle en saisissant les pans de sa chemise, la poitrine rose et rebondie.

— En ce cas (il mordilla ses lèvres car il adorait sentir monter son excitation chaque fois qu'il le faisait, puis passa la langue sur la petite blessure), j'imagine que c'est l'heure du mien.

Il sentit le frisson qui la parcourut quand il l'attira hors de sa chaise, et sut que ce n'était pas de la peur. Glissant les mains le long de ses côtes, il les posa sur ses hanches affriolantes. L'impatience fit virer les yeux de Sienna au noir absolu, tandis qu'en la couvrant lentement de baisers, il l'entraînait à reculons dans sa chambre.

Sur son lit.

— À moi, dit-il après l'avoir déposée sur les draps. (Il s'avança au pied du lit afin de pouvoir refermer les mains sur ses chevilles et la rapprocher de quelques centimètres.) Toute à moi.

— Hawke.

— J'aime ta façon de dire mon nom au lit.

Il souleva un de ses pieds fins et déposa un baiser sur sa cheville, puis détacha la sangle qui retenait sa jolie sandale et la laissa tomber par terre. Elle cambra délicatement le pied sous ses doigts.

— C'est peut-être moi qui vais devenir fétichiste des pieds, murmura-t-il en embrassant son autre cheville tandis qu'il défaisait la seconde sandale.

Elle laissa échapper un rire surpris.

Fier de lui, il mordit par jeu son petit orteil alors qu'il rejetait sa sandale sur le côté, et releva la tête.

— Regarde-toi, chaude et sexy dans mon lit.

Elle ne rougit pas, ne montra aucun signe d'hésitation. Elle le suivit de son regard chargé de passion lorsqu'il se débarrassa de sa veste et la jeta sur le dossier d'une chaise puis commença à déboutonner sa chemise. Son loup se pavanait pour elle.

Sienna serra les draps, le corps secoué de petits mouvements nerveux tandis que la chemise noire de Hawke s'ouvrait pour lui révéler un torse masculin contre lequel elle avait envie de se frotter de la plus scandaleuse des façons. Quand il sortit la chemise de son pantalon et finit de la déboutonner, sa gorge devint sèche.

Il y avait quelque chose de délicieusement décadent chez un homme – chez cet homme – à moitié dévêtu. C'était comme s'il lui donnait un aperçu du fruit défendu.

Retirant ses chaussures et chaussettes sans la quitter des yeux, il s'avança jusqu'au bord du lit.

— J'aime cette robe, dit-il d'une voix caressante. Évitons de la déchirer.

Il appuya un genou sur le lit et se pencha pour l'embrasser avec exigence et fougue.

— Retourne-toi, murmura-t-il après l'avoir fait fondre.

Ce n'était sans doute pas la meilleure idée du monde de lui accorder tout ce qu'il voulait, mais elle n'avait aucune volonté quand il s'agissait de lui. Existait-il une femme capable de lui résister lorsqu'il était ainsi ? Sienna en doutait ; bien entendu, si une autre femme osait un jour le toucher, elle cramerait cette garce en moins d'une seconde.

— Qu'est-ce qui vient de te passer par la tête, mmm ?

Elle lui dit la vérité, et vit le loup découvrir les crocs en riant.

— Voilà ce que j'aime entendre. (Il la retourna sur le ventre.) Tu as conscience que ça marche dans les deux sens ?

Il repoussa ses cheveux des doigts pour découvrir sa nuque.

— La prochaine fois que ce bébé félin met les mains sur toi, il est mort.

— Kit est mon ami.

— Tu ne peux pas être amie avec un bébé félin.

Il lui mordit la nuque.

Oh, Seigneur. Il lui était presque impossible d'avoir des pensées cohérentes, mais elle trouva la volonté de tendre la main et de lui tirer les cheveux.

— Laisse mes amis tranquilles ou je serai obligée d'être méchante.

Il lécha la morsure et éclata de rire contre son oreille.

— Tu me plais, dit-il, et elle sentit au plus profond de son être que c'était sa moitié loup qui s'était exprimée avec un tel ravissement.

L'instant suivant, il tirait sur sa fermeture Éclair. Puis... elle sentit son souffle chaud contre sa colonne vertébrale, des baisers appuyés sur sa peau révélée par les dents métalliques.

Frémissante, elle se cambra pour lui et il glissa les doigts sous sa robe jusqu'à la courbe de sa taille. Au contact soudain de sa peau rêche, elle laissa échapper un gémissement. Il déposa d'autres baisers sur son dos avant de cesser de la toucher pour baisser ses bretelles. Au lieu de se retourner sur le dos, elle se dressa à peine et fit descendre les bretelles sur ses bras, puis repoussa la robe jusqu'à sa taille.

Il posa sa grande main chaude sur ses côtes, et la referma sur son sein sans crier gare. Elle poussa un cri et se laissa retomber, piégeant la main de Hawke entre son corps et le lit, ce qui n'eut pas l'air de le déranger. L'étreignant et la caressant avec une ardeur possessive, il répandit une pluie de baisers sur ses épaules.

— Non, protesta-t-elle quand il retira la main.

— Je veux t'enlever cette robe.

Il l'en débarrassa après avoir tiré quelques coups secs, et elle se retrouva vêtue uniquement de la culotte en dentelle qu'elle avait achetée des mois plus tôt mais n'avait jamais portée avant. Elle la trouvait trop hédonistique, trop sensuelle. C'était avant qu'elle commence à jouer avec un chef loup.

Écartant de longues mèches de cheveux de son visage, elle tourna la tête et vit le loup en question assis à califourchon sur ses cuisses. Encore habillé, il la provoquait avec sa chemise déboutonnée, mais ses yeux étincelaient et un furieux désir tendait la peau de son visage. D'instinct, elle incurva le corps vers lui, cherchant à l'aguicher.

Il leva le regard vers le sien, puis il s'avança d'un coup et saisit sa mâchoire afin de pouvoir s'emparer voracement de sa bouche. Donnant de la langue et des dents, il glissa sa main libre sous elle pour la refermer sur la chair sensible d'un sein et pressa son érection contre la délicate dentelle noire qui couvrait la peau nue de Sienna. Ce fut à ce moment-là, alors que la belle bouche gourmande de Hawke était collée à la sienne, qu'il plaquait son corps superbe et imposant contre elle et qu'il jouait avec son téton qu'elle se rendit compte qu'elle était totalement dépassée par la situation.

Hawke le sentit aussitôt quand Sienna perdit son assurance et commença à se rétracter. Frottant son téton du pouce, il lutta contre ses pulsions possessives et mit plus de douceur dans son baiser. Elle était sienne. Cette nuit-là, il n'y aurait que du plaisir pour elle.

Il eut du mal à relâcher sa bouche, à résister à la tentation de serrer et malaxer le sein qu'il avait négligé. À la place, la poussant pour qu'elle se mette sur le dos, il enfouit le visage dans son cou avant de se redresser et de se débarrasser de sa chemise.

—Touche-moi…

Elle posa aussitôt les mains sur son torse, le caressant comme il l'aimait. Il eut envie de lui écarter les cuisses et de se placer entre elles de sorte qu'il puisse frotter son sexe contre la douceur humide de son intimité. Il la devinait si délicieuse, si parfaite. Mais il ne se permit que de lécher une fois la pointe d'un de ses tétons durcis – lui arrachant un gémissement – avant de commencer à couvrir son corps de baisers.

Elle crispa les doigts dans ses cheveux.

Comprenant qu'elle tentait de le maintenir au niveau de ses seins, il sourit et remonta.

—C'est ça que tu veux, bébé ?

Elle décolla le dos du lit lorsqu'il prit son téton dans sa bouche et fit rouler le bourgeon tendu sur sa langue. Sensible, très sensible, songea-t-il en refermant une main sur sa hanche, savourant le contact sensuel de la dentelle sous sa paume… mais elle était loin d'être aussi érotique que la peau nue de Sienna. Relâchant son téton sans le mordre – il gardait ça pour la fois suivante –, il décrivit de la langue une spirale autour du second, voulant l'inonder d'un tel plaisir que la seule chose qu'il ne pouvait pas lui donner ne lui manquerait jamais.

—Ça t'a plu d'avoir ma bouche sur tes seins ? demanda-t-il après avoir repris sa descente.

—Tu sais que oui, dit-elle d'une voix rauque en modelant et caressant ses épaules.

Avide de sentir ses mains sur chaque centimètre de son corps, il déposa un baiser sur son nombril.

—J'aime te l'entendre dire.

Si près de la chaleur liquide entre ses cuisses, l'excitation de Sienna était grisante. Il dut serrer les draps dans son poing pour refréner ses ardeurs avant de l'effrayer.

—Dis-moi si tu aimes ça.

Effleurant des doigts les boucles humides sous le petit triangle de dentelle noire qui le provoquait plus qu'il ne la couvrait, il embrassa et mordilla l'intérieur de ses cuisses.

Elle relâcha son souffle, frémissante.

—Oui.

Il lui écarta les jambes et coupa les côtés de sa culotte d'un seul coup de griffe. Il lui suffit ensuite de tirer pour la lui retirer. Elle crispa tous les muscles en même temps, et quand il leva la tête, il vit qu'elle avait fermé les yeux. Il eut l'eau à la bouche à l'idée de goûter de la langue son odeur enivrante, si intense et délicieuse, mais il voulait que Sienna soit avec lui.

Il se redressa et embrassa son ventre, sa poitrine, sa gorge, ses lèvres. Elle s'offrit à lui sans hésitation, exhibant son côté sauvage. Ce ne fut que lorsqu'elle se mit à rouler des hanches vers lui qu'il ramena la main à la chaleur entre ses cuisses et toucha délicatement d'un doigt ses plis gonflés de désir.

—Tu aimes ça.

—Oui.

Elle soupira et ondula des hanches pour en obtenir davantage.

Il referma la main sur son intimité, la caressant autour de l'orifice serré et mouillé qui faisait tressauter son sexe, à l'étroit dans son pantalon. Elle cria dans sa bouche et agrippa ses biceps, mais il s'écarta afin de se remettre à embrasser son corps. Cette fois, elle garda les yeux ouverts et rivés sur lui.

Sienna eut tout juste la présence d'esprit d'examiner le feu de glace. Il était loin d'avoir atteint un seuil critique après sa récente purge, et ses boucliers renforcés tenaient bon. Ce qui signifiait qu'elle pouvait profiter de cette nuit et de la présence de Hawke.

À ce moment-là, elle n'était pas certaine qu'elle allait survivre à ce qu'il lui réservait, mais elle en avait follement envie. Son corps lui semblait être un jouet dont on avait trop remonté le mécanisme, et qui se tendait tout entier vers quelque chose qu'elle ne pouvait pas tout à fait atteindre.

—Hawke, s'il te plaît.

Il soutint son regard de ses yeux bleus de loup.

—Aie confiance en moi.

—Toujours.

Elle n'avait jamais remis cette confiance en question.

Il lui décocha un sourire malicieux.

—Je t'ai dit que c'était mon tour pour le dessert.

Sur cette déclaration scandaleuse, il plaça ses jambes sur ses épaules et lui donna un baiser si intime que des ténèbres se répandirent sur l'esprit de Sienna avant de céder la place à des étincelles écarlates et enfiévrées. Enfin, elle comprenait. Quand elle avait lu des choses à ce sujet dans les magazines féminins, elle avait eu le sentiment que cet acte la mettrait dans l'embarras. Mais à ce moment-là, loin d'être dans l'embarras, elle brûlait de désir et prenait un tel plaisir que c'en était douloureux.

Si le premier niveau de dissonance n'avait pas été désactivé, elle se serait évanouie sur le coup. Pourtant, même si les sensations surpassaient tout ce dont elle avait fait l'expérience jusque-là, il n'y eut pas de retour de bâton.

Son loup n'avait pas d'inhibitions et refusait de lui en accorder une seule.

— Encore un peu, dit-il en lui écartant davantage les cuisses afin de pouvoir accéder plus facilement à sa chair gonflée et brûlante de passion.

Elle crispa les mains sur les draps à la pensée du spectacle qu'elle lui offrait. Fondante, rose et ouverte. Puis il commença à la goûter par petits coups de langue humides, glissa un doigt en elle en prélude à la pénétration ultime, et les pensées de Sienna se fracturèrent tandis qu'elle se soumettait en frémissant.

Après l'orgasme, elle découvrit un loup très satisfait à côté d'elle. Il dessinait du bout du doigt des motifs sur la peau couverte de sueur autour de son nombril.

— Comment était le dessert ? demanda-t-elle d'une voix rauque qui lui rappela qu'elle avait crié à la fin.

Il sourit de toutes ses dents.

— J'ai l'intention de me resservir bientôt.

Elle prit une brusque inspiration.

— Vilain loup.

Il avança une main et tira sur ses boucles humides.

— Loup affamé.

Sienna sut alors qu'elle était fichue. Complètement fichue, et c'était magnifique.

— J'ai envie de toi.

Ses yeux pâles de loup se mirent à luire sous ses cils épais.

— À quel point ?

C'était à la fois de la provocation et un défi.

Se retournant pour le pousser sur le dos, elle couvrit sa gorge de baisers et le mordit au niveau du pouls. Il serra la main dans ses cheveux, les muscles tendus. Il ne l'empêcha pas de faire courir une main sur son beau torse puis plus bas, jusqu'au premier bouton de son pantalon. Elle ignorait à quel moment il s'était débarrassé de sa ceinture, mais elle lui en fut reconnaissante ; ses fonctions motrices ne répondaient plus aussi bien après la façon dont il avait mangé son dessert.

Elle releva la tête et appuya une main sur son épaule tandis qu'elle essayait de défaire le bouton de l'autre. Il siffla quand elle effleura des doigts la bosse de son érection, et ses muscles devinrent si rigides qu'elle aurait cru qu'il avait mal si elle n'avait pas senti son plaisir à l'état brut et compris.

Frustrée que ses doigts ne cessent de glisser sur ce maudit bouton, elle le délaissa et passa la main sous l'élastique de son pantalon. La masse de chair chaude et gainée de velours délicat qu'elle rencontra lui coupa le souffle, mais elle sentit qu'on retirait sa main alors qu'elle était loin d'être satisfaite. Soudain, elle se retrouva sur le dos avec un loup qui se jetait sur ses lèvres, sa gorge et ses seins. Il prit ses tétons dans sa bouche et les suçota avec vigueur, tout en prenant plaisir à serrer ses seins dans ses mains possessives.

Elle s'était habituée à ses dents... mais pas aux sensations qu'elles déclenchaient.

Elle sursauta et voulut passer une jambe autour de sa taille. Il arrêta son geste d'une main sur sa cuisse.

—Mon pantalon, marmonna-t-il avant de se lever du lit en un éclair.

Une seconde plus tard, il était de retour et plaçait la jambe de Sienna sur sa hanche nue.

Elle essaya de le repousser. Elle voulait admirer, cajoler et caresser son corps ferme d'homme. Mais lorsqu'il passa la langue sous le renflement de son sein, elle perdit le fil de ses pensées et crispa les mains sur ses épaules douces et musclées.

—Embrasse-moi, dit-elle dans un murmure chargé de désir.

Il était déjà là, une main posée sur le visage de Sienna tandis qu'il s'appuyait de l'autre au-dessus d'elle. Il titilla sa bouche jusqu'à ce qu'elle n'arrive plus à respirer et soit contrainte de mettre fin à leur délectable échange.

— Encore ? demanda le loup.

Elle essaya de reprendre son souffle.

— Tu es nu.

Il esquissa un lent sourire.

— Toi aussi. (Il glissa la main le long de sa cuisse puis vint caresser la zone la plus douce et sensible de son corps.) Si fondante, dit-il, le regard brûlant de désir tandis qu'il frottait l'entrée de son intimité.

L'esprit de Sienna s'embruma et elle leva les hanches vers lui. Lorsque les gestes de Hawke se firent plus insistants, elle saisit ses biceps et l'attira à elle dans l'intention de goûter sa bouche, son cou et toutes les parties de son corps qu'elle pouvait atteindre tandis qu'il immisçait un doigt en elle, puis un second avec une lenteur qui lui arracha un frisson. Il les écarta doucement, étirant ses muqueuses et lui envoyant des décharges de plaisir. À travers la brume, elle songea qu'il la préparait avant de la posséder.

Elle le sentait à l'intérieur de sa cuisse, et sut que son érection fièrement dressée ne serait pas simple à accueillir. Des éclairs fusèrent sous ses paupières lorsqu'il se mit à titiller son clitoris du bout du sexe. Il lui importait peu que ce soit simple. Elle avait juste envie de lui. Tout de suite.

— Viens en moi.

Vite.

Hawke l'entendit, mais il continua à faire aller et venir ses doigts en elle et à l'embrasser ; il suçota sa lèvre inférieure, inclina la tête afin de marquer ses seins et son cou.

— Pas encore.

Il voulait la liquéfier de plaisir avant de la prendre, car ça allait faire mal. C'était inévitable, même si l'idée de la blesser de quelque manière que ce soit le mettait en colère. Elle était chaude et serrée, et Hawke était un homme imposant.

—Laisse-moi te caresser encore un peu. (Il lécha la sueur qui perlait sur sa gorge, savourant son goût de sel et d'épice.) J'adore tes seins.

Leur chair avait rosi au contact de sa mâchoire et de ses dents. Dans un fauteuil, songea-t-il en lui mordant la lèvre inférieure quand elle lui ordonna d'en finir. Il la prendrait dans un fauteuil la prochaine fois, elle à califourchon sur lui afin qu'il puisse jouer autant qu'il le voulait avec ses jolis seins.

Sentant ses muscles se contracter autour de ses doigts, il couvrit de nouveau son corps de baisers et lui écarta les cuisses, inhalant son odeur érotique et musquée. Il en eut l'eau à la bouche, et puisqu'elle était sienne et délicieuse, il décida que le moment était venu de se resservir. Il lui suffit d'un seul coup de langue appuyé pour qu'elle jouisse, mais il continua de se servir de sa bouche pour lui donner du plaisir en léchant, mordillant et suçotant la chair moite à l'interstice de ses cuisses, jusqu'à ce que Sienna se relâche, la peau parcourue de frissons de plaisir.

Cette fois, elle le regarda lorsqu'il remonta vers son visage, les paupières lourdes tandis que sa poitrine se soulevait à un rythme provocant.

—Est-ce que tu…, laissa-t-elle échapper quand il s'emboîta contre elle et commença à la pénétrer, es comme ça… (elle émit un son de gorge alors que ses muqueuses brûlantes se liquéfiaient autour de lui) tout le temps ?

Consumé par le plaisir, il avait plus ou moins cessé de penser, mais il était sûr d'une chose.

—Pour toi… oui.

Lui agrippant la hanche, il progressa de quelques centimètres de plus et sentit les ongles de Sienna labourer ses épaules.

Mais au lieu de le repousser, elle l'attira vers elle. Hawke lâcha les rênes et s'enfonça en elle jusqu'à la garde d'un seul coup de reins. Elle étouffa son cri de douleur contre son épaule tandis que ses jambes frémissaient autour de sa taille. Elle continua pourtant à l'étreindre de toutes ses forces. Revenant à un semblant de pensée civilisée, il caressa sa cuisse, se blottit contre elle et l'embrassa jusqu'à ce qu'elle commence à bouger les hanches… ou du moins essaie. Il la cloua au lit avec la ferme intention d'amplifier son plaisir.

Une main sur sa hanche, il ressortit avec une lenteur insoutenable… puis la pénétra de nouveau de la même façon. Sienna ouvrit grand les yeux et soutint son regard.

— Recommence.

C'était une exigence intime.

Se fendant d'un sourire féroce, il s'exécuta. À maintes reprises. Jusqu'à ce qu'elle se fracture autour de lui et que ses muscles minuscules compriment son sexe si fort qu'il faillit jouir. Il eut envie de la pilonner, de la mettre à quatre pattes et de la chevaucher de la plus primitive des manières, mais ça pouvait attendre. Cette nuit était pour elle. Aussi, même s'il avait mal à la mâchoire à force de la crisper, il continua à aller et venir en elle avec des mouvements lents et tranquilles. Et il eut le plaisir de sentir son corps se tendre inlassablement vers le sien.

Cette fois, il se laissa emporter et vider par la pulsation érotique de l'orgasme de Sienna.

— La prochaine fois, lui murmura-t-il à l'oreille en s'effondrant, le cœur battant à tout rompre contre ses côtes, je ne serai pas sage.

CHAPITRE 45

Dix heures plus tard, Sienna se remémora ces paroles prononcées d'une voix rauque et se demanda jusqu'où il pouvait aller, car s'il avait été sage la nuit précédente… *Seigneur*. Son corps portait encore les marques de sa passion. Sa barbe naissante avait éraflé l'intérieur de ses cuisses, et elle avait plus d'une morsure sur les seins. Au souvenir de la façon si minutieuse et primitive dont il l'avait prise, sa peau s'embrasa et elle sentit son bas-ventre se contracter. Elle avait envie de ses dents…

Paf!

— Aïe! (Elle repoussa la longue tige en bois, trop tard pour éviter le coup d'Indigo.) Ça fait mal.

La lieutenante leva les yeux au ciel.

— Dire que je voulais te donner une petite tape affectueuse. Arrête de fantasmer sur Sa Majesté le loup et tâche de me donner du fil à retordre.

Visant les jambes d'Indigo, Sienna fit décrire un arc de cercle au bâton. La lieutenante se déporta, mais son geste la déstabilisa légèrement. Elles étaient lancées. Indigo était trop expérimentée pour que Sienna la batte, mais elle reçut quelques coups bien sentis, et à la fin de la session d'entraînement, le sang battait dans ses veines et son débardeur de sport noir lui collait à la peau.

— Merci. J'en avais besoin, dit Indigo en descendant sa bouteille d'eau. Qu'as-tu de prévu maintenant?

— J'ai l'après-midi de libre. (Sienna ouvrit sa propre bouteille et but une longue gorgée.) Je pensais passer du temps avec Toby et Marlee tout en travaillant sur un devoir.

Les yeux d'Indigo pétillaient quand elle posa la bouteille et rattacha ses longs cheveux noirs en une queue-de-cheval serrée.

— Tu es au courant de ce qui se passe entre Walker et Lara ?

Sienna commença à polir son bâton de combat avec une serviette.

— De quoi est-ce que tu parles ?

Indigo éclata de rire à sa candeur feinte.

— Ils ne passent pas inaperçus, tu sais. C'est juste que tous les membres de la meute ont l'immense politesse de faire comme s'ils ne remarquaient pas qu'ils s'embrassent dans les coins sombres.

Un sourire joua sur les lèvres de Sienna.

— Mon oncle ne s'abaisserait jamais à embrasser une femme dans un coin sombre.

— Non, ça doit être quelqu'un de grand, blond et silencieux qui lui ressemble trait pour trait.

Sienna riait encore au souvenir de cette déclaration sarcastique quand elle alla retrouver les enfants après s'être douchée en vitesse pour laver sa sueur. Mais elle n'était pas dans l'appartement familial depuis longtemps quand elle reçut un appel de Riley.

— Sienna, je sais que tu es censée avoir l'après-midi de libre, mais peux-tu aller inspecter la station hydraulique avec Mariska et trois de ses techniciens ? dit-il, se référant au système écologique qui alimentait la tanière en énergie grâce à la puissance naturelle de l'eau qui cascadait des montagnes. La centrale est sécurisée, et j'ai chargé Drew d'accompagner l'équipe, mais il lui faut des renforts au cas où.

— Bien sûr, mais je suis avec Marlee et Toby. Est-ce que tu peux…

—La question ne se pose pas, chérie. Amène-les ici… ils pourront rester dans la salle de pause des soldats vétérans à côté de mon bureau.

Sachant que les enfants adoraient passer du temps dans le pôle d'activité où allaient et venaient les membres dominants de la meute – dont plus d'un était prêt à prendre une chaise pour discuter avec deux «louveteaux» –, elle dit :

—On sera là dans quinze minutes.

Il lui en fallut plutôt vingt pour tout régler, mais elle partit en laissant son frère et sa cousine rivaliser de nouvelles à raconter à Riley.

Drew attendait l'équipe à la sortie ; ou plus exactement, il embrassait Indigo, sourire aux lèvres. Ils riaient juste avant, songea Sienna en se remémorant la façon dont Hawke l'avait titillée alors qu'ils étaient allongés sur le lit. Elle l'avait senti sourire quand il l'embrassait. Ça avait été plus merveilleux que tout ce qu'elle aurait pu imaginer.

—Hum, dit-elle, esquissant un sourire à ce souvenir. Trouvez-vous au moins un coin sombre.

Indigo lui jeta un regard amusé.

—Touché.

Elle donna un dernier baiser à Drew avant de repartir dans le couloir, avec ses jambes interminables et son corps musclé qu'elle mouvait avec grâce et souplesse.

—Évite de te faire tirer dessus, lança-t-elle à son compagnon en s'en allant.

—Je n'oserais pas, j'ai trop peur de toi ! répondit Drew, puis il prit une partie du matériel des techniciens. Allons-y, les enfants.

Ayant passé la journée avec les soldats des équipes de Matthias et d'Alexei afin de s'assurer qu'ils étaient à l'aise sur le terrain et savaient quel serait leur rôle en situation de combat, Hawke était amplement disposé à prendre un peu de temps pour lui. Grâce aux siens, c'était possible.

Coinçant Sienna alors qu'elle se rendait à ses quartiers après être revenue de la station hydraulique, il l'entraîna dans le garage. C'était tentant de la lécher pour savourer son goût, mais s'il posait la bouche sur ses lèvres pulpeuses, ils n'iraient pas plus loin que sa chambre.

— Où m'emmènes-tu ? demanda-t-elle lorsqu'ils furent sur la route. (La lumière déclinait, cédant la place à la nuit qui tombait sur la Sierra Nevada.) Tu me «Psidnappes»?

Son loup éclata de rire.

— On va jouer.

Sienna songea que ça aurait dû lui sembler futile compte tenu de leurs nombreux autres sujets d'inquiétude, mais elle ne pouvait pas nier qu'être en permanence sur le qui-vive exerçait une tension soutenue sur son esprit. La nuit précédente lui avait accordé un répit sensuel, et elle en était ressortie plus alerte.

— Jouer n'est pas une perte de temps, n'est-ce pas ? dit-elle à voix haute, ne l'ayant jamais vraiment compris jusqu'à ce moment-là.

— Le loup a décidé que cette question ne méritait pas de réponse.

Ça la fit rire.

— En quoi consiste le jeu ?

— Tu verras bien.

Une demi-heure plus tard, il arrêta le véhicule au cœur du territoire de la tanière, dans une zone si densément boisée qu'il avait dû activer le mode lévitation et se montrer créatif dans sa conduite. Alors qu'il se posait de nouveau, elle examina la petite cabane cachée entre les pins.

— Elle a l'air neuve.

De fait, le sol était encore jonché de copeaux de bois.

— Les lieutenants de la tanière se sont associés aux soldats vétérans pour lancer le chantier. (Il secoua la tête.) Apparemment, les autres soldats l'ont appris et ont voulu participer. Ils ont travaillé dessus douze heures d'affilée à tour de rôle, et en fin de compte... il semble que tous les adultes en bonne santé de la tanière ont contribué à la construction de la cabane ou à son aménagement.

À la joie et la surprise qu'elle entendit dans sa voix, elle sentit son cœur se serrer.

—Ils t'aiment.

Comme moi.

—Ouais. (Secouant la tête, il sortit et contourna la voiture en trottinant pour aller ouvrir sa portière.) Je leur aurais passé un savon pour avoir consacré du temps à ça alors qu'on est à deux doigts d'entrer en guerre, mais Drew m'a dit que ce projet leur avait permis de retrouver leur moral habituel, alors…

Il la tira hors de son siège.

—C'est à nous, dit-il en se penchant pour frotter le nez contre le sien. La zone est interdite d'accès à la meute dès lors que l'un de nous deux se trouve dans les parages.

Sienna se dressa sur la pointe des pieds et posa les mains sur ses épaules.

—Rien qu'à nous?

Le sourire éclatant de Hawke fit écho au sien.

—Rien qu'à nous.

C'était un incroyable cadeau. Elle aimait les SnowDancer de tout son cœur et serait prête à mourir pour ces gens qui étaient devenus sa famille, mais pouvoir se retrouver totalement seule avec Hawke ne serait-ce que pour quelques heures, quelques minutes… Il n'y avait pas de mots pour exprimer l'intensité de sa joie.

—Allons l'explorer.

En riant, il la talonna quand elle s'empressa de gravir les deux petites marches et traversa le perron pour pousser la porte et enclencher l'interrupteur manuel.

—Oh, c'est merveilleux, dit-elle lorsqu'une douce lumière inonda la demeure.

La cabane n'était constituée que d'une seule et grande pièce, à l'exception d'une alcôve au fond, isolée par une porte en bois coulissante.

Il y avait un petit coin cuisine sur la gauche, avec une table et deux chaises soigneusement disposées sous la fenêtre. À droite se trouvait une cheminée équipée d'un laz-feu écologique, devant laquelle on avait déroulé un tapis blanc pelucheux que Sienna imaginait déjà divinement doux contre sa peau. Le reste de l'espace était occupé par un lit gigantesque avec une tête de lit en fer forgé. Elle écarquilla les yeux.

—Hawke, dit-elle, pourquoi y a-t-il des menottes en peluche accrochées à la tête de lit ? (Elle se rapprocha et vit que...) Elles sont trop grandes pour mes poignets.

Oh.

Un grondement sourd monta dans la gorge de Hawke.

—C'est Drew qui a dû trouver ça drôle.

—Non, murmura Sienna. Drew m'a demandé de ne jamais lui parler de sexe. En ce qui le concerne, je resterai vierge jusqu'à mes cent ans, comme Brenna.

Hawke détacha les menottes et les porta à son nez pour les renifler.

—Fils de...

Il se fendit d'un sourire mi-amusé, mi-féroce.

—Qui ?

—Devine. À ton avis, qui est en train de s'esclaffer chez lui à l'idée de cette danse dans laquelle tu m'as embarqué ?

Sienna marqua une pause et passa en revue les gens qui tenaient à Hawke tout en ayant l'audace de lui faire ce genre de farce.

—Lucas, dit-elle. C'était Lucas.

—Ce maudit félin est sans doute venu ici en douce après le départ de l'équipe. (Il tritura l'une des menottes et sourit en entendant un petit cliquetis.) Tiens donc... on peut les resserrer sans problème pour des poignets plus petits.

Son regard n'inspirait pas confiance à Sienna.

—Hawke !

—Viens ici.

En dépit de sa voix douce et de ses yeux mi-clos, c'était un ordre.

Elle déglutit et recula d'un pas.

—Euh… peut-être que…

—Tu as peur, Sienna ?

Sous ses cils épais argent et or, ses incroyables yeux brillaient comme ceux d'un husky ou d'un oiseau de proie.

—Non.

Ce n'était pas parce qu'elle avait peur que son cœur battait la chamade contre ses côtes et que son sang s'était mis à bouillonner.

Hawke sourit… et elle se rendit compte qu'il se rapprochait d'elle d'un pas lent et assuré. Se retournant, elle vit qu'elle n'allait pas tarder à se retrouver acculée dans un coin. Elle bondit sur la gauche, s'attendant à ce qu'il l'intercepte. Voyant qu'il n'en faisait rien, elle sentit monter sa méfiance.

—Je suis contente de te voir aussi raisonnable, dit-elle sans le quitter des yeux.

—J'aime tes cheveux. (Il la caressa de son regard sauvage.) Détache-les pour moi.

—Je ne pense pas que ce soit une bonne idée.

Son instinct la poussait à désobéir, à le défier.

—Je ne suis pas de cet avis.

Ses cheveux cascadèrent sur ses épaules avant même qu'elle l'ait senti changer de position. Le temps qu'elle comprenne ce qu'il avait fait, il était accroupi sur le lit à l'autre bout de la pièce. Un sourire de satisfaction toute masculine lui étirait les lèvres.

Elle songea qu'il jouait avec elle.

Et ce soir-là, il ne tenait pas son loup en laisse.

—Tu te crois malin, dit-elle, s'éloignant de nouveau sur la gauche tandis qu'il retirait son tee-shirt d'un geste brusque.

La porte n'était qu'à quelques pas.

Après avoir jeté son tee-shirt par terre, il inclina la tête et ses cheveux glissèrent sur une moitié de son visage.

—Je pense que tu devrais enlever ton haut.
—Essaie et je...

Elle dressa une colonne de feu de glace entre eux et il s'arrêta net, le nez à un millimètre à peine des flammes.

Il montra les dents. Elle sourit... puis détala, claquant la porte derrière elle tandis qu'elle dissipait le mur d'étincelles rouges et or. Elle entendit quelque chose s'écraser sur le plancher lorsque ses pieds touchèrent le sol de la forêt, et son instinct lui souffla de revenir sur ses pas pour vérifier qu'il allait bien. Mais le jeu ne marchait pas comme ça, et la rapidité de Sienna était loin d'égaler celle d'un loup. Quelques secondes plus tard, elle sentit son souffle dans son cou.

Mais elle était une X-Psi. Une cardinale.

Elle lui barra le passage en se servant de ses aptitudes, jusqu'à ce qu'elle réussisse à le semer. Haletante, elle s'arrêta et appuya les mains sur ses cuisses. L'adrénaline pulsait dans ses veines. Seigneur, il était rapide. Elle n'avait jamais vu rien ni personne se déplacer à une telle vitesse. *Quel homme dangereux. Mon homme.*

Ayant repris son souffle, elle se redressa. Mais alors que tous ses sens étaient en alerte, elle ne soupçonna pas une seconde qu'il avait fait le tour pour arriver par son angle mort. Quand elle se retourna, elle se retrouva face à ses yeux étincelants.

—Jolie, jolie Sienna.

Il lui saisit les poignets avant qu'elle ait pu invoquer le feu de glace et l'attira contre lui, anéantissant sa concentration. Superbe source de distraction, son torse invitait aux caresses. Il n'y avait pas une seule goutte de sueur sur sa peau. Ça aurait dû agacer Sienna, mais elle était bien trop fascinée par le sourire qui jouait sur ses lèvres pour s'en soucier.

—Ma Sienna.

L'accent de possession absolue dans sa voix ne l'effraya pas.
—À toi.

Il lui mordilla vivement le cou. Elle frissonna de plaisir, puis se dégagea de son étreinte en exécutant une figure qu'Indigo lui avait fait répéter jusqu'à ce que ça devienne une seconde nature. Elle se demanda si la lieutenante louve avait su que ce jour viendrait. Hawke lui décocha un sourire de prédateur ravi. Puis il bondit.

Elle se hâta de reculer, mais il la dépassa en l'effleurant et s'enfonça dans la forêt.

Le jeu reprenait.

À la lumière de ce début de soirée qui lui assurait une bonne vision nocturne, elle s'élança dans la direction opposée et se réjouit intérieurement. Elle s'amusait. Ce ne fut que quelques minutes plus tard qu'elle sentit qu'il la suivait dans les arbres à sa gauche. Le cœur battant à tout rompre, elle dressa un mur de X-feu et prit un autre chemin. Recourant à toutes les astuces qu'elle connaissait, elle brouilla son odeur. Bien entendu, ça n'allait pas marcher. Il était un chef aux sens aiguisés, et…

Elle vit un bouquet de fleurs sauvages sur son chemin.

Laissant échapper un rire, elle le ramassa et glissa une fleur rouge cerise derrière son oreille. Le reste du bouquet à la main, elle leva la tête… et se rendit compte qu'il l'avait ramenée à la cabane.

Au lit.

Elle en eut des frissons dans le ventre, car elle venait de comprendre le sens des paroles qu'il avait prononcées la nuit précédente et sut qu'il avait été très sage. Cette nuit… cette nuit, elle allait se frotter à son cœur sauvage et dominateur.

Se rapprochant discrètement de la cabane, elle essaya de le repérer dans les ombres des arbres.

Silence.

Elle prit une profonde inspiration et se mit à courir. À mi-chemin, elle sentit ses pieds décoller du sol et eut à peine le temps de pousser un petit cri qu'il la jeta sur le lit. Les fleurs sauvages s'éparpillèrent autour d'eux tandis qu'il s'appuyait au-dessus d'elle avec un sourire espiègle et les yeux de son loup.

— J'ai gagné. (Il lui mordilla vivement la lèvre inférieure.) Quelle est ma récompense ?

Chapitre 46

Oh, Seigneur. Elle fondait littéralement. Il était imposant, beau, incroyable… et il était à elle. Pas comme elle l'avait imaginé autrefois, mais le lien qui continuait à grandir entre eux était tout aussi fort et précieux.

— Je vais te brosser les cheveux.

Il cligna des yeux et réfléchit.

— D'accord.

Ravie, elle attendit qu'il bouge afin qu'elle puisse se lever. Il resta là où il était, sans quitter ses lèvres du regard. Quand elle les entrouvrit, elle sentit la respiration de son loup s'altérer.

— Hawke?

— Je vais te chercher la brosse.

Elle n'eut même pas le temps de reprendre son souffle qu'il était déjà revenu sur elle.

— Tiens.

Elle prit la brosse et avança une main pour la glisser dans sa chevelure épaisse et soyeuse. Elle était fraîche, douce, superbe. La fourrure d'un loup sous forme humaine.

— Tu es beau.

— Encore.

Il baissa la tête pour lui permettre de passer les poils de la brosse dans ses mèches. Il accompagna ce premier mouvement d'un grondement de plaisir, et se baissa un peu afin qu'elle sente le poids de son corps contre ses jambes.

— Plus fort.

Elle obéit et repassa la brosse dans ses cheveux à maintes reprises.

—Tu es plus proche de ton loup que n'importe quel autre changeling que j'ai rencontré.

Ça en disait long.

—Je suis comme je suis. (Une réponse de loup. Il n'avait pas le temps de se faire des nœuds au cerveau.) Ouvre la bouche.

Elle lâcha la brosse.

—Pour…

Il se jeta sur ses lèvres.

Ce fut un baiser chaud, profond et parfaitement scandaleux. Il referma la main avec douceur sur sa gorge pour la maintenir en place tandis qu'il titillait sa langue de la sienne et frottait sa cuisse contre la chair sensible entre ses jambes. Il ne lui accorda qu'une infime seconde pour respirer avant de s'emparer de nouveau de sa bouche. Elle crispa les mains sur ses épaules et sentit la chaleur des muscles et tendons puissants qui se tendaient sous ses doigts.

—Sienna, murmura-t-il contre ses lèvres. Intelligente. (Il mordit à nouveau sa lèvre inférieure, plus doucement cette fois.) Forte.

Il pesa de tout son poids contre elle, son érection pressée entre ses cuisses.

—À moi.

Lorsqu'elle lui griffa le dos, il gronda et inclina la tête pour suçoter son pouls. Elle se cambra, ou du moins essaya. Il était trop lourd pour qu'elle le fasse bouger. Serrant le poing dans ses cheveux, elle inspira son odeur et sut que cette nuit-là, il lui demanderait plus que de l'abandon et de la soumission. Il exigerait qu'elle lui donne tout ce qu'elle était, puis en réclamerait encore.

—Ton cœur palpite comme celui d'un oiseau.

Il lécha sa peau au niveau de son pouls.

Elle dut se concentrer pour trouver ses mots et formuler une phrase cohérente.

— Ce n'est que ma deuxième fois, tu sais.

Puis elle plaqua la bouche contre les tendons puissants de son cou.

Elle sentit des vibrations dans la poitrine de Hawke, signe qu'il avait apprécié.

— Je veillerai à ce que ça soit bon. Tu le sais. (Arrogant, séduisant et tendre, il s'appuya sur un bras et fit courir les doigts de l'autre main sur le corps de Sienna et les boutons de son chemisier.) Ceci ne me plaît pas.

Il déchira le chemisier en deux.

Lorsqu'elle prit une brusque inspiration, il déposa un baiser appuyé sur la peau nue de son abdomen et glissa une main sous son chemisier déchiré pour la plaquer au creux de ses reins.

— Hawke.

Il ramena la main sur son ventre et décrivit des cercles lents sur son nombril.

— Mmm ? (Nouveau baiser, cette fois sur son sternum.) Tu as mal quelque part, bébé ?

Elle secoua la tête.

— Embrasse-moi.

Il lui décocha un sourire de loup avant de lui donner exactement ce qu'elle voulait. Un baiser si sensuel et tendre qu'il l'écartela puis lui redonna forme. Cette fois, elle lui mordilla la bouche et il s'arrêta pour la dévisager, les yeux étrécis au point qu'elle n'en voyait qu'une fente bleue.

— Tu m'as mordu.

— Ce n'est que justice. (Elle tapota sa propre lèvre inférieure.) Tu l'as fait plus d'une fois.

Un grondement monta dans la gorge de Hawke, et il posa la main à plat sur ses côtes.

— Mords-moi encore.

Incapable de lui résister, elle obéit. Puis, décidant d'être aussi sauvage que son amant, elle enfonça les ongles dans ses épaules et saisit le tendon saillant de son cou entre ses dents. Il se figea au-dessus d'elle, le corps raidi dans l'attente.

Elle le mordit assez fort pour lui laisser une marque, avant de le relâcher.

Il gronda... mais elle n'était pas dupe. Elle avait vu le loup rire dans ses yeux.

— Je t'ai marqué, dit Sienna, fière d'elle.

Il referma la main sur sa gorge.

— Peut-être que je suis en colère d'avoir été marqué.

— Vraiment ?

En guise de réponse, il posa la main sur sa poitrine que son soutien-gorge ne suffisait pas à protéger de la chaleur primitive de Hawke.

— Je sais où je vais te marquer. Encore.

Sentant sa chair gonfler à son contact, elle dit :

— Et si je n'aime pas être marquée ?

— Dommage.

Il y eut des mouvements confus et son soutien-gorge finit en lambeaux éparpillés autour du lit.

Sienna se tendit vers lui, l'invitant à succomber à la tentation. Il émit un grondement qui fit pointer ses tétons, puis posa les lèvres sur sa peau pour la marquer, la goûter, la sucer. Les pensées de Sienna se dispersèrent, ses sensations explosèrent. Passant les mains dans les cheveux de Hawke, elle s'accrocha pour la chevauchée de sa vie.

Hawke essaya de se contenir, conscient que Sienna n'était pas en mesure de tout supporter, même après la nuit précédente. Il n'y parvint pas. Il l'attendait depuis trop longtemps ; le loup autant que l'homme la désiraient férocement.

— Si tu éprouves le besoin de m'arrêter, se força-t-il à dire en relevant la tête pour soutenir son regard, n'hésite pas.

Elle riva ses yeux de cardinale devenus noirs de désir sur les siens.

— Tu comptes me blesser ?

Il gronda. C'était une question qui n'appelait aucune réponse.

— En ce cas, murmura-t-elle, pourquoi voudrais-je t'arrêter ? (Elle tira sur ses cheveux et l'attira vers elle afin de pouvoir séduire sa bouche avec un baiser chaud et enivrant.) Donne-moi tout, dit-elle dans un souffle.

C'était un ordre.

Il ne prenait d'ordres de personne… mais pour elle, il était prêt à faire une exception.

Cédant de nouveau à l'offrande érotique de sa poitrine, il referma la main sur son sein et le serra. Il étouffa un cri de Sienna avec un baiser. Son téton était dur et délicieusement tentant sous sa paume.

Après avoir relâché sa bouche, il descendit jusqu'à sa gorge et lui mordilla le pouls. Il aimait voir son corps s'embraser lorsqu'il faisait ça. Intensément sensuelle, l'odeur musquée de Sienna enivrait le loup et grisait l'homme. Il sortit la langue pour titiller le bourgeon tendu de son téton et sourit quand son abdomen trembla sous sa paume.

Ensuite, il la mordit.

Elle sursauta, mais ne sembla pas voir d'inconvénient à ce qu'il mette les dents là. Ce fut quand il entreprit de suçoter vigoureusement son téton tout en pinçant celui qu'il avait négligé qu'elle gémit et crispa les mains dans ses cheveux. Prenant note de sa réaction pour le futur, il érafla son téton des dents.

Son corps entier tressaillit.

Échangeant sa bouche contre sa main, il frotta du pouce le téton humide et palpitant, puis s'installa pour dispenser à l'autre le même traitement. Un son de plaisir sexuel vibra dans sa poitrine et se mêla aux petits gémissements de Sienna lorsqu'elle serra les chevilles contre son dos.

Quand il leva la tête, Sienna était à bout de souffle et sa peau portait les marques de son amour. Mais elle était bel et bien avec lui, sa Psi intelligente et séduisante. Elle tendit les doigts et les fit courir sur les lèvres de Hawke, riant lorsqu'il essaya de les mordiller. Puis elle gronda. Ravi, son loup se pencha pour couvrir sa mâchoire et sa gorge de baisers.

Son odeur était si délicieuse, si intense. Un parfum d'automne, d'épice et d'acier. Il s'enveloppa dedans, heureux de savoir que cette odeur était liée à la sienne depuis la nuit précédente et qu'il en serait ainsi tant qu'ils resteraient amants… Autrement dit, pour toujours. Ce n'était pas négociable ; il n'y avait pas d'autre issue possible.

— Recommence, murmura-t-il en éraflant des dents le renflement d'un de ses seins.

Un frisson passa sur la peau de Sienna.

— J'ai envie.

Se blottissant contre son ventre, il déposa un baiser sur son nombril et goûta de la langue sa peau chaude et humide de sueur.

— Laisse-moi te combler.

Il se força à aller lentement, à ne pas arracher le reste des vêtements de Sienna. À la place, il lui laissa le temps de lui résister et de fuir si elle le voulait pendant qu'il la relâchait pour lui retirer ses chaussures. Il s'avança ensuite pour déboutonner son jean et le descendre en même temps que sa culotte.

Mais elle resta là où elle était, ses jolies jambes lisses au contact de sa mâchoire tandis qu'il jetait ses vêtements par terre à côté du lit et frottait le visage contre elle.

— Oh, laissa-t-elle échapper, les poings serrés dans les draps défaits.

Intrigué, il frotta une fois de plus la mâchoire contre la peau douce à l'intérieur de ses cuisses. Elle l'enserra de ses jambes, répandant autour de lui son parfum sauvage. Avide de le savourer, il se mit à genoux tandis qu'il écartait ses cuisses devant lui. Sa barbe de trois jours avait laissé des marques sur sa peau délicate, et il n'en éprouvait aucun remords.

Alors qu'il lui caressait les mollets, il sentit ses chaussettes et gloussa.

— Je crois qu'on va te les laisser.

Elle frotta sa cuisse du pied.

— Le sexe ne devrait-il pas être plus sérieux ?

— Bébé, dans quelle meute as-tu vécu ces dernières années ?

Il se pencha pour embrasser le côté de son genou avant de descendre s'allonger entre ses jambes.

— Hawke ?

Tout en les caressant, il plaça ses jambes sur ses épaules.

— De quoi as-tu besoin ?

Posée sur un ton qui disait qu'il lui donnerait tout et n'importe quoi, cette question sensuelle fit fondre Sienna de l'intérieur.

— Tu es beau.

Son loup posa sur elle ses yeux qui se paraient de reflets argentés à la lumière qui les nimbait tous deux d'une douce aura dorée.

— J'aime t'entendre dire ça. Tu me le répéteras après.

— Après quoi ?

— Ça.

Glissant les mains sous ses fesses, il la rapprocha de sa bouche puis…

Il lui arracha un cri. Ça n'arrêta pas Hawke, et elle lui en fut infiniment reconnaissante. Alors qu'il la suçotait, la mordillait et la goûtait, elle se rendit compte qu'il s'était contenu de bien des manières la nuit précédente. Ce n'était pas du dessert cette fois, mais un repas entier.

Lorsqu'il inséra la langue dans sa chair palpitante, elle se dressa plus près de sa bouche.

— Impudique, la taquina-t-il en sortant les dents. Juste comme j'aime.

Il lui en donna plus. Beaucoup plus.

Le cerveau de Sienna s'embruma. Croisant les jambes derrière son dos pendant qu'il la dégustait comme si elle était un mets fin et exotique préparé pour lui seul, elle s'abandonna aux vagues de plaisir qui déferlaient sur elle. Elle se noya dans une extase si chaude et délicieuse que des flammes se mirent à lui lécher la peau et qu'un éclair de dissonance lui vrilla la colonne vertébrale.

La douleur était négligeable... et elle n'aurait pas dû l'être.

Elle en conçut de l'inquiétude, mais ça ne dura qu'une seconde. Après l'avoir consciencieusement léchée, Hawke avança une main pour jouer avec les étincelles rouges et jaunes du feu de glace.

— Ça ne brûle pas.

Elle dut faire un effort considérable pour rassembler assez de neurones et mettre en mots une explication. Tout ce qu'elle réussit à dire fut :

— Non.

Frottant la mâchoire contre son nombril, Hawke descendit pour déposer des baisers à l'intérieur de ses cuisses.

— Assez, trouva-t-elle la volonté de dire. Je n'en peux plus.

Il partit d'un petit gloussement empreint de satisfaction totale.

— Et si j'ai envie de jouer ?
— Je te tuerai, menaça-t-elle.

Avec un rire qui lui indiqua que c'était son cœur primitif qui était aux commandes, il déplaça le corps de Sienna plus haut et referma une main sur son sexe. Sur ce geste d'une intimité à couper le souffle, il caressa d'un doigt l'entrée douloureusement sensible de son vagin. Elle se cambra à son contact, et lorsqu'il se pencha pour s'emparer de sa bouche, elle s'empara de la sienne. Au-dessus d'elle, le corps de Hawke était lourd et tout en muscles chauds. Et son torse...

Elle se frotta contre la fine toison dont il était couvert, des picotements dans les tétons. Lorsqu'il immisça un doigt en elle, elle lui mordit l'épaule. Il gronda et maintint la tête de Sienna contre lui tandis qu'il faisait aller et venir son doigt à un rythme frustrant.

Elle songea qu'il allait la rendre folle. Lâchant son épaule, elle saisit sa tête entre ses paumes.

—Maintenant.

Le loup la regarda par les yeux de Hawke.

—Dans une minute.

Il inséra un second doigt et écarta les deux à l'intérieur, la touchant de la plus intime des façons.

—Hawke!

Elle sentait venir un nouvel orgasme, et sut qu'elle n'arriverait pas à y résister.

Bien entendu, loin de se rétracter, il redoubla de caresses scandaleuses. Elle jouit violemment… puis vint se détendre dans ses bras, le corps si lourd de plaisir que l'idée de bouger n'était même pas envisageable. Mais quand il l'embrassa, elle s'aperçut qu'il lui restait juste assez d'énergie pour lui rendre son baiser langoureux.

Elle le sentit la caresser, et ses muqueuses frémirent lorsqu'elle comprit qu'il avait gardé les doigts en elle.

—Désolée, murmura-t-elle, je vais dormir, maintenant.

Il éclata d'un rire terriblement séduisant, et fit pleuvoir des baisers chauds et humides le long de sa gorge tandis qu'il retirait les doigts et lui écartait les jambes. Elle constata qu'il portait son jean, et qu'elle avait toujours sur elle ce qui restait de son chemisier.

—Nos vêtements.

—Mmm.

Elle eut froid une seconde jusqu'à ce qu'il revienne, chaud, tendu et très excité.

Prenant une brusque inspiration lorsqu'il la pénétra du bout du sexe, elle laboura des ongles la peau de ses épaules. Ce n'était pas encore confortable, mais la friction un peu rude était délicieuse. Passant une main dans ses cheveux, elle ondula le pelvis vers lui pour l'inviter à la posséder. Il frissonna et serra sa hanche d'une main ferme. Puis il donna un coup de reins.

Elle sursauta et essaya d'assimiler les sensations, avant de s'apercevoir qu'elle n'y arriverait pas.

Il crispa la main sur sa hanche, et elle sentit le baiser de ses griffes nues. Frémissante, elle soutint son regard.

— Oui, dit-elle, lisant la question muette dans les yeux de ce loup qui l'avait inondée de plaisir.

Ce fut comme si elle avait sectionné les rênes de Hawke.

Sauvage et terriblement affamé, il bougea sur elle et en elle avec une puissance qui arracha un cri à Sienna tandis que son corps se contractait autour de son sexe d'acier et de velours. Elle lui griffa le dos et sentit ses muscles se tendre sous ses doigts. Il incarnait la beauté et la force à l'état brut.

Tendant une main derrière lui, il lui fit décrocher une jambe de sa taille, la plia au genou et l'écarta largement pour mieux la posséder. Le coup de reins suivant alla si loin qu'il se répercuta dans son être entier. La dernière chose dont elle se souvint fut la sensation de ses griffes sur le côté de son genou tandis qu'il grondait et s'enfonçait en elle dans un élan de chaleur torride.

Chapitre 47

Le cœur battant comme une pompe à piston, Hawke releva la tête après l'orgasme qui avait failli l'écarteler et posa les yeux sur la femme qui le gardait encore en elle. Quelle petite créature possessive. Enfouissant le visage contre elle lorsqu'elle essaya de soulever ses paupières lourdes, il lui caressa la cuisse.

— Encore.

Elle répondit par un juron.

Il sourit contre sa peau et mordit son sein avec nonchalance, puis lécha la marque qui s'estompait déjà. Il venait d'avoir le meilleur orgasme de sa vie, et il sentait qu'il avait de l'énergie à revendre. Quant à son corps, il était largement prêt. Toujours logé dans le canal étroit de Sienna, il glissa les mains sur elle afin de s'assurer qu'il ne l'avait pas blessée par mégarde avec ses griffes.

Il n'y avait ni coupures, ni blessures. Le loup se détendit, disposé à jouer. À peine eut-il passé un doigt sur son clitoris qu'elle lui mordit violemment le bras. Il leva la tête.

— Toujours sensible ?

— Oui, alors n'y pense même pas.

Des mots embrumés et gorgés de désir.

Il déplaça la main pour caresser sa jambe à la place, titillant la peau douce derrière son genou.

— Mmm.

Ce fut un plaisir à part entière de ressortir de son fourreau serré, surtout lorsqu'elle entrouvrit les lèvres pour émettre un murmure de réticence.

Pleinement satisfait, il la retourna sur le ventre avant qu'elle ait pu s'y opposer et la pénétra aussitôt jusqu'à la garde. Elle laissa échapper un gémissement grave et serra les poings sur les draps. Il sut qu'elle aimait ça ; il sentait son plaisir dans chaque contraction délicate de ses muscles internes.

— À ma merci, dit-il en s'appuyant sur un bras tout en faisant courir son autre main le long de sa colonne vertébrale.

Ses cheveux de soie et de feu rouge rubis auxquels se mêlaient les doigts de Hawke lui rappelèrent les boucles plus sombres entre ses jambes. Le corps vibrant au souvenir du plaisir qui l'avait consumé, il dressa son sexe en elle et la sentit rouler des hanches vers lui. Le corps entier de Hawke se mit à pulser. Il recommença donc. Elle lui répondit.

Leurs ébats furent longs et paresseux cette fois, saturés d'odeurs chaudes et de doux murmures d'amants perdus l'un dans l'autre.

Lara se recoiffa devant le miroir pour la millième fois puis contacta Lucy via le tableau de communication.

— Ne t'inquiète pas, lui dit l'infirmière plus jeune. Je m'occupe de tout. Et je sais que tu es juste à côté s'il y a une urgence.

— Sing-Liu…

— Est profondément endormie avec son compagnon blotti contre elle. Profite de ce moment… tu n'auras bientôt plus de temps libre si les choses se passent comme tout le monde le pense.

Consciente que l'infirmière avait raison, elle hocha la tête et se déconnecta. Puis elle lissa le devant de sa robe portefeuille noire, glissa ses boucles derrière ses oreilles même si elle savait qu'elles n'y resteraient pas une seconde, et appela sa meilleure amie Ava.

— Comment me trouves-tu ?

— Superbe, canon et délicieuse.

Lara esquissa un sourire.

— Merci.

Ava prit un regard solennel.

— Je considère que cet homme a marqué des points en faisant le premier pas, Lara, mais ça ne change rien à qui il est.

— Je n'en suis pas si sûre, murmura Lara. Je vois maintenant ce qu'il y a derrière ses défenses, Ava. Et l'homme que je vois… il est capable de me donner tout ce dont j'ai besoin et plus encore.

Elle devait garder l'espoir que Walker le verrait, lui aussi.

— Dans ce cas, dit sa meilleure amie avec un grand sourire, ferme la porte à clé et embrasse-le sans retenue.

À cette idée, Lara appuya les mains sur son ventre.

— Il vaudrait mieux que j'y aille. Il sera à l'heure.

Il le fut.

Elle savoura le spectacle lorsqu'elle ouvrit la porte.

— Salut.

Vêtu d'un jean et d'une chemise blanche impeccable dont il avait remonté les manches jusqu'aux coudes, il avait l'air calme, réservé et distant. Elle avait tellement envie de l'ébouriffer qu'elle dut replier les doigts pour brider cette pulsion.

Il entra quand elle recula, et il referma la porte derrière lui. Il scruta son visage et ses boucles avant de poser les yeux sur sa robe, puis de nouveau sur son visage.

— Pourquoi regarde-t-on un film, Lara ?

— Je… C'est ce que font les gens quand ils sortent ensemble ?

— Est-ce que c'est ce que tu as envie de faire ?

Son regard posé et l'expression calme de son visage ne trahissaient rien de ses pensées.

— On est seuls. On peut faire tout ce qu'on veut, dit-elle.

— Dans ce cas, j'aimerais t'embrasser.

Il tendit la main et la posa sur le côté de son cou.

— Oh, eh bien…

Les lèvres de Lara s'entrouvrirent de leur propre volonté, et lorsqu'il inclina la tête, elle ne put que se dresser sur la pointe des pieds, les mains crispées sur ses épaules.

Il releva la tête beaucoup trop tôt.

— Ce sera mieux sur le canapé, murmura-t-il avant de la prendre dans ses bras pour l'y amener.

Quelques secondes plus tard, elle se retrouva assise sur ses genoux, un bras passé autour de son cou tandis que les pans de sa robe s'écartaient et exhibaient dangereusement sa cuisse. Ça aurait pu l'embarrasser, mais Walker avait les yeux rivés sur sa peau nue, et elle songea qu'elle allait mourir s'il ne posait pas l'une de ses grandes mains habiles sur elle.

— Je ne m'y connais pas beaucoup, dit-il en écartant un peu plus les pans de la robe, en relations intimes.

— Ah bon ? dit-elle d'une voix rauque. Tu t'en sors très bien.

Si bien que son cœur était à deux doigts de crever sa poitrine.

— Ai-je la permission de te toucher, Lara ?

Bien sûr qu'il allait demander. C'était Walker. Il ne tenait rien pour acquis.

— Tous les privilèges du contact rapproché que tu veux, chuchota-t-elle, parce qu'elle voulait que les choses soient claires sur ce point.

L'espace d'un instant brûlant, il soutint son regard de ses yeux vert clair, puis il referma sa main calleuse sur son mollet et remonta jusqu'à l'arrière de son genou.

— Si douce.

Elle frissonna et tendit la main pour tirer sur celle de Walker.

— C'est sensible.

Il s'immobilisa.

— Ça fait mal ?

— Non. Sensible dans l'autre sens du terme.

Celui qui faisait pointer ses tétons sous l'étoffe douce de sa robe.

—En ce cas, je te toucherai de nouveau là plus tard.

Il remonta la main sur sa cuisse et posa l'autre à plat sur sa colonne vertébrale.

Voyant qu'il ne bougeait plus, elle leva la tête et le regarda dans les yeux.

—Walker ?

Même s'il ne portait pas la peau d'un loup, il était un dominant. Les hommes comme lui n'hésitaient plus une fois qu'on leur avait donné le feu vert.

—Il n'existe pas qu'une seule sorte de relations intimes (le ventre de la guérisseuse se noua quand il lui serra la cuisse), n'est-ce pas, Lara ?

Cet homme la surprendrait toujours.

—Non, chuchota-t-elle en caressant sa nuque avant de glisser les doigts dans ses cheveux.

—Veux-tu me parler de tes parents ?

À cette requête tranquille et pleine de force, le cœur de Lara se gonfla dans sa poitrine. Ce n'était pas comme ça qu'elle avait imaginé cette soirée. C'était mille fois mieux.

—Tu sais que mon père est Mack, le technicien vétéran qui dirige la centrale hydraulique.

—Et ta mère est Aisha, dit-il aussitôt, l'une des cuisinières en chef.

—Oui. Ils sont merveilleux. (Intelligents, aimants et dévoués, aussi bien envers Lara que l'un envers l'autre.) Même si mes talents de cuisinière désespèrent ma mère.

—Je sais. C'est Aisha qui prépare les plats que je t'apporte. (Une lueur d'humour inattendue brilla dans ses superbes yeux verts.) On s'entend très bien… peut-être parce qu'on s'accorde sur le fait que te forcer à prendre soin de toi est non seulement acceptable mais nécessaire.

Elle laissa échapper un rire surpris à la pensée que sa mère bavarde et débordante de vie avait pu être de mèche avec Walker, qui était réfléchi et réservé.

— Je me demandais comment tu connaissais tous mes plats préférés !

Lara passa doucement les doigts dans les cheveux qui effleuraient la nuque de Walker. Sa louve était heureuse de savoir que les gens qu'elle aimait s'appréciaient.

— Et toi ? demanda-t-elle, comblée à un point douloureux.

— Même si nos naissances se sont échelonnées sur quatorze ans, Judd, Kristine et moi avons les mêmes parents, dit-il en faisant courir les doigts sur sa cuisse.

Elle prit une brusque inspiration lorsqu'il la caressa, mais elle n'insista pas pour qu'il aille plus loin. Pas alors que Walker s'ouvrait à elle d'une façon totalement inattendue.

— C'était un choix logique puisque la combinaison des ADN maternel et paternel donnait chaque fois des enfants de rang élevé.

— Ça semble... Mais j'imagine que c'est comme ça que ça se passe sur le Net.

— Oui. Ma fille a été conçue suivant la même méthode.

Mais Lara songea qu'elle n'avait pas été élevée dans la froideur. Marlee avait toujours été une enfant sûre de la protection et de l'amour de son père, même au moment de leur désertion.

— Tu es un bon père, Walker, dit-elle en posant sa main libre sur sa joue. Tu comprends les enfants.

Des ombres passèrent sur ses traits virils.

— C'est pour cette raison qu'ils m'ont confié la charge des enfants doués de télépathie qui étaient sélectionnés pour rejoindre les Flèches.

Lara ne fut pas choquée par cette révélation. Une part d'elle avait toujours su qu'il n'avait pas été un professeur ordinaire. Passant les bras autour de son cou, elle appuya la tête sur son épaule.

— Je suis là, dit-elle.

Après quelques minutes, Walker se détendit dans le canapé tandis qu'il lui caressait le dos. Puis il prit la parole et lui raconta comment on lui avait retiré sa classe alors qu'il avait vingt-deux ans et sortait à peine de l'université, pour l'affecter à une école qui donnait des cours particuliers intensifs à ses élèves.

— Ils avaient entre quatre et dix ans, dit-il. J'ignorais alors que ces enfants étaient des apprenties Flèches, mais j'ai aussitôt compris pourquoi on les avait mis à l'écart. Ils avaient besoin d'une formation spéciale.

Lara n'était pas familière des Flèches, mais elle savait que Judd en avait été une, et pouvait deviner le reste.

— Leur force est dangereuse.

— Oui. (Il l'attira plus près de lui, sans cesser de frotter la peau sensible de sa cuisse.) Ça ne m'a posé aucun problème d'être assigné à ce nouveau poste et d'aider les enfants à contrôler leurs aptitudes.

Elle se blottit contre lui, un geste plus affectueux que sexuel.

— Quelque chose a changé.

Se penchant vers elle lorsqu'elle déposa de minuscules baisers sur son cou, il dit :

— Au fil des jours, j'ai commencé à voir la lumière s'éteindre dans les yeux de mes élèves, et c'était trop radical pour qu'on puisse l'attribuer au protocole.

Il glissa la main le long de son dos pour la poser sur sa hanche, et elle sentit qu'il n'avait pas conscience de la force avec laquelle il l'étreignait.

— Puis j'ai commencé à remarquer qu'ils étaient nombreux à s'absenter un jour ou deux pour raisons médicales.

Les yeux de Lara la brûlaient, car son cœur de guérisseuse pressentait la suite.

— Dès l'enfance, les Flèches sont formées à ne pas ressentir la douleur, poursuivit-il. Le moyen le plus simple de procéder est de leur infliger une douleur si atroce que leur esprit apprend à en faire abstraction. L'effet secondaire, bien sûr, c'est que ça les transforme en tueurs impitoyables.

Lara ravala ses larmes.

—Judd.

—Étant un Tk-Psi, il suivait les cours d'un autre professeur ailleurs. Son nom a été effacé des registres familiaux, et officiellement, sur le PsiNet, il n'existait plus. (Ceux qui avaient engendré Walker, Kristine et Judd avaient renoncé à leurs droits sur leur enfant quand il était devenu ingérable.) J'ignorais où il était, jusqu'à ce qu'il soit assez âgé pour contourner les garde-fous psychiques de ses formateurs, localiser mon appartement et s'y téléporter.

Walker repensa à la première fois qu'il avait vu son frère adolescent. Il avait retrouvé chez lui le même regard sans vie que celui qu'il voyait tous les jours dans les yeux des enfants qu'il formait. La seule chose qui lui avait permis de tenir le coup, c'était que Judd était rentré à la maison. Même après tout ce qu'on lui avait fait, il était rentré.

Lara posa doucement la main sur sa nuque.

—C'est toi qu'il est venu trouver, pas tes parents.

Elle comprenait ce qu'il n'avait pas dit, les mots qu'il était incapable de prononcer…

—Les liens que nous avions avec eux étaient purement biologiques. (Il serra le poing dans ses boucles serrées, s'ancrant dans le moment présent.) Nous n'envisagions même pas la désertion à ce moment-là. Nous n'avions nulle part où aller, et le Conseil était tout-puissant.

Il avait seulement veillé à ce que son frère sache qu'il ne l'avait pas oublié, et qu'il ne l'oublierait jamais.

Puis l'histoire avait commencé à se répéter avec Sienna, et ça avait été la goutte de trop.

—Lara, j'ai besoin que tu saches que je n'ai jamais fait de mal aux enfants dont j'avais la charge, dit-il, car il ne voulait surtout pas qu'elle se pose un jour la question.

Il avait tout risqué pour enseigner à ses élèves des astuces télépathiques qu'ils n'avaient pas le droit d'apprendre, puis il leur avait montré comment dissimuler ce savoir. Ça avait été la seule arme qu'il avait pu donner à ces petits esprits vulnérables.

— Oh, Walker, je sais que tu ne ferais jamais de mal à un enfant. Je le sais.

L'intime conviction qui perçait dans la voix de Lara vint à bout d'une chose sombre et laide qu'il avait gardée à l'intérieur, et elle arrondit de nombreux angles tranchants. Sans réfléchir, il posa les lèvres sur les siennes. La chaleur et la force de Lara étaient pour lui une bénédiction inespérée.

Sienna ne se rendit compte que quelque chose n'allait pas que lorsque Hawke s'endormit après l'avoir complètement vidée de ses forces. Quand elle s'était remise de la suite de leurs ébats et s'était plainte qu'elle n'avait pas encore eu l'occasion d'explorer son corps, il avait éclaté de rire et lui avait promis que son tour viendrait… une fois qu'il aurait étanché sa soif.

«Sacrée soif», avait-elle laissé échapper dix minutes plus tard, les cheveux retombant autour de son visage alors qu'il la pénétrait par-derrière pour la deuxième fois.

Ça lui avait valu un baiser sur la nuque, et il avait donné une pichenette au bourgeon de nerfs à la jointure de ses cuisses.

«Tu n'as pas idée.» D'un doigt expert, il avait décrit des cercles autour de son clitoris tandis qu'elle frissonnait sous l'effet de sa première caresse. «Tu vois cette chaise? J'ai prévu que tu me chevauches dessus la prochaine fois.»

La gourmandise audible dans sa voix brusque avait embrasé le corps de Sienna, une sensation des plus agréables. Mais elle fut prise d'un malaise plus tard, comme si son cœur bouillait de l'intérieur. S'extirpant de sous le bras de Hawke, elle marmonna «salle de bains» lorsqu'il voulut la retenir, et se rendit à l'alcôve privée au fond de la cabane. Elle s'aspergea le visage d'eau puis l'essuya avec une serviette, mais sa peau la brûlait toujours.

Ce fut alors qu'elle regarda dans le miroir.

Et cessa de respirer.

Ses yeux étaient dorés… comme un feu étincelant. Le cœur au bord des lèvres, elle déglutit et essaya de calmer sa panique. Même si elle ignorait quel était l'élément déclencheur, le second niveau de dissonance ne s'était pas fait sentir. Ce n'était donc pas le signe d'une dangereuse perte de contrôle. Sur cette pensée rassurante, elle se replia dans son esprit dans l'intention de renforcer les boucliers qui contenaient le X-feu accumulé. Et découvrit qu'ils avaient été rasés. *Oh, Seigneur.*

La dissonance programmée avait été littéralement ensevelie sous une avalanche de pouvoir. Ça aurait dû être impossible ; la douleur aurait dû la plonger dans l'inconscience bien avant que ça en arrive à ce stade… sauf qu'elle était une X-Psi. Une cardinale. Personne ne savait vraiment comment fonctionnait son pouvoir.

Alors que les événements semblaient liés, elle savait que cet effondrement ne résultait pas du choc émotionnel des deux nuits précédentes. Les réactions que Hawke éveillait chez elle avaient été violentes, sombres et passionnées bien avant qu'ils partagent les privilèges intimes du contact rapproché.

— Du calme, dit-elle à voix haute. Du calme.

Une fois ses émotions plus ou moins sous contrôle, elle entreprit de reconstruire ce qui avait été rasé… et sous ses yeux, le feu de glace se remit à dévorer ses boucliers presque instantanément.

Un sentiment d'horreur se diffusa dans ses veines et traversa son esprit.

Mais au centre subsistait une froide lucidité.

Alors qu'elle avait cru vaincre le marqueur X, elle n'était parvenue qu'à le contenir ; il n'y avait aucun moyen d'arrêter sa progression. Ses purges périodiques avaient joué le rôle d'un régulateur de pression, mais ce régulateur n'était plus de taille. Son pouvoir s'était accru de façon exponentielle pendant qu'elle dormait, jusqu'à devenir une bête gigantesque qui repoussait ses boucliers pour sortir.

« *Tout indique que ton pouvoir se développe par vagues désordonnées et imprévisibles. Arrivé à un certain stade, il débordera.* »

Elle avait oublié la prédiction de Ming, à moins qu'elle n'ait pas voulu s'en souvenir. Là-dessus, cet enfoiré avait eu raison.

—Pas de panique, Sienna. Réfléchis.

Alors qu'elle faisait les cent pas dans la salle de bains, elle prit conscience qu'elle devait en premier lieu enterrer le feu de glace, gagner du temps.

Elle mit cinq minutes pour sortir sans réveiller Hawke, et elle fut certaine que s'il ne se levait pas, c'était uniquement parce qu'il pouvait la sentir et savait qu'elle était en sécurité. À peine eut-elle posé ses pieds nus sur le sol de la forêt qu'elle y déversa son pouvoir. Des flammes fantômes restèrent à la surface pendant près d'une minute, avant que le X-feu soit absorbé par la terre.

Pourtant, lorsqu'elle regarda dans son esprit, elle constata que l'accumulation allait de nouveau être proche du seuil critique au matin. Le feu de glace était vorace et voulait tout consumer sur son passage, mais ce n'était pas la vérité la plus terrifiante que lui révéla l'incendie dans son esprit. La synergie, ce pic de pouvoir catastrophique propre aux X-Psis, n'était pas seulement possible mais hautement probable.

Un X-Psi qui atteignait la synergie n'en revenait pas.

Jetant un coup d'œil à la cabane derrière elle, elle dressa un second mur de boucliers avant de retourner à l'intérieur. Puisque ses yeux étaient redevenus normaux, elle s'accorda le droit de rester avec Hawke, de passer la nuit dans ses bras.

Une dernière nuit.

Chapitre 48

Le matin arriva trop tôt, et avec lui la dure réalité des conséquences inévitables de l'expansion de son pouvoir. Elle fut soulagée de l'appel matinal de Riley, qui voulait discuter d'un problème de sécurité avec Hawke. Ça lui fournit un prétexte pour orienter la conversation sur des questions militaires durant le trajet du retour, un sujet gérable malgré sa concentration fracturée.

La chance de Sienna tourna lorsqu'ils arrivèrent à la tanière.

—Ça va ? (Hawke lui saisit le menton et la transperça de son regard bleu de loup.) Est-ce que j'ai fait quelque chose la nuit dernière qui…

—Non, l'interrompit-elle, refusant de ternir le souvenir de cette nuit merveilleuse, incroyable, sublime. C'est juste que… je digère.

Ce n'était pas un mensonge.

Il se fendit d'un lent sourire.

—Tiens, voilà autre chose à digérer.

Elle accueillit bien plus volontiers le feu de son baiser que l'incendie glacé qui se répandait dans les canaux psychiques de son esprit. Mais elle ne pouvait pas rester dans ses bras indéfiniment.

—Bon, dit-elle alors qu'elle faisait les cent pas dans ses quartiers. C'est le moment de réfléchir.

Elle ne pouvait pas encore empêcher son pouvoir de s'accumuler, mais elle pouvait partir loin de ceux qui ne se doutaient pas qu'ils côtoyaient une arme de destruction massive. Une fois qu'elle serait à une distance suffisante, elle aurait plus de marge pour envisager des solutions.

Malgré la nature pragmatique et positive de ses pensées, son cœur pesait dans sa poitrine et la terreur envahissait sournoisement son esprit. Alors qu'elle l'avait enterré quelques heures plus tôt, son pouvoir avait déjà dépassé le seuil des soixante-cinq pour cent. Elle ne pouvait pas fuir la froide et dure réalité : viendrait un moment où elle se changerait en torche vivante, le corps trop saturé de X-feu pour lui permettre d'entretenir la moindre illusion de contrôle.

Il n'est pas mon compagnon.

La douleur de Sienna lui comprimait la poitrine, mais pour la première fois, l'idée de ne jamais avoir ce lien avec Hawke fut salvatrice au lieu de lui déchirer le cœur. S'il avait été son compagnon, le choc de sa mort brutale l'aurait peut-être emporté.

— Merci, chuchota-t-elle à la divinité inconnue qui lui avait accordé cet inestimable cadeau.

Le LaurenNet et sa famille seraient en sécurité. Judd et Walker étaient assez puissants pour retenir Toby et Marlee sur le réseau après le départ de Sienna. *Si j'avais été moins égoïste, j'aurais déjà tranché mon lien avec le LaurenNet et aurais laissé mon esprit dépérir.*

— Non, dit-elle, poings serrés.

Cette voix glaciale était celle de Ming, la voix d'un homme qui ne l'avait jamais considérée autrement que comme un instrument.

Mais elle était une sœur, une nièce, une cousine, une amie, une compagne de meute… une amante. Son suicide hanterait éternellement ceux qu'elle abandonnerait ; Sienna le savait mieux que quiconque. Et même si le sort semblait être contre elle, elle n'avait jamais été du genre à renoncer. Elle se battrait jusqu'au bout pour vivre.

Moins de vingt minutes plus tard, elle avait empaqueté ses affaires dans un petit sac à dos et était prête à partir ; son pouvoir venait d'atteindre le seuil des soixante-dix-neuf pour cent. Il n'était pas question qu'elle revoie Hawke, même si elle souffrait de ne pas pouvoir se rendre auprès de lui. Il devinerait ses projets, et elle ne pouvait pas le laisser les contrecarrer.

Toby. Marlee.

Son gentil petit frère, ce garçon qui avait déjà perdu sa mère, il devinerait lui aussi. Elle aurait pourtant couru le risque d'aller le serrer dans ses bras si elle n'avait pas été terrifiée à l'idée que son pouvoir puisse devenir instable alors qu'elle était encore dans la tanière.

Walker le protégerait, songea-t-elle en ravalant ses larmes, qui n'avaient pas leur place dans la bataille la plus cruciale qu'elle ait jamais menée. Walker donnerait sa vie pour Toby. Tout comme Hawke, Judd, Riley, Indigo, Drew, Brenna... Il y avait tant de gens qui l'aimaient. La petite Marlee enjouée saurait l'atteindre même si tous les autres échouaient. Et Sienna pourrait le contacter par télépathie plus tard, lorsqu'elle serait assez loin, pour s'assurer qu'il n'avait pas peur et qu'il savait qu'elle l'aimait.

Hawke n'est pas télépathe.

Elle détourna le regard du téléphone qu'elle laissait derrière elle parce qu'il contenait une puce de pistage. Elle n'aurait aucun moyen de contacter Hawke si elle échouait dans son ultime tentative désespérée de contenir son pouvoir, ne pourrait pas lui confier les secrets de son cœur. Mais il saurait ; comment aurait-il pu ignorer à quel point il comptait pour elle ?

L'acte physique de partir fut simple. Personne n'avait de raison de la retenir. Elle ne dévia pas de sa route avant d'avoir largement dépassé le lac, puis elle se mit à courir, dressant une vague de X-feu derrière elle. Sa puissance était telle qu'elle effacerait les odeurs au sol et dans les airs. Hawke arriverait peut-être à retrouver sa trace quand même, mais elle avait de l'avance et une douloureuse raison de s'éloigner autant que possible de ceux qu'elle aimait. Elle refusait de les assassiner, de devenir le monstre que Ming l'avait formée à être.

Une heure plus tard, son pouvoir atteignait le seuil des cent pour cent.

Hawke discutait avec Riley de l'équipe de snipers d'Alexei quand Toby accourut vers eux. Le garçon était si bien élevé que lorsqu'il saisit la main de Hawke et la tira, il obtint aussitôt l'attention totale des deux hommes.

—Sienna. (Toby prit une inspiration, à bout de souffle et le visage rouge.) Elle a des ennuis.

Le loup de Hawke se tut, aux aguets.

—Où est-elle, Toby ?

—Je ne sais pas. (Une profonde terreur tendait sa peau.) On dirait que son étoile est glacée sur notre réseau. Mais il y a du feu à l'intérieur.

Sa voix tremblait, et des larmes lui voilaient les yeux.

—Il faut que tu l'aides.

Hawke prit le visage de Toby entre ses paumes et soutint le regard de détresse du garçon.

—Tu as bien fait de venir me voir. Je la retrouverai.

Toujours. Elle était sienne.

Toby répondit par un hochement de tête saccadé.

—Il faut que tu y ailles. Je crois qu'elle s'enfuit.

Jamais de la vie.

—Riley.

—Je m'occupe de lui.

Riley posa la main sur la tête de Toby.

—Vas-y, dirent en même temps l'homme et le garçon.

Il partit furieux, le sang battant dans ses veines. S'imaginait-elle vraiment qu'il allait la laisser partir ? Qu'il baisserait les bras et se résignerait au fait qu'elle avait choisi de fuir ? Si c'était le cas, elle allait avoir une mauvaise surprise. Car Hawke était en rogne.

Il lui suffit de poser une simple question pour savoir qu'elle n'avait pas pris l'un des véhicules de la meute. Ce qui voulait dire qu'elle était à pied. Il se transforma en loup alors qu'il courait et suivit son odeur de la tanière jusqu'au lac. Son loup était en proie à une telle colère qu'il labourait le sol de ses griffes, mais son sentiment d'avoir été trahi était pire encore. Comment osait-elle ? Comment osait-elle songer à s'isoler de la sorte ? Ils allaient avoir une dispute monumentale quand il l'aurait rattrapée.

Ce qui allait arriver très vite.

Sienna était intelligente, mais elle n'était ni une louve ni un chef. Il perdit la piste de son odeur au niveau du lac. Ça n'avait pas d'importance, car il la connaissait. Il connaissait aussi ce territoire comme sa poche. Il traversa la région à la vitesse d'un prédateur furieux après la femme qu'il avait revendiquée, projetant de la retrouver en moins de trois heures.

Après les avoir installés dans la salle de pause, qui jouxtait l'infirmerie, Lara versa du chocolat chaud à Toby et Marlee et leur donna des cookies.

— Ça ira pour Sienna, dit-elle, espérant que ce n'était pas un mensonge. (Elle ne fit pas de remarque sur les traces de larmes que Toby essuya furtivement.) Hawke est parti la chercher.

Hawke prenait toujours ses proies de vitesse. *Toujours.*

Marlee plissa le nez.

— Je parie qu'il était en colère.

Toby adressa un signe de tête à sa petite cousine.

— Ouais, Sienna a de gros ennuis.

Ils se lancèrent dans une discussion pour savoir s'ils voulaient échanger leurs cookies.

Surprise, Lara se redressa et croisa le regard de Riley. Le lieutenant hocha la tête, satisfait, puis laissa les enfants aux soins de Lara ; même si la guérisseuse doutait qu'ils soient aussi peu perturbés par cette situation qu'ils en avaient l'air, surtout Toby. Mais parce qu'elle avait souvent eu affaire à des garçons, elle ne s'alarma pas. À la place, elle s'avança pour rattacher le ruban de la tresse de Marlee.

—As-tu dit à ton père ce qui se passe ?

Walker allait vouloir savoir dès que possible.

—Ouais. (Marlee hocha la tête.) Il aide Riaz avec les enfants plus âgés, loin d'ici. Mais il va rentrer à la maison.

Alors que Lara finissait de nouer le ruban, la petite fille l'épingla sur place avec ses yeux identiques à ceux de son père.

—Ben dit que tu as l'odeur de mon papa.

Lara hésita, jeta un coup d'œil à Toby... et s'aperçut que le visage du garçon n'exprimait aucune surprise. Parce qu'il était doué d'empathie, il avait dû deviner ce qui se tramait depuis longtemps.

—Ça vous embête ? demanda-t-elle aux deux enfants.

Toby se contenta de secouer la tête, mais Marlee trempa son cookie dans son chocolat chaud et prit une bouchée avant de dire :

—Non, papa aussi a besoin qu'on lui fasse des câlins. (Elle se fendit d'un sourire éclatant.) Et moi et Toby, on te trouve super.

Prise de l'envie de sourire à la pensée de Walker recevant des câlins, Lara déposa un baiser sur la joue de Marlee avant de s'avancer vers Toby pour lui resservir du chocolat chaud.

—Il te faut autre chose, chéri ?

Toby leva la tête et se mordilla la lèvre inférieure pour l'empêcher de trembler.

—Un câlin.

—Oh, Toby. (Elle se mit à genoux et le serra dans ses bras.) On ne la laissera pas affronter ça toute seule. On est une meute.

Elle sentit une petite main effleurer la sienne lorsque Marlee tapota le dos de Toby.

—Ne sois pas triste, Toby. Hawke ne la mordra pas si fort que ça.

Toby se dégagea de l'étreinte de Lara en ouvrant de grands yeux. Puis il se mit à rire et se retourna pour passer un bras autour du cou de sa cousine hilare et l'attirer contre lui.

La vérité sort de la bouche des enfants, songea Lara, sentant un sourire naître aussi sur ses lèvres.

Le dos et le visage dégoulinants de sueur et des mèches de cheveux collées aux tempes, Sienna gravit une butte et se retrouva à deux mètres d'un loup très énervé.

— Non, chuchota-t-elle. Tu ne peux pas être ici.

Après son départ de la tanière, elle avait compris au fil des heures qu'il n'y avait aucun moyen de remonter l'horloge psychique, d'échapper à l'inévitable. La seule chose qu'elle pouvait faire, c'était s'assurer qu'elle n'emporterait personne avec elle.

— Retourne à la tanière.

Le loup gronda, découvrant des canines tranchantes comme des rasoirs.

Elle eut du mal à tenir ses résolutions alors qu'elle ne songeait qu'à se mettre à genoux, l'enlacer et lui demander de tout arranger. Mais même Hawke ne pouvait pas la réparer.

— Je suis à deux doigts d'une brèche mortelle, dit-elle, le souffle court. Il faut que tu partes.

Pour toute réponse, il se mit à lui tourner autour d'un pas lent de prédateur. Elle laissa tomber son sac et but une rasade d'eau de la bouteille qu'elle avait remplie à un ruisseau une heure plus tôt.

— Cesse d'essayer de m'intimider et écoute-moi, espèce de loup borné !

De son regard pâle, il la mit au défi de poursuivre.

Elle croisa les bras.

— Je ne suis ni mélodramatique, ni une diva, ni une enfant. (Le temps qu'elle avait passé seule dans les grands espaces de la Sierra Nevada lui avait permis de souffler, et sa raison avait supplanté sa panique naissante.) Mon pouvoir s'amplifie à un rythme exponentiel. Je pourrais devenir active à tout moment... dans la chambre à coucher, à l'infirmerie, dans la garderie !

Hawke vint se placer juste en face d'elle, les oreilles dressées et le corps immobile. Elle ne fut nullement étonnée de le voir se transformer dans une tempête de lumière et de couleurs. Lorsqu'elle se dissipa, il la surplombait et sa colère était aussi féroce qu'elle l'avait été sous sa forme de loup.

— Tu. M'as. Quitté.

C'était la dernière chose qu'elle s'attendait à ce qu'il dise.

— C'était pour le mieux. (Elle eut à peine le temps de comprendre ce qui se passait qu'il la força à reculer. Son dos heurta un tronc d'arbre.) Je suis dangereuse. Je…

Il plaqua la bouche sur la sienne et referma la main sur sa nuque tandis qu'il la clouait à l'arbre.

Elle aurait dû résister, mais comment pouvait-elle se contenir alors qu'il était tout ce qu'elle avait toujours voulu ?

Soixante-treize pour cent.

Il lui restait assez de temps pour l'aimer. Se dressant sur la pointe des pieds, elle lui agrippa la taille et lui rendit chacun de ses baisers, le moindre de ses souffles.

Lorsqu'il tendit la main et arracha la braguette de son pantalon de treillis, elle s'en extirpa après s'être débarrassée de ses bottes. Sa culotte finit en lambeaux la seconde suivante. Il la souleva et elle lui saisit les épaules, puis passa les jambes autour de sa taille. Elle frissonna quand il la pénétra d'un seul coup de reins sauvage, les terminaisons nerveuses grillées par un besoin presque douloureux.

Mais malgré la fureur possessive et le désir animal qui le rendaient fou, il n'oublia pas de passer un bras derrière son dos et l'autre autour de ses épaules afin de ne pas la pilonner contre l'écorce rugueuse de l'arbre. Puis il prit possession d'elle, l'embrassant avec tant d'exigence et de voracité qu'elle ne put que lui donner tout ce qu'il voulait.

— Tu m'as quitté, l'accusa-t-il d'une voix rauque contre son oreille.

— Je suis désolée. Je suis désolée.

Serrant le poing dans ses cheveux, elle l'embrassa pour se faire pardonner; elle ne pouvait pas dire qu'elle ne recommencerait pas. Elle avait été privée de ce choix à la seconde où elle était née X-Psi.

— Aime-moi.

— Toujours.

Ensuite, ils restèrent assis dans l'ombre argentée et verte de l'arbre dont les branches scintillaient au soleil. Sienna s'était débrouillée pour nouer le haut de son pantalon de treillis, même s'il descendait périlleusement bas sur ses hanches, tandis que Hawke la tenait sur ses genoux, nu et sans pudeur. Le menton posé sur ses cheveux, il entourait ses épaules d'un bras musclé et sa main libre pesait sur sa cuisse.

La tête sur son épaule, elle glissa les doigts dans la toison douce de son torse.

— J'ai cru que j'avais gagné. J'ai cru que je serais la X-Psi qui avait survécu, mais je me berçais d'illusions. J'aurais dû être plus attentive, j'aurais dû me rendre compte que...

— Personne n'était là pour t'apprendre, dit-il avec la férocité d'un changeling. Tu te débrouilles de ton mieux pour te frayer un chemin dans une contrée sauvage dont personne n'a la carte.

— Je ne l'ai jamais dit, murmura Sienna, mais une part de moi a toujours pensé qu'on trouverait le livre d'Alice Eldridge sur les X-Psis et qu'il contiendrait toutes les réponses. C'est stupide, n'est-ce pas ? Mais j'imagine que même une X-Psi a le droit de croire aux contes de fées. (Elle serra le poing contre lui.) Je ne peux pas rentrer. Personne ne sera en sécurité avec moi.

Personne ne le serait jamais.

— Alors on reste ici.

Une déclaration sans appel.

Elle ne s'était jamais senti aussi chérie, aussi désirée, mais elle ne s'accorda qu'un instant pour savourer sa joie.

— Non. La meute a besoin de toi.

Hawke remonta la main sur sa hanche.

— La meute repose sur les liens de la famille, de l'union et de l'amour. Tu passes en premier. Il en ira toujours ainsi.

Les larmes montèrent aux yeux de Sienna.

— Tu es leur cœur, Hawke.

Surtout avec l'attaque imminente d'Henry et ses fanatiques.

— Et tu es le mien. (Il glissa les doigts dans ses cheveux qu'il avait emmêlés et relâcha son souffle.) Quand Rissa est morte, ça a brisé quelque chose en moi. J'avais beau n'avoir que dix ans, j'ai su que ce n'était pas juste ma meilleure amie que je perdais mais une part de moi-même.

— Si je pouvais la ramener pour toi, je le ferais.

Sans hésiter, même si cela signifiait qu'elle devrait le regarder aimer une autre femme.

— Chut. (Il secoua la tête, sous-entendant qu'elle ne comprenait pas.) La vie et la mort de Rissa m'ont façonné. Elle fera toujours partie de moi, mais ça fait longtemps que je ne suis plus le petit garçon qu'elle connaissait. Le cœur de l'homme est à toi, et à toi seule.

Sienna se figea.

— Ne dis pas ça. (Ils n'auraient jamais le lien d'union, mais ce qu'il était en train de lui donner était tout aussi précieux et fort. Tout aussi beau et douloureux.) Ne dis pas ça.

— Bébé, tu sais que je n'en fais qu'à ma tête. (Il frotta le menton sur ses cheveux et serra sa hanche.) Mon loup t'adore autant que moi. Il est hors de question que je te laisse partir après l'enfer que j'ai vécu toutes ces années à cause de toi.

Il la taquinait, mais elle n'avait pas le cœur à rire.

— J'ignore comment arrêter ça, dit-elle, furieuse d'être aussi impuissante, comment y survivre.

Mais elle trouverait le moyen de le renvoyer à la tanière. Car les SnowDancer avaient plus que jamais besoin de cet homme incroyablement généreux, qui avait ressoudé sa meute et lui avait rendu sa force, qui avait donné asile à l'ennemi... et qui aimait une X-Psi.

Chapitre 49

De retour d'un entrepôt qu'il était allé inspecter en ville après que les novices l'avaient signalé comme suspect, Judd tomba sur Walker qui l'attendait. Son frère avait voulu lui donner des nouvelles de Sienna de vive voix, et ce fut ainsi qu'ils se retrouvèrent appuyés contre l'un des gigantesques rochers glaciaires si nombreux dans la région, le dos chaud alors que le sang s'était figé dans leurs veines.

— Hawke est avec elle, dit Judd, et ce n'était pas une question.

— Ton contact a-t-il trouvé quelque chose ? demanda Walker sur un ton si dénué d'émotion qu'il aurait été facile de croire qu'il se moquait du sort de Sienna.

Judd songea que c'était le même homme qui avait pris dans ses bras un adolescent à moitié brisé et lui avait dit qu'il serait toujours un membre de sa famille. La force tranquille de cette déclaration avait donné à Judd un ancrage dans les ténèbres et la volonté de survivre.

— Je le retrouve ce soir.

— Quelles sont les chances ?

— Je ne sais pas.

Trois heures plus tard, dans la nef déserte d'une vieille église abandonnée, il eut sa réponse. Elle l'anéantit.

— Il n'y a pas de second manuscrit, lui dit le Fantôme.

Un voile de grisaille tomba sur l'esprit de Judd.

— Tu en es sûr ?

— Oui. Alice Eldridge avait une mémoire eidétique. D'après les registres que je suis parvenu à déterrer, elle a brûlé les notes de ses recherches sur la classification X quand il est devenu évident que Silence serait inévitable. On peut supposer qu'elle a fait ça dans le but d'empêcher le Conseil d'exploiter ses recherches à mauvais escient.

Judd n'avait pas besoin que l'autre homme en dise plus.

— Tout ce qui en reste est dans la tête d'Eldridge.

— Oui.

Ce fut le coup de grâce.

— On va perdre Sienna. (Un poids froid et dur pesa sur sa poitrine à la pensée qu'il ne serait pas en mesure de tenir la promesse qu'il avait faite de protéger la fille de Kristine.) Il n'existe aucun moyen d'empêcher l'accumulation de feu de glace une fois qu'un X-Psi a atteint son niveau.

Le Fantôme médita là-dessus, et aussi sur ce qui se passerait si Sienna Lauren survivait. Une X-Psi était source de pouvoir, une cardinale X-Psi source d'un pouvoir illimité. Elle était un électron libre qu'il ne pouvait pas contrôler et qui risquait de perturber tous les plans qu'il avait soigneusement élaborés.

Puis il regarda Judd, la Flèche déchue qui était restée à ses côtés même en sachant qui il était, et qui avait gardé ses secrets. Le Fantôme n'avait aucune notion de l'amitié, mais il comprenait la loyauté et la fidélité. Il savait aussi qu'il fallait parfois changer ses plans… et qu'un homme intelligent pouvait tirer profit de ce changement.

— Viens, dit-il à Judd. J'ai quelque chose à te montrer.

Judd le suivit dans la crypte, maintenant assez de distance entre eux pour ne pas risquer de voir le visage du Fantôme.

— Pourquoi fais-tu cela ? demanda le Fantôme. Tu connais mon identité.

Il était peut-être bien le seul. Même le père Xavier Perez, le troisième membre de leur curieux triumvirat, n'avait jamais fait le lien.

— Si je suis pris, dit Judd, et c'étaient les mots d'un homme qui savait que le danger viendrait comme une ombre silencieuse dans les ténèbres, j'ai programmé des amorces dans mon esprit qui effaceront ton nom de mes banques de souvenirs au premier ordre mental. Les images sont plus difficiles à éliminer.

Il avait donc veillé à ne pas avoir d'images à effacer.

— Tu aurais pu régner.

Malgré le pouvoir considérable de Judd, le Fantôme n'avait jamais envisagé cette possibilité auparavant.

— Ça aurait tué ce qui restait de mon âme.

Le Fantôme ne se rappelait pas avoir un jour eu une âme, et il n'était même pas certain de comprendre ce que c'était.

— Là, dit-il en indiquant un coin sombre de la vieille crypte qui sentait le renfermé.

Judd s'immobilisa lorsque ses sens télépathiques repérèrent un esprit inconnu.

— Qui?

Et qu'avait fait le Fantôme?

Le rebelle s'appuya contre le mur de brique croulant.

— Je pense que tu ne me croiras pas si je te le dis.

Comme il ne détectait aucun mouvement, Judd sortit une mince lampe-stylo de sa poche. Lorsqu'il s'avança, il découvrit une boîte en verre couverte de poussière et soigneusement entreposée dans le coin. Elle mesurait près de deux mètres de long pour une profondeur d'à peine cinquante centimètres, et avait apparemment comporté un certain nombre de câbles. Remarquant qu'on avait essuyé la couche de poussière poisseuse vers le haut, créant une minuscule fenêtre par laquelle on pouvait voir, il orienta la lumière vive de sa lampe vers elle.

Un visage le regardait à l'intérieur.

C'était celui d'une petite femme métisse à l'ossature fine. Sa peau était brune et pâle, ses yeux bridés même dans son sommeil, son crâne lisse. Il comprit qu'on lui avait rasé les cheveux, même si rien n'indiquait qu'elle avait eu des électrodes fixées au crâne.

— Qui ? demanda-t-il de nouveau au Fantôme.

— Il n'y a pas de second manuscrit, dit le Fantôme en le rejoignant, mais tu n'en as pas besoin. Je t'ai amené Alice Eldridge.

Hawke avait obtenu de Sienna qu'elle lui promette de rester là où elle était quand il était parti chercher du matériel. Elle n'avait pas tenu cette promesse. Mais comme il l'avait retrouvée avant d'être trop grincheux et affamé, il ne gronda pas lorsqu'il lui demanda de monter la tente. Il fit rouler le paquet compact jusqu'à l'endroit où elle était étendue sur le dos, les yeux levés vers le ciel gris du soir.

— C'est ta punition.

Visiblement épuisée, elle le fusilla du regard.

— Ça ne t'arrive jamais d'être à court d'énergie ?

Il remonta les manches de son sweat-shirt.

— Je suis chef. Et en ce moment, je suis un chef qui a faim et envie de te croquer pour m'avoir obligé à te courir après. Monte la tente.

Elle s'assit mais ne toucha pas la tente.

— Va te croquer toi-même.

Ainsi, elle était de mauvais poil. Ça lui allait. Il préférait largement ça à la douleur et au sentiment de défaite qui avaient failli la briser plus tôt ce jour-là.

— À vrai dire, j'aimerais mieux planter mes dents dans une chair plus tendre. (Alors qu'il tendait la main pour l'attraper, des flammes jaillirent le long de son dos et dans ses cheveux.) Sienna !

Elle leva les mains.

— Ça va, ça va. Ne touche pas.

Obéir à cet ordre fut de la torture. Il la prit dans ses bras à la seconde où les langues de feu rouges et jaunes disparurent.

— C'est grave ? demanda-t-il en voyant la douleur au coin de ses yeux.

Il connaissait les effets de la seconde lame de dissonance.

— Oui. Mais ce n'est pas la dissonance. Dès que mon pouvoir atteint un certain seuil, la dissonance se désenclenche ou est court-circuitée. (Elle déglutit.) Et il s'accumule de plus en plus vite… je l'ai enterré après ton départ.

Lorsqu'il passa la paume sur ses cheveux soyeux, il sentit un restant de glace, assez froide pour brûler.

— Sienna, le X-feu peut-il te brûler ?

Son loup avait cessé d'aller et venir, sa concentration identique à celle qui avait aidé Hawke à ressouder une meute brisée à l'âge de quinze ans.

— C'est comme ça que les X-Psis meurent en général, et si mon pouvoir atteint ce stade, il n'y a aucun moyen de savoir jusqu'où s'étendra l'explosion qui en résultera. (Elle esquissa un sourire crispé et douloureux.) C'est pour cette raison qu'on considère que nous sommes l'arme la plus parfaite au monde. Un X-Psi est capable « d'embraser le sol » et de tout éradiquer sur son passage, mais les dégâts infligés à l'environnement sont minimes. Comme après un vrai incendie, la terre renaît plus forte et plus saine… et l'agresseur peut bâtir son empire sur un territoire vierge.

Il lut entre les lignes de son explication rationnelle.

— Qu'est-ce que tu ne dis pas ?

— Ming avait une théorie… Si je trouvais un moyen plus efficace de purger mon pouvoir que quand je l'enterre, j'arriverais à évacuer l'accumulation naissante en provoquant une explosion restreinte qui ne consumerait que moi. (Elle soutint son regard.) Si les flammes deviennent bleues… ça voudra dire qu'il avait raison. Promets-moi de ne pas m'approcher si ça arrive.

— Viens, dit-il au lieu de faire une promesse qu'il se savait incapable de tenir. On change d'endroit.

— Où est-ce qu'on va ?

Elle ramassa la tente.

— Plus près d'un lac que je connais dans le coin. Dans le pire des cas, je te jetterai dedans.

— Je ne sais pas si ça marchera… le X-feu n'est pas comme du feu normal.

— Mieux vaut ça que tu te transformes en torche humaine, tu ne crois pas ?

Se retournant, il voulut poser les doigts sur sa mâchoire et sentit son cœur s'arrêter quand elle croisa son regard.

Ses yeux saisissants de cardinale étaient noyés sous un voile d'or scintillant et mortel teinté d'écarlate, et il vit en eux le temps s'écouler à un rythme inexorable.

Judd n'aurait pas su dire qui de lui ou de Lara était le plus surpris lorsqu'il se téléporta dans l'infirmerie avec le corps frêle d'Alice Eldridge dans les bras. Mais la guérisseuse se secoua et courut aussitôt vers lui, prenant au passage un scanner sur un comptoir.

— Qu'est-ce que je dois savoir ? demanda-t-elle tandis qu'il déposait la scientifique dénudée sur le lit le plus proche.

— Suspension cryonique, dit-il, toujours incrédule.

— Impossible. (Lara posa le scanner, prit une seringue et pressa l'aiguille dans le cou d'Alice.) Personne n'a jamais été ramené d'un état de suspension avec l'esprit intact. Même les Psis ont rendu ça illégal il y a plus de cinquante ans.

— Elle a été suspendue avant ça, quand les expérimentations étaient à leur point culminant.

Alice Eldridge avait été enlevée à une époque de troubles et de changements ; sans doute sur les ordres d'un conspirateur parmi les collaborateurs du Conseil, qui avait dû vaguement songer à la réveiller plus tard, une fois que les choses se seraient calmées et qu'elle pourrait être interrogée correctement.

Mais personne n'était jamais venu la réveiller, et son existence avait été ensevelie sous la vague de Silence qui avait déferlé sur le Net. Peut-être l'architecte de son enlèvement avait-il été tué ou l'avait-il simplement oubliée… En tout cas, Alice avait dormi sans qu'on la dérange pendant plus de cent ans dans un petit centre au cœur des Balkans. Un centre alimenté en énergie solaire mais où il n'y avait plus eu de gardiens ni de personnel depuis des décennies, et qui était listé comme un entrepôt de stockage. Si petit et insignifiant que les inspections et rénovations avaient toujours été remises à plus tard.

Judd avait demandé au Fantôme comment il l'avait trouvée.

L'autre homme l'avait regardé de ses yeux qui ne révélaient aucune humanité.

« Je l'ai trouvée parce que je vais là où personne ne va. Il y a des endroits sur le Net qui n'appartiennent qu'à moi. »

Judd se secoua de la fatigue causée par la téléportation et dit à Lara tout ce qu'il savait.

— Elle a été découverte dans une cellule expérimentale créée par un scientifique que l'on disait sur le point de découvrir le secret de la cryogénisation.

— S'il avait réussi, ça ne serait pas illégal aujourd'hui, marmonna Lara en plaçant une calotte computronique fine comme du tissu sur la tête d'Alice.

Elle s'avança vers le tableau de contrôle au pied du lit pour scanner le résultat.

Pour la centième fois, Judd essaya de sentir si l'esprit d'Alice était actif et se heurta au même bouclier inattendu qui avait entravé ses tentatives précédentes.

— C'était un télépathe qui a fait une crise psychotique durant laquelle il a détruit son laboratoire et tous les registres associés avant d'assassiner sa famille et de se suicider.

Peut-être était-ce pour cette raison que les ravisseurs d'Alice Eldridge l'avaient abandonnée ; personne ne savait de quels produits chimiques le scientifique s'était servi pour induire la suspension, et encore moins comment inverser cet état.

Lara abattit le poing sur le tableau de contrôle.

— Et merde, marmonna-t-elle, les yeux rivés sur la femme inanimée sur le lit, merde.

Judd n'avait jamais vu une telle expression sur le visage de la guérisseuse.

— C'est grave ?

— C'est bien ça le problème… je ne sais pas. Ce n'est pas comme si on nous enseignait ça à l'école de médecine. (Elle se pencha en avant, les mains crispées sur les bords du tableau.) J'ai besoin de Tammy et d'Ashaya.

— Qui d'abord ?

Il lui restait assez de forces pour une double téléportation. Elle marqua une pause.

— Ashaya. Elle n'est pas à proprement parler médecin, mais c'est une scientifique… et elle pourra discuter de la situation avec Amara.

Comme Judd le savait, la jumelle d'Ashaya était folle. Personne ne se fiait à elle et elle n'avait pas la permission de venir à la tanière, mais on ne pouvait pas nier qu'elle était brillante.

— Je vais chercher Ashaya, dit-il. Toi, appelle Tammy et demande-lui de venir.

S'étant déjà rendu chez Dorian et Ashaya, il n'eut pas de mal à s'y téléporter. Il parvint tout juste à ramener la M-Psi avant de se laisser glisser le long du mur et sur le sol de l'infirmerie.

Sans s'occuper de lui, les deux femmes s'affairèrent autour d'Alice, et Tamsyn arriva soixante-dix minutes plus tard. Entre-temps, Brenna avait rejoint Judd, comme il s'y était attendu.

— Chéri, dit-elle en s'agenouillant à côté de lui. Tu es au bord de la combustion.

Il secoua faiblement la tête.

— Pas dépassé le seuil.

Mais il avait du mal à parler et s'appuya contre elle quand elle s'assit à côté de lui… Puis il se retrouva allongé, la tête sur les genoux de Brenna.

— Walker, trouve-le, dit-il.

Ce furent les derniers mots qu'il se rappela avoir prononcés.

Son frère aîné avait l'art et la manière de voir au cœur des choses. Il saurait s'ils devaient ou non dire à Sienna ce qui s'était passé, compte tenu du fait qu'il y avait de fortes chances qu'Alice Eldridge ne se réveille jamais. Même dans le cas contraire, rien ne garantissait qu'elle pourrait leur révéler quoi que ce soit ; le Fantôme avait trouvé des données qui suggéraient qu'elle avait peut-être demandé à un E-Psi d'effacer cette partie de sa mémoire.

Le coup de pied de Sienna érafla l'oreille de Hawke alors que les étoiles commençaient à scintiller au-dessus de leurs têtes.

— Tu ne peux pas rester ici, dit-elle alors qu'il se dérobait d'un mouvement fluide. Tu le sais.

Les siens avaient beau être bien préparés et entraînés, ils étaient des changelings loups ; sans leur chef, leur meute serait perdue, déracinée. De plus, Sienna comprenait que son loup avait besoin d'être dans la ligne de tir, de défendre les SnowDancer sur le champ de bataille.

Il se déporta pour éviter son attaque.

— Tu peux faire mieux que ça, bébé. (D'une main, il intercepta le coup de pied qu'elle donna ensuite et poussa vers le haut, la contraignant à se retourner dans les airs et à retomber violemment sur ses pieds.) Je ne te laisserai pas seule ici.

Lorsqu'il lui avait suggéré un corps à corps, elle avait décidé d'accepter puisqu'elle ne réussirait pas à dormir. Elle commençait cependant à cerner son plan : l'épuiser jusqu'à ce qu'elle renonce à discuter. Mais ils savaient tous les deux qu'elle avait raison.

— Ça ira, dit-elle quand ses dents eurent cessé de vibrer. J'ai des vivres. (S'accordant un moment pour reprendre son souffle, elle décida que ce n'était pas juste qu'il exhibe son torse qu'elle avait envie de lécher.) Remets ton sweat-shirt.

Ses yeux bleus de loup étincelaient dans la nuit.

— Approche et oblige-moi.

Alors qu'elle avait cru que le feu de glace avait éradiqué la joie dans son cœur, un sourire joua sur ses lèvres.

— Je devrais peut-être retirer mon haut, moi aussi.

Il sourit de toutes ses dents.

— Peut-être que oui.

En riant, elle se mit en position pour tenter de nouveau de le vaincre.

— Détaille-moi les plans défensifs de la meute.

Si elle parvenait à retarder la synergie, elle pourrait peut-être encore venir en aide aux SnowDancer.

Tout en se mouvant avec une grâce dangereuse autour d'elle, Hawke prit la parole, puis il l'écouta lorsqu'elle posa des questions ou fit des suggestions. Ce moment était si parfait que Sienna songea que oui, c'était ainsi qu'ils étaient censés être ensemble.

Elle aurait suspendu le cours du temps si elle avait pu le faire, mais seconde après seconde, minute après minute, les étoiles allaient s'estomper et le ciel s'éclairer, jusqu'à ce qu'une explosion de couleurs vives jaillisse avec l'aube sur la Sierra Nevada. Aussi vives que le feu glacé, vorace et violent qu'elle abritait.

— Sienna, tes yeux.

— Je sais.

S'éloignant un peu, elle laissa les flammes quitter son corps et s'infiltrer dans la terre, un incendie qui formait un mur infranchissable entre elle et son loup.

Chapitre 50

Hawke raccrocha le téléphone satellite avec l'impression d'avoir reçu un poing de granit dans la poitrine. Sienna lui jeta un coup d'œil de là où elle était assise au bord du lac, alors que sa chevelure sombre comme le cœur d'un rubis accrochait les rayons du soleil matinal.

— Qu'y a-t-il ?

— Une femme ressuscitée.

Lorsqu'il lui révéla qui Judd avait ramené à la tanière, une lueur d'espoir nouvelle brilla dans son regard l'espace d'une seconde.

Elle s'éteignit presque aussitôt.

— On ne sait pas si elle se réveillera un jour, dit Sienna, encore moins si elle reviendra entière. Je dois rester ici.

Il s'était cru capable de la quitter, de sacrifier son cœur pour sa meute, mais le moment venu, l'homme et le loup se rebellèrent.

— Non, dit-il en allant s'accroupir à côté d'elle. Tu vas rentrer avec moi.

— Hawke, tu m'as promis de m'écouter quand il est question de mon aptitude, lui rappela-t-elle sur un ton ferme, mais elle posa les doigts sur sa mâchoire avec douceur. Je sais ce que je suis. Je mesure la destruction dont je suis capable… Ne m'oblige pas à tuer ceux que j'aime.

— Tu es capable de surveiller le niveau de ton pouvoir et de savoir quand tu atteins le seuil critique.

Il l'avait regardée se décharger de la violence de son aptitude deux fois de plus au cours de la nuit, avait vu les flammes danser à la surface du lac.

— On ne peut pas miser là-dessus.

— Tu peux te rapprocher de la tanière.

Il n'avait pas l'habitude de perdre.

Mais la volonté de fer de Sienna était l'une des premières choses qui l'avaient attiré chez elle.

— Non. (Elle se dressa sur les genoux et posa les mains sur ses épaules, les yeux vides d'étoiles.) Mais je n'irai pas plus loin qu'ici.

Il la dévisagea tandis que son loup tentait de la dominer pour qu'elle cède. Même lorsqu'il lui demanda « Promis ? », ce fut sans la moindre résignation.

— Juré.

L'attirant contre lui, il la marqua avec sa bouche, ses lèvres et son souffle.

— Reste en vie, lui ordonna-t-il avant de partir.

Walker frappa à la porte du bureau de Lara cet après-midi-là, et ne fut pas étonné de la voir encore avec les vêtements qu'elle portait la veille, des cernes noirs sous les yeux. Cette fois, il ne lui reprocha pas de ne pas mieux prendre soin d'elle-même. À la place, il l'attira dans ses bras et la tint un long moment avant de la laisser s'écarter.

— Eldridge ?

Le regard de Lara était sombre.

— Les scans détectent une activité cérébrale, mais ça ne nous avance à rien si on ne trouve pas un moyen de la réveiller. Ashaya et Amara ont élaboré un cocktail chimique que nous lui avons injecté il y a quelques heures, mais il n'y a pas eu de changement jusqu'ici.

Walker savait que Judd et Sascha avaient cherché à percer l'étrange bouclier qui entourait l'esprit d'Alice pour tenter de la ramener à la conscience sur le plan psychique. Walker avait essayé, lui aussi. En vain. Et à présent...

— Je dois partir.

Le touchant à la manière des loups, Lara ramena les cheveux de Walker en arrière et fit courir la main sur ses pectoraux comme pour lisser sa chemise.

— Pourquoi ?

Il se pencha vers elle, lui facilitant la tâche de le « cajoler », comme disaient les loups.

— Hawke veut que je sois avec les enfants quand on les évacuera.

Le chef des SnowDancer avait eu les traits tirés lorsqu'il était revenu à la tanière ce matin-là, mais il avait donné l'ordre net et précis d'évacuer, et bien d'autres encore.

D'après Judd, qui aurait retrouvé toutes ses forces le soir même, les caméras qui surveillaient le complexe sud-américain montraient un niveau d'activité en hausse tandis que les membres de Purs Psis se remettaient du virus. La piste de décollage serait terminée au matin, ce qui signifiait que le complexe devait être éliminé au plus tard ce soir-là, avant le départ des cargaisons d'armes.

Tout le monde s'accordait à dire que les enfants devaient être évacués avant. Car en faisant sauter le complexe, les SnowDancer déclencheraient la guerre. Il n'y avait aucun espoir de paix. En dernier recours, Nikita et Anthony avaient tenté de raisonner Henry pour qu'il mette fin aux hostilités. La réponse de l'autre Conseiller avait été d'essayer de les assassiner sur le plan psychique.

— Bien sûr, dit Lara en posant la main sur sa taille. Tu es la personne idéale... les enfants t'écouteront tout en se sentant en sécurité.

Son soutien immédiat diffusa une chaleur inattendue dans le ventre de Walker.

— Drew a promis de t'espionner pour moi et de m'avertir si tu ne manges pas.

— Et je suis sûre qu'il le fera, ce petit sournois. (Son sourire s'évanouit trop vite.) C'est t'en demander beaucoup de la laisser en ce moment, n'est-ce pas?

Elle l'enlaça.

— Sienna serait la première à me dire d'y aller, chuchota-t-il dans ses boucles douces, étouffant la douleur qui s'était infiltrée dans sa poitrine à la pensée de la fille qu'il n'avait jamais réussi à protéger.

Tout ce qu'il pouvait faire pour elle désormais, c'était s'assurer que ceux qu'elle aimait étaient en sécurité.

— Elle ferait n'importe quoi pour Toby et Marlee.

Lara lui donna un baiser chaud, généreux et possessif auquel il ne se serait jamais attendu de sa part avant de la connaître vraiment. Glissant la main sous ses cheveux, il lui renversa la tête en arrière et savoura sa douceur sauvage l'espace d'un moment hors du temps.

— Je te contacterai dès qu'on saura quelque chose, dit-elle lorsqu'elle s'écarta, les lèvres mouillées et le regard déterminé. On va continuer à travailler sur Alice.

— Je n'en doute pas. (Un morceau de lui-même menaçait de voler en éclats; un morceau qui portait le nom de Sienna. Il la considérait comme sa fille au même titre que Marlee.) Prends soin de toi, Lara.

Elle détenait elle aussi un morceau de lui, un morceau brisé qu'elle était parvenue à ressouder et qui portait désormais sa marque.

Les mots ne lui vinrent pas, il était resté Silencieux trop longtemps; mais il avait appris d'autres manières de s'exprimer. Sortant de sa poche le presse-papiers qu'elle avait fait tomber de son bureau, il le lui mit dans les mains.

— Il est réparé. Tant que les nombreuses cicatrices ne te dérangent pas.

Les larmes aux yeux, elle serra les lèvres et secoua la tête... puis porta le presse-papiers à son cœur.

— Je t'aime, Walker.

Il partit en gardant ces mots enfouis dans la partie la plus secrète de son être, mais au lieu de se joindre à l'évacuation, il se rendit là où Sienna était assise, à côté d'un grand lac bleu qui reflétait les montagnes à la perfection, au point qu'il semblait ne pas y avoir de ciel mais seulement un paysage infini de pics déchiquetés et recouverts de neige. Quand elle se jeta dans ses bras, il la serra contre lui. Et regarda le feu de glace lécher les cheveux et la colonne vertébrale de Sienna. Elle s'arracha à son étreinte, les yeux secs.

— Je dois enterrer, dit-elle sur un ton résolu.

Il aurait été prêt à attendre, à faire tout ce qui était en son pouvoir pour aider cette fille qui, il s'en rendait compte, était devenue une femme courageuse et forte, mais il savait qu'elle ne voulait pas qu'il la voie comme ça. Il s'avança donc vers elle, prit son visage entre ses mains et déposa un baiser sur son front. *Bats-toi chérie, bats-toi.*

Alors qu'il se détournait, il sentit une décharge de puissance brute secouer le sol et sut que s'il regardait par-dessus son épaule, il ne verrait qu'une colonne jaune et rouge vif, une femme consumée par les flammes.

Ayant eu la confirmation que l'entrepôt trouvé par les novices en ville abritait la cache des armes, les SnowDancer firent sauter le campement sud-américain à minuit.

Des avions discrets survolèrent la ville à 3 heures.

Des agents de Purs Psis commencèrent à apparaître le long du périmètre des deux meutes une heure plus tard, se déversant d'avions qui atterrissaient hors de portée des armes antiaériennes placées en territoire changeling. La plupart couvrirent la distance restante à pied, escortés par un garde prêt à se téléporter.

Les intrus étaient équipés d'un tel nombre d'armes que si les changelings n'avaient compté que sur leur force physique, la bataille aurait été perdue d'avance. En l'occurrence, les tireurs d'élite d'Alexei ainsi que ceux formés par Dorian et Judd étaient postés à l'endroit idéal pour cueillir les attaquants qui s'étaient téléportés. Et les changelings bénéficiaient d'une vision nocturne extraordinaire.

L'ennemi apprenait vite et commença à se téléporter plus loin du périmètre, sur les terres de DarkRiver. Mais les léopards connaissaient ce territoire comme leur poche, et même si les leurs étaient tous en ville cette nuit-là, ils avaient réservé un accueil particulier aux Psis ; plusieurs agresseurs tombèrent dans leurs pièges. Et cette fois, la personne vers qui se portait l'allégeance des combattants ennemis ne faisait aucun doute. Ils en portaient l'emblème sur l'épaule.

— Une toile d'araignée noire. (La voix de Matthias dans l'oreillette de Hawke.) C'est le symbole d'Henry Scott.

Ce n'était pas inattendu, mais c'était bien d'en avoir la confirmation.

— Si les ennemis vous envoient une frappe psychique, dit-il aux siens alors qu'ils se préparaient à engager le combat, visez leurs têtes. Si vous n'avez pas de munitions, décampez dans le sens inverse jusqu'à ce que vous soyez hors de portée. (Les boucliers des changelings étaient résistants, mais pas impénétrables.) J'ai besoin de soldats vivants, pas de héros morts.

Des rires montèrent de la rangée de loups prêts à se battre.

Puis Henry Scott se téléporta sur le périmètre, entouré d'un si grand nombre de gardes armés qu'il était impossible qu'une balle l'atteigne. Le Conseiller leva une main.

Conscient qu'un délai supplémentaire et le vent aideraient les siens à cerner les emplacements des équipes de Purs Psis, Hawke donna l'ordre d'écouter.

— Ceci est votre dernière chance, dit Henry. Rendez-vous et je vous laisserai la vie sauve.

Le loup de Hawke avait envie d'égorger l'homme, mais il valait mieux laisser parler cet enfoiré afin d'en apprendre le plus possible.

— Et pourquoi ferait-on ça, lança-t-il de là où il était posté, derrière une petite butte, alors que nous sommes sur notre territoire ?

Chez eux.

La voix d'Henry Scott était on ne peut plus raisonnable.

— Vous vous êtes retrouvés pris au milieu d'une situation politique que vous ne pouvez pas comprendre. C'est dans votre intérêt d'abandonner.

— Qu'en dites-vous, les enfants ? murmura Hawke dans le micro inséré dans le col de la veste pare-balles noire et légère qu'il portait par-dessus un tee-shirt à manches longues de la même couleur.

Des hurlements s'élevèrent à un bout de la ligne et furent repris par les soldats les uns après les autres, jusqu'à ce qu'ils résonnent dans toute la chaîne de montagnes. Le loup de Hawke retroussa les babines.

— Allez-y !

Après avoir reçu un rapport télépathique de Judd ainsi qu'un appel de Hawke sur le téléphone satellite qu'il lui avait laissé, Sienna avait enterré son pouvoir et doublement vérifié ses réserves. Le risque d'un pic imprévisible subsistait toujours, mais cela n'aurait pas d'importance si les gens qu'elle aimait mouraient alors qu'elle aurait pu les sauver ; elle prit donc le parti de descendre.

Elle atteignit la zone de combat juste au moment où ils ouvraient les hostilités, et les poils de sa nuque se hérissèrent lorsqu'elle entendit le chant des loups. Même si c'était tentant de faire un détour pour jeter un coup d'œil à la bataille, elle se rendit directement à l'emplacement que Hawke lui avait indiqué sur la carte du territoire une éternité plus tôt. Une paire de lunettes de vision nocturne l'attendait, ainsi qu'une minuscule clé passée à une mince chaîne en argent.

Si tu veux savoir ce qu'elle ouvre, reste en vie.
H.

— Salut, loup.

Après avoir attaché la chaîne autour de son cou, elle mit les lunettes de vision nocturne et commença à scanner la zone de combat.

Elle chercha automatiquement des yeux sa crinière argent et or, reconnaissable entre toutes malgré l'altération des couleurs causée par les lunettes. Mais elle ne la vit nulle part. Son cœur cessa de battre à la pensée qu'il avait pu être touché… et elle s'aperçut alors que tous les SnowDancer sous leur forme humaine portaient un bonnet tricoté sur la tête.

Oui, bien sûr. L'ennemi ne devinerait jamais lequel était Hawke et ne pourrait pas se concentrer sur une cible spécifique.

— Allez, dit-elle, murmurant des encouragements même si elle savait qu'ils ne pouvaient pas l'entendre, on peut le faire.

Ce fut à ce moment-là qu'elle le repéra, alors que ses cheveux étaient couverts et qu'il avait la tête tournée. Elle l'identifia pourtant à sa façon de se mouvoir… tel un loup humain. Son loup.

Hawke vit plusieurs des siens tomber, et sut qu'ils avaient été touchés par une frappe psychique. Il courut auprès de l'homme le plus proche et le traîna par son gilet pare-balles hors du champ de tir, puis revint chercher une femme à terre. Autour de lui, certains soldats SnowDancer l'imitaient, tandis que d'autres repoussaient les agents de Purs Psis qui s'en prenaient à ceux qui essayaient de venir en aide aux blessés.

Il était indéniable que Scott détenait un énorme avantage avec ses Tp-Psis et Tk-Psis, mais l'unité des Tk commençait à montrer des signes de fatigue à force de déplacer les troupes ; ce qui signifiait que les SnowDancer n'avaient pas à craindre d'être tout à coup bombardés de missiles, même si les techniciens s'étaient préparés à cette éventualité en plaçant un certain nombre de dispositifs d'interception sur la ligne de défense.

Les changelings compensaient également leurs faiblesses grâce à leurs préparatifs, au fait qu'ils avaient choisi le moment de la bataille et qu'ils étaient en terrain connu. Les soldats ennemis qui essayèrent de se téléporter de l'autre côté de la ligne défensive des SnowDancer se retrouvèrent piégés par des loups postés au pied et dans les hauteurs de la montagne.

Ces loups n'étaient pas tous changelings.

C'est bien, dit Hawke dans un hurlement aux loups sauvages qui le traitaient comme leur chef. *Surveillez-les. Retenez-les.*

Les loups lui répondirent en chœur, et Hawke vit l'ennemi se figer une fraction de seconde. Puis le fracas de la bataille reprit de plus belle, se mêlant à l'odeur du sang. Contrairement à ce à quoi s'attendait Hawke, Henry Scott resta sur le terrain. Le Conseiller se tenait au centre de sa haie de gardes, les yeux fermés ; à l'instant même où Hawke comprit que l'homme se servait de ses aptitudes psychiques colossales, il vit une balle venir droit sur un soldat.

—Drew, baisse-toi !

Ce dernier se jeta à plat ventre. Il leva la tête, l'air agacé.

—Bon sang, si je me reprends une balle, Indigo va m'étrangler.

À l'évidence irrité par cette pensée, il se retourna et élimina l'homme qui l'avait attaqué, juste au moment où les défenses aériennes des SnowDancer mettaient le feu à un vaisseau de guerre qui arrivait, poussant tout le monde à se mettre à couvert pour éviter la pluie de débris.

Ayant réussi à rejoindre Hawke, Drew s'adossa à un arbre.

—Ça devrait leur apprendre à rester loin de notre ciel, marmonna-t-il, puis il porta un doigt à une oreille. J'ai du nouveau de la part des Rats… les agents d'Henry sont en train d'atterrir partout à San Francisco.

Teijan et les siens avaient l'habitude d'être oubliés, rejetés. Ils étaient des Rats qui vivaient Sous Terre, là où le monde ne pouvait pas leur faire de mal. Mais les félins de DarkRiver les avaient repérés et traités comme des êtres sensibles capables de se rendre utiles. Quant aux loups… à vrai dire, les Rats continuaient à se méfier d'eux, mais il était incontestable que les SnowDancer avaient toujours honoré leur part du marché. Plus d'un Rat avait été tiré d'un mauvais pas ou protégé par des loups qui n'avaient été guère plus que des étrangers.

« C'est chez nous », avait dit Zane quand Teijan avait annoncé aux siens ce qui risquait d'arriver et leur avait donné la possibilité de partir. « On reste et on se bat. »

Ce fut exactement ce qu'ils firent.

Ayant travaillé avec DarkRiver au fil des mois précédents pour tisser des liens avec le réseau des félins constitué des humains et des changelings non prédateurs qui tenaient les boutiques de Chinatown, des liens qui s'étendaient à leurs contacts familiaux et commerciaux tel un arbre qui ne cessait de grandir, les Rats avaient accès à un flot d'informations avec lequel le PsiNet lui-même ne pouvait rivaliser.

Quelques secondes après chaque atterrissage, ils savaient où les hommes d'Henry Scott se posaient et connaissaient leur nombre ainsi que le type et le nombre approximatif d'armes qu'ils transportaient. Toutes ces données étaient aussitôt transférées aux équipes de DarkRiver chargées de tenir la ville pendant que les SnowDancer protégeaient les montagnes.

Cette division stratégique était la preuve qu'une confiance énorme existait entre les deux meutes, car une partie de ces montagnes étaient rattachées au territoire de DarkRiver, et si San Francisco tombait aux mains de l'ennemi, l'armée d'Henry Scott aurait trouvé l'endroit idéal où s'établir et d'où elle pourrait lancer des attaques sur les loups. Chaque moitié de la défense devait s'accrocher s'ils voulaient gagner cette bataille.

— Une nouvelle équipe est en train de descendre vers Russian Hill, rapporta Teijan à Clay, et une autre plus grande a encerclé le bâtiment de Nikita.

La voix de Clay leur parvint, entrecoupée par le bruit des coups de feu.

— Elle a dit ne pas avoir besoin de renforts, mais...

— Attendez. (Teijan jura à voix basse.) Nikita n'apprécie pas qu'on vienne braconner sur son territoire. Quinze attaquants viennent de succomber au syndrome du cerveau qui explose.

Il n'y avait pas d'autre façon de qualifier ça : sur l'enregistrement qui provenait d'une caméra de rue, on voyait les hommes de Scott s'effondrer sur place avec le cerveau qui leur sortait par les oreilles.

Les survivants prirent la sage décision de décamper de la zone de Nikita.

Teijan sourit, puis changea de contact.

— Ils se dirigent vers toi, Vaughn.

Il décida qu'il avait soudain un faible pour Nikita Duncan, d'autant plus que les Psis au service de la Conseillère transmettaient eux aussi des informations au réseau des Rats.

Lorsqu'un nouvel élément lui parvint, il changea de nouveau de contact.

— Lucas, des jets-hélicos sont sur le point de survoler SoMa. Prépare-toi à une attaque aérienne.

Étant connecté au réseau de communication, Teijan entendit le chef de DarkRiver demander à Judd s'il pouvait dévier l'attaque, juste au moment où l'avion d'assaut commençait à larguer de petites bombes hautement destructrices.

— Je m'en occupe.

Sur l'écran, Teijan regarda les bombes repartir en direction des jets-hélicoptères et les transformer en boules de feu spectaculaires.

— Nom de..., marmonna Zane de là où il restait en contact avec les loups. Ça me stresse un peu de ne découvrir que maintenant que ce type est dans la région depuis tout ce temps.

Pour avoir rencontré Judd Lauren plus tôt ce jour-là, Teijan ne pouvait qu'être d'accord avec Zane.

— Au moins, il est de notre côté. (Affichant des pages entières d'informations, il se raccorda aux Tp-Psis et Tk-Psis envoyés par Nikita et Anthony.) Une unité entière se dirige vers le siège social de DarkRiver en passant par Chinatown. Assurez-vous que les gardes sont protégés contre les attaques mentales.

— Bien reçu. Message communiqué à toutes les unités de Tp-Psis à portée.

Zane tapota un écran du doigt.

— L'ennemi ne s'intéresse pas au bunker, dit-il, se référant au troisième sous-sol d'un immeuble situé à la périphérie de Chinatown et qui appartenait à DarkRiver, mais qui portait le nom d'une compagnie sans rapport.

Il abritait à ce moment-là la guérisseuse des léopards et le reste du personnel soignant, ainsi que la compagne du chef de DarkRiver, dont l'enfant avait été emmené en lieu sûr par l'équipe d'évacuation.

— Amènerais-tu ta compagne en zone de guerre, Teijan ?

— Oui, répondit-il sans hésiter. Le couple dominant doit toujours être présent lors d'une bataille. Sascha est en sécurité dans le bunker. Purs Psis ne se doute absolument pas qu'il existe. (Et en cas de fuite, Teijan avait posté une équipe à proximité pour chasser les intrus dans les tunnels.) Waouh !

Il brandit un poing en l'air lorsque Judd Lauren « Le Terrifiant » renvoya un missile droit dans un avion furtif et que le ciel nocturne devint incandescent.

Mais ce doux moment de victoire ne dura pas. Une seconde plus tard, Zane retira brusquement son oreillette et plaqua la main sur son oreille.

— Oh merde, il vient d'y avoir un gros problème dans les montagnes.

Chapitre 51

Une douleur atroce transperça le cerveau de Hawke. Et il se rendit compte qu'Henry Scott avait peut-être bien été plus malin qu'eux, finalement.

— Brenna, dit-il dans son micro, est-ce que tu peux bloquer ça ?

C'était à peine s'il arrivait à parler.

La voix de Brenna lui parvint brouillée, et il voulut passer sur une meilleure fréquence… quand il comprit que c'était l'ouïe qu'il avait perdue, et que du sang s'écoulait sur son visage de ses tympans crevés. Incapable d'entendre ce qu'elle disait, il scanna du regard le champ de bataille. Bon nombre des siens étaient à terre, les mains plaquées sur les oreilles. D'autres restaient debout, mais il était clair que leur équilibre avait souffert.

Les seuls à ne pas avoir été touchés étaient les membres humains de la meute. Devant lui, Kieran poussa un compagnon de meute qui se trouvait dans la trajectoire d'un projectile et se jeta dans un corps à corps avec un attaquant, tandis que Sam, à nouveau blessé et le bras bandé, traîna l'un après l'autre les SnowDancer en lieu sûr. Mais il n'y avait pas beaucoup de compagnons de meute humains. Pas assez.

Les hommes d'Henry ne prenaient même plus la peine de tirer. À la place, ils s'approchaient des loups sonnés et sanguinolents et leur frappaient l'arrière de la tête. Des prisonniers, songea Hawke en abattant autant d'ennemis qu'il le pouvait, Scott voulait des prisonniers. Pour les torturer ?

Pour des expérimentations ? Ça n'avait pas d'importance. Aucun SnowDancer ne souffrirait comme le père de Hawke avait souffert. Il continua de tirer pour couvrir les soldats qui s'élançaient auprès des membres de la meute inconscients ou blessés et les emmenaient hors du champ de bataille. Mais malgré sa force de chef, il n'était plus aussi rapide et efficace.

Les siens continuaient à s'effondrer dans de violents craquements d'os.

Il leur restait une dernière arme. Les courants d'air lui avaient porté son odeur d'automne et d'épice, aussi distincte pour lui que celle du sang dont l'air était saturé. Le problème, c'était qu'il ne voulait pas se servir d'elle comme ça.

Sienna laboura des ongles le sol jonché d'aiguilles de pin. Un par un, ils tombaient à genoux, ses amis, sa famille, Hawke.

De l'énergie se propagea dans son corps, une accumulation massive de X-feu qu'elle allait bientôt devoir enterrer… ou utiliser sur le champ de bataille, comme il se devait.

— Hawke, je suis là, chuchota-t-elle, ne sachant pas si elle devait intervenir ou attendre le signal comme convenu.

Si elle se joignait au conflit au mauvais moment, elle pouvait tout faire échouer.

Redoutant soudain qu'il n'y ait pas de signal parce que Hawke était mort, elle déploya ses sens télépathiques dans une tentative de recherche désespérée. Son esprit se rétracta au contact de celui d'un autre puissant télépathe, mais Henry Scott l'avait sentie. Elle le vit soudain ouvrir les yeux tandis qu'il essayait de retrouver l'esprit inconnu.

— Je t'en prie, chuchota-t-elle alors que les attaquants commençaient à fracasser les crânes des SnowDancer avec leurs épées. Sers-toi de moi.

Laisse-moi faire.

Son souffle se changea en lame de rasoir dans sa poitrine quand un hurlement discordant et au rythme perturbé s'éleva dans les airs. Il n'était pas tel qu'il aurait dû l'être, mais elle comprit.

L'heure était venue.

Renonçant à la discrétion, elle s'avança nimbée de feu de glace écarlate et or sur le champ de bataille drapé dans les ténèbres. Les ennemis avaient beau être Silencieux, ils blêmirent lorsqu'ils la virent. Une seconde plus tard, ils se mirent à tirer. Elle aurait cherché à éviter les projectiles... sauf que les flammes autour d'elle repoussaient tout, réduisant les balles à néant et renvoyant leurs lasers aux tireurs.

Ce fut à ce moment-là qu'elle prit conscience que Judd n'aurait pas pu jouer le rôle de garde-fou. Aucune balle ne l'aurait atteinte. Et ce n'était pas le plus effrayant ; le lien qui la rattachait au LaurenNet était protégé par une couche de feu de glace que Sienna elle-même ne réussirait pas à percer, la défense ultime d'un esprit martial. Mais ce n'était plus un problème. Elle savait quoi faire cette fois, et elle le ferait une fois la bataille terminée et sa meute en sécurité.

Furieuse et écœurée à la vue des SnowDancer brisés et blessés autour d'elle, Sienna écarta les bras, paumes vers le ciel. Le feu au cœur de glace toucha alors l'ennemi, et il cessa d'exister. Elle envoya la vague la plus puissante sur Henry Scott, consciente qu'il allait essayer d'obtenir de ses hommes qu'ils le téléportent.

Cet enfoiré poussa un cri aigu avant de disparaître. Elle ignorait s'il était mort, mais elle savait en revanche que les forces ennemies auraient dû battre en retraite en la voyant. Les balles continuaient pourtant à pleuvoir sur les changelings à terre.

Non.

Une chose glaciale, sombre et meurtrière monta en elle tandis que le X-feu jaillissait en ligne droite de chaque côté de son corps, tranchant en deux les ennemis sur son passage et cautérisant si bien les gigantesques plaies que les hommes tombèrent proprement en deux moitiés. Quant aux autres, ils se retrouvèrent piégés de l'autre côté du mur de flammes voraces, mais ils continuaient à tirer. Ce fut à ce moment-là que l'esprit de Sienna, une gigantesque étendue sans limites, qui voyait et entendait chaque soupir et chaque battement de cœur, surprit le murmure d'autres hommes qui descendaient des montagnes. Ils s'étaient faufilés à travers la ligne de défense quand l'arme supersonique avait éliminé les changelings en même temps que les loups sauvages, et ils s'apprêtaient à les assaillir par-derrière.

— Traîtresse !

Ce mot avait été prononcé par ceux qui se tenaient devant elle, et elle sut alors qui ils étaient. Purs Psis. Des fanatiques. Ils ne reculeraient devant rien.

Très bien.

La chose froide et sombre qu'elle abritait balaya le reste… et les flammes commencèrent à tout dévorer. Des cris retentirent dans l'air, dans sa conscience, dans le ciel. Le monstre qu'elle avait à l'intérieur avait pris le contrôle, songea une petite partie de l'étendue infinie qu'était son esprit.

Le problème… c'était que les Psis n'étaient pas les seules cibles à proximité.

Hawke traîna ses blessés hors de portée des agents de Purs Psis qui s'étaient retrouvés piégés de son côté quand Sienna avait dressé son mur de X-feu au tranchant de rasoir. Il était clair que l'ennemi ne se rendrait pas, mais comme ils étaient pris au piège, il leur donna une dernière chance. Lorsqu'ils lui répondirent par une pluie de balles, il les condamna d'un ordre. Ensuite, il vérifia l'état des siens. La plupart étaient sous le choc et dévisageaient Sienna, torche humaine prise dans une tempête écarlate et or tandis qu'un vent terrible soufflait dans ses cheveux et que ses yeux étaient devenus des cavernes de puissance brute.

Au départ, le mur de feu de glace n'avait touché que l'ennemi, mais il changea peu à peu de forme, devint une vague qui déferla dans les deux sens et se rapprocha dangereusement des SnowDancer blessés.

Occultant la douleur de ses tympans crevés qui commençaient à peine à guérir grâce à sa force de chef, il s'élança vers Sienna en criant son nom, même s'il savait qu'elle ne pouvait pas l'entendre au cœur du brasier qui la consumait au point que le feu lui sortait par les yeux, la bouche et chaque pore de sa peau. Il sentit la brûlure glacée à un mètre des flammes qui gagnaient rapidement du terrain.

Il savait qu'elle lui avait dit de ne pas intervenir, que le X-feu le tuerait comme n'importe qui d'autre si elle n'exerçait pas sur lui de contrôle conscient, mais il devait l'arrêter, la sauver. Si elle prenait ne serait-ce que la vie d'un seul SnowDancer et survivait assez longtemps pour être témoin de ce qu'elle avait fait, ça la détruirait.

— Bébé, tu as intérêt à être là-dedans !

Il revint sur ses pas en courant puis prit son élan et sauta dans les flammes, s'attendant à cuire. À la place, il percuta le corps de Sienna et l'enlaça, mais elle ne s'effondra pas ; comme si le feu de glace l'avait enracinée dans le sol.

Si magnifiques et meurtriers, ses yeux baignés de rouge et d'or semblèrent se poser sur lui une seconde, et il fut presque certain d'entendre les mots « Pardonne-moi » résonner au fin fond de son esprit avant qu'une chose sombre et infinie s'en empare et le transperce avec une telle violence qu'il tomba à genoux.

Secouant la douleur lancinante tandis que son corps vibrait sous le choc, il leva la tête et regarda à travers le mur de X-feu. Il vit les flammes se répandre sur les siens à une vitesse que même un loup ne pouvait surpasser.

Non.

Une vague éclatante déferla en crépitant sur les blessés, sur ceux qui les protégeaient, sur les gardes dans la forêt, et s'étira sans fin dans toutes les directions jusqu'à consumer entièrement les siens. Ils brûlèrent si vite qu'il n'y eut pas de cris. Juste un terrible silence que rien ne brisait.

—Non, Sienna, non, dit-il, se levant pour la serrer contre lui dans un effort futile d'atteindre la femme derrière les vastes ténèbres de son pouvoir vorace.

Elle était venue les sauver, mais ce qu'elle abritait s'était échappé, et elle venait de tuer la meute qu'elle avait voulu protéger. Son loup savait ce qu'il devait faire, mais il ne pouvait pas se résoudre à lui briser la nuque, à effacer son existence.

Que Dieu lui vienne en aide, il en était incapable, même pour sauver sa meute.

Une minute ou une éternité plus tard, les flammes se résorbèrent et Sienna s'effondra dans ses bras.

—Sienna. (Il fut choqué de la sentir aussi légère, aussi fragile.) Ne t'avise pas de me quitter.

Lorsqu'il leva la tête, il regarda d'abord du côté de Purs Psis, incapable de supporter le spectacle qu'il avait entrevu de l'autre. L'ennemi, les arbres, l'herbe, les rochers, tout avait disparu, ne laissant que des traces de cendres qu'il décelait à peine, même avec sa vision nocturne. Le cœur à l'agonie, il se retourna. Et il vit.

—Oh bébé, je comprends. (Sa Sienna était si intelligente. Elle savait que son loup reconnaîtrait chacun des siens, loups sauvages inclus.) Tu n'as pas besoin de me demander pardon, tu m'entends ?

Les paupières de Sienna papillonnèrent, et elle ouvrit un instant les yeux. Au lieu d'être noirs comme ceux d'un cardinal, ils avaient pris une incroyable couleur dorée, sans la moindre trace d'écarlate.

—Cent ans, chuchota-t-elle. Ça aurait été bien, tu ne crois pas ?

—Ce n'est pas encore terminé.

—Le lien qui me rattache au LaurenNet a été préservé, dit-elle, et il eut l'impression qu'elle se parlait à elle-même. Étrange. Mais peu importe.

Alors que l'or fondait dans ses yeux et devenait bleu, elle repoussa soudain Hawke de toutes ses forces et se retrouva étendue par terre.

—Je t'aime.

Des flammes bleues se mirent à lécher sa crinière rouge rubis, dégageant une odeur âcre de cheveux brûlés.

Comprenant tous deux ce qu'elle avait l'intention de faire, l'homme et le loup s'écrièrent :

—*Bordel, non !*

Empruntant la porte qu'elle avait ouverte en transperçant l'esprit de Hawke, le loup lui injecta son énergie sauvage de changeling. Elle s'arc-bouta, ouvrit brusquement les yeux, et la flamme bleue mortelle mourut.

—Qu'as-tu fait ? demanda-t-elle, horrifiée, alors que le lien d'union s'établissait dans la violence et qu'il tombait à genoux à côté d'elle.

Au beau milieu d'une rue de San Francisco assiégée par deux unités de Purs Psis, Judd se prit la tête entre les mains.

—Non, chuchota-t-il, puis il n'y eut plus de pensées.

À des heures de là, dans un refuge sécurisé au cœur d'une autre chaîne de montagnes, l'esprit de Walker Lauren s'éteignit lorsqu'une chose le percuta si brutalement qu'il n'eut même pas le temps d'avertir les autres gardiens. *Les enf…*

Quelques mètres plus loin, Toby s'effondra sur une table, tandis que Marlee glissa d'une chaise par terre.

À la tanière, le centre de commandement sombra dans le chaos quand Brenna tomba raide.

—Judd ! hurla Mariska en se jetant à genoux à côté du corps inerte de Brenna. Vérifiez s'il est arrivé quelque chose à Judd !

Quand tout fut terminé, Hawke laissa Lara le soigner le premier car sans lui, elle croulerait sous le poids des blessés.

—Où est Sienna ? demanda-t-elle après avoir remédié aux dommages restants de ses tympans.

Son loup détestait la réponse à cette question, la décision qu'il avait dû prendre.

—J'ai chargé Drew de l'emmener au lac dans les montagnes. Elle est inconsciente.

Il ignorait ce que les autres couples percevaient à travers le lien, mais il voyait des ondes écarlates et or. Leur lien était si neuf qu'il lui infligeait une douleur lancinante.

À ce moment-là, le X-feu formait un lac placide, après que la bataille avait drainé Sienna de ses forces. Mais il recommencerait à croître, plus froid, plus fort, plus vorace. Quand ça se produirait, le lien l'avertirait suffisamment à l'avance pour qu'il puisse emmener sa compagne au fond du lac. Loin sous la surface, il la serrerait dans ses bras pendant que le feu de glace les consumerait tous les deux, sa fureur destructrice tempérée par l'eau. Bien plus épais et résistants que les rochers que Sienna avait détruits, et renforcés par endroits avec des plaques en titane, les murs de pierre de la tanière protégeraient la meute si l'eau et la distance ne suffisaient pas.

—Walker et les enfants ?

Il croisa le regard éperdu de Lara.

Sans mot dire, il porta la main à ses cheveux pour la réconforter.

—Dans le même état que Brenna et Judd. Veux-tu qu'on les déplace tous ici ?

Judd avait été emmené au bunker en ville, tandis que les autres étaient restés dans le refuge.

—Non. (Elle commença à soigner une femme soldat dont le cerveau enflait à l'intérieur de son crâne.) Il vaut sans doute mieux qu'on ne les déplace pas, vu que j'ignore totalement pourquoi ils se sont effondrés.

— Les félins vont venir nous aider une fois qu'ils se seront occupés de leurs propres blessés. (DarkRiver ayant subi beaucoup moins de dégâts, la meute défendrait la ville et le périmètre contre les attaques d'opportunistes jusqu'à ce que celle des SnowDancer soit de nouveau fonctionnelle.) Prends tout ce dont tu as besoin de moi, dit-il, son loup déchiré entre son devoir vis-à-vis de la meute et son besoin d'être avec Sienna.

La seule chose qui l'apaisa et lui permit de rester concentré sur l'énergie qu'il transférait à Lara fut de savoir que Sienna n'était pas seule. Tout le monde sur le champ de bataille avait vu ce qu'elle avait fait. Tous comprenaient le prix qu'elle allait payer. Personne ne la laisserait seule dans le noir.

Plus de cinq heures plus tard, Judd entra en chancelant dans l'infirmerie, soutenu par Clay et Vaughn. Comme Lara était épuisée et avait de toute façon besoin d'une pause, Hawke lui ordonna de s'asseoir et de ne pas bouger, puis il se tourna vers Judd tandis que l'autre homme s'appuyait contre un lit.

— Brenna ? demanda le lieutenant d'une voix éraillée. Ma famille ?

— Inconscients, mais ils n'ont rien. (Hawke le poussa sur une chaise quand l'ex-Flèche menaça de s'effondrer.) Bon sang, qu'est-ce qui vous est arrivé à tous ? Est-ce qu'Henry...

Mais Judd secouait la tête.

— Toi.

Hawke fronça les sourcils et regarda Vaughn.

— Il s'est cogné la tête en tombant ?

— Le lien d'union..., marmonna Judd, a perturbé l'équilibre...

Ce furent les derniers mots qu'il prononça avant de se voûter.

Clay l'empêcha de tomber de la chaise, et Vaughn aida l'autre sentinelle à le porter jusqu'à un lit dans la même chambre que Brenna.

— On a entendu l'onde de choc supersonique jusqu'en ville, lui dit ensuite Vaughn, mais elle n'était pas assez puissante pour nous invalider.

— Reste-t-il assez de gens pour nous couvrir au cas où ils reviendraient ?

Il savait que Riley avait été en liaison avec les félins, mais il n'avait pas encore eu l'occasion de lui parler.

Vaughn hocha la tête.

— Les faucons de WindHaven survolent la zone en ce moment… C'était une bonne idée de les garder en réserve. Les Rats se chargent des informations qui circulent en ville.

Avant que Hawke ait pu poser d'autres questions, Vaughn lui serra l'épaule.

— Prends soin des tiens, Hawke. On s'occupe de tout.

Hawke songea que la confiance pouvait prendre des formes multiples. Un bébé dans ses bras. Une vague de flammes mortelles qui s'abattait sur les siens. Un félin qui veillait sur leurs terres.

— Va.

La première chose que fit Judd lorsqu'il reprit connaissance à l'aube fut de s'assurer que sa compagne et sa famille allaient bien. La deuxième fut de trouver le lit d'Alice Eldridge, qui avait été repoussé dans un coin tranquille de l'infirmerie. Elle était toujours aussi silencieuse et inerte, ses secrets enfermés à double tour dans son esprit.

Judd avait une conscience. Il savait aussi qu'il aurait pu être tenté d'écarteler l'esprit d'Alice pour y chercher des réponses si ça pouvait sauver Sienna, mais la personne qui avait enlevé Alice lui avait fait quelque chose. Son esprit était si étroitement replié sur lui-même qu'il était mieux protégé que celui de la plupart des Psis… Le problème, c'était que les boucliers d'Alice avaient été verrouillés. Sans une « clé » télépathique très spécifique et perdue dans les méandres du temps, le seul moyen de les infiltrer serait de la tuer.

Épuisé, la tête dans les mains tandis qu'il appuyait les coudes sur le lit d'Alice, il faillit presque ne pas entendre le bip du moniteur au-dessus d'eux. Lorsqu'il retentit de nouveau, Judd se redressa d'un bond et partit à la recherche de Lara. Il tomba sur Hawke alors qu'il portait la guérisseuse dans le bureau où elle avait un canapé. À en juger d'après la façon protectrice dont le chef la tenait, elle avait dû s'évanouir, ce qui n'était pas surprenant vu le nombre de blessures qu'avaient subies les SnowDancer.

—Alice, chuchota-t-il en se retournant pour serrer la main fine de la femme, gardant un œil sur le tableau électronique au-dessus de sa tête.

Ses paupières papillonnèrent et elle ouvrit les yeux. Ils étaient d'un marron si foncé qu'il était difficile de distinguer la pupille de l'iris, même lorsqu'elle se focalisa sur le visage de Judd. Elle entrouvrit les lèvres comme pour parler, mais aucun son ne sortit de sa bouche. Lui pressant la main, il se pencha pour prendre des glaçons sur un chariot et lui humecter la gorge.

—Flèche, chuchota-t-elle d'une voix rauque, mais il n'y avait pas de peur chez elle, seulement du défi.

—Ex. (Peut-être aurait-il dû attendre, mais il fallait qu'il obtienne cette information tant qu'elle était consciente et lucide.) Nous devons savoir si vous avez découvert quoi que ce soit au sujet des X-Psis qui nous aiderait à en sauver une qui est sur le point d'atteindre le stade critique.

Elle semblait perdue.

—X?

—Le feu de glace, dit-il. Le X-feu. Rappelez-vous.

Il ne brilla pas la moindre lueur de compréhension dans ses yeux, et il sut que le Fantôme avait vu juste. Alice avait demandé à ce qu'on efface ses souvenirs. Ça devait être pour ça qu'elle avait fini cryogénisée plutôt qu'assassinée. Ses ravisseurs avaient eu besoin de temps pour trouver le moyen de récupérer les informations. Mais il refusait d'abandonner. Elle était restée en suspension si longtemps ; il était impossible de savoir quel effet ça avait eu sur son esprit.

— Ceux qui se consument, dit-il, recourant à tous les mots-clés qui lui revenaient en tête. Feu. Flammes. Synergie.

Elle eut un moment de lucidité soudaine.

— Trouvez la valve.

Chapitre 52

Hawke sentit le soulagement s'abattre sur tout le monde à l'infirmerie quand le premier guérisseur des autres secteurs arriva. Ils avaient demandé à venir avant le conflit, mais la meute ne pouvait pas prendre le risque d'exposer tous ses guérisseurs au danger. Mais leur aide était nécessaire cette fois, et rien ne pouvait les tenir éloignés de la tanière.

Même s'il lui en coûta, Hawke ne partit pas avant que les guérisseurs aient annoncé que l'état des blessés était assez stable pour qu'il puisse s'accorder une pause. Il se rendit aussitôt auprès de la femme pour qui battait son cœur. Seul le corps inanimé de Sienna reposait sous la tente que Drew avait dressée. Les autres membres de la meute étaient partis en sentant Hawke approcher.

C'était comme si elle l'attendait.

— Non, chuchota-t-elle, si bas que la plupart des changelings ne l'auraient pas entendue.

Mais Sienna était à Hawke. Elle l'avait toujours été, avant même qu'elle le sache et avant même qu'il l'accepte.

— Si, murmura-t-il en plongeant le doigt dans une bouteille d'eau pour le frotter ensuite sur ses lèvres. Si.

Elle secoua la tête mais entrouvrit les lèvres, cherchant à en avoir davantage. Il en fit couler un peu dans sa bouche, l'encourageant par des bruits de gorge.

— Allez, allez. Ouvre-moi ces jolis yeux.

— Noir.

Il ignorait ce qu'elle voulait dire par là, mais poussé par son loup, il se pencha pour lui mordiller la lèvre inférieure.

—Hawke, dit-il. Voilà le mot qu'il faut que tu dises.

Elle fronça les sourcils.

—Hawke, répéta-t-il en lui serrant la hanche. Hawke.

—Hawke, murmura-t-elle d'une voix ensommeillée tandis que ses paupières papillonnaient.

Elle ouvrit les yeux. L'espace d'un instant sublime, une explosion de bonheur pur embrasa son regard de cardinale, avant d'être balayée par une vague d'horreur. Elle se redressa d'un coup.

—Qu'as-tu fait?

Une porte mentale se claqua si violemment que des points lumineux explosèrent sous les paupières de Hawke.

Il gronda et saisit sa mâchoire.

—Ne t'avise pas d'essayer de me bloquer.

Son loup commença à donner des coups de patte au mur qu'il ne voyait pas mais qu'il sentait parce qu'ils étaient connectés par le lien d'union, un lien qui ne tolérerait jamais une distance de ce genre.

Le barrage céda sous une avalanche d'émotions, les mêlant intimement l'un à l'autre. Prenant une inspiration tremblante, il serra la tête de Sienna entre ses mains et dit:

—Essaie ça encore et je te donne une fessée.

Elle étrécit les yeux.

—Ne me parle pas sur ce ton.

Un rire monta du plus profond de son être.

—Bonjour à toi aussi, rayon de soleil. (Puis il l'embrassa. Et continua à l'embrasser jusqu'à ce qu'elle lui morde la lèvre inférieure.) Quoi? gronda-t-il.

—De l'air.

La voyant à bout de souffle, il parvint à se restreindre.

—Judd dit que ta famille va bien.

Hawke n'avait pas posé beaucoup d'autres questions, surtout quand l'ex-Flèche lui avait rapporté ce qu'Alice

Eldridge avait dit avant de sombrer de nouveau dans le coma dans lequel elle était plongée depuis son arrivée à la tanière.

Se remémorant la sensation déchirante qui l'avait écartelée avant qu'elle perde connaissance, Sienna ferma les yeux et s'avança sur ce qui aurait dû être le LaurenNet.

Ça ne l'était pas.

Elle cligna des yeux et secoua la tête.

—Sienna.

Des lèvres sur sa mâchoire.

Elle passa une main dans les cheveux de Hawke.

—Cesse de me déconcentrer.

Elle tourna pourtant le visage vers le sien et profita encore un peu de lui malgré la terreur qui lui nouait la gorge... puis elle donna à son tour. Il était changeling, et le contact physique était essentiel à son bonheur.

—Le LaurenNet n'existe plus.

Il redressa vivement la tête.

—Quoi ?

—Chut.

Elle posa ses doigts mentaux sur la corde scintillante, à la fois bleue comme les yeux de son loup et couleur de feu. C'était le lien qui la connectait à Hawke – *oh, Seigneur* –, mais même si elle fut tentée de s'attarder sur sa beauté et sur la terreur qu'elle éveillait en elle, elle la dépassa et déploya ses sens psychiques.

Parce qu'il était relié à Hawke, ce fut Judd qu'elle trouva le premier. Il y avait un esprit uni au sien, que Sienna avait l'habitude de voir sur le LaurenNet, même s'il n'était pas Psi... Brenna. Judd était également rattaché d'une tout autre façon à un deuxième esprit qu'elle reconnut. Walker. Sienna aussi était connectée aux deux frères, et tous trois étaient directement liés à Toby et à Marlee.

Mais ce n'était pas les seuls esprits dans ce réseau.

Forts et indiciblement sauvages, neuf autres esprits se détachaient du noyau central formé par Hawke, tels les rayons d'une roue. Un dixième esprit se tenait plus près du sien, comme si le chef le protégeait. Tous étaient renforcés par des boucliers naturels qui ne pourraient être transpercés que par une extrême violence – des souvenirs revinrent à Sienna dans un sursaut de douleur –, et pas un seul n'était Psi. Un certain nombre d'autres esprits partaient des rayons.

—Je vois Lara et tes lieutenants, chuchota-t-elle, émerveillée par le « désordre » de ce réseau où les connexions s'entremêlaient et se croisaient. Indigo... je la reconnais. Elle étincelle de force et de vitalité. Et son lien avec Drew, si profond et solide. (Son cœur s'emplit de joie.) Ça, ça doit être la compagne de Cooper.

Même là, il était protecteur avec elle, son esprit blotti près du sien.

—Riley. Je le reconnais, lui aussi. (Il était le calme au milieu de la tempête, le rocher sur lequel chacun d'eux s'appuyait.) Étrange, chuchota-t-elle en voyant que le lien le plus fort de Riley disparaissait dans le néant. Mercy.

Hawke posa ses doigts puissants et un peu rêches sur sa mâchoire.

—Tout le monde est sain et sauf?

—Oui.

Elle toucha le lien qu'il avait avec Lara. Il n'était pas comme les autres, et elle sut d'instinct que la connexion entre un chef et sa guérisseuse obéissait à ses propres règles, de même que les liens entre les lieutenants et les autres guérisseurs. C'était si complexe, si magnifique.

—Sienna.

Elle ouvrit les yeux et croisa ceux de son loup. Elle songea que le LaurenNet avait retenu Judd même après que Hawke avait établi un lien de sang avec lui, car l'entité intelligente au sein du réseau familial avait su qu'ils ne pouvaient pas survivre sans lui. Mais ce que Hawke avait fait sur le champ de bataille avait fait pencher la balance ; et parce qu'ils étaient soudés, Judd et Sienna avaient entraîné tous les membres de leur famille sur le réseau SnowDancer.

— Bien. (Il l'embrassa avec fougue.) Explique-moi maintenant ce qui t'est passé par la tête au juste quand tu t'es changée en torche humaine !

Outrée par cette accusation, elle en oublia presque ce qu'elle s'apprêtait à dire. Presque.

— Espèce d'idiot ! (Elle le repoussa, sans parvenir à le déplacer d'un centimètre.) C'était sans danger ! J'étais épuisée… les flammes n'auraient consumé que moi.

Elle avait su quand elle avait perdu le contrôle du X-feu et qu'un froid terrible l'avait envahie que c'était la seule façon de s'assurer qu'elle ne causerait plus jamais de carnage de ce genre.

— Pourquoi m'as-tu arrêtée ?

— J'ai pris ce qui était à moi.

— Ce que j'ai fait m'a peut-être vidée pour un temps, dit-elle, en proie à un effroi incommensurable, mais je ne suis pas stable, Hawke.

— Tu voulais que je te regarde brûler ? Jamais de la vie !

Le loup la dévisagea, arrogant, insulté et furieux.

Mais elle n'avait pas l'intention de céder.

— Oui ! Tu aurais dû me laisser désactiver l'arme. (Car c'était bien ce qu'elle était, et elle devait être traitée comme telle.) Sectionne-le, ordonna-t-elle. Sectionne le lien d'union.

Elle avait déjà essayé et s'était aperçue qu'elle ne le pouvait pas ; ce n'était pas une construction Psi, et il n'obéissait à aucune loi psychique qu'elle connaissait.

— Sectionne-le !

— Je suis changeling, bébé, gronda-t-il. Même si je le voulais, je ne pourrais pas le sectionner.

— Je m'en chargerai, dit-elle, frémissante de panique. Il doit y avoir un moyen. Il va falloir que j'aille dans ton esprit et…

Il colla soudain son visage au sien.

— Essaie pour voir.

Elle tressaillit et s'apprêta à relever le défi, refusant de le blesser lui ou l'un des siens… mais elle se rendit compte que c'était impossible. Il était en elle, son compagnon – ce mot incroyable et beau –, et la simple idée de violer ce lien était un anathème.

—Je suis désolée. (Elle se voûta.) Pour ce que j'ai fait avant.

Saturée de puissance, elle avait transpercé ses boucliers pour entrer dans son esprit sur le champ de bataille et tenter vainement de sauver ses compagnons de meute alors qu'elle incinérait l'ennemi. Le loup de Hawke connaissait chacun des siens, chaque parcelle de son territoire, chacun des loups sauvages ; elle avait pensé les protéger en « montrant » au feu de glace qu'il ne devait pas les toucher.

—Combien de…

—Tu n'as blessé personne de la meute, dit-il sur un ton ferme qui la força à écouter. Il n'y a pas eu un seul cheveu carbonisé à part les tiens, espèce de femme extraordinaire, folle et belle.

La lèvre inférieure de Sienna se mit à trembler, et elle se retrouva soudain happée dans ses bras, le visage enfoui dans son cou tandis qu'elle l'enlaçait.

—J'avais si peur, chuchota-t-elle, car elle pouvait l'avouer à son loup qui voyait les tréfonds de son âme. Tout le monde est sain et sauf ?

Une pause.

—On a un certain nombre de blessés. Lara s'est effondrée un peu plus tôt, et se réveillera dans un petit moment pour se remettre au travail. Les guérisseurs des autres secteurs ont commencé à arriver.

Elle se souvint du moment où les hommes d'Henry avaient fracassé les crânes de ses compagnons dans des craquements d'os écœurants.

—Est-ce que ça va suffire ?

—Non, répondit-il, la dure vérité qui sortait de la bouche d'un chef. Mais on ne renoncera pas tant qu'ils s'accrocheront à la vie.

—Y a-t-il… (Elle déglutit, la gorge nouée.) Mes amis ?

Il la serra dans ses bras.

—Tai est dans un état critique. Maria aussi.

Non, non.

—Evie va avoir le cœur brisé.

Et Lake, si fort, si habile. Il aimait Maria avec une tendresse qui semblait avoir le pouvoir d'adoucir son esprit téméraire.

—On ne se rendra pas, dit-il, sa volonté inexorable. On ne se rend jamais.

—On ne se rendra pas, répéta-t-elle avant de prendre une longue inspiration tremblante.

—Le mot « valve » a-t-il une signification spécifique pour toi sur le plan psychique ? demanda-t-il, et quand elle secoua la tête, il lui rapporta ce qu'Alice Eldridge avait dit.

Poussant un cri de rage pure, elle fit pleuvoir des coups de poing sur son torse. Il la laissa évacuer sa colère et son amertume, et la tint dans ses bras lorsqu'elle s'appuya contre lui, à bout de souffle.

—Je regrette presque qu'on l'ait trouvée, dit-elle. (Sa poitrine se soulevait tandis qu'elle essayait de reprendre sa respiration.) Je ne voulais pas me faire de faux espoirs, mais c'était plus fort que moi.

Une minuscule part secrète d'elle-même avait été convaincue que la scientifique allait se réveiller avec les réponses, juste à temps pour la sauver.

D'autres hommes auraient pu chercher à la réconforter par de belles paroles, des mensonges dénués de sens, mais Hawke s'adressa à son esprit guerrier en revenant au sujet de la bataille.

—On ne s'attendait pas à cette arme supersonique, dit-il sur un ton qui lui fit comprendre que ça ne se reproduirait pas. Mais grâce à toi, on a tenu les montagnes.

—La ville ? demanda-t-elle d'une voix rauque.

—Les léopards l'ont protégée. Certains bâtiments ont été endommagés, mais il n'y a eu que peu de blessés grâce aux Rats, à Judd, et aux hommes d'Anthony et de Nikita. Les agents de Purs Psis qui ont survécu se sont enfuis la queue entre les jambes. (Il caressa lentement ses cheveux.) Je sens le feu de glace le long de notre lien.

—Oui. (La bataille ne l'avait vidée que pour un temps. Ça n'avait rien changé à la réalité fondamentale de l'accumulation de son pouvoir.) Il a atteint les cinquante pour cent.

Et il était si froid qu'il lui gelait les os.

—Il semble plus fort.

Plus sombre, plus cruel. La peur entrava la gorge de Sienna comme un nœud coulant.

—Peut-on s'éloigner davantage de la tanière ?

—Je connais un bon coin, se contenta de dire Hawke sans poser de questions.

Ils venaient à peine de sortir de la tente quand le pouvoir de Sienna monta violemment en flèche. Ses genoux se bloquèrent puis la lâchèrent. Elle serait tombée dans l'herbe si Hawke ne l'avait pas retenue par les avant-bras alors que le X-feu menaçait de transpercer sa peau.

—Non. (Même là où ils étaient, au cœur des montagnes, la tanière était trop proche. Ses amis, sa famille, sa meute était trop proche.) Hawke, je n'arrive pas à le retenir.

Elle fut prise de panique.

—Si une brèche s'ouvre, ça consumera tout le monde dans les parages.

Son pouvoir était devenu encore plus vaste et plus vorace, et il s'étendrait sur des kilomètres dans toutes les directions.

Ni la pierre, ni l'acier, ni le plasti-béton, n'arrêterait sa course dévastatrice.

Puis elle vit les flammes jaunes et écarlates commencer à se diviser pour former deux rivières parfaites dans son esprit, prémices d'une ultime fusion catastrophique.

—Je suis sur le point d'atteindre la synergie !

Ce qui la changerait en une bombe humaine à la puissance destructrice incalculable, qui raserait DarkRiver et la meute des SnowDancer, la ville de San Francisco, les montagnes de la Sierra Nevada... et poursuivrait sa route.

« *Si tu explodes,* avait dit Ming de sa voix glaciale, *le continent sur lequel tu te trouves pourrait cesser d'exister.* »

À cet instant où son pouvoir était si pur et limpide, elle se rendit compte que Ming avait eu tort. Il n'y avait rien d'hypothétique là-dedans.

Elle sentit une main chaude d'homme s'emparer de la sienne et l'arracher à la pensée horrifiante de ce qu'elle était vraiment.

— Le lac, lui dit son loup.

Elle courut à côté de lui.

— Ça réduira peut-être l'impact.

Une part d'elle savait que ça ne suffirait pas, que même les profondeurs du lac ne pourraient pas contenir le déferlement de son pouvoir, mais elle devait y croire. Puis, elle ressentit une brûlure psychique inattendue dans son esprit et vit que le feu de glace rongeait les boucliers qui l'isolaient du réseau, et ne tarderait pas à se déverser sur la toile des SnowDancer avec la violence d'une tempête. Il n'avait encore jamais menacé d'infiltrer un réseau psychique ; mais elle n'avait jamais été aussi proche de la synergie.

La peur planta des lames de glace dans son cœur lorsqu'ils sautèrent dans l'eau.

— Hawke ! Le X-feu se répand sur le plan psychique. Je ne peux pas couper mes liens mentaux, mais tu peux...

Il riva ses yeux bleus de loup sur les siens.

— Je t'interdis de me demander de te faire du mal. Je te l'interdis !

La douleur écartela Sienna. Le monde se teintait déjà d'écarlate et d'or, et elle se rendit compte que le X-feu avait envahi ses yeux. Une larme unique roula sur sa joue alors que l'eau glacée lui arrivait aux cuisses.

— Je vais consumer ton esprit.

Il continuait à s'éloigner de la rive, la traînant derrière lui.

— Et les autres ?

L'eau recouvrit les seins de Sienna, s'infiltra dans sa poitrine et la moelle de ses os.

— La toile s'effondrera sans toi, dit-elle en battant des jambes pour essayer de l'aider.

Il en était le centre, la clé. Si sa famille y avait été intégrée depuis plus longtemps, ils auraient pu construire des liens de secours, mais en l'état des choses, la toile était une construction changeling qui reposait sur les liens du sang… le sang de Hawke.

— Les membres changelings n'en pâtiront pas. Walker et Judd…, ajouta-t-elle, à bout de souffle avec le froid qui la consumait, arriveront à entraîner les enfants dans un LaurenNet plus petit.

Elle avait envoyé un avertissement télépathique à Judd. Son cher Toby et sa Marlee si drôle et intelligente étaient toujours inconscients, une petite bénédiction.

— Quand tu mourras… (Les mots refusaient de sortir, et c'était sans rapport avec le fait qu'elle était immergée dans la partie la plus froide et la plus profonde du lac.) Quand tu mourras, se força-t-elle à dire, le choc psychique m'arrachera de la toile malgré mes liens avec ma famille.

Il était devenu son point d'ancrage. Le perdre la détruirait, mettant fin à sa vie en même temps qu'à la menace de la synergie.

— On devrait plonger au cas où, mais une fois séparée de la toile, je ne serai plus un danger.

Son loup prit son visage entre ses mains, ses gestes et sa voix empreints d'une farouche dévotion.

— Il n'y a pas de quoi avoir peur alors, n'est-ce pas ?

Ça brisait le cœur de Sienna qu'il soit à elle.

— Je t'aime.

Je suis désolée.

Une caresse parcourut le lien d'union, un baiser sauvage dans lequel elle reconnut son loup avant qu'il dise « Pour toujours » et plonge avec elle dans ses bras. L'eau bleue scintillante se referma au-dessus de leurs têtes.

Froid. Tellement froid.

Ce fut la dernière sensation physique dont elle eut conscience avant que l'écarlate et l'or entrent en collision et forment un brasier qui recouvrit et traversa ses boucliers avec une violence qu'elle n'avait aucun espoir de réussir à contrôler. *Hawke!* Ce fut un cri télépathique qu'elle lança alors que les flammes progressaient le long du lien d'union et le transformaient en ruban incandescent.

Il la serra dans ses bras, la ramenant à la réalité un bref instant avant qu'elle soit de nouveau happée par le plan psychique. Horrifiée, elle regarda la tempête avide de son pouvoir déferler sur Hawke. Au lieu de consumer son esprit, il l'enveloppa... et continua de s'étendre aux liens qui le rattachaient à ses lieutenants, à leurs compagnes et compagnons, aux guérisseurs.

Il les voulait tous.

Non! Non!

Chapitre 53

Le feu se propagea également aux liens familiaux.
Il toucha d'abord Judd, puis Walker. Et il arrêta sa course. Sienna sut que les deux hommes s'étaient élevés sur le plan de la conscience et mettaient toute leur énergie dans leurs boucliers pour sauver les enfants et Brenna, mais elle savait aussi qu'ils allaient échouer. Elle continuait à déverser son pouvoir, une vague meurtrière après l'autre.

L'espace d'un instant, la toile des SnowDancer s'embrasa et fut la plus belle chose qu'elle avait jamais vue, un réseau éclatant d'or et d'écarlate, illuminé par de l'énergie pure. Il n'évoquait pas la mort, mais la vie. Bien sûr, c'était un mensonge. Alors que le terrible brasier rouge mettait le feu aux esprits des lieutenants de Hawke, Walker et Judd cédèrent enfin.

Juste avant d'être submergé par la force de Sienna, Walker avait su qu'il ne tiendrait pas le coup. Il se servit de sa télépathie pour assommer de nouveau les deux enfants assoupis. Ils ne souffriraient pas, et sombreraient dans la nuit éternelle sans s'en rendre compte.

Lara.

Il ne put lui accorder qu'une seule pensée douloureuse avant que son temps soit écoulé. L'énergie brute de Sienna se déchargea dans son esprit. Pendant un bref moment, ce fut magnifique, une puissance d'une telle pureté qu'elle l'émerveilla. Si seulement il existait un moyen de la contenir.

Puis elle percuta ses derniers boucliers télépathiques, les réduisant en cendres lorsque la vague s'écrasa. L'espace d'un instant, il aperçut la toile et songea que le pouvoir se concentrait sur lui, comme s'il était une sorte d'aimant. Les flammes – *si froides et si violentes* – s'engouffrèrent dans son cœur psychique une seconde plus tard.

La mort n'avait jamais été aussi exaltante.

Dans le monde physique, il tomba à genoux alors que des flammes jaunes et rouge sang dansaient devant ses yeux, mais sur le plan psychique, sa portée télépathique fut un instant multipliée par mille, et il eut le temps d'être reconnaissant de ne pas être né ainsi, car un homme n'était pas censé connaître les secrets du monde.

Il attendit la mort, la sensation de brûlure glacée du X-feu, mais le pouvoir le traversait toujours. Assailli par sa force, il serra les dents et tendit une main télépathique pour toucher les enfants. Il les découvrit inconscients mais indemnes. Ce fut alors qu'il concentra son œil psychique au-delà de l'avalanche de puissance. Et ce qu'il vit était si incroyable qu'il se serait effondré s'il n'était pas déjà à terre.

L'étrange hélice au centre de son étoile mentale n'avait aucun rapport avec les enfants ou la télépathie. Elle étincelait comme un diamant tandis qu'elle tournait à une vitesse phénoménale, jouant le rôle d'un filtre pour l'énergie de Sienna. Son potentiel de destruction se retrouva piégé, éradiqué, et le reste retourna au réseau. Les liens interconnectés de la toile brûlaient toujours, mais au fil des secondes, le rouge agressif s'estompa pour laisser la place à de l'or scintillant… jusqu'à ce qu'enfin, il n'y eut plus de puissance brute.

L'esprit de Walker s'éteignit.

Il fallut attendre deux jours pour que tout le monde soit en état de tenir une discussion rationnelle. Ils se retrouvèrent dans la salle de conférences principale, tandis que les lieutenants qui venaient d'autres régions de l'État se connectèrent via les dispositifs de communication. La compagne de Cooper se tenait à côté de lui, et les autres membres de la toile SnowDancer – comme l'appelaient les Lauren – prirent place autour de la table de la salle de conférences. Seuls manquaient à l'appel les enfants et les guérisseurs des autres secteurs, qui avaient décidé de rentrer chez eux, laissant à Lara la charge de les représenter.

— Quel trip d'enfer, dit Tomás pour briser la glace. Bon sang, j'ai été à bloc pendant deux jours. Je jure que j'ai patrouillé non-stop pendant trente-six heures.

— On a soigné tout le monde, dit Lara en repliant les doigts. (Elle parlait trop vite, sur un ton trop saccadé.) Tous ceux qui étaient à l'infirmerie, tous les membres de la meute, même les plus infimes blessures. Quelqu'un a-t-il mal au dos ? Des égratignures ?

À côté d'elle, Walker fit une chose à laquelle Hawke ne se serait pas attendu de la part de ce Psi calme et réservé. Il passa la main sous les cheveux de Lara, la refermant sur sa nuque. C'était une marque de possession typique d'un changeling, une façon de dire à tous les autres hommes qui assistaient à la réunion que Lara n'était plus disponible.

Le loup de Hawke approuva.

— J'ai fait l'amour, dit Drew avec un grand sourire. Et pas qu'une fois.

Indigo lui jeta un bout de papier roulé en boule, mais elle souriait aussi. Rattrapant le papier, il dit :

— Hé, je n'allais pas gâcher cette bonne énergie.

Tout le monde gloussa. L'ambiance n'avait rien de comparable à ce qu'elle aurait été s'ils avaient abordé le sujet du pouvoir de Sienna quelques jours plus tôt.

— On a donc tous eu droit à un petit coup de fouet, apparemment, dit Hawke en glissant les doigts dans les cheveux de sa compagne.

— Elle fonctionne comme un réacteur miniature, dit Walker avec son sérieux et sa réserve habituels, qui captèrent l'attention de tout le monde. Son pouvoir est infini.

— Ça veut dire qu'on va être sans arrêt boostés comme ça ? (Les yeux marron foncé de Tomás pétillaient lorsqu'il les posa sur la tête baissée de Sienna.) Ce n'est pas que je n'apprécie pas, chou, mais ça m'a rendu « hyperactif » d'après ma mère.

— Toby n'a pas dormi depuis deux jours, dit Lara. Il a battu à la course ses amis changelings... Il trouve ça « extra-cool ». Ce sont ses mots.

Sienna prit la parole pour la première fois.

— Je crois que c'était exceptionnel, dit-elle en se tordant les mains sous la table, là où elle pensait que Hawke ne pouvait pas le voir. Walker et moi en avons discuté, et on pense que c'est parce que j'essayais de contenir mon pouvoir et qu'il s'est accumulé jusqu'à atteindre un seuil critique. Si je l'évacue en continu, ça boostera vos niveaux d'énergie sans avoir d'impact discernable comme cette fois-ci.

Hawke se pencha et lui mordilla l'oreille. Elle devint rouge comme une pivoine.

— Hawke !

— Personne n'est fâché contre toi, Sienna, murmura-t-il. Regarde-les.

Il la vit lever la tête, jeter un coup d'œil autour d'elle, et sentit le soulagement colossal qui traversa le lien d'union. Lorsqu'elle se retourna et retira la main de Hawke de ses cheveux pour la porter à ses lèvres, elle mit son loup à ses pieds.

Ne détournant le regard que lorsqu'elle reposa sa main sur la table, leurs doigts entremêlés, il s'aperçut que les autres s'étaient mis à discuter entre eux pour leur accorder à lui et à Sienna un peu d'intimité.

— Il est clair que Walker joue le rôle d'un filtre... d'une valve, dit-il lorsqu'il y eut un blanc dans la conversation.

Matthias parut inquiet.

— Et s'il arrivait quelque chose à Walker ?

— On en a parlé, intervint Sienna avec une assurance qui lui avait fait défaut plus tôt. L'hélice est apparue dans l'esprit de Walker vers l'époque où ma mère était enceinte de moi. Il y a donc une chance que d'autres Psis du réseau développent la même aptitude.

Elle avait expliqué à Hawke que s'ils avaient vu juste, les implications étaient renversantes. Cela signifiait qu'en plus d'organiser la toile, l'entité intelligente d'un réseau psychique pouvait l'influencer à un niveau individuel. Ce qui, si les rumeurs au sujet de la pourriture sur le PsiNet étaient vraies, menait à des suppositions très dérangeantes.

— Mais on ne va pas se reposer là-dessus, poursuivit Sienna. Maintenant qu'on sait comment fonctionne l'esprit de Walker, Judd pense pouvoir exercer le sien à reproduire cet effet. Ce sera loin d'être aussi efficace, et la décharge de puissance sera beaucoup plus difficile à encaisser pour lui…

Matthias l'interrompit.

— Ça marchera, dit-il avec un sourire féroce. C'est ce qui compte.

Kenji jeta un coup d'œil à Walker.

— Est-ce que ça te vide de quoi que ce soit ?

— Non. (Walker tapota du doigt sur la table.) À vrai dire, je ne me suis jamais senti aussi vivant. Pour la première fois de ma vie, je fais un usage complet de mes aptitudes. Vu que la valve tourne automatiquement dans le fond, elle n'interférera pas avec mes tâches habituelles.

Jem dévisagea le Psi.

— Waouh, je ne t'avais jamais entendu prononcer autant de mots d'affilée.

Cette remarque déclencha l'hilarité de Tomás et de Drew. Alexei, Cooper et Matthias se continrent davantage, mais ils se fendaient malgré tout de larges sourires. En son for intérieur, le loup de Hawke riait. Sa meute, sa compagne. Tous réunis. La vie était belle… si on exceptait le fait que le Conseil Psi savait désormais que Sienna mais aussi tous les membres de la famille Lauren étaient vivants.

Walker laissa la main posée au creux des reins de Lara lorsqu'ils sortirent de la salle de réunion.
— Tu as des patients ?
— Non. J'ai guéri tout le monde, tu te rappelles ? (Une étincelle brilla dans ses yeux fauves.) Tout le monde ! Même ceux qui étaient mourants. J'ai été une super guérisseuse. Bon d'accord, une super guérisseuse avec des super assistants. Tu sais que Tai a embrassé Evie sous le nez d'Indigo ? Avec la langue. Et Maria a fait des cupcakes pour tout le monde.
— Tu es toujours ivre de pouvoir.

C'était logique. D'après ce qu'il avait appris au cours des années précédentes, un réseau psychique comportait apparemment toujours une entité intelligente, et même la plus embryonnaire aurait compris que les guérisseurs avaient besoin du pouvoir plus que quiconque. Sauf qu'il y avait eu une telle quantité d'énergie que donner un coup de fouet supplémentaire à Lara et aux autres n'avait pas vraiment été nécessaire.
— Combien j'ai de doigts ?

Lara gloussa, puis plaqua une main sur sa bouche.
— Je suis si heureuse… tous ces blessés, guéris. Je n'ai finalement pas eu assez de gens à soigner. Dommage qu'Alice Eldridge ne soit pas une louve ou j'aurais pu la réveiller. Elias m'en veut un peu de l'avoir rabiboché sans lui laisser la moindre cicatrice dont il puisse se vanter. Quand est-ce que vont rentrer le reste des jeunes ? Je te parie que j'aurai quelque chose à soigner avec eux.

Se retenant de rire face à ce débit de parole qui lui rappelait sa fille – qui essayait au même moment de dépasser le record du monde de saut en longueur dans la Zone Blanche –, il poussa Lara dans la direction où il voulait qu'elle aille.
— Demain.

—Oh, chouette.

Alors qu'elle passait un bras autour de sa taille, il dit :

—Drew a dit avoir beaucoup fait l'amour. Tu veux qu'on fasse ça à la place ?

Il avait besoin de la revendiquer à un niveau fondamental, de la toucher, de la caresser et de savoir qu'elle était sortie indemne des flammes de la guerre.

Lara releva vivement la tête.

—Maintenant ?

—Oui.

Elle lui saisit la main comme pour l'entraîner avec elle.

—Viens vite.

—Attends, dit-il alors qu'ils arrivaient à ses quartiers, es-tu trop ivre de pouvoir pour donner ton consentement ?

Lara répondit du tac au tac en récitant le tableau périodique des éléments.

—Tu vois, j'ai toutes mes facultés. On peut faire l'amour, maintenant ?

—Oui.

Le souffle de Lara se fit saccadé lorsqu'il la ramena à ses quartiers et verrouilla la porte derrière lui. Avec de grands yeux, elle le regarda déboutonner et se débarrasser de sa chemise, puis retirer ses chaussures et chaussettes. Alors qu'il enlevait la ceinture de son jean, elle prit une brusque inspiration et s'avança vers lui.

Puis elle le mordit.

Juste sur les pectoraux, y plongeant les dents assez profondément pour laisser une marque rouge foncé. Ça anéantit le peu de contrôle qui lui restait, et il se surprit à la soulever du sol pour la jeter sur le lit. Elle se leva comme si elle voulait lui échapper, mais il était membre de la meute depuis assez longtemps pour savoir que sa louve jouait avec lui. Après lui avoir retiré ses chaussures, il arracha son jean et sa culotte avec un manque de délicatesse qui aurait pu l'inquiéter si Lara ne l'avait pas encouragé par de petits bruits de gorge.

— Enlève ton sweat-shirt.

C'était un ordre.

Elle obéit, mains tremblantes.

— Ton soutien-gorge.

Il disparut l'instant suivant. Mais au lieu de se mettre sur le dos, elle s'étira à quatre pattes devant lui et posa sur lui un regard de louve.

— Je serai douce, dit-elle sur un ton solennel qui lui donna envie de sourire. Je sais que tu es vierge. Les Psis n'ont pas de relations sexuelles, si ?

— Non. (Les contacts intimes étaient interdits sur le PsiNet.) Mais je pense avoir saisi le concept.

Cédant à la tentation, il caressa d'une main la courbe de son dos.

Elle se cambra à son contact, la peau chaude et scintillante.

— Serais-tu en train de me titiller ?

Elle lui jeta un regard lourd de suspicion alors qu'elle se redressait sur ses genoux pour tirer sur le premier bouton de son jean.

— Un peu.

Il se pencha et enfouit le visage contre elle, lui mordillant doucement le lobe de l'oreille comme il l'avait fait lorsqu'ils avaient passé la nuit ensemble dans l'appartement de Lara.

Elle frissonna.

— Tu t'en es souvenu.

Il se souvenait de tout à son sujet, depuis les petits sons qu'elle émettait quand il passait la langue sur la sienne jusqu'à sa façon de pousser son sein dans sa main quand il pinçait son téton.

— Sur le dos, chuchota-t-il, pris du désir de la marquer et de la revendiquer d'une façon qui avait jusque-là échappé à son entendement.

Obéissant sans discuter, elle s'appuya sur les coudes et le regarda baisser son jean, les yeux brillants. La brusque inspiration qu'elle prit fut une caresse pour ses sens. Il saisit ses chevilles et lui écarta les cuisses.

—À qui appartiens-tu, Lara? demanda-t-il tout bas.

—À toi, chuchota-t-elle. Rien qu'à toi.

Il ne s'étonna pas de la sentir dans son corps et dans son cœur. Il était évident qu'elle y serait; il n'y avait que comme ça qu'il serait certain de pouvoir la protéger. Lara était l'une des personnes les plus vulnérables qu'il avait rencontrées. Elle était capable de tenir tête à Hawke si elle estimait que son chef se faisait du mal, mais de la même façon, elle aurait été prête à s'arracher le cœur et à le lui donner si ça pouvait le sauver. Walker se demanda comment elle avait survécu aussi longtemps sans quelqu'un pour veiller sur elle.

—Walker... Est-ce qu'on vient de..., souffla-t-elle, sous le choc.

Chapitre 54

Il s'avança sur le lit pour se dresser au-dessus d'elle.
— Lara ?
— Oui ?
— Faisons d'abord l'amour, on discutera plus tard.

Il avait peut-être été Silencieux autrefois, mais cet homme-là était parti depuis longtemps. Le contrôle de celui qui restait ne tenait qu'à un fil.

Elle caressa et traça les contours de son torse.

Quand il tendit la main pour toucher la chaleur fondante entre ses cuisses, elle saisit son poignet.
— Passons les préliminaires cette fois.
— D'accord.

Il lui écarta les cuisses et s'immisça lentement en elle, car elle semblait trop minuscule pour le contenir. La chaleur de Lara lui fit l'effet d'une décharge sensuelle qui faillit lui arracher les rênes de son contrôle. Il s'était déjà imaginé s'enfonçant dans sa chair étroite, explorant son beau corps tout en courbes douces, mais jamais il n'avait pris conscience de la force brute de cet acte.

À moi. C'était une pensée primitive.

Juste à ce moment-là, elle l'enserra de ses jambes et s'arc-bouta vers lui en même temps.

Elle poussa un cri au contact de la chaleur agressive de Walker qui la pénétra d'un coup sec, et elle s'agrippa à son dos pour tenter vainement de trouver un point d'ancrage. Son esprit était noyé sous le choc et l'émerveillement, son corps vibrait. Elle entrouvrit les lèvres pour parler, mais fut coupée dans son élan par une bouche d'homme exigeante qui ne la relâcha que le temps de lui demander :

— Ça fait mal ?

— C'est si bon.

Elle lui mordit la mâchoire. Réagissant comme à son habitude, il s'empara de sa bouche, la lécha et la goûta avec voracité... tandis qu'il allait et venait en elle à un rythme lent et profond, une main calleuse posée sur sa hanche pour la clouer sur place. Parce qu'elle désirait ces intimes privilèges du contact rapproché depuis si longtemps, elle lui rendit ses moindres baisers et caresses, mais il était évident qu'elle ne dominerait jamais au lit.

Sa louve ne trouvait rien à y redire. Elle était une guérisseuse. Elle avait besoin d'un compagnon fort et capable de prendre soin d'elle autant qu'elle prenait soin des autres. Alors qu'elle lui embrassait le cou, il avança la main pour la refermer sur ses fesses, la déplacer et la pénétrer plus en profondeur. Elle sentit son corps entier se contracter.

— Walker ! S'il te plaît.

Les coups de reins qu'il lui donna ensuite furent rapides et possessifs, autant que ses baisers. Le plaisir déferla sur elle en vagues, pour finir par la briser en un millier d'échardes. Elle le tint contre elle jusqu'au bout. Jamais elle ne laisserait partir cet homme et son cœur. *Jamais.*

Ce ne fut qu'au bout de la troisième partie de sexe – oui, elle avait le corps endolori, mais elle s'en moquait – que Lara réussit à évacuer assez d'énergie pour que son cerveau recommence à fonctionner sur un plan autre que sensuel. Se blottissant contre Walker, qui était étendu sur le côté près d'elle et caressait ses courbes avec ses mains délicieuses, elle embrassa son torse et lécha son goût d'eau sombre et de pins enneigés, auquel se mêlait celui du sel.

Sa louve se blottit près de lui, elle aussi, savourant ce qu'irradiait le lien d'union. Il était solide et stable, à l'image de l'homme qui était son compagnon.

—Tu sais que c'est pour la vie, n'est-ce pas? demanda-t-elle, redoutant à moitié qu'il veuille se rétracter après que l'excitation était retombée.

—Oui. (Il passa une main sur ses fesses.) Le lien d'union me facilitera la tâche de garder un œil sur toi.

—Walker.

Il changea de position pour se pencher au-dessus d'elle.

—Lara.

Oh, elle savait qu'elle allait avoir des ennuis avec lui… mais elle n'attendait que ça.

—Est-ce que tu nous vois sur la toile?

—Oui, dit-il avec un sourire satisfait. Elle s'est réarrangée de façon que tu sois à côté de moi. Là où je peux te protéger.

—J'ignorais que tu étais aussi possessif.

Il lui répondit par un baiser lent et chaud qui l'incita à se frotter contre sa cuisse. Avant qu'il ait pu prendre le dessus, elle le poussa sur le dos et se dressa pour le chevaucher. Il garda ses yeux verts distinctifs rivés sur le renflement modeste de ses seins, le regard empreint d'un tel désir charnel qu'elle en eut des frissons. Quand il tendit la main pour la toucher et l'explorer, il s'y appliqua avec une telle concentration qu'elle eut l'impression d'être la chose la plus intrigante qu'il ait jamais vue.

Il pinça son téton exactement de la façon qu'elle aimait, comme elle le lui avait chuchoté au cours de leur nuit sensuelle dans son appartement.

—Lara?

—Oui? demanda-t-elle d'une voix tremblante.

—Apprends-moi quels sont les autres préliminaires que tu aimes.

Elle était une changeling et avait la sensualité dans le sang… et pourtant, sa requête abrupte lui coupa le souffle.

— J'aime tout ce que tu me fais.

— Dans ce cas (il la retourna de nouveau sur le dos et lui écarta les cuisses), je pense qu'on devrait explorer le concept de sexe buccal.

Le cerveau de Lara s'embruma. Et il le resta.

Car quand Walker Lauren avait une idée en tête, il s'y accrochait ; et cet homme ne laissait aucune tâche inachevée.

— Mmm, dit-il quand l'orgasme l'eut réduite à une masse de chair frémissante. Recommençons maintenant que je sais ce que je fais.

Maintenant qu'il…

— Touche-moi et tu es mort.

Saisissant ses larges épaules, elle l'attira plus haut.

— Plus de sexe buccal ? demanda-t-il avec un petit sourire séduisant qu'elle sut qu'il ne destinerait jamais qu'à elle.

Elle fondit.

— Oh non. Encore du sexe buccal.

Le repoussant sur le dos, elle se laissa glisser le long de son corps.

Et découvrit que son compagnon connaissait des mots très intéressants.

Judd était allé voir Xavier pour lui passer un cristal de données encodé avec des informations au sujet d'une femme que son ami cherchait depuis des années, mais alors qu'il attendait que Xavier finisse de parler à quelqu'un dans son bureau et sorte, il vit un homme vêtu de noir s'asseoir à côté de lui sur les marches éclairées par la lune.

Il n'en conçut pas de surprise ; il s'y attendait depuis le moment où la couverture de sa famille avait sauté.

— Salut, Aden.

Aden regarda le jardin potager derrière l'église.

— Je ne m'attendais pas à te trouver si près d'un lieu de culte.

— Es-tu venu me tuer ?

—Ce sont mes ordres.

—Sachant que je peux me téléporter, cela signifie que Vasic est dans les parages.

Pour la première fois, Aden le regarda ; avec ses pommettes hautes, son teint mat et ses yeux bridés, il incarnait la Flèche par excellence. Froide, qui ne laissait rien paraître de l'homme derrière le masque.

—On a cessé de donner du Jax à Vasic en même temps qu'à toi, dit-il soudain, se référant à la drogue qui changeait les Flèches en meurtriers.

—Est-ce que ça l'a aidé ?

—Il dit qu'il ne restait plus rien à sauver.

Judd posa les yeux sur l'emblème cousu sur l'épaule de l'uniforme d'Aden, une étoile unique.

—Cet ordre n'émane pas de Kaleb.

—De Ming. (Aden se retourna vers le jardin.) Il ne nous comprend pas et ne nous a jamais compris, même s'il a autrefois porté l'insigne d'une Flèche.

Judd se pencha pour appuyer les bras sur ses genoux.

—J'ai violé le code. J'ai quitté les Flèches.

—Pour sauver une X-Psi. (Aden calqua son geste, chose inhabituelle pour une Flèche Silencieuse.) Silence était censé sauver les X-Psis et tous ceux d'entre nous qui n'entrent pas dans le cadre du monde normal.

—Le protocole a échoué, Aden.

—Oui. Pour certains en tout cas. (Il marqua une longue pause.) Le Conseil n'existe plus, même si la populace ne s'en est pas encore rendu compte. Des factions se forment déjà dans l'ombre.

—Tu parles d'une guerre civile.

Une guerre qui ravagerait le Net.

—Peut-être a-t-elle été inévitable depuis l'instant où notre espèce a choisi Silence.

Oui.

—Combien de temps ?

— Il y aura une petite accalmie le temps que chaque faction rassemble des partisans… c'est une question de mois, Judd, pas d'années.

Des cloches carillonnèrent quelque part au loin, et ils se turent.

— Walker t'a-t-il dit qu'il m'avait eu comme élève ? demanda Aden lorsque les échos se dissipèrent.

Judd secoua la tête.

— Il ne parle pas de l'époque où il enseignait aux Flèches.

— Ce qu'il m'a appris… Dis-lui que ça a sauvé la vie et la santé mentale de plus d'une Flèche.

Judd songea au génie de son frère en matière d'illusions télépathiques, sans lesquelles ils ne se seraient jamais échappés du Net, et il se demanda quel usage Aden avait fait de ces talents.

— Si tu as besoin de moi, je serai à tes côtés.

— Tu existes. Sienna existe. Ça me suffit. En plus d'avoir survécu, tu as trouvé le bonheur. C'est une émotion que je ne comprends pas, mais je sais que ça vaut mieux que les ténèbres. Les autres le savent aussi.

L'espoir, songea Judd. Voilà le mot qu'Aden n'arrivait pas à trouver.

— Qu'envisages-tu ?

— Silence court à sa chute, dit-il sur le même ton qui ne révélait rien de l'ampleur de ce dont il parlait. Nous regarderons, nous attendrons et nous nous battrons quand l'heure sera venue.

Judd ne demanda pas dans quel camp seraient Aden et les Flèches. Il le savait.

Grisée par la tournure qu'avaient prise les événements, et par les décennies – voire le siècle – de sursis qui lui étaient accordées, Sienna fut plus qu'heureuse quand Hawke la conduisit dans l'intimité de leur cabane. Elle se retrouva assaillie de baisers la seconde suivante. Elle eut envie de mordiller ses lèvres fermes, même si elle savait que ce serait une très mauvaise idée. Elle risquait d'être dévorée.

—Attends, je…

—On ne parle pas, dit-il, laissant à peine un millimètre entre eux. Les privilèges du contact rapproché d'abord.

—On parle d'abord.

Elle laboura son torse des ongles.

Il la souleva et la plaqua contre le mur, les jambes de Sienna autour de sa taille.

—D'accord.

Il déboutonna son chemisier de ses mains habiles, colla sa bouche séduisante sur sa gorge et les courbes de ses seins.

—Hawke, gémit-elle, les doigts dans ses cheveux.

—Tu n'as pas besoin de ça, si?

Quelques secondes plus tard, il avait réduit son jean et sa culotte en lambeaux et refermait sa main chaude et possessive sur son intimité tandis qu'il l'embrassait à lui faire perdre haleine.

—Enlève ça.

Elle tira sur les pans de sa chemise et entendit un bouton tomber par terre.

Il refusait de l'aider, préférant jouer avec sa chair fondante, titiller et tourmenter les seins qu'il avait dénudés en coupant son soutien-gorge d'une griffe. Mais Sienna avait ses propres griffes. Approchant les lèvres de son oreille, elle dit :

—J'ai envie de frotter mes seins contre ton torse.

Elle se retrouva plaquée sur le lit à une vitesse vertigineuse, Hawke nu au-dessus d'elle un rien de temps plus tard. Il fit mine de la mordre. En riant, elle l'imita. Puis elle l'attira vers elle et fit exactement ce qu'elle avait réclamé.

Son loup la laissa jouer et joua avec elle, et ce ne fut que lorsqu'ils furent étendus sur le tapis devant la cheminée – Hawke vêtu d'un jean à peine boutonné, elle de sa chemise – en grignotant de la nourriture sur un plateau que Sienna sortit la clé qu'elle portait autour du cou.

— Qu'est-ce que ça ouvre ?

Il se leva pour aller au véhicule et revint avec une petite boîte métallique qu'il plaça devant elle avant de reprendre sa position initiale. Consciente que le loup ne lui donnerait aucun indice, elle glissa la clé dans la serrure et ouvrit la boîte. Tapissée de velours bleu, elle était vide.

Curieusement, elle comprit très bien.

— Pour les souvenirs qu'on créera ensemble.

Des larmes lui nouèrent la gorge, et même si elle savait qu'il y avait une chance pour que sa réponse lui brise le cœur, il fallait qu'elle pose la question qu'elle n'avait pas osé formuler jusque-là.

— Comment s'est-on unis ?

Les événements sur le champ de bataille l'y ont-ils contraint ? Le regrette-t-il ? Elle ne pouvait pas exprimer ces peurs à voix haute, mais elles vivaient dans son cœur, sombres et douloureuses.

Lorsqu'il jeta un coup d'œil à Sienna, Hawke sut que la balance du pouvoir était entre ses mains, et que ce qu'il allait dire aurait de profondes répercussions sur le reste de leur vie commune. Il pouvait répondre à sa question sans rien trahir, sans faire pencher la balance. Ou bien il pouvait prendre une autre décision, qui les propulserait au-delà du statut d'amants et de compagnons pour devenir un véritable couple dominant.

— Tu avais raison, dit-il, et il vit les émotions se déchaîner dans ses yeux extraordinaires de cardinale.

Il lui aurait été facile de sourire, de prendre cet aveu pour argent comptant, mais ça n'aurait pas ressemblé à Sienna.

— À quel sujet ? demanda-t-elle en l'observant d'un air un peu méfiant.

Son loup ne fut pas étonné. Sienna avait ses propres cicatrices, et il faudrait du temps pour qu'elles s'estompent. Hawke n'y voyait pas d'inconvénient... car il avait l'intention de rester sur le long terme, prêt à affronter tous les cauchemars qui oseraient la hanter.

—Au sujet du lien d'union. (Il se redressa en position assise et appuya un coude sur son genou.) Ce n'était pas le loup qui me retenait.

» Quand Rissa est morte, dit-il, offrant à Sienna ce dernier recoin secret de son cœur, ça a été comme si on avait arraché une partie de moi. Je suis resté un mois sans parler, sans rien faire d'autre que rester assis à côté de sa tombe. (Le garçon autant que le loup n'avaient eu de cesse d'espérer que s'ils le souhaitaient assez fort, Rissa reviendrait.) J'ai mis un long moment avant d'accepter qu'elle était partie, que la seule chose qui me restait d'elle était le vide qu'elle m'avait laissé à l'intérieur.

Les yeux d'un noir d'encre, Sienna se rapprocha assez près pour refermer la main sur le mollet de la jambe qu'il avait relevée. Mais elle ne l'interrompit pas, cette femme qui le comprenait parfois mieux qu'il se comprenait lui-même, qui l'avait forcé à affronter la froide et dure réalité des mensonges qu'il s'était racontés toutes ces années. Ce n'était pas plus simple pour autant d'arracher la croûte de sa plaie ; il n'était pas chef pour rien, après tout. Il n'aimait pas se sentir vulnérable.

En conséquence, ses paroles suivantes furent presque brusques.

—C'était plus facile de croire que j'avais perdu mon unique chance de m'unir en même temps que Rissa que de courir le risque de revivre une telle souffrance. (Il passa une main dans ses cheveux et secoua la tête.) Sauf que je n'ai jamais eu de doutes te concernant. Tu es dans chacun de mes souffles et mes moindres pensées, si intimement mêlée à mon être que l'amour n'est pas un mot assez fort… Tu as ma dévotion, ton nom marqué dans mon âme, mon loup à tes ordres. Cent ans ? Ça ne suffira jamais. Je veux l'éternité.

Des larmes coulèrent lentement et sans bruit sur les joues de Sienna.

Il n'avait pas terminé.

— Tu as le pouvoir de me réduire en pièces, de m'infliger des blessures si profondes que je ne m'en remettrais jamais. Ce que la mort de Rissa a fait au garçon que j'étais… tu as la capacité de faire mille fois pire à l'homme que je suis devenu. Une part de moi savait que c'était une possibilité depuis l'instant où tu es entrée dans ma vie… alors j'ai essayé de te tenir à distance, tout en exigeant que tu me donnes tout ce que tu avais. J'ai été lâche.

— Hawke, non. (À genoux devant lui, elle secoua la tête, visiblement ébranlée, et essuya ses larmes du dos des mains.) Je n'aurais jamais dû dire ça.

— Tu as mis le doigt sur mes foutaises, dit-il en repliant l'autre jambe afin de l'attirer entre les deux. Ça m'a mis dans une colère noire, et ça sera sans doute encore le cas à l'avenir quand tu recommenceras. Autant que tu sois prévenue.

Elle esquissa un sourire tremblant et passa les bras autour de son cou.

— Tu veux dire que tu ne vas pas devenir apprivoisé et sage maintenant que nous sommes unis ? (Elle déposa de minuscules baisers aux coins de ses lèvres, sur ses joues et sa mâchoire.) Mince.

Se penchant pour recueillir ses marques d'affection, il la laissa arrondir ses angles internes.

— Je peux faire semblant si tu veux.

Il caressa la courbe douce de ses fesses, nues sous les pans de la chemise qu'elle s'était appropriée.

— Je ne te reconnaîtrais pas, dit-elle avec un rire rauque. (Ses paroles suivantes furent solennelles, son air résolu.) Je sais qu'on avait convenu qu'il n'y aurait pas d'histoires de chef entre nous pendant qu'on se courtisait. Mais ça va changer. J'accepte mon rang, et je continuerai à recevoir des ordres de ceux qui sont plus gradés que moi. Mais jamais de toi.

Elle poursuivit avant qu'il puisse l'interrompre, prenant son visage entre ses mains.

— Je suis à toi. Sans limites. Je te donnerai tout ce que tu demanderas, tout ce que tu voudras, à l'exception d'une chose : mon obéissance en vertu de ton rang. Tu ne seras jamais mon chef. Ni en public, ni en privé. Pour moi, tu es Hawke. Juste Hawke. Est-ce que tu comprends ?

Son loup frémit, puis se détendit lorsqu'il inclina la tête pour appuyer le front contre celui de Sienna.

— Compris et accepté.

À moi, songea-t-il. Pour la première fois de sa vie d'adulte, il avait une personne qui était sienne et avec laquelle il pouvait parler comme avec aucun autre membre de sa meute bien-aimée.

Ils restèrent là un long moment, son loup plus apaisé qu'il ne l'avait été depuis qu'il avait endossé la responsabilité de chef à quinze ans. Et ce loup avait lui aussi envie du contact de Sienna. Il se métamorphosa sans la prévenir, entendit son hoquet de surprise. Mais quand le loup posa la tête sur ses genoux et ferma les yeux, elle crispa les doigts dans sa fourrure d'un geste doux et possessif. Satisfait, il s'endormit.

Sienna resta assise à caresser la fourrure argent et or du loup gigantesque qui dormait la tête sur ses genoux, le cœur débordant d'un émerveillement et d'une joie qui dépassaient sa compréhension. Les mots qu'il lui avait dits, le pouvoir qu'il lui avait donné… elle ne s'était attendue ni aux uns ni à l'autre.

Je t'aime plus que la vie. Cette pensée parcourut le lien d'union, et quand le loup sembla soupirer, elle comprit qu'une part de lui l'avait entendue. Ce lien était si profond, si viscéral qu'elle savait qu'il n'y en aurait pas d'autre si l'un d'eux venait à mourir, ni pour elle ni pour lui. Les changelings avaient raison ; on ne s'unissait qu'une fois, et pour toujours.

Une larme silencieuse roula sur sa joue… une larme pour Rissa. Si Hawke éprouvait un jour le besoin de rendre visite à la fille à qui il avait donné son cœur enfant, Sienna ne l'en empêcherait pas. Le fantôme de Rissa reposait en paix ; restaient les souvenirs, qui devaient être chéris et gardés en mémoire. Elle songea qu'en quelque sorte, Rissa leur appartenait à tous les deux, comme sa mère Kristine. Des morceaux du passé qui les avaient façonnés, qui avaient fait d'eux ce qu'ils étaient et les avaient amenés à ce moment.

Un moment durant lequel elle caressa ce loup qui avait ressoudé une meute par la simple force de sa volonté et de sa détermination. Elle songea avec un début de sourire que cette vie n'allait être ni simple ni facile. Il allait essayer de la dominer, elle n'en doutait pas une seconde. Mais il allait aussi l'aimer de toute la force de son cœur sauvage de changeling.

« Tu as ma dévotion, ton nom marqué dans mon âme, mon loup à tes ordres. Cent ans ? Ça ne suffira jamais. Je veux l'éternité. »

Non, ni simple ni facile.

Intense, dangereuse et extraordinaire, telle serait la vie qu'elle partagerait avec son loup.

Quand le loup en question dressa la tête, elle sourit.

—Salut.

Il se transforma, et elle fut soudain couverte des baisers d'un homme nu qui lui retournait le cerveau. Étouffant un cri quand il la souleva dans ses bras pour la jeter sur le lit par jeu, elle se mit à rire.

—Tu as étanché ta soif, ça y est ?

—Redemande-moi d'ici un mois.

Puis il bondit.

Bien plus tard, la peau scintillante d'ondes de plaisir, elle fronça les sourcils et dit :

—Quel est ton nom complet ?

Le loup de Hawke brilla dans son regard, une lueur amusée dans ses yeux bleu glacier tandis qu'un sourire creusait ses joues.

—D'où sort cette question ?

—Je refuse d'être ta compagne et d'être tenue dans l'ignorance.

Elle glissa les paumes sur son torse affriolant, des picotements dans les seins au souvenir de la sensation de son corps dur et superbe pressé contre le sien. En dépit de ce qu'il avait dit plus tôt, il l'avait laissée jouer avec son corps, caresser son sexe chaud et rigide, l'explorer avec sa bouche.

Bien entendu, ça n'avait pas duré longtemps. Quand elle s'était plainte, il avait promis de la laisser lui mettre les menottes la prochaine fois. Sienna avait hâte qu'il honore cette promesse et de goûter chaque centimètre de son corps musclé, mais chaque chose en son temps.

— Dis-moi.

Il se pencha et lui mordilla la mâchoire, une marque d'affection soudaine qui la fit sursauter.

— Ne détourne pas mon attention, se plaignit-elle en frottant le pied sur son mollet, les poils de ses jambes une caresse rêche et sensuelle contre sa peau. Je veux savoir.

Son rire vibra à travers les paumes qu'elle avait posées sur sa peau élastique.

— Si tu y tiens.

Il lui donna une autre petite morsure avant de lui chuchoter le nom à l'oreille.

Elle cligna des yeux.

— Non !

Il gronda, mais c'était par jeu.

— Tu ne l'aimes pas ?

— Il est magnifique, tu le sais. (Il lui allait à la perfection.) Mais du coup, je m'interroge sur ton prénom. Il ne sonne pas comme celui d'un loup... surtout quand on sait l'âge et la signification de ton nom. C'était le prénom de quelqu'un de ta famille ?

Hawke secoua la tête.

— Ma mère avait choisi un prénom pour un garçon bien avant de rencontrer mon père, indépendamment du fait que « Hawke » n'avait rien d'un nom de loup. (Il s'installa au-dessus d'elle, la couvrant de son corps lourd.) Quand ils se sont unis, elle a décidé de prendre le nom de son compagnon, qui était l'un des plus vieux si ce n'est le plus vieux de la meute, mais elle a refusé de changer d'avis au sujet du prénom de son fils.

Sienna perçut l'écho d'un profond amour dans cette phrase.

—Ton père l'a accepté.

—Il l'adorait, répondit-il simplement. Et puis, en ce qui concerne mon nom de famille, il s'est dit que le fils qu'il aurait saurait bien vite remettre à leur place ceux qui s'en moqueraient… Il avait raison.

L'arrogance pure d'un loup.

Sous le charme, elle couvrit son cou de baisers.

—Pour la défense de ta mère, dit-elle, incapable d'arrêter de le cajoler, c'est un nom superbe et unique.

—Il n'est juste pas fait pour un loup. (Il se pencha pour recueillir ses caresses.) Pour être honnête, j'aime qu'ils m'aient chacun donné une partie de mon nom.

Ça lui plaisait à elle aussi.

—Et moi? demanda-t-elle. Est-ce que je prends ton nom de famille, vu qu'on est unis?

—Est-ce que tu en as envie?

Il inclina la tête, son loup attentif sans être exigeant.

Elle réfléchit longuement à sa question, songeant à la personne qu'elle avait été et à celle qu'elle était devenue.

—Oui, dit-elle enfin, mais j'aimerais aussi garder le mien. (Comme pour Hawke, son passé n'existait plus, mais il avait laissé une marque indélébile et ne pouvait pas être oublié.) Il fait partie de moi.

Il pressa les lèvres contre les siennes et lui donna un baiser de loup.

—Ça me convient… Sienna Lauren Snow.

EN EXCLUSIVITÉ

Découvrez les scènes coupées et annotées par l'auteure du *Baiser du loup*

Traduit de l'anglais (Nouvelle-Zélande) par Clémentine Curie

Brenna et Judd

Note de l'auteur : J'adore l'intimité de cette scène, mais j'ai eu le sentiment que les détails évoqués ici au sujet de Sienna figuraient ailleurs dans le livre. Bien qu'elle offre aussi un autre aperçu de la relation de Judd et Brenna, une scène relativement importante leur avait déjà été consacrée et j'ai donc décidé de supprimer celle-ci (à mon grand regret).

En rentrant à la maison, Judd trouva sa compagne sous sa forme de louve, roulée en boule sur un tapis en peluche dans le salon de leurs quartiers. Il mit un genou à terre à côté d'elle et caressa d'une main la fourrure de son dos, merveilleusement douce sous la première épaisseur de poils rêches. Les yeux de Brenna brillèrent d'un éclat sauvage quand elle les ouvrit pour l'accueillir, puis l'air s'emplit des étincelles aux couleurs vives qui survenaient lors d'une métamorphose.

Même après tout ce temps, ce spectacle chamboulait Judd, pétrifié de la voir s'exposer à ce point au Tk potentiellement capable d'interrompre le processus de transformation et de causer sa mort qu'il était. Et même s'il se serait plutôt arraché le cœur, ce n'était pas le sujet, car Brenna avait été terrorisée par un Tk-Psi.

À peine fut-elle agenouillée devant lui, chaude et nue, qu'il enlaça son corps aux courbes douces et se pencha pour appuyer le front contre le sien. Son être entier poussa un soupir de soulagement, et il s'abandonna. Chez lui. Il était chez lui.

Brenna fit courir les doigts dans ses cheveux et sur ses épaules, inlassablement. Elle le cajolait. Jamais il n'aurait imaginé qu'il ressentirait une émotion aussi forte, cette joie féroce qui lui donnait l'impression d'abriter un loup lui aussi. Ce fut cette émotion qui l'incita à dire ce qu'il avait sur le cœur alors qu'il regardait ses yeux marron striés d'éclats bleus.

Des yeux extraordinaires.

Ceux d'une survivante.

Ceux de sa compagne.

— Je veux ça pour elle, dit-il sur un ton dur. Je veux qu'elle connaisse ce genre de bonheur.

Comme celle d'une Flèche Tk, l'existence d'une X-Psi était régie par la violence de son don. La douceur, la tendresse... jamais ils n'osaient aspirer à de telles choses.

Brenna prit son visage entre ses mains chaudes et douces.

— C'est un homme bon, Judd. S'ils finissent ensemble, tu n'auras pas à craindre qu'il la maltraite de quelque façon que ce soit.

— Je sais. (Judd vouait à Hawke une confiance absolue et sans réserve, celle d'un lieutenant vis-à-vis de son chef.) Mais je déteste la voir souffrir à cause de ce qu'elle ressent.

Il avait essayé de protéger Sienna lorsqu'il avait été une Flèche, s'était téléporté auprès d'elle à l'insu de Ming, mais au bout du compte, elle avait toujours été seule dans le noir avec un monstre.

— J'aimerais pouvoir lui épargner cette douleur.

— Oh, chéri. (Elle déposa des baisers sur sa mâchoire.) On ne peut pas franchement dire que notre histoire ait débuté sans heurts.

Elle prit de nouveau son visage entre ses mains et s'empara de sa bouche avec tendresse et passion.

— Tout ce qui a de la valeur mérite qu'on se batte pour l'obtenir.

Walker et Lara

Note de l'auteure : Ce passage devait à l'origine suivre la scène du rendez-vous du chapitre 47. Bien qu'il ne concorde plus parfaitement avec la fin du livre, il donne un petit aperçu de ce qui s'est passé cette nuit-là entre Walker et Lara.

Au début de la scène, Lara est assise sur les genoux de Walker, sur le canapé.

Quelque chose changea dans son regard vert pâle.

— Il n'y a pas le feu, Lara.

Elle leva la main pour caresser sa mâchoire.

— Je croyais que tu ne savais pas ce que tu faisais ?

— Tu m'apprends.

Tournant la tête quand elle effleura ses lèvres des doigts, il en prit un dans sa bouche avec douceur et le suça lentement l'espace d'une seconde torride.

Son geste arracha à Lara un petit cri de plaisir.

En réaction, il se pencha pour déposer un baiser dans son cou.

— Ton odeur…

Le son qu'il émit était grave et profond, masculin par excellence, fidèle à Walker.

Oh, Seigneur.

— Montre-moi ce que tu aimes d'autre.

Il avança sa grande main à l'arrière de sa cuisse, puis remonta plus haut. À la seconde où elle frissonna, il réitéra sa caresse exactement au même endroit.

Il embrassa de nouveau sa gorge, effleurant sa mâchoire de la sienne. Il s'était rasé avant de venir la trouver, songea-t-elle au contact de sa peau lisse tandis qu'elle glissait les doigts dans ses cheveux. Elle adorait le frottement de sa barbe naissante contre sa peau, mais cette petite attention pleine de tendresse la fit succomber.

Elle se pencha et mordilla le bord de son oreille.

Il serra sa cuisse.

— Encore.

Lara s'exécuta en tirant doucement sur son oreille avec ses dents, puis elle la relâcha. Elle savoura la sensation exquise de sa peau rêche lorsqu'il referma une fois de plus la main sur sa cuisse avant de se détendre.

—Ça te plaît, ça aussi ?

—Oui, chuchota-t-elle, car un silence religieux enveloppait ce moment secret.

Il retira la main de sa cuisse et elle eut envie de gémir de déception, mais il la fit ensuite courir sur son sein. Elle crispa les doigts dans ses cheveux épais et doux comme de la soie brute contre sa paume.

Walker n'aurait jamais pensé tenir un jour une femme chaude et pulpeuse dans ses bras. Ni qu'il s'agirait de Lara... Peinant à assimiler les émotions intenses qu'elle éveillait chez lui, il descendit la main sur ses côtes puis jusqu'à la courbe sensuelle de ses hanches.

« Tous les privilèges du contact rapproché que tu veux. »

Malgré leur amour du contact, les loups n'accordaient pas ce genre de chose à la légère. C'était une marque de confiance absolue de la part de Lara. Il remonta la main et la replia sous son sein. Elle enfonça les ongles dans sa nuque, une minuscule morsure dont il mourut d'envie de faire l'expérience sur d'autres parties de son corps. Les contacts sensuels étaient une contrée encore inconnue pour lui, et il n'avait l'intention de l'explorer qu'avec cette femme.

—Je veux voir tes seins.

La peau de Lara s'embrasa, mais elle ne dit pas un mot lorsqu'il avança la main jusqu'au col de sa robe et écarta le tissu, révélant un soutien-gorge en dentelle noire qui couvrait à peine son téton. Le pantalon déjà serré de Walker devint soudain hautement inconfortable.

—Montre-moi, lâcha-t-il sur un ton brusque et presque froid, aux prises avec son désir impétueux.

Mais Lara, cette femme qui le comprenait, ne parut pas s'en formaliser.

Elle porta une main à son soutien-gorge et tira sur le bonnet de sorte qu'il encadre son sein, le donnant en offrande à Walker. Il inclina la tête et s'en empara. Goûta. Savoura. Le son qu'elle émit quand il suçota et fit rouler son téton sur sa langue l'incita à glisser de nouveau la main sous sa robe pour étreindre la peau lisse et douce de sa cuisse.

— Walker !

— L'autre, murmura-t-il, avant de s'apercevoir qu'elle s'était immobilisée. Tu n'es pas à l'aise.

Elle eut un rire rauque.

— Si, c'est juste que tu as une façon de me regarder...

Elle leva les mains sur ces mots chuchotés, le corps prêt à l'accueillir, et écarta sa robe et son soutien-gorge afin qu'il puisse lécher tout le tour de son téton avant de le prendre entre ses dents. Elle crispa les cuisses sur la main qu'il avait placée entre elles, serrant de toutes ses forces. À l'écoute du corps de Lara, il s'avança jusqu'à ce que ses jointures frôlent la dentelle délicate de sa culotte.

Le petit cri qu'elle laissa échapper fit à Walker un effet indescriptible.

Lorsqu'il exerça plus de pression, il sentit le corps de Lara se contracter, puis elle empoigna ses cheveux et lui releva la tête, cherchant ses lèvres des siennes dans un mouvement désespéré. Il l'embrassa comme il avait appris à le faire pour qu'elle fonde, la langue dans sa bouche tandis qu'il l'attirait plus près de lui de la main qu'il avait posée au creux de ses reins.

Frémissante, elle se pressa contre ses jointures.

— Walker...

Il était loin d'être un amant expérimenté, mais il savait écouter et assembler les informations qu'il collectait ; il frotta donc ses jointures contre elle. Quand elle gémit et se tendit encore plus près, il appuya de nouveau plus fort. Elle poussa un cri étouffé et se laissa retomber contre lui en frissonnant.

Il y avait une telle confiance entre eux. Une confiance absolue.

Déplaçant la main plus bas sur sa cuisse, il caressa son genou puis remonta. Et tout cela était si facile qu'il se pencha et lui mordit l'oreille comme elle avait mordu la sienne. Elle sursauta puis sourit contre son cou.

— Pas juste, dit-elle, un murmure doux et intime. Je suis sans défense.

Il déposa des baisers sur sa gorge, faisant courir sa bouche jusqu'au lobe de son oreille, qu'il prit entre ses dents... et sentit une onde de surprise et de plaisir ébranler Lara.

— C'est donc ça que les jeunes appellent « se peloter » ?

— Oui. (Elle prit une inspiration et éclata de rire.) Qu'en penses-tu ?

— Ça génère beaucoup de frustration.

Il avait l'impression que son érection allait se casser en deux.

— C'est en partie pour ça que c'est amusant. (Elle se blottit contre lui.) Je peux remédier à cette frustration.

C'était une proposition à la fois intime et affectueuse.

Tous les muscles du corps de Walker se raidirent. Il avait engendré un enfant, mais il n'avait jamais touché de femme avant Lara... et nulle ne l'avait jamais touché. Il se retrouvait pourtant avec une femme belle et sensuelle dans les bras, et il se demanda comment il avait réussi à survivre sans ses caresses.

— Montre-moi, dit-il d'une voix qui lui parut plus grave et rauque que jamais.

Son regard de renarde étincela, et elle se mit à lui donner de petits baisers provocants.

— J'adore ta voix.

Glissant la main le long de son torse, elle tira sur sa ceinture. Elle venait de défaire le bouton de son jean et commençait à baisser sa braguette quand le sexe rigide de Walker sursauta au premier contact de sa main. Il serra les dents, mais c'était trop tard. Après une vie entière de froideur, ce simple effleurement eut raison de lui, et le plaisir se propagea dans les moindres cellules de son corps.

Il aurait peut-être dû en concevoir de l'embarras, mais avec Lara qui le cajolait et l'embrassait, il ne ressentait que... Il ne trouvait pas le mot, mais il savait n'avoir jamais ressenti ça avec personne.

— Désolé, murmura-t-il, se délectant de ses caresses.

— Maintenant qu'on est tous les deux détendus, dit-elle avec un sourire espiègle, tu veux recommencer?

Sienna prise en embuscade par Drew

Note de l'auteure : Voici comment la deuxième scène du chapitre 16 devait se terminer à l'origine. Mais même si j'ai aimé retrouver Drew, j'ai décidé qu'une scène plus courte et concise qui se concluait par le souvenir de la première rencontre de Sienna avec Hawke servait mieux le rythme de l'histoire.

— Fais-le.

Il posa la main sur la tête de Sienna, tranchant le fil de ses souvenirs.

— Drew.

— 'jour, chou à la crème.

Il subtilisa un second muffin pour elle.

— Arrête avec ce surnom. (Elle fit la moue, mais elle n'était pas capable de résister à son sourire… ni à la douceur aux myrtilles et au chocolat blanc qu'il lui tendait.) Merci.

Après s'être versé une grande tasse de café, Drew se prit un muffin et s'assit en face d'elle. Douché de frais, ses cheveux châtains presque noirs, il était clairement bien réveillé.

— Tu es de garde ce matin ? demanda-t-elle.

— Indy, dit-il. Je m'oppose intellectuellement et physiquement à me lever avant midi, l'heure des gens civilisés, mais la tentation de lui donner des baisers à la dérobée tout en l'accompagnant à son poste était trop forte pour que j'y résiste.

Avec une pointe d'envie, Sienna se demanda ce que ça ferait d'être l'objet d'une adoration si manifeste.

— Qu'est-ce qui t'amène dans cette section ? demanda-t-elle, espérant que Drew ne remarquerait pas son humeur chagrine. Tu as rejoint le cercle des casés et fiers de l'être maintenant, tu sais.

Sourire aux lèvres, il lui tapota le nez.

— J'étais venu voir quelqu'un d'autre, mais j'ai décelé ton odeur.

Elle lui répondit par un sourire sincère.

— Je ferais mieux d'y aller. (Elle but son lait jusqu'à la dernière goutte.) Je dois me rendre sur le périmètre est.

Drew se leva en même temps qu'elle.

— Tu veux de la compagnie ?

— Tu as le temps ?

— Pour toi, j'ai tout le temps du monde, dit-il, un bras passé autour de ses épaules.

L'intuition d'ordinaire infaillible de Sienna ne l'alerta que lorsqu'ils eurent rejoint son poste de garde.

— Bon, dit Drew en s'appuyant contre le tronc puissant et fier d'un vieux pin aux branches dressées vers le ciel qui prenait les couleurs de l'aube, j'ai l'impression à ton regard que je vais devoir botter les fesses à Hawke.

Elle se souvint alors que Drew n'était pas seulement taquin et affectueux, mais aussi – d'après les bruits qui couraient – le traqueur de la meute.

— Il ne fera qu'une bouchée de toi, dit-elle au lieu de répondre à la question implicite.

— Seulement si je me bats dans les règles. Tu sais que je préfère la méthode sournoise. Sans compter que je connais une ex-Flèche qui serait ravie de venir en renfort.

Sienna commença à marcher le long du périmètre, espérant qu'il lâcherait le sujet si elle poursuivait sur le ton de l'humour.

— Inutile de recourir à la violence en mon nom.

— Oh, je ne suis pas de cet avis, dit-il d'une voix tranquille en lui emboîtant le pas. On doit veiller sur ses petites sœurs.

Elle s'arrêta et regarda son beau visage avec ses yeux couleur de lac, si vifs et pénétrants.

— Ne t'avise pas de jouer les grands frères protecteurs à l'excès avec moi.

Pour avoir vu comment lui et Riley se comportaient avec Brenna, elle savait très bien à quoi s'attendre.

— Je ne joue pas. (Il se fendit d'un sourire espiègle, mais elle sentit qu'il était sérieux.) Il t'a fait du mal.

— Drew! (Elle le rejoignit et posa une main sur son cœur.) N'interviens pas, je t'en prie. Ce serait…

Atroce.

— Vraiment. S'il te plaît, insista-t-elle.

Drew referma la main sur la sienne.

— Hé, bien sûr que je ne m'en mêlerai pas si ça te tracasse. (Des ombres passèrent dans ses yeux bleus.) Mais tu sais que tu peux venir me trouver, n'est-ce pas? N'importe quand.

Elle hocha la tête, mais c'était un sujet qu'elle ne pouvait aborder avec personne. Pas sans s'ouvrir le cœur et exposer des faiblesses si profondément ancrées qu'elles avaient le pouvoir de la détruire.

Marlee parlant à Walker

Note de l'auteure : Cette conversation est tirée d'une des premières ébauches du Baiser du loup. *Suite aux modifications apportées aux versions suivantes, elle ne s'intégrait plus à aucun chapitre. Mais comme vous le verrez, on retrouve des éléments de cette scène dans le livre sous la forme de la conversation qu'a Lara avec Marlee au chapitre 48.*

Ce fut sa fille au sourire édenté qui le prit à partie.
—Papa ?
—Oui ?

Il ponça avec soin le bord d'une table minuscule, un meuble destiné à la maison de poupée de Marlee ; ses poupées avaient apparemment décrété qu'elles « devaient » avoir une salle à manger.

—Pourquoi tu n'embrasses pas Lara comme oncle Judd embrasse tante Brenna ? demanda-t-elle en croquant sa poire.

Walker se figea. Il savait bien que sa fille était intelligente, mais là…

—Pourquoi me poses-tu cette question ?

Assise sur son établi, elle balança les jambes dans le vide et mordit de nouveau dans son fruit avant de répondre.

—Parce que Ben dit que tu sens l'odeur de Lara et que les adultes ne sentent comme ça que quand ils s'embrassent.

Elle s'arrêta pour reprendre son souffle.

—Mais j'ai dit que tu ne l'embrassais pas, et il a dit que tu devais le faire en secret, alors je me demandais pourquoi (nouvelle inspiration) tu ne l'embrassais pas juste normalement...

Un peu abasourdi, Walker délaissa la table à manger miniature et s'appuya contre l'établi à côté de sa fille. Il ne lui dit pas que Ben se trompait. Il n'y avait pas eu de baisers... mais il était clair qu'il fréquentait assez souvent Lara pour que leurs odeurs se mêlent d'une manière ou d'une autre. Il posa alors une question qu'il n'aurait jamais pensé poser à son enfant.

— Ça t'embête que je passe du temps avec Lara ?

Toby, le garçon qu'il considérait comme son fils, était un empathe et comprendrait d'instinct que Walker avait besoin de Lara, un besoin qu'il n'arriverait peut-être jamais à mettre en mots même s'il finissait par l'accepter ; mais Marlee avait toujours été la fille à son papa.

Elle fronça les sourcils.

— Pourquoi ça m'embêterait ?

Elle lui tendit sa poire.

Il prit une bouchée et lui rendit le reste.

— Je ne veux surtout pas que tu aies le sentiment que je ne t'accorde pas d'attention.

Marlee se fendit d'un large sourire.

— Ouais, mais si tu t'unis à Lara, alors j'aurai une maman comme Ben !

Le cœur de Walker cessa de battre.

— Ça te manque d'avoir une maman ?

— Un peu, je crois. (Elle se débarrassa de ses chaussures avant de se caler contre lui lorsqu'il l'entoura du bras.) La maman que j'avais avant, ce n'était pas une vraie maman. Je pense que Lara le serait, elle... on n'est pas ses enfants mais elle nous fait des câlins à moi, Toby, Ben et aux autres louveteaux. Des fois, elle nous gronde quand on n'est pas sages.

Elle lui jeta un petit regard coupable par en dessous.

— Mais elle est gentille.

Il songea que rien de tout ça ne le surprenait, car Lara avait un cœur grand comme la Sierra Nevada.

— Je ne suis pas sûr d'être celui qu'il lui faille.

Il ne se rendit compte qu'il avait parlé tout haut que lorsque Marlee reprit :

— Ben dit que sa maman aime quand son papa lui apporte des fleurs. Tu as donné des fleurs à Lara ?

Non, il ne lui en avait pas donné. Elle se montrait pourtant si généreuse avec lui, était devenue la seule personne avec qui il pouvait parler de tout. Il l'appelait son amie, conscient qu'il la liait à lui et l'empêchait de nouer des relations avec d'autres hommes.

C'était égoïste.

Mais il savait aussi qu'il ne reculerait pas, qu'il ne lui rendrait pas sa liberté. Car la douce et compétente Lara avait réveillé dans la douleur des parties fragiles de lui-même, en sommeil depuis longtemps.

Discussion
entre Indigo et Sienna

Note de l'auteur : Dans Passions exaltées, *Indigo se promet de mettre en garde la femme sur laquelle Hawke jettera son dévolu. Prévue pour l'un des premiers chapitres, cette scène a été écrite afin d'honorer cette promesse. Au final, j'ai estimé que le soutien qu'apporte Indigo à Sienna s'intégrerait mieux à l'histoire si elle l'exprimait de façon plus subtile, mais cette scène – même si elle ne s'insère pas dans la version définitive du livre – montre à quel point Indigo se préoccupe de la jeune femme que Sienna est devenue.*

Ayant couché Toby et Marlee après les avoir aidés avec leurs devoirs, Sienna se dirigeait vers la sortie de la tanière cette nuit-là quand Indigo se joignit à elle.

— Tu vas quelque part ?

— J'avais juste besoin de prendre l'air.

Sa peau lui semblait trop tendue, saturée d'énergie psychique qui ne demandait qu'à s'échapper, chose que Walker avait remarquée à l'instant même où il était rentré chez eux quelques minutes plus tôt.

— Je pensais marcher un peu.

Quand elle était seule et loin de la tanière, elle enterrait son pouvoir. Il n'y avait que comme ça qu'elle savait évacuer l'accumulation de puissance.

— Je t'accompagne.

Sienna hocha la tête. Même si elle était à cran, elle n'était pas encore prête à lâcher le monstre.

— La cascade ?

C'était un peu plus loin que le lac qui était son lieu de prédilection habituel, mais l'endroit aurait plus de chances d'être désert.

— Parfait.

Ni l'une ni l'autre ne reprirent la parole avant d'avoir atteint le bord rocheux de la cascade. Sienna s'assit les jambes dans le vide, le visage caressé par les fines gouttelettes portées de temps à autre par le vent.

L'eau était d'un noir d'encre ce jour-là, sauf là où l'écume s'accumulait au fond. La cascade rugissante participait à l'incroyable beauté de la Sierra Nevada. C'était un cadre paisible. Sienna avait beau le savoir, elle ne parvenait pas tout à fait à capturer cette atmosphère et à la laisser agir sur elle comme elle l'aurait dû. Elle restait en proie au chaos, un tumulte d'énergie avide de vivre, d'expérimenter et d'explorer.

— Bon, dit Indigo en venant s'asseoir à sa gauche, ses longues jambes pendant dans le vide à côté de celles de Sienna, écoute-moi.

Sienna connaissait ce ton.

— Qu'est-ce que j'ai fait encore ?

Un sourire joua sur les lèvres d'Indigo.

— Rien. Crois-moi, ça me surprend aussi.

Sienna aurait dû être offensée ; un an plus tôt, elle aurait peut-être explosé à cette remarque ironique. Mais elle avait mûri en l'espace d'une année.

— Je n'étais pas si terrible que ça.

— Je t'en prie, tu restes la reine des perturbatrices depuis la fois où tu as coloré en violet pétant toute l'eau de la tanière.

— Un colorant inoffensif, dit Sienna, prenant note de rapporter les dires d'Indigo à sa complice, Evie. Et les enfants ont trouvé ça génial.

Elle n'aurait jamais rien fait qui les aurait effrayés.

— Mouais. Et puis, quand tu as raconté à tous les jeunes que tu pouvais lire dans leurs pensées et que tu les espionnais pour Hawke.

— Ce n'était pas une si bonne idée que ça, en fin de compte, admit Sienna. Je crois que certains se méfient encore quand je suis dans les parages.

Indigo ricana.

— Tu as ton petit groupe d'amis perturbateurs. Tai, je comprends, mais comment est-ce que tu t'es débrouillée pour embrigader Evie ?

— Par la manipulation mentale, bien sûr. (Sienna soutint le regard rieur de la lieutenante, et ce qu'elle dit ensuite était sincère.) Ta sœur a un cœur en or. J'ai peur pour elle.

Comme Toby, Evie était sans malice.

L'expression du visage d'Indigo s'adoucit.

— Ouais, moi aussi. Et c'est pour ça que je botterai les fesses à Tai s'il la fait souffrir de quelque façon que ce soit.

Sienna repensa à ce que Tai lui avait dit au sujet d'Evie et sut qu'Indigo n'aurait pas à mettre sa menace à exécution.

— Tu voulais me parler de la faute que j'ai commise en abandonnant mon poste de garde ?

L'estomac de Sienna se noua, car Indigo comptait pour elle et son opinion lui inspirait un profond respect.

— Je t'ai formée, Sienna. Je sais que tu t'en veux depuis la nuit où c'est arrivé. (Indigo se pencha en avant, le visage tourné vers la brume légère qui montait de la cascade.) Tu as toujours été plus dure avec toi-même que je ne l'ai été.

Il le faut. L'échec n'était tout simplement pas envisageable pour une X-Psi.

— Je suis désolée, dit-elle, taisant la cruelle vérité avec laquelle elle avait appris à vivre cette année-là.

Avant, elle l'avait laissée l'étrangler, et la colère qui en avait résulté avait accéléré sa détérioration. Ça ne se reproduirait pas.

— Je sais que mes fautes rejaillissent négativement sur toi.

Indigo posa une main sur son épaule et la serra.

— On commet tous des erreurs. Et tu fais tes preuves… En ce qui me concerne, la page est tournée. Combien de temps te reste-t-il à passer à la cuisine ?

— Encore deux jours.

Indigo hocha la tête.

— Ce dont je voulais te parler concerne Hawke. Ou, plus exactement (la lieutenante la regarda dans les yeux), toi et Hawke.

Sienna cessa de respirer, et son esprit la ramena brusquement à la nuit où Hawke l'avait enveloppée de sa chaleur troublante avant de quitter la tanière. Toute cette virilité si près d'elle, toute cette puissance à peine contenue.

— Comment ça, moi et Hawke ? parvint-elle à dire.

Le souffle de vent généré par la cascade repoussa les cheveux détachés d'Indigo, révélant les traits bien dessinés de son visage.

— Je me suis promis de mettre en garde la femme sur laquelle il jetterait son dévolu.

Sienna referma une main sur son poignet.

— Je ne suis pas cette femme.

— Non, acquiesça Indigo, poignardant Sienna en plein cœur. Pas encore.

Sienna releva vivement la tête.

— Qu'est-ce que c'est censé vouloir dire ?

— Ça veut dire que tu as un problème, chérie. (Elle secoua la tête en prononçant ce petit nom affectueux.) Ce grand et beau loup te remettra à ta place dès que tu sortiras du rang… parce qu'il en a le pouvoir.

— Je ne peux pas y faire grand-chose, Indigo. Il est chef.

Il incarnait la loi suprême.

Indigo crispa la mâchoire.

— Trouve une solution, déclara-t-elle calmement en tendant une main pour tapoter la tempe de Sienna. Tu t'es attiré plus d'ennuis avec ce cerveau que la plupart des autres jeunes réunis. Attelle-le à la résolution de ce problème.

Sienna frotta son poignet des doigts.

—Mais…

—Chut. Écoute.

Indigo se tourna vers elle pour lui parler en face. Ses yeux vifs étincelaient dans le noir.

—Tu retiens son attention. Peut-être que ça l'énerve…

Sienna prit une brusque inspiration.

—… mais c'est ton but de l'énerver.

—Je ne crois pas, marmonna Sienna en songeant à quel point Hawke pouvait être redoutable quand il était de mauvaise humeur.

Elle gardait encore le souvenir cuisant du savon qu'il lui avait passé après cette stupide bagarre avec Maria.

Indigo ne releva pas.

—Quand il te prendra en chasse, bats-toi. Bats-toi pour tout.

Sienna referma la main sur le bord irrégulier des rochers.

—Il m'a touchée la nuit avant qu'il parte dans la montagne, laissa-t-elle échapper, révélant son secret.

—Bien.

—Non. (Lâchant les rochers froids, elle voulut se passer les mains dans les cheveux, lorsqu'elle se rappela qu'elle les avait tressés.) Il n'a même pas cherché à me revoir depuis.

Indigo fronça les sourcils.

—Bon, je ne sais pas si je dois te dire ça, mais tant pis… tu vas avoir besoin de toute l'aide possible.

Percevant l'avertissement dans le ton d'Indigo, Sienna fut prise de nausée.

—Hein?

—Il est affamé sur le plan sexuel, dit Indigo sans détour. Et comme c'est une fichue tête de mule, il essaiera peut-être de faire passer sa frustration avec une autre femme.

Sienna sentit une colère froide la ronger et durcir son cœur dans sa poitrine. Elle dut faire un effort pour réprimer sa fureur et étouffer la réaction violente de son aptitude.

— Ça te donne des envies de meurtre, n'est-ce pas ? (Sourire aux lèvres, Indigo écarta quelques mèches de cheveux qui dansaient devant son visage.) Alors assure-toi qu'il n'ait pas l'occasion de voir qui que ce soit en dehors de toi. Cela dit, le problème n'est pas là.

— Ah ? dit-elle d'une voix à peine audible, le cerveau noyé sous une brume rouge foncé.

— As-tu déjà été avec un homme, Sienna ?

Une vague de chaleur trancha nettement dans sa fureur glaciale.

— Ce n'est pas... Je ne suis pas... Je... (Elle referma la bouche, puis fit une nouvelle tentative.) C'est différent pour les Psis.

Elle avait été formée à rejeter tout contact physique. Il lui avait fallu des années pour parvenir au stade où elle arrivait à laisser quelqu'un en qui elle avait confiance s'approcher assez près pour l'embrasser.

— Je sais. C'est pour ça que je demande, et tu viens de me donner ta réponse. (Indigo relâcha son souffle.) Je crois qu'il est temps qu'on discute des choses de la vie.

Sienna avait envie de creuser un trou et de ramper dedans. De s'ensevelir sous la terre, pour bien faire.

— J'y ai eu droit en première année de cours de SVT.

— Ce n'est pas de ça que je parle, mais du comportement que les changelings prédateurs peuvent adopter quand ils sont à cran. C'est bien sûr décuplé dans ton cas, vu que Hawke est chef et qu'il n'a pas eu de relations sexuelles depuis des mois au bas mot. Alors écoute et prends des notes.

Au sujet de l'empathe

Note de l'auteure : Cette scène tirée d'une de mes premières ébauches en révèle un peu plus sur Zia, l'empathe mentionnée au chapitre 13. Elle livre également des informations supplémentaires au sujet du père de Hawke, qui ont pour l'essentiel été réécrites dans d'autres scènes du Baiser du loup. *Cette scène-ci n'a donc pas vraiment été supprimée, mais plutôt répartie dans tout le livre.*

Sienna et Hawke sont allongés au lit au début de la scène. Sienna a les bras appuyés sur le torse de Hawke quand elle lève la tête vers lui.

—Zia avait cent trente ans.

Cette femme avait été ridée comme une vieille pomme et pas plus grande qu'une enfant, mais il ne l'avait jamais vue tenir en place.

—Enfant, je ne comprenais pas ce qu'elle était… Je savais qu'elle était une Psi d'avant Silence, mais je n'y réfléchissais jamais vraiment. (Il n'avait été qu'un jeune garçon focalisé sur lui-même.) Les rares fois où j'y songeais, je me disais qu'elle devait être une télépathe.

—Elle devait être adulte quand Silence a été instauré, dit Sienna, la voix empreinte de fascination pure. Imagine les choses et les changements dont elle a forcément été témoin.

—Oui.

Elle fronça les sourcils, pensive, avant de reposer la tête sur son torse.

—Il a dû y avoir tant de tristesse dans sa vie.

— J'en ai pris conscience en grandissant, dit-il, mais à l'époque, elle était une aînée, et moi, un gamin.

Un gamin avec deux parents aimants et une fille qui était sa meilleure amie. Puis Rissa était morte, et son père avait adopté un comportement qui avait effrayé le loup de Hawke à un niveau fondamental.

— Zia a été la première à sentir qu'il y avait un grave problème au sein de la meute, poursuivit-il. Au début, je pense que personne ne l'a vraiment prise au sérieux.

Si seulement... Mais il leur était impossible de remonter le cours du temps.

Sienna enfouit le visage dans son cou, comme si elle savait à quel point ces souvenirs le déchiraient. L'attirant plus près, il reprit :

— Jusqu'à ce que plusieurs membres de la meute, mon père inclus, deviennent si imprévisibles qu'ils constituaient une menace, et Garrick s'est mis à écouter Zia. Mais à ce moment-là, il était trop tard.

Son père avait déjà commencé à massacrer les membres non pervertis de sa meute.

— Je suis désolée, Hawke.

— Je me suis réconcilié avec ce qui s'est passé. Ça aide que mon père se soit battu jusqu'au bout. Il n'a pas pu s'empêcher de blesser Garrick, mais il a pris une balle à sa place.

La colère et la douleur de Hawke s'étaient atténuées avec le temps, et il avait fini par se souvenir de l'homme qui l'avait aimé d'un amour féroce et sans failles, et par pardonner à celui qui avait succombé.

— Il est mort dans les bras de ma mère. Zia nous a dit plus tard que ses boucliers mentaux avaient été tellement endommagés qu'ils s'étaient effondrés... comme si on lui avait fracassé le crâne et que son cerveau s'était retrouvé exposé aux éléments.

Il songea à la souffrance que son père avait dû endurer en essayant de lutter contre la compulsion, à l'horreur de savoir qu'il se déshonorait par ses actes mais qu'il était incapable de s'arrêter.

— Au total… on a perdu un quart des habitants de la tanière avant que le carnage cesse.

Sentant des gouttes chaudes sur son torse, il se rendit compte que sa Psi inébranlable pleurait.

— Oh, bébé, dit-il, changeant de position pour se placer au-dessus d'elle. Ce n'était pas toi. (Il n'avait pas besoin d'être télépathe pour lire dans ses pensées.) Jamais ça ne pourrait être toi.

Elle secoua la tête.

— J'aurais pu être l'un d'eux.

— Jamais. Tu as le cœur de ta mère. (Il déposa des baisers sur ses joues, but ses larmes salées.) On a survécu.

Les vétérans et les aînés restants avaient assuré la cohésion des SnowDancer jusqu'à ses quinze ans. Ils n'avaient pas été en mesure de lui accorder plus de temps; une meute de loups sans chef ne pouvait ni grandir, ni guérir.

— Je vais t'aimer, maintenant, Sienna, dit-il avec un sourire chargé du poids de trop d'années et d'expérience.

— Pas autant que je t'aime.

Il commença par un baiser et finit avec elle dans ses bras alors que l'aube illuminait le ciel, conscient de ne pas pouvoir retarder la venue du jour.

Judd au sujet d'Alice

Note de l'auteure : Même si cette scène est forte, je l'ai supprimée car j'ai eu le sentiment que l'engagement de Judd vis-à-vis de Sienna et son besoin d'aider sa nièce étaient déjà clairs. Gardez à l'esprit que la chronologie de cette scène ne cadre pas parfaitement avec celle de la version finale du livre.

Dix heures après que Judd avait amené Alice Eldridge à la tanière, elle ne donnait toujours aucun signe de vie. Il croisa le regard de Lara de l'autre côté du corps inerte de la femme.

— Je peux essayer de forcer son esprit.

Lara prit un air soucieux.

— Même si tu y parvenais sans lui faire de mal, je ne peux pas te laisser violer son intimité de cette façon.

Judd n'avait pas de tels scrupules, car s'ils n'arrivaient pas à enrayer le déferlement de puissance de Sienna, il allait devoir l'achever d'une balle dans le cœur. Ils s'étaient mis d'accord là-dessus le jour de leur désertion, et c'était une promesse qu'il espérait ne jamais devoir tenir.

— C'est la vie de Sienna qui est en jeu.

— Et tu serais prêt à tout pour elle. (Lara serra les lèvres, sa douleur audible dans sa voix.) Moi aussi. Mais Judd, détruire une femme pour en sauver une autre ?

Même si Judd savait qu'elle avait raison… il savait aussi qu'il ferait bien pire encore pour sauver l'enfant de sa sœur.

Mais comme Sienna n'échangerait pas la vie d'Alice contre la sienne, il ne pouvait pas céder à cette sombre pulsion.

—Sascha, dit-il dans un éclair de lucidité. Elle réussira peut-être à sentir quelque chose sans causer de dégâts. Je vais la chercher.

Lucas faillit le tuer quand il se téléporta directement dans la cabane, les griffes du chef de DarkRiver à quelques millimètres à peine de sa gorge.

—Merde.

Judd se figea.

—Je devrais t'éviscérer, dit Lucas avec les yeux de sa panthère. Tu déconnes, mec!

Judd n'osa pas bouger avant que l'autre homme laisse retomber sa main.

—Je m'excuse. (Il n'aurait jamais dû entrer dans la cabane; s'il avait eu les idées claires, il ne s'en serait même pas approché.) Je suis venu pour voir Sascha.

L'empathe sortit de la chambre à coucher, Naya – si petite et vulnérable – dans les bras.

—De quoi as-tu besoin?

Lorsqu'il lui eut expliqué la situation, les yeux de Sascha virèrent au noir absolu.

—C'est vraiment elle?

—Oui.

Les recherches d'Alice Eldridge avaient été effacées de la toile, mais il restait quelques photos d'elle dispersées çà et là, principalement sur des sites poussiéreux gérés par des conspirationnistes; mais même leurs théories étaient loin de la réalité concernant l'étrange vie et «mort» d'Alice Eldridge.

—Acceptes-tu de venir?

Achevé d'imprimer en janvier 2017
Par CPI France
N° d'impression : 3020323
Dépôt légal : octobre 2014
Imprimé en France
81121303-2